현대시 창작 강의

현대시 창작 강의

이지엽 지음

고요아침

| 차례 |

| 차례 |

이 책을 펴내면서

시 창작을 하고, 이를 학생들에게 가르쳐 온지 이십 년이 넘었다. 그러면서 일종의 의무감 같은 것이 계속적으로 나를 괴롭혀 왔고 그것이 오늘의 이 책으로 출간되기에 이르렀다. 구상한 지 십 년만이고, 집필을 시작한 지 2년만이다.

대개 대학에는 국어국문학과에 〈시론〉이나 〈시창작론〉 강의가 있고, 문예창작학과나 신문사, 각 기관의 문화강좌에는 〈시창작〉 강의가 개설되어 있다. 그러나 이들 강의들은 대부분 이론과 창작이 아주 별개의 것인 양 진행되고 있다. 이것은 근본적으로 절름발이 교육이 될 수밖에 없는 한계점을 가지고 있다.

우선 시 창작에 관심을 두고 공부를 하는 사람의 경우는 이론적 바탕이 크게 부족하다. 시를 다양한 시각에 의해 보지 않고 이를 가르치는 선생님들의 세계관과 취향에 크게 의존을 하게 되고, 극심한 경우는 그것만이 시의 전부인 양 착각해버리기 쉽다는 것이다. 시에 대한 다양한 기법도 중요하지만 어떤 정신세계를 추구할 것인가에 대한 진정한 고민을 다양하게 해보아야 할 시기에 고정된 틀과 사고를 갖는다는 것은 위험하기 짝이 없는 노릇이다. 왜냐하면 이렇게 잘못 든 길은 쉽게 빠져나올 수 없기 때문이다. 또 다른 하나의 문제는 거의 홍수처럼 쏟아져 나오는 다른 시인들의 작품을 어떻게 소화해 낼 것인가 하는 문제다. 혹자는 다른 시인들의 작품을 읽는 것은 창작에 오히려 혼선을 준다고 하지만 이는 그렇지 않다. 왜냐하면 시는 서로 다른 다양한 시각을 가진 시인들의 미적 표현물이므로 시적 상상력을 계발시키는데 상당한 도움을 주기 때문이다. 그렇다면 어떠한 시를 읽고 표본으로 삼는 것이 창작에 도움이 될 것인가. 역시 간단한 문제는 아니다.

다음으로 시 창작보다는 시 이론을 배우고 이를 전공으로 나중에는 비평가로까지 진출하게 되는 경우의 문제점이다. 여기에는 순수 독자도 포함되지만 이들은 큰 문제가 되지 않는다. 문화란 누가 어떻게 한다고 해서 인위적으로 만들어지는 것은 아니기 때문이기도 하거니와, 이들은 실제 우리의 시단에 큰 영향을 미치지 않기 때문이다. 우리 시단을 둘러볼 때 시단에 영향을 미치고 이를 이끌어 나가는 그룹은 이들 비평가 그룹이다. 그렇기 때문에 이 비평가 그룹이 제대로 형성되지 않으면 안 된다. 이들은 대개 시 창작과는 거리가 멀고, 시에 대한 안목은 앞서 창작을 하고자 하는 경우와 마찬가지로 이런 저런 이유로 편식을 하기 쉬운 구조에 놓여 있다. 이들이 창작에 대한 고통이나 적어도 기본적인 창작 연습을 해보는 것은 어떨까. 터무니없는 생각이지만 이런 생각을 가끔 해보게 된다. 도무지 이해도 되지 않고, 난삽한 작품을 자신의 논리로 극도의 찬사를 하고, 그 후배나 아류의 비평가들이 일제히 여기에 동조를 하고, 어느덧 그 대상이 된 사람은 유명시인이 되어 있는데 작품은 이게 아니다 싶은 경우가 종종 있기 때문이다. 문제는 여기에 그치는 것이 아니라 이것이 고스란히 순수 독자에게까지 그 영향을 미친다는 사실이다. 좋은 시를 일반 독자에게 더 많이 알리고 이를 통해 우리 문화를 이끌어가야 할 선도자들이 제대로의 역할을 충분히 하고 있지 못하다는 얘기다.

이 책은 이 양자의 갈증을 조금이라도 해소하고자 하는 뜻에서 의도되었다. 시의 이론도 가급적이면 이에 적절한 시를 인용하여 해설했고, 각 장마다 창작에 유의할 점을 중점적으로 다루었다. 인용된 시를 대부분 1990년대 이후의 작품으로 한 것도 앞서의 이유들 때문이다.

글쓰기 능력을 배양시키는 것은 가능한 것일까. 시인이 되고 소설가가 되는 것은 천부적인 자질이 있어야 가능한 것은 아닐까. 학생들 대부분은 선천적인 기질이 있어야 한다고들 생각한다. 간단한 편지글이나 연설문 혹, 논설문이라면 몰라도 시나 소설이라면 써보려는 엄두조차 내보지 않는다.

결론적으로 말해 나는 시를 포함하여 모든 창작은 교육이 가능하다고 굳게 믿고 있다. 나는 그동안 작품지도를 해오며 적지 않는 사람을 문단에 내보냈는데 그 중 한 경우를 소개하고자 한다. 이 분은 고교생 때 문학을 좋아했다는 이유 하나로 시를 써보겠다고 생면부지의 나에게 왔다. 시라는 것을 어떻게 써야 하는지도 몰랐으며 시에 관한 지식은 고작해야 고등학교 때 배운 것이 전부였다. 그는 매주 2~3편의 작품을 내게 가져왔다. 그러다 지치겠지 싶어 처음에는 별로 신경을 쓰지 않았다. 그러나 지칠 줄 모르고 그는 시라는 것을 써왔고 몇 달 동안은 대부분 단 한 줄도 건질 것이 없는 붉은 줄 투성이였다. 1년이 지나도 쉽게 좋아지질 않았다. 생각다 못해 부려 쓰는 어휘량이 적어 국어사전을 베껴 쓰게 했다. 국어사전을 통째로 베끼면 흥미가 떨어져서 쉽게 포기하기 때문에 한 페이지에 다섯 개 정도의 시어로 살리기 좋은 단어나 순 우리말 중 좋은 어감의 단어를 적도록 했다. 상당한 효과가 있었다. 2년이 지나자 붉은 줄이 줄어들고 드문드문 군더더기 없는 훌륭한 소품들도 써내게 되었다. 어느덧 5년이 지났고 그는 이 기간 중 5~6백 편의 작품을 쓰게 되었다. 그중 2~30편을 골라 신춘문예에 투고, 최종심에서 아깝게 떨어지는 수준까지 발전되었고, 순수문예지 중 가장 힘든 관문이라는 월간 시전문지를 통해 2000년에 화려하게 데뷔를 했으니 90% 노력으로 얻은 결과였다. 물론 이보다 훨씬 빠르게 정상에 접근하는 경우가 대부분이다.

고등학교를 갓 졸업하고 문학을 하겠다고 무작정 아무도 없는 타지에 온 학생의 경우가 바로 그러했다. 고등학교 때 백일장에도 나가 더러 상도 받고 상당한 창작을 해온 경우였는데 오히려 그것이 문제가 되었다. 아예 백지 상태의 경우는 새로 색깔을 칠할 수 있지만 이 학생의 경우는 문제가 달랐다. 시란 어떠해야 한다는 고정관념이 강했다. 쉽게 아집을 버리지 못했다. (이 현상은 대개 5, 6년 정도 시 창작 공부를 해온 사람들에게서 나타나는 현상이다. 잘못된 지도가 빚은 경우가 대부분 이 경우에 해당된다.) 대학교 1, 2학년의 경우 고등학교 시절 문학을 해왔던 학생들이 대부분 쉽게 극복이 되지 못하는 것이 고등학생 시절 문학 소년이나 소녀로서 가질 수 있는 감상성인데 반해, 이 학생의 경우는 거기서 한걸음 더 나가서 거기에 자기식의 고집까지 덧칠하고 있었던 것이다. 비유라고 쓰는 것들이 완전히 낡아 있고 고정되어 있어 요지부동이었다.

대학교 1학년 때 나는 무조건 30여 권의 정선된 시집을 읽혔다.(나의 시 쓰기 수업은 대부분 이 과정을 거치도록 한다. 나는 이 30여 권의 시집을 해설한 책을 『21세기 한국의 시학』이라는 제목으로 출간한 바 있다. 이 서문에도 밝힌 바 있지만 이 방법은 내가 보기에도 상당히 괄목할만한 성과를 가져왔다.) 이 시집들을 정독하면서 좋은 시를 베끼고 가급적이면 암기하도록 했다. 이론 강의는 강의 시간에 다른 학생들과 같이 하도록 했다. 2학년 1학기가 지나자 급속하게 달라지기 시작했다. 5, 60대의 죽은 비유가 아니라 20대의 발랄한 비유를 건져 올리기 시작했다. 2학년 말에는 모 신문의 신춘문예 최종심까지 올랐고, 3학년에는 결국 신춘문예로 당당히 당선되었다.

말한 바대로 창작교육은 가능하다. 시와 소설을 좋아하는 사람은 시인과 소설가가 될 수 있다. 얼마만큼의 제대로 된 노력을 하느냐가 중요하다. 여기서 '제대로 된'이라는 말은 많은 의미를 내포하고 있다. 창작을 맡은 교사는 올바른 창작교육을 해야 하며 학생은 부단한 노력을 하지 않으면 안 된다. 하루 열두 시간을 몇 년씩 투자해야 어찌어찌 무슨 고시에 합격하지 않던가. 만약 글쓰기에 그만한 노력을 기울인다면 누구인들 시인과 소설가가 되지 않을 수 있으랴. 문학에 대한 열정과 노력이 전부라 해도 결코 과언이 아니다. 그러나 시 창작을 시작하려는 초보자의 경우는 물론이고, 창작에 몇 년 동안 매진해 왔지만 등단의 관문을 거치지 못한 사람의 경우도 마찬가지다. 시의 길은 어떤 때는 보이는 것 같기도 하다가, 어떤 때는 아무 것도 보이지 않는다. 이렇듯 예술의 길은 끝이 없다. 시의 길 또한 마찬가지다. 등단하고 나서도 이 점은 마찬가지다. 내가 쓰고 있는 시가 과연 바른 길을 가고 있는가. 그 바른 길은 어느 길인가. 바르지 않는다면 무엇이 문제인가. 시는 인류에게 무엇이어야 하는가 등등 그 질문은 끝없이 반복되고 지속된다.

이 질문을 스스로에게 던지는 심정으로 이 원고를 쓰기 시작했고, 드디어 탈고를 하게 됐다. 책으로 출간되는 『현대시 창작 강의』는 월간 『현대시』에 지난 19개월 동안 연재된 내용을 중심으로 엮었다. 이 내용에서 중복된 부분이나 불필요한 부분을 100여 매 정도 빼내고, 600여 매 정도를 대폭 보완하였다. 이 작업을 해온 지난 2년여 동안 정신적인 압박감은 말할 것도 없었고 육체적으로도 무척 힘들었다. 허리가 아파 의자에 앉지도 못하고 워드 작업을 한 때도 있었고, 날을 새운 것도 부지기수였다. 평생 동안 해내야 할 작업이라고 생각하고 시작했고, 이 점은 아직도 변함이 없다.

그러나 무엇보다 월간 『현대시』의 배려와 그동안 이 연재에 대해 기대 이상의 관심과 격려를 보내준 선배, 동료, 후배 문인들이 아니었으면 도중하차 했을지도 모르고, 더구나 이렇게 책으로 출간되기는 불가능했을 것이다. 신세를 진 모든 분들께 감사의 말씀을 드린다. 미흡하고 부족한 부분이 많을 것이다. 특히 좋은 작품인데도 다루는 내용의 한정으로 인해 소개 못한 작품들이 많다. 미흡한 부분들은 계속적으로 보완해 나갈 것을 약속드린다.

나와 같은 길을 걷고 있는 사람들, 또 앞으로 걸어가고자 하는 문학도들에게 이 책이 자그마한 힘이 되어준다면 더할 나위 없이 좋겠다.

2005년 1월

백담사 만해마을에서

저자 이지엽 삼가

| 제1강 |

시의 장르적 특성

1. 시의 정의

2. 서정시의 장르적 특성

가. 동일화의 원리

나. 순간과 압축성

제1강

시의 장르적 특성

1. 시의 정의

시는 감촉할 수 있고 묵묵해야 한다
구형의 사과처럼
무언(無言)이어야 한다
엄지손가락에 닿는 낡은 훈장처럼
조용해야 한다
이끼 자란 창턱의 소맷자락에 붙은 돌처럼
시는 말이 없어야 한다
새들의 비약처럼
시는 시시각각 움직이지 않아야 한다
마치 달이 떠오를 때처럼
마치 달이 어둠에 얽힌 나뭇가지를

하나씩 하나씩 놓아주듯이
겨울 잎사귀에 가린 달처럼
기억을 하나하나 일깨우며 마음에서 떠나야 한다
시는 시시각각 움직이지 않아야 한다
마치 달이 떠오를 때처럼
시는 비등해야 하며
진실을 나타내지 않는다
슬픔의 모든 역사를 표현함에
텅 빈 문간과 단풍잎 하나
사랑엔
기운 풀과 바다 위의 등대불들
시는 의미해선 안 되며
존재해야 한다

— A. 매클리시, 「시학(詩學)」 부분

노래는 심장에, 이야기는 뇌수에 박힌다
처용이 밤늦게 돌아와, 노래로써
아내를 범한 귀신을 꿇어 엎드리게 했다지만
막상 목청을 떼어내고 남은 가사는
베개에 떨어뜨린 머리카락 하나 건드리지 못한다
하지만 처용의 이야기는 살아 남아
새로운 노래와 풍속을 짓고 유전해 가리라
정간보가 오선지로 바뀌고
이제 아무도 시집에 악보를 그리지 않는다
노래하고 싶은 시인은 말 속에
은밀히 심장의 박동을 골라 넣는다

그러나 내 격정의 상처는 노래에 쉬이 덧나

다스리는 처방은 이야기일 뿐

이야기로 하필 시를 쓰며

뇌수와 심장이 가장 긴밀히 결합되길 바란다.

— 최두석, 「노래와 이야기」 전문

A. 매클리시의 「시학(詩學)」은 시가 어떤 존재여야 하는 지를 시로써 잘 보여주고 있다. 그에 의하면 시는 "감촉할 수 있고 묵묵해야" 하는 존재다. 이미지를 보다 강조한 셈이다. 시에 있어서 이미지를 포함한 묘사는 중요한 한 축이다. 그는 또 시를 "시시각각 움직이지 않아야"하며, "기억을 하나하나 일깨우며 마음에서 떠나야"하는 존재라고 말한다. 일시적인 것에 좌우되거나, 어떤 마음을 강요하는 존재여서는 안 된다는 것을 강조하고 있다고 볼 수 있다.

슬픔의 모든 역사를 표현함에

텅 빈 문간과 단풍잎 하나

사랑엔

기운 풀과 바다 위의 등대불들

시는 그러므로 거기 풍경처럼 존재하는 것이어야 한다. 의미를 집약시키는 것이 아니라 어떤 사물이 제자리를 지키고 있듯 오롯이 존재하는 것이 바로 시라는 것이다. 그러나 최두석의 「노래와 이야기」는 좀 다른 관점에서 시를 이야기한다. 그는 '노래로서의 시'와 '이야기로서의 시' 양자 중에 '이야기로서의 시'에 상당한 애착을 보여준다. 시인에 의하면 노래는 "베개의 떨어뜨린 머리카락 하나 건드리지 못"하는 무력한 존재다. 그래서 "이제 아무도 시집에 악보를 그리지 않는다."라고 한다. 노래는 흘러가지만 이야기는 유전해 가리라 믿는다. 그는 사실상 많은 작품들을 통하여 가열하고 궁핍한 현실을 이야기시로 보여준다. 닭똥으로 비료 만드는 공장에 나가 일당 서울에서 광주 간 차비 정도를 버는 아버지(「낡은 집」)와 플라스틱에 밀려 시세도 없는 대바구니 옆에 쭈그려 앉아 멀거니 팔리기를 기다리는 허리굽은 어머니(「담양장」)의 가족사적 얘기로부터 중학교 중퇴 학력으로 상경하여 쟈크 염색 기술을 배우다 지독한 염료 냄새에 후각이 마비된 고종사촌 「고재국」에 이르기 까지… 이들의 삶은 하나같이 거대한 자본주의와 거대한 이념의 희생양들이다. 자본주의의 모순과 허울 좋은 이념의 덫에 걸려 빠져나오지도, 포기하지도 못한 굴종의 삶들을 파노라마처럼 엮어낸다. 시인은 시대의 아픔을 증언하고 이야기로 전달하는 이야기꾼 역할을 하고 있는 셈이다. 이렇듯 시는 어떻게 보느냐에 따라 그 역할과 창작 방법이 달라진다.

오늘날 우리가 쓰고 있는 현대시는 잘 알고 있다시피 크게 서정시(敍情詩)・서사시(敍事詩)・극시(劇詩)의 세 가지로 나누어진다. 서정시는 개인의 내적 감정을 토로하는 것으로 근・현대시의 주류를 이루고 있으며, 영어의 lyric poem은 lyre(七絃琴)에 맞추어 노래 불렀던 데서 온 호칭이다. 서사시(epic poem)는 민족・국가의 역사나 영웅의 사적(事蹟)과 사건을 따라가며 소설적으로 기술하는 것을 말한다. 극시(dramatic poem)는 극형식을 취한 운문(韻文) 내지 운문에 의한 극을 말하는데 셰익스피어, 라신, 괴테 등의 희곡이 이에 해당한다.

산문의 형식을 취하면서 그 속에 시적 사유를 담은 산문시(prose poem)가 있으며, 또 정해진 규칙에 따라 시어를 배열・구성하는 정형시(定型詩)가 있다. 또한 그 내용에 따라 도시시, 생활시・종교시・풍자시・전쟁시 등의 호칭도 쓰여지고 있다.

시 장르의 하류 분류에도 불구하고 시를 정의하는 것은 여전히 미궁 속이다. 여기 좀 더 색다른 정의를 보기로 하자.

시의 주소는 여기에 있다. 지리하고 긴 회임(懷妊), 쉽사리 단안을 못 내리는 사념의 발열, 심층심리 안의 문답, 외롭게 희귀한 개성적 심상(心像), 선명하지도 밝지도 못한 사고의 교착(膠着), 암시, 모든 잠재의식과 꼬리가 긴 여운. 시인이 버리면 영 유실되는 것, 시인이 명명하지 않으면 영 이름이 붙지 못하는 것. 원초의 작업 같은 혼돈에의 투신과 첩첩한 미혹, 그리고 눈물나는 긴 방황.

— 김남조, 「시의 주소는 어디인가」 부분

겨울 하늘은 어떤 불가사의(不可思議)의 깊이에로 사라져 가고,
있는 듯 없는 듯 무한(無限)은
무성하던 잎과 열매를 떨어뜨리고
무화과나무를 나체(裸體)로 서게 하였는데,
그 예민한 가지 끝에
닿을 듯 닿을 듯 하는 것이
시(詩)일까,
언어(言語)는 말을 잃고
잠자는 순간,
무한(無限)은 미소하며 오는데
무성하던 잎과 열매는 역사의 사건으로 떨어져 가고,
그 예민한 가지 끝에
명멸하는 그것이
시일까,

— 김춘수, 「나목(裸木)과 시(詩)」 서장(序章)

위의 글과 시를 통해본 시는 여전히 그 존재의 명확성을 드러내지 않는다. '사념의 발열'이거나 '심층심리 안의 문답', '선명하지도 밝지도 못한 사고의 교착(膠着)'이며, '원초의 작업 같은 혼돈에의 투신과 첩첩한 미혹'일 수밖에

없는 존재다. 나목이 되어선 예민한 가지 끝에 닿을 듯 닿지 못하는 그것. 명멸하는 그것이 바로 시일까라는 질문을 시인은 자신 스스로에게 할 수밖에 없는 것이다. 그러기에 "시란 무엇인가"에 대한 논의는 끊임없이 이루어져 왔다. 아주 다양한 방법으로 시에 대한 생각을 한마디씩 언급해 놓았기 때문에 엘리어트는 "시의 정의의 역사는 오류의 역사다"라고 말하기까지 했다.

동양권에서 공통적으로 쓰이는 '詩'라는 한자의 구조를 보면 '言'과 '寺'의 合字임을 알 수 있다. '言'은 모호한 소리인 '음(音)'이나 말을 나타내는 '담(談)'이 아닌 '분명하고 음조가 고른 말'을 뜻한다. '寺'는 '持'와 '志'의 뜻을 가지고 있다. '持'란 손을 움직여 일하는 것을 말하며 '志'는 "우리의 마음이 어떤 대상을 향해서 곧게 나감"을 일컫는다. 그러므로 시라는 말 속에는 "손을 움직여 일한다"라는 뜻을 가지고 있다.

"詩三百 一言而蔽之曰思無邪"(시 3백 수는 한마디로 생각함에 사악함이 없는 것이다)의 공자의 말이나 詩言志(시는 뜻을 말로 나타낸 것)의 서경(書經)의 말에는 교훈적인 입장의 시관이 깊게 배어 있다. 이것은 물론 당시의 시가집 편찬이 아름다운 서정시에 국한되어 있다는 점에서 유래된 것이긴 하지만 우리 시가사에 있어서도 효용론적 입장은 문학의 존재 이유와 그 맥을 같이하고 있었다고 봐야 옳다.

서양에서의 시에 관한 여러 정의들은 대개 다음과 같이 네 가지 입장이 주류를 이룬다.

① 시는 律語에 의한 모방이다 (아리스토텔레스)

② 시는 강한 감정의 자연적 발로다 (워즈워드)

③ 시는 가르치고 즐거움을 주려는 의도를 가진 말하는 그림이다 (시드니)

④ 시는 시인의 정서적 확신이 아니라 그러한 확신을 위협하는 모든 반대개념들과 충돌하는 존재다 (워렌)

이 정의들은 각각의 의견들을 대변하고 있다. ①은 모방론적인 입장, ②는 표현론적인 입장, ③은 효용론적인 입장, ④구조론적(혹은 존재론적) 입장에서 각각 시를 정의한 것이다. 이들의 시에 관한 정의는 다 옳다. 어떤 입장에서 보느냐의 차이만 존재할 뿐이다. 그렇지만 시를 생각할 때 잊지 말아야 할 것이 있다.

우리에게 있어 시는 시가(詩歌)에서 시작되었다. 각 시대의 주요 장르, 이를테면 고대가요나 신라의 향가, 고려의 속요, 조선의 시조와 가사 등은 그 명칭 가요(歌謠), 가(歌), 요(謠), 조(調)에서 보듯 노래로 불려졌다. 노래로 불려진다는 것은 그 길이나 가독성에 있어 분명 읽는 것만을 전제로 한 작품과는 차이를 보인다. 우리는 이것을 잊고 있다. 이것을 잊고 있다는 것은 시가 갖고 있는 본래적 속성을 잊고 있다는 얘기가 된다. 시라고 쓰고 있는데 그것은 시가 아닐 수 있으며 시 아닌 것을 쓰고 있다는 얘기가 된다. 시에 있어서 리듬이 중요한 이유는 바로 여기서 비롯된다. 산문시를 창작하고 있는 많은 이들이 시의 리듬을 얘기하면 코웃음을 친다. 굳이 산문시가 아니더라도 요즈음 특히 젊은 시인들의 작품을 접할 때 이들이 과연 시의 리듬을 어느 정도 생각하고 쓰는지 의심스러울 때가 많다.

우리는 우리의 근・현대 시문학사에서 최초의 근대 자유시 생성을 논하면서 커다란 실수를 저질렀다. 최초의 근대 자유시가 주요한의 「불노리」라고 하면서 이는 신체시의 영향이라고 본 것이 바로 그것이다. 이것이 무슨 문제가 되느냐고 묻는 이가 있을는지 모르겠다. 그러나 생각해보라. 우리가 현재 쓰고 있는 시가 신체시에서 왔으며 그것이 우리 전통장르와는 전혀 상관없는 이국에서 온 것이라는 것을 어찌 수긍할 수 있겠는가. 해방 후 국문학 초창기의 학자들이 한 번씩 내던진 얘기가 철저한 규명 없이 그대로 수용되면서 우리 현대 시문학은 정체불명의 미아가 되어 있는 것이다. 그러나 사실은 그렇지 않다. 문학의 장르에 대해 조금만이라도 관심을 가져본 사람이라면 장르가 그렇게 무 썰듯 명료하게 썰어져서 이쪽과 저쪽을 구분할 수 있는 것이 아니라는 것을 쉽게 알 수 있다. 과거 아주 오래 전부터도 있어왔고 지금도 엄연히 존재하는 기저장르의 존재인 '민요'를 통해 우리는 쉽게 이 사실을 확인할 수 있다. 장르는 살아있는 역동체다. 그러므로 이제는 그만 쓰고 새로운 것으로 바꾸자 라고 해서 일시에 바뀌지지 않는다. 유기적인 생명체를 지닌 존재다. 주요한의 「불노리」라는 작품도 면면을 따져보면 딱히 신체시의 영향이라고 보기가 힘들지만 그 이전의 최초 근대자유시라고 밝혀진 작품들 「눈」이나 「샘물이 혼자서」은 분명 우리의 전통장르인 사설시조와 평시조의 무의식적 분출이 빚어낸 작품들이었다. 우리의 근대 자유시는 우리의 문학적 전통을 고스란히 이어받고 있었던 것이다. 이 얘기는 뒤집어 생각해 보면 시대의 변화에 따라 음악이 분리되기는 했지만 여전히 자유시의 창작원리에는 리듬이 깊숙이 관여하고 있다는 얘기가 된다. 시의 본래적 형태가 노래라고 해서 노래로 돌아가자는 얘기는 분명 아니다. 그렇지만 시의 본질을 얘기하는 데 있어 노래성을 결코 무시해서는 안 된다는 얘기다. 더욱이 21세기는 분화되고 지극히 말초적인 현상으로 치닫던 문학의 현상들이 다시 통합되는 징후를 보여주고 있다. 근래에 와서 시의 형태가 점점 짧아지고 있다는 점도 이와 무관하지 않다. 영상화시대로 넘어가는 전이과정에 우리의 시는 보다 심각한 도전에 직면하고 있는 것이다.

2. 서정시의 장르적 특성

가. 동일화의 원리

오늘날의 시는 대부분이 서정시다. 다음의 시를 보고 어떠한 창작원리를 따르고 있는지를 살펴보기로 하자.

나무 속으로 들어가네.

거기 빽빽한 세월 속에
나를 묻어버리기 위해.

내가 사라진 빈 숲에
푸른 잎들의 울음 메아리 치고
그늘 없는 나의 죽음 나무 속에 있네.

— 채호기, 「나의 죽음」 부분

유성에서 조치원으로 가는 어느 들판에 우두커니 서 있는, 한 그루 늙은 나무를 만났다. 수도승일까. 묵중하게 서 있었다. 다음 날 조치원에서 공주로 가는 어느 가난한 마을 어구에 그들은 떼를 져 몰려 있었다. 멍청하게 몰려 있는 그들은 어설픈 과객일까. 몹시 추워 보였다.

공주에서 온양으로 우회하는 뒷길 어느 산마루에 그들은 멀리 서 있었다. 하늘 문을 지키는 파수병일까. 외로와 보였다.

온양에서 서울로 돌아오자 놀랍게도 그들은 이미 내 안에 뿌리를 펴고 있었다. 묵중한 그들의, 침울한 그들의, 아아 고독한 모습. 그 후로 나는 뽑아 낼 수 없는 몇 그루의 나무를 기르게 되었다.

— 박목월, 「나무」 전문

두 작품을 상세히 살펴볼 필요가 있다. 두 작품의 시적 대상은 '나무'다. 그렇지만 이 시적대상을 형상화하는 방법이 다르다. 채호기의 「나의 죽음」은 서정자아가 나무 속으로 들어가는 것이고, 박목월의 「나무」는 서정자아 속으로 시적대상이 들어오는 것이다. 어디로 어떤 것이 들어가든 그 둘은 하나가 된다. 세상이 내게로 걸어 들어오거나 내가 세상 속으로 들어가면 여기에서 詩가 탄생된다.

이처럼 서정시는 자아와 세계의 동일화를 추구하는 데 있다. 서정시의 가장 중요한 특징이다. 동일화를 이루는 것은 자아가 세계로 나아가는 것과 세계가 자아 속으로 들어오는 것으로 나누어진다. 전자를 '투사', 후자를 '동화'라고 말한다.

채호기의 「나의 죽음」은 자아가 세계 속으로 들어가는 '투사'의 기법을 잘 보여주고, 박목월의 「나무」는 자아 속으로 세계가 들어오는 '동화'의 기법을 잘 보여주는 시에 해당된다.

그러나 우리는 전자의 작품이 간단치 않는 사유를 담고 있는 것을 본다. 그 점은 구체적으로 "내가 사라진 빈 숲에/푸른 잎들의 울음 메아리 치고/그늘 없는 나의 죽음 나무 속에 있네."라는 인식에서 비롯되고 있다. 이 표현에서 우리는 상당히 낯선 인식과 만나게 된다. 나의 죽음은 무엇이고 그늘이 없는 죽음이란 어떤 죽음인가. 그러나 다시 생각해보면 이 인식은 지극히 당연한 사유의 결과에 불과하다. 첫 행 "나무 속으로 들어가네."에서 이미 예견되어진 것이었다. 내가 나무 속으로 들어갔으므로 그 숲의 나무들만 보이는 곳에서 나라는 존재는 이미 없는 것이고, 나무 속으로 들어갔기 때문에 그 숲은 '빈 숲'이 되고, 나무 속으로 들어갔기 때문에 '그늘' 또한 없는 것이고, 나무 속으로 들어갔기 때문에 '나의 죽음'이 되는 것이다. 이 시가 다소 낯설어 보이고 많은 의미를 내포하고 있는 것처럼 보이는 이유는 다시 말해 투사가 갖고 있는 속성과 관련이 있음을 알 수 있다. 우리가 투사의 기법에 대해 이미 알고 있으면서도 이를 시 창작에 있어서 유효 적절하게 사용하지 않고 있다는 예증이기도 하다. 대부분의 시인들이나 창작자들은 "나무 속으로 들어가네."라는 인식까지는 쉽게 하면서도 그 다음의 인식을 하는 것에 인색하다. "나무 속으로 들어가네." 해놓고서도 나는 정작 들어가지 않고 그 사물의 외연을 읊는데 급급하다면 우리는 온전하게 서정시의 본질을 모르고 있는 셈이 된다. 그만큼 시인들은 자아가 강한 존재들이기 때문인지도 모르겠다. 중요한 것은 내가 나무 속으로 들어가고, 내가 벽 속으로 들어가고, 내가 연필 속으로 들어가면 분명 다른 세계가 열린다는 사실이다. 나무 속에서는 물관부와 수액들의 속삼임이 들리고, 벽 속에서는 빛과 어둠의 양쪽 세계와 끝없는 기다림이 보이고, 연필 속에서는 탄광 막장의 땀방울과 초등학교 시절 짝꿍이 그은 선들이 보인다. 투사는 우리 시를 보다 풍성하게 만들어줄 만한 매력적인 장치임에 틀림없다. 이를 잘 활용해보는 것을 적극적으로 권하고 싶다.

이에 비해 동화는 우리와 훨씬 친숙한 개념이다. 나 중심의 세계이기 때문이다. 박목월의 「나무」는 자아 속으로 시적대상이 들어오는 것이다. 묵중한, 침울한, 고독한 나무의 모습은 서정자아가 여행지를 옮겨 다니면서 본 각각의 나무들 모습이었다. 이 나무들이 그냥 밖에 머물러 있는 것이 아니라 자아 속으로 들어와 어떤 실체가 되었을 때 거기에서 詩가 태어난다. 동화는 투사에 비해 자기중심적 사고를 담고 있기 때문에 많은 시인들이 즐겨 쓰는 방법이다. 자아가 세계와 분리되지 않고 동일화된다는 점은 그만큼 단단한 인식을 만들기에 용이하다.

나무는 몰랐다.
자신이 나무인 줄을
더욱 자기가
하늘의 우주의
아름다운 악기라는 것을
그러나 늦은 가을날
잎이 다 떨어지고
알몸으로 남은 어느 날
그는 보았다.
고인 빗물에 비치는
제 모습을.
떨고 있는 사람 하나

가지가 모두 현이 되어
온종일 그렇게 조용히
하늘 아래
울고 있는 자신을.

— 이성선, 「나무」 전문

이 시 역시 나무에 대해 쓰고 있다. 나무가 스스로의 존재에 대해 깨달아가는 과정을 잔잔하게 그리고 있는 작품이다. 나무는 그러나 실체의 나무로만 보이지 않는다. 나무는 '그'이고 '떨고 있는 사람 하나'다. 더 나아가 "하늘의 우주의/아름다운 악기"라는 것을 운용하는 시인일 수 있고, 한걸음 더 나아가 시인 자신일 수도 있다. "잎이 다 떨어지고/알몸으로 남은" "가지가 모두 현이 되어/온종일 그렇게 조용히/하늘 아래 울고 있는"의 모습은 아름답게 자연을 노래한 시인의 생애와 결코 무관하지가 않다. 그렇다면 이 시는 투사의 기법을 잘 활용하고 있는 작품이라 할 수 있겠다.

빗방울 하나가
돌멩이 위에 떨어진다.
가만히 돌 속으로 걸어가는 비의 혼,
보이지 않는 얼룩 하나, 햇볕 아래
마른 돌멩이 위에서 지워진다.

어디서 왔을까, 네 이름은
내 가슴속에 젖어 물빛 반짝이다가
얼룩처럼 지워져버린 네 이름은.

빗방울 하나가

돌멩이 위에 떨어진다.

내 한 생도 세상 속으로 떨어진다.

마른 돌멩이 위에서

내 삶의 한 끝이 가만히 지워진다.

— 강인한, 「얼룩」 전문

이 시 역시 자아와 세계의 동일화를 추구하고 있다. 어떠한 방향으로 동일화를 추구하고 있는지 생각해보자. 이 작품은 크게 세 부분으로 나누어 볼 수 있다.

첫 번째는 빗방울과 돌멩이의 관계다. 빗방울이 돌멩이 위에 떨어진다. 떨어지고 난 뒤 빗방울은 어떻게 되는가. 시인은 "가만히 돌 속으로 걸어가는 비의 혼"이라고 말한다. 빗방울이 돌멩이 안으로 동화되며 두 대상이 일체화되고 있는 것이다. (물론 빗방울의 입장에서 보면 투사에 해당된다.) 빗방울이 말라가는 현상을 돌 속으로 걸어들어 간다고 했으니 얼마나 흥미로운가. 스며든 후 "보이지 않는 얼룩 하나"는 내리쬐는 햇볕 아래의 돌멩이 위에서 가만 지워져 버린다.

두 번째는 너와 나의 관계다. 빗방울과 돌멩이의 사물간의 관계가 사람들의 관계로 확대된다. 빗방울은 '너'로 대치되고 돌멩이는 '나'로 대치된다. 빗방울이 지워지듯 '너'라는 존재도 내 가슴속에서 지워진다.

세 번째는 나와 세상의 관계다. 빗방울이나 '너'라는 존재가 돌멩이와 내 가슴속에서 지워지듯 결국 '나'라는 존재도 세상 속에서 지워지는 유한한 존재임을 역설한다. 이 시의 묘미는 사물 간의 관계가 인간과 생명의 관계로 자연스럽게 발전되고 있다는 데 있다. 이 작품은 세 개 서로 다른 관계 속에 설정된 자아와 세계화의 동일화로 이루어진 작품이라고 볼 수 있다. 다음의 작품에도 동일화의 원리가 적용되고 있다. 어떻게 되고 있는지 생각해보자.

물방울이 물방울을 꿰어 꽃을 피우고 있다

하얀 꽃, 물 바구니가
제 생긴 모습 그대로 물기를 머금은 채
겹겹 달빛을 비틀어 매고
물의 꿈을 꾼다

머언 바다
하늘에 묻혀 있는
흰 구름,
검은 돌탑을 스치고
물 바구니 속으로 들어가고 있다

바람은 매양 절 속에서
나래를 접고 깊은 숨쉬기를 한다
모든 것들의 울음으로
마르지 않는, 물의 꿈을 몸 속에 가둔다

대웅전 위에 얹혀 있는
큰 산 하나
자정 너머
마지막 달빛을 쓸어안고
寂默堂 돌담 옆,
꽃나무 속으로 들어서고 있다

— 양문규, 「水菊」 전문

나. 순간과 압축성

서정시는 순간적인 장르다. 산문은 축적의 원리를 따르지만 시는 압축의 원리를 따른다. 탑을 쌓아가듯이 쓰는 것이 산문이라면, 다 사용한 캔을 프레스기로 압축한 것이 시다. 그러므로 시는 대단히 경제적인 장르다. 시가 짧은 것도 이런 이유에서다. 현대시는 점점 짧아지는 것을 선호하는 방향으로 나아가고 있다. 장르사를 통해서도 이것은 쉽게 증명이 된다.

달이 빈방으로 넘어와

누추한 생애를 속속들이 비춥니다

그리고는 그것들을 하나하나 속옷처럼

개켜서 횃대에 겁니다 가는 실밥도

역력히 보입니다 대쪽같은 임강빈 선생님이

죄 많다고 말씀하시고, 누가 엿들었을라,

막 뒤로 숨는 모습도 보입니다 죄 많다고

고백하는 이들의 부끄러운 얼굴이 겨울 바람처럼

우우우우 대숲으로 빠져나가는 정경이 보입니다

모든 진상이 너무도 명백합니다

나는 눈을 감을 수도 없습니다

— 최하림, 「달이 빈 방으로」 전문

여름 땡볕 맹렬하던 노래
늦은 홍수지고
노랗게 야윈 상수리 잎 사이
맴 맴 맴 맴 맘 맘 맘 밈 밈 몸 믐 ㅁ —
사그라든다
땅속 십 년을 견디고
딱 보름쯤 암컷을 부르다가
아무 화답이 없자
아무 미련이 없자
툭 몸을 떨구는 수매미 한 마리

새야 바람아 찬 냇물아
지지솔솔
씽씽짹짹
이제 너희가 지저귈 차례다.

— 최영철, 「매미」 전문

「달이 빈 방으로」에는 공간의 현재성이 생생하게 잘 드러나 있다. 달이 빈 방으로 들어와 비추는 모습이 눈에 보일 듯이 선명하게 형상화되고 있다. "가는 실밥도 역력히 보"이고 "누가 엿들었을라, 막 뒤로 숨는 모습도 보"인다. 얼마나 선명하면 "고백하는 이들의 부끄러운 얼굴"들이 "겨울 바람처럼 우우우우 대숲으로 빠져나가는 정경이 보"인다라고 했을까. "모든 진상이 너무도 명백"하고 "눈을 감을 수도 없"는 현재성이 서정시에는 존재하기 마련이다. 과거의 역사적 사건도 현재형으로 쓰는 것은 바로 이런 이유에서이다. 생생한 현장성은 시의 긴장을 불러일으키기 마련이다. 그런데 습관이라는 것이 참 무서워 과거형으로 시를 창작하다보면 현재형으로 쓰는 것이 잘 되지 않는 경우가 있다. 실제로 아무 생각 없이 과거형으로 시를 창작하는 많은 시인들이 있다. 되도록이면 현재형으로 쓰는 습관을 길러야 한다. 최영철의 「매미」 역시 서정시의 현재적 장르 속성을 잘 살려 쓴 작품이다.

1950년 한국전쟁에 참가한 이영순(李永純)의 『연희고지(延禧高地)』는 현재성이 아주 극명하게 드러난 시집이다. 시집 『연희고지』는 전쟁 현장의 숨 막히는 순간과 치열함을 잘 드러내고 있는데, 여기에는 장시(長詩) 「연희고지(延禧高地)」와 「지령(地靈)」이 실려 있다. 장시 「연희고지(延禧高地)」(1951. 9月作)는 서울 환전(還戰)때 가장 치열한 전투가 일어났던 서울 수복 작전에 참가한 시인의 실제 경험이 생생하게 연희고지에서 이화(梨花)고지를 거쳐 아현(阿峴) 터널 서대문지구(西大門地區)에 이르기까지 묘사되고 있다. 삼형제가 전투에 참여했다가 혼자 살아남은 시인의 눈을 통해 머리 끝 하나 들먹일 수 없는 필사의 항전만이 숨 가쁘게 직설적으로 그려지고 있다.

그러나 뒤를 연달아 진격하는 海兵들은
부상한 우리 둘은 볼 틈도 없이
우리 둘의 머리 위를 뛰어 넘어서
2 · 3미터 前方의
지금까지 敵兵이 있다 물러간 塹壕 속으로
거울에 부닥치는 햇살같이 뛰어 든다.
그럴 적마다 몇 개의 流彈이
그 작은 城壁에 콱콱 박히며

뽀얀 먼지를 연기처럼 피우므로
머리끝 하나 들먹할 수도 없다.
292高地로부터 내갈기는
敵 기관포의 무서운 集中彈은
塹壕斷面의 홍토를 갈듯 쑤셔대고
바윗돌을 탁탁 깨뜨리고
소나무를 툭툭 동강내면서
무시무시한 죽음의 폭풍을 일으킨다.

— 이영순, 「연희고지」 부분

아차 또 어디서 殞命하는지
저 아래 언덕길을
분주히 달려가는 救急隊
서로 날으는 彈丸들이
夜玉緞의 비단을 짜듯
火焰
光彩
暴音
暴風과 함께
콩콩, 우수수 땅을 덮치는
돌멩이 흙덩이 소리

— 이영순, 「연희고지」 부분

마치 스치듯이 넘어가는 스냅 사진처럼 명료한 표현들이 박진감 있게 전개되고 있다. 그러므로 여기에는 전쟁 상황에서 오게 되는 허무주의나 패배의식 등 전쟁의 존재 의미와 질문을 전혀 찾아볼 수 없다. 적군은 단지 적군

일 뿐이며 하나의 가치조차 부여할 수 없는 증오의 대상일 뿐이다. 오직 죽느냐 사느냐의 문제만이 존재하게 된다. (사실 이 점은 현재적 장르의 단점과도 연계된다. 생각이 겹무늬를 가질 수 없고 단순한 직선의 원리를 따르기 때문이다. 그러나 과거형을 쓰는 것 보다는 현재형을 씀으로써 얻는 장점이 많다고 우선 이해하면 좋겠다. 적어도 어떤 시제를 쓰더라도 자유롭게 오갈 수 있다고 판단되기 전까지는 말이다.)

안산 성호기념관 뜰에서
1억 년 전의 초식공룡과 뛰논다.
내가 발자국을 찍으며 달아나자,
새끼공룡도 발자국을 찍으며 따라온다.
울창한 숲에 채 이르기도 전에
근처의 탁한 공장이 검은 기침을 쿨룩쿨룩 쏟아낸다.
민방위훈련을 착실하게 잘 받은 시민답게
나는 반대편으로 납작 엎드려 피한다.
몇 걸음 떼지 못하고 '어, 어' 주춤거리는 새끼공룡을
검은 기침이 발목을 나꿔채서 끌고가 버린다.

— 정우영, 「산죽이 온몸으로 키득거리는 동안」 부분

시를 현재형으로 써야한다는 좋은 본보기가 되는 작품이다. 1억 년 전의 얘기지만 시인의 상상력은 그 상황을 '오늘, 여기'의 실체로 재현해낸다. 시인은 죽어 있는 얘기를 주문으로 외우는 사제가 아니다. 시기에 상관없이 '오늘, 여기'의 문제로 가져올 수 있는 것은 시란 장르가 갖는 특성과 밀접한 관련이 있다.

서정시는 또한 압축의 장르다. 사건의 전말을 따져 그 원인과 결과를 밝히

지 않고 단지 인상적인 한 부분만을 그려낼 수도 있다. 최하림의 위 인용시도 달이 비치는 빈 방의 감각적인 인상의 한 부분만을 화폭에 담았다. 최영철의 「매미」 또한 마찬가지다. 「매미」가 땅속에서 십 년 동안을 견디는 세월은 단 한 줄로 가능하다. 그렇지만, 매미가 우는 소리인 "맴 맴 맴 맴 맘 맘 맘 밈 밈 몸 믐 ㅁ—"은 십 년의 세월보다 더 길게 할애를 하고 있다. 시간의 길이와 시행의 길이는 같이 가지 않는다. 백 년이나 천 년을 한 단어로도 축약할 수 있고 아주 순간적인 부분을 수십 행으로도 쓸 수 있다. 중요한 것은 그것이 축적의 원리를 따르는 것이 아니라 압축의 원리를 따르고 있다는 점이다. 압축은 더 이상 줄여지지 않는 길이를 전제로 한다.

압축의 원리를 가장 철저하게 지키려고 했던 시인이 이동주다. 그의 시는 80%이상이 시의 한 연이 두 행을 벗어나지 않고, 시의 한 행은 2음보를 벗어나지 않고 있다. 이동주는 1) 의도적인 언어의 절제를 통해 감성적인 욕구를 효과적으로 제어(制御)하고 모색하면서, 2) 시에 음악성을 부여하여 민족 고유 정서의 질박(質樸)한 면을 최대한 살리고자 하였다. 그가 얼마만큼 언어에 관심을 기울이고 있는 지는 행 배치와 축약된 시어에서 잘 드러나고 있다.

여울에 몰린 은어떼

가아웅 가아웅 수우월래에

목을 빼면 설움이 솟고…
白薔薇 밭에
孔雀이 醉했다.

뛰자 뛰자 뛰어나 보자
강강술래

뇌누리에 테프가 감긴다.

열두발 상모가 마구 돈다.

달빛이 배이면

술보다 독한것

갈대가 스러진다

旗幅이 찢어진다.

강강술래

강강술래

—「강강술래」 전문

이 작품이 개작을 거친 과정을 살펴보면 흥미로운 사실을 발견하게 된다. 인용된 「강강술래」는 1979년 시집 『散調』에서 옮겨 적은 것인데 1961년 『한국전후문제시집』에는 1연과 2연 사이에 "삐비꽃 손들이 둘레를 짜면/달무리가 비잉 빙 돈다"가 삽입되어 있고 8연이 "旗幅이 찢어진다/갈대가 스러진다"로 되어 있다. 왜 그랬을까.

먼저 1961년판에 문제의 한 연을 삽입한 것과 8연이 앞뒤 行이 바뀌어 개작(改作)된 이유는 이렇게 설명될 수 있다. '강강술래'라는 민족 고유의 풍속을 묘사할 때 삐비꽃의 연상은 그리 이상스러운 것이 아니다. 왜냐하면 이 풀은 남부지방에서는 흔한 풀 중의 하나이고 시골에 살았다면 추억이 담길 만한 풀 중의 하나이기 때문이다. 춤추는 모습이 삐비꽃이 무리지어 바람에 흔들거리는 모양을 강강술래의 모습과 클로즈업시켰다고 해도 좋고 그 삐비꽃을 꺾어 씹던 어린 시절을 한 번씩은 겪어온 마을 아낙네들이 모여 춤을 춘다고 해도 좋다. 아무튼 유사한 의미를 강강술래와 연관시켜 1연 '여울에 몰린 은어떼'가 너무 함축적인 표현이라는 생각하에 좀더 이를 구체화시키고자 의도적으로 삽입했을 것이다. 8연이 앞뒤 행이 바뀐 것은 그 춤동작과 분명 관련이 있다.

곧 강강술래는 노래와 춤이고 이 노래와 춤의 진행이 어떠한가에 더 중점을 두게 된 것이다. 본래의 작품의 시작은 '여울에 몰린 은어떼'로서 여기저기서 아낙네들이 모여드는 모습을 묘사한 것이고 그래서 이들이 모여 느린 템포로 노래에 맞춰 춤을 추기 시작한다. 물론 처음은 춤이 주가 되지 못한다. '목을 빼는 설움'이 섞인 노래가 먼저인 것이다. 그렇다면 1연과 2연에다 삽입했던 한 연은 자연스러운 것이 못된다. 왜냐하면 "달무리가 비잉 빙 돈다"에서 그렇게 느리지 않는 듯한 춤이 먼저 시작되기 때문이다. 그래서 아무리 '삐비꽃'에서 연상되는 적절한 소재의 적절한 표현이라도 그는 과감히 삭제한 것이다. 8연도 거의 같은 이유에서 이다. 시 「강강술래」에서 춤이 가장 절정에 달한 대목은 바로 8연이고 8연 중에서도 뒤 행 "기폭이 찢어진다"에 있다. 그러기에 당연이 9행의 노래도 '가응강'이 아니라 빠른 템포의 '강강'인 것이다. 우리는 이 작품의 개작과정을 유추해보면서 시에 있어서 한 단어 놓임이 얼마나 중요한 것이고 얼마나 고도의 축약을 해야 하는지를 잘 알 수 있다. 그는 축약된 언어가 갖는 무미건조성을 극복하기 위해 율동적인 음악성까지를 주도면밀하게 검토하였던 것이다.

시는 고도로 축약된 언어로 짜여져야 한다. 이동주가 주장한 다음의 시관을 보자.

> 모든 藝術이 다 그렇듯이 詩도 표현이 있고서야 성립된다.
> 표현 이전의 시는 놓쳐버린 구슬이요 아까운 生命의 遺産이다.
> 다만 詩의 特質은 짧은 형식에 있다.
> 지극히 制限된 規格에 있나니, 詩人의 苦行은 실로 이 제한된 様式에 있으리라.

그는 이 '짧은 형식' '제한된 규격'에 대해 일률적으로 고정된 형태를 제시하는 않았다. "되도록이면 적어지기를 主張하면서 아주 없어지기를 두려워하는" 그 오묘함을 시의 특질로 보았던 것이다. 시가 길어진다는 것 자체를 본질에서 어긋나는 것이라 보았다. 그는 이를테면 아주 경제적인 시관을 가진 셈이다. 시 「뜰」은 그의 경제적인 시관을 보여주는 단적인 예이다.

고이 쓸어 논 뜰 위에
꽃잎이 떴다.

당신의 신발

동정보다는 눈이 부신
미닫이 안에
나의 반달은 숨어…

앞 연과 뒤 연을 건너뛰면서 '당신의 신발'이라는 극도의 절제된 언어로써 표현하고 있다. 이것은 물론 독자의 시선을 집중시키려는 의도도 다분히 가지고 있다. 짧게 처리해 한 연으로 배치해도 그만한 가치가 충분히 있다고 본 것이다. 인용된 시에서 2연이 갖는 역할은 2연을 삭제하고 보면 확연해진다. 서정자아의 시선은 뜰 — 방 안으로 가게 되며 무슨 내용을 얘기하자는 것인지가 분명하지 못하게 된다. 2연으로 삽입됨으로써 뜰 — 신발 — 신발의 주인(나의 반달), 방 안으로 자연스럽게 연결되게 된다. 그의 언어 절제에 대한 노력은 이렇듯 1行이라도 허술하게 배치하지 않고 관심을 집중시켜 그 효과를 극대화하려는 방향으로 나아가고 있다.

한 줄기 희망이다

캄캄 벼랑에 걸린 이 목숨
한 줄기 희망이다

돌이킬 수도
밀어붙일 수도 없는 이 자리

노랗게 쓰러져 버릴 수도
뿌리쳐 솟구칠 수도 없는
이 마지막 자리

어미가
새끼를 껴안고 울고 있다
생명의 슬픔
한 줄기 희망이다.

— 김지하, 「생명」 전문

김지하의 「생명」은 "어미가 새끼를 껴안고 우는 것" 하나에 모든 시선이 집중된다. 이 생명의 원형은 억지로 꾸며낸 것이 아니라 원초적인 것에 가치를 두고 있다. 어미가 왜 우는지 그 전후는 다 생략되어 있다. 중요한 것은 "돌이킬 수도 밀어붙일 수도 없는" "마지막 자리"라는 점이다. 군더더기라고는 전혀 허용치 않는다.

시 창작에 있어서 이 점은 매우 중요한 창작원리를 제공한다. 오늘날의 시가 난삽해지고 독자들로부터 외면 받고 있는 이유는 무엇인가. 시인 자신도 모르는 사유를 시 속에 다 집어넣으려는 욕심에서 기인되고 있다. 한 편의 시를 쓰고 나서 그 단어나 구절이나 혹은 행과 연이 이 시를 위해서 꼭 필요한 것인가를 점검해보자. 점검하는 방법은 의외로 간단하다. 그 단어나 구절, 행과 연을 건너뛰면서 율독해 보면 된다. 자연스레 넘어간다면 열 중 아홉은 건너뛰어도 되는 부문을 삭제시켜야 한다. 끊어낸 자리의 빈 공간은 독자의 몫이다. 독자의 몫은 당연히 존중되어야 한다.

| 제2강 |

시적 사유의 힘

1. 왜 세계관이 중요한가
2. 세계를 보는 몇 가지 인식
3. 모방론(mimetic theories)적인 관점
4. 표현론(expressive theories)적인 관점
5. 실용론(pragmatic theories)적인 관점
6. 형식론(objective theories)적인 관점
7. 균형 잡힌 사고의 힘

제2강

시적 사유의 힘

1. 왜 세계관이 중요한가

한 편의 시를 통하여 시인은 자신의 세계관을 담아낸다. 상당히 어려운 문제이긴 하지만 편협하거나 치우치지 않는 바른 세계관을 갖는 것은 무엇보다 중요하다. 오늘날 많은 젊은 시인들은 이 문제를 심각하게 생각하지 않는다. 모든 문제를 심각하게 생각하는 것도 일종의 병일 수 있지만 그러나 적어도 자신이 쓰고 있는 시나 창작 작품이 어떤 사유와 어떤 목적으로 창작되고 있는 지를 그 작품을 쓰는 시인은 명확하게 인지하고 있어야 한다. 나는 어떠한 정신으로 어떤 문학적 지향점을 가지고 내 작품을 창작하고 있는가. 나의 시는 나에게 어느 정도 정직한가. 다소 공격적이고, 다소 난해하고, 다소 현실과 동떨어져 있다하더라도 내가 그것을 해야 할 충분한 이유가 있다면 그리고 그것이 어느 정도 설득력을 가지는 것이라면 그 사유는 정당화될 수도 있다. 그러나 이것도 저것도 아닌, 시류를 좇아가거나 시대에 무임승차

하여 기득권을 누리려는 시인의 안일한 태도는 정말 숙고해야 할 심각한 문제가 아닐 수 없다.

江나루 건너서
밀밭 길을

구름에 달 가듯이
가는 나그네

길은 외줄기
南道 三百里

술 익는 마을마다
타는 저녁 놀

구름에 달 가듯이
가는 나그네

「나그네」는 박목월(1916~1978)의 대표작이다. 박목월이 조지훈, 박두진과 함께 1946년 엮은 공동시집 『청록집(青鹿集)』에 실린 이 작품은 조지훈의 「완화삼(玩花衫)」에 대한 답시다.

문학평론가 이남호 교수는 「나그네」에 대해 "의미를 전달하는 기능보다 언어를 매체로 순수한 아름다움을 추구하는 존재성이 더 강한 시"라며 시에서의 언어 선택과 배치, 언어적 조형을 극찬했으며, 문학평론가 권영민 교수는 『한국현대문학사』에서 박목월의 시 세계를 "삶의 애환을 포괄하면서도 현실에 대응하는 적극적인 자세를 내세우는 법 없이 천품의 가락을 노래, 일상의 한가운데 서 있다"고 평하였다.

사실 이 작품은 2행씩 5연으로 되어 전체가 10행에 불과한 단시이지만 한국적인 시정(詩情)을 간결하고 경쾌하게 나타내었다.

구름이 갈라진 틈서리로 건너가는 달(실은 구름이 흘러가는 것이지만)은 씻은 듯이 맑고 아름답다. 달이나 구름, 그것들은 모두 무엇에 집념하지 않고 흘러가는 것들에 대한 有情이 넘쳐나고 있다. 달리 보면 세속적인 구속이나 집념에서 벗어난 해탈의 경지인 동양적인 높은 정신의 정수를 보여준다고도 할 수 있다.

그럼에도 불구하고 이 작품은 중요한 문제점이 노출되고 있다. 이를 다음의 작품과 비교해 보면 그 차이는 명료하게 나타난다.

날로 밤으로
왕거미 줄치기에 분주한 집
마을이 흉집이라고 꺼리는 낡은 집
이 집에 살았다는 백성들은
대대 손손에 물려줄
은동곳도 산호 관자도 갖지 못했니라

재를 넘어 무곡을 다니던 당나귀
항구로 가는 콩실이에 늙은 둥글소
모두 없어진 지 오랜
외양간엔 아직 초라한 내음새 그윽하다만
털보네 간 곳은 아모도 모른다

찻길이 뇌이기 전

노루 멧돼지 쪽재비 이런 것들이
앞뒤 산을 마음놓고 뛰어다니던 시절
털보의 셋째 아들은
나의 싸리말 동무는
이 집 안방 짓두광주리 옆에서
첫 울음을 울었다고 한다.

"털보네는 또 아들을 봤다우
송아지래두 불었으면 팔아나 먹지"
마을 아낙네들은 무심코
차그운 이야기를 가을 냇물에 실어 보냈다는
그 날 밤
저릎등이 시름시름 타 들어가고
소주에 취한 털보의 눈도 일층 붉더란다

갓주지 이야기와
무서운 전설 가운데서 가난 속에서
나의 동무는 늘 마음 졸이며 자랐다
당나귀 몰고 간 애비 돌아오지 않는 밤
노랑고양이 울어 울어
종시 잠 이루지 못하는 밤이면
어미 분주히 일하는 방앗간 한 구석에서
나의 동무는
도토리의 꿈을 키웠다

그가 아홉 살 되던 해

사냥개 꿩을 쫓아다니는 겨울
이 집에 살던 일곱 식솔이
어데론지 사라지고 이튿날 아침
북쪽을 향한 발자욱만 눈 우에 떨고 있었다

더러는 오랑캐령 쪽으로 갔으리라고
더러는 아라사로 갔으리라고
이웃 늙은이들은
모두 무서운 곳을 짚었다

지금은 아무도 살지 않는 집
마을서 흉집이라고 꺼리는 낡은 집
제철마다 먹음직한 열매
탐스럽게 열던 살구
살구나무도 글거리만 남았길래
꽃 피는 철이 와도 가도 뒤울안에
꿀벌 하나 날아들지 않는다

— 이용악, 「낡은 집」 전문

이용악의 「낡은 집」은 털보와 털보의 가족의 고단한 삶을 통하여 파괴된 우리 농촌 공동체의 황폐함을 적나라하게 보여주고 있다. 이 서사적 얼개는 물론 털보 일개인으로 국한되지 않고 동시대 우리 민족이 처한 일반적 상황이었다.

이 작품은 박목월의 「나그네」와는 다음의 대목에서 현저한 차이를 보여주고 있다.

①

술 익는 마을마다

타는 저녁 놀

②

"털보네는 또 아들을 봤다우

송아지래두 불었으면 팔아나 먹지"

마을 아낙네들은 무심코

차그운 이야기를 가을 냇물에 실어 보냈다는

그 날 밤

동시대의 작품이면서 이렇듯 다른 환경이 설정되고 있는 것이다. 이것은 시인의 사고가 어디를 향하고 있으며 그 애정이 과연 무엇을 위한 것이냐에 따라 얼마든지 차이가 날 수 있는 문제다. 보편적인 한국적 정서를 잘 살리고 리듬감을 잘 살렸다 할지라도 그것이 실제의 사실을 왜곡하고 있다면 작은 문제가 아니다. 작품 자체의 근본이 흔들리기 때문이다. 모름지기 시인이 되려는 사람은 자신의 세계관이 어디를 향하고 있으며 그 근본에 어떤 문제가 있는가를 판단하는 능력을 먼저 가져야 한다. 역사가 이긴 자의 편이라면 문학은 패배하거나 좌절당한 자의 편일 필요가 있다. 왜냐하면 이긴 경우라도 그 승리는 많은 사람들의 피로 이루어진 것이기 때문이다. 많은 사람들의 피와 고통을 예술의 힘으로 치유하지 않는다면 문학의 가치는 어디에서 찾을 것인가. 당대의 현실을 철저히 반영시켜야 한다는 것으로 이 말을 이해해서는 안 된다. 적어도 당대의 현실을 왜곡시켜서는 안 된다는 말이다. 그러기에 시인이 어떤 세계관으로 시적 대상을 이야기할 것인가는 시 창작의 모든 문제에 앞서는 인생관의 문제이기도 하다.

2. 세계를 보는 몇 가지 인식

형식주의와 역사주의

어미를 따라 잡힌
어린 게 한 마리

큰 게들이 새끼줄에 묶여
거품을 뿜으며 헛발질할 때
게장수의 구럭을 빠져나와
옆으로 옆으로 아스팔트를 기어간다
개펄에서 숨바꼭질하던 시절
바다의 자유는 어디 있을까
눈을 세워 사방을 두리번거리다
달려오는 군용 트럭에 깔려
길바닥에 터져 죽는다

먼지 속에 썩어가는 어린 게의 시체
아무도 보지 않는 찬란한 빛

— 김광규, 「어린 게의 죽음」 전문

이 시의 배경은 시장통이다. 바닥이 오폐수로 질척거리는 시장, 바닥은 거무튀튀해서 게의 색깔과 얼른 구분이 되지 않는다. 잡혀온 게 중에서 작은 게 한 마리가 아스팔트 위를 기어간다. 눈을 세워 사방을 두리번거리며 바다에서 누리던 자유를 찾고 싶어 한다. 누구도 게가 죽어갔다는 사실을 모르지만 시인은 그것을 똑똑하게 증언하고 있다. 이 시의 주제는 그러므로 어린 게의 자유 추구 정신이라고 말할 수 있다. 이렇게 작품을 보는 것은 이 작품의 외부적 요인들을 고려하지 않고 작품만을 성실하게 읽은 결과이다. 외부적 요인을 고려해서 읽을 때 키워드는 '군용 트럭'이 된다. 자전거 바퀴여도 감당하기 힘들 텐데 시인은 왜 다른 무엇도 아닌 군용 트럭을 가져온 것일까. 그 생각의 저변에는 복선이 깔려 있음이 분명하다. 여기에서 '군용 트럭'은 실제의 트럭이라기보다 어떤 상징을 내포하게 되는데 가장 근사치로 생각할 수 있는 것이 '군부 독재의 세력'이라고 할 수 있다. 그렇다면 이 하나의 상징물로 인해 이 시의 모든 문맥이 달라지게 된다. 새끼줄에 묶여온 '게'들은 민주화 운동을 하다 잡혀온 반독재 투쟁가들이라고 할 수 있고 '어린 게'는 어떤 확고한 신념도 없이 시위에 참석했던 나이 어린 청년 정도로 생각할 수 있다. 그는 순수한 뜻에서 사회의 불의에 항거했을 것이다. 아니 살기 위한 기본적인 몸부림이었을 것이다. 그러다 졸지에 죽음을 당한 것이다.(당연히 이 시에서 '군용 트럭'을 '장갑차'로 바꾸면 그것은 미 제국주의를 겨냥한 것으로 해석될 수도 있다.) 시인이 세계를 인식하는 관점은 이렇듯 크게 두 가지가 있다. 하나는 작품만을 생각하며 쓰는 것이고 다른 하나는 시인 자신을 둘러싼 현실과 역사와 삶의 부분들에 의미를 부여하고 쓰는 경우가 해당된다. 전자를 형식주의, 후자를 역사주의 방법이라 부른다. 문제는 이 관점을 다른 누가 아닌 창작자인 시인이 결정한다는 사실이다. 시인이 시대에 방관자이고 관심이 없다면 역사주의 방법으로 시를 쓰는 것이 불가능하게 된다.

작품에 어떤 특정한 의도와 가치를 부여하는 방법이 반드시 나쁘다고만 할 수 없다. 마찬가지로 시가 삶이나 역사 위에 확고히 서야 한다는 역사주의 방법이 절대적으로 좋은 방법이라고 할 수 없다. 양자를 균형적으로 아우르는 것이 가장 좋은 방법임은 말할 것도 없다. 그렇기는 하지만, 세계에 대한 인식을 이렇게 이분법화 하는 것은 점점 다양화되고 있는 현실을 단선화시키고 있다는 문제점을 내포하고 있다.

에이브럼즈(Abrams, M. H)는 『The Mirror and the Lamp』(Oxford Univ.

Press, 1971)에서 문학에 대한 세계인식 방법을 네 가지로 분류한 바 있다.

① nature(universe) → ④ work → ② artist → ③ audience

nature(universe)와 work가 관계된 ①은 모방론(mimetic theories), work와 artist가 연계된 ②는 표현론(expressive theories), work와 audience와 관련된 ③은 실용론(pragmatic theories), work 그 자체가 논의의 주안이 되는 ④는 형식론(objective theories)적인 입장을 나타내고 있다. 이 분류법은 다소 전통적이긴 해도 우리 사유의 체계를 설명하는데 상당히 유효한 수단을 제공한다. 여기에서는 이 방법의 골격을 원용하여 시적 사유의 체계를 살펴보고자 한다.

3. 모방론적인 관점

모방론(mimetic theories)적인 관점은 현실적인 상황을 문학의 제1차적인 관심으로 가져오는 것을 말한다. 우리가 살아가는 삶의 부분들을 중심 문제로 다루는 것이다. 삶이나 현실이 모여서 만들어가는 그 연장 위에 역사가 있으므로 당연히 역사적인 상황들과 만나게 된다. 역사와 동시에 경제나 사회의 제 상황들에도 문학적 관심의 대상이 되는 것이다. 이 모방론은 詩論에서 가장 오래된 역사를 가지고 있다. 孔子가 『논어』에서 시 속에는 草木의 미미한 것에서부터 인간 현상의 모든 것이 담겨져 있다는 얘기를 한 것도 따지고 보면 이 모방론의 입장에서 바라본 것이다. 잘 알려진 대로 플라톤이 『공화국』 10장에서 시인 추방론을 주장한 배경도 모방의 이론에 입각한 것이었다.

탁자(卓子)의 이데아를 가진 자 — 제 1단계

탁자(卓子)를 실제로 만든 자 — 제 2단계

탁자(卓子)를 그리거나 노래한 자 —제 3단계

제 1단계는 신의 영역이고, 제 2단계는 목수의 영역이며 제 3단계는 화가나 시인의 예술가 영역이다. 그에 의하면 예술가의 창작이란 진리에서 3 단계나 떨어진 위치에 있는 것이어서 당연히 시인은 추방되어야 할 존재라는 것이다. 물론 이 생각은 자체의 모순을 안고 있다. 시 자체가 갖는 독자적 의의나 미학적 측면을 모두 무시해버렸을 뿐만 아니라 모방의 개념에 대해서도 단순히 있는 상황을 그대로 모사해내는 것 이상의 의미를 부여하지 않았다. 플라톤의 이러한 생각은 그 뒤에 아리스토텔레스에 의해 보완되었다. 그는 개연성(probability)과 보편성(universality)의 이론을 활용하여 역사와 시를 구분한다. 역사는 사실의 세계를 그리기 때문에 일회성으로 족하지만 시는 있을 수 있는 세계, 있음직한 것들의 보편성과 개연성을 가진 세계임을 역설한다. 이 모방론은 후대에 그 논의가 계속되면서 리얼리즘 이론의 토대를 만드는 데 기여한다.

진눈깨비 속을
웅크려 헤쳐나가며 작업시간에
가끔 이렇게 일보러 나오면
참말 좋겠다고 웃음 나누며
우리는 동회로 들어선다

초라한 스물아홉 사내의
사진 껍질을 벗기며
가리봉동 공단에 묻힌 지가
어언 육 년, 세월은 밤낮으로 흘러

뜻도 없이 죽음처럼 노동 속에 흘러
한 번쯤은 똑같은 국민임을 확인하며
주민등록 경신을 한다

평생토록 죄진 적 없이
이 손으로 우리 식구 먹여 살리고
수출품을 생산해 온
검고 투박한 자랑스런 손을 들어
지문을 찍는다
아
없어, 선명하게
없어,
노동 속에 문드러져
너와 나 사람마다 다르다는
지문이 나오지를 않아
없어, 정형도 이형도 문형도
사라져버렸어

임석경찰은 화를 내도
긴 노동 속에
물 건너간 수출품 속에 묻혀
지문도, 청춘도, 존재마저
사라져버렸나봐

몇 번이고 찍어보다
끝내 지문이 나오지 않는 화공약품 공장

아가씨들은 끝내 울음이 북받치고
줄지어 나오는, 지문 나오지 않는 사람들끼리
우리는 존재조차 없어
강도질해도 흔적도 남지 않을 거라며
정형이 농지껄여도
더이상 아무도 웃지 않는다

지문없는 우리들은
얼어붙은 침묵으로
똑같은 국민임을 되뇌이며
파편으로 내리꽂히는 진눈깨비 속을 헤쳐
공단 속으로 묻혀져간다
선명하게 되살아날
지문을 부르며
노동자의 푸르른 생명을 부르며
되살아날
너와 나의 존재
노동자의 새봄을
부르며 부르며
진눈깨비 속으로,
타오르는 갈망으로 간다

— 박노해, 「지문을 부른다」 전문

박노해의 이 시속에는 노동자의 아린 가슴이 있다. 주민등록 경신을 하면서 일어날 수 있는 현실적인 삶의 아픔을 그는 외면하지 않고 정면적으로 그려내고 있다. 그의 대부분의 시는 이렇듯 사회에서 홀대받고 있는 계급들의 분노와 절규가 사실적으로 채색되고 있다. 시인은 시가 존재해야 하는 당위성을 노동 현실을 그대로 증언해내는 것에 두고 있는 셈이다. 이것은 그의 인생관이기도 하다. 시인이 어떠한 관점으로 현실을 인식하느냐는 다시 말해 어떤 인생관을 택하느냐의 선택과 결부되는 중요한 문제다. 70년대의 유신 압제는 시인과 소설가의 입을 막았고 언론의 눈을 가져가버렸다. 80년대에 많은 민중시인들이 감연히 일어섰다. 그 선두에 서서 몇 십 년의 피 흘림이나 고통으로도 이루지 못할 이 땅 민주화와 노동계급의 권리 옹호와 자유정신을 『노동의 새벽』 한 권의 시집으로 이룩해냈다. 지문이 노동 속에 문드러져 평범한 사람들의 대열에서도 제외되어버린 이들의 얼어붙은 침묵을 충격적으로 보여준 이 시는 80년대를 이끌고 갈만한 충분한 절망과 희망을 동시에 내포하고 있었다.

명도소송을 집행한 집에서
우리는 고스톱을 쳤다
전세돈, 그 돈은 내 목숨이라며
한 푼도 안 주느냐고 개인은 죽어도 좋으냐고
핏발 서린 원망을 던지던 아줌마는
곡괭이로 방구들을 찍고 나갔지만
똥통을 망가뜨리고 나갔지만
우리는 전기난로를 설치하고
유입물건 관리한다며 주질러 앉아
메주와 흑싸리와 팔공산 십끗짜리를
서로 따먹기 위해 눈을 붉힌다
집달리는 매일 하는 일이라며
눈 하나 끔뻑 않고 솥단지를 던지며
대문에다 못질을 하고

지방법원장 명의의 판결문을
흔들고 있었지만
돈을 빼기고도 죄 지은 사람처럼
쫓겨간 사람들은 어디로 간 것일까
어떤 집에서 명도집행을 하는데
똥바가지를 앵겨
잽싸게 붙이고 나왔다며
이 집은 양호한 편이라고 집달리는 웃고 있었지만
함부로 던져진 솥단지는
다시 어느 곳 부엌에 걸려
식구들 밥그릇을 채울까
방구들 쪼개진 돌멩이는
이제 어떻게 이어져
끊어진 허리를 녹일 것인가
우리는 묻지 않는다
어쩔 수 없다
도망칠 수도 합세할 수도 없다
캄캄한 여기는 광명 7동
자본주의의 밤

천민들의 밤

— 강형철, 「광명리에서」 전문

물을 수도 없고 묻지도 않는 시대적 아픔이 이 시에는 있다. 시인은 "도망칠 수도 합세할 수도 없다"고 자조하면서 그 아픔을 애써 방관하지만, 시인의 자세는 "돈을 빼기고도 죄 지은 사람처럼 쫓겨간 사람들"의 편에 서 있다.

"자본주의의 밤"의 위악을 담담하게 채색하고 있는 것이다.

> 당신과
> 당신의 아내인 저와
> 당신의 아이들
> 우리들이 얼굴을 마주보는 것도 오늘뿐
> 내일이란 없겠지요
> 적군이란 피의 값으로
> 여자와 살육과 재물을
> 원하는 것이라죠 그래서 당신은
> 당신 숨 끊기시고 난 이후의
> 우리의 운명을 걱정하신 건가요?
> 제 옷깃 안에
> 오도도 떨고 있는 아이들을 보세요
> 어쩌다 사람 손아귀에 든 작은 새처럼 쿵쿵 울리는
> 그 아이들의 심장 뛰는 소리를 느끼시지요
> 당신은 검을 빼어 드시는군요
> 목이 떨어진 후 얼마까지 서로를 바라볼 수 있는 걸까요
> 아니면 눈이 금방 흐려질까요?
> 여보 아이들의 눈을 가려주세요
> 아니면 제 치마끈을 떼어 드릴테니
> 그것으로 목을 얽으시면 어떻겠어요?
> 칼날에 동강 나는 것은 너무나 무서워요
> 패장의 가솔은 노비가 된다지만
> 노비로라도 살아가다보면
> 자식, 자식, 그 자식의 자식 때라도

다시 사람답게 살 수 있지 않을까요?
여보 죽는 게 꼭 용기 있는 걸까요?
나라 위해 죽는다지만
그 나랏님은 나라를 위해 무엇을 했나요
당신이 병사들과 진흙 속에서 피 흘리고 있을 적에
아첨하는 사람들에 둘러싸여
쾌락에 빠져 있지 않았나요
당신을 핍박하시지 않았나요
여보 그러니 여보
우리 죽지 말고 살도록 해요
그게 안된다면 여보
저와 아이들이라도 살려주세요 여보 살려주세
……!

잘려나간 제 목에 붙은 눈이
잘려나간 아이들의 목에 붙은 눈과
마주쳐요 아이들의 눈은 휘둥그래졌어요 믿어지지 않
……아……

1950년대의 서울, 식솔 벌어먹이기가 벅찼던 가장이 방에서 목을 맸다. 아이들 엄마는 그 비겁한 가장의 시체를 두들겨 팼다. 1990년대의 서울, 가출한 아내에 대해 분노한 가장은 아이를 데리고 다리에 나가 강물에 떼밀었다. 다리에 대롱대롱 매달려 죽지 않겠다고 빌던 아이는, 경찰이 아버지를 끌고 가자, 아버지가 빨리 집으로 돌아오게 해 달라고 애원했다.

— 양애경, 「계백의 아내」 전문

양애경의 이 작품은 과거의 역사적 상황에 대하여 현재적 상황이 클로즈업 되면서 본래 가지고 있던 의미를 다층적으로 연결해주고 있다. 아무리 거대하고 의미 있는 것으로 위장된다하더라도 가정 하나를 이끌지 못하는 위선적이며 강압적인 가부장적 남성들의 세계를 있는 사실들의 스크랩을 통해서 비판하고 있는 것이다.

새 한 마리 흐린 하늘을 울고 있다

배고프게 흘러가는 공장굴뚝 연기 몇 모금 훔치고 있다

아아, 가을비 치고 찬서리 깔리면
한 마음 디딜 곳마저
차갑게 얼어붙으리

어서 날아가자, 절벽 같은 허공을 찢어
피 묻은 부리에 쟁쟁한 햇살 물고
우짖던 노래
꿈에 젖어 외롭게 하늘을 흐르다
노을 속 탄다, 새여

— 박영근, 「폐업」 전문

박영근의 이 작품에도 당대의 아픈 현실이 반영되어 있다. 다만 앞의 두 작품의 구체성과는 달리 갈 길 잃은 새 한 마리를 통해 간접적으로 형상화되고 있다는 점이 다르다.

양애경의 현실인식은 물론 더 여성적인 입장에 서 있긴 하지만 강형철, 박노해, 박영근과 마찬가지로 이들 작품들은 모두가 소시민의 고단한 일면들과 늘 만나고 있다. 아주 분명한 사실은 이들 시인들은 적어도 모방론적인 입장에서 시를 창작하고 있는 시인들이라는 점이다. 고은, 신경림, 조태일, 김준태, 문병란, 김남주, 나종영, 이학영, 이산하, 오봉옥, 이기형, 도종환, 백무산, 정우영 등1) 많은 시인들은 이 입장을 견지하고 있는 시인들이다.

앞의 인용시를 통해서 알 수 있는 것이기도 하지만 이 모방론적인 입장에서 시를 창작할 때 유의해야 할 점이 있다. 대부분은 사실의 기록들인 여러 상황들을 재현할 때 그 여러 상황 가운데 가장 적합한 부분을 선취해오는 것이다. 이를테면 '끝내 지문이 나오지 않는 화공약품 공장 아가씨들'의 설정과 '계백'이라는 인물과 50년대와 90년대의 가장을 설정하는데 시인이 고심하는 부분을 감안하면 이 점은 쉽게 이해가 될 수 있다. 90년대에 한 가장을 설정하면서 하필이면 '가출한 아내에 대해 분노'하여 '아이를 데리고 다리에 나가 강물에 떼'미는 아버지를 설정한 이유가 무엇이었는가를 항상 고민할 필요가 있다는 것이다.

여기에서 우리는 리얼리즘 시의 창작원리를 한 번 생각할 필요가 있다. 소설에 관한 애기이기는 했지만 엥겔스가 허크네즈한테 보낸 편지 가운데 얘기되었던 리얼리즘 실현의 조건은 세 가지였다. '전형적인 환경'과 '전형적인 인물'과 '세밀한 묘사'가 그것이다. 여기서 '전형'이란 말에 상당히 유의할 필요가 있다. 우리가 통상적으로 쓰는 '전형'이라는 말과는 상당한 거리가 있기 때문이다. 여기서의 '전형'은 계급성을 가지고 있다. 어떤 특정 계급의 구체

1) 이들 중 많은 사람들이 필화를 겪었다. 이산하는 "혓바닥을 깨물 통곡없이는 갈 수 없는 땅 / 발가락을 자를 분노없이는 오를 수 없는 산. / 민족해방을 위해 장렬히 산화해 가신 전사들에게 이 글을 바친다"로 시작된 장시 「한라산」을 87년 3월 무크 『녹두서평 1』에 발표, 국가보안법 위반으로 징역 1년 6개월을 선고받았고, 빨치산의 최후 거점으로 엄청난 피와 한을 부른 지리산을 무대로 한 연작시집 『지리산』을 88년 펴낸 이기형 시인은 국가보안법 위반으로 징역1년 집행유예 3년을 선고받았으며, 『실천문학』 88년 가을호에 장시 「붉은 산 검은 피」를 발표한 오봉옥씨도 "공비(共匪)를 미화, 찬양한 이적표현"으로 징역 10개월을 선고받았다.

적인 한 구성원이라는 점에서 평균적이며 보편적인(우리가 쓰는 통상 '전형'이라고 쓰는 말에는 이 의미가 내포되어 있다) 성질의 것은 아니다. 그러한 현실적 공간과 현실적 인물의 설정이 당대의 현실을 왜곡시키지 않고 그려지는 것이 무엇보다 중요하다는 점이다.

4. 표현론적 관점

「님의 침묵」에서 '님'은 누구인가. 「나의 침실로」에서 '마돈나'는 누구인가. 유치환의 시 「그리움」에서 '뭍'은 누구이고 '파도'는 누구인가. 표현론(expressive theories)적 관점은 시인 자신의 생애에 중심을 두는 것을 말한다. 출생과 교우 관계, 여성 편력과 남성 편력, 지병 등이 작품 속에 반영되어 나타날 수밖에 없다는 인식을 전제로 한다. 워즈워드와 J.S 밀이 이 입장을 지지하고 있다. 워즈워드는 1798년 『서정민요시집』 서문에서 '감정을 전제로 한 자발성의 시론'을 편다. 그는 시의 성패가 시인이 가진 감정을 어떻게 구성해내느냐에 달려 있다고 본다. 이 '구성'은 모방론적 관점을 완전히 배제한다. 어떤 사상이나 현실적 효용가치를 떠나서 이루어져야 한다는 것이다. J.S. 밀은 시란 외로운 감정의 양식이며 그것은 불가피하게 독백의 측면을 강하게 지닌다고 본다. 시인이란 사회적인 것이나 역사적인 사실들과 떨어져 단독자로서 관조해야 한다는 것이다. J.S. 밀의 견해는 시인 역시 사회적 동물이고 사회로부터 유리될 수 없는 존재임을 감안할 때 지나치게 극단을 요구하고 있다고 생각된다.

북천이 맑다커늘 우장없이 길을 나니
산에는 눈 내리고 들에는 춘비로다
오늘은 춘비 맞아시니 얼어잘까 하노라

임제의 이 작품에서 '춘비'는 그가 사랑하는 한우(寒雨)라는 기생이었음은 널리 알려진 사실이다. 표현론적인 입장을 감안하지 않고 이 작품을 해석하는 것은 완전히 시를 오독하는 것이 된다. 표현론적인 관점에서 창작되어진 두 편의 시를 인용해본다.

지난 여름이었습니다 가세가 기울어 갈 곳이 없어진 어머니를 고향 이모님 댁에 모셔다 드릴 때의 일입니다 어머니는 차시간도 있고 하니까 요기를 하고 가자시며 고깃국을 먹으러 가자고 하셨습니다 어머니는 한평생 중이염을 앓아 고기만 드시면 귀에서 고름이 나오곤 했습니다 그런 어머니가 나를 위해 고깃국을 먹으러 가자고 하시는 마음을 읽자 어머니 이마의 주름살이 더 깊게 보였습니다 설렁탕집에 들어가 물수건으로 이마에 흐르는 땀을 닦았습니다 "더울 때 일수록 고기를 먹어야 더위를 안 먹는다 고기를 먹어야 하는데……고깃국물이라도 되게 먹어둬라" 설렁탕에 다대기를 풀어 한 댓 숟가락 국물을 떠먹었을 때였습니다 어머니가 주인 아저씨를 불렀습니다 주인 아저씨는 뭐 잘못된 게 있나 싶었던지 고개를 앞으로 빼고 의아해하며 다가왔습니다 어머니는 설렁탕에 소금을 너무 많이 풀어 짜서 그런다며 국물을 더 달라고 했습니다 주인아저씨는 흔쾌히 국물을 더 갖다 주었습니다 어머니는 주인아저씨가 안 보고 있다 싶어지자 내 투가리에 국물을 부어주셨습니다 나는 당황하여 주인 아저씨를 흘금거리며 국물을 더 받았습니다 주인 아저씨는 넌지시 우리 모자의 행동을 보고 애써 시선을 외면해주는 게 역력했습니다 나는 그만 국물을 따르시라고 내 투가리로 어머니 투가리를 툭, 부딪쳤습니다 순간 투가리가 부딪치며 내는 소리가 왜 그렇게 서럽게 들리던지 나는 울컥 치받치는 감정을 억제하려고 설렁탕에 만 밥과 깍두기를 마구 씹어댔습니다 그러자 주인 아저씨는 우리 모자가 미안한 마음 안 느끼게 조심, 다가와 성냥갑 만한 깍두기 한 접시를 놓고 돌아서는 거였습니다 일순, 나는 참고 있던 눈물을 찔끔 흘리고 말았습니다 나는 얼른 이마에 흐른 땀을 훔쳐내려 눈물을 땀인 양 만들어놓고 나서, 아주 천천히 물수건으로 눈동자에서 난 땀을 씻어냈습니다 그러면서 속으로 중얼거렸습니다

눈물은 왜 짠가

— 함민복, 「눈물은 왜 짠가」 전문

씨앗가게 앞에 서면
무 숭숭 구멍 뚫린 황망한 家系 사이로
좌르르 쏟아지는 어머니의 12월,
왜 들여다보고 싶은 지

어머니는 기집애가 참아야지 구신거리면
누나는, 엄만 왜 애먼 나만 갖고 그러냐고 앙당거리고
너도 애비같이 속창시 없는 것이라고 구신구신거리고
중학 안 보내줄 때도 그러더니 또 그런다고 앙당앙당거리고
장지 덧문 사이로 더러 내리는 눈발도
한 번 기웃거리다가 참견하면서
그렇게 한 겨울 밤이 스르렁 넘을라다가도
구신구신 앙당앙당
어떻게 넘을까 싶은데

나는 건넌방에 누워 그 대화를 엿듣다가 말다가
눈 내리는 사정이 더 궁금해져
기어코 토방까지 기어 나오곤 했다
눈은, 웃뜸 영심이 고애 눈썰미처럼
참 곱게도 오는 것이어서
그 소리들은 오싹거리며 이부자리에 파고 든 이후에도
스멀스멀 내 꿈 사이를 기어다녔다

그 꿈의 웃시렁에 대롱대롱 매달린
씨 오쟁이에서는 까맣고 또글또글한 씨앗들의 소리가 밤새
튀밥 튀며 날아오르기도 했는데

오늘 씨앗가게 앞에 서니
천안으로 시집 간 누나, 식당 주방에서 얘들 학비는
거뜬히 번다며 웃던 누나, 보고 싶다
이 땅 여자들이 끌고 가는 단단한 삶의 알갱이들
단호한 응집력이 구신구신 앙당앙당
내 종아리를 푸르게 때리고 지나간다

— 이지엽, 「씨앗의 힘 - 가벼워짐에 대하여 · 10」 전문

표현론의 입장에서 시를 창작할 때도 상당히 주의해야 할 점이 있기 마련이다. 그것은 시인 자신의 얘기로 함몰되어 너무 사변적으로 가버려서는 안 된다는 점이다. 함민복의 「눈물은 왜 짠가」라는 시에서 마지막 행을 독립된 연으로 처리하면서 '눈물은 왜 짠가'라는 보편적 문제로 환원한 것을 주목해 보라. 후자의 작품 또한 실제 중학교를 진학 못한 누이의 얘기를 다루면서 구태여 '이 땅 여자들이 끌고 가는 단단한 삶의 알갱이들'이라는 대목을 삽입한 것도 사변적인 것으로 함몰되는 것을 제어하기 위한 노력으로 보아도 좋을 것이다.

5. 실용론적 관점

시가 아무리 모방론적인 입장에서 창작되어지고 표현론적인 입장을 잘 대변하고 있다고 하지만 감동이 없다면 어떻게 될 것인가. 그렇게 보면 시에 있어서 시적 감동의 문제는 어느 것보다 중요한 문제가 아닐 수 없다.

실용론(pragmatic theories)적 관점은 시를 '전달'의 한 방편으로 보아 독자에게 영향을 주는 어떤 '효과'에 주목하는 입장이다. 경제적인 효과를 지칭한다고 해서 '효용론적인 관점'으로도 이해하면 쉽다. 독자에게 불러일으키는 효용은 일찍이 로마의 시인 호라스가 "시인의 소원은 가르치는 일, 또는 쾌락을 주는 일, 또는 그 둘을 아울러 하는 일"이라고 얘기했듯 크게 교훈적인 효과와 심리적인 효과를 나눌 수 있다. 교훈적인 효과는 우리의 전통적인 문학 양식들과 밀접한 관련이 있다. 조선 초기 희대의 사건인 부모를 육시(戮屍)하는 사건이 일어나자 당시의 위정자들은 설순으로 하여금 『삼강행실도(三綱行實圖)』를 편찬하게 하였다. 우리나라는 물론 중국의 문헌들을 총망라하여 효(孝)와 충(忠)과 열(烈)에 관한 삼강의 도리에 수범될만한 내용을 그림까지 그려 민간에 유포시키게 된다. 이것이 민간에 유포, 구전되면서 대를 세우고 살이 붙게 되어 우리의 고전소설이 탄생하게 된다. 심청전, 조웅전, 춘향전은 이런 저간의 연유 속에서 비롯된 것이라 볼 수 있다. 우리의 전래동화 또한 대부분 여기서 그 내용을 얻은 것들이다. 조선시대의 시조 창작 원리나 고시가 대부분의 창작 원리 또한 이 교훈적인 관점을 무시할 수 없다. 사대부들의 이념은 주자학적 세계관의 실천에 있었고 이 원리는 모든 글이 도(道)에 합치해야함을 여실하게 보여주었기 때문이었다. 오늘날 이 교훈적인 효과는 아동문학에서는 아직도 유효한 창작 목표이기도 하다.

심리적인 효과에 주목한 사람은 드라이든이다. 그는 시가 아니라 극을 중심으로 이론을 전개했지만 표현과 형식의 문제를 강조했다. 그는 무엇보다 청중들에게 감동을 주지 못했다면 그 작품이 성공했다고 볼 수 없다고 주장한다.

감동이 사라진 시대에 우리는 살고 있다. 그러기에 감동이 있는 뭉클한 시들을 만나는 것은 즐거운 일이 아닐 수 없다.

> 반짝반짝 하늘이 눈을 뜨기 시작하는 초저녁
> 나는 자식놈을 데불고 고향의 들길을 걷고 있었다.
>
> 아빠 아빠 우리는 고추로 쉬하는데 여자들은 엉덩이로 하지?
>
> 이제 갓 네 살 먹은 아이가 하는 말을 어이없이 듣고 나서
> 나는 야릇한 예감이 들어 주위를 한번 쓰윽 훑어보았다. 저만큼 고추밭에서
> 아낙 셋이 하얗게 엉덩이를 까놓고 천연스럽게 뒤를 보고 있었다.
>
> 무슨 생각이 들어서 그랬는지
> 산마루에 걸린 초승달이 입에 귀밑까지 째지도록 웃고 있었다.

— 김남주, 「추석 무렵」 전문

일찍이 시퍼렇던 군부 독재에 맞서 '조국은 하나다'라고 부르짖었던 민족시인 김남주는 부조리한 사회에 저항하는 많은 시편과 함께 서정성이 뛰어난 작품들도 남겼다. 「추석무렵」은 그 중 대표작이라 할 만하다. 서정자아와 자식 간의 도타운 정도 정이지만 엉덩이를 까놓고 천연스럽게 뒤를 보고 있는 시골 아낙들과 이에 질세라 화답하는 자연의 조응성이 절로 웃음을 머금게 한다.

> 비 맞은 닭이 구시렁구시렁 되똥되똥 걸어와 후다닥 헛간 볏짚 위에 오른다
> 그리고 아주 잠깐 사이 눈부신 새하얀 뜨거운 알을 낳는다

비 맞은 닭이 구시렁구시렁 미주알께를 오물락거리며 다시 일 나간다

— 이시영, 「당숙모」 전문

이 시는 암탉의 생동감 넘치는 행동이 자연스럽게 당숙모의 일상과 연결되고 있다는 점에서 자못 흥미를 자아내게 한다. "아주 잠깐 사이 눈부신 새하얀 뜨거운 알을 낳는" 것은 밭일을 하고서 돌아온 당숙모가 아주 빠른 솜씨로 따뜻한 점심을 준비하는 것으로 읽힌다. 세상살이에 대한 푸념이나, 아이들을 나무라는 것을 빼놓지 않고 구시렁구시렁 하기도 하지만 그것보다는 아주 열악한 상황에서도 꿋꿋하게 살아가는 여성의 억척스러움과 건강함이 그 팔뚝의 힘줄을 보듯 생생하게 다가온다.

휘익 귓가에서 무엇이 툭 떨어졌다 좁은 골목길 밖으로 순식간에 사라졌다 작고 검고 희었다 한참 뒤 그것이 그것임을 알았다 찬바람 부는 겨울 속 파랗게 얼음꽃 핀 하늘 아래 설악 쪽을 보았다 나는 커다란 물음표가 되었다 세상에, 저 사람이 아직도 가지 않고, 가슴 서늘한 겨울 응달을 간다

정말 돌아가지 않고 남아 있는 제비가 있는 걸까? 그때 잘못 본 것이 아닐까? 분명히 찢어진 연미와 목 아래 흰 가슴을 보았다.

— 고형렬, 「제비」 전문

이 시에는 예기치 않은 것들로 얻은 경이로움이 있다. 우리는 때로 전혀 믿기지 않는 현실을 보게 될 경우가 가끔 있는데 이것은 아주 중요한 시의 소재가 된다. 왜냐하면 그것은 소재나 사건 그 자체가 긴장감을 갖고 있기 때문이다. 이를 감동의 차원까지 끌어올리는 데는 또 한 번의 노력이 필요하다. 시인은 이를 어떻게 실현시키고 있는지 유의해보라.

겨울인데도 돌아가지 않는 제비— 시인은 이를 "세상에, 저 사람이 아직도

가지 않고"라고 말하면서, "가슴 서늘한 겨울 응달을 간다"고 적고 있다. 제비를 무엇에 연연해하는 사람의 모습으로 일시에 환치시킨다. 그러면서 동시에 가슴 서늘한 그리움을 가진 존재로 격상시켜버린다. 이렇게 되면 '제비'는 더 이상 제비가 아닌 것이 되고 독자들은 시인이 의도하고 있는 이 이상한 그리움의 그물을 하늘에 펼치게 된다. 시의 감동은 바로 그곳에 있다.

늦가을 청량리
할머니 둘
버스를 기다리다 속삭인다

"꼭 신설동에서 청량리 온 것만 하지?"

— 유자효, 「인생」 전문

그 감동은 길게 쓴다고 오는 것은 아니다. 지나가다 할머니 두 분이 말하는 내용을 언뜻 듣고서 곰곰 생각해보니 참 재미있다는 생각이 들어서 시인은 군더더기를 전부 생략하고 그 요체 되는 부분만 간명하게 보여준다. 시에 이런 직관을 뚫는 재미성이 있다면 충분히 한 편으로서의 가치가 있다할 것이다.

기분 좋은 말을 생각해보자.
파랗다. 하얗다. 깨끗하다. 싱그럽다.
신선하다. 짜릿하다. 후련하다.
기분 좋은 말을 소리내보자.
시원하다. 달콤하다. 아늑하다. 아이스크림.
얼음. 바람. 아이아. 사랑하는. 소중한. 달린다.
비!

머릿속에 가득 기분 좋은
느낌표를 밟아보자.
느낌표들을 밟아보자. 만져보자. 핥아보자.
깨물어보자. 맞아보자. 터뜨려보자!

— 황인숙, 「말의 힘」 전문

말은 정말 거대한 위력을 지니고 있다. 잘못 말한 한 마디가 독이 되고 화살이 되고 위로의 말 한 마디가 따뜻한 이부자리가 되고 집이 된다. 천 냥 빚도 갚을 수 있는 게 말의 힘이고 보면, 말을 잘 골라 쓰고 아껴 써야 하리라. 여기까지는 상식인데 시인은 이런 상식적인 내용의 기술을 피하고 '기분 좋은 말'을 직접 열거하여 색다른 맛을 도출시켰다. 형용사와 동사와 명사를 다양하게 변주시키면서 탄력과 긴장을 효과적으로 엮어내고 있다. 6행까지는 장황하다 싶게 가파르게 전개하더니 '비'라고 확 끊어주면서 과감히 한 행으로 처리하고 있는 것을 보라. 느낌표를 핥아보고 터뜨려 보자라고 하여 불일치에서 오는 묘미까지 즐기고 있으니. 독자들은 시인이 부려놓은 언어의 공간을 빠른 속도로 질주하면서 각각의 다른 무늬들이 주는 쾌감을 체험하게 된다.

효용론적인 관점을 가지고 시를 창작할 때 유의할 점은 대개 다음의 두 가지다.

첫째는 시의 감동을 주는 시적 대상은 결코 거대한 것이 아니라는 점이다. "하얗게 엉덩이를 까놓고 천연스럽게 뒤를 보고 있"는 아낙이나 구시렁구시렁하는 비 맞은 닭, 겨울인데도 떠나지 않는 제비 등 아주 사소하거나 주변적이라는 것이다. 사소하거나 주변적인 것인 만큼 그것들은 사회를 바꿀만한 힘이 없다. 우리와 같은 서민들이며 약자들이다.

둘째는 이 시적 대상을 직관의 힘으로 꿰뚫어 보라는 것이다. 직관은 시적 대상과의 틈새 없는 결합이다. 물론 이것을 단기간에 성취하기는 힘들다. 쉽다면 모두가 다 감동적인 시를 쓸 수 있을 것이다. 오늘날 발표되는 대부분의 시가 감동적이지 않는 것은 많은 시인들이 이것을 잘 운용하고 있지 못하기 때문이다.

6. 형식론적인 관점

형식론(objective theories)적인 관점은 시가 그 자체로 자족한 존재(being of self sufficient)임을 전재로 하여 시인과 독자 그리고 현실의 모든 것들과는 유리되어 있는 독립된 영역으로 취급되는 것이다. 일종의 유미주의적 입장이라고도 할 수 있다. 시인의 사상과 감정 즉, 의도(意圖)를 꿰뚫고자 하는 것이 표현론적인 관점이라면 이 관점에서는 그 의도가 똑같은 결과로서 작품 속에 나타났다고는 볼 수 없는 오류를 인정한다. 효용론에서의 독자 반응도 시가 자체의 도야를 이루어가는 역동적인 실체라는 점을 감안한다면 그렇게 재단된 결과가 실제의 독자 감동과 다른 차이가 존재하게 된다. W.K. Wimsett은 이를 각각 '의도의 오류(Intentional Fallacy)'와 '감동의 오류(Affective Fallacy)'로 명명하기도 하였다. 그러므로 이 관점은 앞서의 여러 관점들이 안고 있는 문제점을 보완하기 위하여 시를 시 자체로만 놓고 이해 평가하려고 한다. 객관주의 구조론의 관점으로 이 방법을 부르는 이유도 여기에서 연유된다. 객관주의 구조론은 영미계의 신비평가들에 의해 뉴크리티시즘을 낳았다.

우리가 물이 되어 만난다면
가문 어느 집에선들 좋아하지 않으랴.
우리가 키 큰 나무와 함께 서서
우르르 우르르 비 오는 소리로 흐른다면.
흐르고 흘러서 저물녘엔

저 혼자 깊어지는 강물에 누워
죽은 나무뿌리를 적시기도 한다면.
아아, 아직 처녀인
부끄러운 바다에 닿는다면.

그러나 지금 우리는
불로 만나려 한다.
벌써 숯이 된 뼈 하나가
세상에 불타는 것들을 쓰다듬고 있나니

만리 밖에서 기다리는 그대여
저 불 지난 뒤에
흐르는 물로 만나자.
푸시시 푸시시 불 꺼지는 소리로 말하면서
올 때는 인적 그친
넓고 깨끗한 하늘로 오라.

— 강은교, 「우리가 물이 되어」 전문

이 작품은 완벽하게 잘 짜여진 작품이다. 물과 불의 대립적 이미지를 통해 변증법적으로 통일된 완전세계를 희구하는 서정자아의 의도가 정밀하게 전개되고 있다. 물은 가뭄→비→강물→바다로의 수평, 확산의 의미로 확대되어 나간다. 1연의 하강적 이미지가 4연의 상승적 이미지로 바뀌고 있는 점도 주목해볼 필요가 있다. 한시에서 보게 되는 起承轉結이 잘 맞아 떨어지고 있다. 작품 자체의 완벽성이 두드러져 보인다. 이 작품을 통해 우리는 구태여 물의 세계가 자유세계를 대변하고 불의 세계가 전쟁과 이데올로기 대립의 사회 현상학적인 부분으로 이해하려고 애쓸 필요가 없다. 작품 그 자체로서

물의 생명적이고 원시적인 힘에 대해 이해해도 무방하기 때문이다.

흰 말(馬) 속에 들어 있는
古典的인 살결,
흰 눈이
低音으로 내려
어두운 집
은빛 가구 위에
수녀들의 이름이
무명으로 남는다
화병마다 나는
꽃을 갈았다
얼음 속에 들은
엄격한 變奏曲,
흰 눈의
소리없는 저음
흰 살결 안에
람프를 켜고
나는 소금을 친
한 잔의 식수를 마신다.
살빠진 빗으로
내리 훑으는
漆黑의 머리칼 속에 나는
三冬의 활을 꽂는다

— 김영태, 「첼로」 전문

이미지로 축조한 견고하면서도 부드러운 감각이 시는 시의 이미지와 상상력이 얼마나 중요한 것인가를 잘 보여주고 있다. '흰 말'과 '흰 눈'은 '은빛'과 어울려 이 색감들이 지닌 순수함을 차분하고 단정하게 불러 모은다. 이 색감들에 대응하는 것들은 '古典的인 살결'과 '어두운 집'과, '무명으로 남는 수녀들의 이름'이다. 이는 시적대상이 가지고 있는 두 가지 측면, 즉 현대적인 면과 고전적인 면, 밝음과 어두운 면, 화려함과 수수한 측면의 이중성 때문이다. 화병마다 꽃을 갈 듯 시인은 늘 새로움에 목말라 하고 '얼음 속'에 든 '엄격'함을 지닌 선명성을 요구한다. 요구라기보다는 이것들은 시적대상이 가지고 있는 본래의 정신이라 봐야 옳다. 선명함 뒤에는 정적과 고요가 스민다. 흰 눈이 소리 없이 내려 쌓이듯이 시인은 비로소 이 고요의 끝자락에 람프를 켜고 한 잔의 소금 식수로 찌꺼기들을 헹궈낸다. 그 경건함 위에 시인은 三冬의 잠과 꿈에서 깨어나 활을 켜는 것이다. 말하자면 이 시는 한 악기의 특성을 완전히 이미지화 시키고 그 이미지의 눈부신 축조를 바탕으로 새로운 연주를 준비하고 있는 것이다. 이 작품 위에 누가 구태여 역사와 삶의 더께를 얹고자 할 것인가.

7. 균형 잡힌 사고의 힘

하나

새앙철 지붕 위로 쏟아지는 쇠못이여
쇠못 같은 빗줄기여
내 어린날 지새우던 한밤이 아니래도 놀다 가거라

잔디 위에 흐느끼는 쇠못 같은 빗줄기여
니 맘 내 다 안다

니 맘 내 다 안다
내 어린날 첫사랑 몸져눕던 담요짝 잔디밭에 가서
잠시 놀다 오너라

집집의 어두운 문간에서
낙숫물 소리로 흐느끼는
니 맘 내 자알 안다
니 맘 내 자알 안다

다섯

한없이 어루만지는 부드러움이 되는 당신의 두 팔을 받으며 편안히 눕는다. 당신의 마음은 나의 옷, 포근한 온기(溫氣)를 온몸에 감고 잠이 든다. 당신의 애정은 푸른 밥, 나의 소화기관은 하루 종일 꽃망울을 벌어 일초일초(一抄一抄) 꽃피워 낸다. 태양이 한 아이의 손바닥에 가지런히 씨앗을 올려놓고 웃음짓듯이 당신의 눈길이 내 눈을 묶을 때 나는 순한 물이 된다. 속삭이고 싶다. 지나가는 바람에게 마음을 주고 싶다. 형태 없는 가을에 내 손에 와 닿는 것들은 순한 물이 되어 고인다. 나의 틀은 좁은 마당에서도 알맞다. 당신의 눈이 내 눈에 고이고, 나는 잘 길들여진 어린 나무, 친근한 빗자루를 들고 마당을 쓸고 싶다. 오래오래 헤매고 싶다. 형태 없는 가을에 사면이 하얗게 칠해진 마당에서 나는 순한 물이 되어 고인다. 당신의 살 위에 내 살을 댄 채.

여섯

비 내린 풀밭이 파아란 건
풀잎 속으로 몰려가는 푸른 힘이 있기 때문이다

풀밭에 힘을 주는 푸른 손목이 숨어 있기 때문이다
풀밭이 노오랗게 시드는 건
힘을 주던 손목이 부러졌기 때문이다
나는 이 사실을 그대에게 보일 것이다
우리들의 몸 속에서도 힘을 주던 손목이
사나워져가고 있다고 말해줄 것이다

세 명의 사나이가 풀밭에 서면
풀밭과 세 사나이는 하나다
세 명의 사나이가 풀밭을 지나가면
풀밭과 세 사나이는 둘로 격리된다

그것은 튼튼하고 확실한 형태였다
나뭇가지가 부러지는 소리가 들렸다
내 속에서는 분질러진 마음이 오래오래 남아 있었다
그것은 튼튼하고 확실한 형태였다
나는 그대에게 보여줄 것이다
균열된 유리창을 통하여
풀밭을 바라보는 세 가지 마음들을
튼튼하고 확실한 형태들을
나는 그대에게 보여줄 것이다
비 내린 풀밭으로 걸어나가는 세 개의 발이
갇혀 가다가 도망쳐 나오는 시간의 궤적과 공간(空間)을
그 튼튼하고 확실한 형태들을

일곱

그믐밤 헛간에 빠졌을 때다. 나는 부러진 도끼처럼 뒹굴었다. 완강한 어둠 속에서 흰 팔의 소리들이 나를 불러내고 있었다. 다 탄 심지(心枝)처럼 겨울나무들이 몰려오고 얼어붙은 땅바닥에서 바람소리들이 새어 나오고 있었다. 흰 팔의 소리들이 뼈를 쪼개고 있었다. 소리들은 찢어진 살을 만지고 있었다. 바늘을 삼킨 위독한 나를 부르며 잃어버린 나라에서도 불타오르던 암석들을 데려오고 있었다. 물이 엎질러진 마당 구석에서 아이들은 얼굴을 비춰보며 놀고, 나는 얼음이 갈라지는 헛간의 빙벽에 매달려 있었다. 이번에는 소리들이 뼈를 부딪히고 있었다. 소리들은 바다로 기울어져 가고, 내 안에서는 하얗게 고함치며 갈라지는 뼈가 있었다. 그러자 바람이 메마른 나뭇가지의 살을 씻어내리다 실신(失身)하는 바다에서 흰 팔의 소리들이 다시 들려오고 있었다.

— 조정권, 「비를 바라보는 일곱 가지 마음의 형태」 부분

우리는 지금까지 시적 사유의 힘이 어떤 사고관에서 비롯되는가를 살펴보았다. 조정권의 「비를 바라보는 일곱 가지 마음의 형태」라는 시에는 다양한 사고가 뒤섞여 혼재하고 있다.

리얼리즘적인 사고의 모방론적 관점이 있는 반면 아주 모더니티한 사유로 작품 자체에 빠져들게 하는 힘도 있다. 비의 이미지를 통하여 '노오란 저녁 해'와 '그대의 무덤'과 바람의 웃음과 '바다 밑'과 ' 눈먼 이의 눈먼 가슴'과 '푸른 밥', '잘 길들여진 어린 나무'를 건져 올린다. 또한 비의 부드러움 안에서조차 '쇠못'과 '부러진 도끼'와 '하얗게 고함치며 갈라지는 뼈'의 소리들을 듣는다. 이 시는 우리가 어떤 사유를 갖더라도 한 곳에 집착하지 말라는 경고 메시지를 던지고 있는 것처럼 읽혀진다.

사실 모방론(mimetic theories)적인 관점, 표현론(expressive theories)적인 관점, 실용론(pragmatic theories)적인 관점, 형식론(objective theories)

적인 관점은 각각의 장점도 있는 반면 단점 또한 자체적으로 지닐 수밖에 없는 한계점을 가지고 있다. 그러므로 어느 하나로 완벽한 시 쓰기를 생각한다면 큰 착각이다. 불행하게도 우리가 처한 현실은 그렇지 못하다. 분단의 이데올로기 때문에, 문학의 본래 모습이 자주 왜곡되어 나타나기도 한다. 어떤 사고를 가지고 시를 쓰느냐하는 것은 시인의 자유 영역에 속한다. 그렇지만 균형 있는 사고가 중요하다. 균형 있는 사고를 가진 시가 다양하게 창작되어질 때 우리 문학의 미래도 거기에서 찾아질 수 있다. 시인은 시로써 말하는 것이지 시론으로 말하는 것은 아니다.

| 제3강 |

시적 대상과 표현

1. 시적 대상
2. 시적 표현
3. 대상 접근 방법과 표현의 효율성
4. 한 편의 시가 창작되는 과정

제3강

시적 대상과 표현

1. 시적 대상

어떤 것이 시적 대상에 적합할까. 지극히 평범한 것도 시적 대상이 될 수 있을까. 선대의 시인들이 수없이 다루어온 소재들도 시의 대상으로 적합한 것일까. 시적 대상에 대한 새로움으로 승부를 걸려고 하는 시인들의 경우는 경이적인 시의 소재를 찾기 위해 많은 시간을 허비한다. 노력하는 자세야 폄하할 필요는 없지만 그러나 어느 것이라도 다 시적 대상이 될 수 있음을 상기할 필요가 있다. 일상적으로 우리가 보고 겪는 모두가 시의 대상이 될 수 있는 것이다. 책상과 의자, 산과 들, 비와 바람, 개, 닭, 고양이, 오늘 내가 먹은 밥과 내가 배설한 똥과 그 모든 것이 시의 대상으로 형상화될 수 있는 것이다. 누군가가 얘기한 것을 우리는 다시 얘기하고 있는 것에 불과하다. 문제는 '무엇을'이 아니라 '어떻게'일 것이다.

1. 나는 거대한 낙지이다. 어떤 해일이 밀려와 나를 좋지 않은 바다—너무 추운 바다로 데려갔다. 나는 바다 밑바닥 위에서 집으로 돌아가는 길을 찾으려 하고 있다.

2. 나는 대서양 최남단의 어느 섬에 있는 은둔자 혹은 표류자이다. 너는 단지 먹이만 찾는 일을 할뿐이다.

3. 나는 외계(外界)에서 온 생물이다. 나는 바다 근처에 착륙했다. 이것은 본거지에 보내는 내 보고서이다.

4. 나는 아마존(희랍 신화에 나오는 용맹한 女部族)이다.

5. 이 망원경으로 네가 볼 수 있는 것을 써 보아라.

6. 나는 장님이다. 그런데 한 번, 단지 5분 동안 나는 볼 수 있었다. 이것이 그때 내가 보았던 것이다.

7. 나는 개에게 쫓기고 있는 탈옥수이다.[1)]

테드 휴즈는 서로 다른 여러 가지 시기를 통하여 시 창작에 성과를 거두었던 일곱 가지 유형을 제시해보였다. 중요한 것은 여기에 열거된 세목들이 명확하고도 특별하다는 점이다. 어떤 소재를 잡든, 어떤 상황을 설정하든 이 점은 염두에 둘 필요가 있다. 여기에서는 우선 논의의 전개를 위하여 '무엇을'에 관해 살펴보고자 한다. 유형화해서 간략하게 정리해보자.

가. 자연 등을 소재로 한 생태학적 상상력의 시

자연을 소재로 한 시는 우리와 너무 익숙해져 있다. 조선의 강호가도의 시들이 거의 자연을 소재로 하고 있음은 주지의 사실이다. 자연이 우리 시 속에 무르녹아 나타나는 것은 동양적인 세계관의 친숙성에서 비롯되었거니와 가장 광범위하게 현대시 속에 나타나고 있는 자연에 대한 인식을 새롭게 하

1) 테드 휴즈 저, 한기찬 역, 『시작법』, 청하, 1990. 128면.

려는 노력을 게을리 해서는 안 된다.

내 봄은 커다란 항아리 속 같아
둥근 바닥에 꽃신을 놓고 앉아 있네요
보리밥이 싫어서 우는 계집애
올라가야 하는데 올라가야 하는데
내 봄은 지네가 아니네요
어머니는 시장 가고 아버지는 기원 가고
이복 언니는 부엌으로 불러 코피 터트리고
보리 동생은 징소리 끌고 항아리 속을 갔네요
넘어가야 하는데 넘어가야 하는데
사다리는 항아리 밖에 기대 있네요
발은 점점 커지고
꽃신에선 하나 둘 꽃이 지네요
날아가야 하는데 날아가야 하는데
날개는 장마보다 멀리 있네요
햇살이 기둥처럼 들이치는 한때
혼절하여 항아리 같은 봄이 되었네요
작은 꽃신 찢어서 신고 날아가는 저 나비

— 이향지, 「봄」 전문

"보리밥이 싫어서" 울던 가난한 유년시절의 막막함을 이렇게 노래하고 있다. 어찌 보면 이 시의 소재는 낡고 오래되어 새롭게 다가오지는 않는다. 보릿고개를 노래한 더 절절한 시들도 많다. 그 빤한 풍경을 시인은 새롭게 색칠해보인다. 주기적으로 반복되는 "올라가야 하는데 올라가야 하는데", "넘어가야 하는데 넘어가야 하는데", "날아가야 하는데 날아가야 하는데"의 적절한 삽입이 그것이다. 이 반복들은 전부다 상승적 이미지를 가진 서술어다. 상승의 의지와는 상관없이 발도 없고 사다리도 없고 날개도 없는 반복의 수사법이 좌절된 봄의 이미지에 탄력성을 부여하고 있는 셈이다. 자연은 우리와 매우 친숙한 것이기 때문에, 있는 그 자체만을 그리는 것으로 시적 감동을 획득하기란 무척 어렵다.

> 마른 포도덩굴
> 뻗어나가는 담벼락에
> 고양이 같은 눈
> 너의 실눈
>
> — 박형준, 「그믐달」 부분

그러므로 자연을 매개로 했을 때 기왕에 그려진 모습보다는 당연히 새롭게 형상화되어야 필요가 있다. '그믐달'이라는 시적 대상을 노래한 수많은 작품 중에 이 시가 존재 의의를 갖는 것은 다른 무엇보다도 '고양이와 같은 눈'으로 그믐달을 형상화한 작품이 아직까지 없었다는 이유에서 일 것이다.

시적 상상력에서 생태학적 상상력은 많은 비중을 차지한다.

> 이태리 맹인가수의 노래를 듣는다. 눈먼 가수는 소리로 느티나무 속잎 틔우는 봄비를 보고 미세하게 가라앉는 꽃그늘도 본다. 바람 가는 길을 느리게 따라가거나 푸른 별들이 쉬어가는 샘가에서 생의 긴 그림자를 내려놓기도 한다. 그의 소리는 우주의 흙 냄새와 물냄새를 뿜어낸다. 은방울꽃 하얀종을 울린다. 붉은 점모시나비 기린초 꿀을 빨게 한다. 금강소나무 껍질을 더욱 붉게 한다. 아찔하다. 영혼의 눈으로 밝음을 이기는 힘! 저 반짝이는 눈망울 앞에 소리 앞에 나는 도저히 눈을 뜰 수 없다.
>
> — 허형만, 「영혼의 눈」 전문

맹인가수가 보이지 않는 영혼의 눈으로 보듯 시인도 상상력의 눈으로 그 노래를 듣는다. 시란 보이는 것만으로 쓰는 것은 아니다. 노래가 더듬이를 가지고 내려앉을 곳을 시인은 상상력으로 같이 따라간다. 이 노래를 다른 동물적이거나 광물적인 상상력, 혹은 다른 상상력으로 그려낼 수도 있겠지만 생태학적 상상력으로 그려내는 것이 가장 적합하다고 시인은 판단했을 것이다. 다른 상상력에 비해 생태학적 상상력은 그 자체가 강하고 아름다운 생명성을 지니고 있기 때문이다.

동종이나 유사한 것으로만 시적인 감동을 획득하기 어렵기 때문에 생태학적 상상력으로 시를 창작하는 것은 모더니티한 시보다 실상은 쓰기 어려운 법이다. 그런 의미에서 오늘날 자연을 매개로한 작품들은 상당히 여러 측면에서 운동사적인 의의를 지니고 새롭게 시도되고 있다.

> 와우리 성애원 옆, 금곡폐차장엔
> 벌써 10년 넘게
> 쇠와 싸우는 풀들이 있습니다.
> 보통리 그 넓은 벌판 다 빼앗기고
> 변두리로 밀리고 밀리다
> 폐차장 무쇠더미 속까지 떠밀려와 살고 있습니다.
> 쇠와 살 대고 살면서도
> 쇠와 섞이지 않는 강아지풀 하나
> 지난 봄에 살해당한
> 풀의 아이를 배고
> 죽은 엔진 뼈대에 기대어 잠이 들어 있습니다.
>
> — 최문자, 「쇠 속의 잠 3」 1연

인용 작품처럼 자연의 파괴된 모습을 리얼하게 그려내는 경우도 있고, 더 나아가 이를 고발하고 비판 하는 경우도 있다. 생태학적인 측면에서 생명 현상의 본질을 끈질기게 추구하는 시도도 점차 늘어나고 있다. 변형되고 왜곡된 자연의 모습이든 엄정한 자연의 생명현상이든 자연을 소재로 하고 있다는 점에서는 같다.

나. 일상적 이야기를 소재로 한 시

일상적 이야기는 시의 중요한 소재 중 하나이다. 물론 시가 갖는 서사성은 산문이 갖는 서사성과는 차이가 있다. 산문의 서사성이 사건의 발단과 전개, 절정, 파국 등의 단계적 구성을 통하여 이른바 그 전말이 명료하게 드러난 것이라면 시에 있어서의 서사성은 구태여 그럴 필요가 없다는 것이다.

아홉배미 길 질컥질컥해서
오늘도 삭신 꾹꾹 쑤신다

아가 서울 가는 인편에 쌀 쪼간 부친다 비민하것냐만 그래도 잘 챙겨묵거라 아이엠 에픈가 뭔가가 징허긴 징헌갑다 느그 오래비도 존화로만 기별 딸랑하고 지난 설에도 안와브럿다 애비가 알믄 배락을 칠 것인디 그 냥반 까무잡잡하던 낯짝도 인자는 가뭇가뭇하다 나도 얼릉 따라 나서야 것는디 모진 것이 목숨이라 이도저도 못하고 그러냐 안.

쑥 한 바구리 캐와 따듬다 말고 쏘주 한 잔 혔다 지랄 놈의 농사는 지먼 뭣 하냐 그래도 자석들한테 팥이랑 돈부, 깨, 콩 고추 보내는 재미였는디 너할코 종신서원이라니… 그것은 하느님하고 갤혼하는 것이라는디… 더 살기 팍팍해서 어째야 쓸란가 모르것다 너는 이 에미더러 보고 자퍼도 꾹 전디라고 했는디 달구 똥마냥 니 생각 끈하다

복사꽃 저리 환하게 핀 것이

혼자 볼랑께 영 아깝다야

— 이지엽, 「해남에서 온 편지」 전문

이 작품에는 말미에 다음과 같은 내용이 적혀 있다. "내가 있는 학교의 제자 중에 수녀가 한 사람 있었다. 몇 해 전 남도답사 길에 학생 몇이랑 그 수녀의 고향집을 들르게 되었는데 다 제금나고 노모 한 분만 집을 지키고 있었다. 생전에 남편이 꽃과 나무를 좋아해 집안은 물론 텃밭까지 꽃들이 혼자 보기에는 민망할 정도로 흐드러져 있었다." 이 설명은 이 시의 구체적 상황을 가늠케 해준다. 물론 이 시는 노모가 종신서원을 한 수녀에게 보내는 편지형식으로 되어 있다. 시인은 노모를 서정자아로 내세워 노모의 안타까움 마음을 나타내고 있다. 타자의 일상적 이야기를 타자의 일상어를 통하여 진술하게 그려내고 있는 것이다. 이 시에 보다 더 구체적인 서사성을 넣고자 아름다운 꽃밭이 조성되게 된 경위와 딸이 종신서원을 하게 된 내력 등을 밝혀 적을 필요는 물론 없을 것이다.

구운 생선의 뼈를 바르고 있을 때

누군가 등 뒤에서

어깨를 툭 치며

"뭐해?"할 것 같다

나는 지금 뭐하는가

나는 지금

◁-|-|-|-< 여!

비 쏟아질 듯 꾸물꾸물한 충정로 밥집 골목 위에 뜬

멍석 하늘

— 장석남, 「생선구이 백반」 부분

식사 도중 한 번쯤은 경험했음직한 일상의 얘기를 담고 있다. 이 시의 묘미는 뼈가 발린 생선 한 토막을 일시에 서정자아의 심리 상태와 맞바꾼 부분에 있다. 앞서 살핀 서정시의 특성에서 투사의 좋은 본보기에 해당된다.

내가 조교로 있는 대학의 청소부인 어머니는
청소를 하시다가 사고로
오른발 아킬레스건이 끊어지셨다

넘실대는 요강 들고 옆집 할머니 오신다
화기 뺄 땐 오줌을 끓여
사나흘 푹 담그는 것이 제일이란다
이틀 전에 깁스를 푸신 어머니,
할머니께 보리차 한통 내미신다

호박넝쿨 밑으로 절뚝절뚝 걸어가신다
요강이 없는 어머니
주름치마 걷어올리고 양은 찜통에 오줌 누신다
찜통목 짚고 있는 양팔을 배려하기라고 하듯
한숨 같은 오줌발이 금시 그친다

야외용 가스렌지로 오줌을 끓인다
찜통에서 나온 훈기가 말복 더위와 엉킨다
마당 가득 고인 지린내
집밖으로 나가면 욕먹으므로
바람은 애써 불지 않는다
오줌이 미지근해지기를 기다린 어머니

발을 찜통에 담그신다 지린내가 싫은 별들
저만치 비켜 뜬다

찜통더위는 언제쯤이나 꺾일런지
찜통에 오줌 싸는 나를 흘깃흘깃 쳐다보는 홀어머니
소일거리 삼아 물을 들이키신다

막둥아, 맥주 한잔 헐텨?
다음주까정 핵교 청소일 못 나가면 모가지라는디

— 박성우, 「찜통」 전문

위의 작품에는 서정자아의 궁핍한 생활이 담담하게 잘 그려져 있다. 생활을 소재로 한 경우는 진솔하게 형상화시키는 것이 무엇보다 중요하지만, 그것이 사변적이어서는 안 되며(이 점은 앞 장 〈표현론적인 관점〉을 참조할 것), 시적 감동의 차원으로 연결시키는 것이 바람직하다. 이 작품에도 이런 점이 고려되고 있다. 앞서 인용한 「눈물은 왜 짠가」와 「씨앗의 힘 - 가벼워짐에 대하여 · 10」 등의 작품과 비교해보자.

다. 역사적 사실, 또는 인물을 소재로 한 시

자연이나 일상적인 이야기로만 시가 창작되는 것은 아니다. 과거의 역사적 사실은 오늘을 들여다보는 중요한 거울이라는 점에서 역사는 때때로 우리에게 아주 유효한 소재를 제공한다. 역사적 사건이나 인물은 통째로 한 작품을 구성하는 경우도 있고 부분적인 차용으로 오는 경우도 있다. 어느 경우가 되든지 유의할 점이 있다.

아직은 未明이다. 강진의 하늘 강진의 벌판 새벽이 당도하길 기다리며 竹露茶를 달이는 치운 계절 학연아 남해 바다를 건너 우두봉을 넘어오다 우우 소울음으로 몰아치는 하늬바람에 문풍지에 숨겨둔 내 귀 하나 부질없이 부질없이 서울의 기별이 그립고, 흑산도로 끌려가신 약전형님의 안부가 그립다. 저희들끼리 풀리며 쓸리어 가는 얼음장 밑 찬물소리에도 열 손톱들이 젖어 흐느끼고 깊은 어둠의 끝을 헤치다 손톱마저 다 닳아 스러지는 謫所의 밤이여, 강진의 밤은 너무 깊고 어둡구나. 목포, 해남, 광주 더 멀리 나간 마음들이 지친 蓬頭亂髮을 끌고 와 이 악문 찬 물소리와 함께 흘러가고 아득하여라, 정말 아득하여라. 처음도 끝도 찾을 수 없는 未明의 저편은 나의 눈물인가 무덤인가 등잔불 밝혀도 등뼈 자옥히 깎고 가는 바람소리 머리풀어 온 강진 벌판이 우는 것 같구나.

— 정일근, 「유배지에서 보내는 정약용의 편지」 부분

이 작품은 다산의 생애를 축약해서 보여주고 있다. 시의 전체적 구성이 다산의 생애에서 벗어나지 않기 때문에 통째로 한 작품을 구성하는 경우에 해당된다. 역사적 사실, 또는 인물을 소재로 한 시는 인유나 패러디가 그러하듯 과거의 작품이나 정황(역사적 사건을 포함해서) 속으로 독자를 일순간에 몰고 가는 힘을 발휘하기 마련이다. 그것이 오늘의 문제와 결부된 것이라면 더욱 유의미한 것이 된다. 우리는 고려시대에 악부시(樂府詩)가 과거의 역사적 사건을 가지고 창작되어진 작품이라는 것을 잘 알고 있다. 그러나 악부시는 일반인들의 호응을 받지 못했다. 현실과 유리된 단순한 과거의 기록적 재생이라는 의미만을 담았기 때문이다. 다시 말해 역사적 사실, 또는 인물을 소재로 한 시의 창작에서 가장 중요한 점은 그것이 단순한 과거의 재현으로 끝나서는 안 된다는 점이다. 인용 작품은 언뜻 보기에는 과거의 사실만 얘기한 것처럼 보이지만 이 시에 드러난 서정적 주인공이 곧 서정자아일 수도 있고 시인일 수도 있고 어렵게 당대를 살아가는 그 누구도 될 수 있다는 전제를 깔고 있는 것이다. 앞 장에서 논의한 양애경의 「계백의 아내」 또한 역사적 사건의 인유로 인해 전통적 가부장제의 억압적 분위기를 고조시키고 있다는 점에 유의해볼 필요가 있다.

> 동짓달에도 치자꽃이 피는 신방에서 신혼 일기를 쓴다 없는
> 것이 많아 더욱 따뜻한 아랫목은 평강공주의 꽃밭 색색의 꽃씨
> 를 모으던 흰 봉투 한 무더기 산동네의 맵찬 바람에 떨며 흩날
> 리지만 봉할 수 없는 내용들이 밤이면 비에 젖어 울지만 이제
> 나는 산동네의 인정에 곱게 물든 한 그루 대추나무 밤마다 서로
> 의 허물을 해진 사랑을 꿰맨다
> …가끔…전기가…나가도…좋았다…우리는…
>
> — 박라연, 「서울에 사는 평강공주」 부분

그런 의미에서 과거의 역사적 인물에 대해 쓸 경우, 가능하면 그것이 화석화된 죽은 얘기보다는 오늘의 삶과 연결되도록 하는 것이 바람직하다. 과거만을 다룬 얘기는 생명력이 짧을 수밖에 없다. '역사가 곧 오늘을 보는 눈'이라는 점을 상기해보면 수긍이 가는 얘기다. 그런 점에서 「서울에 사는 평강공주」는 하나의 좋은 본보기를 보여주고 있다.

> 그 여자 이름을 잊었다
> 용정에서 혜란강 가는 길
> 선구자 한 소절 부르고 싶어 철없이
> 일송정 찾아가는 길
> 조선족이야요 천 원에 다섯 개야요
> 따가운 땡볕 오가며 젖먹이를 업은 채
> 삶은 옥수수를 팔던 여자
> 황토먼지 푸석이는 버스 창가에

다투어 맨발로 뛰어오던 머룻빛 눈매가 서늘했던 여자
기념사진을 찍어주며 윤동주를 안다고 하던
그래서 은빛 맑은 물가에 손을 함께 씻었던
가물가물한 그 이름을 까맣게 잊었다
한국돈 이천 원 받아쥐고 돌아서며
설핏 눈시울이 붉어졌던 조선족 여자
그 뒷모습은 잊지 않았다
덜컹거리는 버스 차창 너머
연변 맑은 강바람 속으로 멀어져가던.

— 나종영, 「뒷모습」 전문

인물을 소재로 그것이 중점이 되는 경우는 사물의 경우도 크게 다르지 않지만 그 인물의 특징적 면모가 실감 있게 그려지는 것이 좋다. 아울러 그 인물이 주제의식에 영향을 미치도록 설정되는 것이 좋다. 「유배지에서 보내는 정약용의 편지」의 '다산'이나 「서울에 사는 평강공주」의 '온달'과 '평강공주'의 설정은 주제의식과 밀접한 관련이 있다. 「뒷모습」에 나타난 "조선족 여자" 역시 통일을 염원하는 시인의 의식이 잘 반영되고 있다.

라. 사물과 동물 등 특정 물상을 소재로 한 시

시 창작에 대한 기본기를 어떻게 익히는 것이 바람직할까. 이런 질문을 종종 받고는 하는데 대부분은 많이 읽고 많이 써보라는 애매한 답으로 대신하곤 한다. 그림이 소묘나 데생 연습을 충분히 하여 그 기본기를 익혀야 한다면 시 역시 사물들이나 동물 등 여러 물상 중에서 하나를 택하여 그 생김새나 특성을 형상화시켜 보는 노력이 필요할 것이다. 시에 많이 등장하는 물상들이 특별하게 있는 것은 아니다. 우선 주변의 사소한 것에서부터 시작해보는 것이 좋다.

대흥사 입구의 마늘밭
마늘잎들이 누렇게 때깔을 쓰고 있다
마늘이야 마른 생각들 버석거려도 머리통 가득
매운맛을 가두겠지만
수확이 가까울수록 잎들의 혈행(血行)을 끊어
머리 뿌리 온통 깨달음으로 채워넣으려는
저 독한 마음을 읽고 있는 한
나는, 아직도 한참이나 갈증을 견뎌야 하는
메마른 5월이다, 누가 내 몸을 캐서
불알 두 쪽 갈라본들
거기 통속의 향기 드러나겠는가

— 김명인, 「마늘」 부분

한 종지의 왜간장에 몸을 담그고
목마른 침묵 속에
고단한 내 영혼들이 청빈하게 익어갈 때면
그 어느 것도 가늠할 수 없는 두려움에
쓰라린 무릎을 끌어안고
여기는 에미 애비도 없는
서럽고 슬픈 저녁나라더냐
들풀 같은 내 새끼들
서툰 투망질에도 코를 꿰는 시간인데
독처럼 감미로운 양념냄비 속에 앉아
나는 또 무엇을 잊어버려야 하며

얼마만큼의 진실을 태워야 하는지

— 전연옥, 「멸치」 부분

김명인의 「마늘」과 전연옥의 「멸치」는 특정 물상을 소재로 한 작품이다. 마늘의 가장 중요한 특성은 매운 맛이다. 매운 맛을 빼버린다면 그 요체가 사라지는 것이니 제대로 그 사물을 그렸다고 보기 어려운 것이다. 그 매운 맛이 드는 과정을 시인은 자신의 독특한 사물 보기의 수법인 내면 읽기를 통해 "수확이 가까울수록 잎들의 혈행(血行)을 끊어 머리/뿌리 온통 깨달음으로 채워넣으려는 저 독한 마음"이라고 얘기한다. 전연옥은 '멸치' 의 모습을 "그 어느 것도 가늠할 수 없는 두려움에 쓰라린 무릎을 끌어 안고"라고 그려내고 있다. 멸치의 뒤틀리고 오그린 모습을 이렇게 표현한 것이다. 전자의 시에서 마늘을 '불알 두 쪽'으로 연결시키고 있는 것이라든지 후자의 시에서 멸치조림을 하면서 결국 시인인 자신이 멸치 대신에 양념냄비 속으로 들어가 구도를 하는 것은 이 작품들이 서정시라는 것을 단적으로 보여주는 증표이다. "바깥의 물상이 서정자아에게 어떤 의미인가?"의 문제는 시의 성패를 가늠하는 중요한 포인트다. 어떻게 그려내고 어떤 포인트를 줄 것인가는 앞으로 우리가 밝혀 보아야 할 과제다. 다음은 특정 대상들을 형상화한 작품들이다. 그 특정 대상들이 서정자아에게 어떤 의미로 다가오는지를 염두에 두면서 살펴보자.

사라진 이름들이
침묵으로
한 글자 한 글자
자서전을 써서
길 위에 뿌린다

그 틈바귀에서
구멍 뻥뻥 뚫린 내 이름을
바스락거리며 줍는다

— 이사라, 「낙엽」 부분

옥수수를 딸 때면 미안하다
잘 업고 기른 아이
포대기에서 훔쳐 빼내 오듯
조심스레 살며시 당겨도
삐이꺽 대문 여는 소리가 난다

옷을 벗길 때면 죄스럽다
겹겹이 싸맨 저고리를 열듯
얼얼 낯이 뜨거워진다
눈을 찌르는 하이얀 젖가슴에
콱, 막혀오는 숨
머릿속이 눈발 어지러운 벌판이 된다

나이 자신 옥수수
수염을 뜯을 때면 송구스럽다
곱게 기르고 잘 빗질한 수염
이 노옴! 어디다 손을
손길이 멈칫해진다

고향집 대청마루에 앉아
솥에 든 옥수수를 기다리는 저녁

한참 꾸중을 든 아이처럼 잠이 쏟아진다
노오랗게 잘 익은 옥수수
꿈속에서도 배가 따뜻하여, 웃는다

— 황상순, 「옥수수를 기다리며」 전문

가늘게 떨리는 한줄기 긴 울음으로 어둠 속을
입가에 둥글게 오므린다
한 몸 스며들 어둠덩이를 향해
튀어나가려고 슬쩍 멈추어 서려고 돌아보려고
결코 멀리 달아나지 않는다
집 앞 구석에 쌓인 쓰레기봉투를 찢어발기고
창틈으로 기어들어가 그릇을 뒤집어엎고
긴 발톱에 눌러둔 가쁜 숨결 더러운 발자국을 찍으며
밤새 얇은 고막을 날카롭게 긁어대는 나는
그 울음으로 제 새끼들을 불러 모으고
그 울음으로 한 덩이 낯선 두근거림을 건드려보고
당신들 발 밑에 웅크려 뻣뻣한 털을 세우고 있는 나는

— 김태형, 「밤에 고양이가 운다」 부분

마. 추상적 관념을 대상으로 한 시

풀숲에 호박이 눌러앉아 살다 간 자리같이
그 자리에 둥그렇게 모여든 물기같이
거기에다 제 얼굴을 가만히 대보는 낮달과도 같이

— 안도현, 「적막」 전문

곁을 떠난 적도 있는 줄 알았는데
몸을 바꾸고 얼굴을 바꿨을 뿐
너는 섬을 감싸고도는 파도처럼 낯을 때렸고
나는 늘 젖었었다

그래도
폐허처럼 평화롭다

— 이상옥, 「슬픔에게 · 1」 전문

이 작품들은 '적막'과 '슬픔'이라는 추상적 관념을 소재로 한 작품이다. 곧 이어 다음 장에서 우리는 시적 표현의 첫 단계에서 이에 대한 실습을 하게 되겠지만 '사랑'이나 '그리움', 혹은 '추억'이나 '기억', '고통'이나 '괴로움' 등의 추상적 관념들을 소재나 주제로 작품을 쓰는데 익숙하다. 왜냐하면 생활에서 추상적 관념은 우리와 굉장히 친숙하기 때문이다. 의사 표현의 수단으로 "나 정말 괴롭다"나 "밉다, 미워" 등의 표현을 어렵지 않게 쓰고 있기 때문이다. 그러나 시에서는 이런 어휘를 부려 쓰는데 여간 조심하지 않으면 안 된다. 접근이 용이한 만큼 그 핵심을 짚어내야 하기 때문이다. 앞서 인용한 작품들은 어떻게 이 추상적 관념의 핵심을 밝히고 있는지 다시 한 번 음미 해보자. 추상적 관념을 소재로 할 경우 어떤 점에 유의해야 하는가.

나오는 문은 있어도 들어가는 문은 없는

뜨겁게 웅크린 네 늑골
저 천길 맘속에
들어 앉은
수천 년의 석순 끝

물 떨어지는 소리를 내며
너를 향해 한없이 녹아내리는
몸의 꽃이 만든
몸의 가시가 만든
한번 열려 닫힐 줄 모르는
다 삭은 움막처럼
바람 속에서 발효하는
들어가는 문은 있어도 나오는 문이 없는

그 앞에서 언제나 오줌이 마려운

— 정끝별, 「사랑」 전문

이 작품은 '사랑'이라는 추상적 관념을 소재로 하고 있다. 시인은 추상적 관념을 결코 추상적으로 설명하지 않는다. 추상적으로 설명하지 않는 것! 추상적 관념을 소재로 시 창작을 할 때의 가장 유의할 점이다. 「적막」이나 「슬픔에게 · 1」 역시 이 관념들을 아주 세부적으로 그려내고 있다.

시를 창작하면서 가장 먼저 걸리는 병이 추상적 관념병이다. 시인이 되려고 하는 사람은 누구나 이 병에 걸리게 되는데 쉽게 이 병에서 빠져나오는 수도 있고, 영영 빠져나오지 못하고 평생을 그 속에서 헤매는 경우도 있다. 심각한 것은 이 병에 걸린 대다수의 시인들이 이 병에 걸렸다는 사실을 모르고 있다는 점이다. 나는 아니겠지 혹시 자만하고 있다면 자신의 작품을 한 번 면밀히 살펴보기를 권유하고 싶다.(나는 실제적으로 일 년이면 수 천 편의 시 작품을 읽지만 그중 팔구십 퍼센트는 이런 시가 왜 존재하는가? 를 되묻곤 한다.) 구체적 물상은 그 윤곽을 흐려 추상으로 만들 수도 있지만 추상적인 관념은 그 윤곽을 만들어 보여주는 것이 시의 영역인 것이다. '문' 과 '뜨겁게 웅크린 네 늑골'과 '수천 년의 석순 끝 물 떨어지는 소리'는 아주 구체적이며 명징한 것이다.

때로는 그 중 깊은 곳
못질한 추억
녹슨 철못을 뽑아내는
초성능 자력(磁力)이다가
더러는
극과 극 사이에
방목된 야생마

— 박진환, 「그리움」 2연

솔갱이 뚝뚝 분질러
쇠죽을 쑤는디
이놈의 냉갈이
매금씨 부삭으로 도로 나온다
구들장 밑으로
어두운 기관지를 통해
굴뚝까지 가야 되는디
이 작것이 시방
가다가 말고
가다가 말고
또다시 부삭으로 끼대나온다

— 차창룡, 「병(病)」 전문

사람의 눈에
나무가

땅에 뿌리박은 사람으로 보일 때

나무의 눈에
사람이
걸어 다니는 나무로 보일 때

— 김재석, 「평화」 전문

이 시들도 '그리움'이나 '병(病)', '평화'라는 추상적인 존재를 "녹슨 철못을 뽑아내는 초성능 자력(磁力)", "방목된 야생마"나 연기가 굴뚝으로 나오지 않고 부엌으로 다시 나오는 모양 등으로 구체화하고 있다. 추상적인 것을 추상적인 관념으로 그려내려는 것은 비경제적일 뿐만 아니라 시의 존재에 회의를 갖게 하는 것임을 유념할 필요가 있다.

2. 시적 표현 — '나는 너를 사랑한다'라는 시적 표현

어느 시 창작 강의든 나는 필수적으로 시적 표현 연습을 학생들에게 의무적으로 부과하곤 한다. 시 창작을 오래해본 사람들은 물론 시 창작의 초보자에게도 좋은 테마 하나를 설정하는데 그 중 가장 쉽고도 간명한 메뉴가 "나는 너를 사랑한다"라는 산문을 시적 표현으로 바꾸는 연습이다. 이 연습을 하는 이유는 몇 가지 이유가 있다. 우선 이 시적인 표현 하나로 '산문'이 아닌 '시적 표현'을 구사할 수 있기 때문이다. 아울러 이 표현 하나로 창작자의 詩歷을 짐작해볼 수 있으며 어느 부분이 취약한지를 대부분은 간파할 수 있기 때문이다.

또 다른 이유는 초보자의 경우 시 창작에 부담 없이 다가가기 쉽고 과제물의 수정을 통해 시란 어떻게 쓰는 것인가를 피부적으로 체감할 수 있기 때문이다. 마지막으로 뛰어난 시적 표현 하나는 한 편의 시가 되기 충분하고 이 사실을 창작자 스스로 깨우치게 하기 위해서다.

우선 창작자들은 시적 표현에 모든 신경을 집중해야 한다. "나는 너를 사랑한다"라는 표현은 왜 산문인가. 그러면 시적 표현은 무엇을 두고 말함인가.

> 파도야 어쩌란 말이냐.
> 파도야 어쩌란 말이냐.
> 임은 뭍같이 까딱 않는데
> 파도야 어쩌란 말이냐.
> 날 어쩌란 말이냐.
>
> — 유치환, 「그리움」 전문

> 〈한 首〉 눈은 내리면서도
> 눈은 내리면서도 내리는 줄도, 눈인 줄도 모른다.
> 섭섭함이 그리고, 그래서, 그러지마는
> 사랑아, 내 마음도 그렇게 가리라, 별 하나
> 초롱이 씨로 받아 질 속에 넣고 싶은 여자 곁으로……
> 〈스물네 首〉 눈껍질
> 눈껍질을 벗지 못하는 시베리아 벌판만이
> 막막한 것이 아니다. 사랑도 至純하면 그러하다.
> 자살하기 전 날 보낸 신년 연하장, 죽어 삼일 뒤에
> 내게 왔다. 일자무식하게 눈물이 앞을 가린다.
> 〈서른 여섯 首〉 눈이 오는 것과
> 눈이 오는 것과 내리는 것은 같지만
> 우리 둘이는 이렇게 사랑을 했다.

내가 그대에게 가는 것은 눈이 내리는 것으로
그대가 내게 오는 것은 눈이 오는 것으로……

— 강우식, 『설연집(雪戀集)』 부분

나만 흐르고
너는 흐르지 않아도
나는 흘러서
네가 있는 곳으로 간다.

— 김초혜, 「사랑굿 33」 부분

이 작품들에 나타난 표현과 "나는 너를 사랑한다"라는 표현 사이에는 차이가 있다. 어떤 차이인가. 코르크(Jacob Korg)는 『An Introduction To Poetry』라는 저서에서 산문과 시를 명료하게 구분하였다. 그에 의하면 시는 감정(feeling)과 상상(imagination)에 관여하는 언어이고 산문은 정보전달(information)과 이지(intellect)에 관여하는 언어라는 것이다. "나는 너를 사랑한다"라는 표현은 이를테면 사실의 전달에 초점을 둔 언어인 셈이다. 그러나 인용한 작품들에서 나타난 내용은 모두가 "나는 너를 사랑한다"라는 주제를 가지고 있지만 감정들이 들어가 있는 언어다. 감정이 이입된 언어. 시적 표현은 감정들이 들어간 언어다. 유치환의 「그리움」과 강우식의 『설연집(雪戀集)』〈스물네 首〉「눈껍질」에 나타난 사랑은 격렬하다. 님은 뭍같이 까닥 않는데 파도처럼 들이치며 깨어지는 자신은 어쩌면 좋느냐 라는 것이다. 님을 사랑하는 절절한 마음이 실려 있는 셈이다. "자살하기 전 날 보낸 신년연하장, 죽어 삼일 뒤에 내게 왔다." 기가 막힐 일이다. 이 앞에서 최고의 지성이 무슨 소용이며 격식이 무슨 소용인가. '일자무식하게 눈물'을 흘릴 수밖에 없는 것이다. 그래서 시인은 "시베리아 벌판만이 막막한 것이 아니"고 "사랑도 至純하면" 그렇게 막막한 것이라고 말한다. 그러나 김초혜의 「사랑

곳 33」과 강우식의 『설연집(雪戀集)』〈한 首〉「눈은 내리면서도」, 〈서른 여섯 首〉「눈이 오는 것과」에 나타난 사랑은 부드럽고 아늑한 사랑이다. 유연하면서도 여유로운 감정이 이입된 표현인 셈이다. 경우가 어찌 되었건 간에 단지 사랑한다는 사실의 초점에만 무게를 둔 "나는 너를 사랑한다"라는 표현과는 근본적으로 다른 것이다. "나는 너를 사랑한다"라는 말은 '미움'의 반대 개념과 쉽게 구별되는 의미론적 영역을 지니고 있다. 아울러 "나는 슬프다"라는 말도 '기쁨'의 반대 개념과 쉽게 구별되는 의미론적 영역을 지니고 있을 뿐이다. 그러나 문상을 갔을 때 혹은 사랑하는 사람을 땅에 묻었을 때 그 마음을 얘기해보라고 한다면 아마도 "나는 슬프다"라고만 말하는 사람은 없을 것이다. "아, 찢어지는 이 가슴" 혹은 "내 가슴에 꽃씨를 묻듯 그녀를 보냈어. 곱게 썩어서 내 가슴에 꽃 피게 해달라고" 이 감정적 언어가 시적 표현인 셈이다. 다시 말하면 시적 표현은 정보전달에 따르는 언어의 정확성과 질서화, 논리화를 넘어선 정서의 환기에서 비롯되는 직관성, 애매성, 전논리성이 강조되는 양식인 셈이다.

다음의 작품들은 "나는 너를 사랑한다"라는 산문의 시적 표현들을 모아본 것이다. 시적 표현이 되지 않는 것들이 있는 지 살펴보고 시적 표현이 된다면 왜 그런지를 생각해보자.

①

오늘은 바람이 불고
나의 마음은 울고 있다
일찍이 너와 거닐고 바라보던 그 하늘 아래 거리 언마는
아무리 찾으려도 없는 얼굴이여.
바람 센 오늘은 더욱 더 그리워
진종일 깃발처럼 울고만 있나니
오오, 너는 어드메 꽃같이 숨었느냐.

— 유치환, 「그리움」 전문

②

사랑은 동천(冬天)의 반달

절반의 그늘과 절반의 빛으로

얼어붙은 수정이네

— 김남조, 「사랑초서 48」 전문

③

사랑은

내가 내 생애를 걸어서

도착하는 집이다

— 홍윤숙, 「겨울, 사랑의 일기」 부분

④

눈 쌓이기를 좀더 기다려야 한다, 실성한 사람과 문득 마주쳐 그의 산이 되고 싶다, 그가 잠들어 영원히 고요해진 산.

— 신대철, 「사람이 그리운 날 2」 부분

⑤

바닥엔 방이 있을까

내려가고 또 내려가는 것이

평화라면

나는 언제까지라도 내려가는 계단을

내려가고 싶다

내려가고 또 내려가는 것이

사랑이라면
나는 언제까지라도 내려가는 계단으로
그대에게 닿고 싶다

— 김승희, 「어두운 계단을 내려가며」 부분

⑥

마음은 바람보다 쉽게 흐른다
너의 가지 끝을 어루만지다가
어느새 나는 네 심장 속으로 들어가
영원히 죽지 않는 태풍의 눈이 되고 싶다

— 최승자, 「너에게」 부분

⑦

사랑은
네가 처음 그렇게 서 있던 자리
보이지도 않고 만질 수도 없는
내 마음 산비탈 길에
갓 피어오르는 솔나리,
마알간 꽃대궁 같은 것— .

— 나종영, 「솔나리」 부분

⑧

주머니에 넣고 싶었다

저녁 햇살 속
허공에 뜬
유리 그라스

— 정성수, 「사랑」 전문

⑨

나의 바람 그러나
네 솔숲에서만 그예 싱싱하고
너의 그지없는 울음 또한
내 바람 맞아서만 푸르게 빗질하는
그런 비밀이라 할까 우리의 사랑

— 고재종, 「화음」 부분

⑩

살을 발라낸 농어,
뼈만 추스려
잽싸게 헤엄쳐 달아난다
뼈에 붙은 옆지느러미
마지막 날개를 펴고
혼신의 질주를 하고 있다
고통의 가시를 이끌고
가 닿은 곳,

— 송정란, 「사랑」 부분

⑪

정신없이 호박꽃 속으로 들어간 꿀벌 한 마리
나는 짓궂게 호박꽃을 오므려 입구를 닫아버린다
꿀의 주막이 금세 환멸의 지옥으로 뒤바뀌었는가
노란 꽃잎의 진동이 그 잉잉거림이

내 손끝을 타고 올라와 가슴을 친다

그대여, 내 사랑이란 그런 것이다
나가지도 더는 들어가지도 못하는 사랑
이 지독한 마음의 잉잉거림
난 지금 그대 황홀의 캄캄한 감옥에 갇혀 운다

— 유하, 「사랑의 지옥 - 서시(序詩)」 부분

⑫
너를 생각할 때마다 나는
부분한계로 지워질 수밖에 없는
잃어버린 본질 앞에
정확한 인식을 하지만
또 한 번 한계 추락하며
무기력해져 온다

여기서 ⑫는 시적 표현이 아니다. 이를 토대로 시적인 표현으로 바꾼 다음의 경우를 보고 그 차이가 무엇인지를 생각해보자.

너를 향한 내 마음은
죽은 고목나무 사이로 기어 올라간
저 주홍빛 손,
이제 더 이상 오를 하늘이 보이지 않아
툭, 제 몸 송두리째 떨구는 능소화

이 표현을 보면 ⑫의 내용이 얼마나 산문적인지를 쉽게 알 수 있다. 시는 논리나 설명이 아니다. 고쳐진 작품은 그대로 한 편의 시가 되기에 족할 정도로 시적 표현이 잘 되어 있다.

"나는 너를 사랑한다"라는 시적 표현 말고 범위를 넓혀 "내 마음은 슬프다"의 시적 표현도 생각해보자. "삶은 허무하다" "꽃은 아름답다"라는 산문의 시적 표현을 창작해보자. 마찬가지 방법으로 밥, 컴퓨터, 술, 핸드폰, 시계, 번개, 휘발유 등의 사물들에서 과학적 진실이 아닌 시적 진실을 찾아보자. 좋은 시를 창작하는 데 보다 빠르게 접근하는 요령을 배우게 될 것이다.

3. 대상 접근 방법과 표현의 효율성 — 생각을 바꾸면 시가 보인다

우리는 지금까지 시적 대상과 시적표현에 대해 살펴보았다. 그렇다면 시적 대상에 접근하는 가장 효율적인 방법은 무엇일까.

> 눈앞의 저 빛!
> 찬란한 저 빛!
> 그러나
> 저건 죽음이다
>
> 의심하라
> 모오든 광명을

이 시는 '빛'이 가지고 있는 보편적인 관념을 여지없이 무너뜨리고 있다. 대부분의 '빛'에 관련된 시들은 '빛'이 가지고 있는 보편적 속성에 충실하다. 우리에게 잘 알려진 박두진의 「해」라는 작품도 밝고 고운 얼굴로 표징되는 풋풋함을 형상화하고 있다. 비운의 모더니스트인 김기림의 경우 역시 '해'로 상징되는 세계를 건강하고 명랑하게 그려내고 있다. 그는 『태양의 풍속』이라는 시집을 내기도 했으며, 빛의 세계인 아침, 오전, 태양을 통해 우리 시문학 초창기의 우울함과 애상성을 걷어내고자 하였다. 그의 이런 노력은 「오전의 시론」이라는 시론으로 집약되기도 했다. 서정주의 「문둥이」라는 시에는 "해와 하늘빛이 문둥이는 서러워"로 나타나고 천형의 나병에 걸렸던 한하운은 「전라도 길」이라는 시에서 "쑥세미 같은 해는 서산에 남는데"라고 하여 해의 이미지를 서러움과 원망의 대상으로 그리기도 했다. 그러나 이 표현들 역시 '해'가 가지고 있는 본래적 상징성을 무너뜨린 것이라고 보기 힘들다.

왜냐하면 '해=밝음'이라는 기본적인 전제가 바탕이 되고 있기 때문이다. 그런데 인용시에서는 '빛=죽음'이라는 것이다. 우리의 관념을 무너뜨리고 있는 셈이다. 독자들은 이런 의외성 앞에 당혹하기 마련이다. 이 당혹감은 그만큼 시적 긴장(tension)이 수반된다. 밋밋해지기 쉬운 감성을 자극하기 때문에 시적 긴장은 좋은 시의 필수요건이다.

그러나 관념이라는 것은 얼마나 무서운 것인가. 쉽게 극복하기가 어렵다. 관념을 일순간 벗어버렸다 치더라도 어느 사이에 자신도 모르게 그 관념 속으로 들어가 있는 자신을 발견하게 된다. 관념은 나이가 들수록 더 굳어지고 완강해지기 마련이어서 사오십 대에 시를 창작하고자 입문하는 경우에는 십중팔구 이 관념의 굴레에서 벗어나지 못한다. 그럴 경우에라도 이 관념으로부터 벗어나려는 노력을 포기해서는 안 된다. 이렇게 말하면 관념이라는 것이 무조건적으로 나쁜 것이라고 오해할 수도 있겠다. 그러나 우리는 관념만으로 이루어진 좋은 시를 드물게 만날 수 있다. 예를 들자면 유치환의「깃발」같은 시가 이에 해당된다. 그러나 대부분의 경우 이 관념의 남발이 오늘날 우리 시의 주요한 폐단 중의 하나임을 상기해볼 필요가 있다.

관념에서 벗어나는 쉬운 방법 중의 하나가 '거꾸로 생각해보기'다. '빛'에서 그 반대편인 '어둠'을 생각해보고, '유'에서 '무'를, '바다'에서 '육지'를 생각해보는 것이다. 마찬가지로 '창'에서 '밀실'을, '벽'에서 '문'을, '밥'에서 똥을, '집'에서 '길'을 생각해보는 것이다. 이것은 매우 중요하다!! 바꾸어 생각해보면 세상이 달라져 보인다. 내가 나무라면, 바위가 웅크린 짐승이라면 세상이 달라져 보이지 않겠는가. 없는 것이 있는 것이라면, 내가 너라면 우리가 인식하는 사유체계가 일시에 무너지며 다른 상상의 세계로 나아갈 수 있는 것이다. 시에서 상상력이 중요하다는 얘기를 심심찮게 듣게 되는데 그것도 그 원리를 따지고 보면 이 '거꾸로 생각해보기'에서 비롯되고 있다.

극장에 사무실에 학교에 어디에 어디에 있는 의자란 의자는

모두 네 발 달린 짐승이다 얼굴은 없고 아가리에 발만 달린 의자는
흉측한 짐승이다 어둠에 몸을 숨길 줄 아는 감각과
햇빛을 두려워하지도 않는 용맹을 지니고 온종일을
숨소리도 내지 않고 먹이가 앉기만을 기다리는
의자는 필시 맹수의 조건을 두루 갖춘 네 발 달린 짐승이다
이 짐승에게는 권태도 없고 죽음도 없다 아니 죽음은 있다
안락한 죽음 편안한 죽음만 있다
먹이들은 자신들의 엉덩이가 깨물린 줄도 모르고
편안히 앉았다가 툭툭 엉덩이를 털고 일어서려 한다
그러나 한 번 붙잡은 먹이는 좀체 놓아주려 하지 않는 근성을 먹이들은 잘 모른다.
이빨자국이 아무리 선명해도 살이 짓이겨져도 알 수 없다
이 짐승은 혼자 있다고 해서 절대로 외로워하는 법도 없다
떼를 지어 있어도 절대 떠들지 않는다 오직 먹이가 앉기만을 기다린다
그리곤 편안히 마비된다 서서히 안락사한다
제발 앉아 달라고 제발 혼자 앉아 달라고 호소하지도 않는 의자는
누구보다 안락한 죽음만을 사랑하는 네 발 달린 짐승이다

— 김성용, 「의자」 전문

무생물인 의자를 네 발 달린 사나운 짐승으로 보는 것은 상당히 엉뚱한 생각일 수 있다. 잘 알려진 시 조병화의 「의자」라는 시는 세대 간의 대체인 '의자'의 상징성을 간명하게 보여준 작품이었다. 이정록의 「의자」는 이와는 조금 다른 각도에서 접근하고 있다.

병원에 갈 채비를 하며
어머니께서

한 소식 던지신다

허리가 아프니까
세상이 다 의자로 보여야
꽃도 열매도, 그게 다
의자에 앉아 있는 것이여

주말엔
아버지 산소 좀 다녀와라
그래도 큰애 네가
아버지한테는 좋은 의자 아녔냐

이따가 침 맞고 와서는
참외밭에 지푸라기도 깔고
호박에 똬리도 받쳐야겠다
그것들도 식군데 의자를 내줘야지

싸우지 말고 살아라
결혼하고 애 낳고 사는 게 별거냐
그늘 좋고 풍경 좋은 데다가
의자 몇 개 내놓는 거여

— 이정록, 「의자」 전문

'의자'를 가족적인 울타리로 생각하는 것은 단순한 의자로 바라보는 것에서 벗어나 있다. 이 시의 따뜻하고 아름다운 느낌과는 달리 김성용의 「의자」는 반대편에서 바라본 상당한 거리의 낯설기의 인식이 작용하고 있다. 전자가 익어 있는 제법 노숙한 보기라면 후자는 발랄하고 才氣있는 신세대의 훔쳐보기에 해당된다. 그러나 후자의 인식을 시인의 길을 가고자 하는 사람이라면 반드시 갖고자 노력할 필요가 있다는 것이다.

여기서 우리는 한 가지를 점검해야 할 부분이 있다. 관념에서 벗어나는 쉬운 방법으로 '거꾸로 생각해보기'를 택할 경우 무조건적이냐는 것이다. 다시 말해 무조건적으로 거꾸로 본다고 해서 다 새롭냐는 것이다. 물론 그렇지는 않다. 마땅히 그렇게 거꾸로 볼 수 있는 이유가 있어야 하고, 그것이 합리적이고 보편적인 논리에 어긋나지 않아야 된다는 것이다. '빛=죽음'으로 본 인용시의 제목이 무엇인가를 생각해보면 이 말은 쉽게 이해가 되리라 판단된다. 이 작품은 유하의 「오징어」라는 시다. '빛=죽음'이라는 인식은 오징어라는 시적대상이 갖고 있는 보편적이고 일반적인 속성 때문에 얼마든지 가능한 표현이 되는 것이다. 오히려 독자들은 시인의 이런 안목에 재미와 신선함을 느끼게 된다.

그러나 김성용의 「의자」라는 작품은 이와는 다른 상황이다. '의자'는 짐승의 속성을 가지고 있지 않기 때문이다. 그러기에 시인은 '의자=사나운 짐승'이라는 등식에 대해 독자의 합리적인 이해를 구하기 위해 상당한 부분에 걸쳐 이 관계가 특별한 관계가 아니라 일반적인 관계로 인식이 될 수 있도록 노력하고 있음을 볼 수 있다. 네 발 달린 짐승이되 "얼굴은 없고 아가리에 발만 달린" '흉측한 짐승'으로 설정한 점이라든지, "온종일을 숨소리도 내지 않고 먹이가 앉기만을 기다"린다고 하는 점은 의자가 갖고 있는 특징적 면모를 맹수의 그것과 동일시하고자 하는 노력의 일단들이다. 그래서 결국 독자들은 처음에는 수긍하지 않았다가 결국에는 "아, 그래서 정말 의자가 맹수가 될 수도 있구나"라는 인식을 자연스럽게 하게 된다.

> 그러나 사랑에 의해 그토록 純化되어
> 우리 자신도 그 別離가 무엇인지를 모르는 우리는,

서로의 마음을 믿어.
눈과 입술과 손이 없는 것을 별로 상관치 않소.

우리의 두 魂은 그러므로 하나여서.
비록 나는 가야 하지만, 斷絶이
아니라 擴張을 겪소,
공기처럼 얇게 쳐느린 금박(金箔)처럼.

만일 우리의 魂이 둘이라면, 그들은 둘이오
마치 뻣뻣한 두 콤파스 다리가 둘인 것처럼.
당신의 魂은, 固定된 다리여서, 움직일 기색도
안 보이지만, 다른 다리가 움직이면, 움직이오.

그리고 그것은 비록 중심에 位置하지만,
다른 다리가 멀리 徘徊하면,
그것은 기울고 다른 다리를 따라 傾聽하오,
그리고 그것이 歸家함에 따라 꼿꼿이 서오,

당신도 이와 같으리, 다른 다리처럼
비스듬히 달려야 하는 나에겐
당신의 確固함이 나의 圓을 정확히 그리고,
내가 시작한 곳에서 나를 끝나게 하오.

— 존 단, 「고별사(告別辭) : 슬퍼함을 금하는」 부분

But we by a love so much refined
That our selves know not what it is,

Inter— assured of the mind,
Care less, eyes, lips, and hands to miss.

Our two souls therefore, which are one,
Though I must go, endure not yet
A breach, but an expansion,
Like gold airy thinness beat.

If they be two, they are two so
As stiff twin compasses are two;
Thy soul, the fixed foot, makes no show
Yet when the other far doth roam,
It leans and hearkens after it,
And grows erect, as that comes home

Such wilt thou be to me, who must
Like th' other foot, obliquely run;
Thy firmness makes my circle just,
And makes me end where I begun.

— John donne, 「A VALEDICTION : FORBIDDING MOURNING」

이 시를 처음 접하던 때의 충격을 나는 잊지 못한다. 대학교 2학년 때 영국의 형이상학파 시인들을 공부하면서였다. 부부간의 사랑을 컴퍼스의 두 다리에 비유한 이 시는 오늘날의 감성으로 읽어도 전혀 손색이 없는 작품이다. 나를 놀라게 한 것은 존 단의 이 작품이 17세기 초반의 작품이라는 사실이었다. 이미 몇 세기 전 선인들이 훌륭하게 육화해낸 내용을 몇 백 년이 지난 나는 왜 생각조차 하지 못하고 있었던가에 대한 심한 자괴감이 나를 엄습해왔다. 이 충격적 만남이 내내 갇혀 있던 내 시의 알을 깨뜨리게 만들었고 시에 있어서 시적 대상의 새로운 바라보기가 얼마나 중요한 것인가를 체험하게 했다. 문학을 보다 치열한 쪽에서 고민하는 시인들은 늘 새로운 것에 대해 고민한다. 그러나 그것은 시적 대상의 선택에 대한 고민이 아니라 시적 표현의 고민이라고 봐야 옳다.

수천만 년 말을 가두어두고
그저 끔벅거리고만 있는
오, 저렇게도 순하고 동그란 감옥이여.

— 김기택, 「소」 부분

그래서 때때로 만나게 되는 예상치 않는 표현들에서 우리는 희열을 느낀다. 인용시에서도 그런 점을 느낄 수 있는데 소의 가장 큰 특성 중의 하나인 커다란 눈을 "그저 끔벅거리고만 있는 오, 저렇게도 순하고 동그란 감옥"으로 본 것은 분명 우리의 무감각한 시각을 맑게 열어주기에 충분한 인식이 아닐 수 없는 것이다. '눈=감옥'의 불일치함 속에서 오는 새로움으로 이 시는 물기를 끼얹는 듯한 생생함으로 우리에게 다가오는 것이다. 시적 대상에 대한 접근방법과 표현의 효율성은 통상적인 관념을 버리는 데서 온다. 주객의 전도. 생각을 바꾸면 시가 보인다. '거꾸로 생각해보기'를 시도해보자.

4. 한 편의 시가 창작되는 과정 — 대상의 특성을 주제에 접근시킨다

한때는 우리의 사랑도
저렇지 않았으랴
사금파리 같은 햇살에 등을 태우고
채울 길 없는 갈증에 목이 메어서
고통 같은 결핍 언제나
울음으로 터지던 청청한 여름
전신으로 찾아 헤매던
우리의 그리움도 저렇지 않았으랴
사방에 물보라를 세우면서 쏜살같이
맨발로 달려와
염천 더위 한낮의 불붙는 땅을 적시고
검푸른 숲 뜨겁게 고인 침묵도
서늘히 흔들고
드디어는 분별없이 쏟아져
온몸으로 드러눕는 소나기의
전력 투구
한때는 우리의 열정도
저와 같지 않았으랴
팽팽하게 시위 먹은 짧고 날카로운 화살
세상 밖으로 쏘아대다가
끝내는 깨어져 자취 없어진
순수의 집중, 비산(飛散)하는
무지개같지 않았으랴.

— 강계순, 「소나기」 전문

인용시 「소나기」는 시 한 편이 어떻게 시적 대상과 결합하며 한 편의 좋은 시를 만들어내는가를 보여주는 좋은 보기에 해당된다. 시적 대상인 '소나기'를 통하여 '사랑'을 얘기하고 있는데 양자의 어떠한 특성이 서로 결부되고 있는지 보자.

시 진행 내용	소나기	사랑
생성과정	사금파리 같은 햇살에 등을 태우고/채울 길 없는 갈증에 목이 메어서	서로에 대한 갈망
진행과정	사방에 물보라를 세우면서 쏜살같이/맨발로 달려와/염천 더위 한낮의 불붙는 땅을 적시고 검푸른 숲 뜨겁게 고인 침묵도 서늘히 흔들고	애타는 그리움과 만남, 갈증의 해소
절정	드디어는 분별없이 쏟아져 온몸으로 드러눕는 소나기의 전력 투구	사랑의 절정, 격렬함
이별	끝내는 깨어져 자취 없어진 순수의 집중	사랑의 종말, 헤어짐
여운	비산(飛散)하는 무지개	사랑의 추억

한 편의 좋은 시는 그냥 창작되어지지 않는다. 시적 대상에 대한 특성을 잘 살펴서 시의 주제에 합리적으로 연결시켜보는 노력이 필요하다. 물론 그것은 자연스러운 연결이어야 한다. 여기에서 자연스러움이라는 말은 매듭과 매듭의 한 사유에서 다른 한 사유로 넘어가는 자연스러움도 자연스러움이지

만 한 매듭 안(위의 도표에서 각 칸의 내부)에서의 자연스러움도 고려되어야 할 중요한 요소다. 우리는 이것을 시적 표현이라 통칭할 수 있는 바 이를 구체적으로 이루어내는 방법들인 이미지와 비유, 상징과 알레고리, 역설과 아이러니의 기법들인 것이다. 매듭과 매듭은 운율과 행, 그리고 연, 구성과 마무리의 기법들과 관련을 맺고 있다. 이후의 강의는 이것들을 하나씩 면밀하게 검토해보는 순서로 진행될 것이다.

| 제4강 |

시의 운율

1. 운율의 정의

2. 운율의 종류

3. 내재율(內在律) · 자유시와 산문시

4. 운율의 기능

5. 효과적인 운율 사용방법

제4강

시의 운율

1. 운율의 정의

미동 한 점 없는

여름 저수지

돌멩이 하나

퐁,

집어 던지자

중심을 들킨 듯

와,

산산이 퍼져가는

눈부신

소문!

— 김선태, 「파문」 1, 2연

얼마를 더 가야 그만 벌리겠느냐
미리 오므리겠느냐
아무 일도 없었던 것처럼
사월을 그냥 지나치겠느냐
그만 영업하겠느냐

— 박찬일, 「사월의 꽃」 전반부

일월 아침 얼음빛 하얀, 성에꽃 흘러내린다
저 슬픈 마음 네 눈동자 속에서 흐른다
낙화를 슬퍼한 옛 시인들아, 나는 오늘
그 성에꽃들이 물이 되는 소리를 듣는다
반짝이는, 말없는, 붙잡을 수 없는 은빛 잎
창밖은 모래알이 떨고 있는 추운 아침
가질 수가 없으므로 살아 있고 아름다운
하늘과 마음만 얼지 않은 일월 한가운데
추위를 껴안고 함께 밤을 꿈꾼 소년아,
너에게 모두 보여준 만다라를 다 보았니
해가 마당에 찾아오고, 성에는 흐르는 아침
동햇가 그 엄동설한을 잊지 말고 살아라
이불을 어깨에 둘러감고 바라보던 창얼음
물이 되어 흐르는 은빛 부처, 찬란한 햇살
그땐 내겐, 성에꽃 부를 이름이 없었다

— 고형렬, 「성에꽃 눈부처」 전문

인용된 작품들을 통해 독자들은 상당히 느낌을 받게 된다. 물론 시적 내용을 감안하지 않은 얘기다. 한 행의 길이가 세 편의 시는 각각 다르게 짜여져 있다. 보는 것뿐만 아니라 율독을 해 보더라도 세 편의 시는 다르다. 「파문」은 간명하면서도 산뜻한 느낌을 준다. 「사월의 꽃」은 시적 대상에 대한 안타까움이 배어나온다. 반복하고 있는 '~겠느냐'에서 유발되는 느낌이 그러하기 때문이다. 「성에꽃 눈부처」는 안정적이면서도 사색적인 느낌을 준다. 의미상 5행씩 나누어지며 각 행은 거의 철저하게 4음보의 걸음을 취하고 있다. 5행씩 나누었을 때 그 시간은 현재→과거→미래를 지향하며 그 공간은 "성에꽃이 물이 되는" 유리창→"추위를 껴안고 함께" 꿈꾸는 소년이 있는 "일월 한가운데"의 밤→"성에가 흐르는" "은빛 부처"의 아침 공간이다. 시인은 이렇게 순환되는 시간과 공간을 축으로 인간의 유한성과 순수 추구의 정신을 동시에 그려내고자 한다. 이러한 주제를 앞서의 두 편의 시와 같은 형식으로 담아내는 것은 불가능할 지도 모른다. 역으로 「파문」 같은 작품을

> 미동 한 점 없는 여름 저수지 돌멩이 하나 퐁, 집어 던지자
> 중심을 들킨 듯 와, 산산이 퍼져가는 눈부신 소문!

으로 쓰는 것은 그 이미의 반감은 물론이거니와 선명한 맛이 거의 상실되고 만다. 운율을 감안하여 시인은 각 행의 배치를 하였음에 틀림없다. 시의 한 행의 길이를 어떻게 하는 것이 바람직한가. 시의 운율은 어떻게 구현하는 바람직한가. 다시 말해 이 인용된 작품들이 각각 상이한 느낌으로 다가오는 것은 다른 이유도 있겠지만 시인이 어떻게 운율을 운용하고 있느냐에 따라 다르다는 것을 알 수 있다.

운율(韻律)은 시에서 음성적 형식 곧 성조, 억양, 강세, 리듬, 음장을 포괄하는 수사적 · 미학적 효과를 일컫는 용어다. 악센트가 있는 음절의 일정한 배열로서 음악적인 효과를 유발한다. 운율은 높이, 크기, 길이의 세 가지 운율 자질에 의해서 결정된다. 높이는 성대의 진동 속도에 의해 결정된다. 성

대의 진동 속가가 빠르면 높은 소리가 생성되고 느리면 낮은 소리가 생성된다. 길이는 조음의 지속 시간에 의해 결정된다. 크기는 강세, 공명도, 높이, 길이 등의 요인들이 복합적으로 작용해서 결정된다. 강세는 조음의 힘을 말하는데, 같은 모음이라도 강세를 받으면 강세를 받지 않을 때보다 더 강한 조음의 힘으로 발음되어서 더 크게 들린다. 같은 조음의 힘으로 발음되더라도 공명도가 큰 소리는 공명도가 작은 소리보다 더 크게 들린다. 그리고 같은 소리가 같은 조음으로 발음되더라도 높게 발음되면 낮게 발음될 때보다 더 크게 들리며, 길게 발음되면 짧게 발음될 때보다 더 크게 들린다. 운율은 말소리의 모든 자질은 물론 휴지와 의미, 분행·분절, 구두점의 종류 및 유무와 심지어 한글과 한자의 시각적 효과까지와도 불가분의 관계를 갖고 있다. 일반적으로 시의 운율은 리듬을 가리키나 리듬이라는 용어가 혼동하여 쓰이므로 주의가 요망된다.[1] 운율은 곧 운(rhyme)와 율(meter)을 지칭하는 개념이다. 따라서 운율은 율격만 가리키는 용어는 아니다. 리듬은 기표의 '반복성'이며 동시에 이 반복성은 소리의 반복을 비롯하여 음절수, 음절의 지속, 성조, 강세 등 여러 상이한 토대에서 이루어진다고 볼 수 있다.

2. 운율의 종류

앞서 살펴본 바와 같이 보통 운율이라고 하는 것은 '운(韻)'과 '율(律)' 두 가지를 아울러서 말하는데, '운'이란 운자의 제한, 즉 압운(rhyme)을 뜻하고, '율'은 율격(meter)으로 음절수의 제한을 뜻한다.

---

1) 영어의 rhythm(regular repeated pattern of sounds or movements)을 율동이라 번역하여, 이것을 연속적으로 발생하는 사건과 있어서의 대립적 변화, 곧 R. Flower가 말한 것처럼 "파도의 모양과 크기와 속도만큼이나 무한히 다양한 흐름"으로 정의하고 이 율동에 어떤 규칙성이 가해져서 모형화한 것을 meter, 곧 율격이라 하여 엄격히 구분하는데, 우리말의 운율은 이 meter와 소리의 반복인 rhyme(to end with the same sound, including a vowel)을 포괄하는 용어라고 볼 수 있다. 김대행, 『한국시가구조연구韓國詩歌究造研究』(삼영사, 1975) 28~29면, 박철희, 『문학개론文學槪論』(형설출판사, 1975), 132~133면 참조. ( )는 영영 사전 참조.

가. 운(韻)

영어로는 rhyme 혹은 end— rhyme, 독일어로는 reim, 불어로는 rime이라 하는 운의 기원은 페르시아의 사산조 바이무라왕과 시녀 레이레람의 대화에서 나왔다고 하는데 이들의 대화에는 반드시 묻고 대답하는 말의 끝에 '레이레람'과 '바이무라'라는 말을 붙인 데서 유래되었다고 한다.

시의 리듬은 일정한 자리에 같은 음이나 비슷한 소리를 배열시켜 얻어진다고 할 수 있다. 소리의 이치 선정으로 빚어지는 운율이라 하여 이것을 음위율이라고 한다. 음위율에서 가장 보편적인 자리를 차지하는 것이 압운이다. 압운은 음의 위치, 곧 두(頭)·요(腰)·각(脚) 어디에나 정해진 위치에 비슷한 음을 반복함으로써 이루어지는 음악적 율격으로 시행의 마지막 강세 있는 모음과 그 뒤에 나오는 자음이 행마다 반복되는 것을 말한다.

· 두운(頭韻, alliteration)은 다양한 단어의 첫 자리 소리의 반복이거나 혹은 그 단어들 속에 들어 있는 자음의 반복을 말한다.

· 각운(脚韻, end rhyme)은 가장 흔한 압운으로서 시행 끝 반복

· 요운(腰韻, internal rhyme)은 중간운이라고도 하는데, 하나 이상의 압운어가 시행 안에 있을 때를 말한다. 즉, 시의 음악적 효과를 높이기 위해서 시행의 가운데에 특정한 낱말을 넣어 이 말이 시행의 끝 부분과 운을 이루도록 하는 운을 말한다.

나. 율(律)

다소 규칙적인 반복의 시적 운율을 율격(meter)이라 한다. meter라는 용어는 '측정'을 뜻하는 measure의 희랍어에서 유래되었다. 이러한 율격은 시행에서 구현되는 소리의 현상이라는 점과, 규칙성과 반복성을 갖는다는 점에서 압운과 같다. 그러나 율격은 시간적 질서 위에서 나타나는 일정한 양의

반복이라는 점에서 일정 위치에서 반복되는 규칙성의 압운과는 다르다. 율격은 고조, 장단, 강약의 규칙적 반복이라고 할 수 있다. J.Lotz는 율격을 형성하는 운율의 자질에 따라 율격의 형태를 순수음절 율격과 복합음절 율격의 두 가지로 크게 나누고 있다.

순수음절 율격이란 우리가 흔히 말하는 음수율, 즉 음절 계산의 리듬이다. 음수율은 음절의 수, 곧 자구행을 구성하는 데 사용되는 일정한 수의 규칙을 말한다. 영시에서는 강약 중심의 운율이 사용되지만, 한국시에는 중국의 오언시, 칠언시 그리고 일본의 시행인 하이쿠와 같이 음절수를 율격의 원칙으로 삼고 있다. 음수율은 음절의 수 곧, 자 · 구 · 행을 구성함에 일정한 수를 배열하는 법칙 즉 음절시(syllabic verse)의 율격이다. 한국시의 음수율은 4 · 4조(3 · 4조)가 대표적 율조라고 할 수 있다. 우리말은 첨가어이기 때문에 체언과 용언에 조사나 어미가 붙어서 한 어절이 대개 3음절 내지 4음절로 이루어지고 있기 때문이다. 이 음수율은 고려속요, 경기체가 시조, 가사 민요뿐만 아니라 개화기 이후 일본에서 도입되었다는 7 · 5조는[2] 물론 현대시에 있어서도 운율의 중요한 요소로 작용하고 있다.

①

뎨가ᄂᆞᆫ/뎌 각시/본듯도/ᄒᆞᆫ뎌이고

天上∨/白玉京을/엇디ᄒᆞ야/離別ᄒᆞ고

ᄒᆡ다뎌/져문날의/누를 보라/가시ᄂᆞᆫ고

어∨와/네여이고/내 ᄉᆞ셜/드러보오

내 얼굴/이 거동이/님 괴얌즉/ᄒᆞ다마는

엇딘디/날 보시고/네로라/녀기실ᄉᆡ

— 정철, 「속미인곡(續美人曲)」

2) 7은 3 · 4, 5는 2 · 3 등으로 가를 수 있기 때문에 결과적으로 전통 음수율의 변형에 지나지 않아 한국 현대시에서 정착될 수 있었다고 보고 있다. 김준오 『詩論』(삼지원, 1997) 138면.

②

이시렴/부듸갈싸/아니가든/못ᄒᆞᆯ쏘냐

무단히/네슬트냐/ᄂᆞᆷ의말을/드럿드냐

그려도/하 애도래라/가는 뜻을/닐러라

— 성종

③

하늘에는/별이 형제

우리집엔/나와 언니

나무형젠/열매맺고

별형제는/빛을 내니

— 민요

①은 3 · 4조가 주조를 이룬 가사의 예이며, ②는 3 · 4, 4 · 4조가 혼합된 시조의 예이며, ③은 4 · 4조로 된 민요의 예이다. 우리의 전통시가의 율격이 대체로 3 · 4, 4 · 4조의 음수율로 되어 있음을 알 수 있다.[3)]

복합음절 율격은 음절수와 더불어 어떤 형태의 운율적 자질이 규칙화된 리듬으로 여기엔 고저율과 강약률, 장단율이 있다.

· 고저율(the accentual— syllabic metrical system)은 음성률, 성조율격, 평측율격이라고도 불린다. 이것은 소리의 고저(pith)가 규칙적으로 교체, 반복되는 율격으로서 주로 한시에 사용되어 왔다.

五言詩의 경우

3) 오세영, 『한국낭만주의시연구韓國浪漫主義詩硏究』(一志社, 1980), 43— 46면. 오교수는 여기에서 우리의 전통시가 중에 규칙적인 음수율로 설명될 수 없는 「쌍화점雙花店」,「청산별곡靑山別曲」 등 불규칙적 음보의 작품들을 ① 2음보격 3 · 4, 4 · 4, 3 · 3, 5 · 5 등 ② 3음보격은 1)등장 3음보격 3 · 3 · 3, 4 · 4 · 4 등 2)후장 3음보격4 · 4 · 5, 3 · 3 · 5, 4 · 3 · 5, 3 · 3 · 4 등 3)후단 3음보격 3 · 3 · 2, 4 · 3 · 2 등으로 유형화하고 있다.

①××○○×

② ○○××○

③×○○××

④ ○××○○ (○ : 平聲, × : 仄聲)

七言詩

① ○○××○○×

②××○○××○

③ ○××○○××

④×○○××○○

· 장단율(the quantitative metrical system)은 길고 짧은 소리가 규칙적으로 교체 반복되는 리듬, 즉 소리의 지속 시간의 양에 의하여 결정되는 리듬이다. 이것은 고대 희랍이나 로마어에서 볼 수 있는 리듬이다.

· 강약률(the accentual metrical system)은 악센트만이 측정되는 율격으로 영시에서 주로 볼 수 있는 것이다. 이 율격은 악센트 있는 강한 음절과 악센트 없는 약한 음절의 교체가 규칙적으로 반복되는 리듬의 패턴이다.

① 약강조(Iambus)

약음절로 시작하여 강음절로 끝난다. 약강 두 음절이 한 음보를 구성하여 되풀이되는 형식이다.

In peáce, Love túnes the shépherd's réed;

In wár, he móunts the wárrior's stéed;

In hálls, in gáy attíre is séen;

— Scott : The of the Last Minstrel III, (' 표는 강세음절 표시임)

② 강약조(Trochee)

약강조와 반대로 강음절에서 시작하여 약음절로 끝나는 형식이 되풀이 된다.

> Shóuld you ásk me, whénce these stóries,
> whénce these légends ánd tradítions,
> Wíth the ódours óf the fórest,
>
> — Longfellow, The Song of Hiawdha

이와 같이 순서로 음절이 배열되면 마지막에 약음절이 와야 정상이지만 경우와 따라 약음절이 생략되고 행미行末에 강음절이 오는 경우도 있다. 이때 전자를 완전절(acatalexis), 후자를 결음절(catalexis)이라고 부른다. 이외에도 ③ 약약강조(Anapest) ④ 강약약조(Dactyl), 강강조(sponder), 약약조(pyrrhic) 등이 있다.

다. 음보율

문법의 가장 큰 단위는 문장(sentence)이다. 음절이 모여서 낱말이 되고, 낱말이 모여서 어절이 되고, 어절이 모여서 문절이 되고, 문절이 모여서 문장이 된다. 이것을 시의 형태면에서 말하자면 음절이 모여서 음보가 되고, 음보가 모여서 행이 되고, 행이 모여서 연이 되고, 연이 모여서 한 편의 시가 된다. 여기서 음보란 음절이 모인 것 또는 행을 이루는 단위로 정의할 수 있다. 물론 음보율이란 이 음보의 수에 의해서 결정되는 율격이다. 다시 말하면 음보의 규칙적 반복이 음보율이다. 서양시의 음보율은 한 단어에 나타나는 강약의 규칙을 중요시하지만, 우리 시가의 경우에는 강약의 어세가 두드러지지 않는 만큼, 호흡군(breath group), 통사 관계, 율독에 따르는 시간의 등장성, 의미와 문맥 등으로 구분할 수밖에 없는 실정이어서 영시의 음보(foot)의 개념과 전혀 다르다. 따라서 음보율은 영시의 강약율(meter)이 아니다.

음보에 대한 정의는 그러기에 다소 모호하다. 한 시행을 이루는 음보의 구획을 문법적 어구나 논리적 휴지(休止)로, 롯츠의 개념인 colon처럼 응집력이 있는 구절, 심지어 주관적 자의로 설정하기도 한다. 통사적으로 배분된 어절이 끝난 다음에 휴지가 와서 3음절 내지 4음절을 휴지의 한 주기로 기대하게 된다. 음보란 이렇게 휴지에 의해서 구분된 문법적 단위 또는 율격적 단위이다. 중요한 것은 휴지가 일정한 시간적 길이마다 나타나는 것이 음절수가 같기 때문이 아니라 율독을 할 때 호흡에서의 같은 시간적 길이 때문이라는 점이다. 다시 말하면 음보는 3음절 내지 4음절을 휴지의 일주기로 하여 동일한 시간 양을 지속시키는 등시성에서 발생한다.[4)]

3. 내재율(內在律)·자유시와 산문시

내재율이란 자유시나 산문시의 문장 안에 깃들은 잠재적 운율을 말한다. 이는 전통적 개념의 운율과는 다른 개념이므로 보다 자세히 살펴볼 필요가 있다. 자유시란 잘 알고 있듯이 전통적인 운율(韻律)에서 벗어난 시를 말한다. 형태상 정형시(定型詩)의 상대적 개념으로 쓰인다. 자유시라는 말은 본래 고전주의 시행(詩行)인 12음절(十二音節 ; alexandrine)에서 시를 해방시키기 위하여, 19세기 후반의 프랑스에서 J. 라포르그 등이 사용하기 시작했던 자유운문시(verse libres)에서 유래하였다. 영국에서는 각운(脚韻)을 넣지 않는 약강오보격(弱强五步格)의 무운시(無韻詩 ; blank verse)에서 발전한

4) 음보에 관해서는 김준오, 『詩論』(삼지원, 1997) 142~143면 참고. 그는 3음보와 4음보의 특성을 3음보는 서민계층의 리듬, 자연적이고 서정적인 리듬, 경쾌한 리듬이며 동적 변화감과 사회 변동기를 대변하는 가창에 적합한 리듬이라고 했으며, 4음보는 사대부 계층의 리듬이며 인위적이고 교술적인 리듬, 장중한 리듬이며 안정과 질서를 대변하는 음송하기에 적합한 리듬이라고 하였다. 그러나 이 3음보와 4음보의 특성을 이렇게 기계적으로 나누는 것은 바람직하지 않다고 보인다. 각 시행에서 어떻게 놓이느냐에 따라 상당히 다르기 때문이다. 현대의 노래가 4음보 중심이라는 것도, 북한의 가사가 4음보라는 것도 이 논리를 수긍하기 힘들게 한다.

형태로 19세기 후반 M. 아놀드의 「도버해협」(1867)과 같은 자유시가 탄생하였고 이어 T.S. 엘리어트도 생활언어의 리듬에 가까운 자유시를 썼다. 미국에서 자유시의 발전은 W. 휘트먼이 『풀잎』(1855)으로 종래의 영시 운율을 대담하게 깨뜨리고 행갈이 산문을 시도한 것에서 비롯되었다. 이러한 전통을 계승하여 20세기 초에 E. 파운드 등의 이미지즘운동이 전개되었다. 이것은 종래의 자유시보다도 더 대담한 변혁이었는데, 예전의 규칙적인 정형률에 의하지 않고 자유로운 운율에 따라 시를 썼다.

내재율을 논함에 있어 산문시를 반드시 살펴볼 필요가 있다. 산문시는 운율을 갖지 않는 것이라 생각하기 쉽기 때문이다. 산문시란 전통적인 운율에 의하지 않고 산문의 형식을 빌려 표현한 시를 말한다. 이른바 시적 산문 또는 미문(美文)과는 다르다. 시는 예로부터 반드시 두운(頭韻)·각운(脚韻)을 써서 지으며 운문(韻文)과 동의어로 취급되었으나, 19세기 프랑스에서 종래의 고전주의 운율에 반발해서 C.P. 보들레르가 『소산문시』(1869)로 새로운 방향을 제시했다. 그 이후 S. 말라르메, J.N. 랭보 등 많은 상징파 시인이 이를 따르고, 20세기에는 G. 아폴리네르와 A. 브르통 등의 초현실주의자들도 많은 산문시를 썼다. 프랑스어에 비해 리듬의 억양이 분명한 영어에서는 시나 산문 중 한쪽으로 치우치는 경향이 많았다. 자유시와 산문시는 내재율을 갖고 있다. 그러면 내재율이란 무엇인가.

시의 리듬은 부정형(不定型)의 음수율과 내용률(內容律)로 구별되는데, 내재율은 이 둘을 다 포함한다고 볼 수 있고, 좁은 의미로는 내용률만을 가리킨다. '내용률'이란 '내적 정감(情感)의 율동'을 가리킨다고 볼 수 있다. 언어의 의미 자체가 가지는 운율을 시적 정감에 즉응(卽應)하여 살려서 표현할 때, 어귀의 명령법·체언종지(體言終止)·동사 현재법 등의 사용에서 운율적 역동감을 살릴 때, 문체의 수사(修辭)에 의한 강약의 율동을 살릴 때, 시행의 장단(長短)에 의해 일종의 호흡률을 살릴 때 이 내용률이 나타난다. 부정형 음수율은 정형률이 4·4조, 3·4조, 7·5조, 8·5조 등인 데 반하여, 2

음 · 3음 · 4음 · 5음 등의 부정(不定)의 음수 구성으로 정형률과 보통의 산문과는 다른 일종의 미묘한 리듬으로 나타난다. 그러나 어떤 것이 내용률인가를 놓고 그 구체적인 부분을 가려낸다는 것은 상당히 모호한 작업일 수밖에 없다. 한국의 현대시가 점점 산문화의 경향을 띠고 있는 것은 시인들의 운율, 특히 내재율의 부재의식에서도 그렇지만 이에 대한 적절한 평론이나 논문, 평단의 관심이 미미한 데서 그 원인을 찾아볼 수 있다.

> 사람이 몇 生이나 닦아야 물이 되며 몇 劫이나 轉化해야 금강에 물이 되나! 금강에 물이 되나!
>
> 샘도 江도 바다도 말고 玉流 水簾 眞珠潭과 萬瀑洞 다 고만 두고 구름 비 눈과 서리 비로봉 새벽안개 풀끝에 이슬 되어 구슬구슬 맺혔다가 連珠 八潭 함께 흘러
>
> 九龍淵 千尺絶崖에 한번 굴러 보느냐
>
> — 조운, 「구룡폭포九龍瀑布」 전문

이 작품이 운율을 얼마만큼 잘 운용하고 있는지를 살펴보면 쉽게 수긍이 간다. 운율이 잘 운용되고 있는지는 율독을 통하여 점검해볼 수 있다. 내재율 또한 율독을 통해 많은 부분을 잡아낼 수 있다. 이 작품의 의미는 각 연을 나누어보면 대개 다음과 같이 각각 나누어진다.

① 사람이 몇 生이나 닦아야 물이 되며
② 몇 劫이나 轉化해야
③ 금강에 물이 되나!
④ 금강에 물이 되나!
⑤ 샘도 江도 바다도 말고
⑥ 玉流 水簾 眞珠潭과 萬瀑洞 다 고만 두고

⑦ 구름 비 눈과 서리 비로봉 새벽안개 풀끝에 이슬 되어 구슬구슬 맺혔다가

⑧ 連珠 八潭 함께 흘러

⑨ 九龍淵

⑩ 千尺絶崖에

⑪ 한번 굴러

⑫ 보느냐

중요한 것은 이 시의 묘미를 십분 발휘하기 위해서는 12마디 각각의 율독 시간을 같이 하면 된다는 것이다. 다시 말해 자수나 더 나아가 음보수에 상관없이 "금강에 물이 되나!"나 "구름 비 눈과 서리 비로봉 새벽안개 풀끝에 이슬 되어 구슬구슬 맺혔다가"나 "九龍淵"이란 구절을 읽는데 시간을 같이 해준다면 이 시의 묘미 대부분을 읽어낼 수가 있게 된다.(이 시의 백미는 장쾌한 흐름에 있는데 내리닫이식으로 주워 삼키는 ⑦과 한 템포 식혀주는 ⑧, 끊어 내는 듯한 ⑨에 있다!) 이것이 바로 시간적 등장성(時間的 等張性) 원리다.[5)]

마음이 얼고 다음에 길 언다 바깥소식 같은 눈 드물게 인가로 내려와 언 길 두드린다 대답 대신 길 두껍게 얼고 오래 다문 입에서는 단내가 난다 미끄럽다오지마라 단내난다오지마라 길 계속 얼고 소식두절한 길 위에 일찍 핀 제비꽃 희다 희게 언다

— 동길산, 「빙판길」 전문

헛도는 페달의 한가운데 낮달 같은 맨홀이 보였다 맨홀 속 지렁이도 울었다 단풍잎이 떨어졌다

사각사각 벌레가 파먹었다 우는 지렁이를 껴안고 검은 소처럼 단풍잎도 울었다

5) 조운의 이 작품은 사설시조다. 현대사설시조의 형식적 장치에 대해서는 이렇다 할 논문이 없지만 이 시간적 등장성의 원리가 이를 풀 수 있는 단서라고 생각한다. 이런 점에서 필자는 사설시조도 평시조와 같은 3장과 각 장 네 마디(평시조는 4음보)를 갖는 형식임을 주장한 바 있다.『반교어문연구泮橋語文硏究』 제12집(반교어문학회, 2001)참고.

페달에 휘감겨 나도 울었다

—「청춘」 부분

위의 두 편의 산문시를 보고 내재율이 어느 작품이 잘 살아나고 있는지를 살펴보자. 전자의 작품은 우선 어조의 변화를 시도하고 있다. 동시에 시적 흐름의 완 · 급을 나름대로 조절하고 있다. 후자의 작품은 종결형 어미를 일관되게 구사하고 있으며 그 호흡적 율격도 평이하다. 후자의 작품이 다소 답답하게 느껴지는 이유는 여기에서 연유한다.

4. 운율의 기능

시에 있어서 운율이 왜 중요한가는 운율이 시에 어떤 기능을 하고 있는지를 살펴보면 쉽게 이해를 할 수 있다. 운율은 시답게 만드는 중요한 요소다. 통일성과 연속성과 동일성의 감각을 우리는 운율로부터 얻을 수 있기 때문이다.

무엇에 반항하듯
불끈 쥔 주먹들이 무섭다
그녀의 젖무덤처럼 익어
색만 쓰는 그 음탕함도 무섭다
꺾어버릴 수가 없다
아프다 너무 아프다
맞붙어 속삭이는
저 노오란 비밀의 이야기가 아프다
타오르는 불길 속에
마구 벗어던진
그녀의 속옷같은 잎들의 눈짓

오 — 눈짓이 무섭다

저들은 무언가 외칠 것만 같다

불끈 쥔 주먹을 휘두르며

일어설 것만 같다

무섭다 세상 모든 것이 무섭다

익을 대로 익은 내 생각의

빛깔도 무섭다

— 정의홍, 「참외」 전문

이 시가 가지고 있는 운율은 물론 내재율이다. '무섭다'라는 언어의 반복과 조응을 이루는 '없다' 나 '아프다'라는 단정적인 언어, 이들 사고를 뒷받침하는 "불끈 쥔 주먹", "타오르는 불길", "마구 벗어던진", "외칠 것만 같다", "휘두르며"라는 거칠고 격정적인 언어들은 시를 강렬하게 만드는 역할을 하고 있다. 반면 "젖무덤", "색만 쓰는 그 음탕함", "저 노오란 비밀의 이야기","속옷 같은", "익을 대로 익은" 언어들은 언어 자체가 갖는 육감성으로 인하여 시에 탄력을 불어넣고 있다. 결국 이 시는 신성함을 신성함으로 인식하지 못하는 서정자아의 '사유의 무서움'을 자각하는데 까지 나아가는 주제의식을 보여주고 있는 셈인데 그 '무섭다'라는 인식의 통일성은 '무섭다'라는 언어의 반복과 격정적이고 육감적인 어휘의 효과적인 배열에서 기인하고 있는 것이다.

이끈다랑쉬로 사출된 후, 좁은 밭둑과 허물어진 돌담을 돌아 성긴 잡목과 잡풀들 사이로 백구십여 미터의 가파른 곡선을 밟아 올랐을 때, 나는 이끈다랑쉬 자궁에서 거꾸로 이 세상에 떨어지고 있었다.

— 채호기, 「이끈다랑쉬」 부분

갯우렁은 빨판으로 조개껍질에

가만히 달라붙어 있는 듯하지만,

나중에 보면 백합조개의 볼록한 이마쯤에

드릴로 뚫어놓은 듯한 정확한 원형의 구멍이

뚫려 있는 것을 보게 될 것이다.

— 엄원태, 「갯우렁」 부분

인용된 작품이 갖고 있는 문제점은 운율이 철저하게 무시되고 있다는 점이다. 산문이나 별반 차이가 없다. 행과 연을 나누었다고 해서 시가 되는 것은 아니다. 산문으로 의도화하려는 목적이 아니라면 이들 상황을 설정하거나 묘사하려는데 적절한 어조나 운율적 요소를 감안 했어야 할 것이다.

운율과 더불어 생각해보아야 할 것은 21세기의 디지털시대의 시 쓰기에 있어 템포의 문제이다. 모든 것이 속도화되고 있는 추세에 있어 시의 운율성 회복은 시로부터 떠난 독자들을 데려올 수 있는 하나의 대안이 될 수도 있다는 점이다. 소설이 어떻게 변모되고 있는가를 살펴보면 보다 확실한 답을 얻을 수 있다.

왔어왔어, 그녀가 왔어, 나를 찾아왔어, 사무실로 왔어, 우릴 보러 사무실에 왔어, 그녀의 매니저도 왔어, 좆나리 멋진, 크라이슬러 미니 밴을 타고 왔어, 매니저의 양아치들도 함께 왔어, 왔어왔어, 그녀가 왔어, 그녀가 우리, 보도 사무실에 왔어, 육개월 만에 왔어, 자신을 지우려, 왔어

나는 경계가 좋다. 내가 가장 즐기는 경계는 현실과 상상 사이의 경계이다.

나는 가끔 현실을 상상이라 생각하기도 하고 상상을 현실이라 믿고 살기도 한다.

그렇다 해도 그 혼동이 심각한 문제를 야기한 적이 없었다.

마치 영화를 보듯 나는 내가 구성한 그 상상의 세계를 제한된 시간 동안 탐험한다.

전자는 「비니」(이기호, 『현대문학』 1999. 6)라는 신인추천작이고 후자는 주목받는 소설가 김영하의 「호출」이다. 전자는 랩이라는 운율을 파격으로 수용한 소설로 기존 현실에 관한 부정적 요소를 랩이란 운율 통해 적용시키고 있다. 후자의 글쓰기에서는 스피드한 특징이 보인다.

> 하나, 둘, 셋, 남자는 숫자를 세었다. 짤랑, 소리를 내며 노래방 유리문이 열렸다, 닫혔다. 넷, 다섯, 여보세요, 문 밖에서 여자 목소리가 들렸다. 남자는 전기 이불을 밀쳤다. 반달 모양으로 뚫린 유리 칸막이로 여자가 얼굴을 쑥 내밀고 있었다. 아직도 전당포라는 것이 남아 있군요? 반신반의하는 눈빛이었지만 남자는 어쩐지 여자의 얼굴이 체념에 길들여진 인상이라는 느낌을 받았다.
>
> — 조경란, 「좁은 문」 부분

이 소설에도 스피드한 전개가 돋보인다. 마치 독자들의 앞에서 노래방 유리문이 열렸다가 닫히고 있는 것 같은 착각이 든다. 그러면서 차분한 생각을 요하는 곳에서는 문장이 길어지고 있다. 산문이지만 완・급을 조절하고 있는 것이다. 이러한 언어의 운율적 감각이 소설에서는 더 필요할지도 모른다. 인터넷이 대두되면서 속도가 중요시되고 있는 단적인 증거이기도 하거니와 하물며 소설이 이런 형국인데 시에서 운율을 무시한다는 것은 시인의 각성과 반성이 뒤따라야 할 부분 중의 하나가 아닐 수 없다. 가볍다고만 볼 것이 아니다. 운율적인 문장은 스피드하고 그 스피드는 시의 생명이기도 한 버릴 것을 과감하게 버려야 하는 데서 시작하기 때문이다.

5. 효과적인 운율 사용방법

운율은 대체로 ① 동일 음운 반복 ② 동일 음절수의 반복 ③ 의성어, 의태어의 반복 ④ 통사 구조의 반복 등 같거나 비슷한 짜임의 문장을 반복, 사용함으로써 나타난다. 이를 시 창작에 원용해보는 노력을 가져야한다. 다만 현대의 자유시는 이것들로부터도 자유로워지려는 경향을 가지고 있기 때문에 이에 매몰될 필요는 없다. 현대시조를 창작해보는 방법도 운율에 관심을 갖는 유용한 방법이 될 수 있다. 살핀 바와 같이 우리 시의 운율을 따질 때는 음보율이 절대적이고 그 온전한 형태로 재현되고 있는 것이 현대시조이기 때문이다. 이 말은 달리 해석해보면 현대시조의 율격을 모르고서는 현대시 창작을 한다는 것은 한국어라는 언어를 모른 채, 그 맛과 멋을 전혀 채득하지 못한 채 오로지 내용과 의사 전달에만 급급하여 조각난 시를 쓰겠다는 것과 같다.

나, 그대에게
들키고 싶지 않았다
비밀한 울음을 속지로 깔아놓고
엷지만 속살을 가릴
화선지를 덮었다.
울음을 참으면서 나는 풀을 발랐다
삼킨 눈물이
푸르스름 번지면서
그대의 환한 미소가
방울방울 떠올랐다.

— 임성규, 「배접」 전문

이 작품이 시조라는 사실을 아는 이가 드물다.[6] 오늘날의 시조는 이렇게 달라져 있다. 시조에 대한 고정관념을 버려야한다. 그리고 무릇 한국의 언어를 가지고 시를 창작하려는 사람들은 시조의 형식에 대해 철저한 인식을 가질 필요가 있다.[7]

현대에 이르러 정형률을 추구하는 경우는 현대시조를 뺀다면 극소수에 지나지 않는다. 김영랑의 4행시를 이어받은 강우식의 사행시가 있고, 박희진의 4행시에 이은 1행시 등이 있을 것이다.

받아먹을 것 다 받아먹고 애무 받을 것
다 받고 노려보며 물러나는 고양이 눈 아름답다
변덕쟁이 마나님에게 속지 않는 눈, 파아란 눈!
뇌물선심에 속지 않는 싯퍼런 표심들처럼

— 김동호,「고양이, 파아란 눈」 전문

愛人을 切開하여 보인 듯한
살 속에 숨은 불인가.
園丁의 손도
타고 있는 불꽃은 움켜쥘 수 없다.
저 무참한 가시의 貞操帶 보아,

6) 실제로 필자가 현직 국어 교사를 대상으로 한 1급 정교사 연수 시 350여명 에게 이 시의 형식적 특성을 묻는 질문에 시조라고 말한 사람은 단 한 사람도 없었다. 시조라는 말에 다들 놀라는 눈치였다. 이 작품은 시조의 삼장(초장, 중장, 종장)이 두 번 반복되는 두 首로 된 연시조다. 제1행과 2행이 초장이고 3행은 중장, 4,5행은 종장이다. 두 수 째는 6행이 초장, 7,8행이 중장, 8,9행이 종장에 해당된다.

7) 시조의 형식장치를 3,4,3,4의 자수율로 생각하는 이가 적지 않다. 이 말은 한 음보에 오는 자수는 우리말의 구조상 3자나 4자가 많다는 말이지 반드시 그렇게 하라는 뜻은 아니다. "나, 그대에게/들키고 싶지 않았다"에서 보듯 1자에서 5자까지가 가능하다. 종장의 둘째 음보는 8자나 9자까지도 가능하다. 오히려 3,4조로만 맞추는 것은 기계적 율격으로 운율의 묘미를 반감시킬 수가 있다.

티없는 빛이 섞이는 이파리를 보아,

한순간 드러낼 수 없는 것은

은밀히 香이 퉁기고, 香이 퉁기고.

— 박성웅, 「장미」 전문

「고양이, 파아란 눈」은 4행시이고 「장미」는 8행시이다. 김동호의 경우는 『나의 뮤즈에게』(고요아침, 2002년)라는 시집 전체가 이러한 4행시로 되어 있고, 박성웅의 시집 『한발디딤』(혜진서관, 1987년)에는 적지 않는 작품이 8행시의 형태를 취하고 있다. 아마 이 시인들이 이러한 형식을 즐겨 사용하는 것은 시의 형태로는 4행이나 8행이 가장 적절하다고 보기 때문일 것이다. 모든 작품이 그런 것은 아니지만 4행시는 기 · 승 · 전 · 결의 한시 작시법을 따르고, 8행시 마찬가지로 이를 배로 늘려 기(1,2연), 승(3,4연), 전(5,6연), 결(7,8연)의 원리를 따르고 있음이 주목된다고 하겠다. 시의 한 행에 오는 음보수 면에서도 규칙적인 시조와 다르게 자유로움을 추구하되 시의 행 수에 따라 일정한 형식을 취하고자 하는 노력도 시의 운율에 상당한 관심을 가지는 경우라고 볼 수 있다.

敵들은 어디에서나 날아온다

온 봄날의 화살이 되어

마구잡이로 ↓ ↓ ↓ ↓ ↓ ↓

슛슛슛 내리꽂히고

내가 잠시 한눈을 파는 사이

東에서 →→→→

西에서 ←←←←

혹은, 南에서 北에서

— 성선경, 「화살」 전반부

위의 작품에는 율독할 수 없는 부호들이 등장한다. 더욱이 포말리즘적인 수법의 작품들도 현대시에서는 실험적으로 창작되어지고 있는 점을 감안하면 시는 율독뿐만 아니라 시각적 요소를 갖고 있음은 부인할 수 없다. 그러나 엄연하게 이들 시에도 운율이 존재한다. 인용시에도 부호들은 율독은 되지 않으나 휴지부의 시간성을 갖고 있다.

반복을 잘 활용하는 것도 효과적인 운율 사용법에 해당된다. 앞서 「참외」라는 시에도 이 점이 잘 나타나고 있지만 다음의 시는 그 보다 한 단계 높은 수사법을 보이고 있다.

> 오렌지에 아무도 손을 댈 수 없다
> 오렌지는 여기 있는 이대로의 오렌지다
> 더도 덜도 할 수 없는 오렌지다
> 내가 보는 오렌지가 나를 보고 있다
>
> 마음만 낸다면 나는
> 오렌지의 포들한 껍질을 벗길 수도 있다
> 마땅이 그런 오렌지
> 만이 문제가 된다
>
> 마음만 낸다면 나는
> 오렌지의 찹잘한 속살을 깔 수도 있다
> 마땅히 그런 오렌지
> 만이 문제가 된다
>
> 그러나 오렌지에 아무도 손을 댈 순 없다
> 대는 순간

오렌지는 이미 오렌지가 아니고 만다
내가 보는 오렌지가 나를 보고 있다.
나는 지금 위험한 상태에 있다
오렌지도 마찬가지 위험한 상태에 있다
시간이 똘똘
배암이 또아리를 틀고 있다.

그러나 다음 순간
오렌지의 포들한 거죽엔
한없이 어진 그림자가 비치고 있다
오 누구인지 잘은 아직 몰라도

— 신동집, 「오렌지」 전문

이 시에서 '오렌지'는 '오렌지'이면서 동시에 '오렌지 너머의 것'이다. 다시 말해 '오렌지'는 상징으로 쓰이고 있다는 말이다. 반복이 주는 효과인 셈이다.(반복이 상징을 만드는 점에 대하여는 "상징과 원형" 부분 참고)

산문시를 창작함에 있어서는 특히 운율에 대해 신경을 써야 한다. 대부분의 산문시 창작자들은 이 점을 간과하고 있는 것은 아닌지 점검해보아야 한다. 내용만을 담기에 급급한 것은 아닌지, 언어의 시적 정감을 살려내고 있는지, 운율적 역동감은 있는지, 완·급에 따른 호흡율은 가지고 있는지. 이들 방법 중에 어느 것에도 해당되지 않는다면 당신은 분명 시가 아닌 산문을 쓰고 있는 것이 된다.

| 제5강 |

이미지

1. 이미지의 정의
2. 이미지의 기능
3. 이미지의 종류
4. 이미지의 구조
5. 이미지의 선택 원리
6. 이미지시의 단점과 보완 방법
7. 이미지의 어울림과 시의 역동성

제5강

이미지

1. 이미지의 정의

이미지는 직접적 신체적 지각이나 간접적 신체적 지각에 의해 일어난 감각이 마음속에 재생된 것을 말한다. 한 때 지각되었으나 현재는 지각되지 않는 어떤 것을 기억하려고 하는 경우나, 체험상 무방향적 표류의 경우, 혹은 상상력에 의해서 지각 내용을 결합하는 경우나 꿈과 열병에서 나타나는 환각 등의 경우처럼 직접적인 신체적 자각이 아니더라도 마음은 이미지를 생산해 낼 수 있다.[1)]

이미지는 형상 (形象)이라는 말로 번역되어 쓰이기도 한다. 형상은 감각적 · 직관적으로 주어지는 구체적인 상(象)을 말한다. 반드시 오관(五官)에 의하여 직접적으로 지각되지 않더라도 뇌리에 생생하게 그려낼 수 있는 것

1) Allex Preminger, Princeton Encyclopedia of Poetry and Poetics, Princeton University Press, 1965. 363면~370면

이면 된다. 개념적 사고에 의하여 파악되는 것이 아니라 어디까지나 감각적・직관적인 존재이어야 한다. 예컨대 삼각형의 형상은 그려져 있는 삼각형의 그림 그 자체이어야 하며, '평행하지 않는 세 개의 직선에 의하여 둘러싸인 도형' 등의 개념적 설명이 아니다. 일반적으로 형상은 예술을 성립시키는 데 기초가 되는 것이며, 의도적으로 미적 형상을 만들어내는 것이 예술이라고 할 수 있다. 이 형상이라는 말은 특히 수사학적 용어로서 좁은 의미로 사용되는 경우가 있는데, 그것은 내용이 표현에 의하여 생생하게 감각화된 것을 가리킨다. 상징(象徵)은 단순한 수사보다 더 깊은 의의를 가지고 있는 예술적 표현방식이며, 어떤 감각적 대상으로 그 본래의 의미 뒤에 암시되어 있는 더 깊고 큰 내용을 구상화하는 점에서는 역시 일종의 형상이라고 말할 수 있다.

한 편의 시를 창작할 때 시인은 대개 어떠한 것을 독자들에게 전달하고 싶어한다. 그 '어떠한 것'은 대개 다음의 세 가지다.

① 시인이 생각하고 있는 관념

② 시인의 실제적 경험

③ 시인의 상상적 체험

시인은 이것들을 미학적이거나 독자가 잘 알 수 있는 상태로 만드는 수단을 찾게 된다. 이 수단의 가장 효과적인 방법이 바로 '이미지'다. 그런데 이중 실제적 체험은 체험한 내용을 실제적이고 생동감있게 표현하면 독자들이 공감하는 수준에 이르게 할 수 있는데 (물론 이미지가 필요 없다는 말은 아니다) 문제는 관념을 어떻게 이미지화하는 것이냐다. 관념을 이미지화하는 일은 시 창작에서 시의 성패를 가늠할 정도로 중요한 비중을 차지한다.

관념(觀念, idea)은 사람의 마음 안에 나타나는 표상・상념・개념 또는 의식내용을 가리키는 말이다. 원래는 불교용어로 진리 또는 불타(佛陀)를 관찰사념(觀察思念)한다는 뜻이며, 심리학용어로서의 관념은 그 의미가 명확하지 않으나 대개 표상과 같은 뜻으로 사용된다. 이 관념을 육화한 것이 이미지다. 이미지는 다시 말해 '관념의 육화'이다.

하나의 이미지가 하나의 요소가 아니라 하나의 결합이라면, 이미지는 오로지 의식 속에 들어갈 수 있다. 의식 속에는 이미지란 없으며 있을 수도 없다. 오히려 하나의 이미지는 의식의 한 양상이다. 하나의 이미지는 어떤 것이 아니라 하나의 작용이다. 이미지는 어떤 것을 의식하는 것이다.[2)]

에이브럼즈는 문학적 용법으로서의 이미지의 정의를 세 가지로 나누어 얘기하기도 한다.

첫째, 한 편의 시나 다른 문학작품 속에서 언급되는 감각과 지각의 모든 대상과 특질을 의미한다. 광의의 개념이라고 할 수 있는데 묘사나 인유, 비유 등을 가리지 않고 문학 작품 속에 나타난 광범위한 감각과 지각의 개념을 포괄하여 모두 이미지로 보는 것이다.

둘째, 시각적 대상과 장면의 요소를 의미한다. 가장 협의적으로 이미지를 국한하는 것이다.

셋째, 비유적 언어(figurative language)를 지칭하는데 은유와 직유의 보조관념을 말한다. 가장 일반적인 경우다.[3)]

2) An image can only enter into consciousness if it is itself a synthesis, not an element. there are not, and never could be images in consciousness. Rather, an images is a certain type of consciousness. An image is an act, not some thing. An image is a consciousness of some thing.
Jean Paul Sartre, Imagination, trans. Forest Williams, (Ann Arbor : The Univ. Press, 1962) 146 면.

3) M.H. Abrams, A Glossary of Literary Terms,(Holt, Rinehart and Winston, 1971) 76-77면 참조

2. 이미지의 기능

그러면 시인은 육화할 필요 없이 관념만을 독자들에게 전하면 될 텐데 왜 구태여 육화의 과정을 거치는가. 이미지는 그 정의를 통해서도 살폈듯이 시 창작의 중요한 역할을 하고 있다. 이미지가 잘 드러나지 않는 시는 죽은 시가 된다. 루이스(C. D. Lewis)는 이미지의 역할을 신선감, 강렬성, 환기력 등에 있다고 보았다.

가. 신선감

누이야
가을산 그리메에 빠진 눈썹 두어 낱을
지금도 살아서 보는가
정정(淨淨)한 눈물 돌로 눌러 죽이고
그 눈물 끝을 따라 가면
즈믄 밤의 강이 일어서던 것을
그 강물 깊이깊이 가라앉은 고뇌의 말씀들
돌로 살아서 반짝여 오던 것을
더러는 물 속에서 튀는 물고기같이
살아 오던 것을
그리고 산다화 한 가지 꺾어 스스럼 없이
건네이던 것을

누이야 지금도 살아서 보는가
가을산 그리메에 빠져 떠돌던, 그 눈썹 두어 낱을 기러기가
강물에 부리고 가는 것을

내 한 잔은 마시고 한 잔은 비워두고
더러는 잎새에 살아서 튀는 물방울같이
그렇게 만나는 것을

누이야 아는가
가을산 그리메에 빠져 떠돌던
눈썹 두어 낱이
지금 이 못 물 속에 비쳐옴을

— 송수권, 「산문(山門)에 기대어」 전문

이미지는 인간의 보편 정서에 호소할 수 있는 범위 내에서 최대한 신선함을 불러일으키는 기능을 수행한다. 이 시에서 가장 신선함을 주는 곳은 "정정(淨淨)한 눈물 돌로 눌러 죽이고"라는 대목이다. '눈물'과 '돌'이라는 서로 상이한 요소가 결합됨으로써 독특하면서도 단단한 이미지를 만들어내고 있다. 일종의 '낯설게 보기'의 기법이 잘 활용되었다고 볼 수 있다. 그 신선한 이미지가 더욱이 죽음의 이미지를 극복하며 "돌로 살아서 반짝여 오던 것을"과 "더러는 물 속에서 튀는 물고기같이 살아오던 것을"에서 볼 수 있듯이 환생의 역동적 이미지로 확산되고 있음은 이 시를 보다 탄력적으로 읽히게 한다.

나. 강렬성

장작을 팬다
野性의 힘을 고눈 도끼날이 공중에서 번쩍
포물선으로 떨어지자
부드러운 木質에는 성난 짐승의 잇자국이 물리고

하얗게 뿜어 나오는 나무의 피의
향기,
온 뜰에 가득하다

물어라
이빨이 아니면 잇몸으로라도
저 쏘나기처럼 박히는 金屬의 自慢을
물고서 놓지 말아라
도끼날이 찍은 生木은 엇갈린 결로써 스크람을 짜며
한사코 뿌리치기를 거부하지만
땀을 흘리며 숨을 몰아쉬며 도끼날을 뽑아가는
사내의 노여움을 어쩔 수 없다.

— 이수익, 「장작패기」 부분

시는 함축적이고 운율이 있는 순간의 언어이다. 이미지가 때에 따라 아주 강렬한 인상을 심어주기도 하는 것은 이런 이유에서이다. '성난 짐승의 잇자국' '하얗게 뿜어 나오는 나무의 피'의 강렬한 대립을 통해 분출되는 이미지는 아주 강렬하다. 죽어 있는 '도끼'나 '나무'에 각각 '도끼날' '쐐기' '짐승의 잇자국' '쏘나기' '노여움' 등의 폭력성 언어와 "하얗게 뿜어 나오는" '엇갈린 결' '스크람' 등의 대항성 언어가 빚어내는 대결 구조가 이 시를 한층 강렬한 분위기로 유도하고 있는 셈이다.

다. 환기력

하이얀 입김 절로 가슴이 메어
마음 허공에 등불을 켜고

내 홀로 밤 깊어 뜰에 나리면

머언 곳에 여인의 옷 벗는 소리

— 김광균, 「雪夜」 부분

잘 알려진 이 시가 회화적이며 관능적이라는 점은 익히 알고 있는 내용이다. 그러나 좀더 면밀하게 살펴보면 이 시의 마지막 부분인 '머언 곳에 여인의 옷 벗는 소리'의 역할은 이런 차원을 훨씬 넘어서고 있다. 지금까지 끌고 왔던 분위기를 일시에 바꾸어 놓는 역할을 수행하고 있는 것이다. 바꾸어진 이미지를 통해 독자의 정서에 깊게 호소하고 있다고 볼 수 있다.

그외 이미지는 진정성, 내밀성(응축성, 정밀성)등에 기여하는 역할을 수행하기도 한다. 진정성은 시의 이미지가 매우 진지한 것이고 정직한 것이어야 하는 점에서 그러하며, 내밀성은 시상이 압축의 형태를 지향하면서 고도로 집중된 정감을 필요로 한다는 점에서 그러하다. 이외에도 간결성, 평이성, 자연스러움 등을 들 수도 있을 것이다.

3. 이미지의 종류

시의 이미지는 일반적으로 '언어 발달의 단계'에 맞추어 정신적 이미지(mental image)와 비유적 이미지(figurative image)와 상징적 이미지(symbolic image)로 나누어진다. '대상과의 관계'에 따라 상대적 이미지와 절대적 이미지로 나누기도 한다. 비유적 이미지 (figurative image)와 상징적 이미지(symbolic image)는 장을 달리 하여 살펴보기로 하고 여기서는 정신적 이미지와 상대적·절대적 이미지에 대해 살펴보기로 하겠다.

가. 정신적 이미지

정신적 이미지는 언어에 의하여 우리의 마음속에 떠오른 감각적 이미지를 가리킨다. 여기에서 '감각'은 상당히 중요한 의미를 지닌다. 감각(感覺, sensation)은 빛·소리와 같은 외계의 사상(事象) 및 통증과 같은 체내의 자극에 의하여 일어나는 의식현상을 말한다. 자극이 신체에 수용되면 신체 내의 복잡한 작용에 의하여 중추신경에 전해졌을 때 여기서 일어나는 대응이 바로 감각이다. 감각의 말단기능을 수용이라 하고 최종적인 뇌의 자극 구별을 지각(知覺)이라고 한다. 의학적인 면에서 보자면 지각이란 감각이 통합되어 구체적인 의미를 지닌 고차원의 기능이다. 자극을 받아들이려면, 자극의 종류에 따라 그 자극에 대한 특히 예민한 장소가 신체의 부분에 따라 정해져 있다. 감각기의 자극수용부에는 감각세포와 지지세포가 있는데 때로는 감각세포의 흥분을 구심적으로 전달하는 2차 신경세포 또는 3차 신경세포가 존재할 때도 있다.

감각이라는 말은 최초에는 외계나 체내의 자극으로부터 직접 일어나는 의식 전체를 의미하였다. 따라서 기억이나 사고·반성 등이 가미되지 않은 의식이지만 자극으로부터 일어나는 것인 한 감정적인 내용도 포함되어 있었다. 이 용어에 의하면, 외적 대상에 대한 직접적인 인상(印象)은 감각이라 해도 좋으나, 그 후 감정적 요소를 넣지 않은 것을 감각이라 하게 되었다.

또한, 심리학이나 생리학에서는 자극으로부터 야기되는 의식 내용에서도 복잡한 형태를 제외한 단순한 내용을 들어서 감각이라 부른다. 즉, 자극을 받아서 느끼는 경험은 시간적·공간적 관계를 갖추고, 또한 대부분은 형태를 갖춘 지각이다. 그 지각으로부터 공간적 관계나 시간적 관계, 형태성 등을 뺀 내용을 감각이라 하고 있다. 예를 들어, 소리를 들으면 그 소리가 들리는 방향(공간적 방향) 및 소리가 들리고 있는 시간적 관계가 느껴지는데, 그와 같은 관계를 빼고서 소리의 강약이나 음조 등을 끄집어낸 것이 음의 성질이며, 이러한 성질로서 나타내는 것이 음의 감각이다.

감각은 신체에 있는 감각수용기의 종류로 분류되는데 시각(視覺), 청각(聽覺), 후각(嗅覺), 미각(味覺), 피부감각(皮膚感覺)[4], 심부감각(深部感覺)[5], 내장감각(內臟感覺)[6], 평형감각(平衡感覺)[7] 등이 있는 것으로 알려지고 있

4) 피부에는 4종의 감각수용기가 있다. 첫째, 촉각의 적합자극은 물체를 접촉하는 일이다. 둘째, 온각의 적합자극은 온도상승이다. 셋째, 냉각의 적합자극은 온도하강이다. 넷째, 통각은 적합자극이라고 할 정도로 특수화되어 있지 않다. 즉, 어떤 종류이든 매우 강한 자극이 작용하면 흥분한다. 통각수용기는 특수한 세포가 아니라, 신경섬유말단 그 자체이다. 예전에는 이상의 5종류밖에 알려지지 않았으므로, 이상을 5감(五感)이라 하고, 그 이외의 감각이 아닌 직감력이나 예감(豫感) 등을 제6감(육감)으로 표현하였다. 현재는 기타 몇 가지 감각이 더 알려져 있다.

5) 피부보다도 심부에 있는 근육이나 건(腱: 힘줄) 등에도 감각수용기가 있다. 하나는 통각으로서, 피부의 경우와 마찬가지이다. 또 하나는 근육이나 건 속에 묻혀 있는 근방추(筋紡錘)나 건방추로서 적합자극은 장력(張力)이다. 즉, 근육이 신장(伸張)하면 이 수용기가 신장되어 흥분한다. 이 신호는 척수신경을 통하여 대뇌피질 측두엽의 피부감각령과 같은 곳에 이르러 심부감각이 된다. 가령, 관절이 구부러져 있을 경우는 그 관절을 뻗히면 근육은 신장되어 있지만 구부리는 근육은 이완되어 있다. 이와 같은 근육의 정도가 감각되고 있으므로 눈을 감고 있어도 손·발의 위치나 운동 상태, 또는 손에 들고 있는 물체의 무게 등을 알게 된다. 피부감각과 심부감각과는 감각신경도 같이 나란히 가고 있으며, 감각령도 같은 장소에 있으므로 합쳐서 체성감각(體性感覺)이라고 한다.

6) 내장에는 통각신경이 분포되어 있으므로 내장통각이 있다. 그밖에 여러 가지 수용기가 알려져 있다. 이들 수용기는 각기 장기에 특유한 상태가 적합자극으로 되어 흥분한다. 가령 직장에 대변이 차 있어 변이 신장되면 변의(便意)를 촉발시킨다. 또, 방광이 신장되면 요의(尿意)를 일으킨다. 이와 같은 감각을 장기감각이라 한다. 식욕·갈증·성욕·구토증 등도 장기감각이다.

7) 적합자극은 직진 및 회전의 가속도이다. 수용기는 달팽이관 옆에 있는 미로(迷路) 속에 있다. 직

다. 정신적 이미지는 이들 감각의 종류에 따라 대개 시각적 이미지 · 청각적 이미지 · 미각적 이미지 · 후각적 이미지 · 촉각적 이미지 · 기관 이미지 · 근육감각적 이미지 등으로 세분된다.

① 시각적 이미지

> 곱아라 고와라 진정 아름다운지고
> 파르란 구슬 빛 바탕에 자지빛 호장을 받힌 호장저고리
> 호장저고리 하얀 동정이 환하니 밝도소이다
>
> — 조지훈, 「古風衣裳」 부분

> 나는 한 잎의 여자를 사랑했네. 물푸레나무 한 잎같이 쬐그만 여자, 그 한 잎의 여자를 사랑했네. 물푸레나무 그 한 잎의 솜털, 그 한 잎의 맑음, 그 한 잎의 영혼, 그 한 잎의 눈, 그리고 바람이 불면 보일 듯한 그 한 잎의 순결과 자유를 사랑했네
>
> — 오규원, 「한 잎의 여자」 부분

「古風衣裳」에서는 '파르란 구슬 빛', '자지빛', '하얀' 등의 색깔이 우선 시각적 이미지를 불러온다. 「한 잎의 여자」에서는 색깔이 나오진 않지만 "물푸레나무 한 잎같이 쬐그만 여자"와 이 물푸레나무의 세부적 묘사인 "그 한 잎의 솜털, 그 한 잎의 맑음, 그 한 잎의 영혼, 그 한 잎의 눈"의 열거를 통해 그 여자의 모습을 상상할 수 있도록 회화적으로 보여주고 있다.

② 청각적 이미지

진에 대해서는 전정계(前庭階) 내의 수용기가, 회전에 대하여는 반고리관 내의 수용기가 흥분한다. 신체가 운동하고 있다는 것은 시각이나 심부감각 등에 의해서도 어느 정도 느낄 수 있으나, 그것들이 없어도 평형감각에 의하여 느낄 수 있다.

사람도 아무 곳에나 한번만 기분좋게 내리치면
참깨처럼 쏴아쏴아 쏟아지는 것들이
얼마든지 있을 거라고 생각하며 정신없이 털다가
"아가, 모가지까지 털어져선 안되느니라"
할머니의 가엾어하는 꾸중을 듣기도 했다.

— 김준태, 「참깨를 털면서」 부분

그 무슨 열 받을 일이 많은지
낮에도 울고 밤에도 운다
조용히들 내 소리나 들어라
매음매음…… 씨이이…… 십팔십팔……
저 데뷔작 한 편이 대표작일까
경으로 읽자니 날라리로 읽히고
노래로 음역하면 상스럽게 들린다

— 임영조, 「매미소리」 부분

밤새 절강공사하는 중기들은 개웅개웅 마을 앞을 지나고

— 박태일, 「피라미가 잡히는지」 부분

멈칫멈칫 아프다, 아프다 하는 소리 들려온다
귀기울이고 들어보면 어디선가
고프다, 고프다 울어대는 북, 소리
아흐, 울음소리 들려온다 저 소리
입 모아 南으로 열려 있다
한때는 둥둥둥, 가볍게 내 몸 빠져나가던 소리
함부로 거슬러 올라가던 소리

이제는 우르르 내려오며

와와와 개구리떼처럼 와와(蛙蛙)대는 소리

아흐 그 소리, 으흐흐 하고 울어대는 소리

— 이은봉, 「북, 소리」 부분

「참깨를 털면서」에서는 '쏴아쏴아' 참깨 쏟아지는 소리가, 「매미소리」에서는 "매음매음…… 씨이이 ……십팔십팔 ……"이라는 매미소리가 「피라미가 잡히는지」에서는 "개웅개웅"이라는 중기소리가 「북, 소리」에서는 "아프다, 아프다," "고프다, 고프다", "와와(蛙蛙)" 등의 소리가 시의 분위기를 생기 있게 만들어준다. 청각적 이미지는 주로 들려지는 소리에서 일어나는 감흥을 통해 서정자아의 심리 상태까지를 그려내는 역할을 한다. 대상이 되는 사물들의 소리는 고정화되어 있지 않고 듣는 사람마다 다르게 들리기 마련이다. 전자의 작품이 시적 대상의 일반적인 소리를 담아냈다면 후자는 아주 독특한 듣기를 통해 소리를 담아내고 있다. 매미소리만 하더라도 김만옥은 작품 「죽은 매미의 입」에서 "盲 盲 盲 盲 盲 盲 盲"으로, 최영철은 작품 「매미」에서 "맴 맴 맴 맴 맘 맘 밈 밈 몸 몸 ㅁ —"으로, 배한봉은 작품 「뜨거운 심장」에서 "미요옴미욤몸몸, 쓰르릅쓰릅쓰릅쓰쓰쓰스", "찌찌릅찌릅찌릅찌찌찌, 매암맴매암맴맴밈", "예엠예엠옘옘옘, 왜욤왜욤왬왬왜앰"으로 서정자아의 마음을 다양하게 실어내고 있다.

③ 미각적 이미지

아, 이 반가운 것은 무엇인가

이 히수무레하고 부드럽고 수수하고 슴슴한 것은 무엇인가

겨울밤 쩡하니 닉은 동티미국을 좋아하고 얼얼한 댕추가루를 좋아하고 싱싱한 산꿩의 고기를 좋아하고

— 백석, 「국수」 부분

그런데 간장을 담으면 어디선가 샌다
간장만 통과시키려는 막이라도 있는 것일까

너무나 짜서 맑아진
너무 오래 달여서 서늘해진
고통의 즙액만을 알아차리는
그의 감식안

— 나희덕, 「어떤 항아리」 부분

「국수」에서는 '찡하니 닉은', '얼얼한' 등의, 「어떤 항아리」에서는 '너무나 짜서' 등에서 미각을 활용해서 시의 효과를 높이고 있음을 볼 수 있다.

④ 후각적이미지

여승은 합장하고 절을 했다.
가지취의 내음새가 났다.
쓸쓸한 낯이 옛날같이 늙었다.
나는 불경처럼 서러워졌다.

— 백석, 「女僧」 부분

즐겁게 얼음의 시간을 녹이자. 조개탄의 매캐한 유황 냄새가 코를 찌르는, 밤이면 박쥐가 튀어나오는, 이미 사라지고 없는 교실에서 무릎을 꿇고 얼굴을 들지 못하는 1학년 3반 원구식을 해방시키자.

— 원구식, 「추억의 1학년 3반」 부분

'가지취의 내음새'라든지 '매캐한 유황 냄새' 등 후각적 이미지가 시에 환기성과 강렬성을 일으키는데 기여하고 있음을 볼 수 있다.

⑤ 촉각적이미지

한강물이 뒤집혀 용솟음칠 그날이
이 목숨이 끊기기 전에 와주기만 할 양이면,
나는 밤하늘에 날으는 까마귀와 같이
'종로의 人磬을 머리로 들이받아 울리오리다,

— 심훈 「그날이 오면」 부분

가난하다고 해서 사랑을 모르겠는가.
내 볼에 와 닿던 네 입술의 뜨거움
사랑한다고 사랑한다고 속삭이던 네 숨결

— 신경림, 「가난한 사랑노래」 부분

온다던 비가 드디어 두시부터 오신다
꽃잎 바르르 떨고
잎새 함초롬히 입을 벌리고
그 밑의 자벌레 비로소 편편히 눕자.
지구가 한 순간 안온한 꿈에 잠기다.

— 이시영, 「웅성거림」 전문

세 작품에는 똑같이 촉각적 이미지가 나타나면서도 시적 분위는 상당히 다르다.

「그날이 오면」에서는 격정적이면서도 피 끓는 분노가, 「가난한 사랑노래

」에서는 애절함과 애틋함이, 「웅성거림」에서는 안온함과 따뜻함이 표출되고 있다. 촉각적인 이미지가 어느 정도의 강도로 나타나고 있는가에 따라 시적 분위기가 이렇듯 달라짐을 볼 수 있다.

⑥ 기관이미지

'마돈나' 가엾어라, 나는 미치고 말았는가, 없는 소리를 내 귀가 들음은—내 몸에 피란
피—가슴의 샘이 말라 버린 듯 마음과 목이 타려는도다.

— 이상화, 「나의 침실로」 부분

달아나거라, 저놈의 대가리!

돌팔매를 쏘면서, 쏘면서, 사향 방초길 저놈의 뒤를 따르는 것은
우리 할아버지의 아내가 이브라서 그러는 게 아니라
석유 먹은 듯…… 석유 먹은 듯 ……가쁜 숨결이야

— 서정주, 「花蛇」 부분

찬비 그친 봄날 아침, 흐윽 숨 막혀
아득한 하늘 보며 눈감을밖에

— 조창환, 「산수유꽃을 보며」 부분

기관이미지는 심장의 고동과 맥박, 호흡, 소화 등의 감각을 나타내고 있는 이미지를 말한다.

「나의 침실로」에서는 육체의 피와 물이 말라버린 듯 마음과 목이 타고 있는 간절함을 그려내고 있고, 「花蛇」에서는 "석유 먹은 듯…… 석유 먹은

듯…… 가쁜 숨결이야"에서 보듯 호흡의 급박함을 통해 시적 대상의 고통의 순간을 잡아내고 있으며, 「산수유꽃을 보며」에서는 산수유가 다닥다닥 촘촘하게 꽃 피는 것을 보고 벅차오르는 서정의 감흥을 극적으로 나타내는데 성공하고 있다.

⑦ 근육감각적 이미지

빛살 예리한 정오, 물이 난도질 당하네
잘려진 장력의 근육 주름져 오네
살아 생전 외할아버지 같이 고기 굽던 작년
그렇군, 뜨거운 여름날이었어
지하에서 맥놀이라도 하시는지, 저것 좀 보아

— 송현승, 「물은 뼈를 키운다」 초반부

1.
모시 반바지를 걸쳐 입은 금은방 김씨가 도로 위로 호스질을 하고 있다.
아지랑이가 김씨의 장딴지를 거웃처럼 감아 오르며 일렁인다.
호스의 괄약근을 밀어내며 투둑 투둑 흩뿌려지는 幻의 알약들
아 아 숨이 막혀, 미칠 것만 같아
빼끔빼끔 아스팔트가 더운 입김을 토하며 몸을 뒤튼다.
장딴지를 감아 올린 거웃이 빳빳하게 일어서며 일제히 용두질을 시작한다.
한바탕 대로와 아지랑이의 질펀한 정사가 치러진다.
금은방 김씨가 잠시 호스질을 멈추고 이마에 손을 가져가 짚는다.
아 아 정말 살인적이군, 살인적이야
금은방 안, 정오를 가리키는 뻐꾸기 시계의 추가 축 늘어져 있다.

2.

난간, 볕에 앉아 졸고 있던 고양이가 가늘게 눈을 뜬다.
수염을 당겨본다.
입을 쩍 벌리며 하품을 한다.
등을 활선처럼 구부린다.
앞발을 쭈욱 뻗으며 온몸의 털을 세워본다.
그늘은 어디쯤인가 幻想은 어디쯤인가
졸음에 겨운 눈을 두리번거린다.
난간 아래에 굴비 두름을 줄줄이 펜 트럭 한 대가 쉬파리를 부르며 멈춰져 있다.
백미러에 반사된 햇빛이 이글거리며 눈을 쏘아댄다.
하품을 멈춘 고양이, 맹수의 발톱을 안으로 구부려 넣는다.
팽팽하게 당겨졌던 활선을 거두고 어슬렁, 난간 위의 시간으로 발을 뻗어본다.
빛의 알갱이들이 권태의 발끝에 채여 후다닥 흩어진다.
권태가 이동할 때마다 幻想도 한걸음씩 비켜선다.
이윽고 권태가 지나간 난간 위로 다시 우글거리며 모여드는 햇빛,
날카로운 이빨을 드러내며 쩌억쩍 하품을 뿜기 시작한다.

— 김지혜, 「이층에서 본 거리」 부분

근육감각적 이미지는 근육의 긴장과 움직임을 그려내고 있는 이미지를 말한다. 「물은 뼈를 키운다」에서는 '물'의 움직임이, 「이층에서 본 거리」는 한 사내와 고양이의 움직임이 실감나게 그려지고 있다. 근육감각적 이미지는 다른 이미지보다는 탄력성이 강하여 효율적으로 배치를 하면 시의 생동감을 뛰어나게 만드는 장점을 가지고 있다. 이 시들이 신춘문예 당선작임을 생각해보면 다른 이미지들 보다는 시선을 더 강렬하게 붙드는 힘이 있음을 알 수 있다.

나. 상대적 · 절대적 이미지

이미지는 시적대상이 표상하는 '대상과의 관계'가 어떠한가에 따라 상대적 이미지와 절대적 이미지로 나누어진다. 상대적 이미지는 대상을 가진 시이고 절대적 이미지는 특정 시인의 상상 속에서만 존재하는 이미지다. 그러므로 전자는 보편성에 기대고 후자는 철저하게 개별성에 기댄다. 전자가 진리나 윤리 도덕의 가치관을 존중하고 그 삶의 가치를 전달하는 수단이 된다면 후자는 특정 개인의 시적 세계에만 존재하는 이미지다. 전자가 지속적이거나 집중적이거나 축소적인 이미지 구조를 보여 준다면 후자는 병렬적 이미지 구조를 보여준다.

三月(3월)에도 눈이 오고 있었다.
눈은
라일락의 새순을 적시고
피어나는 山茶花(산다화)를 적시고 있었다.
미처 벗지 못한 겨울 털옷 속의
음산함이 남아 있는 바다의 정경
일찍 눈을 뜨는 南(남)쪽 바다,
따뜻함과 그리움
그 날 밤 잠들기 전에
물개의 수컷이 우는 소리를 나는 들었다.

三月(3월)에 오는 눈은 송이가 크고,
깊은 수렁에서처럼
피어가는 山茶花(산다화)의
보얀 목덜미를 적시고 있었다.

— 김춘수, 「처용단장(處容斷章)」 전문

김춘수가 추구한 '무의미시' 또한 병렬적 이미지의 일종으로 보여진다. 그는 다음과 같은 말을 한 적이 있다.

> 이미지가 대상을 가지고 있는 이상 대상을 위한 수단이 될 수밖에 없다는 뜻으로는 그 이미지는 불순해진다. 그러나 대상을 잃은 언어와 이미지는 대상을 잃음으로써 대상을 무화시키는 결과가 되고, 언어와 이미지는 대상으로부터도 자유로운 것이 된다. 이러한 자유를 얻게 된 언어와 이미지는 시인의 바로 실존 그것이라 할 수 있다. 언어가 시를 쓰고 이미지가 시를 쓴다는 일이 이렇게 하여 가능해진다. 일종의 방임상태인 것이다.[8]

그는 이미지가 대상으로부터 떠나는 것을 시도한 셈이 된다. 이는 전통적인 시 쓰기와는 정면으로 배치된다. 결국 그는 자기논리를 극단으로 몰고 가서 시적 붕괴와 아울러 이미지의 소멸까지 추구하는데 그 핵심에는 일종의 '허무의식'이 자리 잡고 있음을 볼 수 있다.[9]

「처용단장(處容斷章)」 역시 시의 내면에 어떤 관념을 포함하고 있는 것이 아니라, 다만 이미지만을 제시하고 있다.(그는 이를 '서술적 이미지'란 용어로 명명하였다.) "3월의 눈, 라일락의 새순, 피어나는 山茶花, 겨울 털옷, 남쪽 바다, 물개의 수컷, 우는 소리, 수렁, 산다화의 보얀 목덜미"와 같은 사물들이 필연의 관계를 가지고 의도화되고 있지는 않다. 다만 서로 어울려 눈 내리는 남쪽 바다의 풍경을 인상적으로 그려내고 있을 뿐이다. 개별 시행들 속의 연계 속에서 어떤 의미를 찾아내려고 하면 십중팔구 실패하고 만다. 어떤 관념으로서의 의미의 고리에 의해 연결된 것이 아니라, '3월 남쪽 바다'에

8) 『김춘수 전집(2) : 시론』, 문장사, 1982, 372면.

9) 박윤우, 김춘수의 시론과 현대적 서정시학의 형성, 『한국 현대 시론사』, 모음사, 1992, 420면.

서 받은 인상을 적절히 이미지화할 수 있는 언어들이 자유롭게 선택되어 있을 뿐이다.

이와 유사한 개념으로 이승훈의 비대상(非對象)시론[10]이 있다. 김춘수는 이미지만을 제시하는 서술적 이미지에 초점을 두고 있는데 반해 이승훈은 무의식적 세계의 환상을 순간순간 떠오르는 언어로써 이미지의 고리를 만들어 형상화하고 있다. 우리 시단에 있어서 무의미시나 비대상시가 추구하는 이미지는 절대적 이미지의 대표적인 예에 해당된다고 볼 수 있겠다.

4. 이미지의 구조

한 편의 시 안에서 이미지는 부분적으로 나타나는 경우도 있지만 전체적으로 영향을 미치며 진행되기도 한다. 어떠한 형태로 진행되느냐에 따라 지속적 이미지, 집중적 이미지, 병렬적 이미지, 확산적 이미지로 나타난다. 지속적 이미지는 전체적 이미지들이 하나의 흐름을 지니며 시작과 끝이 맺어지는 경우로서 장시, 교훈시, 선전시 등에 많이 나타난다.

집중적 이미지는 여러 이미지가 등장하는데 결국 주된 한 이미지로 결집되는 것이다. 병렬적 이미지는 주된 이미지의 간섭 없이 모든 이미지가 동등하게 나열되는 것이다. 절대적 이미지의 경우가 중복적으로 구성되는 경우

10) 이승훈은 '비대상 시론'을 비대상의 개념, 내면성과 비대상성, 의식과 무의식의 딜레마, 언어와 비대상의 관계 등 크게 네 가지로 밝히고 있다. 이의 핵심을 정리해보면 1) 비대상이란 한 편의 시 속에 노래되는 구체적인 대상이 없음을 뜻한다. 2) 비대상이라는 용어를 사용에는 내면이라는 용어를 사용한다. 내면의 세계가 한마디로 보이지 않는 심적 공간을 뜻한다면, 비대상의 세계는 실존의 특사, 외부세계의 無化, 언어 자체에 도취되는 공간을 뜻한다. 3) 중요한 것이 무의식/의식의 대립, 혹은 본능/자아의 대립이 아니라 의식이나 자아가 존재하지 않는다는 사실이다. 존재하는 것은 무의식이며, 자아 대신 본능과 초자아의 역동적 실체라는 점에 주목한다. 4) 자기증명의 아이러니를 강조한다. 시작의 모티브는 불안이나 고독이고, 따라서 시를 쓰는 행위란 불안과의 싸움 혹은 고독에 의미를 부여하는 행위다. 고독에 의미를 부여하는 것은 고독을 이기는, 변형시키는 작업이지만, 한 편의 시가 완성될 때 그것은 언제나 근원으로서의 나의 고독과 단절된다. 자기증명의 아이러니란 시쓰기를 통한 자기증명이 허망하다는 인식을 토대로 한다. 또한 그것은 타인들과 함께 나를 증명할 수 없지만, 또한 그들 없이도 나를 증명할 수 없다는 만남의 아이러니와도 통한다. 이 만남의 아이러니는 시의 주제가 된다.

가 대부분 이에 속한다. 확산적 이미지는 이미지가 작거나 부분적인 것에서 많거나 큰 것으로 확대되는 경우를 말한다. 이와는 반대의 경우가 축소적(집약적) 이미지로 작품 말미에 이를수록 이미지가 작아지거나 집약적으로 압축되어지는 경우를 말한다.

> 이것은 소리없는 아우성.
> 저 푸른 해원(海原)을 향하여 흔드는
> 영원한 노스탤지어의 손수건.
> 순정은 물결같이 바람에 나부끼고
> 오로지 맑고 곧은 이념(理念)의 푯대 끝에
> 애수(哀愁)는 백로처럼 날개를 펴다.
>
> — 유치환, 「깃발」 부분

> 머언 산 청운사(青雲寺)/낡은 기와집//
> 산은 자하산(紫霞算)/봄눈 녹으면//
> 느릅나무/속잎 피어 가는 열두 굽이를//
> 청노루/맑은 눈에//도는/구름
>
> — 박목월, 「청노루」 전문

유치환의 「깃발」에서는 집중적 이미지가, 박목월의 「청노루」에서는 축소적(집약적) 이미지가 나타나고 있다. "소리없는 아우성" 과 "영원한 노스탤지어의 손수건"은 모두 '깃발'의 비유적 이미지이고 "물결같이 바람에 나부끼"는 '순정'과 "백로처럼 날개를 펴"는 '애수(哀愁)' 역시 '깃발'의 비유적 이미지인 동시에 시각적 이미지인 바, 이는 주된 시적 대상에 이미지를 집중시키고 있는 경우에 해당된다. 「청노루」에서 주된 이미지는 시각적 이미지인데 이미지의 구조적 측면을 살펴보면 머언 산 → 봄눈 → 느릅나무, 열두 굽이 → 청노루 맑은 눈으로 그 이미지가 원근법을 통해 큰 것에서 작은 것으로 집적화되고 있다. 단순히 시각만을 통해서 나타내고 있는데 이 원근법의 효과적인 묘사로 마치 청노루 한 마리가 열두 굽이를 뛰어내려와 마치 바로 앞에 서서 눈알을 굴리고 있는 듯한 착각을 하게 한다.

지금까지 우리는 시 창작에 중요한 이미지에 대해 살펴보았다. 그렇다고 한 편의 시를 창작하는 데 반드시 이미지가 필요한 것은 아니다. 이미지 없이도 시를 창작할 수 있다. 시각적 이미지 한 가지를 쓸 수도 있지만 여러 가지 이미지가 복합적으로 쓰일 수도 있고 공감각적인 이미지를 쓸 수도 있다. 다음의 시들은 어떤 방법들로 창작되어지고 있는지 살펴보자. 강렬하고 신선한 이미지 하나를 창조하는 일은 시의 성패를 가늠하는 중요한 일이다.

선지빛 깃털 물고
햇살 무등 타고
미역 바람 길들여 오는,
불잉걸
발겨서 먹는
그 불새는 여자였다.

달무리
해조음
자갈자갈 속삭이다
십년 가뭄 목마름의 피막 가르는 소리
삼천 년에 한 번 피는
우담화 꽃 이울듯
여자의 속 깊은 宮門

날개 터는 소릴 냈다.

— 윤금초, 「땅끝」 부분

실젖 한 올 길게 뽑아 허공에 수십 칸 방을 들이고 반듯한 길 사방에 닦는 거미의 지극한 마음을 본다 한 그리움이 천공에 거꾸로 매달려 또 한 그리움을 향해 외줄 타고 건너는 엄정한 의식을 본다 밤 이슥토록 금간 외벽을 짚고 도시가스 금속관을 기어오르다 결국 실낱같은 허벅지 뭉툭 잘려나가고 완두콩만한 등 짓물러 터져버린 저토록 느릿한 슬픈 생애

— 손세실리아, 「풍장」 전문

그것 때문에, 나는 썩지 않았다
더러운 삶을 향해 악다구니 쓰며 대들지도 않았다
그것 때문에
나는 까무러쳤고, 다시 살아났고, 손가락을 걸었고
비굴한 합의서에 동의했다
그것 때문에, 나는
한 양푼의 밥을 꾸역꾸역 먹어치웠고
수천 송이의 꽃이 피는 순간을 고요히 지켜봤다
무슨, 소리 같기도 하고 냄새 같기도 해서
뭐라고 말할 수 없는 그것 때문에
나는 알을 낳았고
치사한 세월에게 흠씬 두들겨 맞았다
그냥 무심한 바람처럼 비껴 가는 그것
나는 그것을 모른다
그러나 그것은 내 삶의 절정마다 어김없이 찾아왔다. 그리고
깊은 펌프질로

싱싱한 물소리를 끌어올렸다

누구냐
거기, 머나먼

— 송종규, 「북어」 전문

하늘에서 투명한 개미들이 쏟아진다 (비)
머리에 개미의 발톱이 박힌다 (비)
투명한 개미들이 투명한 다리로 내 몸에 구멍을 뚫는다 (비)
마구 뚫는다 (비)
그를 떠밀면 떠밀수록 그는 나를 둘러싸고 오히려 나를 결박한다 (비)
내 심장의 화면에 투명한 글자들이 새겨진다 (비)
글자들 위에 글자들이 또 새겨진다 (비)
나는 해독하지 못한다 (비)
글자들이 이어져 어떤 파장을 그린다 (비)
새겨진다 (비)
하느님, 무슨 말씀을 하시는 거예요? (비?)
못 알아듣겠어요 (비)
이 전깃줄은 물이잖아요? (비)

— 김혜순, 「비」 전문

5. 이미지의 선택 원리

이미지를 시의 가장 중요한 요소로 인식했던 이미지즘 운동의 선구자로 일컬어지는 흄(T.E.Hume)과 알딩턴(R.Aldington) 등은 '이미지스트 선언'을 통해 이미지의 중요성과 이미지즘 시의 창작에 관해 얘기하고 있다. 이들 선언의 포인트는 이미지의 명확성과 긴축성으로 집약해볼 수 있다.

① 일상어를 사용하되 정확한 말을 고르며, 모호한 말이나 장식적인 말을 배척한다.

② 새로운 기분의 표현으로서 새로운 리듬을 창조하지 않으면 안 된다.

③ 題材의 선택은 자유로와야 한다.

④ 명확한 이미지를 제공한다.

⑤ 모호하고 불확정한 것이 아니라 견고하고 명확한 시를 쓴다.

⑥ 긴축된 것만이 시의 본질이다.

우리는 앞 절에서 시의 신선함, 강렬성, 환기력 등을 제고하기 위하여 이미지를 사용하는 것에 대해 살펴보았다. 여기서 간과하지 말아야 할 부분이 있다. 그것은 이미지라고 하는 것이 현대시에서 때로는 의도되기도 하는 앰프슨이 말한 모호성(ambiguity)과는 반대의 입장을 가지고 있다는 사실이다. 정확하면서도, 명료하고, 새롭게 만들어지지 않으면 안 되는 것이다.

그러므로 시인은 이미지를 선택할 때 어떤 효과를 낼 것인가에 대해 고민하지 않으면 안 된다. 김준오 교수는 이미지의 선택은 이런 이유에서 자의적이 아니라 시인이 표현하고자 한 주관적 정서에 좌우된다고 보고 있다. 정서는 '이미지 선택의 원리'라고까지 주장한다. 앞서 인용했던 이수익의 「장작 패기」도 그러기에 장작을 패는 사람이 아니라 도끼날에 파괴되는 피해자적 시각인 '生木'의 입장에서 사물을 보고 있다고 하는 것이다.[11)]

정서는 주지하다시피 한 편의 시 속에 선택된 여러 이미지들을 동일화하고 통일시킨다. 특수한 주관적 시각에 의한 특수한 정서를 환기시키는 것이 가능하게 된다. 이미지스트들이 주장하는 "새로운 기분의 표현으로서 새로운 리듬을 창조하지 않으면 안 된다."라는 의미도 이미지의 선택원리가 특수

11) 김준오, 『詩論』, 삼지원, 1997. 164-165면.

성을 가진 시각과 정서에 의해 좌우되는 특성에서 연유된다고 볼 수 있다.

새로운 표현과 리듬의 창조는 무엇을 말함인가. 새롭게 본다는 것은 눈에 보이는 것만이 아니라 伊藤桂一이 얘기하듯[12] 보이지 않는 것까지 얘기하는 데 있다. 그는 한 그루의 나무를 보는 순서를 다음과 같이 말하고 있다.

(1) 나무를 그대로 나무로서 본다.

(2) 나무의 종류나 모양을 본다.

(3) 나무가 어떻게 흔들리고 있는가를 본다.

(4) 나무의 잎사귀가 움직이고 있는 모습을 세밀하게 본다.

(5) 나무 속에 승화하고 있는 생명력을 본다.

(6) 나무의 모습과 생명력의 상관관계에서 생기는 나무의 思想을 본다.

(7) 나무를 흔들고 있는 바람 그 자체를 본다.

(8) 나무를 媒體로 하여 나무의 저쪽에 있는 세계를 본다.

나는 한 여자를 사랑했네. 물푸레나무 한 잎같이 쬐그만 여자, 그 한 잎의 여자를 사랑했네. 물푸레나무 그 한 잎의 솜털, 그 한 잎의 맑음, 그 한 잎의 영혼, 그 한 잎의 눈, 그리고 바람이 불면 보일듯 보일듯한 그 한 잎의 순결과 자유를 사랑했네.

— 오규원, 「한 잎의 여자」 전반부

나는 그늘이 없는 사람을 사랑하지 않는다
나는 그늘을 사랑하지 않는 사람을 사랑하지 않는다
나는 한 그루 나무의 그늘이 된 사람을 사랑한다
햇빛도 그늘이 있어야 맑고 눈이 부시다
나무 그늘에 앉아
나뭇잎 사이로 반짝이는 햇살을 바라보면

12) 오세영 · 미광수, 『시창작론』, 한국방송대학출판부, 1987, 67-68면 참고

세상은 그 얼마나 아름다운가

— 정호승, 「내가 사랑하는 사람」 전반부

시인은 「한 잎의 여자」란 작품에서 물푸레나무 한 잎을 통해 한 여자의 모든 것을 읽어낸다. 눈에 보이는 것은 물론이고 눈에 보이지 않는 영혼과 순결과 자유까지도 읽어낸다. 「내가 사랑하는 사람」 작품에는 나무의 그늘이 주는 의미가 명료하게 나타나 있다. 사람의 그늘까지 읽어내는 것은 오로지 시인의 능력이다.

보이지 않는 것은 명료하지 않기 마련인데 어떻게 보이는 것만큼의 명확성과 실감을 느끼게 할 것인가. 실은 여기에서 이미지를 잘 운용하느냐 그렇지 못하느냐가 판가름된다고 할 수 있다. 인용된 두 작품은 이미지 너머의 보이지 않는 것을 그려내는 데 성공하고 있다.

불 끄고
옷 벗고
우리 내외 알몸으로 일어서서
살이란 살 다 내리도록
껴안은 뼈 두 자루!

분단 휴전선의 밤 밝힌 뼈 두 자루!

— 고은, 「사랑」 전문

피아노에 앉은
여자의 두 손에서는

끊임없이

열 마리씩
스무 마리씩
신선한 물고기가
튀는 빛의 꼬리를 물고
쏟아진다.

나는 바다로 가서
가장 신나게 시퍼런
파도의 칼날 하나를
집어 들었다.

— 전봉건, 「피아노」 전문

두 작품 모두 시각적 이미지가 중심이 되고 있다. 그러나 시에 나타난 주제나 정서적 반응은 상당히 다르다. 각 작품의 중심 소재가 된 '촛불'과 '피아노 소리'를 그려내는 부분은 "살이면 살 다내리도록"이나 "신선한 물고기 튀는 빛의 꼬리" 등의 표현에서 시각적으로 잘 그려져 있다. 그런 점에서 두 작품 모두 대동소이하다. 참신하다고 할 수도 있고, 환기력을 충분히 불러일으킬만한 잘 쓰인 이미지의 예를 보여준다. 그러나 마지막 연에서 둘의 작품은 시각적 이미지의 유사성에도 불구하고 상당히 달라진다. 伊藤桂一이 얘기하는 "보이지 않는 부분"에 해당한다. 「사랑」이라는 작품에서는 "분단된 조국"이 보인 반면, 「피아노」에서는 "내가 집어든 파도의 칼날 하나"가 보인다. 전자가 역사적이며 사회적인 입장이라면, 후자는 다분히 형식적이며 개인적인 입장을 반영하고 있다. 특수한 주관적 시각에 의한 특수한 정서를 환기시키는 경우에 해당된다. 물론 이것은 시인 개인의 철학이나 삶의 방식과도 연관된다. 요컨대 이미지는 시의 주제의식과도 밀접한 관련을 맺고 있다는 새로운 사실에 우리는 주목하지 않으면 안 된다.

6. 이미지시의 단점과 보완 방법

그러나 일반적으로 이미지 시는 이미지 중심의 산뜻함에 있다고 생각하는 시인들이 많다. 이미지 시의 단점은 그렇다면 과연 무엇인가. 우리나라에서 전통적으로 이미지 시의 대표적인 작품으로 자주 인용되는 다음의 시를 보면서 생각해보기로 하자. 아울러 이를 보완할 수 있는 방법을 생각해보자.

달은 나의 뜰에 고요히 앉아 있다.
달은 과일보다 향그럽다.
東海바다 물처럼
푸른
가을
밤.
포도(葡萄)는 달빛이 스며 고웁다.
포도(葡萄)는 달빛을 머금고 익는다.

— 장만영, 「달 · 포도 · 잎사귀」 부분

이 시는 시각적 이미지를 주로 활용하고 있다. 무취하기 그지없는 달이 향기롭다니. 달이 과일보다 향기로울 수 있다니. 그럴 법도 하다. 가을밤은 너무 푸르러 하늘과 땅이 지척 간에 마주 앉았으니 葡萄의 익어가는 달디단 향내가 달빛에 스며들어 달까지도 향기로울 수 있는 것이리라. 정갈하면서도 격조 높은 아취가 느껴지는 가작임에는 틀림이 없다. 그러나 이 작품을 두 번 세 번 횟수를 더해 율독해보면 달의 향기로움도 없어지고 시의 신선함도 사라지고 어디 한 구석이 비어 있는, 가벼움과 허전함에 직면하게 된다. 깊이가 느껴지지 않는다. 물론 가슴속을 꽉 채워지는 깊이가 느껴져야만 좋은 시라고는 말할 수 없지만 시가 곱씹어볼수록 공소해진다는 것은 작품 자체의 존립을 위협하는 심각한 문제점을 가지고 있다고 보아도 무방하다. 특히 단선적인 방향 특히 시각적 이미지에 의존한 결과라고도 볼 수 있다. 이 가벼움과 허전함을 메울 수 있는 방법은 무엇인가.

> 언제부턴가 갈대는 속으로
> 조용히 울고 있었다.
> 그런 어느 밤이었을 것이다.
> 갈대는 그의 온몸이 흔들리우고 있는 것을 알았다.
> 바람도 달빛도 아닌 것.
> 갈대는 저를 흔드는 것이
> 제 조용한 울음인 것을 까맣게 몰랐다.
> …… 산다는 것은 속으로 이렇게
> 조용히 울고 있는 것이란 것을
> 그는 몰랐다.
>
> — 신경림, 「갈대」 전문

이 작품의 지배적 이미지는 청각적 이미지다. 그러나 시상이 결코 얕아보지도 않으며 청각 중심의 시에서 보게 되는 들떠있음도 찾아보기 힘들다. 그 이유는 어디에 있는 것일까. 이미지로 국한해서 보자면 그 이유는 이렇게 설명될 수 있겠다. 이 시의 지배적 이미지는 청각이지만 그것 못지않게 중요한 역할을 수행하고 있는 이미지가 있으니 그것이 바로 이 시의 배경을 형성하고 있는 시각적 이미지다. 어느 밤, 갈대가 온몸이 흔들리우던 밤, 바람과 달빛이 어우러진 밤. 그 어둑하게 가라앉은 모습이 다가온다. 이 시각적 이미지는 배경으로 존재하면서도, 동시에 갈대의 조용한 울음이 되고 있다. 배경과 대상의 틈새가 보이지 않기 때문이다. 시각과 청각이 어우러져 하나의 풍경을 만들어내고 있는 것이다. 이 시의 깊이는 바로 여기에서 연유하고 있다. 시각과 청각이 어우러져 같이 흔들리고 있으므로 하나의 이미지로 사고가 단선화되는 것을 어느 정도 제어하고 있다는 것이 된다.

송수권의 다음 작품은 청각—시각—청각의 이미지가 잘 어우러져있다. 그러나 좀 더 면밀히 살펴보면 시의 각 행마다 시각과 청각 이미지가 수시로 교차하고 있음이 주목된다. 이 서로 다른 이미지들이 교차하면서 어떤 효과를 빚어내고 있는지 유의하면서 이 작품을 보기로 하자.

> 대들이 휘인다 —— 시각
> 휘이면서 소리한다 —— 청각
> 연사흘 밤낮 내리는 흰 눈발 속에서 —— 시각
> 우듬지들은 흰 눈을 털면서 소리하지만 —— 청각
> 아무도 알아듣는 이가 없다
> 어떤 대들은 맑은 가락을 地上에 그려내지만 —— 청각
> 아무도 알아듣는 이가 없다
> 눈뭉치들이 힘겹게 우듬지를 흘러내리는 —— 시각
> 대숲 속을 가만히 들여다보면 —— 시각
> 삼베 옷 검은 두건을 들친 백제 젊은 修士들이 지나고 —— 시각
> 풋풋한 망아지떼 울음들이 찍혀 있다 —— 청각
> 연사흘 밤낮 내리는 흰 눈발 속에서 —— 시각
> 대숲 속을 가만히 들여다보면 —— 시각
> 한밤중 암수 무당들이 댓가지를 흔드는 붉은 쾌자자락들이 보이고 — 시각
> 활활 타오르는 모닥불을 넘는 —— 시각
> 미친 불개들의 울음 소리가 들린다 —— 청각

— 송수권, 「눈 내리는 대숲 가에서」

이 이미지의 교차는 시각과 청각이 갖는 각각의 이미지 속성에 의해 이 시에 상당한 탄력을 주고 있다. 시각적 이미지가 갖는 속성은 많은 부분이 정태적이며 안정적인 성향을 가지고 있다. 물론 움직이는 상황이나 모습을 재현하고 있는 경우도 있지만 모든 상황을 움직이는 것으로 나타낼 수는 없다. 움직이지 못하는 사물들을 움직이는 것으로 나타낸다면 이는 이미지에 중점을 둔 시라고하기보다는 불안한 심리묘사 등에 적합하기 때문이다.

그러나 청각적 이미지는 시각과는 다르게 근본적으로 움직이는 속성을 지닌다. 당연히 정태적인 시각과 동작적인 청각이 만나게 되면 여기에서 시는 시적긴장을 일으키게 되고 이로 인해 시는 탄력적이고 굴곡적인 질감을 획득하게 되는 것이다.

단순히 하나의 이미지로만 되거나 일정부분에서 한 이미지가 다른 이미지로 완만하게 변화되는 것과 빠르게 각 이미지가 교차하는 것 사이에는 차이가 존재하게 된다. 이 점은 이 작품을 신경림의 인용 작품과 비교해보면 확연히 알 수 있게 된다. 그러나 이 두 가지 경우 모두다 이미지 시가 가질 수밖에 없는 단조로움이나 가벼움을 극복하는 좋은 방법이 될 수 있으리라 판단된다.

7. 이미지의 어울림과 시의 역동성

보통의 경우 이미지는 역사성과 사회성을 가지지 않는다고 생각하기 쉽다. 그러나 이미지 역시 앞서의 고은의 작품에서 보듯 역사성과 사회성을 가진다. 다시 말해 이미지는 시대에 따라 변하며 지역과 문화에 따라서도 많은 영향을 받는다. 동양 혹은 한국의 고전적 이미지는 주로 고담(枯淡)하고 질박(質朴)한 것이 많다. 조선시대에는 성리학의 유입으로 훈고적(訓古的)인 성리학의 이미지가 강했다. 강호가도(江湖歌道)의 시에 나타난 이미지는 미의식이 그러하듯 일반화된 이미지였다. '나무'나 '꽃'은 우선 나무의 특수한 종류를 불문하고 '나무'라는 일반적인 이미지를 가지고 있었으며 '꽃' 역시 그러했다. 혹 나무의 구분을 한다 해도 '소나무'는 낙목한천(落木寒天)의 절개를 표상하는 일반적 이미지가 고정화되어 있었고 '대나무'는 곧은 의지의 선비정신을 표징하는 것이었다. 이미지는 장르와 장르 사이, 계층과 계층 사이, 나라와 나라 사이, 문화권과 문화권의 차이에 따라서도 판이하게 이미지의 양상은 다르게 나타날 수 있는 것이다.

그렇다고 모든 시가 다 이미지를 필요로 하는 것이 아니다. 이미지가 없이도 시가 창작될 수 있다.

> 사랑하는 사람과 함께 가겠어요.
> 어떤 희생이 따를지 따져 보지 않겠어요.
> 그것이 잘한 일인지 생각하지 않겠어요.
> 그가 나를 사랑하는지 알고 싶지 않아요.
> 사랑하는 사람과 함께 가겠어요.
>
> — 베르톨트 브레히트, 「사랑하는 사람과 함께 가겠어요」 (서경아 역)

한용운의 「복종」과 같이 이미지의 사용 없이 문체와 어조, 주제(내용)만으로 시적 형상화를 이루기도 한다. 시에 있어 이미지는 중요한 표현 수단이기는 하나 이 시들처럼 무이미지로 시적 형상화가 가능하기도 하다. 무이미지시는 문체와 어조 그리고 내용이 시적 형상화에 중요 수단이 된다. 그러나 보통의 경우 이미지를 사용하게 된다.

> 한 개의 원이
> 굴러간다.
> 천사의 버린 지환이다.
> 그 안팎으로 감기는 별빛과

꽃잎들……
금빛의 수밀도만한
세 개의 원이
천 개의 원이
굴러간다.
신의 눈알들이다.
어떤 눈알은 모가 서서
삼각형이 되어
쓰러진다.
어떤 눈알은 가로누운
불기둥이 되어
뻗는다.
한 개의 원이
8월 한가위의 달만큼
자라서
굴러간다.

— 문덕수, 「원(圓)에 관한 소묘」 전문

이 작품은 이미지가 중심이 된 시다. 이미지에서도 정신적 이미지인 시각적 이미지 중심의 시다. 한 개의 원이 굴러가는 모습이 어떻게 달라져가고 있는가를 상상력을 통하여 보여주고 있다. '지환'이나 '수밀도' 혹은 '달'처럼 보이는 것도 있지만 '신의 눈알'처럼 보이지 않는 것도 있다. 보이는 것은 물론, 보이지 않는 것이 보이는 것처럼 느껴진다. 시각적 이미지를 효과적으로 쓰고 있기 때문이다. 이 시각적 이미지 때문에 관념화되기 쉬운 추상적 소재(신의 눈알)가 오히려 친근하게 느껴진다.

꽃에도 배꼽이 있는가
흔적 없이 죽음을 수납하는 꽃들에게는
배꼽이 자란다
열매 꼭대기에 오똑하니 올라앉아서
방금 떨어진 제 배꼽이
향기로운 전생이었다는 것을
태를 태워 묻은 아득히 먼
고향이었다는 것을
터질 듯한 온 몸으로 보여 준다
상처 아문 자리에 봄이 돋고
은빛 금빛 장신구에
보랏빛 티셔츠를 입은
제비꽃들이 일제히 만개한 배꼽들을 열고
깔깔거리는 동안
지상엔 웃음소리들이 수북이 쌓인다
봄이 쌓인다.

— 노향림, 「배꼽」 전문

꽃에게 배꼽이라니, 그러나 생각해보면 꽃이 떨어지고 난 자리에는 배꼽이 자라고 거기에서 열매가 돋아나 자라기 시작한다. 열매가 자리를 차지하면 배꼽도 떨어져나간다. 한 생명의 결과를 위해 아름답게 헌신하는 것이 배꼽이다. 그러므로 배꼽은 생명으로 가는 門이다. 닫혀 있으면 열매를 얻을 수도 없고, 열매가 없는 것들은 생명 또한 이어나갈 수가 없게 된다. 그것이 향기롭거나 다디단 열매가 되든지 아니면 또글또글한 씨앗이 되든지 무엇으로든 다시 땅으로 돌아갈 통로를 열어두어야 하는 것이다.

이 시 역시 시각적 이미지를 주로 활용하고 있다. 상처 아문 자리에 꽃이 금방이라도 "터질 듯한 온 몸"으로 그 부신 몸짓을 보여주는 듯하다. 생각해보라. "태를 태워" 묻는 아픈 고통 없이 피는 꽃이 어디 있는가. 그러고 보면 아무리 작고 연약한 꽃이라도 제 힘껏은 다 쏟아내어 꽃을 피우고, 배꼽의 아픈 상처 위에 열매 맺고, 열심히 진정으로 살고 있다는 생각이 들기도 한다. 그 생생함은 '제비꽃들이 일제히 만개한 배꼽들을 열고 깔깔거리는'이라는 대목에서 절정을 이룬다. 시각이 청각으로 바뀌는 부분이다. 다음의 시와 한번 비교해보자.

> 외인 묘지의 어두운 수풀 뒤엔
> 밤새도록 가느다란 별빛이 내리고,
>
> 공백(空白)한 하늘에 걸려 있는 촌락의 시계가
> 여윈 손길을 저어 열 시를 가리키면,
> 날카로운 고탑같이 언덕 위에 솟아 있는
> 퇴색한 성교당의 지붕 위에선
>
> 분수처럼 흩어지는 푸른 종소리

— 김광균, 「外人村」 부분

이 작품은 철저하게 시각적이다. '푸른 종소리'의 청각마저도 시각으로 바꾸어놓았기 때문이다. 청각이 시각으로 바뀌는 공감각적 이미지가 나쁘다고 할 수는 없다. 시각이 청각보다 빠르게 오기 때문이다. 이점은 우리가 목소리를 가진 생물들의 소리를 정확히 문자화하거나 그려낼 수 없는 이유를 생각해보면 쉽게 수긍이 가는 문제이다. 그래서 시각화를 지향하는 시가 보다 세련되어 보이고 모던하게 느껴진다고 생각해왔다. 그러나 정말 그러한가를 짚고 넘어갈 필요가 있다.

가) 제비꽃들이 배꼽들을 열고 깔깔거리는 동안

나) 배꼽들을 열듯(여는 것처럼) 깔깔거리는 제비꽃

가)와 나)의 차이는 무엇일까. 가)는 시각이 청각화되고 있고 나)는 청각이 시각화되고 있다. 시각화되고 있는 나)가 더 모던한가. 그렇지는 않다. 가)는 시상의 중심이 '깔깔거림'에 있고 나)는 '제비꽃' 더 나아가 '배꼽'에 있다. 가)는 청각에 있는 셈이고 나)는 시각에 있는 셈이다. 시각으로만 일관되어 오다 '깔깔'이라는 청각이 매개됨으로써 가)의 표현은 활기를 불러일으키기에 충분하다. 그러나 나)의 시는 이보다는 더 직접적이지 않다. 오히려 가)의 시상 전개가 바람직하고 자연스럽다. 이미지의 전개도 더 탄력적으로 운용되고 있는 것이다. 다음의 시의 이미지는 어떻게 변화되고 있는가. 시인은 이를 통해 무엇을 의도하고 있는가.

당신이 세상에서
가장 아름다운 풍금소리를
알고 있다면,
저는 세상에서 가장 슬픈
기적소리를
알고 있지요.

희미한 안개 속에
눈을 뜬 풍금소리가
책상이나 걸상,
혹은 길 건너
플라타너스 같은 나무에 부딪혀

눈물의 원천인
정거장의 물탱크를 울릴 때
세상에서
가장 아름다운
풍금소리가 나지요.

철없는 기차는 칙칙거리며
물 먹은 돼지처럼
꽤액 꽤액—
요동을 치지요.
바로 그때
거짓말처럼 안개가 걷히고
당신의 등 뒤로
돌아볼 아무 약속도 없이
희끗희끗한
눈발이 날리지요.

사랑하는 당신, 저예요.
1학년 3반 원구식예요.

— 원구식, 「추억의 1학년 3반」 부분

이 시의 이미지는 청각적 이미지에서 시각적 이미지로 변화되고 있다. 앞서의 얘기대로라면 이 시는 이미지를 잘 운용하고 있지 못한 것이 된다. 이 시에서 청각적 이미지는 "가장 아름다운 풍금소리"— "가장 슬픈 기적소리", "희미한 안개 속에 눈을 뜬 풍금소리"— "물 먹은 돼지처럼 꽤액 꽤액— 요동을 치"는 소리의 대립적 쌍을 통해 나타나고 있다. 시상의 전개는 이들 이미지가 밋밋하고 막연한 것으로부터 굴곡있는 질감의 이미지로 변화되면서 속도감있게 진행된다. 이 소리들의 변주를 통해 시인은 추억의 현장을 생기있게 그려내고 있다. 그러나 시인은 이 현장을 그렇게 요란한 것으로 마무리하고 싶지는 않았을 것이다. '칙칙'이나 '꿰액 꿰액—'보다는 아주 명징하게 다가오는 추억의 실체를 위하여 시각적 이미지를 사용하고 있는 것이다. 급작스런 변화를 예고하듯 "바로 그때 거짓말처럼"이란 참말처럼 삽입하고 "당신의 등 뒤로 돌아볼 아무 약속도 없이 희끗희끗한 눈발이 날"린다고 하고 있다. 들떠서 따라가던 독자들의 눈은 이 '눈발'의 아득함에서 그만 멎어버린다. 그 시선은 곧 "사랑하는 당신, 저예요."라는 화자로의 집중을 유도하며 희끗희끗한 눈발을 덮어쓴 추억의 한 사내를 목도하게 되는 것이다. 이 시선 집중에는 청각적 이미지보다는 시각적 이미지가 훨씬 효과적인 셈이 된다.

여기 다시 이미지로써의 시 쓰기의 모범적인 경우를 보기로 하자.

아, 이 반가운 것은 무엇인가
이 히수무레하고 부드럽고 수수하고 슴슴한 것은 무엇인가
겨울밤 쩡하니 닉은 동티미국을 좋아하고 얼얼한 댕추가루를 좋아하고 싱싱한 산꿩의 고기를 좋아하고
그리고 담배 내음새 탄수 내음새 또 수육을 삶는 육수국 내음새
자욱한 더북한 샛방 쩔쩔 끓는 아르굳을 좋아하는 이것은 무엇인가

이 조용한 마을과 이 마을의 으젓한 사람들과 살틀하니 친한 것은 친한 것은 무엇인가

이 그지없이 고담(枯淡)하고 소박한 것은 무엇인가

— 백석, 「국수」 부분

* 댕추가루 : 고춧가루, 탄수 : 석탄수
* 삿방 : 삿(갈대를 엮어서 만든 자리)을 깐 방, 아르굳 : 아랫목

백석의 이 작품은 각 이미지가 뒤섞여 이미지로써의 시 쓰기의 전범을 보여준다. '히수무레하고'나 '자욱한' '더북한' 등에서 볼 수 있는 시각적 이미지와 '부드럽고' '찡하니' '끓는' 등에서 볼 수 있는 촉각적 이미지, '닉은 동티미국' '얼럴한 댕추가루' '싱싱한 산꿩의 고기' '담배 내음새 탄수 내음새 또 수육을 삶는 육수국 내음새' 등의 미각적, 후각적 이미지는 물론 '쩔쩔' 등의 청각적 이미지 등 적절하고도 묘미있는 이미지가 잘 어우러져 있기 때문이다. 이 이미지들은 시적대상이 가지고 있는 "고담하고 소박한" 특성을 돋보이게 하는 데 기여하고 있다. 이 시가 단순히 한두 가지의 이미지로만 치장하려고 했다면 맹물의 국수처럼 얼마나 맛이 없겠는가.

빨강머리물총새가
느낌표로
물고 가는

피라미
은빛 비린내
문득 번진
둑방길

어머니
마른 손 같은
조팝꽃이
한창이다

—유재영, 「둑방길 -햇빛시간 · 4」 부분

당신도 처음에는 연초록 잎새였다

너와 나

사랑으로 뒹굴고 엉클어질 무렵

목이 타

붉게 자지러져

숨이, 탁!

끊긴다

— 김영재, 「단풍」 전문

인용 작품들은 시조의 제한된 형식장치 안에서도 이미지를 잘 활용하고 있다. 「둑방길 -햇빛시간 · 4」에서는 시각과 후각이, 「단풍」에서는 시각의 변화가 사람 사이의 관계까지 확장되면서 시의 묘미를 더해준다.

우리는 지금까지 이미지의 기능과 필요성, 이미지의 다양한 종류, 이미지 시의 단점과 그것을 효율적으로 극복하기 위한 이미지의 어울림 등 비교적 상세하게 살펴보았다. 이미지를 잘 쓰는 것이 시를 완연하게 다르게 만들 수 있다는 점도 보았다. 이미지가 만사를 다 해결하는 것은 아니지만 적어도 시의 기본은 이 이미지의 부려 쓰기가 어느 정도인가에서 판가름이 된다고 할 수 있겠다. 창작의 포인트가 되는 부분을 정리하면 다음과 같다.

① 이미지의 생명은 명확성과 새로움이다. 모호한 이미지는 오히려 시상의 전개에 도움을 주지 못한다.

② 내 시가 힘이 없이 나약하다면 시각적 이미지로 표출되는 동태적인 장면을 묘사해 보자. 더 나아가 청각이나 후각, 근육감각적인 이미지 등을 활용해보자.

③ 내 시가 너무 들떠 있다고 판단되면 동태적인 면보다는 정태적인 가운

데 아주 느릿한 움직임들이나 존재하는 것을 촘촘한 사고로 엮어보자.

④ 시각적 이미지는 집중의 효과를 나타내는데 적합하고 청각적 이미지는 분산과 확산의 효과를 나타내는데 적합하다.

⑤ 한 이미지만을 즐겨 쓰는 것은 시인의 개성일 수 있으나 그것에 대해 특별한 신념이 없다면 서로 다른 이미지를 적절히 교차해서 써보자. 훨씬 더 탄력적이고 긴장감이 높은 시를 만들 수 있다.

⑥ 이미지 너머의 것을 생각해보자. 보이는 것의 미세한 움직임을 따라가다 보면 너머의 것이 보인다. 보인다면 과감히 잡아라. 보이는 것보다 더 명료하게 그려내라.

| 제6강 |

비유(比喩)

1. 비유의 원리
2. 비유의 종류
3. 치환과 병치
4. 비유를 잘 활용하는 방법
5. 잘 쓰인 비유

제6강

비유(比喩)

1. 비유의 원리

문득 삶에 놀라
떨리는 마음으로 삶을 쪼개볼 때

그 안에 들어 있는 희한한 열매.
삶의 앞뒤의 경계선에서
고루 빛을 뿌리는
사리 같은 것,
그게 은유지.

— 성찬경, 「은유를 사랑한다」 부분

시를 포함하여 문학의 표현기교 가운데 가장 대표적인 것이 직유나 은유를 포함한 비유(比喩)라고 말할 수 있다. 왜 가장 대표적이라 말할 수 있는가? 그것은 인간은 언어나 문자를 사용한 이래 사물의 본질에 도달하는 경로를 생각해보면 쉽게 수긍이 가는 문제다. 외부세계의 본질 — 구태여 본질이라고까지 말하지 않아도 좋다. 그냥 간단히 있는 그대로의 상황이나 느낌을 그려낸다고 할 경우를 생각해보자. 이를테면 "사방이 캄캄한 밤, 너무 무서웠다"라는 상황과 느낌을 전달하려고 할 때 실감을 전달하기란 어렵다. 어느 정도 캄캄한 밤이었는지, 무서움의 정도가 어떠했는지가 잘 전달되지 않는다. 그래서 "절벽에 선 것처럼 캄캄한 밤, 그냥 숨이 콱 막힐 듯 무서웠다"로 얘기를 한다면 그 실감이 훨씬 잘 전달될 것이다. 이 말에는 비유의 개념이 이미 들어가 있다. 그러므로 비유는 인간의 의사 소통수단인 언어와 문자의 사용 역사만큼 뿌리 깊은 것이라 할 수 있다. 인용된 작품에서도 우리는 이 점을 잘 알 수 있다. 아무리 그것이 중요하다고 몇 백 번을 말한들 "그 안에 들어 있는 희한한 열매./삶의 앞뒤의 경계선에서/ 고루 빛을 뿌리는/사리 같은 것"이라고 한 번을 말하는 것보다 못하지 않는가. 『詩學辭典』에서는 비유를 다음과 같이 정의하고 있다.

> 비유란 일정 사물이나 개념 (A)를 뜻하는 술어 (X)로써, 다른 또 하나의 대상이나 개념 (B)를 의미할 수 있도록 언어를 쓰는 과정 또는 그 결과다. 이때 A개념과 B개념의 통합에 의하여 복합개념(composite idea)이 형성되는 바, 이것이 X라는 말이 표상하는 것이다. 이 경우 A개념과 B개념의 요인들은 각각 X에 의해 상징된 하나의 체계 속에 합쳐져 있으면서도 그들 개념상의 독립성은 보유하고 있다.[1]

예를 들어 "그의 마음은(A) 푸르다(X)"라는 말이 있을 때 이와 유사한 대상이나 개념을 생각해보면 여러 가지가 있을 수 있다. '사철나무'나 '시월의 하늘'이라고 해보자(B). 이를테면 비유는 '그의 마음(A)'과 '사철나무'나 '시

1) Alex Preminger(ed), Encyclopedia of Poetry and Poetics(Princeton Univ. Press, 1965), 490면

월의 하늘'(B)의 통합에 의하여 '푸르다(X)'⇒ "그의 마음은 사철나무처럼 푸르다"라는 복합개념이 형성된다는 것이다. 그러므로 비유는 '그의 마음(A)'과 '사철나무'나 '시월의 하늘'(B)이 변형, 이동하여 '푸르다(X)'라는 보조 표현 내지 관념이 행사되듯 일종의 언어 운동형태[2] 라고 볼 수 있다.

> 하모니카
> 불고 싶다
>
> — 황순원, 「빌딩」 전문

> 겨울바람은 생(生)의 뼈를 발라내는 아버지의 슬픔이다
>
> — 김용범, 「이유」 부분

「빌딩」에서 "빌딩"과 "하모니카"의 관계, 「이유」에서 "겨울바람"과 "아버지의 슬픔"의 관계를 생각해보면 각각의 대상들은 X라는 하나의 체계를 갖는다.

> "빌딩(A)' 과 '하모니카'(B)의 통합⇒ '네모지다(X)'
> '겨울바람(A)' 과 '아버지의 슬픔'(B)의 통합⇒ '날카롭다(X)'

아리스토텔레스는 『시학』에서 비유를 네 가지의 유형으로 나누고 있다. 그에 따르면 비유는 유(類)를 가리키는 말을 종(種)으로 전용한 경우, 이와 반대되는 경우, 어떤 종(種)을 나타내는 말을 다른 종(種)으로 전용한 경우, 유비관계(類比關係)에 의한 전용 등 네 유형으로 나뉜다.[3]

---

2) 비유라는 말은 원래 희랍어의 metaphora에서 온 것이다. 희랍어에서 meta는 운동 또는 변화를 나타내는 전치사로 쓰인다.

3) 아리스토텔레스는 이 네 유형에 속하는 비유의 예도 들었다. 우선 첫 번째 보기로는 "저기에 내 배가 정지하고 있다"인데 그에 따르면 이것은 닻을 내린 상태에 정지, 곧 정박이 단순한 정지로

플라톤의 『국가론(國家論)』 제6권에는 '선분의 비유(Analogy of the Divided Line)'[4]가 나오며 제7권에는 '동굴의 비유(Allegory of the Cave)'[5]가 나온다.

동양의 시학에서도 詩六義라 하여 賦·比·興·風·雅·頌을 들고 있는데 比와 興이 비유에 속한다.[6] 賦는 비유하지 않고 사물을 바로 진술하는 것이고, 比와 興은 얘기하고자 하는 의도를 다른 사람이나 사물에 빗대어 말하는 것이다. 興이 좋은 점을 비유하여 자신의 마음을 일으키는 것에 반하여 比는 그렇지 못한 비유를 말한다. 比가 직유에 가깝다면 興은 은유나 상징에 가깝다고 할 수 있다. 금강경에는 六比喩[7]가 나온다. 공(空)과 무상(無常)을

표현되어 있다는 것이다. 그리고 두 번째 보기로는 '수많은 공훈'을 든다. 그것은 '만에 달하는 공훈'을 가리킨다는 것이다. 또한 세 번째 보기로는 살육을 "청동의 칼날로 목숨을 길러내며"라든가 "기세 등등한 청동의 배로 물은 쪼개어지고"와 같은 표현을 든다. 마지막의 예로는 '선의 이데아'를 '태양'이라고 일컫는 경우를 들고 있다

4) 소크라테스는 모든 사물 사이에는 명료성(明瞭性), 즉 진실재성(眞實在性)에 단계가 있음을 지적하고, 그에 따라 갖가지 인식의 형식이 조응(照應)하는 존재의 여러 단계를 고안하려 하였는데, 그때 감각계(感覺界: 可視的世界)와 예지계(叡智界: 可思惟的世界) 사이에 성립하는 유비관계(類比關係)를 밝힘으로써 이것을 행하였다. 그 유비관계가 선분(線分)의 비유이다. 즉 존재자(存在者)는 A—가시적 대상과 B—가사유적 대상으로 나뉘고, A는 a1—사상(似像)및 영상과 a2—사물(事物)로, 또 B는 b1—가설(假說)을 매개(媒介)로 하여 인식되는 대상(예를 들면,수학적 대상)과 b2—가설을 필요로 하지 않고 인식되는 형상(形相) 및 이데아로 나눌 수 있다. 이에 대하여 인간적 인식 쪽에서는, a1에 대하여 억측(臆測) 및 상상이, a2에는 신념이, b1에는 가설적 추리가, b2에는 무가설적(無假說的) 변증법에 의한 인식이 따른다. 그리하여 이상의 구분사이에는 A:B = a1:a2 = b1:b2의 관계가 성립한다.

5) 제6권에서 선분(線分)의 비유로, 동굴 안에서 입구 쪽으로 등을 돌리고 한쪽 방향만 볼 수 있도록 머리를 고정시켜 묶은 죄수를 상상하도록 함으로써 상대적으로 구별된 가시적 세계와 가사유적(可思惟的) 세계의 유비(類比)를 설명하였다. 이때 죄수는 등 뒤에 있는 불빛에 의하여 앞면 벽에 비치는 사람이나 동물의 그림자를 실재라고 생각하게 된다. 이것이 가시적 세계에 대립되는 우리들의 관계인 것이다. 죄수는 석방된 뒤에 불빛에 의해서 생겼던 그림자의 본체를 보게 되더라도 여전히 그림자 쪽을 진실이라고 생각하게 된다.
이를 통하여 철학적 교육은 지하의 박명(薄明)에만 익숙해진 인간의 혼(魂)을 분명한 진실재(眞實在: 이데아)의 세계인 가사유적 세계로 이끌고 나아가서, 태양으로 상징되는 가사유적 세계 그 자체를 성립시키는 궁극적 존재(善의 이데아)로 전회(轉回)시키는 것이라고 설명하였다.

6) 詩六義 중 賦·比·興는 수사법에 해당되고 風·雅·頌는 詩體(장르)로 이해를 하면 된다.

7) 금강경육비유(金剛經六比喩)는 『금강경』에 나오는 여섯 가지 비유를 말한다. 『금강경』은 모두 6종류의 한역본이 있는데, 번역본에 따라 약간씩 다르다. 보통 육비유는 구마라습이 번역한 한

꿈과 환상 · 물거품 · 그림자 · 이슬 · 번개에 비유하였다. 일체가 존재하는 법(法)은 꿈(夢) 가운데 보는 것 같고 환상과 같아서 진실한 것이 아니라는 것이다. 또한 물거품(泡) 같아서 깨져서 흩어지면 없고, 그림자(影) 같아서 업장이 가려 참다운 것이 아니라는 것이다. 그리고 풀끝에 달린 아침이슬(露) 같아서 잠깐 있다가 사라져버리며, 번개(電)와 같아서 불과 같이 순간에 일어났다가 찰나에 없어진다고 비유하기도 했다.

2. 비유의 종류

비유는 의미의 비유와 말의 비유로 크게 나눌 수 있다.

의미의 비유는 단어들이 그 표준적 의미에 뚜렷한 변화를 초래하는 방식으로 사용된다. 한 단어의 표준적 의미는 축어적의미라고 하는데 이는 비유적 의미와는 반대되는 것이다.

의미의 비유 또는 비유적 표현들, 즉 비유법은 표현하려는 대상을 다른 대상에 빗대어 나타내는 표현법으로 직유법(直喩法) · 은유법(隱喩法) · 환유법(換喩法) · 제유법(提喩法) · 대유법(代喩法) 등이 이에 해당한다.

말의 비유(figures of speech) 또는 '도식(schemes : '형식'에 해당하는 그리스어에서 유래)'은 표준용법에서의 이탈이 기본적으로 단어들의 의미에 있는 것이 아니라 단어들의 배열 순서에 있는 표현법이다. 즉 은유와 기타 생각의 비유처럼 단어 자체의 의미를 변화시키는 것과는 달리 단어들을 잘 배열함으로써 특별한 효과를 얻는 일반적인 언어의 비유이다. 흔히 수사적 표현(修辭的表現, rhetorical figures)으로 얘기되어진다. 이러한 표현법은 수사법상 변화법[8]이라고 한다. 변화법은 단조로움을 없이 하여 문장에 생기

역본에 나오고, 보리유지가 번역한 경전에는 성(星) · 예 · 등(燈) · 환(幻) · 노(露) · 포(泡) · 몽(夢) · 전(電) · 운(雲)으로 비유하는 구비유가 나오기도 한다.

8) 수사법(修辭法)은 수사의 방법 또는 기교로 표현방법에 따라 강조법(强調法) · 변화법(變化法) · 비유법(比喩法) 등 크게 3가지로 나뉜다. 강조법은 표현하려는 내용을 뚜렷하게 나타내

있는 변화를 주기 위한 표현법이다. 설의법(設疑法)·돈호법(頓呼法)·대구법(對句法)·교차대구법(交叉對句法)·액어법(zeugma) 등이 있다. 여기에서는 간단히 그 개념들을 살펴보기로 하겠다.

가. 의미의 비유

직유는 잘 알고 있다시피 두 개의 다른 사물 사이의 비교가 '~처럼'이나 '~같이'라는 낱말로 드러난다. 원관념과 보조관념을 직접 드러내어 빗대는 표현방법이다. 즉, 상사성(相似性)이나 유사성을 토대로 두 사물을 비교하는 표현법을 의미한다. 은유는 원관념은 숨기고 보조관념만 드러내어, 표현대상을 설명하거나 그 특질을 묘사하는 표현방법이다. 즉 비상사성(非相似性) 속에서 상사성(相似性)을 인식하는 정신 행위를 의미한다. 언어적 관점에서는 어떤 사물에 적합한 이름이 다른 사물로 전이됨을 뜻한다. 예를 들면 '내 마음은 벌레 먹은 능금이오.'에서 '마음'과 '능금' 사이에는 어떤 유사성도 없다. 따라서 이런 표현은 비상사성 속에서 상사성을 인식하는 정신 행위이며, 또 '마음'이 '능금'으로 전이됨으로써 의미론적 전이가 나타난다고 할 수 있다. 이러한 은유는 우리 관심의 주된 대상이 되어온 수사법으로, '암시적 은유(implicit metaphor)', '혼합 은유(mixed metaphor)', '죽은 은유(dead metaphor)' 등을 포함한다.

이 절도 다 됐구나

뒷산에서는 물오른 동백이 백댄서처럼 몸을 흔들고

어 읽는 이에게 뚜렷한 인상이 느껴지게 하는 표현법이다. 과장법(誇張法)·반복법(反復法)·점층법(漸層法) 등이 여기 속한다. 변화법은 단조로움을 없이 하여 문장에 생기 있는 변화를 주기 위한 표현법이다. 설의법(設疑法)·돈호법(頓呼法)·대구법(對句法) 등이 여기 속한다. 비유법은 표현하려는 대상을 다른 대상에 빗대어 나타내는 표현법이다. 직유법(直喩法)·은유법(隱喩法)·환유법(換喩法)·제유법(提喩法)·대유법(代喩法) 등이 여기 해당한다.

절 마당 아래까지 술집이 들앉았으니
한때는 힘깨나 썼을 부처가 오빠처럼 보이는구나

내 오늘 늙은 기러기처럼 이 땅을 지나가며
절집만 봐도 생이 헌 옷 같고
나라가 다 측은하다만
혹 다시 못 오더라도
월경처럼 붉은 꽃들아
해마다 국토의 아랫도리를 적시고
또 적시거라

— 이상국, 「겨울 남해에서」 전문

이 작품은 거의 직유로 이루어져 있다. 밑줄 그어진 부분들을 보면 동백과 백댄서, 부처와 오빠, 나와 늙은 기러기, 생과 헌 옷, 붉은 꽃과 월경의 관계는 원관념과 보조관념을 직접 드러내어 상사성(相似性)이나 유사성을 토대로 두 사물을 비교하는 표현법을 채택하고 있다. 그런데 나와 늙은 기러기, 생과 헌 옷, 붉은 꽃과 월경의 관계는 그런대로 상사성(相似性)이나 유사성을 가졌다고 할 수 있지만 동백과 백댄서, 부처와 오빠는 오히려 비상사성(非相似性) 속에서 상사성(相似性)을 인식하는 정신 행위처럼 보인다. 그렇다고 해서 이 표현이 직유가 아니라 은유라고 말할 수는 없다. 이 현상을 어떻게 설명할 수 있을까. 이 시에서 동백과 백댄서, 부처와 오빠는 시인의 정상적인 심리상태를 얘기하지 않고 있다는 점을 유의해보면 이 점은 이해가 된다. 말하자면 절대 그래서는 안 될 금기의 상황이 깨졌으니 상사성(相似性)이나 유사성으로 비유하는 것으로는 시의 묘미를 살릴 수가 없다는 것이고, 그런 연유로 비상사성(非相似性) 속에서 상사성(相似性)을 인식하는 표현법을 차용한 것으로 볼 수 있다. 이럴 경우 일어나는 효과는 그 시적대상이 희화되는 방향으로 나타난다는 점이다.

개 패듯하는 바람에
온 몸이 뒤틀리고
등뼈까지 바숴지며
하수구로 처박히네
야적장에서도
공사판에서도
소리 한 번 못지르고
죽어가네
죽어가면서 억울하여
하얗게 달라붙네

— 맹문재, 「눈」 전문

알 수 없는 바람결에 왔다가
때 묻은 이름으로 불리우기 전
먼 부재(不在)의 기슭으로 떠나는
새
너의 슬픔은 너무 가벼워
살아 있는 자의 가슴에
더욱 오래 머무르는 그림자를 남긴다

— 이가림, 「눈」 부분

이 작품들은 인용부분만을 고려하면 은유로 짜여져 있다. 똑 같은 '눈'을 대상으로 쓰고 있어도 상당히 다른 느낌으로 다가온다. 시인의 심리가 어떠냐에 따라 달라진다고 볼 수 있다. 전자의 작품은 대상의 움직임에 관심을 두고 보고 있고 후자는 그 특성의 정태에 보다 관심을 두고 있다. 전자는 시적대상이 희화되고 있고 후자는 상당히 진지하게 묘사되어 있다. 그러나 두 작 품 모두 비상사성(非相似性) 속에서 상사성(相似性)을 인식하는 표현법을 채택하고 있다.

> 발길을 닿지 않은 깊은 산 속이다
> 깊이를 헤아릴 수 없는 물 속이다
> 신도 셈하기 어려운 수많은 색깔이다.
>
> 모든 것을 안고 있으면서도
> 아무 것도 없는 하늘이다
>
> 이슬이기도 하지만
> 눈(目)의 창녀다.
>
> 이것으로 저것을 비추는
> 시(詩)다

— 이재식, 「거울 · 5」 전문

「거울 · 5」는 한 편 전체가 은유로 된 작품이다. '거울'은 산, 물, 하늘, 이슬의 자연적인 맑음이기도 하지만 "눈(目)의 창녀"이기도 하다. 전자가 친숙한 것이라면 후자는 낯설음이다. 동종의 느낌을 주는 것만으로는 자칫하면 '죽은 은유'가 되기 쉬운데 아마 시인은 이 점까지를 염두에 두고 이질적인 부분을 섞어 넣었을 것이다. 이 시에서 제시된 것처럼 은유는 이것으로 저것을 비추는 거울인 셈이다.

환유는 표현하려는 대상과 경험상 밀접하게 연상되는 다른 사물이나 속성을 대신 들어 나타내는 표현방법이다. 즉 접촉성에 토대를 두고 한 사물을 다른 사물로 치환하는 표현법으로, 이때 접촉성은 공간적 접촉과 논리적 접촉으로 나눌 수 있다. 예를 들면 '王冠'은 '왕'을 대신하는 것은 전자에 속하며, "나는 벽초 홍명희를 모두 읽었다."에서 '벽초 홍명희'는 '벽초 홍명희의 저서'를 대신하는 것은 후자에 속한다.

제유는 부분과 전체의 관계에 토대를 두고 두 사물을 치환하는 표현법으로 사물의 한 부분으로 전체를, 또는 하나의 말이 그와 관련되는 모든 것을 나타내는 표현방법이다. 예를 들면 "바다에 열 개의 돛이 떠 있다."에서 '돛'은 '배'를 의미하는데, 이는 '배'라는 전체를 '돛'이라는 부분으로 치환한 경우이다. '남자의 계절'이라면 가을을 말한다. 다시 말해 '돛'처럼 상위개념이 하위개념에 의해 나타나기도 하며 '계절'처럼 하위개념이 상위개념에 의해 나타나기도 한다. 재료의 이름이 그 제품을 표시하는 경우도 해당된다.

대유는 사물의 일부나 그 속성을 들어서 그 전체나 자체를 나타내는 비유법이다. "백의의 천사", "요람에서 무덤까지"와 같은 표현 등이 이에 속한다.

나. 말의 비유

> 건너가야 할 육교나 지하도도 없는 곳, 도보자들이 몰려 있는 횡단보도에 연이은 차량, 그들에게 그곳으로 가는 신호등은 언제나 빨간불입니다. 오랜 기간 지친 사람들, 무단 횡단을 하다가 즉심에 넘어가거나 허리를 치어 넘어지곤 합니다. 갈 수 없는 그곳, 그러나 모두 떠나면 누가 이곳에 남아 씨 뿌리고 곡식을 거둡니까. 아름다운 사람들, 하나 둘 돌아옵니다. 모두 떠나고 나니 내가 살던 이곳이야말로 그리도 가고 싶어하던 그곳인 줄을 아아 당신도 아시나요.
>
> ― 반칠환, 「갈 수 없는 그곳」 후반부

설의법은 대답을 전제로 하는 것이 아니라 수사학적 효과만을 노리는 질문의 형식이다. 질문의 형식이긴 하나 독자들의 대답을 전제로 하지 않는다. 그러므로 설의법은 실제로 대답을 전제로 하는 것이 아니라 수사학적 효과만을 노리는 질문 형식으로, 이미 가정하고 있는 답에 청중이 참여하도록 기회를 주어 직설법보다 더 강한 효과를 얻고자 할 때 쓰는 표현법이라고 할 수 있다. 인용시에서 "누가 이곳에 남아 씨 뿌리고 곡식을 거둡니까."라는 질문은 구태여 답을 전제로 하지 않는다. 모두가 떠나가 버린 빈 공간의 강조적 표현이라고 보면 된다.

돈호법은 어떤 추상적 사물이나 현재 존재하지 않는 대상을 마치 현재 존재하는 듯이 그를 향해 직접 부르는 문체를 말한다. 이 표현법은 아주 공식적인 경우나 갑작스런 감정분출 시에 쓰인다. 예컨대, "오! 그대여, 내 사랑을 받아주소서" 같은 표현을 들 수 있다.

설의법이나 돈호법은 시의 밋밋한 흐름에 긴장을 주는 효과적인 방법의 하나이다. 특히 완만한 어조의 흐름으로 시에 새로운 변화를 주거나 강조를 할 때 드물게 사용하면 효과를 거둘 수 있다. 물론 이를 자주 남발하는 것은 좋지 않다.

대구법은 어조가 비슷한 문구를 나란히 배열하여 문장에 변화를 주는 표현법이다. 시조의 초장이나 중장에서 많이 등장한다. "산에는 눈 내리고 들에는 춘비로다" 등이 그 예인데 흔히 대구는 서로 연관되는 사물끼리 유추되어 해석되는 경향이 있다. '춘비'가 '寒雨'라는 기생을 가리키므로 '눈'은 기생의 무리로 해석되는 경우가 그렇다.

교차대구법은 문장에서 통사구조가 동일한 2개의 어구나 절(節)이 나란히 연속될 때 서로 대치되는 단어의 순서를 바꾸는 표현법이다. 이 효과는 시의 소리나 두음이 서로 비슷하게 남으로써 더욱 고조된다.

액어법은 하나의 단어가 2개 또는 그 이상의 단어를 동일한 문법관계로 구속하면서 그 뜻이 경우에 따라 조금씩 달라지는 표현법이다. 즉 하나의 형용사 또는 동사로서 서로 다른 2개 이상의 명사를 수식 또는 지배하는 표현법이다.

3. 치환과 병치

"A는 B다"라는 관계는 A와 B의 관계가 어떠냐에 따라 치환은유와 병치은유로 나뉘어 진다.[9] 종전의 은유는 대개 치환의 관계에서 설명되었다. 그러나 현대에 와서 치환으로만 그려낼 수 없는 복잡한 양상이 시에 개입하게 된 것이다. 치환은유(epiphor)는 어원상 epi(over on · to)와 phora(semantic movement)의 뜻이고, 병치은유(diaphor)는 dia(through)와 phora(semantic movement)의 뜻을 가지고 있다. 따라서 이 둘의 공통된 요소는 의미론적 '운동'인 phora(semantic movement)이다. 그 운동의 양상을 보면 치환은유는 '전이'이고 전이는 유추이며 곧 두 사물의 유사성에 의존한다. 이에 반해 병치은유는 서로 다른 사물들의 '새로운 결합'이며 조합적인 성격을 가진다.

가. 치환은유

치환은유에는 단순은유, 확장은유, 액자식 은유의 3가지가 있다. 단순은유는 하나의 원관념에 하나의 보조관념이 연결된다. 이에 반해 확장은유는 하나의 원관념에 두 개 이상의 보조관념이 연결된다. 액자식 은유는 액자 소설처럼 은유 속에 또 하나의 은유가 들어가 이중 삼중으로 의미가 중첩되는 경우를 말한다.

9) Philip Wheelwright, Metaphor and Reality (Indiana University Press, 1973)

우리는 사랑했다 꽃과 같이

불과 같이

바람과 같이

바다와 같이

— 마광수, 「사랑」 부분

'사랑'이라는 원관념에 '꽃', '불', '바람', '바다'의 보조관념이 있다고 해서 이 시가 확장은유로 씌어진 시는 아니다. 왜냐하면 '우리는 사랑했다'라는 말이 2, 3, 4행에서 생략된 것으로 볼 수 있고, 그렇다면 '사랑'이라는 원관념에 각각의 보조관념이 1 : 1로 연결된 것으로 볼 수 있기 때문에 단순은유에 속하는 것이다. 그러나 이러한 문장구조보다는 이를 판단하는 기준은 무엇보다 보조관념의 상호관계가 어떠냐에 따라서 이다. 다시 말해 '꽃', '불', '바람', '바다' 의 관계가 서로 어느 정도 영향을 미치면서 의미의 변용과 확대가 이루어지고 있느냐가 키포인트다. 이 작품을 다음과 같이 고쳤다고 생각해 보자.

우리는 사랑했다 꽃과 같이

혼불 켜고 어둠을 막아내는 꽃술같이

바람에 날리는 꽃가루 같이

바다에 가 닿는 꽃 이파리처럼

여기서의 보조관념은 '꽃→꽃술→꽃가루→꽃 이파리'로 그 의미가 서로 연관을 맺으면서 전개된다. 확장은유로 바뀌진 셈이다. 확장은유를 잘 활용하면 좋은 시를 쓸 수 있다. 단순은유보다는 확장은유는 그 사유의 전개가 시 전체에 미칠 수 있는 장점을 가지고 있으며 시의 구성을 탄탄하게 만드는 데도 일정 정도 기여를 한다.

액자식 은유는 한용운의「님의 沈默」에서 볼 수 있다.

황금의 꽃같이 굳고 빛나던 옛 盟誓는 차디찬 티끌이 되어서 한숨의 微風에 날아갔습니다.

'황금'은 '꽃'으로, '황금의 꽃'은 '옛 盟誓'로, {(황금=꽃)=굳고 빛나던 옛 盟誓}=차디찬 티끌에서 보듯 삼중의 액자로 구성되어 있음을 볼 수 있다.

{(황금=꽃)=굳고 빛나던 옛 盟誓}=차디찬 티끌 → 한숨=微風에 날아가다.

신춘문예에 당선된 다음 두 편의 작품을 면밀하게 검토해보고 그 비유가 어떻게 전개되고 있는지를 살펴보라. 이 작품들이 당선이 된 것은 이 비유와 결코 무관하지 않다. 비유가 얼마만큼 중요한 것인지를 살펴보는 계기가 될 것이다.

맨 처음 침묵의 둥근 알이었다 껍질을 뚫고
목 끝까지 잠수를 했다 보자기만한 하늘은
숨막히게 아름다웠다 가끔 흘러오는 물줄기만이
푸르른 청맹과니 꿈을 흔들었다 처음으로 뿌리를
갖게 되었을 때 햇빛의 작두날에 한 번도
피 흘린 적 없는 우리는, 깜깜한 우물처럼 고요했다
눈부시게 깨워줄 햇살이 없으므로, 세상의
死線까지 간 적이 없었으므로, 아직은 풋내로
괴로웠다 더러 순결도 무거운 허물이 되어 발목을
잡지만 가슴에서 가슴으로 습기만 나르는
황홀한 입덧이었다 지나온 날들은

반짝 초록의 불씨들이 눈을 떴다
어둠의 탯줄을 끊은 새떼들이 앞 다투어
잎새의 날개를 폈다 오래된 하늘을 밀어젖혔다
상여꽃 피우는 햇살을 향해 날아오르는 저 미친.

— 정유용, 「콩나물의 방」 (1995년 문화일보 신춘문예 당선작)

부서진 은비늘이 모여
복귀할 수 없는
원시의 수초를 모래밭에 그리는
하얀 눈물자국.
과학적으로 말하면
이온 결합일 테지만, 미완의 입자들이
손 마주잡고
태양 아래서
날아갈 것은 날아가고
결정을 이룬 무리들이
맛을 낸다.

나의 몸이 싱거운 터라
한줌 집어 상처 위로 뿌리니
잊었던 꿈들이
일제히 강줄기 따라
횃불을 밝힌다.
그것은 하얀 불이었구나
피톨이 불을 당겨
곰팡이 홀씨 둥둥 떠다니며

간이나 위, 뼈 위로 꽃피우는
온몸으로
퍼지는 화염
靑靑한 몸이로구나.

— 서영효, 「소금에 관하여」(1993년 한국일보 신춘문예 당선작)

나. 병치은유

희망은 절망이 깊어 더 이상 절망할 필요가 없을 때
온다.
연체료가 붙어서 날아드는 체납이자 독촉장처럼
절망은
물 빠진 뻘밭 위에 드러누워
아무 것도 보고 싶지 않아 감은 눈 앞에
환히 떠오는 현실의 확실성으로
온다
…… (중략) ……
건방지게 무심한 눈길로 내려다보는 백열전구처럼,
핏줄을 열어, 피를 쏟고
빈 핏줄에 도는 박하향처럼 환한
현기증으로,
환멸로,
굶은 저녁 밥냄새로,
뭉크 화집(畵集)의 움직임 없는 여자처럼
카프카의 K처럼
와서, 살고 싶지 않는 주인의 마음을

달래서, 살고 싶게 만드는

절망은,

— 장석주, 「희망은 카프카의 K처럼」 초반부

연초록 미나리 줄기에

들러붙은 검붉은 거머리

나도 저런 집요한 흡반이 달린

감옥이고 싶다

— 이경임, 「흡반이 달린 감옥」 전문

치환은유가 거느리는 사유는 자아와 세계의 동일성 추구에 의한 화해의 원리를 담기 마련이다. 동일성을 추구하는 방식은 이미 우리가 살펴보았듯 자아가 세계로 가서 합일하는 투사가 있고, 세계가 자아 속으로 이입되는 동화가 있다. 어느 쪽으로든 동일화되어 한 몸이 되려는 점에서 양자는 동일하다. 그러나 우리가 지금 직면하고 있는 세계를 바라보자. 부조리와 위선과 위악이 가득 찬 세계. 환경은 파괴되었고 정신은 병들었다. 자아는 세계로 가고 싶지 않을 때가 있게 된다. 여기에 대결의 시학이 생기게 된다. 타협할 수 없는 반발이 생기게 된다. 병치은유는 이러한 자아와 세계와의 대결의 원리를 전제로 한다. 비동일성의 원리를 따르고 있는 셈이다.

인용된 시편은 이러한 대결의 산물이다. '희망'을 '절망'의 극점에서 오는 것으로 인식하여 '절망'과 동궤의 사고로 이끌어가면서 강렬한 환기력을 불러일으키고 있다. 그 환기력은 분명 '희망'이 아니다. 오히려 '절망'의 바닥이다. "체납이자 독촉장"이나 "건방지게 무심한 눈길로 내려다보는 백열전구"나 "현기증" 혹은 "환멸", "굶은 저녁 밥냄새" "뭉크 화집(畵集)의 움직임 없는 여자" "카프카의 K"는 절망의 모습이지 희망은 아니다. 이경임의 「흡반이 달린 감옥」이란 작품도 이러한 대결의 산물이다. "집요한 흡반이 달린 감옥"의 세계는 분명 우리가 바라는 바람직한 세계는 아니다. 우리를 둘러싼 현실의 가열함이 우리를 그렇게 만들고 있는 것이다.

휠라이트는 에즈라 파운드의 다음 시를 병치은유의 예로 들었다.

> The apparition of these faces in the crowd;
>
> Petals on a wet, black bough.
>
> — Ezra Pound, 「In a Station of the Metro」 전문

"군중 속의 얼굴들의 모습"(A)과 "비에 젖은 검은 나뭇가지 위의 꽃잎들"(B)의 모습을 유사성에 기초한 것으로 보기는 문제가 있다. 그러기에는 (B)의 묘사가 평범하지 않기 때문이다. 꽃잎이 비에 젖었으니 질 때가 된 것이다. 더욱이 '검은' 나뭇가지가 칙칙하게 느껴진다. 그러므로 (B)는 하루 일에 지치고 힘든 현대인들의 우울한 일상을 그려낸 것이라 볼 수 있다. 스티븐슨의 「Thirteen Ways of Looking at Blackbird」 역시 각 연이 독립된 병치의 상태라고 볼 수 있는 것이다. 병치는 흔히 '낯설게 하기'의 기법과 혼용되면서 현대시의 새로운 기법으로 주목을 받아오고 있다. 그러나 해결점이 없는 대결 지향의 시가 우리 시의 바른 방향이 될 수 있는가라는 점에서는 역시 숙고해보아야 할 문제가 있음을 간과해서는 안 된다.

> 허름한 처마 아래서 밤
>
> 열두 시에 나는 죽어,
>
> 나는 가을
>
> 비에 젖어 펄럭이는 疾患이 되고
>
> 한없이 깊은 층계를

굴러 떨어지는 昆蟲의 눈에 비친 暗黑이 된다
두려운 칼자욱이 된다.

— 이승훈, 「寫眞」 부분

네가 마지막으로 짓고 들어앉은 그 건물
뾰족하고 파릇한 질문들로 둘러싸인
아니 뾰족하고 파릇한 대답으로 둘러싸인
아니 아니 대답 질문 몽땅 그저 파릇한

둥그런 지붕의
방수 방한 완벽한
한번 들어가면 다시 나올 수 없는
완벽한 자폐의
완전 개방의

— 이경림, 「무덤 - 저 건물2」 전문

이 두 작품 역시 다가갈 수 없는 외부 세계에 대한 대결의 구도가 두드러진다. 이승훈의 「寫眞」에서 시적자아는 "비에 젖어 펄럭이는 疾患"이 되고, "굴러 떨어지는 昆蟲의 눈에 비친 暗黑"이 되기도 하며, "두려운 칼자욱"이 되기도 한다. '疾患'이나 '暗黑'이나 '칼자욱'은 희망이나 상승의 이미지들이 아니다. 칙칙하고 어둡고 불안정적이다. 마치 모든 색과 소리가 죽어버린 흑백사진의 선명하면서도 퀭한 허무처럼. 그러기에 이 공간은 "한없이 깊은 층계"의 하강적 이미지가 지배하는 공간이며 동시에 대결의 공간이다.

이경림의 「무덤 - 저 건물2」 작품도 현대인들의 문명의 상징인 도시의 건물을 '무덤'으로 보는 대결 지향의 성향이 엿보인다. 그 건물은 방수와 방한이 완벽한 공간이다. 그러나 무덤이 그렇듯 한 번 들어가면 다시 나오기를 거부하는 공간이다. 아파트로 차단된 도시의 생활공간을 생각해보면 쉽게 수긍이 가는 얘기다. 젊은 시인들의 작품에서 병치은유를 발견하는 것은 그리 어렵지 않다. 현대시의 대표적인 수사법으로 자리잡아가고 있다는 얘기가 된다.

밤바다에서
나는
아무것도 만나지 못한다.
다만 부러진 칼,
부러진 번득임,
부러진 달빛의
희디흰 루마치스.
춤추는 가지 끝에서,
나의 살의(殺意)는
처절히
죽어버린다.

— 尹石山, 「밤바다」

피는 젤리 손톱은 톱밥 머리칼은 철사
끝없는 광물질의 안개를 뚫고
몸뚱어리 없는 그림자가 나아가고

— 최승자, 「삼십세」 부분

하늘에는
부우우……
납덩이가 떠간다

한 뭉치 구름이 금세 그 납덩이를 지운다
구름 속에서도 부우우……납덩이가 떠간다
어디로 가는가, 저 게으름.
내 머릿속을 끓이며 부우우……납덩이가 떠간다.
가고만 있고, 추락하지 않는다
부우우……부우우……
얼마나 지겹게 바라보아야 하는가, 저 게으름.
얼마나 오래 꿈꾸어야 하는가, 저 게으름

— 이승욱, 「지겨운 평화」

「밤바다」나 「지겨운 평화」, 「삼십세」에서는 우리가 보통 떠올리는 '밤바다'나 '평화', '머리칼' 등의 개관적 상관물이 보이지 않는다. 통념과는 상당히 거리가 있는 은유들이 등장한다. 이 은유는 세계를 화해나 공존으로 보지 않고 대립하고 갈등하는 구조로 인식한다.

밴장어처럼 생기있던 도시가 너무 많은 양의 항생제를 먹고 잠시 기절해 있네

— 고현정, 「에곤 실레는 죽었다」 부분

아이들은 땅바닥에 엉긴 기름을 보고 무지개라며 손가락으로 휘젓는다. 일주일이 지나도 지워지지 않는 지독한 무지개다

— 심보선, 「풍경」 부분

몸에 열꽃이 핀다

모래바람이 불고 있다
온몸에 가시처럼 박혀오는

금빛 가루들
헉 헉, 숨이 막힌다

사막은 붉은 바다
잔인하고 아름다운 것들로 가득 차 있다

— 조용미, 「몸살」 부분

세 작품의 원관념은 각각 도시, 기름, 몸살이다. 이 원관념은 각각 항생제를 먹고 잠시 기절해 있는 뱀장어, 일주일이 지나도 지워지지 않는 지독한 무지개, 모래바람의 열꽃 등으로 비유되고 있다. 특히 「몸살」의 경우는 치환은유와 병치은유가 혼재되어 있음을 볼 수 있는데 '열꽃'이라는 것은 치환은유에 속하지만 이후의 '모래바람', '금빛가루', '사막' 등은 병치은유로서 확장은유의 성격을 보여주고 있다. "사막은 붉은 바다"라는 대립되는 사물의 비교나 "잔인하고 아름다운 것들로 가득 차 있다"는 상반되는 이미지의 중첩은 유사관계 혹은 대립관계의 양자를 통해 들여다보기 때문에 가능한 것이다.

4. 비유를 잘 활용하는 방법

다음의 비유를 보고 어색한 비유나 잘 드러나지 않는 비유가 어떤 것인지를 살펴보자. 아울러 비유를 잘 활용하는 방법이 무엇인지를 생각해보자.

①
어둠 속에서 글자들은
너무 멀리 있어 이름을 알 수 없는 별처럼
희미하게 빛난다

— 진은영, 「교실에서」 부분

②

형아 내 몸에 열이 많아서……적벽강의 붉음은 울분이다 서울서 떠나던 날 夕刊 신문에 청계천 복원 기사 늦은 저녁 밥알처럼 서걱거렸다 이천 이년 시월의 적벽 강물은 쉽게 울분으로 水位가 높아지는데 청계천은 솟아오를까……시 쓰던 정현이형 목매달고 그해 겨울 언 강 깨고 그이는 氷魚로 떠올랐다

— 박진성, 「적벽가자」 부분

③

그러니까 오늘은

비굴을 잔굴, 석화, 홍굴, 보살굴, 석사처럼

영양이 듬뿍 들어 있는 굴의 한 종류로 읽고 싶다

생각건대 한순간도 비굴하지 않았던 적이 없었으므로

비굴은 나를 시 쓰게 하고

사랑하게 하고 체하게 하고

이별하게하고 반성하게 하고

당신을 향한 뼈 없는 마음을 간직하게 하고

그 마음이 뼈 없는 몸이 되어 비굴이 된 것이니

— 안현미, 「비굴 레시피」 부분

④

악성빈혈 같은 나의 허기는 노란 그림 몇 점을

허겁지겁 먹어치우고

다시 물감 묻은 붓을 들 것이다.

— 임현정, 「까마귀가 나는 밀밭」 부분

①, ②, ③, ④는 각각 원관념과 보조관념의 구체적인 상태 유무가 어떠한

가에 따라 서로 다른 의미론적 변용을 보여주고 있다. ①과 ②에 나타난 비유의 원관념은 '글자'와 '붉음'은 구체적인 것이고, ③과 ④에 나타난 비유의 원관념은 '비굴'과 '허기'로 추상적인 것이다. 그런데 구체적인 ①, ②의 경우 ①은 구체적인 것으로 ②는 추상적인 것으로, 추상적인 ③, ④의 경우 ③은 구체적인 것으로 ④는 추상적인 것으로 비유되고 있다. 비유는 문법적인 공식이나 구성단위인 원관념, 보조관념의 구・추상에 따라 표현의 잘잘못이 좌우되는 것은 아니지만 대개 구체적인 것에서 구체적인 것으로의 비유나 추상에서 추상으로의 비유는 상당히 유의하지 않으면 안 된다. 원관념과 보조관념을 전자는 독자들이 명백히 알고 있다는 점에서, 후자는 둘 다 막연하다는 점에서 그렇다. 이럴 경우 우리는 어떻게 비유를 처리하는 것이 좋은가.

> 창밖에 소나무 한 그루
> 침엽 끝을 물고 있는 투명한 물고기들
>
> — 연왕모, 「마른 공기 맑은 물고기」 부분

> 아무소리도 없고 아무런 움직임도 없는 대낮의
> 비닐하우스 같은 하늘 아래
> (……중략……)
> 커다랗고 둥근 개의 눈동자에 그렁그렁 파리 떼 같은
> 땡볕이 잔뜩 달라붙는다
>
> — 최금진, 「개」 부분

이 작품들에서 "소나무 한 그루"와 "침엽 끝을 물고 있는 투명한 물고기들"의 관계나, '땡볕'과 '파리 떼'의 관계를 살펴보면 이에 대한 처리를 어떻게 하는 것이 바람직한 것인가에 대한 답을 얻을 수 있다. 두 작품은 같은 구

체적인 것이라도 상당히 다른 종류의 비유이다. 무생물과 생물의 비유라는 점에도 유의해볼 필요가 있다. 정태적인 원관념이 동태적인 보조관념으로 바뀌고 있는 것이다. 당연히 독자들은 생생한 실체를 이 비유를 통해서 얻게 되는 것이다. 두 작품 모두 잘 쓰인 비유에 해당한다. 이 점은 앞서 인용한 고현정의 「예곤 실레는 죽었다」라는 작품에서 '도시'를 "항생제를 먹고 잠시 기절해 있는 뱀장어"나 심보선의 「풍경」에서 '기름'을 "일주일이 지나도 지워지지 않는 지독한 무지개"로 보는 것에서도 확인해볼 수 있다. 이런 비유를 만들 때 염두에 두어야 할 것이 또 한 가지 있다.

> 내 생의 뒷산 가문비나무 아래, 누가 버리고 간 냉장고 한 대가 있다 그날부터 가문비나무는 잔뜩 독오른 한 마리 산짐승처럼 갸르릉거린다 푸른 털은 안테나처럼 사위를 잡아당긴다 수신되는 이름은 보드랍게 빛나고, 생생불식 꿈틀거린다 가문비나무는 냉장고를 방치하고, 얽매이고, 도망가고, 붙들린다
>
> — 김중일, 「가문비 냉장고」 초반부

어찌 보면 이 작품은 황당하기 그지없다. '가문비나무'를 "한 마리 산짐승"으로 비유하고 있기 때문이다. 그러나 좀 더 유의해보면 이 비유가 이 시의 주제와 관련된 중요한 인식이라는 점을 우리는 부인하기 힘들게 된다. '가문비나무'가 "잔뜩 독오른 한 마리 산짐승"이 될 수밖에 없는 이유가 "누가 버리고 간 냉장고 한 대"에 있고 이것은 바로 변형되고 왜곡되어지는 자연의 파괴를 단적으로 보여주는 하나의 실례가 된다는 사실이다. "잔뜩 독오른 한 마리 산짐승"은 파괴된 자연이 인간의 욕망에 대응하는 하나의 방법이라는 사실을 목도하게 되는 것이다. 그렇다면 비유가 움직이지 못하는 것을 움직이게 하는 동물성을 취한다하더라도 무조건적으로 맺어지는 것이 아니라 그 둘의 관계를 맺어주는 "누가 버리고 간 냉장고 한 대"와 같은 매개요소가 있어야 한다는 점이다. 이 매개요소에 의해 그 비유는 단단한 신뢰를 얻게 되

며 공소하지 않는 실감을 비로소 얻게 되는 것이다. 앞서의 여러 전제 조건이나 이유를 놓고 보았을 때 인용한 ①의 작품의 비유는 문제가 있다. "어둠 속 글자"를 "이름을 알 수 없는 별"로 비유한 것은 죽은 비유에 가깝다고 할 수 있다.

추상에서 추상으로의 비유인 ④의 경우 '허기'와 '악성빈혈'의 비유 또한 마찬가지다. 그러나 이 작품은 추상적인 막연함을 "나의 허기는 노란 그림 몇 점을 허겁지겁 먹어치우고"에서 보듯 상당히 구체화하려는 노력을 보여주고 있다.

이에 반해 역의 관계인 구상에서 추상이나, 추상에서 구상의 경우는 원관념과 보조관념의 관계가 그 의미의 유사성을 떠나있다는 점에서 앞서의 비유들보다는 제한의 폭이 덜하다.

그렇다 하더라도 비유를 쓰는 근본적인 이유를 도외시해서는 안 된다. 비유를 쓰는 것은 시에 활력과 긴장을 주기 때문이다. 그러므로 비유의 생명은 신선함이다. 시적 대상이 어떠한 가를 따질 필요 없이 신선하지 않는 비유는 죽은 비유이며, 어떠한 경우라도 죽은 비유는 쓸 필요가 없다. 죽은 비유를 쓰느니 차라리 직접적 묘사나 서술적인 표현으로 하는 게 훨씬 낫기 때문이다.

②의 작품은 '적벽강의 붉음'이나 '적벽 강물'을 '울분'으로 비유하고 있다. 너무 무난하다. 좀 더 새롭게 처리될 수는 없었을까는 아쉬움이 남는다. 이에 반해 이 작품에 나타난 '청계천 복원 기사'를 "늦은 저녁 밥알처럼 서걱거렸다"로 비유한 것은 아주 새롭다. 이 비유는 앞서의 구체적인 것에서 구체적인 것으로의 비유인데 우리가 이미 살펴본 창작 원리를 잘 보여주고 있다.

③의 작품에서는 '비굴'이라는 추상적 관념을 먹는 굴 "잔굴, 석화, 홍굴, 보살굴, 석사처럼 영양이 듬뿍 들어 있는 굴의 한 종류"로 보고 있다. 언어유희(fun)를 통한 비틀기의 수법이 잘 드러나고 있다. 볼 수 없고 만질 수 없는 '비굴'을 마치 먹는 굴이 그러하듯 "당신을 향한 뼈 없는 마음"과 "그 마음이

뼈 없는 몸이 되어 비굴이 된 것이"라는 인식은 자칫하면 단순한 차원으로 떨어지기 쉬운 언어유희의 한계를 추상을 구상으로 바꾸는 비유를 통해 잘 극복하고 있는 것으로 보인다.

바다가 기르는 상처

만약
저 드넓은 바다에
섬이 없다면
다른 그 무엇이 있어
이 세상과 내통할 수 있을까

— 이홍섭, 「섬」 전문

막막하다, 가늘고 길다

어떤 굵은 목숨의 모가지라도

목 매달 수 있겠다

질기디 질긴

이 명줄

끊어 버릴 수 있겠다

— 유홍준, 「수평선」 초반부

가슴을 죄다 파먹혀도

날마다 뜨거운 사랑으로 솟아 있는

밥 한 그릇이고 싶다.

— 임현정, 「밥 한 그릇」 부분

연탄이 떨어진 방, 원고지 붉은 빈칸 속에 긴긴 편지를 쓰고 있었다 살아서 무덤에 들 듯 이불 돌돌 아랫도리에 손을 데우며, 창문 너머 금 간 하늘 아래 언덕 위의 붉은 벽돌집, 전학 온 여자아이가 피아노를 치고

보, 고, 싶, 다, 보, 고, 싶, 다 눈이 내리던 날들

— 손택수, 「언덕 위의 붉은 벽돌집」

(1998년 『한국일보』 신춘문예 당선작)초반부

앞의 두 작품은 구상을 추상으로 비유하고 있다. 「섬」은 "바다가 기르는 상처"이고 그래서 바다가 섬이 있어 세상과 내통하듯 인간에게도 상처가 있어 세상과 내통할 수 있다는 명제를 부담 없이 들려주고 있다. 2연으로 된 짧은 시이지만 2연은 1연의 비유와 사고의 연장 위에 있는 확장은유의 예를 보여주고 있다. 「수평선」은 "막막하다, 가늘고 길다"에서 보면 구상에서 구상으로의 비유이다. 그러나 종국 이것은 "질기디 질긴/이 명줄"에 걸리고 있는데 묘미가 있다. 물론 이것은 구상을 추상으로 비유한 예에 속한다. 그러나 그렇게만 볼 수 없는 것이 이 작품의 독특한 면모다. 대개 비유를 통한 시 창작은 시적 대상을 직접 비유하는 것에서 단순화되기 마련이다. 그런데 이 작품의 경우는 거기서 한 단계를 더 나갔다. 수평선=가늘고 긺=명줄→명줄을 끊어버릴 수도 있겠다고 하여 비유가 사유의 일부분이 되어 확대 전개되고 있다는 점이다. 이 작품이 단순한 것같이 보이면서도 단순하지 않는 이유이

기도 하다. 이 점은 「밥 한 그릇」과 비교해보면 쉽게 이해가 된다. 「밥 한 그릇」은 '사랑'이라는 추상이 '밥 한 그릇'으로 비유되는 간명함이 있다. 이 작품의 선명성은 '사랑'과 '밥 한 그릇'의 공통분모를 흔히 생각하기 쉬운 '일용할 양식' 등에 두지 않고 "가슴을 쥐다 파먹혀도"에 두었다는 사실이다. 다시 말해 "날마다 뜨거운"이라는 사유는 '일용할 양식'만큼 보편적인 인식이지만 '파먹혀도'라는 부분은 쉽게 찾아지는 것이 아니기 때문이다. 이처럼 좋은 비유는 두 관념 사이의 공통분모를 어떻게 수식하느냐에 따라서도 좌우된다. 「언덕 위의 붉은 벽돌집」은 시각적 이미지가 두드러진 작품이다. 연탄과 죽음과 금간 하늘의 검고 우울한 이미지가 원고지, 아랫도리, 벽돌집의 붉고 따뜻한 이미지와 대비되면서 서로 어우러지는 공간은 동화적 분위를 연출한다. "보, 고, 싶, 다, 보, 고, 싶, 다 눈이 내리던 날들"에서 보듯 보고 싶은 그리움이라는 실체를 눈 내리는 모습에 비유하는, 다시 말해 추상을 구상으로 바꾸는 독특한 기법에 주목해볼 필요가 있다.

1.

비가 갠 거리, XX 공업사의 간판 귀퉁이로 빗방울들이 모였다가 떨어져 고이고 있다. 오후의 정적은 작업복 주머니 모양 깊고 허름하다. 이윽고 고인 물은 세상의 끝자락들을 용케 잡아당겨서 담가 놓는다. 그러다가 지나는 양복신사의 가죽구두 위로 옮겨간다. 머쉰유만 남기고 재빠르게 빌붙는다. 아이들은 땅바닥에 엉긴 기름을 보고 무지개라며 손가락으로 휘젓는다. 일주일이 지나도 지워지지 않는 지독한 무지개다…… 것도 일종의 특허인지 모른다.

2.

길 건너 약국에서 습진과 무좀이 통성명을 한다. 그들은 다쓴 연고를 쥐어짜내듯이 겨우 팔을 뻗어 악수를 만든다. 전 얼마 전 요 앞으로 이사왔습죠. 예, 전 이 동네 20년 토박이입죠. 약국 밖으로 둘은 동시에 털처럼 삐져 나온다. 이렇게 가까운 데 시는구만요. 가끔 엉켜보자구요, 흐흐흐. 인사를 받으면 반드시 웃음을 거슬러 주는 것이 이웃간의 정리이다. 밤이 오면, 거리는 번지르하게 윤나는 절지동물의 다리가 된다. 처방전만하게 불켜지는 창문들.

3.

마주보고 있는 불빛들은 어떤 악의도 서로 품지 않는다. 오히려 여인네들은 간혹 전화로 자기네들의 천진한 권태기를 확인한다. 가장들은 여태 귀가하지 않았다. 초점없는 눈동자마냥 그녀들은 불안하다. 기다림의 부피란 언제나 일정하다. 이쪽이 체념으로 눌리면 저쪽에선 그만큼 꿈으로 부푼다. 거리는 한쪽 발을 들어 자정으로 무겁게 옮아간다. 가장들이 서류철처럼 접혀 귀가하고 있다.

— 심보선, 「풍경」(1995년『중앙일보』신춘문예 당선작)

이 작품에서 비유를 지적해보고 이 비유들이 어떤 역할을 하는지 생각해보자. 더 적절했으면 좋겠다 싶은 비유도 있으며 아주 적절하게 구사된 비유도 있다. 한 작품에서 비유는 작품의 성패를 가늠하는 중요한 역할을 수행한다. 이 작품은 그런 점에서 음미해볼 가치가 있다.

이제사 소스라치듯
번뜩이며 지나치는 불혹이라는 말의 어색함에 낯설어
둔부는 상기되고,
정수리에 냉수 한 사발 그득 들이부어도
땅에 떨어지는 제 온기를 질끈 밟고서야 아는
아둔함으로,
'이 오 십'하며 불러대고 쫓아오는 어릴 적 술래의 모습마냥
어그적 다가서는 세월이라는 놈은, 놈은
'이십 삼십 사십' 하며 이 깊은 겨울에 와락 달려와

턱 밑에 바짝 매달린 불혹이라.
열기 펄펄 나는 계절은 아직도 멀고먼데
이내 등줄기 땀방울로 송글거리게 한다.
언감생심 공자처럼 못되어도
구차한 세상일에는 현혹되지 말자!
어떤 세상이라도 그저 감내하고 살아가리
그런데 왜 혹 하나 달린 것 같을까?
세월이라는 놈의 미혹!
아마도 그 공자의 불혹과는 거리가 먼 듯도 한데,

빨리 떼고 말달리자
흰털 휘휘 날리며 말달리자
백석의 응앙응앙 우는 흰 당나귀라도 나는 좋아라

— 최소영, 「불혹」 전문

이 작품에서 문제가 되는 부분은 무엇이며 어떠한 방향으로 퇴고를 해야 하는지를 살펴보기로 하자. 우선 이 시에는 시적 대상이 되는 '불혹'에 대한 장황한 수식이 문제가 된다. 6행, 7행과 8행, 11행, 19행 등 '불혹'을 설명하기 위한 부분이 필요 이상으로 자세하다. 주제가 흩어질 위험도 있고 정곡을 찌르는 것에도 의미가 반감될 우려가 많으므로 필요한 부분만 남기는 게 좋을 것이다. 둘째로 주제가 드러난 13행~16행이 너무 설명적이다. 2연인 20행~22행과 결국 중복적이다. 그렇지만 2연은 주제를 나타내는 데에 상당한 묘미와 함축성을 가지고 있다. 그러므로 후자를 살리고 전자를 삭제하는 것이 바람직하다. 세 번째로 표현의 어색함이다. 3행은 다른 표현이나 순수한 우리말로 고쳐본다. 전체적인 퇴고 방향은 '불혹'이라는 시적 대상을 비유의 개념을 가지고 묘사해보고 2연 정도를 주제로 삼으면 좋겠다.

이와 같은 지적에 따라 위의 작품은 아래와 같이 수정되었다. 처음의 작품과 비교를 하면 이 작품이 얼마나 달라졌는지를 알 수 있다.

이제야 소스라치듯
번뜩이며 지나치는 말이 낯설어
엉덩이가 바짝 긴장된다.

정수리에 냉수 한 사발 그득 들이부어도
땅에 떨어지는 제 온기를 질끈 밟고서야 아는 세월은
이 깊은 겨울에 와락 달려와
턱 밑에 바짝 매달려
이내 등줄기 땀방울로 송글거리게 한다.

그런데 왜 혹 하나 달린 것 같을까?
세월이라는 놈의 미혹!

빨리 떼고 말달리자
흰털 휘휘 날리며 말달리자
백석의 응앙응앙 우는 흰 당나귀라도 나는 이제 좋다.

5. 잘 쓰인 비유

한 작품이 한 시인의 대표작이 되는 경우라든지, 많은 작품들에서 유독 눈에 띄게 되는 좋은 시들은 거의 그 작품에 딱 들어맞는 비유가 있기 마련이다. 다음의 작품들에 나타나는 비유들은 많은 시사점을 우리에게 보여준다. 이를 유념해서 보고 다른 시들을 감상할 때 좋은 비유라고 생각되는 작품들을 옮겨 적어 자신만의 비유 노트를 만들어 보자. 좋은 시를 그대로 베껴 쓰고 암송해보는 작업처럼 창작에 도움이 되는 경우도 드물다.

핫슈먹은 듯 취해 나자빠진
능구렁이같은 등어릿 길로
님은 달아나며 나를 부르고……

— 서정주, 「대낮」 부분

오늘도
성난 타자기처럼
질주하는 국제열차에
나의
젊음은 실려가고

— 김경린, 「국제열차는 타자기처럼」 부분

고향길이야 순하디 순하게 굽어서
누가 그냥 끌러둔 말없는 광목띠와도 같지요

— 고은, 「귀성(歸省)」 부분

살 떠낸 물고기 뼈 같은/

나무들 언 강을 따라 한 줄로 서 있다/
달이 젖은 잠을 털고/창백하게 웃는다/
까마득히 높은 하늘 한 켠에서/
쇠못 자국 같은 까마귀 날고/툭 떨어진다/
잎을 다 갉아먹은 벌레 껍질

— 조창환, 「겨울풍경」 전문

늦가을 나무 위에서 몸을 굴려
땅에 뒹굴어도 안 아플 때까지
마구 먹고 잎사귀 죄다 떨어져 버린 뒤
먹을 것 없으면 겨울잠에 드는 짐승같이, 짐승같이.

— 장석주, 「행복」 부분

추억을 서랍처럼 열어보면
날카로운 바늘 끝으로 누워 있는 낡은 보물,
세워보면
슬픈 우주를 날아다니는 찬란한 뾰루지

— 이사라, 「추억을 서랍처럼 열어보면」 전문

오래전에 내 몸을 떠난 영혼이 버려진 들녘 가시나무에 걸려 있더라. 시든 풀과 병든 풀만 무심한 들녘에 벗어 놓은 잠옷처럼……

— 원구식, 「가시나무 새」 부분

저의 나이 마악 이제 열일곱,
안개 자욱한 리아스식 해안

— 윤재걸, 「사랑은 가장 아름다운 내란입니다」 부분

나는 목침더미 같은 울음을 삼키고
삽을 들어 북한산 눈을 퍼낸다

— 정희성, 「눈을 퍼내며」 부분

눈은 내린다
산 세바스찬을 살해하는 천 개의 화살처럼
펄펄한 바람 속을 집중의 눈은 쌓인다

— 감태준, 「길」 부분

이려어 이렷 소 몰던 옛노래 훙얼훙얼 돌아오는데
잘 늙은 여편네 궁둥짝 같은 늦더위 호박 하나 길섶에 숨어 있네.

— 박영근, 「외촌 박서방」 부분

삶은 연기된 죽음
죽음은 삶 가운데 숨어 있는 매혹

— 박영우, 「언더그라운드 · 2」 전문

바람의 소리는 맑고 섬유질처럼 질겼습니다

— 구석본, 「농아일기」 부분

과녁을 제대로 맞추지 못하고
조금 비켜가는 화살처럼

마음 한가운데를 맞추지 못하고

변두리를 지나가는 바람처럼

먼 곳을 향해 여린 씨를 날리는
작은 풀꽃의 바람 같은 마음이여.

— 최동호, 「홀로 걸어가는 사람」 부분

삼등 열차에 밤 내 흔들리다가 각자 자기 영혼도 흔들어 보다가 동해역이나 묵호역에서 차를 바꿔타고 내 영혼의 밑바닥에서 끓어오르는 벅찬 숨 같은, 내 생의 성감대 같은, 내 생의 육체적 오르가슴 같은, 강원도 그 7번 국도를 명쾌하게 쭈욱 달리고 싶다(내 생에 단 한 번만이라도 아아 내 생의 속도를 추월할 수 있다면)—

— 강세환, 「생각의 속도를 추월할 수 있다면」 부분

산그늘이 깔리듯
때로는 쓸쓸할 때가 있다
…… (중략) ……
곤바이 하며 비껴가는 새가 될지라도
거기 누워있는 누워있는 잔돌처럼
세상이 접혀진 종이학 같을 때가 있다

— 서지월, 「쓸쓸한 느낌」 부분

상처 입은 영혼과/그리운 길이 모여//
고요히 들끓는/묵언의 제단 같은//
내 오랜/아우슈비츠//
내 생의/슬픈 곳집//

— 정수자, 「명치 끝」 전문

아름다운 기억들은 폐허의 노래 같다
오후 다섯시의 햇살은 잘 발효된 한 잔의 술
가로수의 잎들을 붉게 물들인다 자전거 바퀴살 같은 11월
그녀는 술이 먹고 싶다고 노을이 지는 거리로 나를 몰고
나간다 내 가슴의 둔덕에서 염소 떼들이 내려오고 있다

둥글게 돌아가는 저녁이 검은 레코드,
어디쯤에선가 거리의 악사들이 노란 달을 연주하고 있다

텅 빈 마음을 끌고 가는 깊고도 푸른 거리

— 박정대, 「혜화동, 검은 돛배」 전문

에라이 개 같은 년아/나가 뒈지지도 않냐 뒈져라/뒈져 두드려 맞으면서/
바가지로 쏟아지는 욕설 속에서/제비 새끼처럼 오돌오돌
떠는 나를 안고/술주정뱅이 퇴역 경찰 아버지로부터/
단단한 둥지처럼 시슬처럼 나를 보듬고/소리없이 울던 어머니의 흰 팔뚝 위에/
퍽, 퍽, 피어오르던 시퍼런/피멍, 피멍이여.

— 박관서, 「꽃」 전문

역사는
허구로 짜여진 거미의 그물이다
영리한 거미가 새로 발굴한 고분에서
모락모락 김이 나는 사냥감을 발견해
꽁무니의 비단실로 칭칭 감는다
살인적인 논리……

— 김혜영, 「거미줄에 걸린 아버지」 부분

전족의 여자들
물가에 나와 발을 씻고 있다
죽어 저승에 갈 때는
발가락 펴고 길 떠나야 한다지

슬픈 새
울고 있는 나의 시
나의 발가락

— 노창선, 「전족」 후반부

가까이서 홀로 꽃을 보면
꽃은 홀랑 여우가 되고
여우는 재주 넘어 처녀가 되고
처녀는 나를 홀려 혼을 빼먹고
내가 죽으면
처녀는 다시 꽃이 되고
천년 넘게 젊어진 꽃은
할끔,
피 묻은 입술.

— 홍우계, 「꽃을 보면」 전문

| 제7강 |

상징과 원형

1. 상징의 의의와 성격
2. 기호, 은유, 알레고리와의 상관관계
3. 개인적 상징과 관습적 상징
4. 원형상징(archetypal symbol)
5. 상징, 어떻게 만들 것인가

제7강

상징과 원형

1. 상징의 의의와 성격

가. 상징의 의의

한때 나는 새의 무덤이 하늘에 있는 줄 알았다
물고기의 무덤이 물 속에 있고
풀무치가 풀숲에 제 무덤을 마련하는 것처럼
하늘에도 물앵두 피는 오래된 돌우물이 있어
늙은 새들이 거기 다 깃들이는 줄 알았다
피울음 깨무는 저 저녁에 장례
운흥사 절 마당 늙은 산벚나무 두 그루
눈썹 지우는 것 바라보며 생각하느니
어떤 죄 많은 짐승 내 뒤꿈치 감옥에 숨어들어

차마 뱉어내지 못할 붉은 꽃숭어리
하늘북으로 두드리는 것일까
하르르하르르 귀 얇은 소리들이 자꾸 빠져들고
죽지 접은 나무들 얼굴을 가리는데
실뱀장어 초록별 물고 돌아드는 어스름 우물에
누가 또 두레박을 던져 넣고 있다

— 장옥관, 「하늘 우물」 전문

시인은 지금 운흥사 절 마당에 서 있다. 노을이 지고 있다. 너무 붉은 서편 하늘의 노을. 한 켠에 산벚나무 두 그루가 서 있다. 혼자 서 있기도 힘든 다 늙은 나무다. 노을이 정말 붉다. 마치 피울음이 쏟아지고 있는 듯하다. 울음이다. 정말 서러워서 우는 울음이다. 누가 죽었을까. 하늘에 사는 누군가가 죽었다. 하늘을 제 집으로 살고 있는 새가 죽은 거다. 새가 죽자 새의 무덤을 만들고 그것이 슬퍼서 하늘은 울고 있는 것이다. 하늘에 있는 무덤, 새의 무덤 그러나 무덤은 무엇인가가 덮어주어야 한다. 맨살로 다 드러내 풍화된다면 그 죽음이 얼마나 쓸쓸한 것이랴. 물고기가 물 속에서 죽은 것처럼 새도 그의 육체를 쉬게 할 안식처가 필요하다. 그렇지 "물앵두 피는 오래된 우물"이라면 좋을 거야. 그런 곳이라면 새의 울음을 편하게 잠들게도 할 수 있을 거야. 하늘에 있는 우물. 하늘 우물.

산벚나무에서 붉은 꽃숭어리가 터지려하고 있다. 하늘 우물가의 새의 죽음을 알기라도 하는 듯. 그러나 어찌 다 나 자신을 드러내며 나를 피워 올릴 수 있을 것인가. 그러기에 나는 죄 많은 짐승이다. 새의 죽음을 그 자유를 정면으로 바라보기엔 죄를 많이 지었다. 탐욕에 눈멀고 남의 가슴에 상처를 많이 내었다. 그러니 속죄의 하늘북을 두드려야 한다. 몸으로 두드리는 목탁. 법당 안으로 어둠이 스며들고 마당에도 어스름이 깔리고 있다. 소리들이 점점 살아나고 있다. 하르르하르르 어디선가 답하는 저 귀 얇은 소리들. 초록

별이 돋는다. 나무들이 제 그림자를 지우며 얼굴을 가리고 어두워지는데 어스름 하늘 우물에는 누군가 새로 태어나고 있다. 생은 죽음이 있기에 더 찬란하고, 차마 드러낼 수 없음 이후라야 그 피어남이 절실한 법.

'우물'은 그러기에 죽음의 우물이며 동시에 생의 우물이다. 그렇지만 그것은 분명 '우물'이지 다른 것은 아니다. 그러기에 이 시에서 '우물'은 '우물'임과 동시에 '우물'을 넘어선 그 무엇이다. 그 무엇. 딱 이것이라고 말할 수 없는 것. 이것이 바로 상징이다. '우물'은 비유가 아니라 상징이다.

상징(象徵, symbol)은 사물을 전달하는 매개적 작용을 하는 것을 통틀어 이르는 말이다. 상징은 '짜맞추다(put together)'라는 뜻을 가진 희랍어 동사 'symballein'에서 유래되었다. 이 말의 명사형이 symbolon인데 이는 기호, 표시, 증표(sign, mark, token)의 뜻을 가지고 있다. 증표의 'token'은 두 사람이 헤어질 때 나누어 가지는 동전의 반쪽이라는 의미를 담고 있다. 그러므로 상징은 서로 다른 둘의 결합됨으로써 독립된 하나의 의미를 나타내는 언어 양식인 셈이다. 카시러의 지적이 아니더라도 상징이야말로 인간이 다른 동물과 비교되는 고도의 정신작용이라고 할 수 있다. 카시러는 동물은 수용계통과 운동계통의 해부학적 구조로서만 살아가고 있는데 반해, 인간은 이 구조 외에 제 3의 연결물인 상징의 체계 속에서 살고 있음을 지적한 바 있다.[1)]

거리의 네온사인은 어둠 속의 빛으로서 존재할 뿐만 아니라, 일정한 사물이나 의미를 전달하는 역할을 한다. 이런 의미에서 어떤 것이 그 성질을 직접 나타내는 기호(sign)와는 달리, 상징은 그것을 매개로 하여 다른 것을 알게 하는 작용을 가진 것으로서, 인간에게만 부여된 고도의 정신작용의 하나라고 할 수 있다.

1) Cassirer, An Essay on Man, 최명관 역, 민중서관, 59면

> 상징은 원관념이 생략된 은유라고 말할 수 있다. '소녀들의 장미 동산에 있는 장미' 하면 은유이지만 시인이 단순하게 그가 취급하는 사랑의 성질을 암시하기 위하여 장미를 가리키는데 그치고 비유적인 틀을 제시하지 않는다면 그는 장미를 상징으로 바꾼 것이다. 우리는 비유적인 전이(轉移)를 강조할 때 은유라는 말을 쓴다. 예컨대, '소녀는 장미다'라고 말하면 장미의 특질이 소녀에게 전이 된다. 그러나 다른 그 어떤 대상이나 활동을 대신할 때 우리는 상징이란 말을 쓰는 것이다.[2)]

상징은 원관념이 드러나지 않는다. "풀이 눕는다/바람보다는 더 빨리 눕는다"(김수영, 「풀」)에서 '풀'이나 '바람'이 무엇을 의미하는 지는 문면에 나타나지 않는다. 그렇다고 해서 브룩스의 '상징 = 원관념이 생략된 은유'라는 정의는 문제가 없는 것은 아니다. 예를 들어 "아침에는 네 발로, 점심에는 두 발로, 저녁에는 세 발로 걷는 것"을 원관념인 '인간'이 빠졌다고 해서 상징이라고는 하지 않는다. 그러기에 상징은 이미지가 비교적 명확히 잡히는 은유와는 달리 그 경계가 명확하게는 잡히지 않는 독특한 속성을 지니고 있다고 할 수 있다.[3)]

나. 상징의 기능과 성격

상징은 어떤 사물을 이해시키는 작용을 한다. 즉 빨간 신호등은 건너가지 말라는 것을 의미하고, 초록색이나 흰 십자가는 병원이 있음을 의미한다.

또 상징은 사상이나 욕구를 가리키는 작용을 한다. '목이 마르거나 배가

---

2) C. Brooks & R. P. Warren, Understanding Poetry (Holt, Rinehart and Winston, 1960). 556면

3) 괴테는 상징체계는 현상을 관념으로, 관념을 이미지로 변형한다고 본다. 괴테가 우의(寓意)와 상징의 차이를 얘기한 만년의 결론이라는 점에서 이 글의 논지에서 상징을 '경계의 모호성'으로 얘기하는 것도 문제는 있어 보인다. 괴테는 우의든 상징이든 모든 생산은 '개별→보편→개별'으로 보았다. 이에 관해서는 Tzvetan Todorov, Theories Du Symbole, (Editions du Seuil,Paris, 1977) 참조. 여기에서는 다만 은유와의 상대적 차이로 이해를 해주면 혼동은 되지 않으리라 판단된다.

고프다'는 것을 표시하려면 그 내용을 정확하게 전달할 수 있는 언어나 몸짓을 사용함으로써 가능하다. 또한 상징은 이를 받아들인 후에 일정한 효과를 불러일으킨다. 가령 '불성실 납세자에 대한 세무조사 강화'를 알리는 포스터나 표어는 사업을 하는 사람으로 하여금 어떻게 대처하여야 할 것인지를 지시하는 기능을 하게 한다.

상징은 비유와 비슷한 점도 있지만 이와는 아주 다른 성격을 지니고 있다. 여러 가지로 얘기될 수 있겠지만 대개 동일성, 다의성, 암시성, 문맥성 등의 성격을 지니고 있다.

바퀴는 정직하다
어느 바퀴살 하나 꾀부리지 않고
있는 힘 다해 제 길을 간다
진창이 있어도
목 노리는 칼날이 있어도
두려워 않고 간다

굴러가는 바퀴를 보고 있으면
주춤거린 나의 세월도
용서된다
바퀴처럼 향할 용기가 아직은
남아 있기 때문이다

— 맹문재, 「바퀴」 전문

이 작품에서 '바퀴'는 '바퀴'로 존재한다. 밀어주는 힘으로 바닥에 무엇이 있어도 그것은 돌고 돌아간다. 진창이어도 칼날이 있어도 두려워하지 않는다. 시인은 그러나 "굴러가는 바퀴를 보고 있으면/주춤거린 나의 세월도/용서된다"라고 말한다. '용기'가 남았기 때문이다. 바퀴는 그러므로 일차적으로 '용기'를 상징한다. 용기와 동질의 것이 된다. 다시 말해 상징이 갖는 일차적 성격은 동일성인 셈이다. 따로 유리되지 않는 밀착성을 가진다. 물론 '용기'만이 아니다. '용기'와 동일한 성격을 갖는 '정직성'이나 '진정성'도 내포하고 있다. 돌고 돌아 원점으로 돌아가는 원(圓)의 구체적인 모습이 되기도 한다. 가장 철학적이고 가장 완전한 것을 의미하는 것으로 해석된다.(원형상징 참조) 시인은 단지 그 중 대표적인 하나만을 얘기했을 뿐이다.

혁명은 새로운 생명의 탄생을 돕는
의사와 같은 것이다
혁명은
핀셋이 필요하지 않을 때는
그것을 사용하지 않는다
그러나
노동자들이 핀셋을 요구할 때는
망설임 없이 사용한다

— 체 게바라, 「핀셋」

체 게바라의 시 「핀셋」도 상징성을 지니고 있다. 그것은 핀셋이 가지고 있는 성질과 동질의 것이다. 딱 필요한 부위만을 골라내는 엄격성일 것이다. 동일성의 성격만을 보자면 상징은 치환 은유와 비슷하다. 그러나 치환은유가 1 : 1의 관계인 반면, 상징은 다의성(多義性)을 가진다.

50년을 쌓아올린 공든 탑이다 올해 들어 겨우 준공식을 치른 탑이다 겉모습만 간신히 치장을 올린 탑이다 탑 쌓는 동안 얼마나 많은 사람 문드러졌나 얼마나 많은

생명 찌그러졌나 그따위 것 묻지 않는다 한가하게 되묻지 않는다

바람이 탑 주위를 맴돌고 있다 바람이 살랑살랑 꼬리를 치고 있다 資本, 資本의 바람, 지구화니 세계화니…… 운운하며 바람이 제 몸 발가벗고 있다 발가벗고 탑의 아랫도리 감싸고 있다 그렇다 바람에겐 國境이 없다

마침내 엉덩이 흔들며 몸 맡기는 탑, 흐물흐물 녹아 내리는 탑, 녹아 함부로 바람이 되는 탑, 너무 늦었어요 탑의 시대는 끝났어요, 하며 탑이 턱, 맥 놓고 있다 한 점 깃털로 흩날리고 있다 아무런 반성도 회한도 없이.

— 이은봉, 「탑 - 國家」 전문

이 작품에서 '탑'은 상징으로 쓰이고 있다. 부제에서 볼 수 있듯 탑은 일차적으로 '國家'로 읽혀진다. 그렇지만 보다 복잡한 속뜻을 담고 있다. "녹아 함부로 바람이 되는 탑, 너무 늦었어요 탑의 시대는 끝났어요,"에서 보듯 '어떤 이념이나 정신'으로도 읽힌다. 탑이 상징성을 가짐으로써 그것을 에워싸고 있는 '바람' 역시 상징성을 내포하고 있는데 시인은 이 둘의 상징어를 효과적으로 배치하고 있다. 1연에서는 탑, 2연에서는 바람의 실체를 각각 그려낸 반면, 3연에서는 이 두 개의 대상이 3연에서 상징성을 띨 수 있도록 효과적인 배치를 하고 있다. 이로 인해 두 실체가 단순한 존재의 의미를 넘어서 다의적인 해석이 가능하다. 다의적으로 해석되는 것은 시의 무늬를 다양하게 그려줌으로써 깊이 있는 시가 되게 한다.

꽃에도 배꼽이 있는가.

흔적 없이 죽음을 수납하는 꽃들에게는
배꼽이 자란다.

— 노향림, 「배꼽」 1, 2연

이 시에서 '배꼽' 역시 다의성을 지니고 있다. 아마 '배꼽'은 생명의 성소, 혹은 고향, 本來面目 등을 상징하고 있다고 판단된다. 그러나 다음의 시를 보면 핵심어로 등장하는 단어의 상징성이 잘 드러나지 않고 있다.

공중벼랑을 소리 없이 기어오른다
가냘픈 나무 줄기는
캄캄한 지하 계단을 올라와 지표를 뚫은
더듬거리는 열정으로
지상에서 소용돌이치는 흙바람을
천천히 몸 안에 감아들였다
그리고 나무 안의
파도치는 길을 밟아 걸어나온 꽃이
자신의 얼굴을 조금씩 바깥으로 내밀고
바깥이 어릿어릿 꽃을 향해 휘어진다
꽃 주위가 붉게 상기되고 여린 것들의
상처 속에서 두근거림이 시작된다
흙더미에 짓찧어져 파묻힌 발이
흙에 핏줄 같은 길을 내는 동안,
몸 밖 휘어진 허공을 톡톡 퉁기는
저 손가락! 시퍼렇게 허공이 떨린다
파르르 꽃의 입술이 벌어진다
그리고는 허공을 찢는 저 붉은 혀
끝에서 말이 떨어진다 말의 寺院이
위험스레 벼랑으로 올라가 있다.

— 김길나, 「말의 사원」 전문

이 작품에서 '발'이나 '흙', '손가락' '꽃'은 실제 존재하는 시적대상이라고는 볼 수 없다. 시인의 상상 속에 존재하고 있다. 시인은 그 정체를 드러내지 않고 비유와 상징을 통해 시적 대상을 그려내고 있다. 그 대상은 '말'이고 '말의 寺院'이다. 말이 뱉어내지면서 나 이외의 모든 이에게 무수한 상처를 내고 위험한 지경으로 몰아넣는 것을 우리는 흔히 목도하지 않는가. 시인은 말하자면 이러한 상황을 '발'이나 '흙', '손가락' '꽃'을 통해 유기적으로 조합하여 '붉은 혀'로 표출하고 있다. 이를테면 '가냘픈 나무 줄기'나 '캄캄한 지하계단', '소용돌이 치는 흙바람' 등 주변적 상황이 시적 대상의 암묵적인 상황을 표출하는 징표가 되고 있는 셈이다. 말이 갖는 폭력성의 실체를 주변적 상황에 담아내고 있는 셈이다. 상징은 이런 암시성을 바탕으로 비록 명확하지는 않지만 그 실체에 도달하기 위해 분위기를 창출하는데 기여한다. 아마 시인이 드러내고자한 것은 '모든 악의 근원인 말의 존재'일 것이다.

둥글고 붉은 토마토가 있다 四角의 방 안에 있다 한 사람이 옆에 있다 아버지의 안경을 쓴 그는 고개를 돌려 나를 본다 가만히 보니 애인의 얼굴이다 그의 핏발 선 두 눈이 군침을 삼키던 나를 불결한 듯 욕실로 떠다민다 입이 파랗게 허기진 나는 높다란 선반에서 꺼낸 구름으로 입 안 가득 이빨을 문질러 닦고는 돌아온다 방으로 오는 데 한나절이 걸린다 사람이 사라졌다 둥글고 붉은 토마토가 사라졌다 새하얀 사각의 캔버스만 놓여 있다 캔버스를 들여다보니 둥글고 붉은 토마토가 거기 있다 나는 캔버스 안으로 들어가 두리번거린다 둥글고 붉은 토마토 옆에 한 사람이 있다 애인의 넥타이를 맨 그는 고개를 돌려 내게 호통을 친다 가만히 보니 아버지의 얼굴이다 그의 둔탁한 목소리가 군침을 삼키던 나를 불온한 듯 캔버스 밖으로 떠다민다 나는 왼쪽 모서리에 매달려 안간힘을 쓴다 캔버스 밖은 낭떠러지다 아득한 곳에서 누군가 다가오는 소리 들린다 그는 내가 매달려 대롱거리는 캔버스를 들고 또 다른 사각의 방으로 옮긴다 몸이 심하게 흔들리자 나는 캔버스에서 떨어져 끝없이 추락한다 둥글고 붉은 토마토가 함께 굴러 떨어진다 나는 추락하면서 둥글고 붉은 토마토를 걱정한다 눈을 떠 보니 한 사람이 옆에 있다 아버지의 파이프를 입에 문 그는 고개를 돌려 나를 본다 애인의 빨갛게 익은 혀가 내 입 속으로 들어와 아침인사를 한다 비릿하고 물컹하다 그의 등 너머로 둥글고 붉은 토마토가 보인다 다시 死角의 방이다

— 이민하, 「토마토」 전문

상징은 그러나 고립적이고 독단적이지 않다. 단어 하나가 상징일 수 있지만 문장 전・후의 문맥 속에서 얼마든지 달라질 수 있다. 자율적이지 않기 때문이다. 같은 단어라 할지라도 오히려 시 전체의 문맥 속에서 어떻게 놓이느냐에 따라 완전히 다른 의미를 가질 수 있다. 인용 작품에서 '토마토'는 비유의 개념으로 보기 힘들다. 왜냐하면 '토마토'는 시 전체의 분위기를 이끌고 있기 때문이다. 토마토는 시의 문맥을 따라 "둥글고 붉은 토마토가 있다 → 둥글고 붉은 토마토가 사라졌다 → 캔버스를 들여다보니 둥글고 붉은 토마토가 거기 있다 →둥글고 붉은 토마토 옆에 한 사람이 있다 → 둥글고 붉은 토마토가 함께 굴러 떨어진다 → 나는 추락하면서 둥글고 붉은 토마토를 걱정한다 → 그의 등 너머로 둥글고 붉은 토마토가 보인다"로 전개되고 있다. 요컨대 토마토는 정물로서 가만히 있는 존재가 아니고 시인의 자의식을 따라 변화되고 있는 존재다. 시인의 의식이 불안할수록 토마토의 불안도 이와 겹쳐지면서 시의 호흡을 급박하게 이끌어간다. 시인은 그것이 '빨갛게 익은 혀'이고 '비릿하고 물컹'한 존재로서의 불온한 유혹임을 드러냄으로써 '토마토'가 갖는 독특한 속성과 연결을 시도하고 있다.

상징은 살핀 바와 같이 동일성, 다의성, 암시성, 문맥성 등의 성격을 지닌다. 상징이 비유보다는 더 고도의 방법이라는 것은 벌써 비유의 체계를 넘어서서 시적대상과의 한 몸을 전제로 시도되기 때문이다. 살아 있는 비유를 찾아 쓰는 것도 중요하지만 상징도 죽은 상징보다는 생생하게 다가오는 상징을 쓰도록 노력해야한다. 이를 위하여서는 비유도 그렇지만 상징 역시 시적

상상력을 최대한 확대시키는 것이 무엇보다 중요하다.

2. 기호, 은유, 알레고리와의 상관관계

기호와 상징, 은유와 상징, 알레고리와 상징은 혼동되는 경우가 종종 있다. 시를 창작할 때 구태여 이것이다 저것이다 구분하여 쓸 필요는 없지만 그 속성의 차이점을 알아보는 것은 필요하다.

가. 기호와 상징

기호가 현상을 나타내는데 반해 상징은 본질을 나타낸다. 기호는 난해성을 가지지만 상징은 모호성을 가진다. 기호는 독자와 작자의 의사소통임에 반해 상징은 독자와 상징과의 의사소통이다. 기호는 물질적 존재를 구체적으로 이해하는 과정이지만 상징은 가능적 가치의 추상적 이해 과정이다. 기호는 관습적 상상력에 바탕을 두지만 상징은 상징적 상상력에 기초한다.

나. 비유와 상징

비유는 원관념과 보조관념이 문면에 나타나 분리되어 있지만 상징은 원관념이 생략되어 있다. 비유 중 병치은유를 제외한 비유는 원관념과 보조관념이 유사관계에 기초하는 경우가 대부분이지만 상징은 엉뚱한 이질관계인 경우가 많다. 그러므로 비유가 비교·유추적인 경우가 많으나, 상징은 암시적인 경우가 많다. 비유는 원관념과 보조관념이 1 : 1의 관계를 가지고 있으나 상징은 여러 가지 뜻을 동시에 함의하고 있어 다의적이다.

다. 알레고리와 상징

알레고리(allegory)는 '다른 것을 말함'이란 뜻을 가지고 있으며, 풍유(諷喩) 또는 우유(寓喩)로 번역되기도 한다.

> 알레고리는 〈확장된 비유〉라고 우선 정의할 수 있는데 그것은 표면적으로는 인물과 행위와 배경 등 통상적인 이야기의 요소들을 다 갖추고 있는 이야기인 동시에, 그 이야기의 배후에 정신적, 도덕적, 또는 역사적 의미가 전개되는 뚜렷한 이중구조를 가진 작품이기 때문이다. 짧게 말하면, 구체적인 심상의 전개와 동시에 추상적 의미의 층이 그 배후에 동반되는 것이 의식되도록 되어진 작품이 알레고리인 것이다.[4)]

쉽게 말해 알레고리는 작품 이면에 이야기를 숨기고 있는 것이 된다. 숨긴다라고 해서 차원이 높다고는 말할 수 없다. 그것은 작품 밖의 비문학적 의미가 명백하게 작품에 간섭하기 때문이다. 원관념과 보조관념이 비유와 마찬가지로 1 : 1의 관계를 가질 수밖에 없다. 단순성의 문학이다. 그런 의미에서 알레고리는 과치적(寡値的) 사고의 산물이지만, 상징은 다치적(多値的) 사고의 산물인 셈이다. 알레고리는 통상적으로 산문성, 연속성, 설화성을 가지는 경우가 많으나, 상징은 비산문성을 가진다. 알레고리는 보편에서 특수한 관념을 찾으려하나, 상징은 특수에서 보편관념을 추출하려는 점에서 차이가 난다.

단테의 『신곡』, 번연의 『천로역정』, 『이솝우화』, 오웰의 『동물 농장』, 김만중의 『구운몽』 등이 알레고리의 대표적 작품이라 할 만하다.

---

4) 이상섭, 『문예비평용어사전』, 민음사. 1976. 193면

단테의 『신곡(神曲)』은 1321년에 발표된 장편 서사시다.[5] 그 줄거리는 이렇다. 단테가 33살 되던 해의 성(聖)금요일 전날 밤 길을 잃고 어두운 숲속을 헤매며 번민의 하룻밤을 보낸 뒤, 빛이 비치는 언덕 위로 다가가려 했으나 3마리의 야수가 길을 가로막으므로 올라갈 수가 없었다. 그때 베르길리우스가 나타나 그를 구해주고 길을 인도한다. 그는 먼저 단테를 지옥으로, 다음에는 연옥의 산(山)으로 안내하고는 꼭대기에서 단테와 작별하고 베아트리체에게 그의 앞길을 맡긴다. 베아트리체에게 인도된 단테는 지고천(至高天)에까지 이르고, 그곳에서 한순간 신(神)의 모습을 우러러보게 된다는 것이 전체의 줄거리이다.

단테의 상상 속에서 나온 우의적 여행담은 실제에 있어서는 구체적인 생활체험에서 얻은 진실을 의식적으로 표현한 것에 불과하다. 조잡한 생활, 이성과 덕이 결핍된 생활을 상징하는 '어두운 숲'은 '3마리의 야수'에 의해 지배되고 있는데, 이들 야수는 원죄에 유래하는 3가지 아집, 곧 색욕, 교만, 탐욕의 상징이다. 그러나 베르길리우스에 인도된 단테는 이 숲을 벗어나 지선(至善)의 지상낙원에 이른다. 『신곡』은 결국 파란만장한 인생체험을 통한 영혼의 이니시에이션(initiation) 과정을 나타낸 것이라 볼 수 있다.

성경에도 알레고리가 많이 등장하는데 특히 요한 계시록은 상황적 알레고리의 연속이라고 볼 수 있다. 알레고리 중 숫자와 관련된 것이 많은 데 여기에는 마땅한 이유가 있다.

---

5) 1307년경부터 쓰기 시작하여 몰년(歿年)인 1321년에 완성하였다. 〈지옥편(地獄篇)〉 〈연옥편(煉獄篇)〉 〈천국편(天國篇)〉의 3부로 이루어졌고, 각편 33가(歌), 각행 11음절(音節), 3운구법(韻句法)을 취했으며, 서가(序歌)를 합하면 100가에 총행수 1만 4233행에 이른다. 제명(題名)을 중세의 관용(慣用)에 따라 희곡(喜曲)이라 붙인 것은 비참한 인상을 주는 것은 〈지옥편〉뿐으로, 나머지 〈연옥편〉 〈천국편〉에는 쾌적하고 즐거운 내용을 다루고 있기 때문이다. 표면에 나타난 주제는 사후(死後)의 세계를 중심으로 한 단테의 여행담(旅行談)이다.

네 본 것은 내 오른 손에 일곱 별의 비밀과 일곱 금촛대라 일곱 별은 일곱 교회의 사자요 일곱 촛대는 일곱 교회니라

— 요한계시록 1: 20

크고 높은 성곽이 있고 열두 문이 있는데 문에 열두 천사가 있고 그 문들 위에 이름을 썼으니 이스라엘 자손 열두 지파의 이름들이라

— 요한계시록 21: 12

동편에 세 문, 북편에 세 문, 남편에 세 문, 서편에 세 문이니

— 요한계시록 21: 13

그 성곽을 척량하매 일백사십사 규빗이니 사람의 척량 곧 천사의 척량이라

— 요한계시록 21: 17

성경 속에는 7이란 숫자가 많이 등장한다. 창세기 1장에는 천지창조 역시 7일 만에 완성되는 것으로 기록되어 있다. 이 7은 그런데 첫날의 빛과 어둠(낮과 밤), 둘째 날의 하늘, 셋째 날의 땅과 바다, 채소와 나무, 넷째 날의 해와 별, 사시와 일자와 연한의 자연계 창조와 다섯째 날의 생물과 새, 여섯째 날의 육축과 기는 것과 땅의 짐승, 남자와 여자 일곱째 날의 안식일 등 생물계 창조로 크게 나누어진다. 7은 다시 말해 4와 3의 조합이고 이는 곱하여져 12라는 수를 만들어내고 있다. 열두 제자, 열두 달 등은 이와 관련된 수이다. 천국문이 네 방향에 각 3개의 문으로 열두 개인 것 또한 이와 무관하지 않다. 일백사십사 규빗은 12의 곱에서 도출됐음직하다. 그렇다면 7은 무슨 수인가. 적어도 기독교에서는 완전수에 해당된다고 볼 수 있지 않을까.

중국에서 七은 남과 여의 교합 수로 본다. 우리의 경우도 7이란 수가 평정의 수로 해석되기도 한다. 그런데 여기에 하나를 더한 8이란 수는 주술성을 가진 수[6]로 이해되고, 12에 1을 더한 13은 불길한 징후를 나타내는 수로 여

6) 우리에게 있어 4와 4의 배수는 주술적 의미를 가지고 있는 경우가 많다. 四를 死와 동일시하여 四라는 수를 층이나 호수에서 기피하고 있는 것은 여기서 연유하고 있다. 4의 배수인 8이란 숫자는 '八鈴神'설화나 묘청이 궁에 지었다는 팔각정, 무당의 방울 갯수 등을 통해서도 확인되거

기기도 한다. 물론 이것은 예수 최후의 만찬과 관련된 '13일의 금요일'과 관련되지만, 이상의 시 「오감도」의 '13인의 아해' 역시 당시 행정구역(13개 道)을 대변하여 일제강점기의 우리 민족을 의미한다고 볼 수도 있는 것이다.

알레고리로 시를 쓰는 방법은 어떻게 하는 것이 바람직한 것일까. 다음의 작품을 보기로 하자.

> 시를 쓰되 좀스럽게 쓰지말고 똑 이렇게 쓰랏다.
> 내 어쩌다 붓끝이 험한 죄로 칠전에 끌려가
> 볼기를 맞은지도 하도 오래라 삭신이 근질근질
> 방정맞은 조동아리 손목댕이 오물오물 수물수물
> 뭐든 자꾸 쓰고 싶어 견딜 수가 없으니, 에라 모르겠다.
> 볼기가 확확 불이나게 맞을 때는 맞더라도
> 내 별별 이상한 도둑 이야길 하나 쓰겄다.
> 옛날도 먼 옛날 상달 초사훗날 백두산 아래 나라 선 뒷날
> 배꼽으로 보고 똥구멍으로 듣던 중엔 으뜸
> 아동방(我東方)이 바야흐로 단군 이래 으뜸
> 으뜸가는 태평 태평 태평성대라.
> 그 무슨 가난이 있겠느냐 도둑이 있겠느냐
> 포식한 농민은 배터져 죽는 게 일쑤오
> 비단옷 신물나서 사시장철 벗고사니
> 고재봉 제 비록 도둑이라곤 하나
> 공자님 당년에도 도척이 있고
> 부정부패 가렴주구 처처에 그득하나
> 요순시절에도 사흉은 있었으니

니와 주술적인 수라고 할 수 있다. 이 주술성을 제거하기 위해 방울 하나를 제거하여 일곱이 되도록 하는 것은 벽사진경(辟邪進慶)의 흥미로운 퇴치법이라고 판단된다.

아마도 현군양상(賢君良相)인들 세 살 버릇 도벽(盜癖)이야
여든까지 차마 어찌할 수 있겠느냐
서울이라 장안 한복판에 다섯 도둑이 모여 살았겄다.
남녘은 똥덩어리 둥둥
구정물 한강가에 동빙고동 우뚝
북녘은 털빠진 닭똥구멍 민둥
벗은 산 만장아래 성북동 수유동 뾰죽
남북간에 오종종종종 판잣집 다닥다닥
게딱지 다닥 코딱지 다닥 그 위에 불쑥
장충동 약수동 솟을 대문 제멋대로 와장창
저 솟고 싶은 대로 솟구쳐 올라 삐까번쩍
으리으리 꽃궁궐에 밤낮으로 풍악이 질펀 떡치는 소리 쿵떡

— 김지하, 「五賊」 부분

이 시는 1970년 5월 『사상계』를 통해 '담시(譚詩)'라는 독창적인 이름으로 발표, 파문과 물의를 일으킨 작품이다. 담시란, 단형 서정시보다 길고 단편소설보다는 짧은 길이 속에 당대의 정치적 문제를 기습적으로 전달하는 '이야기 시'의 독특한 장르이다. 이 작품에서 '오적(五賊)'인 재벌, 국회의원, 고급공무원, 장성, 장차관은 일제 치하의 수혜 특권층이다. 이 '오적'을 통해 시인은 자율적이고 근대화된 질서를 이 땅에 정착시키기 위해서는 무엇보다 먼저 일제 잔재의 완전한 청산과 이를 바탕으로 새로운 이념의 구현을 희원하고 있다고 보아야 할 것이다.

대개 알레고리는 명백한 문학 외적 의미가 내용을 제약하기 때문에 획일화되기가 쉽다. 민중시가 몇 편을 읽다보면 내용의 단순성에 빠지게 되는 이유이기도 하다. 이것이 단점이라면 이를 효율적으로 극복하려는 노력이 좋

은 알레고리 시를 창작하는 지름길이란 것을 우리는 유념할 필요가 있다. 다소 시니컬하면서도 풍자적인 수법으로 그리는 방법이 이를 타개하는 좋은 수법이 될 수 있음에 주목하자.

3. 개인적 상징과 관습적 상징

상징은 휠라이트(P. Wheelwright)에 의하면 약속상징(steno symbol)과 긴장상징(tensive symbol)으로 나누어진다. 휠러(P. Wheeler)는 언어적 상징과 문학적 상징, 랭거(S.K. Langer)는 추리적 상징과 비추리적 상징으로 나누고 있다. 이 상징들 가운데 시 창작을 포함한 문학 작품에서의 상징은 논리적 문장에서 사용되는 추리적 상징과 모든 언어를 대상으로 삼는 언어적 상징, 기호들의 집합체인 약속상징은 제외된다. 문학의 상징은 그러므로 긴장상징, 문학적 상징, 비추리적 상징이라고 할 수 있는데 휠라이트(P. Wheelwright)나 에이브럼즈(M. H. Abrams)에 의하면 사적 혹은 개인적 상징(personal symbol), 관습적 또는 대중적 상징(public symbol), 원형적 상징(archetypal symbol)으로 나누어진다.[7] 여기에서는 사적 혹은 개인적 상징(personal symbol), 관습적 또는 대중적 상징(public symbol)을 먼저 살피고 원형적 상징(archetypal symbol)은 절을 달리하여 보다 자세히 살피도록 하겠다.

가. 사적 혹은 개인적 상징(personal symbol)

오, 장미여, 그대는 병 들었구나

황량한 폭풍우 속과

7) P. Wheelwright, Metaphor and Reality(Indiana University Press,1973) 94~100면,
M. H Abrams, A Glossary of Literary Terms (Holt, Rinehart and Winston Inc., 1971) 168~169면

어둠 속을 날으던
보이지 않는 벌레가
진홍빛 기쁨을 주는
그대 침상을 찾아내어
어둡고 비밀스런 그의 사랑으로
그대의 삶을 파괴했구나.

O, Rose, thou art sick
The invisible worm
That files in the night
In the howling storm
Has found out thy bed
Of crimson joy:
And his dark secret love
Does thy life destroy.

에이브럼즈(M.H. Abrams)는 블레이크의 「병든 장미」를 예로 들며 여기에서의 장미는 그냥 한 송이의 장미라고 말한다. 그러면서도 그것은 또한 한 송이 장미 이상이라고 말한다. '침상', '기쁨', '사랑'과 같은 단어들은 글자 그대로의 의미로는 실제 꽃과 어울리지 않을 뿐 아니라, 악의 냄새를 풍기는 듯한 어조와 강렬한 감흥 등은 독자로 하여금 묘사된 대상이 그 이상 무엇이라는 암시를 하면서도 특정의 지시물을 갖지 않음으로써 상징이라고 느끼게 한다고 지적한다. 그렇지만 블레이크의 장미는 단테의 「천국편」의 마지막 편에 나오는 상징적 장미나 기타 기독교 시에 나오는 장미와 같이 관습적으로 널리 알려진 종교적 상징에 속하지 않는 개인적 상징이라고 얘기한다.[8)]

8) M. H Abrams, A Glossary of Literary Terms (Holt, Rinehart and Winston Inc, 1971)

김춘수는 「처용단장(處容斷章)」의 시편에서 '바다'라는 이미지를 즐겨 썼으며, 강우식은 「꽃」 연작의 사행시에서 '초록'이미지를 즐겨 썼다. 다른 시인들과 다르게 한 시인에게만 집중적으로 드러나는 이러한 이미지들은 대개 개인적 상징과 관련된다. 김춘수가 "바다는 病이고 죽음이기도 하지만, 바다는 또한 회복이고 부활"이며 "幼年이고", "무덤이다"[9]라고 술회한 내용은 개인적 상징이 얼마나 다양한 의미로 쓰이는가를 잘 보여주는 예라 할 수 있다.

나. 관습적 또는 대중적 상징(public symbol)

개인적 상징이 개인의 특수한 상황과 깊은 관련을 맺고 있다면 관습 또는 대중적 상징은 사회와 밀접한 관련을 맺는다. 역사적인 일로부터 자잘한 일상에 이르기까지 우리는 타인과의 교섭 속에서 하루하루를 살아가고 있다. 그러기에 나보다는 우리가 공유하는 문화적 코드를 가질 수밖에 없는데 이때 사용하는 상징은 보편적 상징이다.

> 그런 생각을 했던 그날, 소요스님이 잠깐 밖에 나왔다가 돌아오면 서산대사는 땟물과 콧물이 묻은 조그마한 책을 보다가는 곧 안주머니 속에 도로 넣곤 했지요. 그것도 한두 번이 아니라 하루에도 몇 번씩이나 되풀이하니 소요스님은 잔뜩 의심이 생겨 떠나지를 못하고, 하루 저녁에는 모시고 자다가 서산대사께서 잠든 틈을 이용해 몰래 그 작은 책을 보려고 하니, 어느 사이 화들짝 놀라며 깨어나서 그 책을 더욱 소중히 감추었답니다. 그 다음날 소요스님은 떠날 준비를 하고 하직 인사를 가니, 서산대사는 그토록 소중히 간직했던 그 책을 던지며 "이 사람아 가려거든 이 책이

권택영, 최동호 평역, 『문학비평 용어사전』, 새문사. 1985. 132면 재록. 에이브럼즈는 블레이크의 시에 관한 해석은 시워드(Barbara Seward)의 글(「The symbolic Rose」, 1961)을 인용하여 설명하고 있다.

9) 김춘수, 「내가 가장 사랑하는 한마디 말」, 『문학사상』, 1976. 6.

나 가지고 가게." 했는데, 소요 스님은 한참 걷다가 어느 나무 그늘에 앉아 호기심이 가득 찬 눈으로 그 책을 살며시 펴보니 다음과 같은 선시 한 수가 있었지요.

> 가소롭다 소를 탄 자여 소를 타고 다시 소를 찾는구나
> 장래 그늘 없는 나무 밑에 앉으면 수중의 거품이 모두 소멸하리라
>
> — 조오현, 「절간 이야기 23」 부분

이 시에 나오는 선시의 '소'는 불가에서 말하는 심우도와 관련이 있다. 소이되 소 너머의 무엇인 셈이다. 소는 도가에서는 유유자적, 유가에서는 의(義)를 상징하지만, 불가에서는 '인간의 본래 자리'를 의미한다. 대부분의 법당 벽화에 '심우도'가 그려져 있고, 불경 곳곳에 소를 비유한 상징들이 들어 있다. '심우도'는 동자와 소를 등장시켜 참선수행을 통한 깨달음의 과정을 묘사한 그림으로 이때 소는 인간의 진면목인 불성(佛性)을 의미한다. 수행단계를 10단계로 나누어 표현하기 때문에 '십우도(十牛圖)'라고도 한다. "가소롭다 소를 탄 자여 소를 타고 다시 소를 찾는구나"라는 대목은 득우(得牛)와 목우(牧牛)의 단계를 지나 기우귀가(騎牛歸家)하고 있으나, 번뇌와 망상이 완전히 없어지지 않으므로 더욱더 열심히 수행전진 해야 함에도 오히려 과욕을 부리는 인간 욕망을 질타하고 있는 것이라 볼 수 있다. 서산대사는 아마도 소요스님이 버리지 못하고 있는 호기심과 욕망을 입적하기 전까지도 경계하고 있는 것이리라.

반면에 십자가는 골고다의 언덕에서 처형된 예수가 못 박힌 십자가, 예수의 자기희생적 사랑, 나아가서는 신의 구제를 상징한다. 윤동주의 「십자가(十字架)」라는 시에 나타나는 십자가는 시인의 속죄 의식의 상징물인 셈이다. 마찬가지 의미에서 불상(佛像)은 눈에 보이지 않는 불법(佛法)의 상징이다. 그렇지만 이 상징체, '십자가'나 '불상'은 기독교인이든 불교신자든 설사 무종교이든 상관없이 이미 문화생활 한 부분이 되어 있다. 성지나 사찰을 우

리가 둘러본다고 해서 그것이 우리 사고를 제약하거나, 문제가 되는 것은 아니다.

이와 같이 종교적 상징은 직접적으로는 파악할 수 없고, 그대로 두면 숨겨진 채로 있는 성스러운 것을 암시함으로써 우리에게 인간 존재의 유한과 영원성에 대한을 불러일으키는 작용을 한다. 이러한 상징은 멋대로 만들어지는 것이 아니고, 집단에 의해 무의식적으로 이루어져 집단의 각 구성원에게 공통의 반응을 불러일으킴으로써 사회를 통합하는 역할을 한다. '십자가'나 '불상'이 종교적이면서 단순히 종교에 그치지 않고 관습적 혹은 대중적인 것과 연계되는 중요한 이유이기도 하다. 이 종교적 상징들은 사회의 변동이나 긴장이 생겼을 때, 파괴에 대항하여 사회의 패턴을 유지하는 역할을 하는 동시에, 욕구불만을 보다 올바른 목표로 돌려 긴장을 해소하는 역할을 한다고 볼 수 있다.

4. 원형상징

원형은 문학을 통해서 매우 자주 반복해서 나타나, 이 결과 전체로서의 문학경험의 한 요소로서 인정될 수 있는 상징[10]을 말한다. 역사나 문학, 종교, 풍습 등에서 수없이 되풀이된 모티프나 테마다.[11] 모티프는 작중인물의 행위를 유발하는 원인인 동기와는 다른 개념이다. 모티프는 대개 화소(話素)로 번역되는데 이것은 잊혀지지 않는 이야기의 알맹이를 가르킨다.

원형상징은 알아두면 상징으로의 시 창작에 적지 않는 도움을 준다. 휠라이트와 귀에린과 프라이의 원형상징 이론이 대표적이다.

가. 휠라이트의 반복적 상징

10) N. Frye, Anatomy of Criticism, 임철규 역, 한길사, 1987, 509면.

11) 김준오, 『시론(詩論)』, 삼지원, 1997. 2. 215면.

휠라이트는 상하, 피, 빛, 말, 물, 원(수레바퀴) 등의 계속적이고 반복적인 상징들에 대해 얘기한다.

● 상하(上下)의 원형

상(上)의 관념과 결합되는 이미지들— 비상하는 매, 공중으로 쏘는 화살, 별, 산, 돌기둥, 자라는 나무, 높은 탑— 성취의 희망을 의미, 선(善)을 의미.

하(下)의 관념과 결합되는 이미지들— 지옥, 심연— 무질서와 공허,

● 피의 원형

선과 악의 두 요소로 구성.

긍정적인 면— 생을 함축, 마술의 붉은 색, 힘의 상징, 여성의 월경과 관련되어, 탄생을 암시.

부정적인 면— 사회학적으로는 불길한 의미와 결합. 처녀성의 상실, 금기(taboo), 죽음의 상징.

● 빛의 원형

은유적 단계— 가시성(visibility)을 나타낸다. 사물을 명료하게 인지하게 하며, 지적 공간화(configuration)를 상징한다.

신화적 단계— 빛과 열의 혼융 단계. 빛은 지적 명료성의 상징이면서 동시에 불의 은유적 내포.

불의 특성 환기 단계— 불(공포의 대상 : 威容, 집중, 연소의 이미지)과 불의 규제된 유형 '불꽃', 지나친 빛과 장님의 관계— 빛과 암흑은 상호보족적 관계이며 이 둘은 전체 세계를 형성.

신성(divinity) 단계— 빛은 바로 '신성'의 상징. 신.

● 말의 원형

원시시대 성스러운 명령은 물질적 소요나 혼돈 속에서 상징의 세계를 발견. 거센 바람소리, 포효 등이 그것이며, 원시인들은 바람소리를 모방. '천둥소리'는 성스러운 부름의 청각적 표현.

● 물의 원형

정화(淨化)한다는 특성과 생명을 유지시킨다는 특성이 결합. '순수'와 '새 생명'을 상징(例세 례의식)

● 원의 원형

가장 철학적이고 완벽한 형태. 수레바퀴(輪)는 원의 구체화. 수레바퀴의 살은 태양의 살을 표상. 부정적인 면에서 수레바퀴는 서양에서는 '운명의 장난', 동양에서는 '윤회'를 상징하며 긍정적인 면에서 힌두교의 달마(Dharma), 곧 신성의 법칙이며, 불교의 법(例연 꽃— 순수고요의 세계, 이때 수레바퀴는 그 축에 연꽃을 가진 것으로 상상되며, 연꽃은 때때로 빛을 투사한다)

나. 귀에린의 모티프

귀에린은 우주, 자연, 인간이 어떻게 세계에 존재하게 되었는가를 중심으로 話素를 창조의 원리, 영원 불멸의 원리, 영웅의 원리 등 세 가지 원리로 제시한다.[12] 창조의 원리는 모든 원형적 모티프 가운데 가장 기본적인 것으로, 모든 신화의 모태가 된다. 우주, 자연, 인간이 어떻게 존재하게 되었는가에 대한 물음과 답변을 내포한다. 영원불멸의 원리는 인간 스스로 자연의 영원한 순환의 광활하고 신비로운 리듬에 종속됨으로써 일종의 영원성을 이룬다는 것이다. 영웅의 원리가 있는데 이것은 변형과 구출의 원형으로 탐색(quest), 통과제의(initiation), 속죄양(scapegoat)의 원형적 주제로 나누어진다. 탐색은 영웅의 오랜 여행을 뜻하며, 통과제의는 고립→변형→회귀의 세 단계로 구성된다. 속죄양은 영웅이 국민의 죄를 속죄하고 반드시 희생되어야 한다는 것이다. 이와 같은 원리에 의해 표출되는 이미지와 상징적 의미를

12) Guerin, W.L. etc. "mythological and archetypal approaches", A Handbook of Critical Approaches to Literature (Harper & Row, Publishers, 1966)

살펴보기로 하자.

● 물— 창조의 신비, 탄생— 죽음— 부활, 정화와 구원, 비옥과 성장, 무의식.

① 바다— 모든 생명의 어머니, 정신적 신비, 무한, 죽음과 재생, 무시간성과 영원, 무의식.

② 강물— 죽음과 재생(세례주의), 시간이 영원으로 흘러들어감, 생의 원환과 전환적 국면, 신성의 육화

● 태양— 물과 하늘의 밀착으로 창조력, 자연의 법칙, 의식(사고, 계몽, 지혜, 정신적 비견), 아버지의 원리(달과 지구는 어머니의 원리), 시간과 인생의 경과.

① 떠오르는 태양— 탄생, 창조, 계몽.

② 지는 태양— 죽음.

● 빛깔

① 흑색— 혼돈, 신비, 미지, 죽음, 악, 우울, 무의식.

② 적색— 피, 희생, 격렬한 격정, 무질서.

③ 초록— 성장, 감각, 희망.

● 원— 전체성(wholeness), 동일성, 무한으로서의 신, 원시적 형식의 삶, 의식과 무의식의 결합, 중국 철학예술의 음양의 원리

① 양(陽)— 남성요소, 의지, 생, 빛, 열.

② 음(陰)— 여성요소, 무의식, 죽음, 어둠, 냉.

● 여성

① 위대한 어머니— 착한 어머니, 대지인 어머니로서 탄생, 따뜻함, 보호, 비옥, 생장, 풍요, 무의식.

② 고통스런 어머니— 마녀, 여자 요술사로서의 공포, 위험, 죽음.

③ 영혼의 친구— 공주, 미인으로서의 영감(靈感), 정신적 충만.

● 바람— 호흡의 상징으로 영감, 인식, 영혼, 정신.

- 배— 소우주, 시간과 공간을 통과하는 인류의 항해.
- 정원— 낙원, 무지(無知), 상하지 않은 미(특히 여성적 미), 비옥.
- 사막— 정신적 불모, 죽음, 허무주의, 희망결여.

다. 프라이의 순환적 상징

프라이에 의하면 순환적인 상징은 보통 네 개의 주된 양상으로 나뉘어 진다고 말한다. 즉 1년의 4계절(봄, 여름, 가을, 겨울)은 하루의 4시기(아침, 정오, 저녁, 밤), 물의 주기의 4개 측면(비, 샘, 강, 바다나 눈), 인생의 4시기(청년, 장년, 노년, 죽음) 등으로 각각 대응되고 있다는 것이다. 그리하여 그는 장르 발생 이전의 이야기 문학의 네 요소를 갖게 된다고 한다. 임철규 교수는 프라이의 이론을 다음과 같은 표로 정리해 보여준다.[13)]

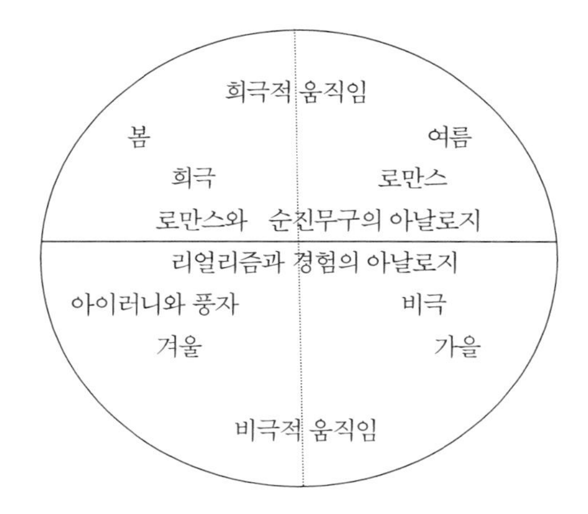

- 봄의 미토스(mythos)—희극(comedy)

새벽, 출생의 단계, 영웅의 탄생, 부활의 소생, 창조의 신화, 아버지와 어머

13) N. Frye, Anatomy of Criticism, 임철규 역, 한길사, 1987, 228면

니가 주인공. 문학적 유형으로는 기사담(romance)의 원형이며, 대체로 음송시(dithyrdnabic)와 광상시(rhapsodic)의 원형

●여름의 미토스— 로만스

결정, 결혼 혹은 승리의 단계, 신격화, 신성한 결혼, 낙원 입장의 신화. 신랑과 신부가 주인공. 문학적 유형으로는 희극(comedy)의 원형이며, 목가시(pastoral), 전원시(idyll)의 원형

●가을의 미토스— 비극

황혼, 죽음의 단계, 죽어가는 신, 사고로 인한 사망과 희생, 영웅과 고립의 신화. 배반자와 마녀가 주인공. 문학적 유형으로는 비극의 원형이며, 비가(elegy)의 원형.

●겨울의 미토스— 아이러니와 풍자

어둠, 해체의 단계, 홍수와 혼돈의 되풀이, 영웅의 패배의 신화, 신들의 몰락의 신화. 사람을 잡아먹는 귀신, 마녀가 주인공. 문학적 유형으로는 풍자의 원형.

> 우리는 똑같이 두 팔 벌려 그 애를 불렀다 걸음마를 가르치고 있었다 그 애가 풀밭을 되뚱되뚱 달려왔다 한번쯤 넘어졌다 혼자서도 잘 일어섰다 그 애 할아버지가 된 나는 그 애가 좋아하는 초콜릿을 들고 있었고 그 애 할머니가 된 나의 마누라는 그 애가 좋아하는 바나나를 들고 있었다 그 애 엄마는 아무것도 들고 있지 않았다 빈손이었다 빈 가슴이었다 사실 그는 그럴 필요가 없었다 달려온 그 애는 우리들 앞에서 조금 머뭇거리다가 초콜릿 앞에서 바나나 앞에서 조금 머뭇거리다가 제 엄마의 품으로 뛰어들었다 본시 그곳이 제자리였다 알집이었다 튼튼하게 비어 있는, 아, 둥글구나!
>
> — 정진규, 「아, 둥글구나」 전문

알은 우리의 모태다. 신화의 원형상징 체계를 빌자면 우리는 모두 알로 왔

고 알로 돌아간다. 알이 갖는 둥근 세계는 그러므로 어머니고 대지고 바다다. 아이가 뛰어드는 '엄마의 품'은 영원의 세계며 불변의 세계다. 서정시가 추구하는 동일성의 세계에서는 적어도 그렇다. 비동일성 원리를 신봉하는 세계에서는 물론 아동학대와 패륜적 범죄가 이 완전한 세계를 심각하게 위협하겠지만. 시인은 엄마의 품이 제자리고 알집이라고 말한다. 性은 욕망이 먼저가 아니고 생명성이 먼저 아니던가.

강은교의 「우리가 물이 되어」 작품 역시 물의 생성, 변화의 순환과정을 잘 보여준다. 비의 이미지는 먹는 물과 강물과 바다의 이미지를 거쳐 '넓고 깨끗한 하늘'에 이른다. 프라이의 물의 4개 측면과 연결이 되고 있다.

5. 상징, 어떻게 만들 것인가

상징은 비유와 같이 직접적이진 않지만 시를 시답게 만드는 아주 중요한 역할을 하고 있다. 상징으로 잘 씌어진 시는 독자들에게 많은 사고를 하게 한다. 시의 깊이에 관여한다는 말이다. 물론 상징은 한 작품 속에서 제 기능을 잘 발휘하도록 쓰였을 경우에 그 구실을 한다. 상징이 그 구실을 잘 하도록 쓰는 구체적인 방법은 무엇일까.

가. 동일화에서 상징은 시작된다

등불 하나가 걸어오네
바람이 무릎 꿇고 있는 모래밭
등불 하나는 내 속으로 걸어 들어와
환한 산 하나가 되었네

등불 둘이 걸어오네

바람이 무릎 꿇고 있는 모래밭
등불 둘이 내 속으로 걸어 들어와
환한 바다 하나가 되었네

모든 그림자를 쓰러뜨리고 가는 바람 한 줄기

— 강은교, 「등불과 바람」 전문

이 시의 1연과 2연은 서정시의 가장 큰 특징인 세계와 자아와의 동일화를 이루는 전형적인 기법으로 씌어지고 있다. '등불'이 '나'와 하나가 되는 '동화'의 기법이다. 등불이 실제적으로 내게로 걸어 들어올 수는 없으니 등불은 다른 의미를 지닌 상징일 수 있다. 그러나 이것을 상징으로 볼 것인가는 간단치 않다. 시적 허용으로 볼 수 있기 때문이다. 이에 반해 이 시의 다른 핵심어인 '바람'은 상징으로 읽혀지지 않는다. 동화가 아니라 묘사에 지나지 않기 때문이다. 그러나 3연에 이르러 '모든 그림자를 쓰러뜨리고 가는 바람 한 줄기'에 이르면 이 '바람'이 그냥의 '바람'이 아니란 걸 알 수 있다. '바람'이 상징의 '바람'이 되고 있기 때문이다. 아울러 '바람'과 같이 움직이던 '등불' 역시 상징으로 해석해야 보다 시인의 의도에 근접하게 된다.

이 시를 통해서 확인할 수 있듯 상징은 1차적으로 동화의 기법을 통해서 이루어질 수 있다. 그러나 그것이 시적 허용의 범주를 넘어서 상징으로 읽혀지기 위해서는 동화의 대상(혹은 동화와 같이 나타나는 대상)이 의도하는 바를 상징어에 유의하여, 동화 이후의 세계로 다시 한 번 설정하여야 한다. 예를 들자면 다음과 같은 것이라 할 수 있는데 이를 인용 작품의 3연에 놓고 읽어보면 이 단어들이 상징의 역할을 하고 있음을 알 수 있다.

— 모든 등불을 쓰러뜨리고 가는 바람 한 줄기
— 등불이 죽자 바람은 산을 업고 가 바다 한가운데 빠뜨렸네.

— 산과 바다는 길을 만들고 나는 그 길을 따라 죽음에 이르렀네
— 갑자기 모든 산과 바다를 무너뜨리던 바람
— 그 후로 바람이 사라진, 바람이 죽은, 바람의 무덤인 내 산과 바다

1
하늘에 깔아 논
바람의 여울 터에서나
속삭이듯 서걱이는
나무의 그늘에서나, 새는 노래한다.
그것이 노래인 줄도 모르면서
새는 그것이 사랑인 줄도 모르면서
두 놈이 부리를
서로의 죽지에 파묻고
따스한 체온을 나누어 가진다.

2
새는 울어
뜻을 만들지 않고,
지어서 교태로
사랑을 가식假飾하지 않는다.

3
— 포수는 한 덩이 납으로
그 순수를 겨냥하지만,

매양 쏘는 것은

피에 젖은 한 마리 상한 새에 지나지 않는다.

— 박남수, 「새」 전문

이 작품 역시 1과 2만 보자면 생물체로서의 '새'에 지나지 않는다. 그러나 3연에 이르러서는 시인이 그려내고자 하는 '새'가 그냥 하늘을 날고 있는 '새'가 아니라는 사실을 알 수 있다. 표면적 너머의 그 무엇을 함의하고 있는 '새', 상징으로서의 '새'라고 볼 수 있다. 그렇게 해석을 할 수밖에 없는 장치를 시인은 주도면밀하게 배치하고 있음을 알 수 있다. "매양 쏘는 것은/피에 젖은 한 마리 상한 새에 지나지 않는다."라는 대목이 설명적이긴 해도 반드시 필요한 이유가 여기에서 연유하고 있는 셈이다. 같은 시인 박남수의 「종소리」란 작품 역시 마찬가지다. 종소리가 "청동의 표면에서/일제히 날아가는 진폭의 새가 되어/광막한 하나의 울음이 되어/하나의 소리가 되어"에서 소리는 종소리 이상을 벗어나지 못한다. 그런데

인종(忍從)은 끝이 났는가.
청동의 벽에
〈역사〉를 가두어 놓은
칠흑의 감방에서

'인종', '〈역사〉' 등의 다소 생경하고 관념적인 어휘를 동원하여 사족과도 같은 이 구절을 2연에 삽입한 의도 역시 '종소리'를 그냥 단순한 '종소리'로 해석하지 말아달라는 시인의 의도다. 그렇다하더라도 이렇게 생경하고 관념적인 단어를 구태여 동원할 수밖에 없는가는 별개의 문제다. 구태여 그렇게 나타내지 않아도 그것이 가능하다면 좀더 자연스러운 쪽을 택하는 것이 바람직할 것이다.

나. 의도적인 반복이 상징을 만든다

조약돌을 줍다 본다 물 속이 대낮 같다
물에도 힘이 있어 돌을 굴린 탓이다
구르는 것들은 모서리가 없어 모서리
없는 것들이 나는 무섭다 이리 저리
구르는 것들이 더 무섭다 돌도 한자리
못 앉아 구를 때 깊이 잠긴다 물먹은
속이 돌보다 단단해 돌을 던지며
돌을 맞으며 사는 게 삶이다 돌을
맞아본 사람들은 안다 물을 삼킨 듯
단단해진 돌들 돌은 언제나 뒤에서
날아온다 날아라 돌아, 내 너를
힘껏 던지고야 말겠다

— 천양희, 「구르는 돌은 둥글다」 전문

이 작품에서 '돌'은 무려 10번이나 반복된다. 반복이 상징을 직접적으로 만드는 것은 아니지만 자꾸 반복됨으로써 반복되는 어휘 너머의 것을 독자들에게 의도하게 되고 그 배면의 의미가 암시적으로 기술되기만 하여도 이 반복되는 구절이나 단어는 바로 상징으로 넘어가는 효과를 얻을 수 있다. 이 작품 역시 '돌'을 반복함으로써 그런 효과를 노리고 있다. 더욱이 시인은 "구르는 것들이 더 무섭다", "물먹은 속이 돌보다 단단해", "돌을 던지며 돌을 맞으며 사는 게 삶이다"라는 시적 진술을 통해 '돌'이 시대의 돌이며 상처임을 보여준다.

슬프지 않는데도 눈물이 났다 오늘도 났고

어제도 났다 슬프지 않는데도 눈물이 났다
눈물이 날수록 세상이 흐릿하다 어제도 흐렸고
오늘도 흐리다 슬프지 않는데도 글쎄 눈물이
한밤중에도 대낮에도 슬프지 않는데도 눈물이 났다
눈물이 줄줄 났다 새는 노래하고 가로수 잎눈은
터져 오르는데 내 생은 아무렇지도 않는데
아무렇지도 않게 거리를 스쳐가는데 소리없이
눈물이 났다 슬프지 않는데도 눈물이 났다

— 김왕노, 「눈물」 전문

거울 밖 세상이 아름답지 않은 것은
거울 속 세상이 너무 아름답기 때문
거울 속 세상이 아름다운 것은
거울 속 세상이 너무 조용하기 때문
거울 속 세상이 너무 조용한 것은
거울 밖 세상이 너무 시끄럽기 때문

거울 속 세상이 있다 거울 속 세상이 있다는 것을
부정할 수 없다

거울 속 세상으로 가려면
거울을 부숴야 한다
거울 없는 나라에 가고 싶다

— 박찬일, 「거울 없는 나라」 전문

인용된 작품들에도 "눈물"과 "거울"이라는 시어가 반복적으로 나타나면서 상징성이 부여되고 있다. 어떤 뜻을 내포하고 있는지를 추론해보자. 반복과 이에 따른 시의 리듬은 상징의 암시성을 높이는데 훌륭한 역할을 수행한다. 김수영의 「풀」이나 신동집의 「오렌지」 같은 작품을 상기해보면 쉽게 수긍할 수 있다.

다. 병치적인 상황의 연속이 상징을 만든다

고래 한 마리 입 벌리고 날아다닌다
간신히 몸을 굽혀 들어간다
거울이 깨져 있다
바람이 불려나
빛이 흔들린다
어두운 어머니 환한 미소 앞에
애꾸눈 아버지 무릎 꿇고 손 들고 있다
바람이 불려나
꽃이 진다
노란 스커트 밑에 새 알이 있다
바다는 왜 철사줄을 닮았나
늙은 고래 한 마리
사막에 누워 푸른 고등어 토한다
하늘 가득 고래가 날아다닌다

— 조인선, 「토마토」 전문

이 작품은 상당히 난해하다. '토마토'를 제목으로 쓰고 있지만 '토마토'와 연관된 단어나 이미지가 거의 보이지 않기 때문이다. 시인은 일부러 '토마토'와는 전혀 이질적인 것들을 끌어오고 있다. '토마토'는 앞서 이민하의 작품에서 보았듯 '빨갛게 익은 혀'나 '비릿하고 물컹'한 존재로서의 불온한 유혹이다. 시인은 이 요소들 중 특히 '붉다'에서 연유된 듯한 '불안'한 시적 정서만을 취하고 있다. 입 벌리고 '고래 한 마리'(마지막 행에서 이 고래는 '하늘 가득' 떼로 날아다니는 이미지도 불안의 정서 극점을 의도한 것이라 판단된다), 깨져 있는 거울, 흔들리는 빛, 지는 꽃, 철사줄을 닮은 바다 등 이 파괴적이고 음험한 분위기는 시인의 불안의 심리적 상태를 반영하는 것들이다. 그리하여 '토마토'는 결국 '토마토'가 아닌 그 너머의 무엇을 암시하게 된다. 상징은 이처럼 시적 대상의 병치적 표현을 끌어옴으로써 나타나기도 한다.

라. '이야기의 알맹이'가 상징을 만든다

한 여자 돌 속에 묻혀 있었네
그 여자 사랑에 나도 돌 속에 들어갔네
어느 여름 비 많이 오고
그 여자 울면서 돌 속에서 떠나갔네
떠나가는 그 여자 해와 달이 끌어 주었네
남해금산 푸른 하늘가에 나 혼자 있네
남해금산 푸른 바닷물 속에 나 혼자 잠기네

— 이성복, 「남해금산」 전문

이 시에는 '여자'와 '돌'과 '해와 달'과 '물'의 상징이 등장한다. 단순한 사랑의 시로 이 작품을 읽으면 한 여자를 사랑하다가 여자가 떠나자 실연에 빠져 있는 한 사내의 슬픔을 그린 것이라 볼 수밖에 없다. 그러나 왜 다른 것도 아닌 '해와 달'이 끌어 주었으며 나는 왜 바닷물에 잠기는가를 생각해보면 이 시가 다른 의미로도 해석될 수 있는 여지가 있다할 것이다. 물에 빠져 죽는 얘기는 「公無渡河歌」에도 이미 나타나는 話素인 바, 이 이야기의 알갱이가 이 작품을 만드는데 기여했다고도 볼 수 있기 때문이다. '물'은 우리가 이미 살핀 바와 같이 휠라이트에 의하면 '순수'와 '새 생명'을 상징하지만 귀에린에 의하면 탄생—죽음—부활의 의미들을 내포하고 있으므로 이 물과 여자의 떠나감은 무관하지 않는 화소 성격을 이미 가지고 있는 셈이다. 원형상징의 주요한 '이야기의 알맹이'를 소재로 작품을 써보는 것도 상징을 보다 쉽게 시에 활용하는 좋은 방법이 될 것이다.

다음 작품에 나타난 상징에 대하여 생각해보자.

꽃밭 하나를 갖고 싶다.

힘이 자꾸 빠지는 흐린 봄날에는
작은 꽃밭 하나만이라도
갖고 싶은 욕망이 일어나

이리저리 벌떼들이 잉잉거리는 오후
바람이 불어와도 흔들리지 않는
작은 꽃밭 하나를 갖고 싶다.

물을 뿌리고 희망을 키우는
절망하지 않는 작은 꽃밭 하나를
흐린 봄날에는 갖고 싶다.

— 김수복, 「꽃밭」 전문

새떼가 오가는 철이라고 쓴다. 새떼 하나는 날아오고 새떼 하나는 날아간다고,
거기가 공중이다, 라고 쓴다.

두 새떼가 마주보고 날아서, 곧장 맞부닥뜨려서, 부리를, 이마를, 가슴뼈를, 죽지를 부딪친다고 쓴다.

맞부딪친 새들끼리 관통해서, 새가 새에게 뚫린다고 쓴다.

새떼는 새떼끼리 관통한다고 쓴다. 이미 뚫고 나갔다고, 날아가는 새떼끼리는 서로 돌아다본다고 쓴다.

새도 새떼도 고스란하다고, 구멍 난 새 한 마리 없고, 살점 하나, 잔뼈 한 조각, 날개깃 한 개, 떨어지지 않았다고 쓴다.

공중에서는 새의 몸이 빈다고, 새떼도 큰 몸이 빈다고, 빈 몸들끼리 뚫렸다고, 그러므로 공중이다, 라고 쓴다.

— 위선환, 「새떼를 베끼다」 전문

| 제8강 |

인유와 패러디

1. 인유와 패러디의 정의
2. 인유의 필요성과 실례
3. 패러디의 실례
4. 패스티쉬와 메타시
5. 인유와 패러디, 메타시의 효과적 활용법

제8강

인유와 패러디

1. 인유와 패러디의 정의

가. 인유(引喩, Allusion)

슬픔도 얻어 재산이 된다면
영월행 기차에 몸을 싣겠네.
청량리에서 원주, 제천을 지나
영월역에 내려 초행길을 물으면
향이라도 피워올려주고 싶은
단종의 푸른 하늘을 만나네.
동강과 서강의 물 가슴에 끌여들여
슬프디슬픈 수력발전을 하고 싶은 곳.

— 김영남, 「영월로 슬픔의 래프팅을 떠나자」 부분

나무가 떨고 있다
자동차가 나무곁을 휙 지나자
나뭇잎 몇 개가 팔랑 떨어진다
팔짱 낀 연인이 사뿟이 나뭇잎을 밟고 지난다
과자 부서지는 소리
남의 살 밟는 소리가 이렇게 경쾌할 수 있다니
기록된 역사에 의하면
1488년 포르투갈의 바스코 다 가마는 아프리카의 희망봉을 밟았다
희망봉은 인간에게 밟히는 순간 역사가 되었다
외제차가 지나고 덤프트럭이 지나간다
목젖이 날카롭게 튀어나온 소년이
나뭇잎에 가래침을 텍 뱉는다
나무는 떨고 있다
멀리서 아기를 잠재우는 자장가 소리에 놀라
살 몇 점이 팔랑 떨어진다
연인이 나뭇잎을 밟으며 꼭 껴안는다
몇 분의 시간과 공간이 바삭 부스러진다
기록되지 않는 역사가
한 풍경으로 남아 떨고 있다

— 이재훈, 「황홀한 떨림」 전문

「영월로 슬픔의 래프팅을 떠나자」에서 '단종의 푸른 하늘'이라는 구절은 어린 나이에 사약을 받은 단종의 비극적인 역사적 사실과 연관된다. 이 구절은 단번에 시상의 흐름을 바꾸어놓는다. 그리고 이것은 이 구절이 나타난 곳 이후의 "슬프디 슬픈 수력발전을 하고 싶은 곳"에만 영향을 미치는 것이 아니라 도입부인 "슬픔도 얻어 재산이 된다면 영월행 기차에 몸을 싣겠네."라

는 대목부터 해석을 달리하게 만드는 효과를 가지고 있다. '슬픔'이 나이 어린 젊음의 슬픔이고, 시대의 슬픔이라는 것을 암시하는 것이다. 이 시가 영월이라는 장소에 실제적으로 가보고 그 지명이 안고 있는 비극을 떠올린 것이라면, 「황홀한 떨림」의 시적 공간은 내용과는 관계없는 별개의 장소로 서술되고 있다. 다시 말해 "1488년 포르투갈의 바스코 다 가마는 아프리카의 희망봉을 밟았다"라는 역사적 사실은 '희망봉'이라는 공간보다는 '누군가에 의해 밟힌다는 것'이 무엇을 의미하는가가 더 중요하다는 얘기다. 전자의 '단종의 푸른 하늘'은 영월이라는 지명의 한정적 공간에서 의미를 갖지만 후자는 공간을 떠나 포괄적 의미로 쓰이고 있는 셈이다. "희망봉은 인간에게 밟히는 순간 역사가 되"었듯 "몇 분의 시간과 공간이 바삭 부스러"지는 찰나에도 인간 도전의 역사가 씌어지고 있음을 강조하고 있다. 그러니 어쩌면 지극히 사소한 얘기일 수밖에 없는 "팔짱 낀 연인이 사붓이 나뭇잎을 밟"는 소리가 "남의 살 밟는 소리"로, 더 나아가 거대한 역사의 바퀴 소리로도 들릴 수도 있는 상상력의 공간이 만들어지게 되는 것이다. 이런 차이가 있기는 하지만 두 작품 모두 인유에 의한 효과를 노리고 있다는 점에서는 동일하다.

이처럼 인유(引喩, Allusion)란 저명한 사적(事蹟), 전고(典故) 또는 고인(古人)의 문사(文辭)를 인용하여 문장을 꾸미고 문취(文趣)를 풍부하게 하는 수사법의 한 가지다. 잘 알려진 삶이나 문학에 있는 어떤 인물이나 사건을 가리키는 것으로도 종종 나타나기도 하고, 단순하게 어구, 센텐스, 단락 등이 동원될 수도 있다. 인용을 인용부로 분명히 밝히는 명인법(明引法)과 인용부가 없이 인용을 밝히지 않는 암인법(暗引法) 등 두 가지가 있다. 암인법(暗引法)을 잘못 쓸 경우 표절 시비를 일으키기도 하므로 주의를 요한다.

인유는 보통 고대의 신화, 전설이라든지 고전, 역사, 성서, 고사 등에서 널리 알려진 인물, 스토리, 시구 등을 인용하여 쓰는 경우가 많다. 동서를 막론하고 이 인유는 널리 씌어진 표현법으로서 동양에서 고대 중국의 문헌이라든지 서양에서 고대 그리스와 로마의 신화 및 성경 등은 시와 산문을 막론하고 널리 사용되어 왔다.

그렇지만 인유를 쓰는 것은 언어를 경제적으로 다루어야 하는 시에서 즐겨 쓰는 수사법의 하나로 자리잡아가고 있다. 왜냐하면 인용시에서 보듯 짧은 표현만으로도 이전의 문학작품이 거두었던 많은 양의 분위기와 내용을 일시에 담을 수 있기 때문이다. 단지 한 단어나 몇 구절의 삽입만으로도 분위기나 문장의 내용, 논증의 정확성 등의 효과를 거둘 수 있기 때문이다.

대체로 인유의 원천은 상당히 잘 알려져 있기 마련인데 너무 자주 사용되어, 그들 자체가 지니고 있는 홍미나 가치는 별로 없는 경우도 있다. 이점은 인유를 쓸 때 특히 주의해야 할 점이다. 또 이와는 반대로 너무 알려져 있지 않는 인물이나 작품의 인유 또한 문제가 된다. 잘못하면 사변화(私辯化)로 떨어질 염려가 있거나 현학적(衒學的) 혹은 지적유희(知的遊戲)로 떨어질 가능성이 있기 때문이다. 세계사, 성서, 신화, 기념비적인 작품 등이 인유의 가장 중요한 원천이다. 우리 시문학에 있어 삼국유사 소재의 설화나 역사적 사건, 고전 설화, 사자성어, 한시 등은 인유로 많이 등장되기도 한다.

인유의 효과는 작가의 관점을 보다 강화하고 예시하는 것이다. 인유는 새롭거나 친숙하지 않은 것을 은유나 직유처럼 독자가 이미 경험한 무언가에 연관시킴으로써 그것을 명확하게 할 수 있다. 게다가 그것은 인간이 역사의 다양한 시기에 겪는 경험이 유사하다는 뜻을 근저에 깔고 있다. 그래서 예를 들어 우리가 어떤 선물을 '트로이의 목마'라고 말하면 우리는 역사를 통하여 반복되어온, 호기심과 탐욕을 이용하여 행하는 속임이 방어를 깨뜨린 일을 생각하게 된다. 끝으로 하나의 인유는 언급하는 일의 중요성을 첨부시킴으로써 그 문학작품의 의미를 보다 깊고, 넓게 할 수 있다. 인유는 그러므로 넓게는 문화적 전통과 맥락을 같이 한다. 문화적 전통이 많은 민족일수록 인유가 풍부해지기 때문이다. 시인이 잡학 박사일 필요는 없지만 문화적 전통에 관심을 가져야 하는 이유도 여기에 있다.

나. 패러디(Parody)

패러디(Parody)는 희랍어의 'parodia'(countersong)라는 명사에서 연원을 찾을 수 있다. 패러디의 문맥상의 본질은 노래를 의미하는 낱말인 'odos'에서 연유하고 'para'는 텍스트들 사이의 대조 또는 상반을 뜻하는 것 외에 일치 또는 친숙의 두 개념을 가지고 있다.[1] 다시 말해 매우 다른 양면성을 가지고 있는 셈이다. 한편으로는 결합을 추구하면서 텍스트의 변화를 가져오려는 문학성을 속성으로 가지고 있으며, 또 다른 한편으로는 분리와 대조를 지향하려는 미적 속성을 지니고 있는 것이다.

패러디는 일차적으로 다른 사람들의 작품을 모방하는 것으로 나타난다. 그러나 단순한 모방은 흥미를 반감시키므로 여기에 재미성을 가미하는 것으로 나타난다. 특정 작품의 문체나 운율을 모방하여 그것을 풍자적 또는 조롱삼아 꾸민 익살스러운 시를 쓰게 되는 것이다. 어떤 유명 작가의 인기 작품의 자구(字句)를 변경시키거나 과장하여 풍자의 효과를 노린 경우가 많다. 시라는 장르가 개인 정서의 창조적 분출인 점을 감안하면 가장 중요한 창조의 원천을 남의 작품에 기댄다고 보았을 때 패러디는 문제가 없는 것은 아니다. 그러나 패러디 역시 인유와 마찬가지로 일시에 독자의 생각을 원작의 분위기와 내용 속으로 편승시킬 수 있다는 점에서 부분적인 효과를 얻는 데는 상당히 효율적이다.

문학의 패러디는 결국 ① 모방 ② 변용 ③ 골계의 성격을 가진다고 할 수 있다. 단순 모방의 인유와도 그런 점에서 차이가 나며, 그 모방이 일종의 비틀기 수법을 활용하고 있다는 점에서 문학의 자생력을 갖고자하는 일종의 창조행위로 볼 수도 있는 장점을 가지고 있다.

---

1) Linda Hutcheon, *A Theory of Parody*, 김상구 · 윤여복 역, 문예출판사, 200면.

패러디는 벌레스크, 트라베스티, 의사 서사시, 패스티쉬, 표절, 인용, 인유 등과 연관된다.

벌레스크(burlesque)는 David Worcester가 쓴 용어로 『The Art of Satire』(1940)에서 해학(Burles)을 low burlesque와 high burlesque로 나눈다. low burlesque는 욕설의 풍자를 말하며 high burlesque는 아이러니를 동반한다고 말한다.

트라베스티(Travesty)는 저속한 벌레스크의 한 부류로, 어떤 특정 모델을 모방하는 것을 말한다.

패러디와 의사 서사시(mock-epic)는 둘 다 주제들을 경시하는 데 있어 장엄한 형식을 사용한다.

그런데 패러디가 어떤 특정 작품의 양식을 필요로 한다면, 의사 서사시는 보다 광범위한 동일의 글들을 모방한다. 의사 서사시는 서사시 형식의 지나치게 딱딱한 문체와 정교한 형식을 흉내내어 그것을 일상적인 혹은 시시한 내용에 적용한다. 알렉산더 포프의 「The Rape of Lock」은 이에 대한 대표적인 예로 웅대한 서사시적 시가를 통해 어느 귀족 가문 규수의 도적질을 놓고 미녀들과 귀족청년들이 벌이는 싸움을 내용으로 하고 있다.

2. 인유의 필요성과 실례

인유는 문화적 원형과 가치를 탐구하고 형상화에 기여하는 일면이 있다. 더러는 반전통주의, 반권위주의의 방법일 수도 있고, 더러 다른 문화권의 전통을 채용할 수도 있지만, 시인의 내면세계나 당대적 삶의 의미를 형성하기 위해 채용되기도 한다. 시인이 힘주어 말하고자하는 의도를 강화하고 예증하는 역할을 수행하기도 하는 것이다. 인유는 대개 비유적(metaphorical) 인유, 시사적(topical) 인유, 개인적(personal) 인유, 모방적(imitative) 인유로 나눈다.

비유적 인유는 인유의 요소들이 애초에 놓였던 원래의 문맥과 이것들이 인용된 새로운 시적 문맥의 이중성으로 인해 문맥을 확대하는데 기여한다. 그래서 종종 인유의 요소들이 과거의 원래 문맥에서 가지는 의미와 현대시에 도입된 새로운 문맥에서 가지는 새로운 의미와의 융합을 통해 '병치적 융합'이라는 의미론적 풍부성을 획득하기도 한다. 시사적 인유는 정치시(북한에서의 '정론시'), 도시시 등 일상과 민감한 내용을 담을 때 잘 알려진 역사적, 사회적 사건들이나 최근의 사건들을 언급 또는 참조하는 유형의 인유를 말한다. 개인적 인유는 개인의 사적인 경험에 근거한 인유의 한 유형으로 시인 자신에 관한 사실들(널리 알려지고 친숙한 것)을 참조한 것이다. 이럴 경우 대개 인유의 원천에 대한 주석을 달아 보완하기도 한다. 모방적 인유는 현대시에 성행하는 또 하나 주목되는 유형으로, 어떤 특수한 문학작품의 구조나 문체와 재제, 과거의 역사적 장르들을 모방하는 형태를 말하는 것으로 패러디는 여기에 속한다고 볼 수 있다.

껍데기는 가라.
四月도 알맹이만 남고
껍데기는 가라.

껍데기는 가라.
東學年 곰나루의, 그 아우성만 살고
껍데기는 가라.

그리하여, 다시
껍데기는 가라.

이곳에선, 두 가슴과 그곳까지 내논

아사달 아사녀가
中立의 초례청 앞에 서서
부끄럼 빛내며
맞절할지니

껍데기는 가라.
漢拏에서 白頭까지
향그러운 흙 가슴만 남고,
그, 모오든 쇠붙이는 가라.

— 신동엽 「껍데기는 가라」 전문

위 시 중 첫 연의 '4월'은 4·19학생혁명을 의미하며, 둘째 연의 "東學年 곰나루의, 그 아우성"은 동학혁명의 함성을 뜻하며, 셋째 연의 "아사달 아사녀"는 신라 시대에 불국사의 무영탑을 조각한 비련(悲戀)의 석수장이와 그 아내를 지칭한 인유이다. 말하자면 시인은 민중들의 아픔을 동반한 일련의 역사적 사건을 시의 전개를 위하여 인유해오고 있는 것이다.

주지하는 바와 같이 T. S. 엘리어트는 「프루프록의 연가」를 통해 삶에 대한 적극적인 의지를 상실한 현대인의 의식과 너저분한 도시 풍경이 의식에 미치는 우울함을 반어적 표현으로 담아냈다. 「황무지」는 이런 현대생활의 고독과 황폐함을 총체적으로 드러내고 있는데, 영국 문학평론가인 스티븐 스펜더는 「황무지」의 호소력을 "우리 모두가 폐부 속 깊이 느낀 사실적 심리를 적확하게 그려냈기 때문"이라고 분석한 뒤 "스타킹과 슬리퍼와 속옷과 콜셋이 널린 너저분한 아파트에서 벌어지는 타이피스트와 여드름쟁이 점원의 정사"를 사실성의 백미로 꼽는다. 「황무지」는 현대성에 대치되는 비판적 관점을 제공할 의도로 인유법을 쓰고 있다. 434행으로 이뤄진 이 시엔 35명의 작가에게서 차용 내지 개작한 내용이 담겼다. "아름다운 여인이 실수를 하고/홀로 방 안을 서성일 때면,/기계적인 손으로 머리를 빗으며/축음기에 레코드판을 걸어놓는다." 피곤에 찌든 한 타이피스트가 정사를 끝낸 뒤의 모습을 그려낸 이 구절의 첫 행은 골드 스미드의 시극에 나온다. 빌려온 시행은 과거와 현재의 비교를 자극해 현재성을 비판적으로 바라보도록 의도하고 있다.

흥부 부부가 박덩이를 사이하고
가르기 전에 건넨 웃음살을 헤아려 보라.
금이 문제리.
황금 벼이삭이 문제리.
웃음의 물살이 반짝이며 정갈하던
그것이 확실히 문제다.

— 박재삼, 「흥부 부부상」 부분

1
가섭이여, 가섭이여
두터운 산을 깨고 눈떠 보시라
기다리지 마시라, 해방세상 미륵불은 너무 멀어라
다만 오늘 여기 뼈저리게 당신을 부르는
캄캄한 마음들 속에 뒤엉킨 인연 흐느이고 있으니
일어나라, 가섭이여
당신에게 맡겨진 석가모니의 깨달음 잘게 찢어서
저 고단한 믿음들에게 골고루 뿌려주시라

2
한없이 머리를 조아리던 고단한 믿음들이 기다리다 지쳐 우 계족산으로 몰려갔더라. 연이나 계족산은 이미 거칠게 풀어 헤쳐진 뒤여서 거기에 가섭은 없고 찢어진 깨달음만 흰나비처럼 나풀나풀 날아가더라. 허공에 뽀얗게 흩어지더라.

— 정우영, 「계족산에 가섭은 없고」 전문

「홍부 부부상」은 고전 소설 「홍부전」의 이야기를 인유하여 시적으로 형상화한 작품이다. 진정한 행복은 물질적 욕구 이전의 순수함에 있다는 것을 노래하고 있다. 「계족산에 가섭은 없고」는 '가섭'이란 인물에 대한 내용을 전제로 창작된 작품이다. '가섭'이란 인물에 대해 잘 모르게 되면 이 시를 바르게 이해할 수 없게 된다. 예부터 '전고(典故)'를 현학적(衒學的) 혹은 지적유희(知的遊戲)라 하여 비판한 점도 일반인들이 모를 경우 그에서 오는 폐단을 경계했다고 볼 수 있다. 이럴 경우 주(註)를 달아 처리하는 것이 바람직하다. 이 작품에도 "미래불인 미륵불이 이 세상에 와서 계족산을 열어줄 때까지, 석가모니로부터 맡겨진 가사를 미륵불에게 전하기 위해 석가모니의 제자 가섭은 계족산 속에 머물러 있는다고 한다."라는 주가 달린 것은 이 때문이다.[2]

「홍부 부부상」이 가난 속의 웃음을 다루고 있다면 다음의 작품은 겨울새의 비극적 삶이 홍부의 삶에 비유되고 있다.

겨울새는 사랑을 나눌만한 방이 없다. 겨울새는 감나무 가지 위로 지나가는 전깃줄을 물어다 집을 짓는다. 나뭇가지 위의 겨울 방은 사연 적힌 쪽지들이 얽혀 있다. 겨울새는 그 쪽지들을 하나씩 가지 위에 펴놓은 채 그림책을 만든다.

홍부와 그 아내가 단칸방에서 아이들을 이불 삼아 덮고 사랑을 나눈다. 그리고 홍부는 몇 개의 박씨를 아내의 자궁 속에 넣어 두며 제비가 오는 봄을 위하여 긴 편지 한 장을 아내의 배꼽 위에 쓴다.

2) 주(註)를 다는 대표적인 경우다. 이외에도 시의 내용을 보완하거나, 생소한 시어, 사물 등을 설명하기 위해 다는 경우가 있다. 어느 경우든 아주 필요한 경우로 제한해야 한다. 오히려 사족이 될 수 있기 때문이다.

아뢰옵기 황송하오나, 다름이 아니옵고, 그리하여, 하는 수 없이,

홍부는 아내의 작은 배꼽에 너무 많은 하소연을 담았나 보다. 몇 개의 글자들이 떨어져 나가 나뭇가지 위에서 떨고, 겨울새들은 떨어지는 글자들을 줍기 위하여 지지배배 지지배배 발광을 떤다.

겨울새는 방을 짓기 위하여 다른 나뭇가지 위에 홍부가 전해 준 쪽지를 펼치며 한 겨울을 참고 있는 중이다.

— 전기철, 「홍부와 겨울 새」 전문

이 시인은 '겨울새'의 힘겨운 겨울나기를 홍부네 부부의 사랑과 연결을 시도하고 있다. 아이들과 같이 얼크러진 한 방에서의 '사랑 나누기'의 궁핍함을 궁핍함으로만 보지 않고, 건강하게 그려내고 있는 점이 주목된다. 겨울새들이 추위에 오종종한 모습을 홍부가 아내의 배꼽에 담은 사연을 주워 담는 모습으로 그려냄으로써 원작 「홍부전」의 우화성을 시적으로도 성취해내고 있다.

고개고개 너머 어쩌면 그리
고개도 많은지
호랑이가 으르렁대는 산모퉁이
첩첩한 고갯길마다
안 잡아 먹히어 다행스러운
숨이 가쁘다.
굶어 죽게 생긴 자식들
산 너머 두고
수수깡이나 씹으며 가는 길

— 정양, 「수수깡을 씹으며」 부분

인유는 이 작품처럼 잘 알려진 전래동화에서도 차용될 수 있다. 한 시대의 지난한 삶을 넘어가야 하는 가장의 아픔을 호랑이 우화의 인유를 통해 적절히 형상화시키고 있다.

> 아침 산보길
> 매미 소리 하얀빛을 뿌리며
> 짙푸른 여름 나무둥치 속으로 파들어가는데
> 거미는 없고 거미줄에서
> 퍼덕이다 부서진 나비 날개를
> 우연히 발견한다
>
> 어제 밤 꿈속에서
> 몸부림치던
> 어깨쭉지가 아니었을까
> 공연히 나의 팔을
> 허공에 휘저어보는
> 아침 산보길의 뭉클한 흙 냄새

— 최동호, 「거미줄 - 달마는 왜 동쪽으로 왔는가」 전문

이 시의 부제로 달려 있는 "달마는 왜 동쪽으로 왔는가"라는 질문은 화두로 우리에게 많이 알려져 있다. 화두를 가져오는 것도 인유의 한 방법이다. 화두는 큰 깨달음을 얻게 하는 방법이라고 할 수 있다. 불교에서는 세상의 모든 것을 정법안장(正法眼藏) 곧 본래면목(本來面目)의 빛과 그림자로 파악한다. 본래면목은 그러기에 불교에서 가장 중요시여기는 개념이지만 형체도 없고, 맛도 없고, 들을 수도 없으며, 말로 설명할 수도 없다. 이를 위해 등장한 가르침의 방법이 화두(話頭), 즉 공안(公案)이다. 공안은 '公府의 案牘'이

라는 말의 준말로 공부(公府)란 관청을 가리키는 말이며, 안독(案牘)이란 공문서, 또는 판결문이라는 뜻이다. 화두는 1,700개나 있다고 전해지는데 "달마는 왜 동쪽으로 왔는가"라는 말도 그 중의 하나에 해당된다고 할 수 있다. 그 이유에 대해 묻는다면 프로이트는 '서쪽으로 가겠다는 잠재의식의 왜곡된 표현'이라고 말할 것이며 플라톤은 '절대선을 향해 갔을 것'이라고 말할 것이며 마르크스는 '역사의 필연'이라고 말할지 모른다. 요는 말하는 사람마다 다르다는 것인데, 그것은 다 맞는 말이기도 하고 그렇지 않기도 하다. 화두는 그런 면에서 다방향의 시적 상상력을 가지고 있으며, 앰프슨이 말한 모호성의 원리를 내재하고 있다고 볼 수 있다. 인용시에서 이 화두는 이 시의 깊이에 관여를 하고 있다. "나의 팔"이 "나비의 날개"일 수 있다는 상상력은 단순한 것이 아니라 윤회의 한 겁을 지나온 깨달음의 성찰 위에 놓일 수도 있는 신비감을 보여주고 있기 때문이다.

3. 패러디의 실례

패러디는 고대 그리스의 풍자시인 히포낙스가 그 시조(始祖)라고 한다. 히포낙스는 '파행(跛行) 이안보스'라고 불리는 시형(詩型)을 창조하여 통렬한 풍자시를 지었다. 그 당시의 국어와 외래어를 자유자재로 구사하면서, 생생하고 간결한 시체(詩體)로써, 가난뱅이 시인이라고 세상사람들이 말하는 자기 자신의 생활마저 서슴없이 풍자하는 시를 지었다. 그의 날카로운 풍자는, 그를 조롱한 조각가 두 사람에게 오히려 시로써 역습을 가해 그들로 하여금 자살의 길을 택하게 하였을 정도였다고 전한다. 이러한 작품이 성행한 것은 주로 18세기 이후에 영국·프랑스·독일에서이다. 세르반테스의 「돈키호테」는 중세 기사도 전설의 패러디이며, H. 필딩의 「조지프 앤드루스의 모험」은 S. 리처드슨의 「패밀러」의 패러디라고 할 수 있다. A. 포프, J. 스위프트, G. 바이런 등도 빈번히 이 형식을 활용하였다. 근대의 시인 중 패러디의 명수는

W.새커리, L.캐럴, A.스윈번, M비어봄 등이다.

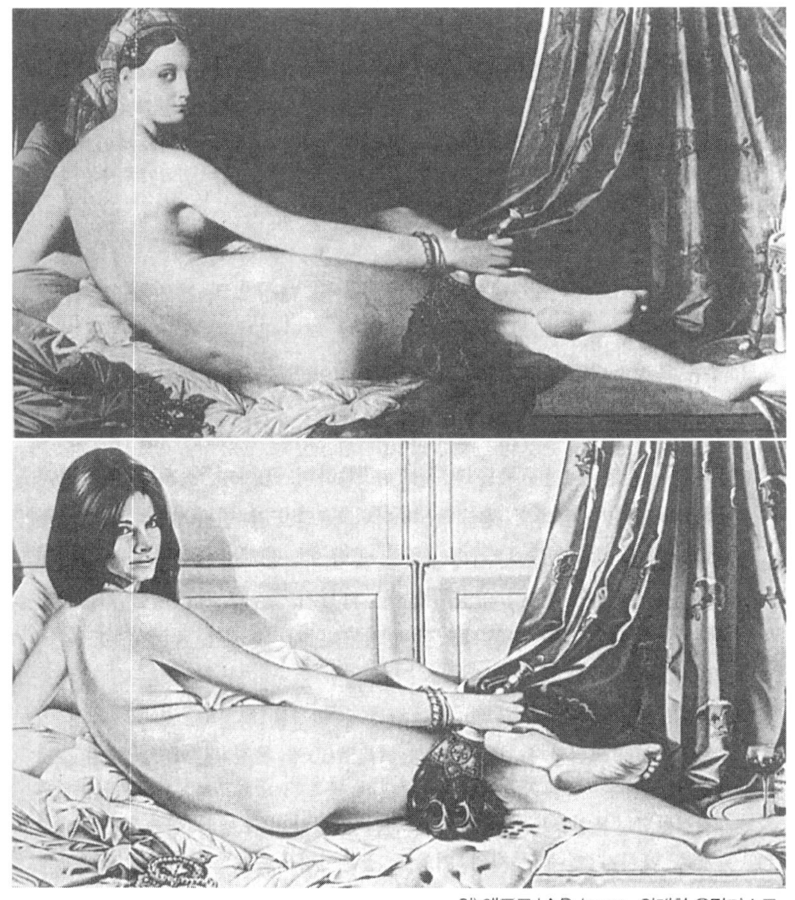

위) 앵그르J.A.D. Ingres, 위대한 오달리스크
아래) 멜 라모스Mel Ramos, 아주 위대한 오달리스크

(그림은 Linda Hutcheon, A Theory of Parody, 김상구 · 윤여복 역, 문예출판사, 81면 참조.)

음악부문에서는 일반적으로 한 음률에 다른 가사를 붙이는 경우를 패러디라고 하며 그 반대의 경우도 있다. 특히 16세기 폴리포니(多聲音樂) 시대에는 어떤 악곡의 선율이나 구성법을 빌어 작곡한 유사한 악곡을 패러디라고 하였다. 이 경우 풍자나 익살이 목적이 아니라 오히려 경의를 표명하기 위한 것이라는 점에서 문학의 경우와는 상당히 다르다.

찰스 아이브스(Charles Ives)는 「7월 4일」이란 작품에서 아마추어 밴드의 기교상의 실수들을 도입, 미국의 청중들로 하여금 잃어버린 순진성을 생각하게 하는 풍자적인 기능을 하게한다.

시각예술에서도 패러디의 사용은 광범위하다. 에로틱한 전통을 아이러닉하게 병치시킨 멜 라모스(Mel Ramos)의 작품 「아주 위대한 오달리스크」(1973년 작)는 앵그르(J.A.D. Ingres)의 「위대한 오달리스크」를 재구성하고 있다.

> 그러나 잠시 뒤에 나는 고개를 들어,
> 허연 문창을 바라보든가 또 눈을 떠서 높은 천정을 쳐다보는 것인데,
> 이 때 나는 내 뜻이며 힘으로, 나를 이끌어 가는 것이 힘든 일인 것을 생각하고,
> 이것들보다 더 크고, 높은 것이 있어서, 나를 마음대로 굴려 가는 것을 생각하는 것인데,
> 이렇게 하여 여러 날이 지나는 동안에,
> 내 어지러운 마음에는 슬픔이며, 한탄이며, 가라앉을 것은 차츰 앙금이 되어 가라앉고
> 외로운 생각만이 드는 때 쯤 해서는,
> 더러 나줏손에 쌀랑쌀랑 싸락눈이 와서 문창을 치기도 하는 때도 있는데,
> 나는 이런 저녁에는 화로를 더욱 다가 끼며, 무릎을 꿇어 보며,
> 어니 먼 산 뒤옆에 바우 섶에 따로 외로이 서서
> 어두어 오는데 하이야니 눈을 맞을, 그 마른 잎새에는,
> 쌀랑쌀랑 소리도 나며 눈을 맞을,
> 그 드물다는 굳고 정한 갈매나무라는 나무를 생각하는 것이었다.
>
> — 백석, 「南新義州 柳洞 朴時逢方」 부분

기억하고 있듯이 백석의 「남신의주유동박시봉방(南新義州柳洞朴時逢方)」은 그늘과도 같은 슬픔이 있는 시다. 여기에는 서정적 화자인 '나'가 등장하는데, '나'는 아내도 없고, 아내와 같이 살던 집도 없어지고, 살뜰한 부모도 동생도 멀리 떨어진 타향에서 방황하고 있다. 잠시 세 들어 혼자 사는 춥고 누긋한 방. 바깥은 거센 바람소리 딜옹배기 북덕불은 금세 사그라든다. 재 위에 뜻 없이 글자를 써본다. 핑도는 눈물. 꽉 메어오는 가슴. 나는 왜 그때, 결정적인 순간에 대범하게 나를 버리지 못했던가. "이게 나야"라고 내 손바닥을 펼쳐 보이지 못했는가. 죽음이 같이 따라 눕는다. 슬픔의 격랑. 삼각 파도의 눈부신 날들이 잘게 부서진다. 그렇게 말 없이 보낸 며칠!

이 시는 꼭 그런 분위기다. 생각해보라. 아무 아는 이 없는 곳에서 하루 해 설핏 넘는 석양 무렵, 문창을 때리는 싸락눈…… 얼마나 외로움이 절절했으면 화로를 다가끼고 무릎까지 꿇는 것일까. 이 시의 '나는' 서울과 정주, 만주벌을 떠돌던 시인 백석일 수도 있지만, 도시의 복판을 떠도는 우리들 그 누구의 모습일 수도 있다. 이 시와 다음의 시를 비교해보자.

눈은 지지리도 못난 삶의 머리끄덩이처럼 내리고
여우 한 마리가, 그 작은 눈을 글썽이며
그 눈 속에도 서러운 눈이 소문도 없이 내리리라 생각하고 나는
문득 몇 해 전이던가 얼음장 밑으로 빨려들어가 사라진
동무 하나가 여우가 되어 나 보고 싶어 왔는지도 모른다는 생각을 하고
자리를 차고 일어나 방문을 열어제껴 보았던 것인데
눈 내려 쌓이는 소리 같은 발자국 소리를 내며
아아, 여우는 사라지고
여우가 사라진 뒤에도 눈은 내리고 또 내리는데
그 여우 한마리를 생각하며 이렇게 눈 많이 오시는 날 밤에는
내 겨드랑이에도 눈발이 내려앉는지 근질근질거리기도 하고

가슴도 한없이 짠해져서 도대체가 잠을 이룰 수가 없었던 것이다

— 안도현의 「그리운 여우」 부분

「그리운 여우」는 물론 내용면에서 「남신의주유동박시봉방」과는 전혀 다르다. 그렇지만 유장한 백석의 어조를 흉내내고 있는 점을 우리는 주목해볼 필요가 있다. 유장한 어조의 흉내내기를 통해서 이 어조가 가지는 본래 시의 분위기를 용케도 재현해내고 있다. 완만한 흐름, 고독한 자아의 심경, 삼매에 빠져드는 모습, 마음의 정처를 생각하는 것 등이 두 시가 공통적으로 가지고 있는 요소들이다.

도시로 온 비둘기 한 마리가 자장면을 배달한다. 오토바이도 없이 어깨에 자장면 네 그릇을 얹어 기우뚱거리며 비탈을 올라가는데 새끼 머슴이 무거운 짐을 지고 대문턱을 오르듯, 몰래 애 밴 처녀가 가랭이 벌이고 걷는 듯, 할멈에게 쫓겨난 영감이 지팡이 짚고 유람하는 듯, 바람난 아가씨가 택시타고 도망치듯, 쐐쐐쐐 달려가는 폼이 영락없는 초란이라. 비둘기는 지뚱지뚱, 비탈을 타고 오르며 가슴에 담긴 면발 하나 자꾸자꾸 꺼내 만져 본다. 몇 개의 면발이 비둘기의 가슴에 묻어가는 길을 외줄로 만들었구나.

면발 위에서 비둘기의 걸음은 빨라지고, 아슬아슬, 지뚱지뚱, 날개를 펴면 가슴에서 면발이 얼굴을 내민다. 밤이면 주방장이 비둘기를 위해 만들어준 면발들은 철가방 같은 비둘기의 가슴을 꽁꽁 묶는다. 잘린 발목을 위하여, 꿈을 묶는 어머니를 위하여

— 전기철, 「엇시조를 위하여」 전문

이 작품에서 '엇시조'는 중의적인 뜻을 내포하고 있다. 본래의 뜻인 시조의 하위 장르로서의 개념에서 비롯된 것인데 하나는 엇시조가 갖는 운율적인 요소의 차용이고, 다른 하나는 엇시조가 갖는 상징성, 다시 말해 이미 사

라진 왜소한 것들에 대한 옹호적인 입장으로서의 의미이다. 전자의 경우로 볼 경우 자유시로의 엇시조 리듬의 유입에 해당되는데 '~오르듯' '~걷는 듯' '~하는 듯' '~도망치듯'이나 '아슬아슬, 지뚱지뚱' 등의 반복과 열거 수법에서 명료하게 드러난다.

「그리운 여우」나 「엇시조를 위하여」 등의 작품은 어조와 운율을 패러디한 경우에 해당된다. 그러나 전자의 경우는 표절 시비를 불러올 염려가 없지 않아 있다. 어조는 그만큼 시인의 개성과 관련되기 때문이다. 우리는 신춘문예의 경우 간혹 이런 것이 문제가 되어 당선 취소까지 가게 되는 심각한 경우도 있다는 사실을 상기할 필요가 있다.[3]

외국시의 경우 패러디는 상당히 오래 전부터 시의 새로움을 얻는 방법의 하나로 애용되어왔다. 랭보(Rimbaud)의 "도시 위로 부드럽게 비가 내린다"는 베를랜느(Verlaine)나 아폴리네르(Apollinaire)에 의해 이유 없는 정신적 고통을 실제적인 육체적 불편의 견지에서 풍자하기 위하여 형식상 패러디를 사용하고 있다.

내 마음에 눈물이 흐른다
마치 도시에 비가 내리듯,
내 마음을 적시는
이 번민은 무엇인가?

베를렌르가 이렇게 패러디한 것에 반해 아폴리네르의 패러디는 다음과 같다.

3) 송수권의 「산문에 기대어」의 어조를 흉내낸 「풀잎에 누워」라는 작품은 신춘문예 당선 취소가 되었다.

내 장화 속에 물이 새들어간다
마치 도시에 비가 내리듯,
내 장화를 뚫고 들어간
그 물을 귀신이나 업어가라!

패러디는 패러디를 시도한 작가의 기질에 따라 상당히 다른 양상으로 수용된다. 앞의 작품 둘의 차이는 그러한 일면을 잘 보여준다. 그러나 때로는 기질을 떠나 동시대의 사회와 문화의 패러다임을 반영하기도 한다. 다음의 작품을 보기로 하자.

대리석도 왕후의 금빛 찬란한 기념비도
이 굉장한 시보다는 오래 남지 못하리라;
체신없는 세월로 더럽혀진 먼지가 쌓인 비석보다
그대는 나의 이 시속에서 더욱 빛나리라.
파괴를 일삼는 전쟁이 동상을 넘어뜨리고
분쟁이 석조물을 뽑아 버릴 때,
군신軍神의 칼도, 전쟁의 맹렬한 불길도 그대의
추억인 이 생생한 기록을 없애진 못하리라.
그대는 죽음의 온갖 것을 잊게 하는 적을 물리치고
전진하리라 그대에의 예찬은 최후 심판날까지
이 세상을 살아남을
뭇 후손들의 눈 속에 어리어 있으리라.
그리하여 그대가 재생할 심판의 날까지
그대는 이 시 속에 그리고 애인들의 눈 속에 살리로다.

이 작품은 셰익스피어 소네트 55번이다. 셰익스피어 역시 종종 페트라르카와 고전의 전통을 패러디하고 있었지만 웬디 코프(Wendy Cope)는 이 시를 이렇게 패러디한다.

대리석도 콘플레이크 봉지에서 나온 플라스틱 장난감도
이 시보다는 오래 남지 못하리라;
연인이여, 나는 그대를 불멸화시키지 못 한다……우리의 기쁨은
시간의 무덤 속에 남들이 모르는 채 누워 있으리라.
대처 여사가 동상으로 만들어지고
그녀의 정부가 고등학교 교과서의 한 페이지를 장식할 때,
선생님들이 우리 시대의 이야기를 분석할 때,
여행사들이 우주여행 상품을 팔고
비행기가 소리 없이 이륙하고
털스 힐이 명소가 되고
어퍼 노우드에 지하철이 들어갈 때
그대의 이름과 나의 이름은 잊혀지리라
내 사랑은 진정이지만, 모든 나의 시는 썩었다.

이 시는 다분히 냉소적이다. 당초의 시가 가지고 있는 진지함이 파괴되고, 당초의 시에서 미화된 위선이 여지없이 고발된다. 텍스트의 주제는 물론 그 주제를 다루는 방법과 그 과정에 있어서도 변화를 줌으로써 진실을 재현하는데 있어 파괴와 동시에 창조라는 양면의 심미적 기능을 수행하고 있다. 언뜻 보기에는 '나의 시'에 국한하고 있는 듯 보이지만 당시의 모든 것들이 썩어가고 있음을 우의적으로 보여주고 있는 것이다. 다음의 시는 더 신랄하다.

지금 하늘에 계신다 해도

도와 주시지 않는 우리 아버지의 이름을
아버지의 나라를 우리 선불리 믿을 수 없사오며
아버지의 하늘에서 이룬 뜻은 아버지 하늘의 것이고
땅에서 못 이룬 뜻은 우리들 땅의 것임을, 믿습니다
(믿습니다? 믿습니다를 일흔 번쯤 반복해서 읊어보시오)
오늘날 우리에게 일용할 고통을 더욱 많이 내려주시고
우리가 우리에게 미움 주는 자들을 더더욱 미워하듯이
우리의 더더욱 미워하는 죄를 더, 더더욱 미워하여 주시고
제발 이 모든 우리의 얼어 죽을 사랑을 함부로 평론하지 마시고
다만 우리를 언제까지고 그냥 이대로 내버려 둬, 두시겠습니까?

대개 나라와 권세와 영광은 이제 아버지의 것이
아니옵니다(를 일흔 번쯤 반복해서 읊어보시오)
밤낮없이 주무시고만 계시는
아버지시여

아멘

— 박남철, 「주기도문, 빌어먹을」 전문

기독교의 핵심인 '주기도문'의 내용적 경건함을 완전히 전도시키며 해체한다. 김춘수의 「나의 하나님」에서 보게 되는 '하나님=늙은 悲哀, 푸줏간에 걸린 커다란 살점'의 인식과 동궤의 것이다. 그러므로 패러디는 절대적 진리나 절대적인 선의 개념이 와해되는 탈중심주의 사고관을 가지고 있다고 볼 수 있다. 이런 이유에서 패러디는 포스트모더니즘의 핵심시학이라고 규정되기도 한다.[4] 과거 문화유산에 대한 존경과 우롱, 보수성과 진보성, 지속성과

4) Linda Hutcheon, *A Poetics of Postmodernism* (Routledge,1988), 26면

변화성. 패러디가 갖는 이 양가적 태도는 포스트모더니즘의 상호모순의 이중적 세계관과 상통한 일면이 있기 때문이다.

4. 패스티쉬와 메타시

패스티쉬는 타 작가의 작품으로부터 거의 변형됨이 없이 차용되는 것으로 주로 구, 모티프, 이미지, 그리고 에피소드 등으로 구성된다. 표절과는 달리 표면상의 일관되고 고답적인 세련된 효과를 지향하는 패스티쉬는 남을 속이려고 하지 않는 속성을 가지고 있다. 패스티쉬는 새로운 세계와 스타일이 다 소진되었다는 고갈의식과 어떤 언어라도 독특할 수 없다는 비독창성에서 발생한다.[5]

풍자적인 의도가 없다는 점에서 패스티쉬는 중성모방이다. 동시에 여러 원전들을 발췌하여 조립한다는 점에서 패스티쉬는 혼성모방이다. 모방기교로서 패러디가 원전과는 다르게 모방하는 것이라면 패스티쉬는 원전과 유사하게 모방하는 것이다.[6]

> 논 닷마지기 짓는 농부가
> 자식 넷을 키우고 학교 보내는 일이
> 얼마나 고달픈가 우리는 다 안다
> 집 한칸 없는 소시민이
> 자기 집을 마련하는 데
> 평생을 건다는 것을 우리는 안다
> 네 명의 새끼를 키우고
> 남 보내는 학교도 보내고

5) Frederic Jameson, *Postmodernism and Consumer Society* (Bay Press, 1983) 115~116면

6) 김준오, 『詩論』, 삼지원, 248면.

또 짝을 찾아 맞추어 준다는 것이
얼마나 뼈를 깎는 아픔인가를
새끼를 키워 본 사람이면 다 안다
딸 하나 여우는 데 기둥 뿌리가 날라가고
새끼 하나 대학 보내는 데 개똥논이 날라간다
하루 여덟 시간 하고도 모자라
안팎으로 뛰고 저축하고
온갖 궁리 다하여도 모자란 생활비
새끼들의 주둥이가 얼마나 무서운가 다 안다
그래도 가난은 한갓 남루에 지나지 않는가?
쑥구렁에 옥돌처럼 호젓이 묻혀 있을 일인가?
그대 짐짓 팔짱 끼고 한눈 파는 능청으로
맹물을 마시며 괜찮다 괜찮다
오늘의 굶주림을 달랠 수 있는가?
청산이 그 발 아래 지란을 기르듯
우리는 우리 새끼들을 키울 수 없다
저절로 피고 저절로 지고 저절로 오가는 4계절
새끼는 저절로 크지 않고 저절로 먹지 못한다
지애비는 지어미를 먹여 살려야 하고
지어미는 지애비를 부추겨 줘야 하고
사람은 일 속에 나서 일 속에 살다 일속에서 죽는다
타고난 마음씨가 아무리 청산 같다고 해도
썩은 젓갈이 들어가야 입맛이 나는 창자
창자는 주리면 배가 고프고
또 먹으면 똥을 싼다
이슬이나 바람이나 마시며

절로절로 시는 무슨 신선이 있는가?
보리밥에 된장찌개라도 먹어야 하는
사람은 밥을 하늘로 삼는다
사람은 밥 앞에 절을 한다
그대 한 송이 국화꽃을 피우기 위해
전 우주가 동원된다고 노래하는 동안
이 땅의 어느 그늘진 구석에
한 술 밥을 구하는 주린 입술이 있다는 것을 아는가?
결코 가난은 한낱 남루가 아니다
입었다 벗어 버리는 그런 헌옷이 아니다
목숨이 농울쳐 휘어드는 오후의 때
물끄러미 청산이나 바라보는 풍류가 아니다
가난은 적, 우리를 삼켜 버리고
우리의 천성까지 먹어 버리는 독충
옷이 아니라 살갗까지 썩어 버리는 독소
우리 인간의 적이다 물리쳐야 할 악마다
쪼르륵 소리가 나는 뱃속에다
덧없이 회충을 기르는 청빈낙도
도연명의 술잔을 흉내내며
괜찮다 괜찮다 그대 능청 떨지 말라
가난을 한 편의 시와 바꾸어
한 그릇 밥과 된장국물을 마시려는
저 주린 입을 모독하지 말라
오 위선의 시인이여, 민중을 잠재우는
자장가의 시인이여

— 문병란, 「가난」 전문

이 시는 "가난이야 한낱 남루에 지나지 않는다—서정주"라는 부제가 붙어 있다. 이 시는 미당의 「無等을 보며」, 「국화 옆에서」, 「내리는 눈발 속에서」 등의 작품들에서 몇 구절을 발췌하여 본래의 의도를 나타내기 위한 수단으로 활용하고 있다. 시인이 나타내고자하는 본래 의도는 가난이 결코 낭만의 대상이 아니고 직면하고 있는 생사의 현실 문제라는 것이다. 그러므로 발췌된 작품 중에서 가장 비중 있게 다루어지는 부분은 「無等을 보며」의 "가난이야 한낱 남루에 지나지 않는다"라는 대목이다. 시인은 이 사고의 잘못됨을 강도 높게 비판하기 위해 다른 나머지 작품들의 시구 "그대 한 송이 국화꽃을 피우기 위해"나 "괜찮다 괜찮다"라는 부분을 활용하고 있다. 말하자면 「국화 옆에서」, 「내리는 눈발 속에서」까지 비판할 의도는 없었지만 시인의 사고관에 문제가 있음을 지적하기 위해 그 시인의 다른 작품까지 문제를 삼는 것이다. 대개 비판시를 쓸 때 활용되는 주된 방법 중의 하나이다. 하나를 타겟으로 잡아 호된 비판을 하고 나머지 부수적인 것들은 시의 전개상 편의적인 짜깁기를 하게 된다. 그러나 비판이 아니라 상대방의 업적을 칭송하는 송가의 경우도 종종 패스티쉬의 기법이 쓰이는데 상대방의 작품들 중 좋은 문구를 부분적으로 발췌 짜깁기하는 경우가 이에 해당된다. 같은 시인을 대상으로 쓴 박제천의 「헌시」에서 "한 채의 소슬한 종교와 같은 산/그 영산의 이름을/우리는 미당 서정주라 부른다" 라는 대목은 이에 해당된다.

메타시(meta poetry)는 패스티쉬가 좀더 자기비판적으로 발전된 형태다. 시를 포함한 모든 문학 형태는 삶을 반영하고 있는데 패러디나 패스티쉬는 삶을 반영한 것을 재차 반영하는 속성을 지니고 있다. 이 '반영의 반영' 중 자기반영에 해당되는 것을 생각해보자. 소설도 마찬가지지만 시로 국한시켜보자면 시인은 시를 쓰니까 시인으로 불려지는 것인데 시인이 자기의 시 쓰는 것을 반영하는 행위는 결국 자의식적 경향을 띠게 된다고 할 수 있다. 이것이 바로 메타시인 것이다. '시에 대한 시쓰기' 곧 '시론시'나 '시인론시'는 메타시 갈래의 하위 유형들인 셈이다.

나는 없고 언어만 있으니 나라는 언어가 나를
만든다 이 글 이 텍스트 이 짜깁기 언어라는
실과 실의 얽힘 속에 양말 속에 편물 속에
스웨터 속에 당신의 스타킹 속에 내가 있다
나는 거기 있는가? 내가 거기 있다고? 글쎄
난 그것도 모르고 거울만 보며 쉰이 넘었다
망측스럽도다 거울만 보며 쉰이 넘었다
망측스럽도다 거울만 바라보며 세월을 보낸
내가 갑자기 망측해서 주먹으로 한 대 갈기고
이 글을 쓴다 이 글 속에 이 언어 속에 아무
것도 없는 언어 속에 부재 속에 무 속에 내가
있도다

— 이승훈, 「텍스트로서의 삶」 전문

윤호병 교수의 지적[7]처럼 이 시에서 언어는 말하기로서의 언어라기보다는 문자로서의 언어이다. 기호로서의 문자행위는 '실과 실의 얽힘' 만큼 복잡한 것이고 정확하지 않는 것이며 실체가 없는 것이다. 쟈크 데리다가 말하는 해체주의 이론과 상통하는 면이 있다. 번져가서 드디어는 가닥을 분별할 수 없는 거미줄의 망처럼 언어는 분산되고 그러니 당연히 '나'라는 존재는 거기에 존재하지 않게 된다. 메타시도 이런 의미에서 탈중심주의적 사고관의 연장이라 보아도 좋다.

7) 윤호병, 「타자화된 너와 객관화된 나」, 이승훈 시집 『너라는 햇빛』 해설, 세계사, 2000년, 133면. 이승훈의 이 시집에는 메타시도 많이 있지만 특히 패러디를 시도한 작품들이 많이 실려 있다.

5. 인유와 패러디, 메타시의 효과적 활용법

가. 동서양의 고전 중 모범이 될 만한 텍스트를 활용하라

> 저 빛나는, 동그란 영혼 속엔 날카로운 이빨과 달덩이가 숨어 있다. 왜소하고 가엾은 술책들과 좁쌀알 같은 사고, 발빠른 사기가 숨어 있다. (오오, 나의 지혜의 번개여! 그들을 후벼파내라! — 니체)
>
> — 이혜영, 「상징들 1」 부분

니체는 근대유럽의 정신적 위기를 '신은 죽었다'라는 말로 압축하여, 여기에서 발생한 사상적 공백상태를 새로운 가치창조에 의해 전환시켜 '신' 대신 '초인'을, '불멸의 영혼' 대신 '영원회귀'를, '선(善)과 참(眞)' 대신 '권력에의 의지'를, '신으로부터 부여받은 기쁨' 대신에 심연(深淵)을 거쳐서 웃는 '인간의 내재적(內在的) 삶'으로 가치를 전환시켰다. 니체가 던진 한 마디 말은 시인의 눈을 통하여 다시 재생된다. 「상징들 1」이란 작품은 '빛나는, 동그란 영혼'으로 위장된 '왜소하고 가엾은 술책들과 좁쌀알 같은 사고, 발빠른 사기'의 이기적이고 계략적인 현대인들의 이중적 심리를 날카롭게 꼬집고 있다.

> 태고적 고요가
> 바다를 딛고 있는
> 그곳,
>
> 안개 자욱히
> 석유불처럼 흐르는
> 그곳,

인적 없고

후미진

그곳,

새 무덤

물결에 씻긴다.

— 천상병, 「진혼가(鎭魂歌)」 전문

이 작품에는 '저쪽 죽음의 섬에는 내 청춘의 무덤도 있다—니체'라는 부제가 달려 있다. 같은 사람의 말을 인유하여도 어떻게 바라보며 해석을 가하느냐는 시인 독자의 영역이다. 이 두 작품의 분위기가 사뭇 다르게 나타나는 것은 인용문구가 다르기 때문도 있지만 이를 인유해서 쓰는 시인의 기질과 가치관의 차이에서도 연유하고 있다고 판단된다.

나. 정신적인 지주나 종교적 신념의 텍스트를 찾아라

햇살 환한 베란다의

창턱에는

베고니아와

아이비 제라늄

그리고

캡이 찌그러진

브래지어

— 오규원, 「頭頭集」 전문

이 시의 소제목은 「베고니아와 제라늄」이다. 대제목 「頭頭集」은 '두두시도(頭頭是道)'라는 말에서 따왔음을 시인은 밝히고 있다. '모든 존재 하나하나가 모두 진리'라는 선가(禪家)의 말을 지칭하는 것이다. '베고니아와 아이비 제라늄', '캡이 찌그러진 브래지어' 사이에 놓인 불일치(생물과 무생물, 젊음과 늙음)도 결국은 하나로 통하고 있음을 보여주고 있는 것이다. 이렇게 추론이 가능한 것은 물론 제목 때문에 가능한 것이다. 개인의 취향이기는 하지만 종교적인 내용도 훌륭한 인유의 대상이 된다. 무신론자면 자기의 작품을 기댈 정신적 지주나 신념 같은 것을 일시적으로라도 가지는 것이 좋다. 예를 들어 노자의 「도덕경」 같은 경우도 좋은 텍스트가 될 수 있다. 물론 형상화를 시킨다는 전제에서 그렇다.

다. 역사적 진실을 외면하지 말라

따라비, 좌보미, 비치미 오름 건너
높은오름, 동검은이, 용눈이 끼고 돌면
하늘에 여왕의 치맛자락 턱 하니 걸려 있다.

다랑쉬, 이샛날 슬쩍 내다버린 저 놋화로
불 한 번 토해놓고 잠시 쉬는 분화구여
화산탄 날아간 자리, 증언하라. 꽃향유

증언하라, 폭설이면 오로 숨던 다랑쉬동굴
소개령 끝난 반세기 댓잎들은 돌아와도
4 · 3의 '4'자도 금했던 역사는 갇혀 있다.

왕릉이 아니라데, 피라밋도 아니라데,
무자년 솥과 사발, 녹 먹은 탄피 몇 개

한 마을 이장해가듯, 고총같은 동굴이여.

— 오승철, 「다랑쉬오름」 전문

이 시는 제주에서 일어난 1948년(무자년) 4・3과 관련된 내용을 담고 있다. 다랑쉬동굴은 다랑쉬오름 자락 밑 밭두둑 사이에 있는 동굴로 이 마을의 부녀자와 아이들 11명이 이 난리를 피해 숨어들었다가 소개령 때 진압군이 피운 연기에 질식해 모두 죽은 참화의 현장이다. 이 현장은 1992년 4월에 발굴되어 당시의 처절했던 비극을 일깨우며 보는 이의 가슴을 무너져 내리게 했다. 시인은 이 현장을 또박또박 정직한 어조로 밝히고 있다. 기록과 사실에 의존하여 그 비극을 생생하게 재현하며, 갇혀진 역사와 그 역사의 희생양이 된 민초들의 비극적 삶을 생생하게 증언하고 있는 것이다. 이 증언은 상상력의 힘만으로 불가능하다. 기록과 사실(史實), 사실(事實)에 기초하여 현장을 확인하는 과정을 통하여 시로 형상화하게 된다. 인유의 과정이 필연적으로 수반되게 되는 것이다. 유채꽃과 에메랄드빛 해안, 이국적인 풍경, 아름답고 풍요로운 땅으로 하루가 다르게 변모하고 있는 국제 도시 제주가 이렇게 가슴 저린 비극을 안고 있다는 것을 모르는 사람들이 많다. 다 모른다고 해도 시인되려는 자가 모른다고 하면, 아니 모른 체 한다면 안 되는 것이다. 피해간다고 사라지는 것은 아니다. 역사를 정면으로 통과하라. 그 현장을 보고 쓰고 안 쓰고는 그대의 고유 권한이다. 그렇지만 알고 있다면 적어도 왜곡하지는 않을 것이다. 물론 역사적 사실을 활용하는 것은 가보지 않는 곳들에서도 활용할 수 있다. 앞서 이재훈의 「황홀한 떨림」에서 우리는 이미 살펴본 바가 있다.

라. 단순한 기행과 관람보다는 그 배경과 진실을 보고, 자신을 발견하라

등성이 길을 오르다 무심코 발 밑을 본다

이제 방금, 내가 밟아버린 흰 살덩이 한 점
끔찍하게 부서져버린, 이 끔찍한 생

흙이 받아들이고 있다
서서히 제 살에 비벼 섞고 있다

한 순간 아름다움이 연보랏빛 린네르천으로 가려진 어둠 속이듯
노을빛으로 스르르 스러지는 바닥
그래, 섞여드는 거야 제아무리 날고 뛰어봐야
흙의 손바닥 안이 아니겠어
나는 발바닥 탁탁 차며 흙을 밟는다

산다는 것은 짓밟히는 것인가
아무래도 내가 너를 짓밟은 생각이
생각의 파편들이,
삼각산 태고사 대웅전 처마 밑 물소리 풍경소리로
쨍그랑! 소리를 낸다

나는 지금, 민달팽이 뿔눈 같은 화두 하나 달고서.

— 이나명, 「달마詩篇 7」 전문

어느 곳을 가서 보고 그 소회를 시로 창작할 경우 대부분은 즉물적인 사고에 머무르기 쉽다. 기행시의 폐단은 그 표면만을 훑어내는 추수주의에 있다. 어느 곳, 그곳이 특히 어떤 장소인지를 가기 전에 알아볼 필요가 있다. 나중에 알아봐도 좋지만 그럴 경우 느끼는 바가 확연히 차이가 나게 된다. 문화는 안 만큼 느낀다고 하지 않던가. 대부분 우리가 어떤 장소를 시간을 내어

찾아보는 경우 그곳이 단지 먹고 마시는 단순한 장소인 경우는 거의 없다. 역사적인 배경들이 존재하게 되는데, 그 배경 속을 파고들다보면 감춰진 진실이 보이게 되고, 그것을 소재로 작품을 쓸 경우 막연한 기행과는 상당히 다른 작품을 쓰게 된다. 이럴 경우 작품은 대개 인유의 수사법이 자연스레 도입되게 된다. 굳이 역사적 사실이 아니더라도 기행 중 경험한 바를 토대로 좋은 시를 쓸 수 있다.

이 작품은 삼각산 태고사를 오르는 기행과 관련되어 있다. 밋밋하기 그지없을 이 기행시가 의미를 갖는 것은 시인이 체험한 바를 토대로 한 자기 성찰 과정이 정밀하게 재구성되고 있다는 점이다. 더욱이 달마라는 인물을 인유하여 이 작품이 인생의 깨달음과 성찰의 연작임을 함유하고 있다. 자칫하면 사소한 것에 그쳐버리거나, 혹은 작위적이기 쉬울 내용을 민달팽이의 예기치 못한 죽음과 그 '뿔눈 같은 화두'를 '달마'라는 선사를 매개로 하여 자연스럽게 연결시키고 있는 점이 주목된다.

마. 설화나 민담 등을 오늘의 삶에 용해시켜보자

시낭송회가 끝난 늦가을 깊은 밤에
인사동 길에 흩날리는 은행잎을 주워서
내 호주머니에 가득 넣어주는 그대여
동복 오씨 호적에 아예 오르고 싶어
볼우물 지으며 날 간지럼 태우는 그대여

모범택시 타고 한강을 건너갈 때
성수대교 아주 사줄까나 흰 소리 치자
정말 거짓말을 참말로 알아듣고
갓 낳은 달걀보다 따뜻한 손 건네며

오작교를 건너가듯 숨이 찬 그대여
그대가 아비에게 버림받는 날이 오면
황금과 백지수표 수레 가득 싣고 가서
은하수도 오작교도 몽땅 사줄까나
선화공주의 뜨거운 피 이냥 흐르는
정말 거짓말을 참말로 믿는 그대여

— 오탁번, 「정말 거짓말 - 서동(薯童)의 노래」 전문

이 작품은 구전 설화인 서동요의 얼개와 견우 직녀의 매개물을 활용하여 현대판 이루지 못할 사랑을 낭만적으로 노래하고 있다. 거짓말이더라도 믿어주는 미더운 사랑을 시인은 '서동'이라는 인물을 인유하여 '황금과 백지수표' 운운의 호기를 부리며, 당연히 상대편 역시 '선화공주'로 동반 상승, 우아한 교태와 여유를 보여주는 것이 별로 이상스럽게 보이지 않게 한다. 서동설화의 인유는 잘못하면 지극히 사소함이나 가벼움으로 떨어질 수 있는 감상적 내용을 받쳐주는 얼개 역할을 수행하고 있는 셈이다. '한강'이 '은하수'로, '성수대교'가 '오작교'로 환치되는 것 또한 앞서의 설화적 요소 삽입으로 자연스럽게 읽힌다.

신화나 전설, 민담 등을 소재로 가져올 경우 약간의 유의할 사항이 있다. 대상이 되는 소재가 가지고 있는 본래의 의미를 적어도 바르게 식별할 수 있는 눈을 가져야한다는 점이다. 서동요나 견우 직녀 설화는 이론의 여지가 없지만 그렇지 않는 경우도 많다. 아마 우리 시문학 중 가장 많이 인유되고 있는 설화는 '처용'설화일 것이다. 그러나 '처용'이 과연 누구인가를 두고는 견해가 분분하다. 국문학 연구 분야에서 단일 논문으로 '처용'설화가 수위를 달릴 정도로 많은 것은 이를 증명하고 남음이 있다. 다음의 작품도 신라 성덕왕 때 지은 헌화가와 관련이 있다. 노옹(老翁)의 심정이 서정자아에게 바로 이입되는 효과가 일어나고 있다.

저 벼랑 끝 웬 꽃 저리 붉으냐 내 마음 문득 파도소리를 딛고, 또 한 파도소리를 딛고 거듭거듭 오르나니 하초 젖나니 누가 보느냐 저토록 내가 붉으냐

— 문인수, 「산철쭉 - 수로부인」 전문

바. 잘 알려진 작품이나 정전을 뒤집어 보거나 흉내내보자

내가 단추를 눌러 주기 전에는
그는 다만
하나의 라디오에 지나지 않았다.

— 장정일, 「라디오같이 사랑을 끄고 켤 수 있다면」 부분

우리들은 서로에게
꽃보다 아름다운 이자가 되고 싶다.

— 장경린, 「김춘수의 꽃」 부분

이 작품들은 잘 알려진 김춘수의 작품 꽃을 패러디 하고 있다. 본질적이면서도 존재론적인 사유가 바탕이 된 작품을 일시에 전복시킨다. 정신적인 것보다는 물질적인 것으로 완전히 바꾸어 버렸기 때문이다. 잘 알려지지 않은 작품을 소재로 할 수도 있지만 그럴 경우 원작의 분위기를 잘 알 수 없다는 점에서 제대로 된 효과를 기대하기는 어렵다. 물론 패러디한다고 해서 무조건적으로 반대 방향으로 볼 필요는 없다. 김소월의「왕십리」를 패러디한 이승훈의 「겨울 왕십리」[8]는 그 정조가 당초의 작품과 비슷하다. 어떤 면에서 원작보다 더 정처 없는 고뇌를 의도했는지 모른다.

8) 가도 가도 왕십리//바람만 부네//기차가 지나가네//버스가 지나가네//여드레 스무날엔 온다고 하고//초하루 삭망이면 간다고 했지//가도 가도 왕십리//바람만 부네

알이 말을 낳고 말이 또 알을 낳고

그때만 해도

왕은 알에서 나왔지

왕도

사슴이 장대에 올라 해금을 켜는 걸

들었지

듣다가 장대에 올라 함께 울었지

그때만 해도

얄리 얄리 얄랑성이 있었지

얄라리 얄라가 있었지

— 최정례, 「사슴이 장대에 올라」 후반부

이 작품은 신화적인 내용과 고려가요 「청산별곡」을 부분 차용하고 있다. 「청산별곡」에서는 "사ㅅ미 짐ㅅ대예 올아셔 해금을 혀거를 드로라"라는 대목과 "얄리 얄리 얄라셩 얄라리 얄라"의 후렴구를 가져오고 있다. '사ㅅ미'는 '사슴'이라는 설과 '사람'이라는 설이 나누어져 있다. 사람으로 볼 경우 "사람이 장대 끝에서 재주를 피우는 것"은 곡마단에서나 볼 수 있기 때문에 「청산별곡」이 유랑극단의 노래라고도 볼 수 있는 근거를 마련해준다. 시인은 사슴으로 보면서 잃어버린 인간성과 천진성을 회고하고 있다.

사. 비문학적 담론을 활용하여 보자

1. 양쪽 모서리를
   함께 눌러 주세요

나는 극좌와 극우의
양쪽 모서리를
함께 꾸욱 누른다

2. 따르는 곳
⇩
극좌와 극우의 흰
고름이 쭈르르 쏟아진다

— 오규원, 「빙그레우유 200ml 패키지」 부분

— 13호 태풍 베라가 중부지방에 상륙했습니다

폭풍우에 젖는 시내버스 안
숭굴숭굴하게 생긴 소년 하나가 창가에 앉아
나지막이 영어책을 읽고 있다

하우 두 유두 미스터 베이커 글래드 투 미트 유
이즈 수미 어 차이니스 걸? 노우 쉬 이즌트 쉬 이즈 어 코리안 걸

후 아 데이? 데이 아 데이비드 앤드 수미 데이 아 굳 프랜드…

나는 유리창에 베라의 스펠링을 써본다 vera ; 진실
누가 태풍에 진실이라는 이름을 붙였을까 어쩌면 저 스치는 간판들의 숫자만큼이나
베라라는 이름의 파괴자는 너무도 많은 게 아닐까
어릴 적 인기 만화영화 〈요괴인간〉의 주인공 이름도 베라였어, 나는 사람이 되

고 싶다 벰 베라 베로! 난 일제 만화영화에 죽어라 열광하며 자라났지

— 유하, 「태풍 속보 - 1986. 8. 28 오후 2시 15분 라디오 서울」

두 작품 모두 문학적인 담론과는 거리가 먼 내용을 담고 있다. 전자는 상품에 대한 기호와 설명을 가져오고, 후자는 라디오의 속보내용과 영어책의 내용과 인기 만화영화의 부분들을 삽입하고 있는데 문학 외적인 내용이 상당한 비중을 차지한다. 비문학적인 담론들, 이를테면 관습, 고정화된 형식, 광고, 신문기사, 대중문화, 정치적 담론 등을 활용해보는 것도 패러디시를 쓸 수 있는 하나의 방법을 제공해준다.

아. 자기 자신을 타자화(他者化) 해보자

내가 쓰는 글은
나의 애인, 나의 정주, 나의 천국
나의 지옥, 나의 숨결, 나의 가슴
나의 가슴의 흉터, 나의 섹스
서지 않는 섹스 오 내 사랑,
나의 항구, 나의 결핍, 나의 몸
이유는 없다
난 그냥 글 쓰는 사람
난 그냥 걷는 사람
난 그냥 사랑하는 사람
매미가 울고 햇살이 내리고
나무가 크고 차들이 지나가듯이
그냥 글 쓰는 사람
난 글쓰는 사람

내가 쓴 글 속에

헤엄치는 물고기

이 글쓰기가 나를 낳고

나를 키우고 나를 병들게

하고 나를 나이 먹게 한다

오 맙소사!

— 이승훈, 「난 글쓰는 사람」 후반부

자기 자신을 타인처럼 생각해보고 냉정하게 그려내 보자. 나라는 존재는 얼마나 모순 덩어리인가. 내가 나를 가장 잘 안다고 하지만 실제로 나라는 존재는 알고 있는 극소의 나와 내가 모르는 무한의 나로 구성되어 있다. 탈구조주의자들의 인식의 출발점이기도 하지만 사실 나에 대해 회의를 가지고 타자화해 봄으로써 자기 정련을 할 수 있다는 점에서 부분적인 시도를 권유하고 싶다.

| 제9강 |

아이러니(Irony, 反語)

1. 아이러니의 정의
2. 아이러니의 제요소
3. 아이러니의 여러 가지 유형
가. 언어적 아이러니
나. 소크라테스적 아이러니
다. 외적 아이러니와 내적 아이러니
라. 구조적 아이러니
4. 현대시와 아이러니

제9강

아이러니(Irony, 反語)

1. 아이러니의 정의

'다 지으시고 마지막날 제6일에
사람을 지으시다'

그러므로 말째야
대자연의 6분의 1에 지나지 않으며
맨 끄트머리 말석이 네 자리야

물과 흙과 돌멩이…… 하루살이까지도
앞서 태어나신 형님들이시고

가장 마지막 끝날 끝순간에

말째로 지으신 바 사람아
가장 잔인하고 흉물스런 짐승아.

— 유안진, 「사람」 전문

이게 내 살과 뼈와 피이니
그대는 받아먹으시라
이게 그대의 살과 뼈와 피이니
내 입은 그대를 먹느니

서로의 상처 속으로 들어가
치열한 병균이든지
서로의 튼튼한 위장 속으로 들어가
그대의 살과 뼈와 피가 되든지
나의 살과 뼈와 피가 되시든지

나 이제 그대의 몸속으로
내 몸을 밀어 넣어
그대와 한몸이 되느니
그대의 자궁 속에 웅크려
그대의 살과 피로
新生을 꿈꾸겠네
그대여 내 껍데기여

— 채호기, 「몸」 전문

이 두 편의 시는 각각 성서 속의 한 구절로부터 시작하고 있다. 전자는 창세기 1장 27절이며 후자는 창세기 제2장 20절~23절과 관련되어 있다.(때에 따라서는 후자의 작품은 누가복음 22장 등과 관련이 있다고도 볼 수 있다.) 그런데 보통의 시와 다르게 시적 화자가 眞意로서 말하지 않고 있음을 웬만한 독자라면 눈치를 챌 수 있다. 다시 말해 겉으로 드러난 바와 진의가 다르다는 점이다. 이것이 바로 아이러니다.

아이러니의 사전적 풀이는 "겉으로 드러난 말과 실질적인 의미 사이에 괴리가 생긴 결과"(이상섭)나, "진술된 또는 외면상의 내용과는 상이한 의미, 때로는 반대의 의미를 제시하여 주는 화술의 한 유형"(김윤식), 혹은 "은폐 또는 주장되는 것과 실제 사이에 차이가 존재하는 경우"(권택명, 최동호, 이명섭)로 얘기되고 있다.

'아이러니'란 말의 유래는 『시학』의 몇 가지 번역에 아리스토텔레스의 '페르페타이아(peripeteia)'의 역어로서 나타났다. 이는 '상황의 급격한 역전'을 뜻하는데 극적아이러니 개념으로 발전한 것으로 보인다. 또 다른 일반적인 예는 '변장(dissimulation)'의 뜻을 가리키는 '에이로네이아(eironeia)'에서 유래되었다. 이 말은 플라톤의 『공화국』에 처음 기록된 말로 '사람들을 속이는, 매끄러운 비열한 방법'과 같은 것을 뜻한 것으로 보인다. 말하자면 위장이나 변장의 뜻을 내포하고 있는 것이다.

고대 희극에는 두 종류의 고정배역 인간유형이 등장하는데, 하나는 에이런(Eiron), 하나는 알라존(Alazon)이다. 약하고 세력도 없는 에이런은 약자지만 겸손하고 현명하다. 힘센 알라존에게 겉으로는 지는 것 같지만 능청을 떨어가며 재치있고 재미있는 말로 알라존을 골려주곤 했다고 한다. 관객은 에이런이 하는 말의 실제 뜻을 이해하지만 알라존은 자기가 사실은 놀림당하는 줄도 모르고 위세를 떤다. 아이러니란 말 속에는 "주장과 사실 사이의 괴리"라고 하는 바로 이런 어원적 의미가 포함되어 있다.[1)]

「사람」과 「몸」에는 앞부분에 알라존이 각각 등장한다. 「사람」에서 "다 지으시고 마지막 날 제6일에/사람을 지으시다"라는 말은 다른 것들의 흠을

1) 이상섭, 『문학비평용어사전』, 이명섭 편, 에이브럼스, 『세계문학비평용어사전』 참조

다 보완한 완전자로서의 인간이 마지막에야 완성되었다는 의미로 해석되는 것이 더 보편적이다. 이를 이끌어가는 것은 알라존이다. 그러나 마지막에 가서 "가장 잔인하고 흉물스런 짐승아."라는 에이런이 등장하면서 시는 극적으로 반전된다. 시인은 이 급작스런 반전에 대한 의도를 중간 중간에 암시하여 그 당혹감을 줄이고는 있다. 알라존이 강자인 것처럼 보이지만 그 자만과 우둔함을 일시에 베어버리고 독자들이 기대했던 기대치 또한 일시에 전복시킨다. 「몸」 역시 알라존의 너와 나 구분이 없는 유유함이 마지막에 이르러 "그대여 내 껍데기여"라는 단호한 어조에 시의 분위기는 일시에 경직된다. 이렇듯 알라존은 대부분 상승의 밝고 명랑한 어조를 동반하지만 에이런은 어둡고 감상적인 하강의 어조를 동반한다.

이렇듯 아이러니란 한 마디로 말하면 겉으로 드러난 의미와 실제로 말하고자 한 바가 서로 다르다는 것이다. 예컨대, "너, 정말 잘났어!" 라는 말은 어조에 따라 네가 정말 똑똑하고 명석하다는 얘기도 되지만 너를 비아냥거리며 놀리는 말이 될 수도 있다. 언어적 금기가 많았던 옛날에는 일상적 언어 속에도 반어적 표현이 많이 침투해 있었다. 귀한 자식에게 개똥이, 걸뱅이 같은 아명을 지어주는 경우나, 손이 귀한 집안에서는 아기에게 "예쁘다"라고 말하면 안 되고 "그놈 밉상이다"라고 말하는 경우가 종종 있는데 이 경우는 액을 막기 위한 주술적 기능을 담보하기 위해 일부러 반어적으로 말한 경우에 해당된다.

일상적인 반어법을 넘어서서 보다 정교하고 지성적인 이중어법을 사용한 문학작품을 만나는 경우가 드물지 않은데, 이를 아이러니라고 부른다. 아이러니는 역설과 더불어 직설적으로는 다 나타내기 어려운 어떤 의미를 드러내는 데 사용되는 문학기법이지만, 역설이 특별한 표현법에 국한되는 데 비해 아이러니는 때로 말하는 사람의 세계를 바라보는 시각까지를 드러낸다는 점에서 훨씬 넓은 개념이다.

2. 아이러니의 제요소

비유가 유사성 발견의 통합적 정신이라면 아이러니는 차이성 발견의 분석적 정신이라고 할 수 있다. 아이러니를 만드는 구성요소는 무엇인가. 우리는 이를 살펴봄으로써 아이러니로써의 효율적인 시쓰기가 가능하리라본다. 뮤케(D.C. Muecke)는 다음의 4가지 요소를 들고 있다.[2)]

첫째 '순진' 또는 '자신에 찬 무지'의 요소다. 우리들은 체함 또는 가장(simulation)과 아닌 체함(dissimulation) 즉 아닌 것을 그런 척하는 것과 그런 것을 아닌 척하는 고전적 관념을 가지고 있다. "째째하고 비열한 악한을 나는 알고 있었지만—/아, 크로메크씨, 안녕하십니까?"라는 경구를 통하여 블레이크(William Blake, 1757~1827)는 크로메크씨가 갑자기 나타난 것 때문에 그가 그 비열한 악한의 이름을 밝히지 못한 것으로 가장한다. 아이러니의 희생자는 오만하게 또 고집 세게 맹목적일 필요는 없다. 그는 사정이 그가 순진하게 그러리라고 생각하고 있는 것 같지 않을 수도 있다는 것을 조금도 의심하지 않다는 것을 말이나 행동으로 나타내기만 하면 되는 것이다. 기본적인 요소는 실제에 있어서 갖가지 다른 정도의 자만, 자기만족, 순진성, 또는 무지 등의 요소가 내포된 천연스럽고 자신에 찬 不知인 것이다. 다른 사정이 같다면 희생자의 맹목성이 크면 클수록 아니러니의 효과는 극대화된다. 관찰자는 물론 실제의 상황은 물론 희생자의 不知에 대해서도 잘 알고 있어야 한다. 아이러니스트는 아이러니 희생자가 천연스러운 무지를 가지고 있다고 '순진하게' 가장한다. '모나리자'는 아이러니칼하게 미소짓는 한 여자를 그린 초상화이거나, 또는 어리석은 자기만족에서 미소짓고 있는 한 여자의 아이러니칼한 초상화의 양쪽으로 해석이 가능하다.

둘째 현실과 외관의 대조다. 하아콘 슈발리에는 "모든 아이러니의 기본 특색은 현실과 외관 사이의 대조이다."라고 말했다.[3)] 아이러니스트는 한 가

2) D.C. Muecke, 문상득 역, 『Irony』(문학비평총서 17), 서울대출판부. 1986.

지를 말하는 것같이 보이면서 실제로는 아주 다른 것을 말한다. 그리고 아이러니 희생자는 사물은 보이는 그대로라고 확신하는 반면 기실은 그것들이 전연 다르다는 것을 모르고 있는 것이다. 우리들은 이 '자신에 찬 不知'를 다음과 같이 말할 수 있다. 즉 아이러니스트는 외관을 내 보이면서 현실을 모르는 체하는 한편, 아이러니 희생자는 외관에 속아서 현실을 모르는 것으로 말이다.

'대조'라는 말에 유의할 필요가 있다. 한국 사람같이 보이는 사람이 실은 일본 사람으로 판명되었다고 해서, 한국과 일본이 서로 전쟁을 하고 있지 않는 한에 있어서는 조금도 아이러닉하지는 않을 것이다. 이쁘게 생기지 않은 여자를 미인이라고 하는 것은 아주 추물인 여자를 미인이라고 하는 것보다는 덜 아이러니컬할 것이다. 그래서 아이러니는 외관과 현실의 상반 또는 부조화를 요구하는 것이라 결론지을 수 있으며, 다른 조건이 같은 상태에서는 대조가 크면 클수록 아이러니는 더욱 두드러지게 나타나는 것이라 결론지을 수 있을 것이다. 셋째로 희극적인 요소다. A.R. 톰슨은 아이러닉한 대조가 아이러닉하기 위해서는 우리들에게 고통을 자아내면서 동시에 희극적인 감각을 자아내도록 해야 한다고 말하고 있다.[4] 여기서의 '고통'은 어떤 형식상의 특성에서 우러나는 것이 아니라 우리들이 아이러니의 희생자에 대해서 느끼는 동정심에서만 우러난다. 이에 반해 희극적인 요소는 아이러니의 형식상 특성에 내재하고 있다고 말할 수 있다. 예를 들어 몰리에르의 『주부학교(School for Wives)』는 질투하는 보호자가 그가 보호하는 처녀와 그녀의 연인으로부터 시종 자세한 이야기를 듣고 있지만 이 두 사람의 결합을 제지할 수 없는 것으로 서술되어 있는데 톰슨은 "아이러니가 한 등장인물의 의도와는 전연 반대되는 결과를 자아내기 위한 꾸밈으로 되어 있는 한, 이것은 교묘한 아이러니다. 그러나 관중으로서의 우리들은 이를 재미있게 보는 것 이

---

3) 위의 책, 53면 재록

4) 위의 책, 57면 재록.

외에는 정서적으로 말려들지는 않는다"라고 말하고 있다. 독자들은 종종 고통보다는 재미에 치중하는 경향이 있음을 자신도 지적하고 있다. 고통과는 달리 재미의 희극적 요소와 관련있는 근본적인 모순과 부조화는 진실한 또는 가장된, 자신에 찬 不知와 직결되어 있다. 어떤 사람이건 알면서 스스로 모순된 말을 하지는 않는다. 따라서 의도적인 모순의 외관은 웃음 속에서만 발견할 수 있는 심적 긴장을 자아내게 한다.

넷째 거리의 요소다. 거리감(detachment), 거리(distance), 떨어짐(disengagement), 자유(freedom), 천연스러움(serenity), 객관성(objectivity), 무감정(dispassion), 가벼움(lightness), 놀이(play), 온후함(urbanity) 등의 말들은 아이러니를 얘기할 때 흔히 나오는 것들이다. 이러한 말들이 나타내려는 특질은 때로는 아이러니스트나 아이러닉한 관찰자의 참된 태도에 내재하는 것같이 생각되는 특질이다. 위대한 아이러니스트 중의 한 사람인 토마스만도 '평정함(Heiterkeit)'을 강조하였다.

> 아, … 그것은 너무도 흥분되고 장엄해서 말로 나타낼 수가 없다! 그리고 그것이 너무나 장엄하기 때문에 가벼운 필치로 처리되어야한다. 왜냐하면 가벼움이란, 내 친구여, 경박함, 교묘한 농담인 것이며, 그것은 인간에게 주어진 신의 최선의 선물이며, 우리들이 인생이라고 부르는 그 복잡하고 의심스러운 것에 대해서 우리들이 지니고 있는 가장 깊은 지식이기 때문이니까. 신은 인생의 무섭게 진지한 얼굴이 억지로라도 미소를 띠게 되게끔 인간에게 주신 것이다
>
> —「扶養者 요제프」, 제6장 중의 요제프[5]

관찰자가 아이러닉한 상황에서 느끼는 것은 우월, 자유, 재미 세 가지로 요약할 수 있다.

어떤 의미에서 순수한 원형적인 아이러니스트는 神이다. 구약「시편」2편

5) 위의 책, 61면 재록.

4절에 "하늘에 계신 주께서는 웃으실 것이며, 사람들을 조롱하실 것이다"라는 경구를 생각해보라. 신은 전지전능하고 초월적이며 절대적이고 무한하며 자유롭기 때문에 특히 뛰어난 아이러니스트라고 말할 수 있다. 제임스 조이스의 다음 말도 이러한 인식의 연장 위에 있다.

> 예술가는 창조의 신과 마찬가지로 그의 작품 안에서, 뒤에서, 그 넘어서, 또는 위에서 눈에 보이지 않고, 세련되어 존재를 초월하고, 냉전하며 그의 손톱을 깎고 있는 것이다.
>
> —「젊은 예술가의 초상」, 런던, 1950, 245면

3. 아이러니의 여러 가지 유형

가. 언어적 아이러니

가장 일반적인 의미의 아이러니로 '표현'과 '의미'가 상충되는 시적 긴장을 의미한다. 어떤 진술이 동시에 두 가지 이상의 관점과 의미를 지니는 경우를 가리키는 개념인데 이면의 참 뜻을 밝히는 것이 시를 이해하는 지름길이다.

> 북천이 맑다커늘 우장없이 길을 나니
> 산에는 눈 내리고 들에는 찬비로다
> 오늘은 찬비 맞아시니 얼어잘까 하노라

임제의 이 작품에서 "찬비"는 '寒雨'라는 기생을 가리키는 말과 본래의 '찬비'라는 이중의 뜻을 가지고 있다. 그래서 "얼어잘까"라는 표면상의 뜻은 강렬한 사랑을 나누고 싶은 뜨거움의 표현까지를 내포하고 있다. 언어의 아이러니라고 할 수 있다.

콘라드 : 저리가! 에 이 바보야, 바보

도그베리 : 너는 나의 지위를 의심하지도 않느냐? 연장자인 내 나이도 의심하지 않느냐? 아, 그 녀석이 여기에 있었더라면 내가 바보라는 것을 적어놓게 할 터인데! 그렇지만, 여러분, 내가 바보라는 것을 기억해두오. 글로 쓰여지지 않더라도 내가 바보라는 것을 잊지 마오.

— 「헛소동」, 4막 2장

'respect'(존경하다)라고 말할 것을 'suspect'(의심하다)라고 말함으로써 본인이 무식하다는 것을 드러내고 있다. 물론 관객들은 이 사실을 잘 알고 있지만 정작 본인은 모르고 있다.

나뭇가지가 바람에 걸려 떨고 있다
바람이 아프고 나뭇가지가 아프고
사람이 아프다
사람에 걸려 바람이 떨고 있다.

— 장철문, 「겨울 거울」 부분

이 시에도 '겨울'과 '거울'의 언어적인 엇갈림이 있다. 전혀 다른 이질적인 것에서 공통의 요소를 찾아 연결하고 있는 셈이다. '겨울'이 아픈 것은 모든 것을 버리고 남을 몸만 남았기 때문이다. '거울'도 그러한가. 모든 죄상을 하나도 남김없이 보여주는 진실의 거울은 단점 투성의 현실을 아프게 반영하는 표상이다.

이제 새로 꿀 꿈이 없는 새들은
추억의 골고다로 날아가 뼈를 묻고

흰 손수건이 떨어뜨려지고
부릅뜬 흰자위가 감긴다.

오 행복행복행복한 항복
기쁘다 우리 철판 깔았네

— 최승자, 「삼십세」 부분

최승자의 시에서 보게 되는 "오 행복행복행복한 항복"이나 "산다는 것은 결국 싼다는 것인데"(「그릇 똥값」)나, "모든 것은 콘크리트처럼 구체적이고/ 모든 것은 콘크리트 벽이다"(「그리하여 어느 날, 사랑이여」) 등의 표현들은 비슷한 단어의 병치를 통하여 그 의미의 반전을 시도하는 언어적 아이러니의 표본이라 할 만하다.

나. 소크라테스적 아이러니

소크라테스는 사람들에게 진리를 가르칠 때 이것이 진리라고 곧바로 말하지 않고 짐짓 순진한 체하면서 이것저것 질문을 했다고 한다. 가르치는 자가 오히려 가르침을 받는 자처럼 행동한 것이다. 어리석은 자의 역할을 기꺼이 함으로써 사람들은 소크라테스를 납득시키기 위해 애쓰는 동안 논리적 오류나 잘못된 전제, 불합리한 결론 등등을 스스로 깨닫게 되었다. 이렇게 뛰어난 자가 스스로를 낮은 곳에 위치시켜 깨우침을 주려 한 데서 소크라테스적 아이러니란 말이 생겼다.

아버지 어머니는
고향 산소에 있고

외톨백이 나는
서울에 있고

형과 누이들은
부산에 있는데

여비가 없으니
가지 못한다.

저승 가는데도
여비가 든다면

나는 영영
가지도 못하나

생각느니, 아,
인생은 얼마나 깊은 것인가.

— 천상병, 「소릉조(小陵調)」 전문

천상병의 이 작품에도 소크라테스적 아이러니가 놓여 있다. "저승 가는데도/여비가 든다면//나는 영영/가지도 못하나"라는 자탄의 어조는 모든 것이 물질화되어가고 있는 현실을 겨냥하고 있다. 그런 까닭에 "생각느니, 아,/인생은 얼마나 깊은 것인가."라는 큰 주제도 무리 없이 소화되면서 인생의 적막감을 우리 스스로에게 자문하는 역할을 하고 있다.

다. 외적 아이러니와 내적 아이러니

지적 관찰자가 어떠한 시각을 가지고 세계를 비판하는가에 따라 외적아이러니와 내적 아이러니로 나누어진다고 할 수 있다. 지적관찰자가 비지적 관찰자의 탈을 쓰고 세계를 비판하면 외적아이러니고, 지적 관찰자가 낭만적이거나 겸손한 입장에서 내부를 조명하고 있다면 이는 내적 아이러니다. 전자에서 어리석음이 외부세계에 있다면 후자는 자기 자신의 내부에 있다고 할 수 있다. 낭만적 아이러니나 겸손한 아이러니는 내적아이러니다.

> 가벼운 교통사고를 세 번 겪고 난 뒤 나는 겁쟁이가 되었습니다. 시속 80킬로만 가까워져도 앞 좌석의 등받이를 움켜 쥐고 언제 팬티를 갈아 입었는지 어떤지를 확인하기 위하여 재빨리 눈동자를 굴립니다.
>
> — 오규원, 「죽고난 뒤의 팬티」 부분

오규원의 이 작품은 어리석음을 자신의 내부에서 찾는 내적 아이러니의 좋은 본보기다. 시적 화자는 그래서 "산 者도 죽은 者의 죽고 난 뒤의 부끄러움, 죽고 난 뒤에 팬티가 깨끗한 지 아닌지에 왜 신경이 쓰이는지 그게 뭐 중요하다고 신경이 쓰이는지 정말 우습기만 합니다."라고 자신을 희화시킨다. 물론 시인은 이를 통해 우리 소시민이 가지고 있는 어리석은 한 단면을 여실히 보여주고 싶었을 것이다.

> 무금선원에 앉아
> 내가 나를 바라보니
>
> 기는 벌레 한 마리
> 몸을 폈다 오그렸다가

온갖 것 다 갉아먹으며
배설하고
알을 슬기도 한다.

— 조오현, 「내가 나를 바라보니」 전문

이 작품에도 시적 화자를 비하시키는 표현이 들어 있다. 자신이 "기는 벌레 한 마리"에 불과하다는 고백적 참회는 시인의 신분(스님)을 감안하면 가히 충격적이라 할 만하다. 더욱이 그 벌레가 하는 짓거리 "온갖 것 다 갉아먹으며/배설하고" 더군다나 금기시된 표현이라 할 수 있는 "알을 슬기도 한다"라는 것까지 서슴없이 뚜벅뚜벅 얘기해버리는 것을 보면 충격의 여진이 쉽게 가라앉지 않는다. 그러나 실은 시인의 의도가 우리 모두의 중생을 향하고 있다는 것을 영리한 독자라면 쉽게 간파해낼 수 있다. 우리 모두가 "기는 벌레 한 마리"에 지나지 않지 않는가. 사람이 가지고 있는 욕망과 욕정의 동물적 속성을 시인은 '나의 들여다보기'를 통해 우회적으로 들려주고 있는 셈이다.

그러면 여기서 우리는 똑같이 '사람'을 소재로 한 모두의 인용시 유안진의 「사람」과 비교해볼 필요가 있다. 「사람」은 "말째로 지으신 바 사람아/가장 잔인하고 흉물스런 짐승아."라고 하여 사람에 대한 강도 높은 공격적 언사가 주목을 끈다. 「죽고난 뒤의 팬티」나 「내가 나를 바라보니」와는 상당히 다른 격렬한 어조를 가지고 있다. 똑같이 아이러니를 가진 시이면서 이렇듯 다르게 다가오는 것은 무슨 이유일까. 물론 이는 어조나 시적거리에서 우리가 더 깊게 살펴볼 문제이긴 하지만 아이러니에서 국한하여 살펴보자면 「사람」은 외적 아이러니로 구성된 작품이고, 「죽고난 뒤의 팬티」나 「내가 나를 바라보니」는 내적 아이러니로 축조된 작품이라는 점에서 그 차이가 비롯되고 있음을 알 수 있다. 내적 아이러니는 '나를 통한 들여다보기'이므로 독자들에게 친숙하게 다가갈 수 있다. 왜냐하면 독자에 대해 공격적이지 않기 때문이다. 반면에 외적 아이러니는 외부 세계, 즉 독자가 몸담고 있는 세계에 대한 직접적인 공격을 할 수밖에 없으므로 친숙성보다는 일정거리의 경계를 유지하게 된다. 독자를 포함한 모두가 그 대상에서 자유롭지 못하게 되고 독자는 이로 인해 일종의 거부감을 갖게 된다. 「사람」이 직접적으로 "가장 잔인하고 흉물스런 짐승"이라 지칭한 것에 대해 독자의 일부는 수긍을 하지만 일부는 반발하게 된다. 이에 반해 「죽고난 뒤의 팬티」나 「내가 나를 바라보니」는 그러한 반발 없이 기꺼이 수용하게 된다. 이 즐거운 수용이 결국은 독자 자신을 지칭하고 있다는 것도 모른 체 말이다. 똑같은 아이러니라 할지라도 이렇듯 어떻게 쓰느냐에 따라 그 결과는 상당히 다르게 나타난다.

라. 구조적 아이러니

이는 신비평에서 논의되는 개념으로 현대시의 복합한 미적기준의 혼융을 지칭한다고 할 수 있다. 특별히 반어적인 말을 사용하지 않아도 작품 속의 화자가 하는 말과 작가의 의도 사이의 긴장, 문맥들끼리의 충돌, 등장인물 설정 등 작품 전체를 통해 지속적인 아이러니를 보여주는 경우가 이에 해당된다고 볼 수 있다. 리챠즈가 말한 포괄의 원리, 앰프슨이 말한 애매성(ambiguity) 등의 복합적 가치기준을 현대시는 가질 수밖에 없다. 그래서 상충 혹은 대립되는 요소가 공존하게 되는 것이다.

> 낡은 서랍 가득 낡은 브래지어가 쌓여 있다
> 어느 야산의 공동묘지처럼
> 구슬피 쌓여 있는 봉분들
> 제 명대로 세상을 누려보지 못하고
> 어느새 황홀하게 망가진,

가끔은 한없이 우스꽝스러운
욕망의 쭉정이 같은 것들
더 이상의 수치심도 없이
거실바닥이나 욕실 세면대 위에
상스럽게 나앉아 있는
……(중략)……
흥분시킬 그 어떤 상징도 메타포도 없이
골방 구석지기에 천박한 자태로 누워 있는 흉물
단 한 번도 희비의 오르가슴에도 도달해보지 못하고
생매장당한 내 젊음의 불쾌한 흔적인
저 젖무덤들,
푹푹 썩어드는 저 황홀한 관짝들.

— 이기와, 「내 황홀한 묘지」 부분

이 작품은 시적 화자의 인식이 서로 충돌되는 양상을 보여준다. 이 인식은 "황홀하게 망가진"이나 "욕망의 쭉정이", "젊음의 불쾌한 흔적", "황홀한 관짝들"이라는 이율배반적인 인식에서 비롯되고 있는데 시인의 의도와 나타난 실제의 문맥은 서로 충돌되며 시적 긴장을 불러일으키고 있다.

구조적 아이러니의 중요한 한 유형으로 극적아이러니가 있다. 극적아이러니는 플롯의 역전 또는 반전, 주인공의 행위가 그가 의도한 것과는 정반대의 결과를 낳은 경우, 주인공은 모르고 있으나 독자는 알고 있는 경우 등이 이에 해당된다.

'오디세우스'는 이다카로 돌아와 걸인으로 변장하여 자신의 궁전에 앉아서 그의 처의 구혼자들 중의 한 사람이 되어 자신이 고향으로 돌아올 수 있을 거라는 것을 비웃는 소리를 듣는다.

오디세우스는 이제 양손에 활을 들고 그 소유주의 활을 들고 긴 부재중에 벌레나 먹지 않았나 해서 그 활을 뒤틀어 보고 이리저리 시험해 보고 있었다. 구혼자들은 서로의 눈짓을 하면서 의례 하는 빈정거리는 말들을 하고 있었다. "허 대단한 전문가로군, 활에 대해서도 일가견을 지닌 모양인데! 활을 비틀어보고 하는 모습으로 봐서는 틀림없이 집에서 활 수집을 하거나 활공장을 차리려고 하고 있는 것 같군. 마치 무언가 인생에 유익한 것을 떠돌아 다니면서 배운 것 같군!"

독자나 청중들은 오디세우스가 누구인지 알지만 정작 등장인물들은 그 사실을 모르고 이와는 다른 엉뚱한 행동을 하게 된다. 『춘향전』에서 이몽룡이 걸인으로 변장을 하고 들어가 변학도의 실정을 고발하는 장면 또한 마찬가지다. 이를테면 관객과 작가는 알고 있는데 등장인물은 모르고 있는 그런 상황이 발생하게 된다. 『오이디프스』 또한 마찬가지다. 테베시의 기근을 볼러온 장본인이 오이디푸스라는 것을 다른 등장인물과 모든 관객은 다 알고 있는데 왕 혼자 그 사실을 모르고 있으며, 바로 그 모른다는 점이 비극의 원인이 된다. 이런 상황을 극적 아이러니라 한다.

4. 현대시와 아이러니

아이러니는 독자와 작가가 모두 아이러니를 이해할 능력을 갖추어야만 향수 가능한 고차원적인 언어행위이다. 단순하게 보여지는 것만을 그대로 받아들이고 해석하는 사람은 아이러니가 심한 작품 앞에서는 그 본래 의미를 잡아내지 못하고 놓치는 경우가 종종 있게 된다. 그렇기는 하지만 상대성, 단절성의 시대인 20세기의 지적 상황과 밀접한 관련을 지닐 수밖에 없다. 아인쉬타인의 상대성이론과 흄의 단절성 이론(discontinuity)은 19세기 지배적 이론이던 연속의 개념을 거부하면서 스피어즈의 주장처럼 '단절의 미학'으로 나타난다.

강가에는 시커먼 솥
솥 안에는 끓는 양잿물
커다란 나무막대를 들고 누군가 솥 주변을 날아다니며 허둥거리는 남루를 젓는다

상류에 은어
하류에 말풀
중류에 아가들의 시체

노래를 부르며 늙은 개들은 강가에서 서성이고 저 만치서 세월은 지나가고

그러나 지나가는 세월도 강으로 들어가지 못해서
늙은 개처럼 서성이고

— 허수경, 「그러나 지나가는 세월도」 전문

이 작품을 구성하는 원리도 단절의 미학이다. 상류와 중류, 하류는 분리되어 있으며 세월로도 치유하지 못하는 허무의식이 짙게 자리 잡고 있다. 강가의 "끓는 양잿물"은 "허둥거리는 남루"에 지나지 않으며, "늙은 개"들이 서성거리는 현재적 공간에는 "아가들의 시체"가 있다. 곧 죽어갈 "늙은 개"도 "지나가는 세월"도 각각 분리되어 서성일 뿐이다. 단절은 아이러니가 태어나는 동기가 되며 아이러니의 속성 중 하나라고 말할 수 있다. 이 단절은 절망이 아닌 곳에서 절망으로까지 나아간다.

봄바람이 끌어당기듯
수녀 둘이

지하철 계단을 올라가고 있다.

여자라는 이름을 붙이기엔
너무나도 절망스러운
검은 치마와 살색 스타킹

손에는 하나님의 말씀보다
더 예쁜
꽃다발이 쥐어져 있다.

— 강우식, 「素描 1」 전문

지금, 사람들은
1인치의 사랑만을 필요로 한다.
그 이상의 사랑을 원치 않는다.
왕만두처럼 펑퍼짐한 사랑이 아니라,
프라이드 치킨 한 마리의 완전한 사랑이 아니라,
약초로 구운 닭 가슴살 한 쪽만
테이크아웃해가는
작고 앙증맞은 쇼핑백에 담을 만큼의
순간의 시장기를 면할 만큼의
그런 사랑이 필요한 때.

— 박영우, 「1인치의 사랑」 전문

수녀의 모습은 순수함과 경건함의 표징이라 할 만한데 시인은 「素描 1」에서 전혀 다르게 그 표정을 읽어내고 있다. 모든 것이 화사하게 치장을 하고 있는 도시 속에서 "검은 치마와 살색 스타킹"의 수녀 모습은 고행의 단면으로 보이는 것이고 그래서 시인은 "너무나도 절망스러"움을 느끼고 있는 것이다. 마지막 연에서 이 아이러니는 한 번 더 빛을 발한다. 모든 것의 가장 위에 자리한다고 생각되는 진리가 꺾여진 꽃다발 보다 더 못한 것으로 희화되어 나타난다. 이 점은 「1인치의 사랑」에서도 극명하게 나타난다. 모든 것을 거는 것은 아닐지라도 진지하고 절대적인 사랑이 아니라 말초적이고 감각적인 사랑을 좇는 현대인들의 속성을 잘 보여주고 있다. 가장 고결한 곳에서 느끼는 절망, 이 아이러니가 도시적 공간에서는 늘 함께하고 있는 것이다. 이 아이러니가 다음의 작품처럼 시인 자신에게로 향하는 것은 어쩌면 당연한 것인지도 모른다.

스펠이 틀렸을까,
사전에도 없는 단어 하나
行間에 버려져 있다.
지나쳐 읽어도 별 뜻은 없는데
끝내 걸리는
人生行路,
너에겐 적합한 이름이 없다.
「다리」라는 이름으로
「고개」라는 이름으로
불러야 비로소
훤히 트이는 길,
인생은 길이라는데
동반하는 그의 이름을,
나는 모른다.
行間에 불쑥 튀어나온
誤字 하나.

— 오세영, 「자화상」 전문

지친 그림자 이끌고
나, 바닷가에 섰거늘
아, 바다는 이 바다는
그림자가 없도다.

— 김명수, 「그림자」 전문

인용한 작품은 자신에 대한 기록들이다. 전자가 자신의 존재를 人生行路의 行間에서 잃어버린 것을 그려내고 있다면, 후자는 자연에 기대어 지친 삶의 단면을 극명하게 보여주고 있다. "사전에도 없는 단어 하나"나 "行間에 버려"지거나 "불쑥 튀어나온 誤字 하나"에 불과한 이름을 위하여 현대인들은 살아간다. 동반하며 늘 같이 가는 이름이지만 무지의 상태에서 망각하며 살아가는 현대인들의 우울한 자화상을 그려내고 있는 셈이다. 이 무지나 망각이 「그림자」에서는 지칠 정도로 시적 자아를 억압하는 하나의 요인으로 등장한다. 없애거나 떼어버릴 수도 없는 "그림자"를 벗어나고 싶은 열망이 바다에 이르러 비로소 없다는 것을 자각한다.

자신을 시 속에 투영해보는 것은 시인이라면 누구나 한 번 쯤은 시도하기 마련이다. 이럴 경우 인간의 유한성이 드러나기 마련인데, 아이러니의 효과적 측면에서 보자면 현실과 이상의 차이가 클수록 그 효과는 극대화되는 방향으로 나타난다.

1

국민학교 때 나는 학교 화장실 뒤의 콘크리트 정화조 안에 빠져 허우적거리고 있는 개 한 마리를 보았었다.

지금도 나는 그 생각만 하면 눈에 눈물이 고인다.

아마 그 개는 그 정화조에서 끝내 빠져나오지 못했을 거다……

어른이 된 지금도 나는 똑같은 상황에서 어찌해볼 수도 없는 자신에 절망한다……

덥썩 잡아서 끌어올려야 하는 건데

그러나 개는 잡는 시늉만 해도 이빨부터 먼저 드러낸다 으르렁

2
나는 자본주의의 정화조에 빠진 한 마리의 개이다.

— 박남철, 「목련에 대하여 III」 전문

나는 나사못
돌고 돌아 온몸으로 걸어나가는 꿈을 꾼다.

돌고 돌고
도망가는 길을 꿈꾼다.
내 몸을 먹어버린 나의 길

— 이수명, 「나사못」 부분

전자의 작품에서는 아이러니의 효과가 극대화되고 있음을 보는데 이는 1과 2의 극적 반전이 가져온 효과라고 볼 수 있다. 시적 자아는 "자본주의의 정화조에 빠진 한 마리의 개"인데, 그 개는 시적 자아의 기억에 각인되어 있

는 불쌍한 개임과 동시에 "잡는 시늉만 해도 이빨부터 먼저 드러"내는 공포의 존재다. 똥통에 빠진 개는 말하자면 연민과 공포의 이중성을 지닌 존재인데 시적자아 역시 그런 존재라는 것은 독자들에게 이러한 이중성으로 해석하라는 것이니 이러지도 저러지도 못하게 독자들을 어정쩡하게 만드는 힘을 가지고 있는 것이다. 후자의 작품은 논리적으로 도치되는 묘미를 느끼게 한다. '나사못'은 돌고 돌아 나오는 존재이기도 하지만 돌고 돌아 자신의 몸 안에 갇히기도 하는 존재다. "걸어나가는 꿈"이나 "도망가는 길"의 꿈은 결국 자신의 감옥임을 늦게야 깨닫게 한다.

바삐 바삐 살아가다 우리는 정작 중요한 것들을 놓아 보내며 살아간다. 신은 내려다보며 우리들이 정작 매달리고 있는 문제가 중요한 것이 아니라는 것을 확연히 알 법도 하건만 그것을 일러주지 않는다. 그것이 아이러니라는 것을 느꼈을 땐 이미 늦어 있거나 되돌릴 수 없는 상황일 경우가 대부분이다. 내가 그렇게 애써 힘들이고 있는 것에 대해 한 번 나를 돌아보자. 정말 중요한 것은 무엇인가. 다음의 시는 그것을 쉽고도 아름답고 슬프게 보여준다.

> 우리 집에 놀러와. 목련 그늘이 좋아.
> 꽃 지기 전에 놀러와.
> 봄날 나지막한 목소리로 전화하던 그에게
> 나는 끝내 놀러가지 못했다.
>
> 해 저문 겨울날
> 너무 늦게 그에게 놀러간다.
>
> 나 왔어.
> 문을 열고 들어서면

그는 못 들은 척 나오지 않고
이봐. 어서 나와.
목련이 피려면 아직 멀었잖아.
짐짓 큰 소리까지 치면서 문을 두드리면
弔燈 하나
꽃이 질 듯 꽃이 질 듯
흔들리고, 그 불빛 아래서
너무 늦게 놀러온 이들끼리 술잔을 기울이겠지.
밤새 목련 지는 소리 듣고 있겠지.

너무 늦게 그에게 놀러간다.
그가 너무 일찍 피워올린 목련 그늘 아래로.

— 나희덕, 「너무 늦게 그에게 놀러간다」 전문

| 제10강 |

역설(逆說, Paradox)

1. 역설의 정의
2. 역설의 종류
3. 역설의 구조와 효율적인 활용

제10강

역설(逆說, Paradox)

1. 역설의 정의

가. 역설의 개념

그것은/쉽게녹슬고/쉽게흉기로/돌변하는구조물/모든무서운것의/시작이자끝이고/중간인/구조물/…(중략)…/너무오래/보고있어서/보이지않는/구조물/벽은/없고/금만있다/내재한//자멸의/노선따라/極熱하게/번져가는

— 김언희, 「X— 1」 부분

대나무 숲이 내 안에 누워 있다. 누워 있거나 누워 있지 않다. 대나무 숲에서 잠을 자지 않는다. 대나무는 숲에서 잠을 자지 않는다. 대나무 숲 속의 대나무는 대나무가 아니다.

— 강중훈, 「대나무 숲의 대나무는 대나무가 아니다」 부분

이 두 편의 시에는 표면적으로 보면 어긋나는 표현이 등장한다. 시적 대상이든 아니든 어떤 사물에 대해서 자세히 보라는 것은 시쓰기의 기본이다. 그런데 무엇인가. "너무오래/보고있어서/보이지않"다니. "대나무 숲 속의 대나무는 대나무가 아니"라니.

이 언어적 조립에는 모순이 내재하고 있다. 그러나 이 모순은 다시 한 번 생각해보면 유의미한 것이 된다. 역으로 생각해보자. "너무오래/보고 있어서/속까지훤히/잘보이는"이라든지, "대나무 숲 속의 대나무는 대나무다"로 말이다. 언어의 묘미는 그 순간 사라지고 만다. 당연한 말에 어느 누가 관심을 보이겠는가. 그렇지만 "A는 A가 아니다"라는 말에는 일단 독자의 시선을 잡아끄는 흡인력이 있다. 왜 "A는 A가 아니다"라고 말하는가. 이 흡인력은 "A는 AB다"나 혹은 "H나 X다"라는 것보다 종종 시선을 더 강하게 붙잡는 매력이 있다. 바로 역설의 효과다.

역설(paradox)은 고대 그리스어 para(over, 초월)+doxa(dogma, 윤리, 의견)의 합성어이다. '윤리의 초월' 혹은 '얘기하는 바의 너머'란 뜻을 가지고 있다. 윤리나 얘기하는 바가 아니라는 것이고, 그 너머의 다른 것을 말한다는 뜻이다. 참된 명제와 모순되는 결론을 낳는 역설추론(逆說推論)을 의미한다. 배리(背理), 역리(逆理) 또는 이율배반(二律背反)이라고도 하는데, 명확한 역설은 분명한 진리인 배중률(排中律)에 모순되는 형태로 나타나는 것이 보통이다. 그러니 겉으로 보기에는 모순되고 부조리한 것처럼 보이지만 곰곰 생각해보면 올바른 말이란 얘기가 된다. 어떤 일을 강조하기 위해 흔히 반대로 말하는 경우가 있다. 실제의 생활에서도 이런 경우가 부지불식간에 나타나기도 한다. 기뻐서 눈물을 흘리는 경우를 생각해보라. 너무 기가 막혀 실소를 하는 경우를 생각해보라.

역설은 아이러니와 종종 혼동되지만, 아이러니와는 달리 문장 그 자체에서 상반되는 말이 발견된다. 두 개념이 혼동을 일으키는 이유는 아이러니와 역설이 다 같이 '이것(A)' 말하면서 실은 '이것'과 상반, 모순되는 '저것(B)'을 드러내는 표현법이기 때문이다. 그러나 아이러니가 진술 그 자체에는 모순이 없으나 그 속뜻이 겉으로 말해진 바와 다른 경우라면, 역설은 이미 말 속에 모순을 지니고 있다. 종교적 언술의 경우 진리의 중요성을 강조하고 인상 깊게 하기 위해서 종종 역설을 사용하기도 한다. 예컨대, 기독교의 중요한 진리인, "죽으려 하는 자는 살 것이요, 살고자 하는 자는 죽을 것이다."와 같은 말이나, 불가에서 말하는 '색즉시공, 공즉시색' 같은 말들이다.

道可道非常道, 名可名非常名, 無名天地之始, 有名萬物之母, 故常無欲以觀其妙

동양사상을 서양에 소개하는데 크게 이바지 했던 林語堂이 동양문헌 가운데 어느 책보다 먼저 읽어야 할 책으로 꼽은 노자의 도덕경 첫 구절도 역설로 시작된다. 道라고 할 수 있는 것이 '영원한 道'가 아니라는 것이다. 이름 지을 수 있는 것은 '영원한 이름'이 아니라는 것이다.

이런 말들을 들을 때는 단순히 생각하면 말도 안 된다고 느끼기 쉬우나, 처음의 당혹감이 가시고 나서 곰곰 생각해보면 그 말이 옳다는 것이 오히려 즐거움으로 다가오게 된다. 역설은 보다 빠른 공감과 설득을 가능하게 한다는 점에서 중요한 수사적 장치로 널리 쓰이고 있다.

역설은 산문과 구분되는 시어의 본질이다. 일상적 세계에서는 모순되는 진리가 그 모순을 초극함으로써 보다 차원 높은 세계에서 영원한 진리로 탄생되는 것을 의미한다고 볼 수 있다. 그러므로 경이, 아이러니, 모순 등은 역설이 지닌 본질적 요소들이다.

다음은 '교수형 패러독스'로 잘 알려진 내용이다. 이 글을 읽고 역설의 의미를 생각해보자.

어느 판결에서 판사가 피고에게 유죄를 선고하고 다음과 같은 형을 내렸다.

"다음주 월요일부터 토요일 사이 하루를 택해 교수형을 집행하겠다. 하지만 죄인에게 언제 형이 집행되는지 알리지 않는다. 고로 죄인은 형 집행일이 언제인지를 예측할 수 없다."

죄인은 가만히 생각에 잠겼다가 갑자기 "판사는 지금 거짓말을 하고 있다! 판사의 말대로라면 이 사형은 결코 집행될 수 없다"고 소리쳤다.

그의 추론은 다음과 같았다. "판사의 말대로라면 절대로 토요일에는 형이 집행될 수 없다. 만약 월요일부터 금요일까지 형이 집행되지 않는다면 토요일 당일이 형 집행일임이 예측가능하기 때문에 토요일에는 결코 교수형에 처해지지 않는다.

그럼 월요일부터 금요일 사이에 사형이 집행돼야 하는데, 만일 월요일부터 목요일까지 사형이 집행되지 않으면 반드시 금요일에 사형돼야 한다.

금요일도 또 예측이 가능하게 돼 사형은 집행될 수 없다.

금요일과 토요일은 불가능하므로 월요일부터 목요일까지만 남고 같은 방법으로 해나가면 목요일, 수요일, 화요일 차례로 형이 집행될 수 없다.

이렇게 되면 월요일밖에 남지 않는데 이것 역시 예측 가능하므로 월요일부터 토요일 어느 날에도 사형은 집행될 수 없다"

죄수는 편한 마음으로 다음 한 주가 지나기를 기다렸다.

과연 죄수는 교수형을 피할 수 있었을까? 하지만 교수형은 아무 문제없이 수요일에 집행됐다. 어떻게 가능했을까?

판사의 판결은 (1)죄수를 교수형에 처한다 (2)죄수는 형집행일 아침까지도 그 날이 사형일임을 알 수 없다는 두 가지로 요약될 수 있다. 만약 (1)을 사실로 받아들인다면 사형은 집행될 수 없게 돼 (2)는 거짓이 된다. 만약 (1)을 거짓으로 받아들이면 결과적으로 사형일을 예상할 수 없는 꼴이므로 (2)가 참이 된다. 판사의 말을 믿을 때 (1)이 참이면 (2)가 거짓이고 (2)가 참이면 (1)이 거짓이 되므로 판사의 말은 거짓말이 된다. 판사의 말을 믿지 않는다면? (1)을 거짓으로 보면 (2)는 참이고 (2)가 거짓이면 (1)이 참이 되니까 판사의 말은 참이다. 판사의 말을 진실로 받아들이면 거짓이고 거짓으로 받아들이면 참이 된다.

이것은 일명 '교수형 패러독스'로 잘 알려져 있다. 기원은 정확하진 않지만 1940년경 한 교수가 학생들에게 다음주 중 어느 날에 기습적으로 시험을 치를 것이라고 예고한 것이 그 최초였다고 한다. 교수는 학생들이 시험날짜를 정확히 예측할 수 없다고 장담했고 한 학생은 죄수와 같은 방법으로 시험이 치러질 수 없음을 증명하였다. 그러나 결국은 교수가 호언한 대로 시험이 치러졌다. 이런 논리로 판사의 판결은 옳았음이 입증됐다. 즉 위의 (1)과 (2)는 동시에 만족될 필요가 없는 것이다.

2. 역설의 종류

휠라이트는 역설이 현대시에 경이감과 신선감을 불러오는 중요한 방법임을 강조하였는데 역설을 크게 표층적 역설(表層的 逆說, the paradox of surface), 심층적 역설(深層的逆說, the paradox of depth), 표현과 암시의 역설적 상호작용(the para — doxical interplay of statement and innuendo)으로 구분하였다.[1] 여기서는 흔히 얘기되고 있는 표층적 역설과 심층적 역설, 시적 역설로 구분하여 살펴보기로 하겠다.

가. 표층적 역설

모순어법이라고도 한다. 수식어와 피수식어 사이의 모순이 일어날 때이며, 가장 쉬운 역설의 형태이다. '차가운 불', '필요악', '황홀한 고통' 등 흔히 발견되는 관습적인 모순어법을 말한다. "쓰디쓴 즐거움", "달콤한 슬픔", "다윈은 다윈학파가 아니다.", "나는 아직 기다리고 있을테요, 찬란한 슬픔의 봄을"(김영랑, 「모란이 피기까지는」)이나, "이것은 소리없는 아우성"(유

1) P. Wheelwright, *The Burning Fountain* (Indiana; Indiana Univ. Press, 1954), pp. 70~73

치환, 「깃발」), "빼앗긴 들에도 봄은 오는가" 등도 그 예다. 이 역설은 역설적 의미가 시의 구조로서 존재하지 않고 시행에 국한되어 있다는 점, 논리적 유추로 충분히 설명될 수 있다는 점 등, 비록 진지한 고찰에 의해서 그 모순되는 의미가 해명된다고는 하나 습관적 어법으로 때 묻은 사물의 의미에 신선한 충격을 준다는 장점을 지니고 있다.

정지용의 시 「유리창」에서 보게 되는 "밤에 홀로 유리를 닦는 것은/외로운 황홀한 심사이어니"라든지 이승훈의 시 「어느 조그만 사랑」에서 보게 되는 "오늘 광화문에서 만난/너는 꽃잎같고/너무 고요해/귀가 찢어질 것만 같고"의 시구절들은 표층적 역설의 표현기법이다.

나. 심층적 역설

역설(paradox)이 para(over, 초월)와 doxa(dogma, 윤리, 의견)의 합성어임을 주목할 때 이 본래적 어원에서 나타나는 '초월적인 진리'를 강조하는 경우가 종종 있게 되는데 이런 경우 심층적 역설로 나타나는 경우가 많다. 존재론적 역설이라고 명명되기도 한다. "시간을 정복하는 것은 시간뿐이다"와 같이 형이상학적 깨달음을 담고 있는 경우를 말한다.

종교적 진리를 드러낼 때는 심층적 역설이 많이 쓰인다. 이는, 종교적 진리는 논리적으로 증명할 수 없고 어떤 비약을 동반한다는 점에서, 우리가 일상적으로 사용하는 말의 논리성을 뛰어넘거나 반대로 표현하는 수밖에 없기 때문이다. 논리가 아니라 직관에 의해 말해진 상황의 모순을 극복하게 하는 것이 역설의 언어라면, 이러한 역설은 독자에게 대단히 세련된 언어능력과 함께 깊은 사고력을 요구한다. 만해 한용운의 시들은 대개 역설에 바탕을 둔 시가 많다.

이를테면 한용운의 「님의 침묵」에서 "나는 향기로운 님의 말소리에 귀먹고 꽃다운 님의 얼굴에 눈멀었습니다."란 구절과 "아아 님은 갔지마는 나는 님을 보내지 아니하얏습니다."란 구절은 대표적인 역설적 표현이다.

다. 시적 역설

시적 역설은 시적 구조 전체에 나타나는 역설, 진술과 관련 상황 사이에 명백한 모순이 나타나는 경우를 말한다. 김소월의 「진달래 꽃」이란 시를 읽을 때 시가 진술하는 상황과 그 말 사이에 분명한 모순이 발견되는 경우를 발견하게 된다. 아이러니와 거의 구별되지 않으며, 보통 아이러니와 함께 나타난다. 단순한 진술로는 다 드러내기 힘든 복합적 정황과 의견은 역설과 아이러니를 통해 효과적으로 표현될 수 있다. 대개 시에서 역설이 발견되는 경우는, 우리가 일반적이고 통념적으로 옳다고 생각하는 것 속에 담긴 모순과 부조리를 시인이 발견했을 경우인데, 일반적 인식의 통념성을 깨닫게 하기 위한 가장 효과적인 수담이 바로 역설과 아이러니가 된다.

> 이 기록을 삭제해도 될까요?
> 친절하게도 그는 유감스런 과거를 지워준다
> 깨끗이, 없었던 듯, 없애준다
>
> 우리의 시간과 정열을, 그대에게
>
> 어쨌든 그는 매우 인간적이다
> 필요할 때 늘 곁에서 깜박거리는
> 친구보다 낫다
> 애인보다도 낫다

말은 없어도 알아서 챙겨주는
그 앞에서 한없이 착해지고픈
이게 사랑이라면

아아 **컴—퓨—터**와 **씹**할 수만 있다면!

— 최영미, 「Personal Computer」 후반부

사랑은 때로 비인간적인 면이 많다. 사랑하기 때문에 구속하고, 사랑하기 때문에 상대방에 상처를 주고, 사랑하기 때문에 아파하고, 사랑하기 때문에 헤어지고, 사랑하기 때문에 자살도 한다. 정말 나를 있는 그대로 사랑해주고 나를 구속하지 않는 자유의 사랑이 있을까. 시인은 그게 "Personal Computer"라고 말한다. 그래서 "아아 **컴—퓨—터**와 **씹**할 수만 있다면!"이라는 최영미식 도발적이고도 아픈 사랑을 절규한다. 엄청난 역설이 아닐 수 없다.

방패 같은 커다란 잎이 우포늪 가득 착 발려 있다. 잎의 표면엔 무슨 두드러기 같은 가시가 섬뜩섬뜩 돋아 있는데, 그렇듯 제 뿌리짬의 그 무엇을 무섭게 덮어 누르고 있다. 그런데 그걸 또 불쑥 뚫으며 솟아오른 꽃대궁, 창끝 피칠갑의 꽃봉오리에도 줄기에도 그런 가시가 돋아 있다.

저 온갖 적의와 자해의 시간이 오래 무더웠겠다.

그러나 누가 말할 수 있으리.

마침내 고요히 올라앉은 滿開, 만 개의 캄캄한 문, 만 번은 또 무너지며 신음하며 열어제쳤겠다. 악의 꽃, 저 길의

끝

오, 저 고운 웃음에 대해 숨죽여라 지금
소신공양 중이다.

— 문인수, 「가시연꽃」 전문

시인은 '가시연꽃'을 통해 세상의 아픔을 본다. "창끝 피칠갑의 꽃봉오리", "온갖 적의와 자해의 시간", "만 개의 캄캄한 문", "악의 꽃" 등의 이미지는 이 꽃이 얼마마한 고통의 소산인가를 잘 설명해주고 있다. 그러나 시인의 시선이 이 고통과 고뇌를 얘기함에 있지는 않다. "마침내 고요히 올라앉은 滿開"와 "오, 저 고운 웃음", 더 나아가 "소신공양"에 있음은 물론이다.

일부일처제 같이
조그만 세상 속에
벙어리 장갑 반큼
작은 사랑

해인이와 왕인이가 있고
그 옆 방바닥에 엎드려
책을 읽고 있는
나
그림엽서 같이
목가적이다

부부싸움끝에 쫓겨나
골목밖 가로등 밑에서
우리집 등불을 지켜볼 때

— 김승희, 「그림 엽서」 부분

손톱 밑에 때가 꼈다고 손바닥 맞고 돌아온 저녁에 물어 보았지.
엄마 엄마, 선생님의 그 권력은 어디서 온 거냐구.
그건 권력이 아니라 사랑이란다, 얘야.
어린 제가 잘 자라도록 물도 주고 잡초도 뽑아 주는, 아암, 사랑이고말고.

사랑은 내가 깨끗하길 바라고
사랑은 내가 조용하길 바랐어

사랑 때문에 난 줄을 잘 서고
사랑 때문에 난 인사도 잘 했어

사랑 없이 살기란 얼마나 어려웠던지
너무 많은 사랑을 받은 내 손
중국 여자의 발처럼 귀여운
내 작은 손

당신이 날 사랑한다고 말했을 때 난 울었어
그 무서운 사랑이 다시 내게 오다니
이젠 내 손톱은 항상 깨끗한데.

— 노혜경, 「작은 손」 부분

김승희의 「그림 엽서」에서 "그림엽서 같이/목가적이다"이란 표현은 위장에 불과하다. "부부싸움끝에 쫓겨나/골목밖 가로등 밑"에서 보는 한 순간의 풍경에 불과하기 때문이다.

노혜경의 「작은 손」에도 시적역설이 있다. 중국의 전족 풍습에서 가져온

'작은 손'이란 비유는, '사랑'이 사랑받는 자가 아니라 사랑하는 자의 일방적 횡포임을 암시하고 있다. 그런데 '손바닥 때리는 선생님'이 '권력'이 아니고 '사랑'이라는 논리로 철저하게 교육된 나는 정작 사랑 앞에서 울게 된다. "그 무서운 사랑이 다시 내게 오다니" 라는 자조에는 현대인들의 권력에 길들여진 사랑이 얼마나 무력한 존재인가를 적나라하게 나타나 있다.

Batter my heart, three— personed God, for you
As yet but knock, breathe, shine, and seek to mend;
That I may rise and stand, o'erthrow me, and bend
Your force to break, blow, burn, and make me new.
I, like an usurp'd town to'another due,
Labor to'admit you, but oh, to no end;
Reason, your viceroy in me, me should defend,
But is captiv'd, and proves weak or untrue.
Yet dearly'I love you, and would be lov'd fain,
But am betroth'd unto your enemy;
Divorce me,'untie or break that knot again,
Take me to you, imprison me, for I,
Except you'enthrall me, never shall be free,
Nor ever chaste, except you ravish me.

내 심장을 치소서, 삼위일체의 하느님, 당신은
지금껏 두드리고, 풀무질하고, 다듬고, 또 고치려 하셨나니,
그래야 제가 일어서나이다. 저를 집어던지시고,
당신의 온 힘을 기울여, 깨뜨리고, 때리고, 태우고, 새롭게 만드소서.
나는 강탈당한 마을처럼, 또 다른 그 날까지,

당신을 받아들이려 애쓰나이다. 하지만, 오, 그 날은 오는지요
내 안의 당신의 대행자인 이성은 나를 지켜야 하오나,
사로 잡혀, 나약하고 또 거짓될 뿐이옵니다.
진실로 당신을 사랑하고, 또 사랑받고자 하오나,
당신의 적과 언약이 되어 있나니,
나를 파혼시켜 주시고, 가두어 주소서, 나는
당신이 구속하지 않으면 결코 자유롭지 못할 것이며,
또 결코 순결할 수도 없나이다, 당신이 강간하지 않으면.

— 존단, 「Batter My Heart」

과거의 방탕아 Jack Donne은 성직자 Dr. John Donne으로 변신, 신에 대한 경배로 평생을 보낸다. 그런데 이 시에는 그의 방탕아적 기질이 잘 살아나 있어 시의 묘미를 더해주고 있다. 이 시의 내용은, 성직자로서의 Donne이 유혹에 빠져 있을 때, 하느님께서 저를 구해주소서라고 간청하는 형식을 지니고 있다.

이 시는 우선 전체적으로 신을 향한 기도문이면서, 그 언어가 풍기는 뉘앙스가 신에 대한 기원이 아니라 남녀간의 사랑을 연상시키고 있다. 우선, 삼위일체의 신을 'three— spirited God'으로 쓰지 않고 'three- personed God'으로 쓰고 있음을 주목해보라. Donne의 기도는, 신에 대한 성직자의 언어가 아니라, 마치 여성이 남자 애인에게 고백하는 형식으로 기록되어 있다. 그래서 하느님을 지칭하는 대명사로서의 'you'는, 존칭어인 'thou'에 대한 의도적 거부가 될 수 있다. "하느님을 사랑합니다"를 "dearly I love you"로 적을 수 있는 것은 기성의 도덕률에 대한 통렬한 도전이다. 그 외에도 'usurped town,' 'betrothed,' 'divorce me' 등의 이미지는 남녀 간의 사랑을 연상시키며, 끝내는 "나를 강간하소서 you ravish me"라는 극단적인 불경을 저지르고 있다. 아울러 "knock, breathe, shine, and seek to mend"로서 신의 창조

의 과정을 대장간의 이미지로 바꾸어놓고 있다. “o'erthrow me, and bend/Your force to break, blow, burn, and make me new.”의 표현은 대장간의 이미지에서 연유되고 있지만 그 의미는 ‘ravish,’ 즉 강간의 의미와 연결되어 있다. 요컨대, 시인은 신의 사랑을 마치 남자가 여자를 강간하는 모습으로 전이시키고 있는 것이다. 따라서 이 시 전체는 숭배와 불경의 역설로 이루어져 있다고 말할 수 있다. 그렇다면 이 기도는 신에 대한 지독한 모독이 아닌가? 아이러니컬하게도 그러나 이 시는 경건한 기도이다. 왜냐하면, Donne이 생각하는 가장 숭고한 사랑의 개념으로 신께 기도하고 있기 때문이다. Donne에게서 인간의 성적인 사랑은 인간적 차원에서 가장 숭고한 사랑의 개념이다. 결국, Donne이 신과 인간의 사랑에 성적인 이미지를 차용한 것은, 그가 신께 불경해서가 아니라, 가장 존중하고 숭배하기 때문이라는 역설이 성립되는 것이다.

3. 역설의 구조와 효율적인 활용

역설로 시쓰기는 역설의 표현 형식을 염두에 두면 효과적이다. 역설의 구조는 일반적으로 논리학에서 말하는 일반원리에 대한 부정의 법칙을 지니는 것으로 이해해 볼 수 있다. 논리학에서 정상적인 논리를 지탱하는 원리는 同一律(Principle of Identity), 矛盾律(Principle of Contradiction), 排中律(Principle of excluded middle), 충족이유율(充足理由律, Principle of sufficient reason) 이다. 그런데 역설은 이 원리들을 부정하는 법칙을 지닌다. 反同一律, 反矛盾律, 反排中律, 反充足理由律 구조를 갖는 것으로 보인다. 우선 논리학의 일반 원리에 대해 살펴보기로 하자.

가. 동일율(同一律, Principle of Identity)

"모든 것은 그 자체와 동일하다"는 원리로서 "A는 A다", "A=A"라는 공식으로 표시한다. 이 원리는 사고의 대상으로서의 존재를 그 자체와 동일하다고 보는 데 입각하는 것으로, 일정한 대상이 다른 대상과 구별되는 것은 곧 그 대상이 일정한 규정을 가진 자기동일성(自己同一性)에 있어서 독자성을 가지고 있다는 것을 의미한다. 자기 동일성을 가지지 않았다면, 그 대상을 타자(他者)와 구별할 수가 없을 것이다. 설사 대상이 변화하는 경우라도 변화하는 대상 자체가 독자적인 자기 동일성을 가진 것이 아니라면, 그 변화하는 대상을 타자로부터 분간할 수가 없을 것이다. 동일율의 의미를 확장하는 경우가 있는데 "경주는 신라의 옛 도읍이다", "금강석은 광물이다"와 같이 완전한 동일이 아니고, 두 개념의 일치를 뜻하는 경우가 있다. 이것을 일치의 원리(一致의 原理)라 한다. 이 때는 공식이 "A는 B다" 라고 변하게 된다. '경주'와 '신라의 옛 도읍'은 동일한 대상에 있어서의 일치이며, '금강석'과 '광물'은 외연적(外延的) 포섭 관계(包攝 關係)에 있어서의 부분적 일치라고 할 수 있다. 동일율은 모든 긍정적인 판단의 기초가 된다.

나. 모순율(矛盾律, Principle of Contradiction)

"나는 나인 동시에 나 아닐 수 없다"는 원리를 말한다. "A는 非A가 아니다"나, "A≠non— A"라는 공식으로 표시한다. 동일율의 이면(裏面)을 말하는 것으로 "금강석(A)은 금강석 아닌 것(non- A)이 아니다"라는 판단으로부터 "금강석(A)은 식물(B)이 아니다" 즉 "A는 B가 아니다"라는 판단이 가능하게 되는 동시에 A와 B의 차이를 표시하는 차이의 원리가 성립된다. 따라서 모순율은 모든 부정적인 판단의 기초가 된다.

다. 배중율(排中律, Principle of excluded middle)

"A는 B이거나 非B이거나다", "A is either B or non— B"로 표시된다. 동일한 존재에 관하여 동일한 관계를 동시에 긍정하며 동시에 부정할 수 없다는 원리다. '금강석은 광물이거나 광물 아닌 것 중의 어느 하나이지, 광물도 아니고, 광물 아닌 것도 아닌 중간의 제삼자일 수가 없다'는 것을 말한다. 배중율은 때때로 선언율(選言律)이라고도 한다. 그러나 선언율은 어떠한 유개념(類槪念)의 하위에 속하는 모든 종(種)을 열거하여, 즉 A는 B이거나 C이거나 D이거나 등등의 여러 선언지(選言肢) 중에서 하나를 택하는 것을 의미할 수 있으나, 배중율은 긍정, 부정의 두 선언지의 대립에 있어서 비로소 성립한다. 배중율과 선언율은 모두 선언적인 판단의 기초가 된다.

라. 충족이유율(充足理由律, Principle of sufficient reason)

"모든 것은 그 이유를 가진다"는 원리다. 생성, 인식, 존재, 행위의 충족이유율로 나뉜다.

① 생성의 충족이유율(生成의 充足理由律) — 자연계의 생성 변화에는 충분한 이유 즉 원인(原因)이 있어야 된다는 원리다. 원인과 결과의 관계로써 된 인과율(因果律)을 뜻한다.

② 인식의 충족이유율(認識의 充足理由律) — 모든 인식적 판단은 그것이 참되기 위해서는 충분한 이유가 있어야 된다는 논리적 원리. 이때 이유에 따르는 것이 귀결(歸結)이다. 자연계에서 열이 원인이 되어서 온도계의 수은주가 상승(결과)하면, 인식적으로는 온도계의 수은주가 상승한 것을 이유로 열이 증가하였다는 결론(귀결)을 내리게 되는 경우를 생각해보라.

③ 존재의 충족이유율(存在의 充足理由律) — 모든 존재(있는 것)는 선후(先後)와 같은 시간적 계기(時間的 繼起 : 이어서 일어나다)와 상하(上下), 좌우(左右)와 같은 공간적 위치 등으로써 규정되어 있다.

④ 행위의 충족이유율(行爲의 充足理由律) — 인간의 도덕적 실천에 있어서 동기가 그 행위의 이유가 됨을 말하는 원리다. 인간의 모든 행위에는 동기(이유)가 있기 마련이다.

논리적 판단에 있어서의 충족이유율이란 어떠한 판단도 그것이 바르고 참되기 위해서는 그 판단의 주장 전체를 충분히 지지할 수 있는 이유가 요구된다는 것이다. 그것은 동일율이나 수학의 공리(公理)와 같이 자명(自明)한 경우와 다른 판단에 의해 뒷받침되는 경우로 나눌 수 있다. 모든 논리적 추리(推理)는 이 충족이유율을 근거로 하여 전개되는 것이다.

마. 역설로의 시쓰기

① 反同一律로 쓰기

反同一律은 사실 변화에 관계없이 한 명제에 대해 항상 적용되는 논리를 부정하는 것으로 시작한다. "너는 떠났다"라든지 "하늘이 맑다"라는 명제를 생각해보자. 이는 다시 말해 "너는 떠나고 내 곁에 없다"나, "하늘이 맑아, 햇살이 눈부시다"라는 말은 이 명제의 연장이다. 이를 부정해보자.

— 너는 떠났지만 너는 아직 여기 남아 있네

— 하늘은 맑은데 비가 내리네

反同一律로 쓰는 것은 간단히 정리하면 A≠A형식이다. 물론 그런 이유에 대해 최소한의 것은 밝힐 필요가 있다. 강중훈의 「대나무 숲의 대나무는 대나무가 아니다」에 나타난 인식도 여기에 해당된다.

② 反矛盾律로 쓰기

矛盾律(principles of contradiction)이란 "사람은 사람이면서 동시에 사람이 아니다"라는 식의 모순된 명제를 배척하는 것이다. 따라서 모순율은 "A ≠non A"라는 이중부정의 모순율에 대한 부정이다. 그러므로 反矛盾律은 A가 B라는 다른 성질로 전환하게 된다. "타고 남은 재가 기름이 됩니다"라는 것이라든지, "바쁜 것이 게으른 것이다"라는 것은 바로 이 예에 해당된다. 다시 말해 反矛盾律은 A=B and non B 형식을 말한다. 비모순의 원리로부터 자유로운 (삶은 죽음이다)형식이라고 할 수 있다.

> 그날 아버지는 일곱시 기차를 타고 금촌으로 떠났고
> 여동생은 아홉시에 학교로 갔다 그날 어머니의 낡은
> 다리는 퉁퉁 부어올랐고 나는 신문사로 가서 하루 종일
> 노닥거렸다 전방은 무사했고 세상은 완벽했다 없는 것이
> 없었다 그날 驛前에는 대낮부터 창녀들이 서성거렸고
> 몇 년 후에 창녀가 될 애들은 집일을 도우거나 어린
> 동생을 돌보았다 그날 아버지는 未收金 회수 관계로
> 사장과 다투었고 여동생은 愛人과 함께 음악회에 갔다
> 그날 퇴근길에 나는 부츠 신은 멋진 여자를 보았고
> 사람이 사람을 사랑하면 죽일 수도 있을 거라고 생각했다
> 그날 태연한 나무들 위로 날아 오르는 것은 다 새가
> 아니었다 나는 보았다 잔디밭 잡초 뽑는 여인들이 자기
> 삶까지 솎아내는 것을, 집 허무는 사내들이 자기 하늘까지
> 무너뜨리는 것을 나는 보았다 새 占치는 노인과 便桶의
> 다정함을 그날 몇 건의 교통사고로 몇 사람이
> 죽었고 그날 市內 술집과 여관은 여전히 붐볐지만
> 아무도 그날의 신음 소리를 듣지 못했다
> 모두 병들었는데 아무도 아프지 않았다

— 이성복, 「그날」 전문

시적 화자의 독백으로 이루어진 이 시는 지극히 일상적인 일들에 대한 묘사로 이루어져 있다. '그날'이라고 명명된 일상은 오늘날 우리가 처한 일상의 편린들이다. 일상의 편린들을 통해 시인은 '삶에서의 죽음'의 모습을 스크랩한다. 이 공간은 '무사하고' '완벽한' 공간이다. "없는 것이 없"는 공간이다. 없는 것이 없다는 말은 지독한 역설이다. "대낮부터 창녀들이 서성거"리고, "몇 년 후에 창녀가 될 애"의 공간이며, "사람이 사람을 사랑하면 죽일 수도 있"는 공간이다. 다시 말해 이 공간은 무사하지도 않고 완벽하지도 않는 극도의 개인주의와 욕망과 죽음이 공존하는 병폐적인 공간이다. 아픔의 공간. 그러나 아무도 아픔을 느끼지 못하는 공간. "모두 병들었는데 아무도 아프지 않았다"라는 역설이 지배하는 공간이다.

③ 反排中律로 쓰기

排中律(principles of excluded middle)은 두 가지의 모순된 판단 사이에서 제 3의 판단을 용납할 수 없다는 판단을 말한다. 이를 부정하는 경우이므로 모순되는 사항이 함께 존재하는 경우가 이에 속한다. 反排中律은 A≠A or non B 형식을 말한다. 배중율로부터 자유스러운 형식이다. "나는 살아 있지도 죽어 있지도 않다"는 경우도 이에 해당된다.

열쇠를 잃어 버렸다. 잃은 열쇠는 어디에도 없었고 어디에서나 있을 수 있었다.
있음과 없음이 함께 버스를 타기도 하고 길을 가기도 한다. 있음과 없음 사이에서
나의 막막함이 홀로 절망하며 바람과 꽃과 사람 사이를 헤맨다.

— 구석본, 「열쇠」 부분

열쇠를 잃어버렸다면 그것은 여기에 없고 잃어버린 곳 한 곳에만 존재해야 옳다. 그러나 그것은 어디에나 있을 수 있다니 모순이다. 그러므로 이 시에서 '열쇠'는 '열쇠' 아닌 그 무엇이 된다. 다시 말하자면 상징이 되는 것이다. 反排中律은 시적 대상이 그것이면서 동시에 그 너머의 것이 되므로 상징의 효과를 가지는 경우가 많다.

이 글의 처음에 인용한 김언희의 「X— 1」 첫 도입부에도 反排中律로서의 인식을 볼 수 있다.

④ 反充足理由律로 쓰기

충족이유율(充足理由律, Principle of sufficient reason)은 "모든 것은 그 이유를 가진다"는 원리이므로 反充足理由律은 이에 반하는 경우를 말한다. 이를테면 자연계의 생성 변화나, 모든 인식적 판단이나, 모든 존재(있는 것)의 시간적 계기(時間的 繼起)와 상하, 좌우의 공간적 위치나, 인간의 도덕적 실천에 있어서의 동기와 그 행위의 관계가 전복되는 것을 의미한다. 현대는 복합다단한 사회이므로 행위에 대한 결과가 동기가 무관한 경우가 많이 발생한다. 2004년 7월 18일 경찰은 부유층, 부녀자 20여 명을 살해한 혐의로 유모씨를 체포했다. 문제는 범행 동기다. 유씨는 부유층 주택가에서 연쇄살인을 저질렀지만 현장에서 현금과 저금통장, 귀중품 등에는 전혀 손을 대지 않아 원한 등에 의한 단순살인이 아닌 부유층과 사회에 대한 증오범죄임을 드러냈다. 경찰조사 결과, 유씨는 부유층과 여성에 대한 증오감 등으로 무고한 시민들을 잔혹하게 살해한 것으로 나타났다. 유씨는 절도죄로 수감 중 안마사 일을 하던 부인과 일방적으로 이혼을 당했고 출소 뒤 전화방에서 일하던 여성 김모씨에게 청혼을 했으나 전과자, 이혼남이라는 사실이 드러나 거절당하자 여성과 사회에 대해 증오심을 키워갔다고 전하고 있다. 20건의 살인 사건의 결과는 말하자면 그 동기와 1:1로 대응되지 않는다는 것이다. 무차별적인 폭력과 살인과 분노…… 역설의 시대에 우리는 살고 있는 것은 아닌가.

사각의 방에 들어가

사각의 책상에서

사각의 잠을 잤다

일어나니 내 몸이 사각형이 되었다

볼록렌즈처럼

나를 통과하는 무엇이나 담던

고통의 한 정점을 향해

타들어가던 몸뚱이를 벗었다

날카롭게 모서리진 팔다리,

꼭지점으로 밀집해 들어가는

숨결의 팽팽한 긴장

둥글어지기 위해 눈빛조차 궁굴려야 했지

둥글어지려는 내 안의 벽을 허물어야 해

여기서 나가면 공기가 나를

지하로 굴려버릴 거야

(둥근 것은 죄야)

사각형의 방에 빈틈없이

꼬옥 끼워지기 위해, 일렁이는 생각들을 거두고

천천히 숨을 들이쉰다

— 강신애, 「사각형이 되기 위하여」 전문

모난 것 없이 화해하며 사이좋게 살아가는 것이 죄가 되는 세상이다. 세상은 둥근 것이 아니라 '사각의 방'이다.(나도 이런 생각을 한 적이 있다. 그 때 나는 사각이 아니라 삼각형을 생각했다. 「떠도는 삼각형」 연작이 그러한 결과물이었다. '불안하고 아름다운 꿈'의 실체, '삼각형'은 세상에 대한 역설이었다.) '사각'이 가지는 날카로운 모서리와 꼭지점의 밀집을 위해 시인은 늘 "팽팽한 긴장"을 느끼지 않으면 안 되는 것이다.

> 여자들은 저마다의 몸 속에 하나씩의 무덤을 갖고 있다.
> 죽음과 탄생이 땀 흘리는 곳
> 어디로인지 떠나기 위하여 모든 인간들이 몸부림치는
> 영원히 눈먼 항구.
> 알타미라 동굴처럼 거대한 사원의 폐허처럼
> 굳어진 죽은 바다처럼 여자들은 누워 있다.
> 새들의 고향은 거기.
> 모래바람 부는 여자들의 내부엔
> 새들이 최초로 알을 까고 나온 탄생의 껍질과
> 죽음의 잔해가 탄피처럼 가득 쌓여 있다.
> 모든 것들이 태어나고 또 죽기 위해선
> 그 폐허의 사원과 굳어진 죽은 바다를 거쳐야만 한다.
>
> ― 최승자, 「여성에 관하여」 전문

최승자의 시에서처럼 현대는 죽음과 탄생이 공존하는 공간이다. 더욱이 모든 인간이 태어나는 여자의 몸이야말로 그런 공간이다. 탄생이 곧 죽음이라는 역설은 "인간은 누구나 죽는다"라는 명제 때문에 가능하다. "새들이 최초로 알을 까고 나온 탄생의 껍질"과 "죽음의 잔해가 탄피처럼 가득 쌓여 있"는 현대의 공간을 여성의 몸으로 은유한 이 시는 김승희의 지적처럼 "무덤 · 항구 · 동굴 · 폐허 · 사원 · 바다 등의 철저한 불모의 은유들과 맺어진" "주체성이 부인된 여성의 몸"을 얘기하고 있다.[2)]

> 벚나무 검은 껍질을 뚫고
> 갓 태어난 젖빛 꽃망울들 따뜻하다
> 햇살에 안겨 배냇잠 자는 모습 보면
> 나는 문득 대중 목욕탕이 그리워진다
> 뽀오얀 수증기 속에
> 스스럼없이 발가벗은 여자들과 한통속이 되어
> 서로서로 등도 밀어주고 요구르트도 나누어 마시며
> 볼록하거나 이미 홀쭉해진 젖가슴이나
> 엉덩이거나 검은 陰毛에 덮여 있는
> 그 위대한 생산의 집들을 보고 싶다
>
> — 조은길, 「3월」 앞부분

그러나 뤼스 이리가레이(Luce Irigaray)가 『오목거울(Speculum)』에서 플라톤의 '동굴 신화'를 분석하면서 동굴을 여성 · 어머니의 몸 즉 '자궁'의 상징으로 읽어내듯, 우리는 조은길의 시에서 아직도 우리 시대를 이끌어가고 있는 음지의 "위대한 생산의 집"을 보고 싶다. 아마 역설이 안고 있는 문제의 해결도 여기에 있지는 않을까.

2) 김승희, 『남자들은 모른다』, 마음산책, 2001, 21면

| 제11강 |

어조와 화자, 시적 거리

1. 어조
2. 화자
3. 정서적 거리의 문제
4. 시점의 문제
5. 효율적인 활용

제11강

어조와 화자, 시적 거리

1. 어조

"얼씨구, 긍께 지금 봄바람 나부렀구만잉!"

일곱 자식 죄다 서울 보내고 홀로 사는 홍도나무집 남원 할매 그 반백머리에 청명햇살 뒤집어쓴 채 나물 캐는 저 편을 향해, 봇도랑 치러 나오던 마흔두 살 노총각 석현이 흰 이빨을 드러내며 이죽거립니다.

"저런 오사럴 놈. 묵은 김치에 하도 물려서 나왔등만 뭔 소리다냐. 늙은이 놀리면 그 가운뎃다리가 실버들 되야불 줄은 왜 몰러?"

…(중략)…

"아따 동네 새암은 말라붙어도 여자들 마음 하나는 언제나 스무살 처녀 맘으로 산다는 것인디 뭘 그려. 아 저그 보리밭은 무단히 차오간디"

"오매 오매 저 떡을 칠 놈 말 본새 보소. 그려그려, 저그 남원장 노류장화라도 좋응께 요 꽃 피고 새 우는 날, 꽃나부춤 훨훨 춤서 몸 한번 후끈 풀었으면 나도 원이 없겠다. 헌디 요런 호시절 다 까묵고 니 놈은 언제 상투 틀 테여?"

— 고재종, 「저 홀로 가는 봄날의 이야기」 부분

어디서 우 울음소리가 드 들려
겨 겨 견딜 수가 없어 나 난 말야
토 토하고 싶어 울음소리가
끄 끊어질듯 끄 끊이지 않고
드 들려와
…(중략)…

소 소름이 끼쳐 터 텅빈 도시
아니 웃 웃는 소리야 끝내는
끝내는 미 미쳐 버릴지 모른다
우우 보우트 피플이여, 텅빈 세계여
나는 부 부인할 것이다.

— 이승하, 「畵家 뭉크와 함께」 부분

이 두 편의 시는 상당히 다른 측면에서 쓰여지고 있다. 전자의 작품이 농촌의 공간 위에 얹혀진 주정적인 시라면 후자의 작품은 다분히 도시적이고 주지적인 입장을 취하고 있다. 이 양자의 차이는 어디서 기인하는 것일까. 시 창작이 어려운 이유 중에 하나이기도 하거니와 개별적인 시의 다양함이 여기에서 좌우되고 있으니 상당히 중요한 문제에 속한다. "시인이 바로 서기 위해서는 자기 목소리를 가져야 한다"라든지 "이 작품은 개성이 부족해. 그저 그렇고 그런 이야기잖아."하는 지적과 충고를 많이 받았던 독자라면 이 원인이 어디서 연유하고 있는 지를 살펴볼 필요가 있다.

위 인용 작품은 그 배경이나 내용에서 현저한 차이가 나는데 중요한 것은 이렇게 다른 내용을 효과적으로 표현하기 위하여 시인은 어떤 자세를 취하고 어떻게 표현하고 있는지를 주목해보아야한다. 여기서 시인의 자세는 시 속 화자의 자세와 연관이 되고, 표현은 그 화자의 말부림이 어떠한가와 관련된다. 전자는 농촌의 질박함을 드러내기 위해 "일곱 자식 죄다 서울 보내고 홀로 사는 홍도나무집 남원 할매"와 "마흔두 살 노총각 석현이"를 등장시켜 이들의 대화를 객관적으로 그려내는 방법을 차용하고 있다. 이들이 쓰는 사투리가 그대로 등장할 수 있는 장치를 시인은 의도화한 셈이다. 그렇지만 후자는 '나'라는 사람이 시의 모든 것을 이끌어 가고 있다. 여기의 '나'는 화가 뭉크의 그림의 주요 특징인 공포와 불안에 사로잡힌 현대인 중의 한 명이다. 어눌함의 수법은 공포와 가장 적절하게 어울리는 말부림이다. 전자의 꺼릴 것 없는 말부림과는 현저한 차이를 보일 수밖에 없는 것이다.

시도 언어 전달의 한 형식이므로 특정의 사물에 대하여 특정의 인물에게 특정의 태도로 하는 말임에 틀림이 없다. 이때 '특정의 태도'는 말하는 사람이 스스로 하고자 하는 말의 내용과 주제에 대한 태도와 듣는 상대에 대한 태도로 나눌 수 있다. 이렇게 한 편의 작품에 드러나는 말하는 사람을 '시적 화자'라고 하며 특정한 태도를 일컬어 '어조(tone)'라고 한다.

어조(tone)는 그러므로 한 작가가 이야기의 서술 속에서 소설 내적 요소나 독자들을 향해 가지는 태도의 특성을 의미하는 용어이다. 즉, 작품 속에 드러나는 작가의 '개성적' 특징을 말하며, 목소리(voice)라는 개념으로 설명한다. 하나의 문학 작품을 읽어갈 때 독자들은 작품 속의 모든 소재를 선택하고 배열하고 묘사하고 표현한, 서술의 어느 면에나 침투해 있는 하나의 존재, 분명한 개성과 도덕적 감수성을 지니고 있는 존재를 인식한다. 이것이 바로 '목소리' 혹은 넓은 의미의 '어조'이다.[1)]

1) 그러나 어조(tone)와 목소리(voice)를 구분하는 경우도 있다. 어조는 제재에 대한 화자의 태도 즉 냉소적, 풍자적인가 등을 말하고 목소리는 청자에 대한 화자의 태도를 말한다. 이를테면 풍선껌 목소리, 권위적 목소리, 객관적 목소리 등이 이에 속한다고 보고 있다. 패트릭 하우웰, 『글을 어떻게 쓸 것인가?』, 경문사, 1985. 참조

어조는 자연 시적 분위기나 정서와 관련을 맺으면서, 한 작품에 선택되어지는 시어와 서술어의 어미에서 드러나기 마련이다. 대개 한 작품에서는 일관되게 나타나지만 한 작품 안에서도 어조가 달라지는 경우가 있다. 주로 시적 자아의 정서에 변화가 생길 때이다. 이를테면 기대감이 실망감으로 바뀐다든지, 체념적 정서에서 의지적 정서로 나아간다든지 할 때, 그런 정서의 변화가 어조에 반영되는 것이다.

한국시의 대표적인 다음 작품들에 나타난 어조는 각각 성격을 달리하고 있다. 어떻게 다른지 생각해보기로 하자.

> 지금 눈 내리고/매화 향기(梅花香氣) 홀로 아득하니/내 여기 가난한 노래의 씨를 뿌려라.//다시 천고(千古)의 뒤에/백마(白馬) 타고 오는 초인(超人)이 있어/이 광야(曠野)에서 목놓아 부르게 하리라
>
> — 이육사, 「광야」 부분

> 나 보기가 역겨워/가실 때에는/말없이 고이 보내 드리오리다.//영변(寧邊)에 약산(藥山)/진달래꽃,/아름 따다 가실 길에 뿌리오리다.
>
> — 김소월, 「진달래꽃」 부분

> 남으로 창을 내겠소.//밭이 한참갈이/괭이로 파고/호미론 김을 매지요.//구름이 꼬인다 갈리 있소./새 노래는 공으로 들으랴오.//강냉이가 익걸랑/함께 와 자셔도 좋소.//왜 사냐건/웃지요.
>
> — 김상용, 「남(南)으로 창(窓)을 내겠소」 전문

이육사의 「광야」와 김소월의 「진달래꽃」은 각각 남성적 어조와 여성적 어조의 대표적 예에 속한다. 남성적 어조는 의지적이고 힘찬 기백을 담은 내용의 전달에 적합하다. 자연스럽게 남성적 어조는 단정적이며 명령형의 종

결 어미가 많이 사용된다. 이에 반해 여성적 어조는 주로 높임의 종결 어미가 사용된다. 간절한 사랑이나 기원, 애끓는 정한, 슬픔의 정서 등의 내용을 전달하기에 적합하다. 우리 전통 시가는 대개 여성적 어조의 작품이 많다. 한용운의 「님의 침묵」, 김영랑의 「모란이 피기까지는」 등이 여기에 속한다.

이에 반해 김상용의 「남으로 창을 내겠소」는 남성적이면서도 부드러움을 지니고 있다. 소박하고 겸손하고 친근한 어조를 가지고 있다. 특히 회화의 기법을 활용, 자연스러움을 유도하였다.

어조의 종류는 대개 종결어미의 형태에 의해 결정된다. 화자의 사람됨, 신분, 정신 상태 등이 나타날 뿐 아니라, 화자의 청자에 대한 태도와 대상에 대한 태도 등이 드러나는데, 이에 따라 어조는 여러 가지 유형으로 분류될 수 있다. 다음은 편의적인 분류에 지나지 않는다.

가. 시적 자아의 태도에 따른 유형

- 관조적 : 대상을 잔잔히 바라보는 태도
- 교훈적 : 깨우침을 주는 태도
- 낙천적 : 긍정적으로 세상을 바라보는 태도
- 낭만적 : 멋있는 말소리와 태도로 이상적 세계를 나타내는 태도
- 냉소적 : 업신여겨 비웃는 태도
- 독백적 : 혼자 말하는 태도
- 비판적 : 좋고 나쁨, 옳고 그름을 따지는 태도
- 사색적 : 깊이 생각하여 판단하는 태도
- 염세적 : 부정적으로 세상을 바라보는 태도
- 예찬적 : 찬양하는 태도
- 종교적(소망적) : 기원하여 무엇을 소망하는 태도
- 철학적 : 인생의 깊이를 따지는 태도

- 풍자적 : 꼬집어 상대방의 약점을 찌르는 태도
- 해학적 : 대상을 익살스럽게 바라보는 태도
- 회화적 : 그림을 그리는 듯 대상을 객관적으로 제시하는 태도

나. 시적 자아의 감정에 따른 유형

- 격정적 : 솟구치는 열정의 목소리
- 냉정함 : 차가운 목소리
- 힘참 : 호소하는 목소리
- 침착함 : 조용한 목소리
- 기쁨 : 환희의 목소리
- 슬픔 : 애상적 목소리
- 영탄적 : 감동을 소리로 나타낼 때
- 명랑함, 우울함 등

다. 기타 특정 분석 기준에 따른 유형

- 청자의 유무에 따라 : 독백조, 회화조
- 청자에 대한 화자의 태도에 따라 : 권유, 명령, 기원, 예찬, 의문, 간청
- 화자의 인간 유형에 따라 : 아이, 어른, 남성, 여성, 스승, 제자
- 화자의 감정 상태에 따라 : 명랑, 우울, 낙천적, 염세적, 격정적, 관조적
- 대상에 대한 화자의 태도에 따라 : 냉소적, 친화적, 비판적, 우호적

2. 화자

어조는 시 속의 화자가 독자나 시적 대상에게 말하는 태도를 말한다고 하였다. 시의 '화자'는 흔히 '시적 자아' 혹은 '서정적 자아', '서정적 주체'[2] 등으로 불리기도 하며, 화자를 시인과 구별하기 위해 원래 연극의 용어였던 '퍼소나(persona)'[3]란 용어를 사용하기도 한다. 퍼소나는 고전극에서 배우들이 사용하는 '가면'을 가리키는 라틴어였다. 여기서 극의 등장인물을 지칭하는 "극적 퍼소나(dramatis personae)"라는 용어가 생겨났다. 결국에는 영어 작품에서 특정의 개인을 가리키는 '퍼슨(person)'이 유래하게 되었는데. 최근 문학 논의에서 '퍼소나'는 흔히 실화체 시나 소설의 1인칭 서술자, 즉 '나'에 적용되거나, 혹은 서정시에서 우리들의 그의 목소리를 두고 존재하며, 특정한 상황에서 역할을 수행하고 특정의 효과를 가져오기 위해 창조되는 것이라 보는 게 일반적이다. 시적 담화도 일상적 담화나 서사적 담화의 일종으로 보고 화자 논의에서 청자를 포함시키는데 김준오 역시 시를 '담화'의 일종으로 보고 야콥슨의 담화이론에 따라 시의 전달 체계를 화자(시인)와 메시지(텍스트)와 청자(독자)의 수평적 관계로 파악하고[4] 챠트만(Chartman)의 서

2) 시 속에 나타난 목소리의 주인공, 즉 '탈(persona)'로서, 시인과는 구별된다. 시인의 제 2의 자아, 허구적 자아인 것이다. 시인은 서정적 자아를 설정하여 세계에 대한 자신의 태도를 표명한다. 예를 들어 "엄마야 누나야, 강변 살자./뜰에는 반짝이는 금모래 빛.//뒷문 밖에는 갈잎의 노래,/엄마야 누나야, 강변 살자."(김소월, 「엄마야 누나야」)에서 서정적 자아는 어린이를 지칭한다. 시인의 과거 체험이라 할지라도 허구적 자아이다.

3) 융C.G. Jung의 분석 심리학에 의하면 인간이 타고난 정신의 세 가지 구성 요소는 그림자(shadow), 영혼(soul), 탈(persona)이다. 그림자는 무의식적 자아의 어두운 측면, 열등하고 즐겁지 않는 자아의 측면을 얘기한다. 영혼은 인간의 내적 인격이고 탈은 인간의 외적 인격을 말한다. 그는 영혼을 아니마(anima: 몽상, 꿈의 언어, 이성적 자아, 조용한 지속성, 밤, 휴식, 평화, 사고기피, 식물, 다정한 부드러움, 수동적, 선, 통합, 개인적, 비합리적 양상을 지닌다)을 아니무스(animus: 현실, 삶의 언어, 현실적 존재, 역동성, 낮, 염려, 야심, 계획, 사고, 동물 엄격한 힘의 보관자, 능동, 지, 분열, 합리적이고 추상적인 사고, 국가 사회 중심 등 양상을 지닌다)로 나누고 있다.

4) 야콥슨은 화자(시인)→메시지(텍스트)→청자(독자) 사이의 관계를 골자로 한 수평설을 내세웠다. 그에 의하면 화자 지향(일인칭, '나' 지향)에서, 즉 표현기능에서 나타나는 어조는 감탄, 정조 등의 양상을 띠며, 청자 지향(이인칭, '너' 지향)에서, 즉 능동기능에서 나타나는 어조는 명령,

사적 전달양식을 원용하여 시의 전달 양식을 다음과 같이 도식화하고 있다.[5]

실제의 시인→	〈텍스트〉 함축적 시인→ [화자 → 청자] →함축적 독자	→실제 독자

시적 화자를 염두에 둘 때 필연적으로 시적 화자의 말 건넴에 귀 기울이는 청자를 상정하지 않을 수 없다. 말하자면 함축적 화자의 개념은 필연적으로 함축적 청자의 개념을 발생시킨다. 중요한 것은 이 함축적 청자는 시 그 자체의 한 요소라는 사실이다. 이 함축적 청자는 시가 형식적으로 말을 건네는 어떤 인물, 또는 실제의 어떤 독자와 반드시 일치하지 않는다. 시를 "함축적 화자와 함축적 청자 사이의 거래"라고 한 점은 이를 적시한 말이다.

시인이 시적 자아를 따로 설정하는 이유는 시인이 표현하려는 주제를 보다 효과적으로 드러내기 위해서 시적 화자라는 대리인을 내세우는 것이다. 그러므로 시적 화자는 시인으로 하여금 자아의 세계를 확대할 수 있도록 도와주는 핵심적 기능을 수행한다. 그 이외에도 시적 자아는 시의 방법론, 즉 기술적 차원에서 ① 시의 통일성을 살려나가는 역할 ② 시의 배경 묘사를 담당하는 역할 ③ 등장 인물에 대한 정보를 제공 ④ 시 속의 시간을 요약해주는 역할 ⑤ 시적 안정감을 획득하는 등의 중요한 역할을 수행한다. 그러므로 어조의 사용은 처음부터 끝까지 통일되는 게 중요하다.(시적 화자의 태도변화가 이루어진 경우라면 다르겠지만 그런 경우라도 어조를 너무 다르게 쓰는 것은 독자에게 혼란을 줄 위험을 다분히 내포하고 있어 바람직하지 않다고 생각된다.)

요청, 권고, 애원, 질문, 의심 등의 양상을 띠며, 화제 지향(탈인칭, 그, 그녀, 그것 지향), 즉 텍스트 지향의 그것은 정보 전달에 적합한 소개, 사고 등의 사실적, 명시적 경향을 띤다고 보고 있다.

5) 김준오, 『시론』, 삼지원, 1997, 187~209면.

겨울나무와

바람

머리채 긴 바람들은 투명한 빨래처럼

진종일 가지 끝에 걸려

나무도 바람도

혼자가 아닌 게 된다

혼자는 아니다

누구도 혼자는 아니다

나도 아니다

실상 하늘 아래 외톨이로 서 보는 날도

하늘만은 함께 있어 주지 않던가

삶은 언제나

은총(恩寵)의 돌층계의 어디쯤이나

사랑도 매양

섭리(攝理)의 자갈밭의 어디쯤이나

이적진 말로써 풀던 마음

말없이 삭이고

얼마 더 너그러워져서 이 생명을 살자

황송한 축연이라 알고

한 세상을 누리자

새해의 눈시울이

순수의 얼음꽃, 승천한 눈물들이 다시 땅 위에 떨구이는

백설을 담고 온다

— 김남조, 「설일(雪日)」 전문

이 시의 화자의 태도는 인간의 고독을 다스리는 경건함에 놓여 있다. 눈 내리는 새해에 자신의 삶을 돌아보는 시적상황을 설정하면서 겸손하고 너그러운 자세로 삶을 살겠다는 다짐의 주제의식을 형상화하고 있다. 어조는 처음부터 끝까지 경건하고 겸손하며, 설득적이고 부드럽다. 일관적인 어조가 시의 안정감을 가져오는데 기여하고 있다.

참 맑은 물살
발가락 새 헤적이네
애기 고사리순 좀 봐
사랑해야 할 날들
지천으로 솟았네
어디까지 가나
부르면 부를수록
더 뜨거워지는 너의 이름
참 고운 물살
머리카락 풀어 적셨네
출렁거리는 산들의
부신 허벅지 좀 봐
아무 때나 만나서
한몸되어 흐르는
눈물나는 저들 연분홍 사랑 좀 봐.

— 곽재구, 「참 맑은 물살」 전문

이 시는 「설일(雪日)」과 비슷한 삶의 태도를 보이고 있지만 "~이네", "좀 봐"의 어조로 인해 보다 친근하고 날렵한 맛이 있다. 시인은 물살의 산뜻함과 경쾌함을 살려내기 위해 보다 친화적인 어조를 구사하고 있다고 판단된다.

퇴근 무렵
홍대 앞 '69'바나 'HOME'바에 가면
홀로 칵테일을 즐기는 여자들이 많지요.
칵테일이 혀에 휘감기듯
매력적인 여자들이
저마다 슬픈 표정을 한 채,
미끈한 다리를 꼬고 앉아 마일드 세븐을 꼬나물지요.
물론 나도 혼자이지요.

네온 휘황한 거리를 나서다보니
문득 학교 담벼락에 걸려 있는 현수막이 보이질 않겠어요.

'아들아, 마일드세븐 피지 말거라'
— 정신대 할머니 일동 —

— 박영우, 「슬픈 표정 짓지 말아요」 전문

이 작품에 나타난 어조는 대체적으로 여성적이며 친화적이다. 그러나 마지막 연의 주제에 시인의 의도가 있음이 분명해 보이고, 그래서 다시 읽어보면 이 여성적이면서 친화적인 어조가 사전에 계산된 의도였음을 알게 된다. "미끈한 다리를 꼬고 앉아 마일드 세븐을 꼬나물지요."라는 표현은 비판적이면서 냉소적인 어조를 복합적으로 가지고 있음을 알게 된다.

손이 없어서 잡지 못하고 울려고 하네/눈이 없네/눈을 어딘가에 두고 왔네/그 어디인가, 아는 사람 집에 두고 왔네//바다가 안기지 못하고 서성인다 돌아선다/가지 마라 가지 마라, 하고 싶다/혀가 없다 그 어디인가/아는 사람 집 그 집에 두고 왔다/글썽이고 싶네 검게 반짝이고 싶었네/그러나 아는 사람 집에 다, 다,/두고 왔네

— 허수경, 「바다가」 2, 3, 4연

이 작품에서 어조는 2연에서 갑자기 변하고 있다. 2, 4연의 "~네"의 어조가 "~한다"라는 어조로 변하고 있는데 구태여 이유를 열거하자면 할 수는 있겠으나(2, 4연이 과거의 기억인데 반해 3연은 현실이라는 등, 그러나 이렇게 보더라도 과거, 현재의 시제가 뒤섞이고 있어 문제가 있다) 반드시 그래야만 할 이유를 찾기 어렵다. 같은 어조로 처리해도 문제는 없기 때문이다. 이럴 경우 명사형이나 도치법을 써서 직접적으로는 종결어미의 어긋남을 보여주지 않는 것이 혼란을 방지하는 좋은 방법이 될 것이다. 이를테면 3연을 이렇게 바꾸면 이 혼란은 사라진다.

안기지 못하고 서성이다, 돌아서는 바다/가지마라 가지마라 하고 싶은데/그 어디인가/아는 사람 집 그 집에/두고 온 혀

작품이 개성을 갖는 것은 중요한데 어조는 이를 결정하는 중요한 바로미터다. 그 중 가장 대표적인 것이 만연체와 간결체라 할 수 있는데 다음의 두 작품은 이를 잘 보여주고 있다.

무너진 고향집 흙담 곁에 고요로 멈추어 선 우물 속을 들여다본다. 물을 퍼올리다 두레박 줄이 끊긴 자리, 우물 둘레는 황망히 뒤엉킨 잡초로 무성하다. 그 오래 올려지고 내려지다 시신경이 눌린 곳, 깜깜한 어둠만 가득 고여 지루한 여름을 헹구어

낸다. 하품이 포물선처럼 그려졌다 사라진다. 내가 서서 바라보던 맑은 거울은 간데 없이 사라지고 몇 겹인지 모를 시간의 더께만 켜켜이 깊다.

…(중략)…

고인 물은 멈추지 않고, 시간의 때를 축척한 만큼 새카맣게 썩어갔다. 소녀가 한 여인으로 생을 도둑질당하는 동안, 우물도 부끄러운 모습으로 그 자리에 그대로 서 있었다. 온 마을 사람들이 퍼올리고 내리던수다한 꿈들이 새로운 물갈이의 충격으로 흐르다 모두 빼앗긴 젊은 날의 물빛 가슴, 습한 이끼류 뒤집어 쓴 채 나를 바라본다. 쉼없이 태어나고 흘러가는 것도 아닌, 우물 속의 달빛을 깔고 앉아서.

— 최영신, 「우물」 부분

잊은 듯/깜박 잊은/듯//이슬방울이/서로 만난/듯//불을 이고/폭풍우 바다를 이고/사뿐한/듯//눈 한번/감은 듯이/천년 흐른/듯//나인 듯/너인/듯

— 백무산 「듯 - 반가사유상」 전문

전자의 작품은 만연적인 세부묘사가 치밀하게 직조되어 있고 후자의 작품은 털어낼 것 다 털어내고 뼈대만 남아 있다. 시 창작의 초기부터 뼈대만을 바로 잡으려고 노력해서는 금물이다. 기본기를 익히는 연습은 치밀한 세부묘사에서 비롯되는 것이고, 이에 대한 탄탄한 실력을 갖추는 것이 후자와 같은 시 쓰기를 가능하게 한다. 전자의 작품이 등단 작품인 것은 우연이 아니다. 만연적인 문체로의 시 쓰기가 목소리로 굳어지는 것은 문제가 있지만 이에 대한 과정을 거치는 것이 독자적인 목소리를 갖는 지름길이다. 세부묘사에 소홀히 한 채, 이를테면 간결함만을 추구하여 잠언적이고 명구적인 표현에 매료되어 그것을 본질로 삼는 것은 당장은 보기 좋을지 모르지만 바로 밑천이 드러나기 마련이다. 시 창작은 등단이 목표가 아니다. 좋은 시를 쓰는

것이 목적이고 이는 단거리가 아니라 평생을 달려야 하는 장거리 마라톤이다.

3. 정서적 거리의 문제

화자가 시적 대상에 대하여 느끼는 감정과 정서의 미적 거리를 '정서적 거리'라고 말한다.

대상에 대하여 주관적인 감정을 적극적으로 드러냈는가, 대상과 객관적인 거리를 유지하고 있는가, 또는 반감을 가지고 있는가에 따라, 정서적 거리가 가까운 거리, 균제・절제된 거리, 먼 거리로 나뉜다.

> 행여나 다칠세라/너를 안고 줄 고르면//떨리는 열 손가락/마디마디 에인 사랑//손 닿자 애절히 우는/서러운 내 가얏고여.
>
> — 정완영, 「조국」 부분

> 어두운 방 안엔 /바알간 숯불이 피고,//외로이 늙으신 할머니가/애처로이 잦아드는 어린 목숨을 지키고 계시었다.
>
> — 김종길, 「성탄제」 부분

> 강나루 건너서/밀밭 길을//
> 구름에 달 가듯이/가는 나그네.
>
> — 박목월, 「나그네」 부분

위 인용 작품들은 각각 순서대로 정서적 거리가 가까운 거리, 균제・ 절제된 거리, 먼 거리의 예를 보여준다. 「조국」은 '가얏고'에 서정적 자아의 감정을 이입함으로써 정서적 거리가 가깝게 느껴진다. 「성탄제」는 유년 시절을 담담하게 서술하고 있는 경우로 그 서정적 거리가 적당함을 유지하고 있다. 이에 반해 「나그네」는 화자가 드러나지 않으며 객관적 거리를 유지하고 있는데 「성탄제」 보다는 멀게 느껴진다. 시 창작에서는 가까운 거리는 감정이 노출되기 쉽고 먼 거리는 현실과 유리되기 쉽다. 규제 · 절제된 거리를 유지하는 것이 무엇보다 중요하다.

풀잎은 푸르기만 한 것만은 아니다//풀잎 속엔 가느다란 길이 있어/그 길을 따라서 가면 오두막집/오두막집은 황금빛/노을이 빛부신 서양받이/차마 굴뚝도 세우지 못한//봉숭아꽃은 피고 물밀듯이/봉숭아꽃은 지고 이제는/씨주머니가 익어 도르르/새까만 씨앗 튀어오르는/토방, 들마루//아이 하나와/하얀 치마 저고리의 아낙네가/봉숭아 새까만 씨앗을/바라보고 있다/왜 둘은 말이 없었을까/그림자처럼 옛이야기처럼/풀잎은 결코 푸르기만 한 것만은 아니다

— 나태주, 「풀잎 속, 작은 길」 전문

이 작품에서의 정서적 거리는 어떠한가. 가까운가, 먼가, 아니면 적당한가. 시인은 이를 위해 어떻게 시적 대상을 처리하고 있는가. 정서적 거리는 마치 '타오르는 불'과 같다. 가까이 가면 타서 죽고, 너무 멀리 있으면 얼어 죽는다.

이 작품의 정서적 거리는 규제 · 절제된 거리를 유지하고 있다. 시인은 이를 위하여 이들의 사고에 끼어들지 않는다. 다시 말하자면 "아이 하나와 하얀 치마 저고리의 아낙네"가 보여주고 있는 것만을 아주 객관적으로 그려내고 있다. 말이 없는 이유에 대해서도 직접적으로 얘기하지 않는다. 다만 아주 우회적으로 "풀잎은 결코 푸르기만 한 것만은 아니다"라는 진술을 보여줄 뿐이다.

다음의 작품에는 상당히 뚜렷한 어조가 있다. 이 작품의 어조는 어떠하며 시적대상과의 정서적 거리는 어떠한가. 그리고 어조에 따라 시적대상의 거

리를 어떻게 조절하는 것이 좋은가를 생각해보자.

시멘트 바닥에 피를 흘리며 쓰러지는
달빛을 봤어.
밤의 학살은 참으로 조용했어.
어둠이 살금살금 기어나와
학살당한 달빛을 조용히 매장하고 있었어.
그 밤 자정(子正)은 깜깜했고
문득 빗방울을 흩뿌렸어. 비는
시멘트 바닥에 머리를 쳐박고 부서져
흘러내렸어.
이 땅에 깊이깊이 달빛을 묻으며
자욱히 울고 있었어.
가끔 참을 수 없는 설움으로 바람이 불어
흩뿌리는 눈물은
땅 위에 엎드려 꿈틀거렸어.
어둠 속에서도
번득이며 흘러 내리고 있었어.

— 한광구, 「빗물 4」 전문

4. 시점의 문제

시에서는 말하여지는 시점에 따라 1인칭, 2인칭, 3인칭 또는 탈인칭시점 등이 탄생되게 된다. 1인칭은 화자 중심의 말하기 이고, 2인칭은 청자, 3인칭은 화제 중심이 된다. 문법은 이렇듯 화자, 청자, 화제 등의 세 가지 유형의 인물을 구별하는 것이 일반적이다.

1인칭은 시 창작의 가장 일반적인 형태로 화자가 겪은 체험을 자신의 목소리로 말하는 경우다. 1인칭 시점은 화자인 '나'를 지향하는 경우이다. "산산히 부서진 이름이여!/허공 중에 헤어진 이름이여!/불러도 주인없는 이름이여!/부르다가 내가 죽을 이름이여!"(김소월, 「초혼」)에서 화자는 '나'이고 청자는 숨어 있다. 대개 영탄, 감탄의 어조를 띠며 독백적 서정성을 주조로 한다. 서정시에 알맞은 시점이다.

> 아버지가 생전에 받아놓았던 쑥갓, 상치, 아욱 씨들을 텃밭에 뿌려놓았습니다. 쭈그리고 앉아 잡초도 뽑고 물도 주면서 어린 새싹들이 흙을 밀고 올라오는 걸 하루에도 몇 번씩 숨죽이고 들여다봅니다. 그러면 새끼손톱보다 작은 떡잎들 위에 내려앉은 연초록 햇빛들은 작은 바람에도 흔들리고 참새 소리로 재재거리기도 하다가 아버지 굽은 등으로 나타나곤 합니다. 식구들이 다 나간 빈집에서 느리게, 혹은 빠르게 자라나는 새싹들과 얘기도 나누며 저무는 시간을 들여다보던 아버지가 내 곁에 앉아 상치는 봄에 먹는 게 더 맛있다고도 하고 아욱국은 장모님이 막내 사위 왔을 때 끓여 내놓는 국이라며 웃으십니다. 아버지보다 먼저 떠난 세 형님들이 하하하하 웃는 소리 뒤뜰에 가득합니다. 아버지가 만나고 생각하고 들여다보던 것들이 무엇인지 알겠습니다. 봄날의 따뜻함입니다. 다시 살아나는 죽은 것들입니다. 이제사 나는 아버지를 좀 더 자주 만나고 얘기를 나누게 될 것 같습니다. 아버지, 제가 비로소 아버지가 될 것 같습니다.
>
> — 김동찬, 「봄날의 텃밭」 전문

김동찬의 「봄날의 텃밭」은 아버지에 대한 회상과 다시 살아나는 것들의 의미를 성찰하는 고백적 시다. 경어체를 사용함으로써 아버지에 대한 경외감과 시적 대상에 대한 공손함을 자연스럽게 나타내고 있다. 과거에는 눈 여겨 보지 못했지만 나이가 들고 철이 들어 보게 되는 "느리게 혹은 빠르게" "저무는 시간"의 의미를 되새기게 한다. 이 시간들의 의미는 "아버지보다 먼저 떠난 세 형님"에 대한 고백적 술회에서 더 설득력을 얻는다.

2인칭 시점은 청자인 '너'를 지향하는 경우에 해당된다.

"복사꽃이 피었다고 일러라. 살구꽃도 피었다고 일러라. 너이 오오래 정드리고 살다 간 집, 함부로 함부로 짓밟힌 울타리에, 앵도꽃도 오얏꽃도 피었다고 일러라. 낮이면 벌 떼와 나비가 날고, 밤이면 소쩍새가 울더라고 일러라."(박두진, 「어서 너는 오너라」)에서 화자는 숨고 청자인 '너'만 드러난다. 명령·권고·요청·갈망·호소의 어조를 띠며, 청자에 대한 소망이 주조를 이루는 데 참여시·목적시는 대개 이 유형을 채용한다.

> 너의 손에는 언제나 해풍이 일고 있다
> 하루 종일 물일을 하다보면
> 허옇게 불은 손가락 새로 흐르는 피가
> 하늘과 바다를 새빨갛게 수놓았다.
> 샛바람에 어둠이 밀려오면 땅내가 난다
> 뱃전을 세차게 때리는 저녁 북새로
> 퉁퉁 불은 손을 씻어본다.
>
> — 차한수, 「너의 손은 - 손 · 81」 전문

"하루 종일 물일을 하"는 너의 손을 통해, 저녁이 오고 있는 모습을 그려내고 있는 작품 또한 2인칭으로 된 시다.

3인칭은 나와 너가 아닌 제 3자를 지칭하는 경우를 말한다. 이를테면 김동환의 「국경의 밤」에서 "아하, 무사히 건넜을까./이 한밤에 남편은/두만강을 탈 없이 건넜을까./저리 국경 강안을 경비하는/외투 쓴 검은 순사가/왔다 갔다/오르며 내리며 분주히 하는데/발각도 안 되고 무사히 건넜을까"의 경우처럼 화자와 청자는 숨고 3인칭 '그(남편)'만 나타나게 된다. 정보 전달에 적합한 사실적, 객관적 어조를 띠기 마련인데 서사시는 대개 이와 같은 시점을 즐겨 사용하게 된다.

> 어머니도시락 사들고 덕수궁에서/홀로 신문지를 깔고 앉는다/쉰 간과 마른 허파도 꺼내놓는다/점심을 그것도 도시락을 혼자 까먹는/사내는 실패한 사내다/벚꽃 너머로 복사꽃을/개나리 너머로 산수유를 보는/열 살 너머로만 달려가는 봄날/도장부스럼처럼 사내의 주위는/까맣게 타들어 간다/사내는 스티로폼 도시락에서/어머니만 골라내고 있다
>
> — 이문재, 「마른 쑥에 불 - 고독한 산책자의 몽상」 부분

이문재의 이 작품에는 실직한 한 사내의 모습이 객관적으로 그려지고 있다. 그 사내가 시인의 모습을 대변하고 있는지, 혹은 우리들의 모습을 대변하고 있는 지는 여기서는 중요한 문제가 아니다. 시인은 다만 3인칭의 사내를 그려내는 데 충실하면 된다. 그러므로 시인의 사내에 대한 태도는 결코 동정적이지 않다. 오히려 냉정함을 유지해주는 게 시 성패의 중요한 척도가 된다.

1인칭 시점은 정감적(표현적) 기능 즉 전달이 화자를 지향해서 언어의 '정감적' 기능이 우세해지는 경우에 해당되고 2인칭 시점은 사동적(지령적, 능동적) 기능 즉 전달이 청자를 지향하는 경우에 해당되며 사동적 기능이 우세해진다는 점을 알 수 있다. 3인칭 시점은 지시적(정보적, 표상적) 기능 즉, 전달이 맥락을 지향하여 언어의 지시적 기능이 우세해지는 경우나, 시적(미적) 기능, 관계적 기능이 보다 객관화를 유지하는 데 적합하다고 볼 수 있다.

> 함께 가자 우리 이 길을/셋이라면 더욱 좋고 둘이라도 함께 가자./앞서가며 나중에 오란 말일랑 하지 말자./뒤에 남아 먼저 가란 말일랑 하지 말자./둘이면 둘 셋이면 셋 어깨동무하고 가자./투쟁 속에 동지 모아 손을 맞잡고 가자./열이면 열 천이

면 천 생사를 같이하자./둘이라도 떨어져서 가지 말자./가로질러 들판 산이라면 어기여차 넘어 주고,/사나운 파도 바다라면 어기여차 건너 주자./고개 너머 마을에서 목마르면 쉬었다 가자./서산 낙일 해 떨어진다 어서 가자 이 길을/해 떨어져 어두운 길/네가 넘어지면 내가 가서 일으켜 주고,/내가 넘어지면 네가 와서 일으켜 주고,/산 넘고 물 건너 언젠가는 가야 할 길 시련의 길 하얀 길/가로질러 들판 누군가는 이르러야 할 길/해방의 길 통일의 길 가시밭길 하얀 길/가다 못 가면 쉬었다 가자./아픈 다리 서로 기대며.

— 김남주, 「함께 가자 우리 이 길을」 전문

이 시의 화자는 "우리"다. '나'일 수도 있고 '나와 독자'로도 해석이 되지만 어디까지나 시인은 함께 가는 것을 강조하여 "우리"라는 집단화자를 내세우고 있다.

조국의 완전한 해방과 독립의 길에 동참할 것을 권유하는 남성적 어조의 이 작품은 4음보의 전통적 율격을 적절히 변형시키면서 대구를 이용하여 자칫 경향적이고 관념적으로 흐르기 쉬운 시의 주제를 무난하게 형상화시키고 있다. 또한, 민요나 유행가 가사와 같이 민중에게 친근한 구절을 삽입하여 독자에게 친근감을 느끼게 한 것도, 집단적 화자인 '우리'를 적절하게 활용하고 있는 것도 독자로 하여금 거부감을 누그러뜨리는 의도를 가지고 있다. 특히 집단적 시점의 '우리'는 현실 참여적, 의지적, 선언적인 내용을 담을 때 상대방을 포용하는 하나의 좋은 전략이 됨을 알 수 있다.

시점이 다중으로 사용되는 경우도 있다. 1인칭과 2인칭, 혹은 1인칭과 3인칭의 시점이 동시에 진행되기도 한다. 다음의 작품을 보자.

나는 서투르게 양파껍질을 벗긴다/(그는 나의 옷을 벗긴다)//나는 양파를 깨끗이 씻는다/(그는 나의 몸을 씻겨준다)//나는 눈물을 흘리며 양파를 썰었다/(그는 나의 눈물을 닦아준다)//그 둥근 구근 안에 들어 있었다/흰 뿌리며 날개, 수평선, 푸른 잎새/달과 해, 노르스름한 꽃망울/아무 것도 없는 줄 알았는데/들어 있었구나/(그 안에 내 안에)//천둥 번개가 치고/순간, 나는 얼마나 아름답게 빛났는가//그는 흙이 다 된/나의 가슴을 황금으로 만들었다.

— 지인, 「연금술」 전문

남자: 난 지은 죄가 너무 많아

여자: 그건 나도 그래

남자: 나무를 봐

여자: 봄이 오려나봐

남자: 벌써 봄이 온다고?

— 이승훈, 「봄이 오던 날의 대화」 부분

2

몇 시나 됐소?

시계가 얼었어요

젊은 양반이, 너무 오래 바깥에 있었군

끈이 좀 잡힙니까?

난 눈이 멀었소

마음이 얼었겠지요

놀라지 마시오. 마음이 얼었으면 볼장 다 본 거요

어서 몸 녹일 데를 찾아야 할 텐데

몸 녹일 데? 나는 발이라도 어디 좀 붙였으면 좋겠소

— 감태준, 「허공」 부분

지인의 「연금술」에는 1인칭과 3인칭이, 이승훈의 「봄이 오던 날의 대화」에는 서로 다른 제3자의 대화가 나오고 있다. 그런데 감태준의 「허공」은 다중 시점 같기는 한데 누구의 얘기인지 구분이 안 될 정도로 상당히 모호하다.

시인은 이 모호함을 의도하고 있는지도 모른다. 이를 추론해보면 아마 다음과 같이 정리해 볼 수 있을 것이다

> 새: 몇 시나 됐소?
> 나, 혹은 허공: 시계가 얼었어요
> 새: 젊은 양반이, 너무 오래 바깥에 있었군
>   끈이 좀 잡힙니까?
>   난 눈이 멀었소
> 나 혹은 허공: 마음이 얼었겠지요
>   놀라지 마시오. 마음이 얼었으면 볼장 다 본 거요
> 새: 어서 몸 녹일 데를 찾아야 할 텐데
> 서정자아 혹은 허공: 몸 녹일 데? 나는 발이라도 어디 좀 붙였으면 좋겠소

여기에서 '새'는 '끈'에 잡혀 새장에 갇힌 새를 지칭한다. '나'는 또 다른 새로도 볼 수 있고 '허공'으로도 볼 수 있다. '나'는 아직 '끈'에 의해 지배되지 않고 있는 자유주의자다. 그렇지만 몸 녹일 '집'이 없는 존재다. 자유는 곧 '허공'이므로 몸은 고사하고라도 그 일부분인 '발'이라도 어디 쉴만한 곳이 있으면 좋겠다는 뜻이다. '마음'의 자유가 있는 반면 육신은 피곤할 수밖에 없는 것이 시인이 말하고 있는 자유인 셈이다.

다음의 작품들도 다중시점의 예를 보여준다.

> 요렇게 씨 많이 뿌리면 누가 다 거둔대요?
>
> 새가 날아와 씨째로 낱낱 쪼아먹지.
>
> 요렇게 씨 많이 뿌리면 누가 다 거둔대요?

벌레가 기어와 잎째로 슬슬 갉아먹지

요렇게 씨 많이 뿌리면 누가 다 거둔대요?

나머지 네 먹을 만큼만 남는다.

— 하종오, 「새가 먹고 벌레가 먹고 사람이 먹고」 전문

물음과 대답 사이에 서정자아는 있기 마련이다. 이런 작품에서 중요한 것은 균형을 유지하는 것이다. 이 작품의 균형은 언뜻 보기엔 깨어져 있는 것처럼 보인다. 대답에 시인의 비중이 가 있기 때문이다. 그러나 유의해보면 그렇지 않다. 질문은 "요렇게 씨 많이 뿌리면 누가 다 거둔대요?"라고 단순하게 설정되어 있고 이에 답하는 내용은 점점 깨달음을 깨우치는 과정으로 되어 있기 때문이다. 어린아이와 노인 화자가 나눈 대화로 설정되어 있기 때문에 여기에서 오는 위험함에서 벗어나고 있다고 볼 수 있다.

빨갛게 익은 고추 몇 개를 골라 땄다.
(하는 말마다 얼어붙는다)
맵고 아린 젊음의 살 속에
(표적은 독수리 갈매기)
노랗게 익은 고추씨를 간직하기 위해
(일문당 일분에 여덟발)
약오를수록 제 맛과 제 빛깔을 내겠지.
(임무는 D1에서 D60까지)
우리는 제 몫의 목숨을 각기 챙겼다.
(얼어붙은 山河는 팽팽히 긴장하고)

배를 찢겠지.

(재집결지는 P지점, 낙오 없도록)

노란 고추씨를 쏟으면서

(상황개시 시간은 BMNT)

지붕 위에서 혹은 툇마루나 봉당에서

(얼어붙은 말들을 머리말에 놓고)

마지막 햇살에 몸을 말리며

(밤새 푸른 바다가 출렁였어)

맵게, 맵게 마르면서 부서지겠지.

(징징 땅이 울고)

— 한광구, 「상처(傷處)를 위하여 7」 전문

위의 작품과는 달리 이 작품은 ( )가 없는 행과 ( )가 있는 행을 교차로 쓰면서 다중시점의 효과를 노리고 있다. 시인이 이렇게 교차로 설정한 이유는 무엇일까. ( )가 없는 행과 ( )가 있는 행은 서로 다른 상황이 설정된다. ( )가 없는 행은 빨간 고추의 이미지와 상상력이고 ( )가 있는 행은 실전을 가상한 군사훈련이다. 말하자면 ( )가 없는 행과 ( )가 있는 행을 따로따로 처음부터 끝까지 읽어보면 각각 한 편의 시가 된다. 두 작품을 하나로 엮어주는 것은 '상처'다. 그러나 단지 이런 이유에서 교차로 쓰는 것을 시도했다면 효과는 반감될 것이다. 중요한 것은 두 개의 다른 상황이 설정되면서 한 편의 시처럼 읽히는 매력이 이 시에는 있다는 점이다. 맵고 아린 붉은 고추가 말라가는 과정의 상상력과 얼어붙는 긴장의 순간이 반복되는 실제는 서로 뒤섞이면서 가장 자유로워야 할 시기의 우리의 젊은이들이 모두 겪어야 하는 분단의 '상처'를 보여주고 있는 것이다.

쥬스, 코카콜라, 사이다, 뜨거운

소주 같은 것들 사람들의 어깨를 넘어서
떠나가 버렸다, 질펵하게. 미치광이 길을 따라
여름은 발가벗긴 채, 버려진 병의 밑바닥으로
이끌려 왔다. 발가벗긴 채 모든 것은 내동댕이쳐졌다.
병들끼리 부딪치며, 그 소리에 시끄러워하며,
흙들의 어둠 속에 빠지면서, 이제는 누구나 먼지 속
혼음의 골짜기로 굴러 떨어졌다.

우리가누구냐고요?내용이없으니아무것도아니지요뚜껑이필요없는빈병일뿐그냥엎드린채더낮게고개숙이고더깊숙한곳으로몸이나파묻을뿐속은비었지만허전하지않아요우린아무것도아니라니까요

청정한 세계를 담기 위하여 빈 병은 엎질러진다.
엎질러진 다음 냉정해지는 유리. 스스로 버려지면서
병은 더 이상 담을 수 없는 것들만의 세계 쪽으로
주둥이가 빠진다. 고요하다. 남은 빈 병들은 엎질러지며
그들이 둘러싼 세계가 거꾸로 그 자신들을 껴안는 것을
느낀다.

— 이하석, 「병2」 전문

이 작품에는 병을 바라보는 화자와 그 병들의 입장을 대변하는 의제된 화자가 겹쳐지고 있다. 시인은 이를 통하여 말을 할 수 없는 무생물의 입장을 대변하면서 "스스로 버려지면서 병은 더 이상 담을 수 없는 것들만의 세계 쪽으로 주둥이가 빠진다."라는 심리의 변화까지 읽어낸다. 만약 이 작품에서 2연이 빠져있다면 얼마나 밋밋했을까라는 점을 생각해보면 화자의 변화와 섞어 쓰기가 얼마만큼 시의 활력을 위해 필요한가를 알 수 있다.

이러한 다중시점은 현대시의 새로운 기법으로 점점 복잡화되어가고 개인화 되어가는 세태를 반영하고 있는 것이라 해석해볼 수 있다. 한 사람의 고정된 시각보다는 다양한 시각이 필요하다는 것을 반영한 것이라 볼 수도 있고, 독자의 다양한 욕구를 대변할 수도 있다는 점에서 주목이 된다. 그렇지만 시가 본래 가지고 있는 간결성 위에 서로 다른 시점까지를 수용하여 얼마나 다양한 이야기를 얹을 수 있을 까는 상당한 노력이 수반되는 문제라 할 수 있다.

5. 효율적인 활용

가. 말소리의 조절이 어조를 탄생시킨다

말소리와 어조는 밀접한 관계가 있다. 유음의 반복이 아늑하고 은근한 분위기를 조성한다든지, 거센 소리와 된소리가 딱딱하고 답답한 느낌을 준다든지, 양성 모음의 결합이 밝고 작은 느낌을, 음성 모음의 결합이 어둡고 큰 느낌을 준다든지 하는 것이 그 예이다.

양지밭 과수원에 꿀벌이 잉잉거릴 때,
나와 함께 고 새빨간 능금을 또옥 똑 따지 않으렵니까?

— 신석정, 「그 먼나라를 알으십니까?」 부분

내 마음의 어딘 듯 한 편에 끝없는
강물이 흐르네.
돋쳐 오르는 아침 날빛이 빤질한
은결을 도도네.

— 김영랑, 「끝없는 강물이 흐르네」 부분

삭풍은 나무끝에 불고 명월은 눈속에 찬데
만리변성에 일장검 짚고 서서
긴파람 큰 한소리에 거칠 것이 없애라.

— 김종서

위 인용 작품들은 말소리의 차이가 어조에 얼마만큼 영향을 미치고 있는지를 잘 보여준다. '또옥 똑' 대신에 '뚝뚝'을 쓴다든지 경어체를 쓰지 않는다든지 하면 어조는 사뭇 다르게 될 것이다. '또옥 똑'은 평화로운 느낌을, 경어체는 겸손한 느낌을 준다. 'ㄴ, ㄹ' 등의 울림소리의 반복은 부드러운 여성적 어조를 형성하는 반면, '풍', '찬', '짚', '파', '큰', '한', '칠' 등의 파열음, 마찰음, 거센 소리의 반복은 강인한 남성적 어조를 형성한다.

여울이란 말 예쁘지 않나요? 내 애인의 이름이 여울이었으면 좋겠어요. 세월이 여울져간다는 말 어딘가 여유 있어 보이지 않나요? 강여울 여울여울 기복도 결도 보이지 않는 그 한가로운 표정이 넉넉해 보이지 않나요? 그러나 강이나 바다에 바닥이 얕거나 너비가 좁아서 물살이 세게 흐르는 곳이라는 강퍅한 뜻을 가진 말이란 것도 아시나요? 내 애인도 그랬으면 좋겠어요. 단박에 그 빠른 물길에 휩쓸어 가버리면서도 그 표정은 여울이란 말처럼이나 끄덕없어서 내가 여울에 빠져 허우적댄다 해도 남들이 듣기에 어째 그 동작이 춤처럼은 느껴지지 않을래나요? 가도 아주 가지는 안노라시는 그 뻔뻔한 그래서 천만번은 더 빠져나 보고 싶은 여울 여울이란 말 참 예쁘지 않나요?

— 복효근, 「여울이라는 말」 전문

한 개의 피문은 허공을 내버린다. 말의 힘을 버린다.
무너진 시간을 지나면

광막한 어둠만이 끝없이 자기 한몸을 내세우며 서 있다.
남아서 근심하던 가시덤불과
산맥들도 무데기
무데기 자기를 내버리고 어둠이 된다.
버리리라. 아름다우나 보잘 것 없는
말, 말, 말,

거친 들에
저무는 저녁이 제 한몸을 팽개치고 가듯
버리고 나면 새롭게 만나는
더 작은 힘 더 깊은 어둠
시의 말

— 홍신선, 「더 작은 힘을 위하여」 전문

전자의 작품은 '여울'이 주는 유음적 효과를 주목하여 쓴 시다. "않나요?" "아시나요?"의 물음이 상대방의 의사를 묻는 것이 아니라 그렇다는 확신을 드러내면서 독자를 자신도 모르게 시인이 이끄는 '여울' 속으로 휘말리게 하고 있다. "좋겠어요"나 "않을래나요?"는 부드러움과 여유를 더욱 상승시키는 효과를 하고 있다. 이에 반해 후자의 작품 어조는 단호하고 강경하다. '말'이란 단어가 갖는 유음성이 반복적인 끊어냄이나 명사의 집약화로 확실하게 반감되면서 오히려 가파르고 강팍한 느낌이 들도록 시인은 유도하고 있는 셈이다.

나. 주제의식이 어조를 만든다

어조는 시 속의 화자가 독자나 시적 대상에게 말하는 태도를 말한다. 시 전체의 분위기를 효과적으로 조성하여 주제의 형상화에 기여한다. 가령, 간절한 그리움을 호소하는 작품이라면 애절하고 부드러운 어조가 도움이 되고, 굳센 결의를 노래한 시라면 단호하고 명료한 어조가 적합할 것이다. 잘 알고 있는

> 가을에는
> 기도하게 하소서…,
> 낙엽들이 지는 때를 기다려 내게 주신
> 겸허한 모국어로 나를 채우소서.
>
> — 김현승,「가을의 기도」 부분

김현승의 명상적인 기도조의 어조는 경건한 삶에 대한 염원을 노래하는 주제를 효과적으로 나타내는 데 기여를 하고 있다.

> 이 세상 아름다운 사람은 모두/제 몸 속에 아름다운 하나씩의 아이를 갖는다/사과나무가 햇볕 아래서 마침내/달고 시원한 사과를 달 듯이/이 세상 아름다운 사람은 모두/제 몸 속에 저를 닮은 하나씩의 아이를 갖는다
>
> 그들이 가꾸어온 장롱 속의 향기가/몰래 장롱 속을 빠져나와/잠든 그들의 머리카락과 목덜미와/목화송이 같은 아랫배로 스며들어/이 세상 아름다운 사람은/이 세상의 크기에 알맞는 하나씩의 아이를 갖는다
>
> 그들이 가꾸고 싶은 세상은/아침숲처럼 신선한 기운으로 충만하다/그가 담그는 술은 길이 향기롭고/그의 치마는 햇볕 아래 서면/호랑나비가 되어 하늘로 날아간다/그의 어깨는 좁아도 그의 등 뒤에는 언제나/한 남자가 누울 휴식의 그늘이 드리워져 있다

> 아름다운 사람은 제 몸 속의 샘물로/한 남자를 적시고/세상의 목마른 아이들을 적신다
>
> — 이기철, 「아름다운 사람」 전문

"아름다운 사람"의 존재적 의미를 담고 있는 이 작품은 이에 대한 주제의식이 시의 어조를 차분하면서도 밝게 이끌어간다. 이를 "추하고 이기적인 사람"의 주제와 비교해보면 이 점은 여실히 증명이 된다. "햇볕 아래서 마침내" 달게 되는 "달고 시원한 사과", "장롱 속의 향기", "목화송이같은 아랫배", "그들이", "아침숲처럼 신선한 기운", "휴식의 그늘", "샘물" 등의 단어나 표현이 이에 기여를 하고 있는 셈이다. 시를 쓰는 방법이 어느 것 하나로 통일되기 힘들지만 ① 주제를 생각하고 ② 이에 적합한 이미지를 끌어 모으고(말하자면 지금 열거한 표현과 단어들) ③ 이를 이에 맞는 어조로 연결해 주는 것도 좋은 방법 중의 하나이다.

다. 다양한 목소리의 변주를 시도해보자

시를 담화의 한 양식으로 보면 필연적으로 시어의 의미와 언어선택은 화자와 이 화자의 목소리인 이 어조에 의해 결정된다. 시인의 어조선택은 시인이 어떤 태도를 갖느냐에 따라 달라지므로 제재나 명제를 개성적으로 처리해야 한다.

제재를 처리하는 시인의 태도가 다양하고 여기서 진정한 자기 목소리가 나오게 된다. 시인의 개성은 자연적으로 주어진 것이 아니고 사회적 경험의 과정에서 발생되고 형성된다. 개성의 끊임없는 형성과 초월의 과정에서 다양한 시적 개성과 다양한 문체와 어조가 탄생된다. 시 창작에 있어 처음부터 개성이 있는 어조를 창출하는 것은 이를 데 없이 바람직한 일이겠지만 개성

있는 어조는 쉽사리 얻어지는 것이 결코 아니다. 나는 왜 개성있는 시를 쓰지 못할까. 이런 고민에 매몰되지는 말자. 개성있는 어조는 한 시인의 완성을 의미하기 때문이다. 대부분의 시인들은 개성있는 어조를 갖지 못한 채 사라진다. 그러므로 중요한 것은 다양한 어조로 습작을 해보는 것이다. 풍자도 그 중의 좋은 방법이다.

풍자는 인간의 어리석음과 악덕, 부조리한 사회현실을 폭로하고 비판하는 문화형태이다. 풍자는 사회적 기능을 수행하는 사회적 문학양식이며, 풍자는 있는 그대로의 현실과 있어야 하는 현실의 차이를 날카롭게 의식하는 행위이다. 기지, 조롱, 아이러니, 야유, 냉소, 패러디, 문체의 수준을 낮추는 것과 같은 기교가 모두 이에 해당된다.

> 목숨이 우수수 지는 가을의 길목에 서서/오래 전 여름밤에/수줍게 반짝이던 네 이름을 생각한다.//개/똥/벌레//오늘에서야 알겠다./왜 네가/휘황찬란하게 번쩍이던/종교, 이념, 민족, 사상, 문화, 예술… 이 아닌가를,/사랑이 아닌가를,/시가 아닌가를.//정작/개,/똥,/벌레만도 못한/우리들을 피해/무주 구천동 어디엔가에/숨어 지낸다는 네가/부끄럽게도/부끄럽게도/그리웁구나.
>
> — 김동찬, 「개똥벌레」 전문

> De—Militarized Zone?/Dis—Membered Zone!/Donkey Monkey Zoo!/Dream Missed Zoo!/Drunk Mad Zeus!//덜(비)무장 지대?/동강 마디 작전!/도둑 미쏘 점령!/대한 민국 죽여!/더욱 미친 지랄!
>
> — 임보, 「D.M.Z」 전문

위의 인용 작품들은 풍자적인 기법을 보여주고 있다. 전자의 작품은 "개똥벌레"라는 단어를 의도적으로 나누는 기지가 덧보인다. 후자의 작품은 비무장지대의 첫 글자 D. M. Z와 ㄷ, ㅁ, ㅈ 으로 영어와 한글을 활용하여 분단의 대치상황을 공격적으로 희화시키고 있다. 풍자의 방법 등을 활용해보는 것도 어조를 다양화하는데 좋은 방법이다.

라. 고백적이고 자전적(自傳的)인 1인칭 시 쓰기의 연습이 필요하다

어젯밤 망월묘역에서 전화가 왔다
여그 참꽃이 피었어야
한 번 오랑께 ——
영광에 가면 영광 굴비 없다던
김남주 선생의 목소리였다

— 이원규, 「꽃집에 꽃씨 없다」 부분

시적 화자를 실제 시인과 동일시할 때, 시는 분명히 고백적이고 자전적이다. 그러나 시가 하나의 창조물인 이상 '탈'이란 시적 화자를 자전적으로 동일시할 것이 아니라 상상적으로 동일시해야 할 것이라고 주장하는 측면에서는 이를 비판하기도 한다. 시적 화자는 제재에 대한 태도를 표명하기 위해 창조된 극적 개성이기 때문에 시는 고백적이고 자전적이 아니라 어디까지나 허구적이고 극적이라는 것이다. 그러나 시 쓰기에서 가장 친숙하게 다가갈 수 있는 방법은 고백적인 글을 담담하게 써보는 것이 중요하다. 이원규의 작품 또한 개인의 체험을 통한 상상력을 바탕으로 하고 있다. 아마 이러한 비슷한 체험을 하지 못했다면 이런 식의 상상을 가진다는 것이 불가능할 것이다. 1인칭으로 창작해본 후에 나아가 남의 이야기를 객관화하여 써보자.

마. 동일한 종결어미를 가급적 지양하자

동일한 종결어미는 통일감을 주는 데 효과적인 역할을 한다. 그러나 동일한 종결어미는 단조롭고 聯의 자연스러운 연결을 방해한다.

진주(晋州) 장터 생어물(生魚物)전에는
바다 밑이 깔리는 해 다 진 어스름을

울엄매의 장사 끝에 남은 고기 몇 마리의
빛 발하는 눈깔들이 속절없이
은전(銀錢)만큼 손 안 닿는 한(恨)이던가.
울엄매야 울엄매,

별밭은 또 그리 멀리
우리 오누이의 머리 맞댄 골방 안 되어
손시리게 떨던가 손시리게 떨던가,

진주 남강(晋州南江) 맑다 해도
오명 가명
신새벽이나 별빛에 보는 것을,
울엄매의 마음은 어떠했을꼬.
달빛 받은 옹기전의 옹기들같이
말없이 글썽이고 반짝이던 것인가.

— 박재삼, 「추억에서」 전문

습관적이거나 무자각적으로 종결어미를 쓰고 있는 경우라면 이 작품을 눈여겨 살펴볼 필요가 있다. 공모된 작품을 심사하는 과정에서 종결어미의 단조로움을 보고 우선 1차적으로 걸러낸다고 하는 경우가 있을 정도로 어미는 중요하다. 행과 행은 물론 연과 연 사이의 연결은 이 어미가 좌우한다. 이것이 어조를 결정하는 가늠쇠이기도 하다. 우선 자신의 작품을 퇴고할 때 어미를 천편일률적으로 쓰고 있는지를 검토해보라. 그리고 가능하다면 어미를 같은 유형으로 배열하지 말고 바꾸거나 뒤섞어보라. 도치를 하여 종결어미로 끝내지 않는 경우, 명사형이나, 감탄형으로 처리하는 경우 등이 이에 속한다. 다음은 같은 시인의 등단 작품이다. 각 연의 마지막어미를 유념하여 보고, 이것이 갖는 가락의 유연성과 어조에 대하여 생각해보자.

무거운 짐을 부리듯 강물에 마음을 풀다
오늘 안타까이 바란 것도 아닌데
가만히 아지랑이가 솟아 아뜩하여지는가

물오른 풀잎처럼 새삼 느끼는 보람
꿈같은 그 세월을 아른아른 어찌 잊으랴
하도한 햇살이 흘러 눈이 절로 감기는데

그날을 바라보는 마음은 너그럽다.
반짝이는 강물이사 주름도 아닌 것은,
눈물로 아로새긴 내 눈부신 자국이여.

— 박재삼, 「강물에서」 전문

| 제12강 |

시의 구성, 시작과 마무리

1. 삼단 구성
2. 사단 구성
3. 일 · 이단 구성
4. 비정형 구성
5. 제목, 시작과 중간과 마무리
6. 창작품 실제 수정

제12강

시의 구성, 시작과 마무리

시의 구성은 소설과는 다르다. 소설은 서사적 구조를 갖는 것이 보편화되어 있지만 시의 경우는 반드시 그럴 필요가 없기 때문이다. 서사성은 일정 사건이나 이야기를 전제하기 때문에 그 처음과 끝이 있기 마련이다. 이에 반해 시는 정서적 강렬성의 일부분만 가져와도 충분하기 때문에 그 처음과 끝이 생략되어도 무방하다. 어떤 사람이 싸움을 하거나 어느 건물에 불이 났다고 치자. 소설은 그것이 이야기를 이끌어 가는 중심 소재라면 그 싸움이 어떻게 일어났으며 누가 어떻게 공격을 하고 어떤 피해를 받았는지 그 내용들이 다 드러나야 한다. 화재의 경우도 그 원인과 경위와 피해규모 등이 이야기의 전개 과정에 자연스럽게 드러날 수밖에 없다. 그러나 시의 경우는 전혀 다르다. 싸움에서 코피 터지는 한 장면을 가져올 수도 있고, 화재로 인한 큰 피해와는 전혀 상관없이 활활 타오르는 불의 아름다움을 황홀하게 노래할 수도 있다.

그렇다고 해서 시를 구성과는 상관없이 아무렇게나 써도 된다는 뜻은 아니다. 시 역시 언어를 통해 전달한다는 점에서 시인의 사고를 나타낸다고 할 수 있으며, 그 사고는 소설과는 다른 나름의 어떤 논리를 갖게 된다. 이러한 시의 내용을 이끌어 가는 질서나 논리를 우리는 구성이라고 부른다. 잘 짜여진 시는 견고해서 무너지지 않으며 시적 감동도 이에 비례하는 경우가 많다. 여기에서는 시에 나타난 구성의 실제적 패턴을 살피고 습작품들에 나타난 구성의 문제점들을 수정해보면서 창작에 도움이 될 수 있도록 하고자 한다.

1. 삼단 구성

아리스토텔레스 『시학』에서는 완결된 문학작품(비극)이란 '시작'과 '중간' '결말'의 세 토막이 상호 균형을 이루며 배분되어야함을 역설하였다. 보통 논문의 경우 서론, 본론, 결론의 형식을 지니는 것과 상통되는 인식이 오래 전부터 있어온 것이다. 소크라테스의 대화법은 물론 변증법에서 통용되는 '테제', '안티테제' '진테제'의 형식도 따지고 보면 이 인식의 또 다른 변용이다. 3단 형식이 우리 시가와 밀접한 관련이 있다는 것은 쉽게 확인된다.

〈전반부〉
生死로ᄂᆞᆫ
예 이샤매 저히고
나ᄂᆞᆫ 가ᄂᆞ다 말ㅅ도
몯다 닏고 가ᄂᆞ닛고
〈후반부〉
어느 ᄀᆞᄉᆞᆯ 이른 ᄇᆞᄅᆞ매
이에 저에 뻐질 닙다이
ᄒᆞᄃᆞᆫ 가재 나고
가논 곧 모ᄃᆞ온뎌

〈낙구〉

아으, 彌陀刹에 맛보올 내

道 닷가 기드리고다.

「제망매가(祭亡妹歌)」의 경우 10구체 향가로서 그 구성이 전반부 4줄과 후반부 4줄, 낙구 2줄의 형식을 가지고 있다. 전반부에서는 목숨이 경각에 처한 누이의 심경을 애절하게 담아내고 있다. 여기에서 보이는 차마 말하지 못하는 측은지심(惻隱之心)은 우리나라 한국 이별의 정한을 대표하는 정서라 할 만하다. 후반부 4줄은 장면을 달리하여 죽음 일반에 관해 먼저 얘기한다. 때 이른 죽음이 여기 저기에 있으니 이를 수긍할 만도 하건만 목숨이 넘어가려는 그 경각에도 차마 말하지 못하고 간 그가 바로 친동기 간이었음을 마침내 드러낸다. 그러니 그 애절함을 어찌 필설로 다 이를 수 있겠는가. 향가를 일러 '천지귀신을 감동케 할 힘'이 있다고 한 삼국유사의 기록은 이렇듯 후반부에서 마지막 대목에서 분출되는 서정의 폭발을 두고 말함이 아닌가 싶다. 낙구 2줄은 이를 마무리하는 역할을 하고 있다.

삼단 구성이 가장 정제되어 나타난 장르가 시조다.

공책 알갱이는

어느덧 다 찢겨나가고

열심히 띄운 배도 학도

안 보인지 오래여라.

빳빳한 성깔만 남아

닳고 삭고 있어라

— 김제현, 「겉장」 전문

초장 · 중장 · 종장으로 구분되는 시조의 형식은 오랜 기간 동안 이어져 내려오면서 우리 민족의 정서를 대변하고 있다. 초장은 일으키는 구실을 한다. 얘기하고자하는 내용의 전단계에 해당되는 것으로 배경이나 사물에 대한 표면적 의미를 대부분 보이는 대로 묘사한다. 중장은 전개의 역할을 한다. 초장의 일으킨 바를 이어서 그 내용을 구체화시킨다. 종장은 마무리에 해당되는데 대부분 가장 중요한 의미를 담고 있다. 또한 주제 역시 여기에서 심화되어 나타난다. 그런 의미에서 종장은 시조의 핵이라고 불리기도 한다. 김제현의 「겉장」 또한 마찬가지다. 초장에서는 가운데가 다 찢겨나간 공책을 사실적으로 그리고 있다. 중장에서는 초장의 내용을 이어받아 서정 자아가 그동안 해왔던 일들이 "공책 알갱이"가 찢기듯 다 사라졌음을 얘기한다. 종장은 그 결과로 뼈대만 앙상히 남아있는 인생의 한 단면을 선명하게 보여주고 있다. 공책의 "겉장"을 통해 인생을 얘기하고 있는 것이다. 시조는 종장을 잘 쓰느냐 못쓰느냐에 따라 그 작품의 성패가 좌우된다. 오늘날에도 많은 시조가 창작되어 지고 있는데 과거의 고시조와는 전혀 다른 세계관을 가지고 있다.

> 도심에 높이 서는 신축건물 뼈대 위로
> 혈우병 앓는 여자가 공사장을 넘보다가
> 이레 전 죽은 얼굴로 기중기에 걸려 있다.
>
> — 정해송, 「기중기에 걸린 달」 전문

예로 든 작품은 도심 속의 '달'을 '혈우병 앓는 여자'의 '죽은 얼굴'로 비유하고 있다. 생명력을 잃고 떠도는 도시의 한 현상을 극명하게 보여주고 있는 셈인데 고시조의 세계관과는 확연한 차이가 있음을 알 수 있다.

시조는 동시에 우리의 숨결이 그대로 배어 있는 장르다. 자유시로 알고 있는 많은 작품 중에는 시조의 구성과 율격을 쓰고 있음을 어렵지 않게 확인 할 수 있다.

얇은 紗 하이얀 고깔은
고이 접어서 나빌레라.

파르라니 깎은 머리
薄紗 고깔에 감추오고

두 볼에 흐르는 빛이
정작으로 고와서 서러워라.

— 조지훈, 「승무」 부분

해와 하늘 빛이
문둥이는 서러워

보리밭에 달뜨면
애기 하나 먹고

꽃처럼 붉은 울음을
밤새 울었다.

— 서정주, 「문둥이」 전문

이 시인들은 시조를 쓰지 않았지만 이들이 쓴 작품이 시조라는 형식으로 나타나고 있는 것은 무엇을 의미하는가. 우리말의 아름다움을 살리려고 노력한 사람일수록 언어를 더욱더 정제하기 마련인데 그럴 경우 필연적으로 만나게 되는 것이 시조의 형식이다. 한국의 명시라고 일컬어지는 작품의 대부분이 이 시조 형식과 무관하지 않다. 시조의 형식은 잘못 알려져 오고 교육됨으로써 오히려 폐쇄적인 장르로 인식되어 왔다. 시조는 초장, 중장, 종장의 세 장으로 나누어지고 각 장이 네 걸음으로 되어 있는 형식적 특징을 지닌다.(물론 종장에서는 첫 걸음이 세 자이고 둘째 걸음은 다섯 자 이상이다.) 시의 한 행의 길이가 어느 정도가 적합한가, 우리말의 리듬을 어떻게 살려 쓸 것인가를 고민하는 사람이라면 시조에 관심을 갖는 것이 바람직하다. 더욱이 오늘날 사설시조는 평시조로서는 담아내기 힘든 복잡다단한 정서까지를 담아내고 있어 주목이 된다.

사람이 몇 생이나 닦아야 물이 되며 몇 겁이나 전화(轉化)해야 금강의 물이 되나! 금강의 물이 되나!

샘도 강도 바다도 말고 옥류 수렴(水簾) 진주담(眞珠潭) 만폭동(萬瀑洞) 다 고만두고 구름비 눈과 서리 비로봉 새벽안개 풀끝에 이슬되어 구슬구슬 맺혔다가 연주팔담(連珠八潭) 함께 흘러

구룡연(九龍淵) 천척절애(千尺絶崖)에 한번 굴러 보느냐.

— 조운, 「구룡폭포」 전문

섬세하면서도 장쾌한 흐름이 생생하게 전해져오는 이 작품은 당대 최고의 작품이라는 찬사를 받기도 했다. 초장은 진술로 이루어지고 있는데 중장과 종장은 이 진술을 묘사 중심으로 뒷받침하고 있다. 그렇다 하더라도 무게중심은 천척절애를 한 번 구르고 싶은, 호방하면서도 활달하게 시상이 드러나는 종장에 실리고 있다. 다음의 작품을 보면 시조의 삼단구성이 시에도 얼마나 유용한 구조로 활용되고 있는지를 알 수 있다.

아침 이슬 내린 마당에
첫사랑의 편지처럼
능소화가 떨어져 있다.

아직도 꽃잎이 생생하다.
너무 고와 주워드니
툭 하고 또 떨어진다.
여기저기 열아홉 순수가
아름답게 수놓여 있다.

아침 햇살 퍼지는 마당에
분홍꽃 편지가 온통 가득하다.

— 권달웅, 「능소화」 전문

흐르는 세월 가운데
안전지대를 만들 순 없을까
오가는 추억들이 부딪치지 못하도록
기억 가운데 노란 선을 그을 순 없을까

유달산에서 그대를 만나
눈물로 마지막 밤을 보낼 때까지
중간에 집을 짓고
그 사랑 영원할 순 없었을까

하늘과 땅 너와 나 사이에
새들이 맘놓고 뛰놀

비무장지대를 만들 순 없을까

— 송종찬, 「중간은 없다」 전문

별들이 아름다운 것은
서로가 서로의 거리를
빛으로 이끌어주기 때문이다
하루의 일을 마치고
허리가 휘어 언덕을 오르는
사람들 발 아래로 구르는 별빛,
어둠의 순간 제 빛을 남김없이 뿌려
사람들은 고개를
꺾어올려 하늘을 살핀다
같이 걷는 이웃에게 손을 내민다

별들이 아름다운 것은
서로의 빛속으로
스스로를 파묻기 때문이다
한밤의 잠이 고단해
문득, 깨어난 사람들이
새별을 질러가는 별을 본다
창밖으로 환하게 피어 있는
별꽃을 꺾어
부서지는 별빛에 누워
들판을 건너간다

별들이 아름다운 것은

새벽이면 모두 제 빛을 거두어
지상의 가장 낮은 골목으로
눕기 때문이다

— 김완하, 「별」 전문

그렇다고 해서 3단 구성이 다 같은 짜임은 아니다. 「능소화」는 수미쌍관(首尾雙關)의 기법을 보여주고 있고(A→B→A), 「중간은 없다」는 너와 나 사이의 공간을 남과 북의 공간으로까지 확대하고 있으며 (A→B→C), 「별」은 1연과 2연을 병렬적으로 연결하고 3연에서 이를 심화시키는 구조(A→A1→B)를 취하고 있다. 어느 것이나 다 활용이 가능하다. 주제나 내용을 보다 효율적으로 나타낼 수 있는 방법을 사용하면 될 것이다.

2. 사단 구성

삼단 형식이 발전하면 사단이나 혹은 오단(도입, 갈등, 위기, 절정, 파국) 구성이 성립된다. 사단구성은 한시의 절구나 율시에서 보편화된 기・승・전・결(起承轉結)의 형식이 대표적이다. 기(起)는 일으키는 것이다. 시상을 일으키는 역할을 수행한다. 소설로 치자면 발단인 셈이다. 시적대상에 대해 첫 인상을 얘기할 수도 있고 가장 특징적인 한 면을 강조하여 얘기할 수도 있으며, 어떤 상황을 가정하여 상상으로 설정할 수도 있다. 승(承)은 기(起)를 이어받는 역할을 수행한다. 기(起)에서 언급된 사물이나 정황을 더 세부적인 묘사를 통해 시상을 전개시킨다. 전(轉)은 지금까지 흐름의 분위기를 바꾸어 주는 역할을 한다. 밋밋한 흐름을 역전시키는 역할을 한다. 결(結)은 마무리를 하는 것이다. 주제를 명료하게 나타내면서 결론을 내릴 수도 있지만 그보다는 여운을 남기도록 처리하는 것이 더 효과적일 때가 많다.

郎如車下轂

妾似路中塵

相近仍相遠

看看不得親

님이 수레바퀴라면

이 몸은 행길의 먼지

가까이 오셨다 곧 멀어지니

보고 또 바라볼 뿐 친할 순 없군요.

— 成俔, 「囉嗊曲」 전문

「囉嗊曲」은 당 문종 때 만들어진 노래로 장사꾼의 아내가 남편을 그리워하는 내용을 담고 있어 「望夫歌」라고도 한다. 成俔은 님을 수레바퀴, 여인을 행길의 먼지에 비유하는 새로움을 통하여 보잘것없고 미천한 가운데서도 애절한 여인의 사랑을 표현하고 있다.

어릴 적엔 떨어지는 감꽃을 셌지

전쟁통엔 죽은 병사들의 머리를 세고

지금은 엄지에 침 발라 돈을 세지

그런데 먼 훗날엔 무엇을 셀까 몰라.

— 김준태, 「감꽃」 전문

4연으로 이루어진 이 작품은 기승전결의 구성을 가지고 있는 좋은 본보기다. 기승전결에서 공통적으로 드러나는 것은 '세는 행위'다. 이 세는 행위가 계속적으로 중복된다고 해서 일단구성이라고 볼 수는 없다. 왜냐하면 이 세는 행위가 내포하는 의미가 각 연마다 확연히 다르게 나타나고 있기 때문이다. 시인은 그것을 자라온 과정의 가장 인상적인 부분과 일치시키고 있다. 기(起)에서 나타나는 것은 순수함이다. 이것이 승(承)에서는 역사적인 사건인 전쟁으로 연결된다. 감꽃을 세는 행위와 병사들의 머리를 세는 행위는 분명 큰 차이가 있지만 생의 진지함 같은 것이 우러나는 행위라는 점에서는 동일하다. 그런데 이 진지함이 전(轉)에서는 가장 세속적으로 바뀐다. 이 어긋남의 묘미가 이 시에 재미를 더하고 있다. 아울러 그냥의 단순함으로 해석하는 것을 제어하는 역할도 하고 있다.

술병은 잔에다
자기를 계속 따라 주면서
속을 비워 간다

빈 병은 아무렇게나 버려져
길거리나
쓰레기장에서 굴러다닌다

바람이 세게 불던 밤 나는
문 밖에서
아버지가 흐느끼는 소리를 들었다

나가 보니
마루 끝에 쪼그려 앉은
빈 소주병이었다

— 공광규, 「소주병」 전문

우리의 '아버지'는 권위와 절대의 상징이었다. 동시에 완고함과 견고함을 지니고 있었다. 그 '아버지'가 날개도 없이 추락하고 있다. 가장으로서의 마땅한 경제적 역할과 책임에서 밀려나는 현상들이 속속 나타나고 있기 때문이다. 동시에 '어머니'와 '여성'의 역할은 증대되고 있다. 이 현상은 문화 전반에 걸쳐 위력을 떨치고 있는데 한때 베스트셀러에 올랐던 소설 『아버지』는 물론이고, 심지어 인터넷에서까지 '좋은 아버지가 되려는 사람들의 모임'이 속속 만들어지고 있는데 종전의 우리 '아버지'들의 권좌(?)에서는 생각하기 힘든 현상이 아닐 수 없다.

공광규의 「소주병」 역시 그 '아버지'의 모습을 아주 극명하고 극단적으로 그려내었다. 이의 효과적인 표출을 위해 시인은 용의주도하면서도 면밀하게 시의 구성을 짜고 있다.

현대시를 창작할 때 구성이 얼마나 중요한가를 일러주는 하나의 모범적인 예를 보여주고 있는 것이다. 이 시는 4연으로 구성되어 있으며 그 구성의 전개방식은 역시 기승전결로 되어 있다. 일으키고, 나아가고, 전환시키고, 결론을 내리는 전개방식은 이렇듯 아주 고답적이면서도 널리 애용되는 방법이다.

오래되면서도 널리 애용된다는 것은 이 구조가 갖고 있는 매력 때문일 것이다. 간명한 듯 보이지만 결코 간명하지가 않으며 주제를 확연히 드러낼 수 있는 효과적인 장치이기 때문이다. 그러므로 이 구조에서 가장 중요한 것은 전(轉)이다. 전환을 시키되 180도의 회전을 시키면서 되도록 먼 곳에서 시상을 끌어오는 것. 그렇지만 고추 생각해보면 절묘하게 나머지 연들과 조화를 이루는 것. 물론 독자들은 여기에서 긴장을 느끼게 된다.

1연의 '술병', 2연의 '빈 병', 4연의 '빈 소주병'은 유사관계로 엮어지면서 시인의 의도가 점진적으로 어디를 향하고 있는가를 잘 보여준다. 그러나 3연의 '아버지가 흐느끼는 소리'는 표면적으로 보자면 이것들과는 관계가 없다.

4연을 읽어 내려갈 때야 그 소리가 빈 소주병의 소리라는 것을 알게 되고 그 파장은 결(結)에서 끝나는 것이 아니라 다시 1연의 '속을 비워'가는 것이, 2연의 '쓰레기장에서 굴러다니는' 것이 아버지의 모습이라는 것을 상기시키게 한다. 자신의 시에 보다 분명한 변화와 주제의식의 선명성, 혹은 여운을 극대화시키려고 노력하는 시인이라면 이 효과적인 장치에 관심을 가질 필요가 있다.

3. 일 · 이단 구성

시를 구성하는 가장 보편적인 형태가 삼단과 사단 구성이기는 하지만 실제적으로 시는 아주 다양한 구성을 가지고 있다. 이단 구성도 있을 수 있고 오단 이상의 구성도 있을 수 있다. 심지어 일단 구성도 가능하다. 시는 순간적이면서도 압축적인 장르적 특징을 갖고 있기 때문에 가능한 것이다. 예를 들어 "벌레 먹은 능금 한 알이 뚝 떨어진다!"라는 한 줄의 글에 '내 마음은'이라는 제목을 부쳐보자. 어떤 사물의 가장 특징적인 한 부분을 묘사하는 것으로도 한 편의 시를 창작할 수가 있다.

가. 일단 구성

> 밖은 흰 눈꽃 방 안은 황장미꽃 안팎이 훈훈
>
> — 박희진, 「十七字詩抄」 부분

이 시는 세계에서 가장 짧은 정형시인 일본의 하이꾸 5-7-5의 17자 시를 모방하여 쓴 한 줄 시이다.

나는 죽음이 이처럼 수많은 사람들을 싱그러운 활력으로 넘치게 하는 것을 본 적이 없다.

— 이시영, 「지하철 정거장에서」 전문

이 시 역시 일단구성으로 된 시다. 이 시는 다음과 대비하여 읽어보면 확연하게 묘미를 느낄 수 있다.

나는 저렇게 수많은 싱싱한 생명들이 한 순간에 죽음의 낯빛으로 바뀌는 것을 본 적이 없다.

— 이시영, 「에스컬레이터에서」 전문

저고리
하이얀
가슴에
나부낀
장밋빛

고름…….

— 전봉건, 「노래」 전문

이 시는 형태상 2연으로 되어 있으나 그 내용으로 보면 일단 구성으로 이루어지고 있음을 알 수 있다. 일단 구성은 간명하게 독자들을 사로잡는 매력을 가지고 있지만 시의 깊이를 느끼게 하는 점에서는 일정한 한계를 지니고 있다. 습작 초기에 일단 구성 등 시의 짧은 것에 매료된 나머지 이를 자주 사용하는 것은 옳지 못하다. 되도록 호흡을 길게 가져가 보는 연습을 하지 않으면 안 된다. 치밀한 사고의 직조와 사물에 대한 진지한 성찰이 초기에는 매우 중요하기 때문이다.

나. 이단 구성

사람들 사이에 섬이 있다
그 섬에 가고 싶다

— 정현종, 「섬」 전문

구름은
보랏빛 色紙 우에
마구 칠한 한 다발 장미

목장의 깃발도 능금나무도
부을면 꺼질 듯이 외로운 들길

— 김광균, 「뎃상」 전문

위의 시들은 이단 구성의 예를 보여준다. 정현종의 「섬」은 '섬'이 갖는 의미가 다중적으로 해석된다. 그것은 '섬'이 갖는 상징성 이를테면 꿈, 이상, 비밀, 벽, 희망, 절망 등 사람들 사이에 있는 거의 모든 것이 '섬'으로 해석된다. 그러나 이 해석들은 둘째 행에서 가고 싶은 소망과 만나면서 위의 것들 중 세계와의 친화적인 부분으로만 해석하도록 제약을 한다. 일반적인 데서 개별화를 꾀하는 쪽으로 가는 이단 구성을 효과적으로 쓰고 있는 셈이다. 김광균의 「뎃상」이라는 작품은 1연에서는 석양에 비친 구름을 시각화하고 있다. 2연에서는 1연에 연이은 깃발과 능금나무에 대해 묘사를 하고 있지만 이 풍경들에 서정자아의 외로운 심경을 담아내고 있다. 이단 구성은 대비되는 상황을 설정하여 주제를 명료하게 나타내는 장점을 가지고 있다.

눈 쌓이지 않는 산(山)모퉁일 몇 개 돌아 들면 이름 안 붙여진 계곡에 이름 안 붙여진 산(山)속이 있고 지리 모르는 길가엔 스스로 묻히려고 산(山) 속에 드는 풀꽃들, 파 헤쳐진 애장 몇, 산(山)속엔 가을에도 인간은 살지 않았구나.

산(山)이 키운 한 인간을 버리고
인간이 키운 한 인간을 버리고
한 인간을 찾아

떠도는 눈, 눈발.

— 신대철, 「사람이 그리운 날」 전문

한 연이 한 단을 구성하는 방식이 많이 채용되기는 하지만 절대적인 것은 아니다. 한 단이 2~3연으로 구성되는 경우도 있다. 연은 물리적인 기준이지만 구성은 내용이 기준이 되기 때문이다. 이 작품은 3연으로 되어 있지만 2단 구성에 속한다. 2연과 3연을 나눈 이유는 시각적 효과를 주어 강조하고자 하는 의미를 담고 있다.

4. 비정형 구성

꽃이보이지않는다. 꽃이香기롭다. 香氣가滿開한다. 나는거기墓穴을판다. 墓穴도보이지않는다. 보이지않는墓穴속에나는들어앉는다. 나는눕는다. 또꽃이香기롭다. 꽃은보이지않는다. 香氣가滿開한다. 나는잊어버리고再차거기墓穴을판다. 墓穴은보이지않는다. 보이지않는墓穴로나는꽃을깜빡잊어버리고들어간다. 나는정말눕는다. 아아. 꽃이또香기롭다. 보이지도않는꽃이—보이지도않는꽃이.

— 이상, 「絶壁」 전문

그러나 시는 표면적으로 보여지는 것만으로 이루어지지 않는다. "꽃이 보이지 않는"데도 "香氣가 滿開한다"라고 하는 것은 현실의 세계에서는 불가능하다. 무의식의 흐름으로 이 시는 이루어져 있다. 무의식의 흐름은 시간과 공간을 초월한다. 그러므로 전통적인 구성의 방식을 거부한다. 기승전결이나, 발단—전개—결말 등의 구성 방식이 없다. 구성의 관습적인 틀이 깨어지고 있는 것이다. 무의식의 상태를 그대로 들어내기 때문에 비약과 단절, 병치가 빈번하게 일어난다.

꽃이 보이지 않음 — 묘혈이 보이지 않음

— 절벽 → 죽음→향기

꽃의 향기, 향기의 만개 — 묘혈을 파고 눕는다

이 시를 유의해보면 두 개의 다른 인식이 반복적으로 일어난다. 보이지 않으나 자신을 지배하고 있는 절망감이 바로 '절벽'인 셈이다. 그 절벽은 결국 "나는 정말 눕는다"라는 죽음에 대한 인식으로 바뀌고 있다. 그러나 그것은 종말이나 끝을 의미하지는 않는다. 보이지는 않지만 여전히 꽃의 향기가 뒤덮고 있는 편안한 공간이기 때문이다.

나는 항아리를 만든다. 미술대학을 다닌 솜씨로, 이제는 다 틀어져 버린 솜씨로, 틀어진 항아리를 만든다. 내가 주둥이를 최대한 작게 마감할 동안 그녀는 약을 먹는다.

나는 노래를 듣는다. 약에 취한 그녀의 노래, 음악대학을 다닌 솜씨로, 그녀는 내 항아리를 노래한다. 나는 항아리 속으로 들어간다. 항아리 속에 그녀의 이름을 새긴다.

그녀가 아픈 날, 나는 가로수에 대해 공부한다. 그녀를 묻은 뒤에도 나는 가로수만 생각한다. 미술대학을 다닌 솜씨로, 노란 가로수. 불타는 가로수. 그 속에 물고기가 헤엄치는 가로수, 노래하는 가로수.

이제는 다 까먹어버린 솜씨로 내가 아는 모든 사람이 다, 담겨질 거대한 항아리를 만든다. 담겨질 사람이 없다. 나는 다시 가로수에 대해 공부한다. 거꾸로 서는 가로수, 날개 달린 가로수, 돌덩이를 삼킨 가로수, 항아리를 삼킨 가로수.

나를 긴 줄에 묶어 책꽂이 뒤로 끌고 가는 가로수, 나를 잡아먹는 가로수, 온몸이 다 항아리처럼 불어난 나의 가로수.

— 박상순, 「자네트가 아픈 날 · 2」 전문

이 작품도 비정형의 구성을 취하고 있다. 시를 지배하는 것은 일정한 공간의 보편적인 통념이 아니라 자아의 무의식 속에 잠재된 시적 상상력이다. 시인의 상상력은 〈노란, 불타는, 그 속에 물고기가 헤엄치는 가로수〉→〈거꾸로 서는, 날개 달린, 돌덩이를 삼킨 가로수〉→〈나를 긴 줄에 묶어 책꽂이 뒤로 끌고 가는, 나를 잡아먹는 가로수〉로 변환되고 있다. 이 변환되는 시적 상상력을 통해 나를 억압하고 있는 세계를 투영하고 있다. 물론 이것들은 새로운 에너르기를 창출하지 못한다. '폐허'와 만나는 것은 어쩌면 당연한 것일 수 있다.

흙더미 속으로 시간이 흘렀다. 여러 개의 방들이 하나씩 무너졌다. 모든 방이 무너졌다. 자전거도 흙 속에 묻혀버렸다. 내 얼굴 위로 마루 또한 무너졌다. 장마비가 내렸다. 나는 더 깊은 흙 속으로 빠져들었다.

장마비가 내렸다. 비 속에 자전거가 있었다. 비 속에 아저씨가 있었다. 비 속으로 떠나가는 여인이 있었다. 젖꼭지가 있었다. 자전거가 있었다. 나를 이곳에 처음으로 파묻은 누군가가 있었다. 내가 있었다. 여러 개의 방을 가진 폐허가 내게 있었다. 하늘 아래 파묻힌 사람들이 있었다.

— 박상순, 「폐허」 후반부

「폐허」는 시인의 다른 시들과는 다르게 일정한 서사와 공간을 가지고 있다. 그것은 1연에 나타나듯 "자전거가 있었다. 세발 자전거가 있었다. 여러 개의 방을 가진 집이 있었다. 여인이 있었다. 밤마다 방을 옮겨 잠드는 여인이 있었다. 아저씨가 있었다. 여러 개의 방을 가진 여인에게 아저씨가 있었다. 마루 밑에 숨어 있는 내가 있었다. 밤마다 마루 밑을 빠져나와 자전거에 오르는 내가 있었다."라는 시인의 유년과 관련됐음직한 공간이다. 그러나 드러나는 실상은 서사적인 맥락으로 해독이 되지 않는다. 시적 상상력이 자유자재로 행간을 넘나들고 있는 비정형구성으로 인해서다. 다만 독자들은 그것이 상상이든 실제든 "여러 개의 방을 가진 폐허"를 느낄 뿐이다. 시인은 현대인들이 가지고 있는 불모의 비극적 세계를 이러한 방식을 통해 보여주고 싶었을 것이다.

지평선 오려 만든 낙타 굽은 등허리 엉거주춤, 도서관 계단 오르다 말고 책 뜯어 군불 지피다 말고 지평선 오려 만든 낙타 흰 구름 발 밑에서 엉거주춤, 사마귀 여치에게 싸움 걸다 말고 허허벌판 寂寂寂寂 날개짓하다 말고 지평선 오려 만든 낙타 물소리 곁에서 엉거주춤,

신발 신다 말고,

낙타는 가자 우네

누가 둥둥둥 저무는 지평선을 두드리고 있는지

— 강현국, 「변비」 전문

……누군가 엿보고 있다. 어둠 속에서도 바람이 움직이는 걸 보면 숲은 잠자리 눈 같은 것일까. 물방울 같은 눈동자가 허공에 떠도는 것일까. 복면한 자가 사라졌다 해도 그의 발걸음은 바람보다 또는 생각보다 멀리 도망칠 수 없으리라. 겨울 숲 속의 수많은 눈이 어둠의 옷을 입고 비밀하게 무엇이든 들여다보고 있는 것.

— 강경호, 「거대한 눈」 후반부

너의 눈에는 집과 유리창과 나무가 있고 커다란 염소의 젖을 짜는 여자가 있고 검은 하늘에 담긴 흰 구름이 있다 새들이 날아가고 자동차가 지나가는 너의 눈을 나는 오래도록 바라본다 너의 눈에는 어둠을 달리는 고양이가 있고 어둠을 밝히는 불빛들이 있고 피 흘리며 쓰러지는 영화의 주인공들이 있고 그들을 버리고 떠나는 검은 기차가 있다 기차가 지나가자 흔들리는 나무와 풀들이 있다 너의 눈에는 세계가 담겨 있다 너의 눈 속엔 너의 눈을 통해 세계를 바라보는 내 눈이 있다 나는 너의 눈을 통해 내 눈을 오래도록 바라본다

— 김참, 「너의 눈」 전문

위의 작품들에도 비정형 구성이 나타나고 있다. 이들 작품들은 대개 의식의 흐름 기법을 보여주고 있는데 이럴 경우는 시적 상상력은 공간을 이동하며 자유자재로 움직이는 특성을 갖고 있다.

신문을 집어들었다. 조르주 무스타키가 카운터 뒤편 흔들이 문을 밀고 들어선다. 지워버리고 싶어라, 지워버리고 싶어라. 고향도 추억도 지워버리고 싶어라. 뭐 드시겠어요? 어두운 기억의 강물 저 편에서 슬그머니 빠져 나온 마녀같이 부옇게 떠오르는 레지의 얼굴. 광고 속의 나타샤 킨스키는 입술을 반쯤 벌린 채 웃고. 이제 그녀는 샤워를 끝내고 콤팩트를 꺼내들거야. 지워버리고 싶어라, 지워버리고 싶어라. 사

랑도 추억도 지워버리고 싶어라. 두 뺨을 두들기는 은어같이 하이얀 손. 자주 한눈을 파는 목관악기 주자(奏者)는 반음씩 이탈하고. 지워버리고 싶어라, 지워버리고 싶어라. 사랑도 미움도 지워버리고 싶어라, 팽창하는 거시기와 유방. 인간에겐 사랑이란 정말 존재하는 걸까. 지금쯤 장마가 끝났을 고향집 뒷산 굴참나무 숲은 수묵빛으로 한결 더 투명해졌을거야. 증시(證示)는 연일 폭락(暴落). 치안 부재, 어제도 어린 여고생이 부모 앞에서 집단 폭행을 당해. '폭행(暴行)? 폭행(暴行)? 폭행(暴行)!' 점점 커지는 신문지 활자. 지워버리고 싶어라, 지워버리고 싶어라. 고향도 추억도 지워버리고 싶어라. 지금쯤 그녀는 골목길을 빠져 나와 버스를 기다리겠지. 바람이 불 때마다 간당간당 뒤집히는 포프라 이파리들. 우둑우둑 떨어지는 햇살 소리에 놀라 양산을 비껴 들고 하늘을 바라보는 그녀. 앞자리에서 스타킹을 내리는 킨스키를 바라보며 가쁜 숨을 몰아 쉬는 무스타키. 무스타키? 킨스키? 스키? 키스? 'Kiss'대부분의 'K'음은 킬리만자로의 눈처럼 날카롭고도 불같은 욕망을, 'S'음은 입술 스치는 소리이거나 그 다음에 밀려오는 허망을 돋보이게 만들기 위한 음상징(音像徵). 그렇다면 윗입술로 아랫입술을 빼는 것도 키스가 아닐까. 키스? 스키. 눈부신 입술의 활강(滑降)? 허공 가득 날리는 은빛 눈가루. 키스하고 싶어라, 키스하고 싶어라. 사랑도 추억도 고향집 산그늘처럼 비워 두고 키스하고 싶어라. 어머, 오래 기다리셨어요? 음? 음. 인생은 기다리며 사는 것. 사랑을 기다리고, 죽음을 기다리고. 기다리고 싶어라, 기다리고 싶어라. 고향집 산그늘처럼 기다리고 싶어라.

— 尹石山, 「그녀를 기다리며」 전문

현대시에서 이처럼 비정형 구성은 점차 늘어나고 있는 추세다. 정형화된 구성방식으로는 드러내고자하는 주제를 제대로 전달하기 어려운 경우 복합적인 효과를 노리기 위해 비정형 구성이 활용되고 있기 때문이다. 대개 비정형 구성은 시인의 상상력, 특히 의식의 흐름과 만나는 특성이 있다. 자신만의 세계로 몰입되어 때로는 자폐적으로 변모되는 경우도 있지만 자신의 자유로운 상상력을 활용하여 활달하게 비정형 구성을 시도해보는 것도 본격적으로 시

창작을 하려는 사람에게는 반드시 필요한 과정 중에 하나다.

5. 제목, 시작과 중간과 마무리

가. 시의 제목

다음 시의 제목들을 한 번 생각해보자. 어떤 기준으로 시의 제목을 택하는가가 관심의 포인트다.

①
다리 저는 할머니 한 분이 애기를 업고 나와
행길 가에 서성이고 있습니다

곧 들판이 컴컴해질 것 같습니다.

②
꽃 한 송이 꺾어 손에 꽉 쥐어도 보았다.
내 속의 낟가리들 까맣게 불도 질러 보았다.
내 집 벽을 지키는 저 무명화가의 사과 정물처럼
나는 이제 그 누군가의 꽃 그늘로 사는 거다
화면 속 작은 한 장면으로 남는 거다.
카메라의 눈 속으로 집중하는 사진사에게
거리의 풍경들은 조각조각 몸을 나눈다.
어차피 삶이란 키 높이에 걸려 있는
낮은 하늘이 아니었던가.

③

내가 언제
한 번이라도 순교한 적이 있었던가
목울대가 넘치도록
울어본 적이 있었던가

저토록 빼곡이
자잘한 상처들만 보듬어 왔으니

내 한 번도
고개 들어본 적이 있었던가

④

어머니는 가슴을 앓으셨다
말씀 대신 가슴에서 못을 뽑아
방랑을 꿈꾸는 나의 옷자락에
다칠세라 여리게 여리게 박아 주셨다
(멀리는 가지 말아라)
말뚝이 되어 늘 그 자리에서
오오래 서 있던 어머니,

나는 이제 바람이 되었다
함부로 촛불도 꺼뜨리고
쉽게 마음을 조각내는
아무도 손 내밀지 않는
칼이 되었다

집으로 돌아가기에는
너무나 멀리 와서
길 잃은 바람이 되었다
어머니,

⑤
스무 해 전에 보낸 편지에
스무 해 지나 메일로 답이 왔다

알 수 없는 일, 겨우겨우
가는 목숨을 어찌어찌 이어오던 난 화분에
꽃이 달렸다

모든 목숨은 물같은 그리움이거나
빈집을 흐르는 울림이거나
상처의 흔적이거나

①은 이시영의 「십일월」이고, ②는 손현숙의 「엑스트라」, ③은 이홍섭의 「해바라기」, ④는 나호열의 「칼과 집」, ⑤는 정한용의 「적멸」이다. 「십일월」이나 「엑스트라」, 「해바라기」는 모두 이 시들의 가장 중요한 시적 대상이다. 그러나 이 시들에서 이 제목이 직접적으로 나오지는 않는다. 이 제목들을 가장 극명하게 보여주는 배경 혹은 정황(①), 비유(②)나, 특성(③) 등이 드러날 뿐이다. 이를테면 제목은 이것들을 대표하면서도 시의 내용 안에서는 배제되고 있는 것이다. 절대적인 방법이라고는 할 수 없지만 제목을 직접 드러내지 않는 것이 시의 격조와 긴장을 높이는데 효과적인 방법임을 주목해볼 필요가 있다. ④의 경우는 이와는 다르다. '칼'과 '집'은 이 작품의 주요

대상이면서 동시에 대표성을 지닌다. 어느 한 가지도 소홀할 수 없기 때문에 이 두 개의 소재를 제목으로 택한 것이다. ⑤의 경우는 이 모든 경우와 달리 이 시를 지탱하는 정신의 부분을 제목으로 삼았다. 이 작품의 제목을 이 시에 나오는 구절 중 "알 수 없는 일"이나, "모든 목숨은" 등으로 했다고 가정하고 이 작품을 보는 것과는 근본적으로 차이가 난다.

당신의 마음 속의 신에게
경배합니다
나마스테, 어쩌면 처음이라 말하기도 쑥쓰러운
목소리를 듣고도

마르고 까만 얼굴에
하얀 이 드러내고 만면에 웃음 가득한
히말라야 고산족들,
쓰러져 가는 움막 같은 어두운 집들에서도

맑은 눈동자 빛내던
아이들의 고사리 손등은
이름 없이 高山에서 꽃들 같아

나마스테, 그 말의 이파리들
혀 밑으로 되뇌일 때마다
雪山의 흰 구름처럼 신에게 경배하는
경건한 인간의 얼굴과 눈빛들 떠오른다

— 최동호, 「나마스테 - 히말라야 시편」 전문

이 작품에서 제목은 '나마스테'로 잡고 부제는 '희말라야 시편'으로 잡았다. 연작시의 경우는 연작의 내용은 큰 범위가 되고 한 편의 시에 나타나는 내용은 연작의 일부가 되므로 대개 부제를 달게 된다. 이럴 경우는 인용 작품처럼 처리하는 것이 바람직하다. 예를 들어 이 작품의 제목을 '희말라야 시편' 1, 2. 3…으로 할 수도 있으나 이는 결코 바람직하지 않다. 그럴 경우는 한 편 한 편의 개성이나 내용이 다 죽어버릴 가능성이 많기 때문이다. 이 작품의 주된 소재는 히말라야 고산족들이 주고받는 인사말의 하나인 '당신의 마음속에 있는 신에게 경배합니다' 라는 뜻을 가진 '나마스테(Namaste)'라는 단어이고, 내용은 이 말에 담긴 경건함에 있으므로 제목을 '나마스테'로 잡는 것은 당연하다. 부제 '희말라야시편'은 시인이 희말라야에서 보고 느낀 내용을 담은 시편 중 하나라는 의미를 지닌다. 이 시인이 쓴 다른 연작시에서도 이 점은 분명하게 나타난다. '달마는 왜 동쪽으로 왔는가'의 연작도 이를 부제로 하고 '거미' 등 그 해당 작품의 주된 내용이나 소재를 제목으로 잡고 있는 점을 상기 해보자.

차라리 비어 있음으로 하여
우리를 더 깊은 뿌리로 닿게 하고
더러는 말없음으로 하여 더욱 굳게
입다문 時間의 표정을
누가 새소리의 무늬마저 놓쳐 버린 길 위의
길 위로 날려 보내겠는가

오지 않는 날들은 뿌리로 젖건만
쓸쓸한 풀포기는 남아서
다가올 海溢 같을 때
들리지 않은 침묵으로 답할 수밖에 없는

땅의 숨결,

아아 언제나 보이는 것의 그늘은
우리의 등 뒤에서 또 다른 그늘을
만들어 가는구나

— 서지월, 「입다문 時間의 표정」 전문

대숲의 푸른 머리카락을 빗질하려고
바람이 대숲으로 들어가네
댓잎들이 배때기를 일제히 뒤집은 채
바람을 밀어내려고 버티네
이것 좀 봐 화가 잔뜩 난 바람이
한 손으로 대숲의 머리채 휘어잡고
한 손으로 대숲의 종아리 후려치네
대숲이 왜 저렇게 푸르냐 하면
아으, 한평생 서서 매맞은 탓이라네

— 안도현, 「대숲이 푸른 이유」 전문

이 두 편의 시에 나타난 제목은 상당히 구체적이다. 제목을 구체적으로 하는 것이 좋은가, 아니면 간략하게 정하는 것이 좋은가도 고민거리 중의 하나다. 이 시의 제목을 '시간'이나 '대숲'이라고 했으면 어떨까. 그러나 우리는 여기서 중요한 사실을 발견하게 된다. 분명 '시간'이나 '대숲'은 밋밋하기 그지 없는 평범한 제목이지만 「입다문 時間의 표정」이나, 「대숲이 푸른 이유」는 구체적이면서도 궁금증을 유발한다는 사실이다. 작품을 끝까지 읽게 하기 위해서는 시의 도입부가 중요하지만 그 시를 읽게 하기 위해서는 제목이 궁금증을 유발하게 하는 방법도 나쁜 방법은 아니다. (이것을 완전히 좋은 방법이라고 말할 수 없는 것은 시의 모든 제목을 이렇게 다는 것은 불가능하기 때문이다.)

내속의 그 무엇이 자꾸 터져 나오려는 것을 감추고 싶어서
나는 손톱을 길게 길러 그 손톱 속에 감추어요

— 이사라, 「나의 긴 손톱의 매니큐어는」 부분

허겁지겁 몇 숟가락 점심 떠먹고 마악, 일터로 돌아오는 길, 환하게 거리를 메우는 것들, 배꼽티를 입고 날렵하게 여기저기 다리 쭈욱 뻗는 것들, 백양나무 하얀 우듬지들, 그것들 아랫도리 후둘후들 흔드는 것들

— 이은봉, 「아흐, 치자꽃 향기라니!」 부분

나는 당신에게 당신은 나에게, 덩굴손 같은 그리움을 뻗어 서로의 간절한 허기를 채워줄 수 있다면, 그런 슬픔 하나만으로도 우리는 진정 아름다울 수 있으리니 아, 내 사랑하는 사람이여

— 양승준, 「154,000볼트의 사랑」 부분

이 시의 제목들도 역시 이런 이유에서 설명될 수 있을 것이다. 술어를 생략하거나 놀라움을 나타내거나, 감탄형으로 처리하는 방법들을 적절하게 활용하는 것도 좋은 제목을 다는 방법에 속한다. 이와는 다르지만 성적 호기심이나 관능적인 욕구를 자극하는 방법으로 선정적인 제목을 다는 경우도 있다. 다음 시의 제목은 각각 「꿈꾸는 누드」, 「화려한 정사」, 「나는야 세컨드 1」이다. 상상과의 반대편으로 가는 곳에 역시 시의 묘미가 있다.

이 남자 저 남자 아니어도
착한 목동의 손을 가진 남자와 지냈으면

그가 내 낭군이면 그를 만났으면 좋겠어
호롱불의 누드를 더듬고 핥고
회오리바람처럼 엉키고
그게 엉켜 자라는 걸 알고 싶고
섹스보다도 섹스 후의
갓 빤 빨래 같은 잠이 준비하는 새 날
새 아침을 맞으며
베란다에서 새의 노랫소리를 듣고
승강이도 벌이면서 함께 숨쉬고 일하고
당신을 만나 평화로운 양이 됐다고 고맙다고
삽십삼년을 기다렸다고 고백하겠어

— 신현림, 「꿈꾸는 누드」 전문

완벽한 네 개의 벽
은밀한 공간 속에서 너를 만난다
그 싸늘한 외투를 한 겹씩 벗기고
나는 네 몸을 더듬으며
때로는 긴장하고
때로는 깊은 환락의 늪에 빠진다.

수많은 사람들이 스쳐 지나간 흔적
무너진 너의 정조를 슬퍼 않으리
나를 마주하고 있는 동안
철저히 나의 것이 되어
가장 은밀한 깊은 의미까지도 열어보이는
그리고 내 영혼을 뒤흔드는

너의 애절한 순교에 감동하는 것이다.

완벽한 나의 공간 속에서
세상 가장 큰 쾌락으로 전율해 오는
아, 이 화려한 책과의 정사.

— 강만, 「화려한 정사」 전문

누구를 만나든 나는 그들의 세컨드다
,라고 생각하고자 한다
부모든 남편이든 친구든
봄날 드라이브 나가자던 남자든 여자든
그러니까 나는 저들의 세컨드야,다짐한다

아니,강변의 모텔의 주차장 같은
숨겨놓은 우윳빛 살결의
세컨드,가 아니라 그냥 영어로 두 번째,
첫 번째가 아닌, 순수하게 수학적인
세컨드, 그러니까 이번,이 아니라 늘 다음, 인
언제나 나중,인 홍길동 같은 서자,인 변방,인
부적합,인 그러니까 결국 꼴찌

— 김경미, 「나는야 세컨드 1」 부분

먼저 제목을 정하고 시를 창작해나가는 것이 좋은가, 나중에 제목을 정하는 것이 좋은가. 그러나 이것은 고민할 필요가 전혀 없는 문제다. 시인에 따라 다르고, 같은 시인일지라도 다르기 때문이다. 어느 쪽이 더 바람직한가라는 질문도 실은 필요가 없다. 어떤 이미지나 비유적 표현이 좋아서 시를 쓰게 되면 작품을 탈고한 다음이나, 중간에 제목을 생각할 수 있고, 그 제목은 또 바뀔 수도 있기 때문이다. 제목을 달게 되면 시의 내용도 그에 따라 수정이 되는 것이 보편적이다. 다만 제목을 먼저 생각하고 시를 쓰게 되면 시적 상상력이 그 제목과 관련된 부분에서 갇히기 쉽다. 시인도 인간이기 때문에 갖는 한계점이다. 그렇기 때문에 자유로운 상상력을 원하는 시인이라면 먼저 제목을 염두에 두지 않는 것이 좋을 수 있다.

나. 시의 시작

어떤 시적 대상에 대해 시를 쓰려고 할 때 도입을 어떻게 하는 게 좋을까. 일정한 방법으로 정해진 바는 없지만 다음의 작품들을 보고 이 문제를 생각해보자.

교회와 모텔 사이
오래되고 작은 그의 집이 있다.

더럽고 구겨지고 찢어진 것만 먹고 살아온
그의 집에
밤 아가씨들 속옷
인부들의 땀에 배인 작업복
신사들의 신사복
고백성사라도 마친 사람들처럼
가지런히 옷걸이에 걸려 있다.

밤이 깊고 어둠이 깊다.
기도를 드리던 교인들 오래 전에 돌아가고

아가씨들 히히덕거리는 소리
주정꾼들 혀꼬부라진 소란 지나간
오줌 냄새 질퍽한 골목길
가로등만 적요하다

거기 교회와 모텔 사이에서
늦게까지 다리미질 하는
피곤한 그의 어깨 눈부시다.

— 강경호, 「교회와 모텔 사이」 전문

이 시의 제목은 「교회와 모텔 사이」다. 시의 소재가 제목이 되는 경우에 해당된다. 그리고 이 제목은 '교회'나 '모텔'이 가지고 있는 자체의 상징성으로 하여 시의 구성이 아주 모범적으로 되어 있다. 도입은 이 시의 공간을 압축하고 있다. "오래되고 낡은 그의 집"은 세탁소인데 주변의 변화와는 상관없이 자리잡고 있다. 신성과 타락이 교차하는 지점이다. 그러니 그의 공간은 "밤 아가씨들 속옷"과 "인부들의 땀에 배인 작업복"이 공존하고, 교인의 기도 소리와 "아가씨들 히히덕거리는 소리"가 공존한다. 이 공존의 구체적 모습이 2연과 3연에서 그려진다. 물론 4연은 시인이 주제 의식을 드러내며 여운을 가지게 하는 역할을 하도록 배치하고 있다. 주목을 해보아야 할 점은 1연의 도입부가 가지는 역할이다. 그냥의 공간 설정이 아니고 작품에서 드러내고자하는 핵심 요소들('핵심'이다, 이 말은 모든 것을 초반에 드러내라는 말이 결코 아니다) 이를테면 성과 속의 교차, 그 교차적 공간이나 사고가 갖는 중요한 부분들만 나타나도록 하면 된다.

이와는 다르게 궁금증을 유발하는 수법을 활용하는 경우도 있다.

한 모금의 靑靑한 바람으로라도

온 살을 다 뎁혀줄 수 있다니……

지리산 花開洞天
깊은 잠이
무쇠
가마솥 푸른 불꽃으로
몸 바뀐 뒤,
마침내 내 몸 안에서
靑靑한 바람으로 눈을 뜰 수 있다니……

— 허형만, 「화개명차」 전문

餘白이 宇宙라는 말 아니?
그냥 빈 것이 빈 것만은 아니라는
그렇지만 팽개치는 기분으로
거기 남겨둔 것, 아니라는 것 너 아니?

— 이지엽, 「푸르른 날 · 2」 초반부

앞의 시는 놀라움의 발견으로, 뒤의 시는 느닷없는 물음으로 시작한다. 둘 다 독자의 시선을 잡아주는 역할을 한다. 앞의 작품은 본래의 소재를 감추어 우회하는 수법을 보여주고 있고 뒤의 작품은 말하고자하는 바를 單刀直入하여 정곡을 찌르고 있다. 독자들의 시선을 강력하게 붙들 수 있다는 점에서 강점이 있어 때로 시도해봄직하다.

다. 시의 중간과 마무리

시의 중간은 어떻게 하는 것이 좋을까. 1단이나 2단 구성은 중간의 부분이 생략됐다고 보는 것이 보편적이다. 그러므로 이에 따른 고민보다는 어떻게 시적대상의 핵심을 짚어내느냐가 성패의 관건이 된다. 그러나 3단 이상의 구성에서는 중간을 어떻게 하느냐가 시의 묘미와 깊이에 영향을 미친다.

> 깨진 그릇은
> 칼날이 된다.
>
> 절제(節制)와 균형(均衡)의 중심에서
> 빗나간 힘
> 부서진 원(圓)은 모를 세우고
> 이성(理性)의 차가운
> 눈을 뜨게 한다.
>
> 맹목(盲目)의 사랑을 노리는
> 사금파리여.
> 나는 지금 맨발이다
> 베어지기를 기다리는
> 살이다.
> 상처 깊숙이서 성숙하는 혼(魂)
>
> 깨진 그릇은
> 칼날이 된다
> 무엇이나 깨진 것은
> 칼이 된다.

— 오세영, 「그릇 1」 전문

이 시에서 중간에 해당하는 부분은 2연과 3연이다. 2연은 1연에서 전개한 사고를 뒷받침해주는 역할을 한다. 말하자면 1연의 사고 연장 위에 있다. 그것은 '깨진다'라는 사실과 그 결과로 얻어지게 되는 것을 1연에서는 간명하게 처리하였고 2연에서는 이를 보다 구체적으로 보여주었다. 만약 이 작품이 3단 구성이라면 바로 4연으로 마무리를 했을 것이다. 말하자면 3연의 구성은 2연이 중간에 해당되므로 1연의 사고에서 크게 벗어나지를 못하게 된다. 그러나 4연이상의 구성은 조금 다르다. 이 중간의 부분에서 다른 방향으로 그 사고를 전환시키는 것이 가능하기 때문이다. 2연에서의 사고를 변화 없이 이후의 연에서 이어받는 것은 연의 늘어남과는 상관없이 3단 구성이라고 보아야 옳다. 3단 구성은 대개 서론— 본론— 결론의 형식 규범에서 벗어나기 힘들기 때문에 사고가 단선적이기 쉽다.(인용시에서 3연이 빠져있다고 생각해보라.) 이런 이유에서 4단 이상의 구성에서는 보다 다른 창작방법이 요구된다. 말하자면 지금까지의 사고와는 다른 시적 상상력이 필요하게 된다. 다른 '시적 상상력의 공간'을 만들어주어야 한다. 이 점은 시창작에 있어 매우 중요하고 어려운 부분에 속한다. 시를 습작한지 5, 6년이 되어도 자신의 시가 단조롭다고 생각하는 사람이라면 이에 대한 자기 검증이 없었다고 보아야 할 것이다. 인용시를 보자. 1연과 2연을 바탕으로 시인은 다른 시적 상상력을 불러온다. 깨진 그릇과는 다른 "나는 지금 맨발이다"는 인식이다. 그 맨발은 결국 깨진 그릇에 의해 내 의지와는 상관없이 베어질 수밖에 없는 운명을 가지고 있다. 이 시적 상상력으로 인하여 비로소 '깨진 그릇'은 서정자아를 비롯하여 독자들에게 필요한 매개체로 와 닿게 되는 것이다. '시적 상상력의 공간'은 말하자면 실제적이거나 그 이전의 공간을 새로운 공간으로 재탄생하게 해주는 역할을 한다.

시의 구성과 관련하여 시를 마무리할 때 어떻게 하는 것이 바람직할까. 흔히 시는 여운이 남도록 처리하는 것이 좋다고 한다. 어떻게 처리하는 것이 여운을 남기는 것일까. 어조 처리를 어떻게 하는 것이 좋을까. 여운만 중시하다보면 시의 주제를 드러내는 것과 상치되는 것은 아닐까. 시의 마무리는 이렇듯 고려해야 할 사항이 많다.

> 금잔화 몇 송이를 잘게 흔드는 바람에다 선명한 액센트를 찍어요 a라는 단모음(單母音) 하나가 튕겨 나와 부러진 햇살로 반짝이는 아침, 빈 컵 하나가 비인 채 놓여 있는 탁자(卓子), 흐린 우유 한 컵. 당신이 사랑하는 물방울 몇 개, 혹은 좀더 빠른 박자 의 사랑을 아세요. 좀 더 빠른 박자(拍子)의 캐스터네츠. 뚜 뚜 감전(感電) 같은 통화 신호가 울릴 때, 당신이 숨죽이며 기대하는, 사랑하는 여자의 목소리. 혹은 물방울 몇 개. 밥풀꽃 몇 개.
>
> — 김용범, 「볼프강 모짤트의 편지」 전문

이 작품은 끝처리에서 거둘 수 있는 여운의 효과를 시각적 이미지를 통해 잘 살려내고 있다. 서두를 존칭형의 어조로 시작한 것도 결국 끝처리와의 상관관계 때문이고, 중간에 명사형 어조를 쓴 것도 끝처리와의 상관관계에 따른 안배라고 보면 좋을 것이다. 서두마저 명사형으로 했다면 시의 유연성과 연결에 문제가 생길 것이 분명하고, 중간에 명사형의 시도가 없이 맨 마지막에서만 명사형 처리를 한다면 중간에서 끝나는 듯한 느낌을 주었을 것이다. 이미지 위주의 시일 경우 특히 어조의 안배까지를 이처럼 염두에 두어야 한다.

> 저 산은 그대로 있는 것이 아니네
> 산으로 서기 위해 저 절벽도
> 이 강물 속으로 무시로 무너져 내리곤 하네
> 그것을 다만 우리가 알지 못할 뿐
> 안개에 싸인 새벽녘 산과 강이
> 은밀히 뒤엉켜 누웠다가

후두둑 깨어나곤 하지
그 때 산은 젖은 어깨 흔들어
온 산의 풀잎에 이슬 맺힌다네
그 때마다 나무들 일제히 힘차게
강물 쪽으로 뿌리를 뻗는다네
그 뿌리의 힘으로 산은 서 있네

— 김완하, 「그리움」 전문

추상적인 관념을 생생한 것으로 만드는데 시의 위대한 힘이 있다. 이 시에는 막연하게 생각해온 '그리움'을 "아, 이런 것이 그리움이라고 말할 수 있구나."라는 느낌이 들게 한다. 그러나 다른 무엇보다도 이 시가 의미를 지니는 것은 마지막에서 모아 올려주는 서정적 힘에 있다.

그 때마다 나무들 일제히 힘차게
강물 쪽으로 뿌리를 뻗는다네
그 뿌리의 힘으로 산은 서 있네

산은 그냥 그렇게 서 있는 존재라고만 생각하기 쉬운데 그것을 강물 쪽으로 힘차게 뻗는 나무들의 뿌리 때문이라고 본 시인의 해석도 새롭지만, 부드럽다고만 생각하기 쉬운 '그리움'의 이미지를 탄력적으로 차오르는 상승적 이미지로 일시에 바꾸어 역할을 수행하고 있는 것이다.

사랑을 위해 산다고 생각한 적이 있었네
삐걱이며 길을 가 언젠가 닿을 종착이
사랑이라는 이름의 역이리라
스스로 달래며 그 밝고 따스한 땅에

내연(內燃)의 불길에 달은 내 열차
다스리기 버거운 몸을 부리고
입김 칙칙 뿜으며 오래 머물 집을 지으려 하였네
그러나 나의 길은 순환선
기억 못 할 정거장을 거듭 도는 날들이여
무거운 산소를 나누어 마시며
동행하는 이는 적지 않으나
떠나는 역과 내리는 역이 저마다 달라
황망히 제 길들을 찾아 멀어지나니
천장에서 하늘에서는 너도
역 하나를 골라 내려라 재촉하는데
이제 삶을 위해 살아가라고 윽박지르는데
이제 살아남기 위해 사랑하라고 속삭이는데

— 이희중, 「순환선」 전문

이 작품의 끝내기 방식은 여운에 신경을 쓰면서 하강적 어조를 택하고 있다. 그러면서 동시에 과거에 시인이 생각해왔던 것과는 정반대의 사고를 스스로에게 질문을 던지는 것으로 끝내고 있다. 과연 앞으로도 사랑을 위해 살 것인가, 아니라면 지금이라도 삶을 위해 사랑을 택할 것인가. 이런 유형의 작품들은 대개 주제가 중반부에 나오기 마련이다. 이 작품 역시 "나의 길은 순환선/기억 못 할 정거장을 거듭 도는 날들이여"에 무게가 실려 있다. 이 무게를 작품의 말미까지 끌고 간다면 시는 긴장감이 떨어지면서 지루하게 느껴지기 십상이다. 전환이 필요하다. 오히려 작품 말미에 힘을 빼주면서 여운을 주는 방법이 유효 적절할 수가 있는 것이다. 그렇지만 다음의 경우는 조금 다르다.

한 분홍꽃으로
아무리 세상을 이해하려 해도
그 때,
새가 죽을 때,
새가 복사꽃나무에서
이유 없이 뚝 떨어질 때,
별안간 사라질 때,
가지는
그 때, 그 무게가 없어지질 않아
꽃의 반은 흘리고
반쯤 남은 꽃의 힘으로
소리 지르고 싶은 몸 구석구석마다
울음을 터뜨리는 거다
그래도 여전히 가벼운 꽃의 무게
한 분홍꽃이
담을 수 없는 건
뚝 떨어져나간 무게
봄마다,
복사꽃 붉게 피는 것은
여전히 가지에 남아 있는
그 때, 그 떨어져나간 마음 때문이다

— 최문자, 「미망1 - 복사꽃 피는 것은」 전문

이 작품의 무게 중심은 후반부에 있다. 처음에는 가볍게 빠른 속도로 읽히지만 후반으로 가면서 독자들은 앞부분들을 다시 읽지 않으면 안 된다. 왜냐하면 맨 마지막의 복사꽃이 피는 이유를 알기 위해서는 중간의 의미를 알아야 하고 그 중간은 앞부분과 연관을 맺고 있으므로 결국 처음부터 다시 읽어야 하기 때문이다. 어느 부위에 무게 중심을 놓느냐에 따라 이렇듯 달라진다.

무게 중심을 하반부에 싣느냐, 싣지 않느냐도 고려해야 할 주요 포인트다.

겨울 눈밭에 묵은 실잠자리 한 마리 앉아 있다

발끝 차가운 저 희디흰 순수의 가슴을

한 걸음씩 옮길 때마다

산 전체가 부르르 떨린다

역사는 언제나 말이 아니고 언제나 몸이던가, 몸이던가

— 이지엽, 「말과 몸」 전문

이를테면 인용 작품에서 주제와 관련된 마지막 부분을 어떻게 처리하는 것이 좋은가하는 문제다. 때에 따라서 이것이 빼는 경우가 더 여운이 남을 것이라고 주장하는 사람이 있을 것이고, 이것이 없으면 이 시가 무엇을 얘기하는지 모호하거나, 주제가 너무 약하다고 얘기할 수 있다. 대개 이는 시인의 개성과도 관계가 된다. 시인의 개성도 젊을 때와 나이가 들었을 때가 다를 수도 있으니 같은 사람이라 할지라도 그 취향이 시기에 달라질 수도 있다. 그런데 중요한 것은 시창작의 초기에는 되도록 시의 마지막처리에 자신도 모르게 힘을 주는 경우가 많다. 적당한 힘을 주어 주제에 함몰되지 않는 것이 바람직할 것이다.

내가 다섯 해나 살다가 온
하와이 호놀룰루 시의 동물원
철책과 철망 속에서

여러 가지 종류의 짐승과 새들이
길러지고 있었는데

지금도 잊혀지지 않는 것은
그 구경거리의 마지막 코스
'가장 사나운 짐승'이라는
팻말이 붙은 한 우리 속에는
대문짝만한 큰 거울이 놓여 있어
들여다보는 사람들로 하여금
찔금 놀라게 하는데

오늘날 우리도 때마다
거울에다 얼굴도 마음도 비춰 보면서
스스로가 사납고도 고약한 짐승이
되지 않았는지 살펴볼 일이다.

— 구상, 「가장 사나운 짐승」 전문

내장 공사가 덜 끝난 신축 건물,

'유리조심'

'상가 분양 및 임대 문의

011— 97XX— XXXX'

붉은 글씨의 종이 딱지가 붙어 있는
유리창 안 시멘트 바닥에는
아직 정리되지 못한 추억들이
그렇게 버려져 있다.
조심할 것은 유리가 아니라
버려진 추억들이다.

버려진 추억들은 유리보다 훨씬 위험하다.
먼지섞인 톱밥과
페인트 통 하나,
잠시 임대한 공간 속에 놓인
버리진 것들이 임대한 시간의 적요,
그것들이 위험하다.

갑자기 전화가 걸고 싶어진다.

— 박상천, 「추억이 위험하다」 전문

주제를 어느 정도 드러낼 것인가가 시의 끝내기와 관련되는 경우가 종종 있다. 위의 작품을 보면서 이 점을 생각해보자. 「가장 사나운 짐승」은 마지막 연에서 시인이 말하고자하는 주제가 명확하게 독자들에게 전달하고 있다. 말하자면 독자들이 다른 방향으로 생각하는 것을 제어하는 역할을 하고 있는 셈이다. 그렇다면 독자에게 여운을 주지는 못하는 결과를 초래하게 된다. 이것은 과연 바람직한 것인가. 이에 반해 「추억이 위험하다」는 마지막 연에서 조금 엉뚱한 얘기를 끌어오고 있다. 왜 전화를 걸고 싶어질까? 이런 의문점이 여운으로 남는다. 여러 갈래로 독자들은 그 이유를 찾으려고 할 것이다. 전자의 작품보다는 독자의 공간이 많아진다는 얘기다. 시인의 의도는 여기에 있다.

마지막 연에 힘을 어느 정도 주느냐가 시작품의 성패를 가늠하는 열쇠가 됨을 알 수 있다. 주제가 명확하게 드러나게 하는 방법이 반드시 나쁜 방법일 수는 없다. 목적시의 경우를 보라. 그러나 대부분의 경우는 다 알 수 있는 주제라면 슬그머니 힘을 빼 주는 방법이 필요하다. 다음의 시들을 보고 시의 끝처리가 갖는 의미를 새겨보고 혹시 문제가 되는 작품들이 있다면 무엇이 문제이고 어떻게 바로잡는 것이 좋은지 생각해보자.

겨울이 차고 맑아지기 위해
수분을 반납했다면
내 자리도 그 쪽이에요
틈을 지닌 몸,
미파와 시도 반음처럼
고요히 결핍에 든
겨울,
그리고 音

— 이규리, 「틈」 전문

맨 끝에 서 있다
맨 끝에 앉아 있다
간혹 바람이 오고
간혹 사랑이 오고
간혹 증오가 오고

江華 東部에서 날아온 함박눈이
가만 가만 물었다
언제쯤 다시 만나지
강아지, 뜸쇄기풀 잘린 허리
피로 물들은 가난한 외포바다
눈이 내린다

— 우대식, 「외포리」 전문

들마루 양지녘에 오늘 나앉았다가
문득,
탱자나무 가시 사이
흰 꽃 핀 것 알았다
응달에,
부엉이의 눈 같기만 한
탱자나무 흰 꽃송이
꽃이 슬퍼 보일 때가 있다

— 문태준, 「탱자나무 흰 꽃」 전문

6. 창작품 실제 수정

다음은 학생의 작품이다. 무엇이 문제인지 살펴보고 이를 수정해보자.

행복이란
연필 두 개로 라면 먹다가
젓가락 한 개를 발견하는 것.

행복이란
550원을 내고 버스를 타도
600원 낸 사람처럼 보이는 것.
행복이란
밤새워 고민하지 않아도
한 줄 시가 써지는 것.

행복이란
열두 장의 카드 빚을
하루빨리 청산하는 것.

행복이란
내가 널 사랑하듯이
너도 날 사랑하는 것.

행복이란
아직 살아 있다는 것.

—「행복이란」 전문

위의 시는 어떤 문제점이 있는 것일까. '행복'이라는 추상적 소재를 아주 구체적인 것으로 비유하고 있는 것은 비유의 쓰임에 대해 잘 알고 있는 것으로 보인다. 이러한 구체적인 비유에도 불구하고 각 연의 연결이 뚝뚝 끊어진 듯 부자연스럽고, 시의 전체적 흐름이 일정한 톤을 유지하고 있어 평이해 보인다. 시의 구성에 문제가 있음을 알 수 있다. 또 하나 사고가 불일치되는 부분도 있는데 "행복이란/열두 장의 카드 빚을/하루빨리 청산하는 것."이라는 대목이다. '열두 장의 카드'와 "550원을 내고 버스를 타도/600원 낸 사람처럼 보이는 것" 사이에는 너무 동떨어진 인식이 가로놓여 있다. 이를 다음과 같이 수정해보았다.

행복이란
연필 두 개로 라면 먹다가
젓가락 한 개를 발견하는 것.

550원을 내고 버스를 타도
600원 낸 사람처럼 보이는 것.

자취하는 친구의 입원비 마련에
앞 뒤 생각 없이 긁은
다섯 장의 카드 빚을
하루빨리 청산하는 것.

행복이란
내가 널 사랑하듯이
너도 날 사랑하고

행복이란
아, 행복이란
아직 살아 있다는 것.

다음의 작품도 역시 한 학생의 작품이다

어둠이 오면서
나의 꿈은 밝아왔다.

얽히고 설킨 저 현실로부터
등을 돌리고 바라보는 신세계
나의 두 발은 이상향을 걷고 있었다.
아름다운 미소를 띄우고
아름다운 눈으로 화려한
환상의 꽃 한 송이 피어난다

서서히 어둠이 걷히고
꿈에서도 보듬지 못하는 시간을 위하여
헛헛한 어깨를 낮추고
심장이 살아 뛰노는
어제와 같은 새벽이 오고 있었다.

나만의 세상
나만의 세계
나만의 소망 위에서
가장 진실된 나무 하나 자라고 있는

내 생의 중심에 자리잡고
환희로 둘러싸인
내 꿈의 가운데를 지나가고 있었다.

—「꿈」 전문

이 작품 역시 세부적인 잘못도 많지만 가장 큰 부분은 시의 구성이 잘못 짜여지고 있다는데 있다. 이 시의 시간적 흐름은 밤에서부터 새벽까지이다. 여기에 주목해보면 3연과 4연을 바꾸어주어야 이 시의 흐름이 자연스럽게 전개될 수 있다는 것을 알 수 있다. 원문의 의도를 살리면서 다음과 같이 수정해 보았다. 달라진 부분에 유의하면서 왜 그렇게 수정했는지 생각해보자.

어둠이 오면서
나의 꿈은 밝아왔다.

얽히고 설킨 저 도시의 뒷골목으로부터
등을 돌리고 바라보는 빌딩 끝
나의 두 발은 꽃밭 위를 걷고 싶었다.
아름다운 미소를 띄우고
아름다운 눈으로 화려한
환상의 꽃 한 송이 피워내고

나만의 작은 방
내가 통치하는 작은 나라,
가장 진실된 나무 하나 자라고 있는
내 생의 중심
흔들리지 않고 거기에

가 닿을 수 있을까.
저 메마른 가지 끝에 기어이
가슴을 찌르고 있는 달.

어둠이 서서히 걷히고
끝내 보듬지 못하는 시간을 위하여
헛헛한 어깨를 낮추고
심장이 살아 뛰노는
새벽이 오고 있다.

다음의 작품 역시 학생의 작품이다. 이 작품을 보다 분명하게 주제를 드러낼 수 있도록 다시 구성해보자.

봄기운을 빌어서
五月에 다가갔더니
푸르름에
빈 공간은 보이지 않는다
크고 작은 나무들
틈새 하나 보이지 않고
담장 넘어 찔레꽃
어느새
울타리를 만들어 가고 있다
화초로 착각을 한
잡초들 마저
가는 바람을 타고
하늘로 향한다.

며칠 남지 않는 五月
그들에게
반항을 해야만 했다
토분에 베고니아 한아름을 심고
햇빛이
그윽하게 들어오는
그곳에 놓고서

—「오월」 전문

전체를 한 연으로 처리하고 있다. 물론 시의 연을 습관적으로 나눌 필요는 없다. 한 연으로도 쓸 수 있다. 시의 행과 연 가름은 마땅히 그래야 할 때를 기준으로 삼으면 좋다. 이 시는 얘기의 중심이 빽빽한 공간에서의 자기 공간을 찾아내고자 하는데 있으므로 여기에 주안을 두어 다음과 같이 수정해 보았다. 연 가름을 어떻게 했는지 살펴보고 전(轉)의 설정을 어떻게 하고 있는지 유의해 보자.

오월 가까이 다가갔더니
빈 공간이 보이지 않는다
크고 작은 나무들
틈새 하나 보이지 않고
담장 넘어 찔레꽃
어느새
울타리를 만들어 가고 있다.

잡초는 꽃들보다 더 우거져
가는 바람을 타고

하늘로 향한다.

그걸 보고 있노라니
며칠 남지 않는 五月
뭔가를 해야겠다는 마음이 자꾸 앞선다.
저 눈부신, 쨍쨍 소리나는 푸르름.

토분에
베고니아 한아름을 심고
그윽하게 햇빛을 들여놓는다.
마음이 환해진다.

| 제13강 |

시적 묘사와 시적 진술

1. 시적 묘사
2. 시적 묘사와 시적 상상력
3. 시적 진술
4. 묘사와 진술의 어울림
5. 참신성과 시적 감동

제13강

시적 묘사와 시적 진술

1. 시적 묘사

찬 서리
나무 끝을 날으는 까치를 위해
홍시 하나 남겨둘 줄 아는
조선의 마음이여

— 김남주, 「옛 마을을 지나며」 전문

서슬퍼런 독재의 시대에 온몸으로 맞서 "조국은 하나다"라고 절규했던 대표적 저항시인 김남주는 1979년 '남민전' 사건에 연루, 15년 형기를 선고받고 94년 2월 폐암으로 사망한 비운의 리얼리스트였다. 그러나 그는 따뜻한 마음을 지닌 시인이었다. 「옛 마을을 지나며」라는 이 시에는 가장 한국적인 세계관이 오롯이 숨쉬고 있다. 작은 것을 놓치지 않는 예리함과 큰 것까지도 아우르는 포용력이 있다. 미물에게도 나누어주는 사랑의 정신과 그 사랑 너머 어느 것에도 흔들리지 않고 물들지 않는 표표한 민족정신이 있다. 무엇보다 한 마리 까치를 위해 남겨둔 저 푸른 하늘의 한 점 홍시 하나를, 일거에 거대하고 절대적인 '조선의 마음'으로 바꾸어 버린 시인의 무서운 직관이 있다. 시를 구성하는 가장 중요한 두 축인 묘사와 진술의 차이를 이 시는 명료하게 보여준다. '홍시 하나' 까치의 전반부는 묘사이다. 묘사는 가시적, 회화적이다. 그러나 그 다음의 후반부는 진술이다. 진술은 해석적, 고백적이다. 묘사로 이루어진 시는 산뜻하지만 깊이가 덜하고, 진술로만 이루어진 시는 깊이는 있지만 관념적이다. 좋은 시는 말할 것도 없이 양자를 아우르는 것이다. 이 시는 찬 서리 내리는 들녘의 싸늘함 위에 빨간 홍시와도 같은 조선인의 따사함을 얹은 묘사와 진술의 절묘한 조화를 보여준다.

시에 있어서 묘사(description)와 진술(statement)은 매우 중요한 두 축이다. 좋은 시는 묘사와 진술의 절묘한 조화에서 탄생된다. 묘사에 치중한 시는 산뜻해서 보기는 좋지만 깊은 맛이 덜하기 마련이다. 묘사는 언어를 회화적인 방향으로 명료화시킨다. 가시적(可視的), 제시적(提示的), 감각적(感覺的)이다. 그러나 진술은 언어를 사고의 깊이로 체험화시킨다. 사고적(思考的), 고백적(告白的), 해석적(解釋的)이다.

우리의 언어생활에 있어서 그 언술 형식은 크게 네 가지로 나누어진다.[1] 설명, 논증, 묘사, 서사가 그것인데, 이것들은 각각 독자적인 성질을 가지며 서로 관련된다.

①설명 – 비교, 대조, 실례, 분류, 정의, 분석 등을 통하여 주제를 밝히는 형식

②논증 – 증거에 의한 객관적 논리로 우리를 확인시키는 형식

1). C. Book and R. P. Warren, Modern Rhetoric, 39~216면

③ 묘사 – 사물이나 현상이 지닌 성질, 인상 등을 감각적으로 표현하는 형식
④ 서사 – 사건의 의미 있는 시간적 과정을 제시하는 형식

설명은 설득이 아닌 이해가 목표이며 우리가 쓰는 일상적인 언술은 대체로 설명의 형식이다. 논증은 논리적인 호소로 어떤 주장이나 진실을 궁극적으로 자신의 의도 대로 현실화하는 것을 목표로 한다. 설명, 논증이 이론적 성향의 언술인데 비해, 묘사와 서사는 감각적, 암시적 성향이다. 시는 묘사를, 소설은 서사를 주된 표현 형식으로 차용한다.

시적 묘사는 설명적 묘사와 암시적 묘사로 나누어질 수 있다.[2)]

설명적 묘사(expositional description)는 일정한 대상에 대한 정보를 전달하기 위한 묘사이고, 암시적 묘사(suggestive description)는 정보 전달보다는 특정 사물이나 현상에 대한 의미, 정황 등을 나타내는 묘사다. 시에서의 묘사는 특별한 경우가 아니고서는 암시적 묘사가 주종을 이룬다. 암시적 묘사는 시인의 심리가 투영되었는가 아닌가에 따라 주관적 묘사와 객관적 묘사로 나누어진다.

객관적 묘사나 주관적 묘사로만 분류되는 작품도 있지만 대부분의 묘사 형태로 된 시에는 이 두 가지 묘사 형태가 섞여 있는 게 보통이다.

묘사형의 시에서 나타나는 가장 큰 문제점은 묘사와 설명이 섞이는 경우이다. 이미 충분한 묘사를 했음에도 장황한 설명을 하여 시적 긴장감을 떨어뜨리며, 의도와는 다르게 강조만 하는 인상을 주기도 한다.

이러한 수사는 장식에 지나지 않으며, 시를 불분명하게 만들 뿐이다.

다만 중요한 습성 중의 하나는

2) 설명이라는 언술 형식이 묘사를 차용하면 설명적 묘사가 되고, 서사를 차용하면 서사적 묘사가 되어, 설명이나 서사의 언술 형식의 특성에 종속된다. 시적 묘사는 장르적 특성상 당연히 심상적 특질을 나타낸다. 시에서 묘사와 진술에 관해 폭넓은 관심을 가지고 있는 것은 오규원, 『현대시 작법』(문학과 지성사, 1990)이 대표적이다.

참을 수 없는 섹스
생긴 모습이야 어떻든 수 백 종 이상의
각기 다른 구애 행위와 기교
그들이 포로로 쉽게 박멸되는 것도
알고 보면 화학적으로 재생산된
성적 향기인 페레몬
능력을 상대에게 과시하려다
덫에 걸리기 때문이라니
어둠 속의 영리한 生存
별수 없이 그것도 참.

— 오만환, 「야행성(夜行性) - 바퀴벌레」 후반부

이 작품은 설명적 묘사와 객관적 묘사가 주가 되고 있는 작품이다. 바퀴벌레가 성적 향기인 페레몬에 의해 죽는 과학적 사실을 작품으로 연결시켰다. 과학적 사실이나 객관적으로 검증된 사실을 시에 원용할 때 주의할 점이 있다. 인용 작품이 시가 될 수 있는 것은 단순히 과학적 사실을 옮기는데 그치지 않고 아이러니의 기법을 적절하게 활용한 데 있다. 가장 탐식하는 곳에 허점이 있을 수 있다는 주제를 부각시킬 수 있는 것도 설명적 묘사와 객관적 묘사가 뒷받침되었기 때문일 것이다. 그러므로 특히 설명적 묘사를 시에 도입할 경우 상당히 주의를 요한다. 이미지나 비유, 혹은 아이러니나 역설 등의 기법들을 적절하게 섞어 쓰면서 시인의 주관이 삽입되지 않으면 산문으로 추락할 가능성이 많기 때문이다.

이따금 하늘엔
성자의 유언 같은 눈발 날리고
늦은 날 눈발 속을

걸어와 후득후득 문을 두드리는
두드리며 사시나무 가지 끝에 바람 윙윙 우는
서럽도록 아름다운
영혼 돌아오는 소리

— 홍윤숙, 「12월」 부분

「12월」이란 작품에는 이미지와 비유가 적절히 교차되어 나타나고 있다. 어느 부분에서 나타나고 있는지 살펴보자.

묘사의 특성상 모든 대상의 세계는 언제나 회화성을 공통으로 갖게 된다. 그 회화성을 대상의 특성에 따라 분류해보면 대체로 서경 · 서사 · 심상의 구조로 드러난다.

서경이라는 말의 사전적 의미가 암시해주듯, 언어로 그려진 풍경화의 형태이다. 그리고 그 풍경화적인 공간은 일반적으로 고정 시점, 이동 시점, 회전 시점 및 영상 조립 시점 등으로 구축된다.

하이에나는
두 귀를 모두고
먼 들을 지나는 짐승들의
발소리를 듣는다.
그들이 가까워질 때까지
하이에나는
돌 틈서리에
몸을 붙이고
두 귀를 모둔다.

— 이건청, 「하이에나 - 하이에나는」 부분

집으로 돌아가는 차창에 걸린 달
눈썹보다 더 가늘게 하늘거리더니
집 앞 골목에서 기다리고 섰는 달
그 사이에 포동포동 살이 올랐다.

— 김석규, 「퇴근」 전문

전자의 작품은 고정시점의 묘사이고 후자의 작품은 이동 시점의 묘사이다. 고정 시점은 시적대상에 대한 이목을 집중시키는데 상당히 효과적이다. 먹이를 기다리는 하이에나의 모습을 클로즈업시킨다. 다시 말해 카메라의 렌즈는 멀리서 다가오는 먹이를 클로즈업시키지는 않는다. 먹이를 클로즈업시키면 오히려 시적 효과가 반감된다고 보았기 때문이다. 그러나 후자의 작품은 시적 대상이 된 '달'의 모습을 차 안과 집 앞 골목에서 각각 잡아내고 있다. 변화되고 있는 '달'의 모습을 잡아내는 데는 장소를 이동시키는 것이 훨씬 자연스럽기 때문이었을 것이다.

落葉은 포-란드 亡命政府의 紙幣
砲火에 이지러진
도룬市의 가을 하늘을 생각게 한다.
길은 외줄기 꾸겨진 넥타이처럼 풀어져
日光의 폭포 속으로 사라지고
조그만 담배 연기를 내어뿜으며
새로 두시의 急行車가 들을 달린다.
포프라나무의 筋骨 사이로
工場의 지붕은 흰 이빨을 드러내인 채
한 가닥 꾸부러진 鐵柵이 바람에 나부끼고

그 위에 새로팡紙로 만든 구름이 하나
자욱-한 풀벌레 소리 발길로 치며
호올로 荒凉한 생각 버릴 곳 없어
허공에 띄우는 돌팔매 하나.
기울어진 風景의 帳幕 저쪽에
고독한 半圓을 긋고 잠기어 간다.

— 김광균, 「秋日抒情」 전문

작가가 한 곳에서 일정한 공간을 보고 있으나, 집중되어 있지 않고 눈에 닿는 대로 한 바퀴 둘러보며 언어화한 형태이다. 그렇기 때문에 낙엽이며, 하늘이며, 길이며, 급행차며, 공장의 지붕이며, 시적 화자가 던진 돌팔매까지 모두 볼 수 있게 되어 있다. 회전 시점의 묘사라 할 수 있다.

푸른 불 시그낼이 꿈처럼 어리는
거기 조그마한 驛이 있다.
빈 待合室에는
의지할 椅子 하나 없고
이따금
急行列車 어지럽게 警笛을 울리며
지나간다
눈이 오고
비가 오고……
아득한 線路 위에
없는 듯 있는 듯
거기 조그마한 驛처럼 내가 있다.

— 한성기, 「驛」 전문

속은 의뭉스럽지만 뚝심은 있어
냉정한 수모도 태연하게 받아들여
날카롭게 밀쳐내도
다시 무표정하게 제 자리를 차지하는
그 덤덤한 사내를
아예 내 집에 눌러 앉히기로 했다
깨끗한 베개 위에 그의 머리를 쉬게 하리라
사귄 지는 오래지만 늘 괴팍하게 등 돌리며
죽기 살기로 피할 만큼 피해 보았지만
세월 탓인가
손 한번 잡지 않고 눈 맞춘 적도 없지만
은근히 내 몸까지를 읽고 있는
그 사내에게 더는 잘난 척 할 게 나는 없다
요즘 들어 부쩍 손놀림이 강해
민망할 정도로 음탕하게 내 가슴을 쓸어내리며
순전 깡으로 내 몸을 파고드는 사내 하나

— 신달자, 「고독이라는 사내 하나」 부분

묘사 중심의 많은 작품은 본 것, 느낀 것을 직접 제시하지만 이 작품들은 그렇지 않다. 평소 시인이 생각해오던 관념들을 시로 새롭게 구성해 보여주고 있다. 그것이 보이는 것이든(驛) 보이지 않는 것이든(고독) 시인의 의식 속에 비교적 오랫동안 자리잡고 있던 영상을 현재 시점에서 재구성한 풍경으로 나타내고 있는 것이다. 영상 조립 시점의 묘사다. 다음의 시들에 나타난 시점을 생각해보고 왜 이 시점을 채택하였는지를 생각해보자.

피와 살이 다 고갈될 때까지
한 그리움을 밀고 나갈 수 있다면
그 마지막 더운 숨 흩어지는 끝에서
마침내 저런 빛깔일 수 있을까.

수만 년 대륙을 달려와

지금 막 그 마지막 더운 숨을 몰아쉬는
먼 고대 동물의 황금 뿔처럼
은행나무 한 그루 물들어 있다.

— 김진경, 「황금 뿔」 전문

한밤중 늙고 지친 여자가 울고 있다
그녀의 울음은 베란다를 넘지 못한다
나는 그녀처럼 헤픈 여자를 본 적이 없다
누구라도 원하기만 하면 그녀의 내부를
들여다 볼 수 있다 그녀 몸 속엔
그렇고 그런 싸구려 내용들이
진설되어 있다 그녀의 몸엔 아주 익숙한
내음이 배어 있다 그녀가 하루 24시간
노동을 쉰 적은 없다 사시사철
그렁그렁 가래를 끓는 여자

— 이재무, 「냉장고」 부분

2. 시적 묘사와 시적 상상력

시 창작에서는 묘사가 시의 거의 모든 부분을 좌우할 만큼 중요성을 지니고 있다. 우리가 앞 장에서 배운 이미지나 비유, 상징이 결국에는 시적 묘사를 잘 하기 위한 하나의 수단이라는 점을 생각해보면 이 점은 보다 명확해진다. 시적 진술이 없는 작품은 있을 수 있으나 시적 묘사가 없는 작품은 생각하기 어렵다. 그렇다면 어떻게 묘사를 해나가는 것이 바람직한가. 물론 이를 단적으로 설명하기란 어렵다.

우선 묘사를 하고자 할 경우 그 시적 대상에 대해 '자세한 들여다보기'를 해야 한다. 그러므로 묘사에 있어 자세한 관찰은 무엇보다 중요하다. 보이는 것을 우선 그대로 스케치 해보자. 회화의 경우도 마찬가지지만 물상을 원근법을 사용하여 그려내는 연습은 중요하다. 그러나 그대로 그려낸 그림은 이발소 그림이 되기 싶다. 그래서 사실화의 경우도 어느 특정 부위를 크게 그리거나 강한 색깔을 쓰기도 한다. 시도 마찬가지다. 전체 중에 아주 작은 부분을 그려내기도 하고 아주 큰 골격만을 그려내는 경우도 있게 된다.

굴뚝을 빠져 나온 연기들이
날개도 없이 언덕을 넘는다

세상에서 가장 따스한 목소리는
대밭 사이로 연기가 지나가는 소리
밥짓는 냄새가 장독을 깨우고

눈 덮인 초가 뒤로 사라지는 전라선 기차
오늘도 내 새끼는
밥자리 잃지나 않았을까

지붕만 남은 강 건너 외딴 집
굴뚝을 따라
가는 연기 한 올 관절도 없이 산을 넘는다

— 송종찬, 「저녁 연기」 부분

냉이꽃이 탱자나무 울타리를 넘는다
한발 한발
뚤레 뚤레
사방 곁눈질을 한다
한발이 저도 모르게
경계를 넘자마자,
막무가내다
떼로 몰려가서 까르르 까르르 웃는다
급기야 탱자나무 울타리도 하얗게 자지러지고 만다

— 장철문, 「경계」 전문

전자는 원거리에서, 후자는 근거리에서 그려내고 있다. 어떤 방법이든 다 가능하지만 그것이 묘사가 되기 위해서는 그리고자 하는 시적 대상을 '어떻게' 그려낼 것인가를 항상 염두에 두어야한다. '어떻게'라는 말에는 많은 것들이 포함된다. 그것이 가지고 있는 모든 속성과 특징적 요소, 상황들이 고려될 수 있다는 얘기다.

땟국에 절은 옷가지 걸치고
무료급식소를 찾는 노숙자처럼
겨울바람에 쫓겨 허청허청 몰려가는 남한강

— 신덕룡, 「천서리에서」 부분

이 작품은 '강'을 '노숙자'에 비유하여 쓰고 있다. '강'을 그대로 그려내는 것보다는 새로운 각도에서 그려낼 수 있다는 점에서 비유는 묘사의 중요한 수단이 된다.

능선이 험할수록 산은 아름답다
능선에 눈발 뿌려 얼어붙을수록
산은 더욱 꼿꼿하게 아름답다
눈보라 치는 날들을 아름다움으로 바꾸어 놓은
외설악의 저 산맥 보이는가
모질고 험한 삶을 살아온 당신은
그 삶의 능선을 얼마나 아름답게
바꾸어 놓았는가

— 도종환, 「산맥과 파도」 1연

「산맥과 파도」는 묘사를 어떤 순서로 해나가는 것이 좋은가를 잘 보여주는 예다. 1행에서는 일반화되고 보편화될 수 있는 부분이 설정되고 2행, 3행에서는 이를 좀더 부연하여 묘사한 다음 4행, 5행에서는 이 묘사의 실제적인 예를 들어 구체적으로 보여준다. 6행~8행에서는 '당신' 곧 우리 인간의 문제로 확대시키고 있다. 구성에 따라 이의 반대되는 경우도 생각해볼 수 있고, 다른 순서로도 묘사해볼 수 있을 것이다. 시의 어느 부분에 무게 중심을 놓느냐에 따라 다양한 묘사가 가능하지만 어느 정도 자연스럽게 행과 행이 연결되느냐의 문제를 동시에 고려하지 않으면 안 된다.

보이지 않는 것이 문제가 되는데, 묘사는 보이지 않는 것도 그려내야 한다. 안 보일 경우 앞의 인용 작품(「천서리에서」)에서 보듯, 보이는 것으로 가정하고 의인법이나 활유법을 써보는 것도 좋은 방법의 하나다.

어디 뻘밭 구석이거나
썩은 물 웅덩이 같은 데를 기웃거리다가
한눈 좀 팔고, 싸움도 한 판하고,
지쳐 나자빠져 있다가
다급한 사연 들고 달려간 바람이
흔들어 깨우면
눈 비비며 너는 더디게 온다

— 이성부, 「봄」 부분

아무리 물을 주고 거름을 주어도
희망이 될 수 없는 우리가 낳은 절망,
나 혼자 갈아엎는 좋은 예식 앞두고
벼랑 앞에서 목소리 다듬는 중에
줄줄 울고 있는 추억……
저 찔레덤불에 확 끼쳐가는 잠깐의 몸부림을
한심하도록 길게 끄는 교활한 추억.

— 한영옥, 「만성적 절망」 부분

세월을 비껴선 포도나무 새잎 달고 있다
줄기줄기 하늘 향해 끝도 없이 솟구쳐오르면서
무거운 生의 불을 지핀다
무명베 바지 입은 늙은 여자의 자궁 속에서
몸때보다 더 붉은 꽃 핀다 꽃향기 묘하다

— 양문규, 「희망이라는」 부분

이들 작품들은 그 시적 대상이 추상이라는 공통점을 가지고 있다. 그러나 그 시적 대상은 바로 눈앞에 있는 것처럼 다가온다. 신선할 뿐만 아니라 생생함으로 다가오는 이유는 보이지 않는 추상을 보이는 실제로 재현했기 때문이다. 물론 살아 있는 실체로 변환시키기 위해서는 시적 상상력이 필요하다.

내 배는 항상 불러 있지요.

하지만 늘 배가 고파요. 눈에 보이는 건 모두 들이마시고 싶군요. 먼지가 가득 차면 주인은 내 배를 열고 더러워진 세상을 끄집어내죠. 내 뱃속엔 세상을 걸러내는 필터가 달려 있죠. 필터에는 단추, 하늘, 터진 신발, 깨진 기왓장, 언덕, 노을, 정월이 딸린 계단, 풀밭을 뛰어다니는 소녀가 물고기처럼 퍼덕거리며 걸려 있기도 하거든요, 나는 그것들을 내뱉고 한껏 가벼워진 몸으로 다시 세상을 들이마시지요. 어쩔 땐 티브이도 집어삼키고 집도 한 채 먹어치우죠. 오늘 아침엔 소녀가 풀밭을 머리에 이고 내 뱃속을 붕붕 날아다니네요. 소녀를 위해 화장품과 비둘기 몇 마리도 먹어야 할까 봐요. 주인이 다시 내 몸을 열고 있어요……

— 서안나, 「진공청소기」 전문

이 작품은 보이는 실체지만 실제의 '진공청소기'를 그려내고 있지는 않다. 사실 진공청소기를 있는 그대로 단순하게 그려낸다고 했을 때 이를 눈여겨 볼 독자가 어디 있겠는가. 사진이나 그림으로도 그것은 충분히 가능한 일이기 때문에 오히려 그 사물이 갖는 속성 등을 고려하여 시적 상상력을 동원하는 일이 무엇보다 중요하게 된다. 이 말은 결국 보이는 실체든 보이지 않는 추상이든 시적 상상력이 더할나위 없이 중요하다는 얘기다.

발에 흙 묻히며 살고 싶지 않아 허공으로 올라왔지요

허공으로 올라온 나를 땅 기운이 끌어당겨

피가 머리 쪽으로 몰려 거꾸로 매달리곤 하지요
아침마다 허공의 뜰에 고인 이슬로 가랑이를 씻고
무언(無言)의 노래를 세상 밖으로 퍼뜨리지요
내 뼈를 추려내어 지어놓은 집
환하고 눈부셔
지나가는 뼈 없는 곤충들이 스스로 집에 갇히지요
내게는 집이지만 그들에겐 감옥이죠
땅에서 태어난 생명은 땅에서 죽는다지만
내 집에 갇힌 것들은 영영 땅으로 내려가지 못하죠
곤충을 잡아먹을 때마다 내 뼈는 더 부드러워져요
내 뼈가 단단했다면 나는 결코
허공에 올라와 살 생각을 못했을 거예요
부드럽고 낭창낭창 휘어지는 뼈!
나를 허공에 밀어올린 힘이지요

— 김충규, 「거미」 전문

'거미줄'을 거미가 "뼈를 추려내어 지어놓은 집"이라고 상상한다든지, 그 뼈를 "부드럽고 낭창낭창 휘어지는 뼈!"로 보고 그것이 아울러 "허공에 밀어올린 힘"으로 바라보는 상상력이 바로 시적인 상상력이다.

내 귓속에는 막다른 골목이 있고,
사람 사는 세상에서 밀려난 작은 소리들이
따각따각 걸어 들어와
어둡고 찬 바닥에 몸을 누이는 슬픈 골목이 있고,

얼어터진 배추를 녹이기 위해

제 한 몸 기꺼이 태우는
새벽 농수산물시장의 장작불 소리가 있고,
리어카 바퀴를 붙들고 늘어지는
빌어먹을 첫눈의 신음소리가 있고,
좌판대 널빤지 위에서
푸른 수의를 껴입은 고등어가 토해놓은
비릿한 파도소리가 있고,
갈라진 손가락 끝에
잔멸치 떼를 키우는 어머니의
짜디짠 한숨소리가 있고,
한 땀 한 땀 나를 꿰어내던
겨울비의 따가운 박음질소리가 있고,

내 귓속 막다른 골목에는
소리들을 보호해주는 작고 아름다운
달팽이집이 있고,
아주 가끔
따뜻한 기도소리가 들어와 묵기도 하는
작지만 큰 세상이 있고,

— 고영, 「달팽이집이 있는 골목」 전문

위의 시는 보이는 것으로부터 보이지 않는 것으로 상이 전개되고 있다. 그렇지만 보이는 골목의 풍경도 시에서 "내 귓속" 안이라고 하였기 때문에 상상력으로 이루어낸 공간이다. 물론 이 공간은 현실 속의 공간을 재구성하듯 묘사하면 된다. 그것에서 더 나아가, 결코 볼 수 없는 자신의 귓속 공간을 시적 상상력으로 재현해내면 된다. 다음의 작품들은 시적인 상상력이 잘 나타나고 있는 작품들이다. 어떤 부분들이 시적 상상력에 해당되고, 이것이 시의 묘사에 어떤 영향을 끼치고 있는지를 생각해보자.

> 그래 맞아, 냄새도 기억의 분비물
> 당신에게서 실로 오랜만에 맡아보는
> 결별의 체취— 오래 전 사랑의 그 체취!
> 나팔꽃 같은 아스라한 기억 속,
> 의심의 손길이 대나무 같이 매끄러운
> 당신의 몸을 감아 올라간다, 짐승이었다!
> 움베르토 에코가 중세의 수도원에서
> 禁書를 더듬는 곰팡내 물씬 풍기는
> 부끄러운 손길의 기억처럼.
>
> — 강성철, 「잃어버린 시간을 찾아서」 부분

> 도마는 칼날을 받아냈다
> 벌써 십 년을 해온 일이다
> 대부분 죽은 것들이 도마를 거쳐갈 때마다
> 칼자국이 남았다 시체를 동강내는 칼날 밑에서
> 도마는 등을 받쳐주었다
> 도마의 등뼈에 수없이 파인 골짜기
> 핏기가 스몄다
> 시체들의 찌끼가 파묻힌 자리에선
> 아무리 씻어도 냄새가 났다
> 도마는 칼날에 잘리는 시체들의 마지막 생의 향기를 안다
> 생을 마감할 때 잠시 미끄러져 달아나려 했던 두려움을 안다
> 시체들을 통과한 칼날을 받아내며 살아가는 도마

죽음을 섭생하고는 빽빽하게 영생불사의 날짜를 새겨놓는다
도마는 죽지 않는다

— 윤의섭, 「도마」 전문

맑은 계곡으로 단풍이 진다
온몸에 수천 개의 입술을 숨기고도
사내 하나 유혹하지 못했을까
하루 종일 거울 앞에 앉아
빨간 립스틱을 지우는 길손다방 늙은 여자
볼 밑으로 투명한 물이 흐른다
부르다 만 슬픈 노래를 마저 부르려는 듯 그 여자
반쯤 지워진 입술을 부르르 비튼다
세상이 서둘러 단풍들게 한 그 여자
지우다 만 입술을 깊은 계곡으로 떨군다

— 박성우, 「단풍」 전문

돌아보지 말아야지
다시 보면 그 속에 쏘옥
빨려들고 말거야.
첫눈에 입 맞추고 가는 나비도
한 모금에 취해서 저리 비틀 나는데
나 같으면 한번다시 보기만 해도
빨려들어 한 방울 이슬이 되고 말걸?
돌아보지 말아야지
울며라도 가야지.

— 홍우계, 「목련」 전문

한밤중이 되면 내 몸에 수선화가 핀다, 방 안의 모든 소리가 잠을 잘 무렵이면, 내 몸에 꽃씨 앉는 소리가 들린다, 간지러워, 암술과 수술이 살 부비는 소리가 사물거리며 온몸에 둥지를 틀고, 어머 꽃피네, 마른 버짐처럼, 간지러운 꽃이 속옷 새로 피어나네, 내 몸에 피는 꽃, 어머 내 몸에 핀 꽃, 나르키소스의 영혼이 노랗게 물든, 수선화가 핀다, 아름다운 내 몸, 노랑 꽃파랑이 쓰다듬으며 어깨에서 가슴으로 배꼽으로 핀 꽃과 입맞춤하고, 시커먼 거웃 사이에도 옹골지게 핀 꽃대 잡는다, 아, 아, 에코가 메아리치네, 아름다운 내 몸, 거울에 비추어, 아아아 에코가 흐느끼네, 내 몸이 하분하분 물기에 젖네, 꽃들이 더펄거리며 시들어가네, 나르키소스여 내 몸에 오지마소서 五慾에 물든 몸 꽃피게 마소서

한밤중이 되면 내 몸에 수선화가 핀다 방 안의 모든 소리가 잠들 때까지 기다리고 있는 나

— 이재훈, 「수선화」 전문

오랜 세월 헤매다녔지요
세상 어디에도 보이지 않는 그대 찾아
부르튼 생애가 그믐인 듯 저물었지요
누가 그대 가려 놓았는지 야속해서
허구한 날 투정만 늘었답니다
상처는 늘 혼자 처매어야 했기에
끊임없이 따라다니는 흐느낌
내가 우는 울음인 줄 알았구요

어찌 짐작이나 했겠어요
그대 가린 건 바로 내 그림자였다니요
그대 언제나 내 뒤에서 울고 있었다니요

— 강연호, 「월식(月蝕)」 전문

모래밭 위에 무수한 화살표들,
앞으로 걸어간 것 같은데
끝없이 뒤쪽을 향하여 있다

저물어가는 해와 함께 앞으로
앞으로 드센 바람 속을
뒷걸음질치며 나아가는 힘, 저 힘으로

새들은 날개를 펴는가
제 몸의 시윗줄을 끌어당겨
가뜬히 지상으로 떠오르는가

따라가던 물새 발자국
끊어진 곳 쯤에서 우두커니 파도에 잠긴다

— 손택수, 「물새 발자국 따라가다」 전문

3. 시적 진술

어물전 개조개 한 마리가 움막같은 몸 바깥으로 맨발을 내밀어 보이고 있다
죽은 부처가 슬피 우는 제자를 위해 관 밖으로 잠깐 발을 내밀어 보이듯이 맨발을 내밀어 보이고 있다
펄과 물 속에 오래 담겨 있어 부르튼 맨발
내가 조문하듯 그 맨발을 건드리자 개조개는
최초의 궁리인 듯 가장 오래하는 궁리인 듯 천천히 발을 거두어 갔다

저 속도로 시간도 길을 흘러왔을 것이다
누군가를 만나러 가고 또 헤어져서는 저렇게 천천히 돌아왔을 것이다
늘 맨발이었을 것이다
사랑을 잃고서는 새가 부리를 가슴에 묻고 밤을 견디듯이 맨발을 가슴에 묻고 슬픔을 견디었으리라
아―, 하고 집이 울 때
부르튼 맨발로 양식을 탁발하러 거리로 나왔을 것이다
맨발로 하루 종일 길거리에 나섰다가
가난의 냄새가 벌벌벌벌 풍기는 움막 같은 집으로 돌아오면
아―, 하고 울던 것들이 배를 채워
저렇게 캄캄하게 울음도 멎었으리라

― 문태준, 「맨발」 전문

이 시는 묘사 중심으로 이루어져 있다. 그러나 묘사 중심의 시가 갖지 못하는 깊이를 확보하고 있음이 주목된다. 그것은 "저 속도로 시간도 길을 흘러왔을 것이다"라는 시적 진술이 이를 뒷받침하고 있기 때문이다. 1~5행까지의 차분한 묘사는 6행에 이르러 표면의 문제를 떠나 내면의 문제로 향한다. 말하자면 6행은 진술적 표현이자 내면의 공간을 향하게 하는 역할을 수행한다. 시의 흐름은 이 진술적 표현으로 인해 깊이 침잠해 들어가는 느낌을 갖는다. 하나의 국부적인 문제를 떠나 일반적인 삶의 진리에 관한 시인의 해석이 이 말에는 숨어 있다. 그것을 거부감 없이 자연스레 독자들이 수용하고 있으므로 시인은 소기의 성과를 거둔 셈이 된다. 물론 이 진술적 표현은 앞 5행의 묘사적 표현 때문에 가능한 것이다. 그러므로 묘사가 없는 진술은 죽은 진술이 되기 쉽다. 이런 이유에서 시는 묘사적 표현으로만 쓰는 것은 가능하지만 진술적 표현만으로는 불가능하다. 진술의 구체적 힘은 묘사로부터 받기 때문이다. 앞의 인용시 「옛마을을 지나며」의 "조선의 마음"을 생각해보

면 이 점은 쉽게 수긍이 가는 문제다. 그러나 묘사로만 이루어진 시는 보여주는 산뜻함으로 그치기 십상이고 감동의 문제에까지 연결되지 않는 경우가 많다. 진술이 그래서 필요하다.

시적 묘사는 근본적으로 언어를 회화적인 방향으로 가시화하고, 시적 진술은 독백의 양상으로 가청화한다. 시적 진술은 시각적 인식과 맞닿아 있는 묘사와는 달리 청각을 통한 설득과 깊은 관련을 지니고 있다.

> 바람이 불 때
> 우리는 다만 가지가 흔들린다고 말한다
> 실은 나무가 집을 짓고 있는 것이다
> 심연의 허공에 뜨거운 실체의 충만함을 남기는,
> 도취와 나태 속에 취해 있는 듯하다가도
> 그림을 그리듯 하늘에
> 기하학적인 공간을 각인하는 나뭇가지
>
> — 손진은, 「詩」 부분

> 불어오는 바람에 이파리가 흔들릴 때
> 우리는 나무가 웃는다고 말한다
> 가령 비 뿌리기 전 재빠른 나뭇잎의 흔들림은
> 불안해하는 나무의 표정이다
> 그 순수한 기쁨에게로 혹은 상처에게로 열려 있는 나무들
>
> — 손진은, 「스스로 열리기」 부분

문학 예술에서 진술이라는 용어는 1) 선언적 성격의 언술. 2) 주제, 기본적 사상, 작가의 의도를 명백하고 생생하게 드러내주고 있는 작품 또는 어떤 부분, 국면. 3) 예술적 언술의 특성 자체를 포괄적으로 지적할 때 사용한다. 이

와 같은 용례의 일반적 성격을 받아들여 시적 언술의 큰 두 갈래의 하나로서 그 용어를 차용한 것이다. 인용한 작품의 경우에서 보면 작가의 의도가 어디에 있는지 알 수 있다. 일반적으로 생각하는 반대편이나 다른 부분을 시인은 생각하고 있는 것이다. (시적 진술에서 이 점은 매우 중요하다.)

시적 진술은 가청적, 고백적, 해석적 성향을 가지므로 관찰을 통한 감지라기보다 관조를 통한 감지적 성향을 지닌다. 시적 진술은 독백적 진술, 권유적 진술, 해석적 진술이 있다.[3] 독백적 진술은 스스로가 시적 대상이 되어 반성하고 기원하는 형태이다. 그러므로 이 진술은 진술하는 주체 중심의 회고와 반성과 기원이 주를 이룬다. 권유적 진술은 자기의 주장을 불특정 개인 또는 다수에게 적극 동조를 요청하는 행태이다. 이 진술은 동조와 참여를 청하는 주체의 주장 중심의 언술이 된다. 독백적 진술이 자기 반성적 성향을 지녔다면 권유적 진술은 타인에게 반성을 촉구하는 성향을 지니고 있다. 해석적 진술은 일정한 시적 대상에 대한 시인 나름의 해석과 비판의 형태로 나타난다. 이 진술은 객체 중심의 탐구와 비판이라는 성향을 갖고 있다.

독백적 진술의 구조를 살펴보면 대체로 두 가지의 시점이 발견된다. 회고적 시점과 기원적 시점이 그것이다. 회고적 시점이 과거를 통한 현재의 반성 형태라면, 기원적 시점은 과거와 현재의 반성을 토대로 한 미래의 삶에 대한 희구 형태이다.

회고적 시점은 독백의 양식 중에서 직, 간접적으로 진술자의 회고가 들어가는 것을 말하는데 회고적 시점이라 한다. 회고적 시점의 특징은 반성을 주로 한다는 점이다. 모든 시는 독백의 성질을 지니고 있다. 시라는 문학 양식이 시인의 체험 그 자체를 형식화한 것이기 때문이다. 그렇기 때문에 대부분의 시는 독백의 양상을 띤다. 회고적 독백이 반성을 초점에 둔다면 기원적 시점은 소망을 초점으로 둔다. 기원적 시점은 크게 두 가지의 특징을 지니게 된다. 첫 번째로 희구하는 그 무엇인가를 각각 가지고 있다. 두 번째로 외형

3) 오규원, 『현대시 작법』(문학과지성사, 1990) 5장과 6장, 128~207면.

상으로는 자기 자신에게 말하는 것이 아니라 제삼자에게 진술하는 형태라는 점이다.

회고적 독백이든 기원적 독백이든 일상적인 행위 속의 독백은 그저 자기 자신만 알아들을 수 있는 그런 형태로 나타나기 마련이다. 그러나 시 속의 독백은 시적 내용을 효과적으로 전달하기 위한 방법적 차용에 불과하다. 그러므로 그 방법적 차용은 엄격할수록 좋다.

독백적 진술이 종국적으로 자기 자신에게 돌아가는 언술의 내용을 갖는데 비해, 권유적 진술은 자기가 아닌 다른 사람의 각성을 유도하는 언술의 내용을 지닌다. 관행적 시점과 비관행적 시점이 있는데 관행적 형태의 권유로는 어떤 단체나 행사의 기념시가 그 전형적인 보기이다. 관행적 형태의 권유는 일정한 단체나 행사가 지향하는 이상이나 목적을 염두에 둔 권유이다. 그러므로 진술자의 주장은 단체나 행사가 지향하는 이상과 합치되는 방향에서 전개된다. 비관행적 형태의 권유는 아무런 구속이 없는 자유로운 주장이 가능하다.

해석적 진술은 시적 대상에 대한 나름의 이해와 비판을 토로하는 행태이다. 시적 대상에 대한 감각적 인식을 가시적으로 제시하는 것이 아니라 직접 토로하는 것이라는 점에서 묘사와 구분되고, 심성적 토로가 일정한 시적 대상에 대한 해석의 토로라는 점에서 스스로 대상이 되어 자기반성을 진술하는 독백적 진술과 구분되며, 또 대상에 나름의 이해와 비판을 들려준다는 점에서 자기의 주장을 제 3자에게 관철시키려 하는 권유적 진술과 구분된다.

해석적 진술도 그 시점을 두 가지로 나누어볼 수 있다. 관조적 시점의 진술과 풍자적 시점의 진술이 그것이다.

관조적인 시점의 해석은 대상에 대한 이해를 지향한다. 관조적 해석은 그 양상은 다양하지만, 일반적으로 존재와 의미의 탐구를 통한 세계에 대한 새로운 인식과 이해를 보여준다.

풍자적인 시점의 해석적 진술은 일종의 시적 논평이다. 관조적인 형태가 비판보다 대상에 대한 의미론적 또는 존재론적 탐구를 통한 세계의 이해와 적극적인 태도를 보여준다면, 풍자적인 형태는 대상 그 자체에 대한 탐구보다 그것에 대한 인간의 태도에 보다 관심이 있다. 그러므로 풍자적인 형태의 진술은 보다 사회적이고, 또 윤리적인 해석을 주로 한다.

지금까지 얘기된 각 진술 형태와 시점을 정리하면 다음과 같다.[4]

	형태	화자	청자	메시지	지향성
독백적 진술	회고적 독백	나		반성	자기반성
	기원적 독백	나	나 (또는 대리인)	소망	자기반성
권유적 진술	관행적 권유	나	불특정 다수	단체 또는 행사의 이상과 나의 주장	단체 또는 행사 참여자의 각성
	비관행적 권유	나	불특정 다수	나의 주장	다른 사람의 각성
해석적 진술	관조적 해석	나	제삼자	해석 내용	대상 이해
	풍자적 해석	나	제삼자	풍자 내용	대상 논평

4. 묘사와 진술의 어울림

시조는 그 형식적 장치의 정제성을 가지고 있는 까닭에 묘사와 진술이 적절하게 나타나는 경우가 많다. 다음의 작품들을 살펴보자.

(1)

매미소리 뚝 끊치고

四季花 주룩 진다

하늘엔 구름 한 자락

4) 오규원, 『현대시 작법』(문학과 지성사, 1990) 184면.

조을 듯 머무르고

洋銀빛 볕살이 아리는
추녀끝 빈 거미줄

— 李鎬雨, 「한 낮」 전문

(2)
낮 달,
사금파리,
물새 눈부신 죽지

절벽에 부서지는 파도의 큰 눈사태

천년 전 계림鷄林을 적신
이차돈의
핏자국

— 조동화, 「흰 동백」 전문

위의 작품들은 대개 묘사로 이뤄져 있다. (1)의 작품은 이를 데 없이 고요한 정적 속에 묻혀 있는 한 낮의 정경이 그림처럼 다가온다. 회화적이며, 시적묘사로 이루어진 작품임을 알 수 있다. '洋銀빛 볕살'과 '빈 거미줄'을 연결하여 산뜻한 이미지를 연출하였다. (2)의 작품은 전체가 은유로 이뤄져 있다. 원관념은 제목에서 시사되듯 '흰 동백'이다. 보조관념은 '낮달'이며 '사금파리'이며 물새의 눈부신 '죽지'이다. 그것은 다시 '눈사태'로 '이차돈의 핏자국'으로 전개된다. 말하자면 이 작품은 보조관념만을 드러내어 한 편의 시를 이룬 셈이다. 여기서 우리가 주목해야 할 부분은 인식의 수준이다.

i) 낮달, 사금파리, 물새 눈부신 죽지

ii) 큰 눈사태

iii) 이차돈의 핏자국

이를 흰 동백과 연결해보면 결코 만만한 상상력이 아님을 알게 된다. 비유는 대개 시적 묘사를 가시화 시켜주는 가장 효과적인 수사법이다. (2)의 시는 이를 잘 활용하고 있는데 무관하게 보이는 i) ii) iii)의 은유는 유의하여 살펴보면 확장은유의 성격을 띠고 있다. 그것은 작은 것으로부터 큰 것으로의 전개라는 점에서, 자연적 상상력에서 역사적 상상력으로 전개된다는 점에서 그렇다. 묘사가 아닌 진술을 내포하고 있다는 것이 된다. 시적 감동은 겉으로는 무관하게 보이는 것들을 상상력으로 연결한 진술적 표현에서 연유하고 있다.

(3)

마음의 부표(浮漂)였다
삶의 신가루였다

눈을 주면
아득한 별
한줄기 빛이었다

떠도는
영혼의 돛단배
그것은 섬이었다.

— 박시교, 「행복」 전문

(3)의 작품 역시 (2)의 작품과 같이 확장은유로 이뤄진 작품이다. (2)의 작품이 구상으로 시적 대상을 구상으로 연결했다면 (3)의 작품은 추상의 시적 대상을 구상으로 연결했다. 광활한 바다 위의 한 척 배와 섬 하나. 이 시는 이러한 밑그림을 그려주기 때문에 묘사에 해당된다고 생각할 수 있지만, 그것은 제목 '행복'이 시사하듯 실제의 풍경이 아니라 '영혼'의 풍경이므로 진술에 해당된다.

(4)

아무 생각도
떠오르지 않는 오후
파리 한 마리
손발을 비비고 있다

어덴지 크게 슬픈 일
있을 것만 같아라

— 李鎬雨, 「虛日」 전문

(4)의 작품은 (1)의 작품과 동일인의 작품이고, 거의 비슷한 한낮을 배경으로 하고 있지만 (1)과는 다르다. 초장과 중장은 "파리 한 마리"가 "손발을 비비는" 덤덤한 오후의 실상을 그리고 있는 묘사에 해당되지만, 종장에서는 파리의 손발비빔에서 연유한 "크게 슬픈 일"이 있으리라는 진술을 담아내고 있기 때문이다. (1)의 단순한 산뜻함보다는 생각의 깊이를 느끼게 한다. 중장의 미시적 묘사가 종장의 거시적 사고로 전환되고 있는 것이다.

(5)

투박한 나의 얼굴/두툴한 나의 입술//

알알이 붉은 뜻을 /내가 어이 이르리까//
보소라 임아 보소라/빠개 젖힌/이 가슴

— 조운, 「석류」 전문

(6)
風紙에 바람일고 구들은 얼음이다
조그만 冊床 하나 무릎 앞에 놓아두고
그 위엔 한 두 숭어리 피어나는 水仙花

투술한 전복껍질 발달아 등에 대고
따뜻한 볕을지고 누워 있는 蟹形水仙
서리고 잠들던 잎도 굽이굽이 펴이네

등(燈)에 비친 모양 더우기 연연하다
웃으며 수줍은 듯 고개 숙인 숭이숭이
하이얀 장지문 위에 그리나니 水墨畵를

— 이병기, 「水仙花」 전문

조운의 「석류」의 구조는 시적 묘사와 진술이 어떻게 조화를 이뤄야 하는지를 잘 보여준다. "투박한~붉은 뜻을" 까지는 시적 묘사고 "내가 어이~이 가슴"은 시적 진술이다. 前三句가 묘사이고 後三句가 진술인 셈이다. 아주 경제적으로 배치한 셈이다. 중장의 역할은 묘사에서 진술로 넘어가는 역할을 수행한다. 종장의 충격을 이완시키면서 자연스러움을 유도하고 있다. 이병기의 「水仙花」에서 우리는 놀라운 비유와 만나게 된다. '水仙花'를 게의 형상에 빗대어 "투술한 전복껍질 발달아 등에 대고/따뜻한 볕을 지고 누워 있는 蟹形水仙"으로 본 것이다. 치밀하면서도 독특한 묘사가 우리를 압도한다.

자연을 얘기하면서도 그 精緻함은 바람 한 가닥이나 감정의 한 올까지 잡아낸다. 여기 그 전범이 될만한 두 편을 보기로 하자.

(7)

이마에 마구 짓이기던 그 毒한 꽃물도
몸에 둘렀던 그 짙고 어두운 그늘도
이제는 다 벗을 수밖에…… 벗을 수밖에……

채어 올린 물고기 그 살비린 숨가쁨
낱낱이 비늘쳐 낸 지난 뜨락에 나서면
보아라, 혼령마저 적시는 이 純金의 소나기

다들 올올 떨며 싸늘한 盞을 서로 대질러
찢긴 남루자락 휘돌아 질편한 자리
이제는 쉽게 슬플래도 슬퍼질 수가 없어……

허구헌 나날 눈익힌 길은 다시 서툴고
더는 내려설 수 없는 그 어느 돌계단
또 뉘가 낭자한 印肉으로 저 아픔을 찍는가.

— 김상옥, 「가을 뜨락에 서서」 전문

(8)

어쩌면 마지막 지휘일지 모르겠다
노구에 연미복 끌며 천천히 등장하는
먼 달빛 조명 받으며 무대중앙 서 있다.

달팽이의 여린 뿔에 휘감기는 우주의 소리
숨 막히는 고요 속에 비밀의 문 열어 놓고
음색도 꺼풀 벗고서 별빛 불러 앉힌다.

숲에 바람이 일고 물면이 들먹인다
이파리와 이파리 사이 밤의 향기 돌며 가고
저 멀리 강물이 뉘인 곳 풀숲들이 웅성댄다.

모든 것이 가능하고 무엇이든 될 수 있는
그가 잡은 지휘봉에 춤추는 우포환상곡
갈채 속 연미복 끌며 점 하나로 사라진다.

— 이상범, 「우포 늪」 전문

(7)의 작품은 가을의 정경을 감각적으로 그려내었다. 특히 여름과 가을의 대비적 심상이 삶의 단면으로 투영되고 있다. "이마에 마구 짓이기던 그 毒한 꽃물"이나 "몸에 둘렀던 그 짙고 어두운 그늘"은 1차적으로 꽃과 나뭇잎이 여름을 상징하지만 오기와 희망과 좌절 사이를 헤맸던 청춘을 의미한다. 둘째 수 초, 중장의 '살비린 숨가쁨' 역시 이와 동일한 심상이다.

후반부인 셋째와 넷째 수에는 표면적인 가을의 모습, 즉 내면적인 생의 원숙기가 비슷한 감도로 채색되고 있다. 각 장은 묘사와 진술이 뒤섞여 있는데 전개에 따라 진술의 비중이 점점 더 커지고 있음이 주목된다.

(8)의 작품은 달밤 '우포늪'에서 본 달팽이의 모습을 세밀하게 그려내었다. 이 작품은 길이 면에선 (7)과 비슷하지만 전혀 다른 언술구조를 보여준다. 이 작품의 요체는 4行과 10行에 있으며 이는 곧 시적 진술에 해당된다. 다시 말해 이 작품은 묘사(첫째수) – 진술(둘째수) – 묘사(셋째수) – 진술(넷째수)이 반복되고 있는 것이다. 이렇게 배치한 이유는 무엇일까. 첫째는 진술에 대한 거부감을 최소화하려는 것이고 둘째는 전체적인 구조를 자연스럽게 이끌 수 있다는 점에서이다. 물론 때에 따라서는 진술 → 묘사의 구조도 어떻게 쓰느

냐에 따라 상당한 효과를 거둘 수 있다. 다음 작품은 이와는 반대되는 일면을 보여주는데 작품 大尾의 여운에서 상당한 낙폭을 보여준다.

(9)

예전에,
예전에, 뇌며
꿈꾸는 보리밭에

세상에,
세상에, 뇌다
열 오른 툇마루 앞에

넉넉히 함박눈 오시네,
붉은빛 벙근
하얀
아침.

— 송선영, 「院村里의 눈」 전문

이 작품은 언뜻 보아 묘사로만 이뤄진 작품 같지만 초장과 중장은 시인의 해석이 강하게 자리잡고 있는 진술이다. "예전에, 예전에"에 함축된 의미는 믿음과 신뢰가 있었던 과거 지향을 보여주고, "세상에, 세상에"는 불신과 반목의 현실세계를 함축적으로 보여준다. 그런데 이렇게 완연한 마음의 간극을 덮으며 자연은 '넉넉히' 함박눈을 내리고 희망으로 가득찬 '하얀 아침'을 열어주고 있는 것이다. 끝내기 방식으로 이에 적절한 언술구조는 역시 묘사다. 진술과 묘사는 각기 다른 여운을 남긴다. (7)과 같은 완전 진술의 끝내기 방식은 강한 여운을 남기고자 할 때 적절하다. (8)은 진술과 묘사가 같이 쓰인 경우인데 중의적이고 다방향적인 생각을 독자들에게 열어주는 역할을 한다. (9)의 경우는 독자들의 생각을 가장 존중해주는 경우로 심각한 진술을 중화시켜주는 역할을 수행하고 있다. 시의 경우를 보기로 하자.

(10)

그릇에 담길 때
물은 비로소 물이 된다
존재(存在)가 된다.

잘잘 끓는 한 주발의 물
고독(孤獨)과 분별(分別)의 울안에서
정밀히 다져지는 질서(秩序)

그것은 이름이다
하나의 아픔이 되기 위하여
인간은 스스로를 속박하고
지어미는 지아비에게
빈 잔(盞)에 차를 따른다.

엎지르지 마라,
엎질러진 물은
불이다
이름없는 욕망이다.

욕망을 다스리는 영혼(靈魂)의
형식(形式)이여, 그릇이여

— 오세영, 「그릇 6」 전문

이 작품은 진술이 중심이 되고 있다. 진술로만 한 편의 시를 쓰는 것은 거의 불가능 하지만 때로는 이렇듯 시인의 정신세계나 신념이 한 편의 시가 되기도 한다. 아마 이 정신세계나 신념이 고루하다면 독자들은 흥미 없어 할 것이다. 이 시가 그런 위험성에도 불구하고 큰 거부감 없이 독자들에게 다가오는 이유는 '물'과 '그릇'의 관계를 새롭게 바라본 시적 상상력에 토대를 두고 있다. 묘사의 생명도 새로움이지만 진술 또한 새롭지 않으면 안 된다.

묘사와 진술의 어울림을 잘 보여주는 다음의 작품을 보기로 하자.

> 마음이 또 수수밭을 지난다. 머위 잎 몇 장 더 얹어 뒤란으로 간다. 저녁만큼 저문 것이 여기 또 있다.
> 개밥바라기별이
> 내 눈보다 먼저 땅을 들여다 본다
> 세상을 내려놓고는 길 한쪽도 볼 수 없다
> 논둑길 너머 길 끝에는 보리밭이 있고
> 보릿고개를 넘은 세월이 있다
> 바람은 자꾸 등짝을 때리고, 절골의
> 그림자는 암처럼 깊다. 나는
> 몇 번 머리를 흔들고 산 속의 산,
> 산 위의 산을 본다. 산은 올려다보아야
> 한다는 것 이제야 알았다. 저기 저
> 하늘의 자리는 싱싱하게 푸르다.
> 푸른 것들이 어깨를 툭 친다. 올라가라고
> 그래야 한다고. 나를 부추기는 솔바람 속에서
> 내 막막함도 올라간다. 번쩍 제정신이 든다

정신이 들 때마다 우짖는 내 속의 목탁새들
나를 깨운다. 이 세상에 없는 길을
만들 수가 없다. 산 옆구리를 끼고
절벽을 오르니, 千佛山이
몸속에 들어와 앉는다.
내 맘속 수수밭이 환해진다.

— 천양희, 「마음의 수수밭」 전문

천양희의 많은 작품에는 번민하는 자아가 깨달음의 세계로 나아가는 길이 놓여 있다. 눈밭에 찍힌 앞선 길의 비뚤비뚤함에서 자신의 발자국이 잘못 걸어온 것을 느끼면서 동시에 "잘못 된 길이 샛길을 만든다"(「첫발자국」)라는 혜안의 경지로 인도한다. 그리고 그것은 지극히 자연스러운 전개를 통해 이루어진다. 강물이 마음속까지 따라와서 촉촉이 젖게 하는 자연스러움이지만 시인은 표현의 효과적인 전달을 위해 꽤 분주히 움직인다. 시의 전통적인 행갈이를 무시하고 내용에 있어서까지도 行間의 轉移를 심하게 의도하고 있는 점은 이를 잘 설명해 준다. 시인은 이 방법들을 통해 자칫하면 이런 부류의 작품들이 빠져들기 쉬운 나약하고 밋밋한 흐름의 깨달음에 탄력을 부여하고 긴장을 가져오는 구실을 하게하고 있다. 마치 유유히 흐르는 강물이 어느 순간순간 쫑알쫑알거리며 금싸라기의 찬란함으로 빛나게 되듯이 말이다.

「마음의 수수밭」은 이 행간의 전이를 효과적으로 사용하여 시인의 존재확인 과정을 잘 보여주는 시다. "저녁만큼 저문 것"의 사유는 "세상을 내려놓고는 길 한 쪽도 볼 수 없다"는 사유로 연결된다. 보리밭과 보릿고개를 넘는 세월 사이에 암처럼 깊어가는 서정자아 역시 세상을 내려놓았던 존재였던 것이리라. 그러나 더 중요한 것은 그것이 아니다. 생각해보면 암처럼 깊어가는 세상의 고뇌 속에서도 박차고 오르는 의지의 전환을 끊임없이 모색하는 것이 인간의 몫이 아니던가. 시인은 산 속의 산, 산 위의 산을 본다. 그래 그래 산은 올려다 보아야지라고 중얼거린다. 세상을 내려놓고는 어느 것도 볼 수 없다 라는 인식의 다른 표현인 셈이다. 그러나 이 인식의 변용에는 부정을 긍정의 세계로 자연스레 몰입하게 하는 힘이 있다. 그 탄력은 "저기 저 하늘의 자리는 싱싱하고 푸르다"라는 사고를 우리의 어깨에 날개 달아주는 것이다. 그러므로 내 막막함도 올라가고 번쩍 정신이 들게 되는 것이다. 그러나 시인은 自存을 헛되이 공중에 띄워 보내지 않는다. '이 세상에 없는 길을 만들 수가 없다'라는 것은 현실 속에 시인은 머무르기를 간구하기 때문이다. 이상주의자나 몽상가가 아니기 때문이다. 절골의 그림자를 이끌며 아직도 보릿고개를 넘는 세월의 아픔을 귀한 것으로 느끼고 있기 때문이다. 마음의 그 수수밭, 여윈 등을 맞대고 서로 사각거리며 아픈 마음을 달래어 주는 수수밭이 환해지면 비록 어떤 가혹한 현실이 옥죄더라도 여유와 미쁨의 강물이 우리 가슴을 흘러가지 않겠는가.

이 설득력의 과정은 산을 오르는 묘사와 더불어 거의 한 몸처럼 육화되고 있는 진술적 표현들, 이를테면 "세상을 내려놓고는 길 한쪽도 볼 수 없다", "산은 올려다보아야 한다는 것 이제야 알았다."라든지, "이 세상에 없는 길을 만들 수가 없다."라는 표현의 적절한 배치에서 오고 있음을 주목해볼 필요가 있다.

5. 참신성과 시적 감동

시적 진술도 마찬가지지만 특히 시적 묘사의 참신함이나 혁신성은 시적대상에 대한 비유가 얼마만큼의 시적 距離를 가지고 있느냐의 원론적인 문제에 닿아 있다.

> 7.5평 아파트 작은 베란다에
>
> 어린햇살이 내려와 아장아장 논다

알로에에 올라앉은 참새, 부르르
덜 빠져나간 잠기운 털어내고 햇살 받아 챙긴다
허리뼈에서 올라오는 신음 홀로 삼키며
어머니, 저승옷 꺼내와 다듬는다
참새가 허옇게 센 정신으로 들어와
이따금 등우리를 친다
햇살 먹는 어머니, 새우등을 하고
여름아침 하늘 톡, 톡, 날아 다닌다

— 서림, 「여름 아침」 전문

악견산이 슬금슬금 내려온다
웃옷을 어깨 얹고 단추 고름 반 쯤 풀고
사람 드문 벼랑길로 걸어 내린다
악견산 붉은 이마 설핏 가린 해
악견산 등줄기로 돋는 땀 냄새
밤나무 밤 많은 가지를 툭 치면서 툭
여이 여기 밤나무 밤송이도 있군 중얼거린다
악견산은 어디 죄 저지른 아이처럼 소리없이
논둑 따라 나락더미 사이로
흘러 안들 가는 냇물 흘금흘금 돌아보며
악견간 노란 몸집이 기우뚱 한 번

— 박태일, 「가을 악견산」 초반부

추상적인 존재, 혹은 사물을 형상화시킴에 있어 그 구체적인 실상을 묘사하고 여기에 시인의 사고관을 담아내는 것은 분명 쉬운 일이 아니다. 인용 작품들은 묘사를 묘사로만 끝내지 않고 시인의 시관을 보여주는데 성공하고 있다. 이를 위해서 어떠한 방법을 쓰고 있는가. 의인법 등을 쓰면서 일차적으로 시를 탄력 있게 만들고, 거기에 더 얹어 그 움직임과 변화를 의미 있는 것으로 만드는데 상당한 노력을 하고 있다. 전자의 작품은 죽음까지도 사소하게 만드는 경쾌함이, 후자의 작품에서는 일상과는 아주 색다른 느림의 미학이 있다. 이처럼 좋은 묘사는 울림까지를 동반한다. 좋은 묘사나 진술이 좋은 시를 만드는 중요한 역할을 하는 것이 분명하지만 이를 빈틈없이 이루어낸다는 것은 결코 쉬운 일이 아니다. 이미 신춘문예 등으로 등단하여 활발한 활동하고 있는 한 동인지의 작품에서 무작위로 추출한 다음의 비유를 보자.

가) 떡심풀린 오리처럼 바장이지 말고 잰 걸음으로 가자

나) 석탄 난로처럼 달궈진 칠월도 하순

다) 선풍기가 뱀의 혀처럼 날름날름 최면을 걸면 아이들이 꾸벅꾸벅 조아리는 고3 교실

라) 끝 모를 기다림에 지칠 때 타령처럼 흘러나갔다

마) 연체동물 빨판 같은 손들이 들이대는 술잔을

바) 서류를 다시 펼치기엔 쓰레기통이 너무 차있다 찢겨진 어린 왕조의 쓰다버린 史草처럼

사) 감꽃은 피어난다 말없는 가장처럼

아) 마셔도 갈증은 풍선처럼 부풀어 올랐어

자) 열렸다 닫히는 입들만 무성영화처럼 아련할 뿐

차) 어느 날 껍질만 남을 바람 속의 빈 집처럼

카) 깨꽃 같은 웃음이 봉곳봉곳 피어나고

타) 섬 억새 하얀 눈물 가슴에 묻어놓고

파) 이름은 지워져야 할 또 하나의 마침표

하) 지상은 가장 낮은 곳에서 꿈꾸는 젊은 애인

우선 지적할 수 있는 점은 절제된 비유가 필요하다는 것이다. 절제는 두 가지 측면을 동시에 고려해야 한다. 하나는 언어의 길이 면이고 하나는 시적 상상력의 빠른 전환을 통해서이다.

다)와 바)의 경우는 첫 번째에 해당되고 라), 아), 자) 등은 두 번째에 해당된다. 시는 주지하다시피 언어의 경제성을 가장 중시하는 장르이다. 비유의 대상 (A)와 비유언어 (B) 사이의 미적거리를 가능한 범주에서 최대한 멀리했을 때 언어가 가장 경제적으로 쓰였다고 말할 수 있다. 그 이유는 (A)와 (B) 사이에 독자의 몫을 많이 남겨주기 때문이다. 두 번째 경우, (A)와 (B) 사이에 독자의 몫을 어느 정도 남겨주었는가를 검토해보면 이 점은 쉽게 확인이 된다.

부적절한 비유 또한 냉정하게 살펴보아야 한다. 마)의 연체동물 빨판과 손, 사)의 감꽃의 피어남과 말없는 가장, 차)의 껍질과 빈집, 카)의 깨꽃과 봉곳봉곳 피어나는 웃음, 타)의 섬억새와 하얀 눈물, 파)의 이름과 마침표, 하)의지상과 젊은 애인. 마), 차)와 타)의 경우는 무난한 비유라고 판단되지만 나머지의 경우는 부적절하다. 사)의 경우 피어난다는 개체의 연속성을 지니는 것과 그냥 존재하는 가장의 일 개체 비유에서, 카)는 의태어의 쓰임에서 파), 하)는 무리한 연결에서 그렇다. 반드시 그렇지는 않지만 (A)와 (B)가 같은 추상이나 같은 구상일 경우, (A), (B)의 관계 설정은 상당한 주의를 하지 않으면 실패할 확률이 높다.

털이 있고 움직이죠
네 개의 다리로 어슬렁
그러나 멀리 가진 못하죠
허리는 뚱뚱한 불면
뼈로 굳은 연애의 흔적이
끌칼로 솟아 잠을 깎고

등은 낙타같이 막막하죠

젖무덤은 희망을 몇 낳아 기른 적도 있어

제풀에 쭈글 울고

거기 휩쓸고 간 회한의 꼬리는 길고 길죠

— 정복여, 「'적막하다'라는 말」 전반부

이 작품은 "적막하다"라는 말이 가진 추상성을 마치 구상을 보고 있듯이 형상화 시키고 있다. 말하자면 '늙은 낙타' 정도가 될 것이다. 묘사 중심의 시다. 시인이 상상력으로 빚어내고 있지만 묘사는 '털→네 개의 다리→낙타의 등→ 쭈글한 젖무덤→ 긴꼬리' 등 상당히 일관된 인식으로 진행되고 있어 확장은유 성격을 보여준다.

1

물의 얼굴, 물의 입술, 물의 가슴

천 개의 손이 내 얼굴을 더듬네

내가 손 내밀면 그는 내 손아귀에서

녹아 내리네, 읽을 수 없는 자막처럼

내 몸은 헐거운 문자

한때의 시절이 빠져나가네

그가 지나간 자리마다 환한 연등이 걸리네

2

금세 지워질 얼굴로 웃는 낯을 하며

그가 내 몸에 못을 박네

톡, 톡, 소리내며 나는 呻吟하네

젖은 나방처럼 땅 위를 파닥거리네

나 그에게 열린 책과 같아서,

그를 기다리는 동안

그는 천 개의 손으로 나를 읽고 갔네

— 권혁웅, 「천수대비가(千手大悲歌)」 전문

이 작품은 다소 전통적인 소재를 다루고 있음에도 새롭게 다가온다. 감각적으로 묘사하고 있는 참신성에서 그 이유를 찾을 수 있을 것이다. '나'를 '문자'나 '책'에 비유하는 것도 새롭지만 단순은유에 그치지 않고 확장은유로 1, 2를 연결하고 있는 것도 묘사시의 단잠이라고 할 수 있는 가벼움을 극복하고 있는 요소로 작용하고 있다.

진술형의 작품 가운데 흔히 발견되는 잘못 중의 하나는 넋두리 형태의 표현이다. 독백적 진술을 잘못 이해한 자기 감정의 적나라한 표현이 이에 해당된다. 시를 읽고 나서 시인의 넋두리를 들었다는 판단이 들면 좋은 시가 아니다. 자각과 반성은 반드시 새로운 깨달음으로 연결되는 것이 무엇보다 중요하다.

권유적 진술에서 범하기 쉬운 잘못은 표피적이고 상투적인 주장을 하는 경우다. 자신의 주장을 밀도있는 묘사를 통해 드러내지 않고 성급하고 섣부르게 자기 주장을 할 경우 독자들은 머리를 흔들기 마련이다. 시는 연설문이나 논설문, 선전문과는 근본적으로 다르다. 해석적 진술 또한 마찬가지다. 시적 대상에 대한 충분한 이해 없이 자신의 고정 관념과 아집으로만 해석을 하는 경우가 많은데 특히 이런 경우에는 혹시 시인이 도끼의 날만을 믿고 장작을 나무의 결과는 상관없이 찍어대고 있는 자만을 저지르고 있지 않는가[5]를 점검해 보아야 한다.

5) 유협의 『문심조룡』에 '論'을 설명하고 있는 구절에 보면 날선 도끼는 장작을 나무의 결과는 상관없이 가로로 찍어 쪼갤 수는 있지만 이는 정도가 아님을 경계하고 있다. 일부를 현혹시킬 수 있을지 모르지만 현자의 눈에는 그 자만이 다 보이기 마련이다.

하지가 지나면
성한 감자는 장에 나가고
다치고 못난 것들은 독에 들어가
가을까지 몸을 썩혔다
헌 옷 벗듯 껍질을 벗고
물에 수십 번 육신을 씻고 나서야
그들은 분보다 더 고운 가루가 되는데

이를테면 그것은 흙의 영혼 같은 것인데

강선리 늙은 형수님은 아직도
시어머니 제삿날 그걸로 떡을 쪄서
우리를 먹이신다

— 이상국, 「감자떡」 전문

이 작품 역시 묘사와 진술의 어울림을 적절하게 보여준다. 여기서 진술에 해당하는 곳은 2연인데 시인은 이를 단 한 줄로 축약하면서 여기에 시의 주제를 담아낸다. "이를테면 그것은 흙의 영혼 같은 것인데"라는 대목을 삭제하고 읽어보면 진술의 힘이 어떠한가를 실감하게 된다.

딱따구리 소리가 딱따그르르
숲의 고요를 맑게 깨우는 것은
고요가 소리에게 환하게 길을
내어주기 때문이다, 고요가 제 몸을
짜릿짜릿하게 빌려주기 때문이다.

딱따구리 소리가 또 한 번 딱따그르르
숲 전체를 두루 울릴 수 있는 것은
숲의 나무와 이파리와 공기와 햇살
숲을 지나는 계곡의 물소리까지가 서로
딱, 하나가 되기 때문이다.

— 김선태, 「딱따구리 소리」 전문

2연으로 된 이 작품은 각 연이 묘사와 진술을 반복하고 있다. '딱따구리 소리'가 숲의 고요를 맑게 해주고, 숲 전체를 두루 울리는 것은 단순한 묘사에 해당되지만 그것이 각각 '고요가 제 몸을 짜릿짜릿하게 빌려주기 때문'과 '나무가 이파리와 공기와 햇살', '물소리 까지가 서로 딱, 하나가 되기 때문'이라는 것은 시인의 해석적 진술에 해당된다. 시인은 '고요'를 '고요'로 보지 않는 경이로움을 발견한데 있다. 딱따구리 소리는 '고요'의 몸을 빌어 우리에게 비로소 '소리'로서 오게 되는 것이니 '고요'가 없다면 딱따구리 소리를 어찌 들을 수 있겠는가. '고요'가 실존적 정체를 드러내는 순간을 명징하게 보여주고 있는 것이다. 그러나 그 소리는 다시 내밀하게 들어보면 고요의 몸만을 빌린 것이 아니다. 나무와 이파리와 공기와 햇살 다시말해 숲 속의 모든 것이 한 정점에서 일제히 만나서 빚어내는 것이다. 그 정점은 어떤 순간인가. 바로 이 사물들이 '고요'와 접신하는 순간이다. 자연의 경이는 바로 이곳에 있다. 어떻게 이들이 사람의 약속보다 더 정확히 한 점에서 만나 마치 한줄기 빛처럼 딱 고요의 몸속으로 들어가 '소리'가 되어 나올 수 있는가. 그러기에 그 '소리'는 숲 전체를 울리고도 남을 수 있는 것이다.

다음의 작품에도 묘사와 진술이 선명하게 교차되고 있다. 묘사와 진술은 어느 부분에서 나타나고 있는가를 살펴보고 시인의 의도가 어디에 있는지,

이 진술적 표현들이 전체 시에 미치는 영향에 대해 검토해보자.

스무 해 전에 보낸 편지에
스무 해 지나 메일로 답이 왔다

알 수 없는 일, 겨우겨우
가는 목숨을 어찌어찌 이어오던 난 화분에
꽃이 달렸다

모든 목숨은 물같은 그리움이거나
빈집을 흐르는 울림이거나
상처의 흔적이거나

— 정한용, 「적멸」 전문

저 차가운 정신을 보라
저 단단한 정신의 결정을 보라

결빙의 폭포를 이루는
가장 드높은 생명의 투명한 힘

누가 물을 우유부단하다고 했는가
누가 물의 숨겨진 정신을 비웃는가

강한 자는 스스로를 내세우지 않고
강한 자는 결코 오만을 부리지 않는다

가장 유순하면서도 가장 강골(强骨)인
물이 보여주는 몸
시(詩)

— 배한봉, 「시인 5 - 얼음」 전문

나는 물수건으로
창에 묻은 햇살을 닦아낸다
漁腹에 장사 지낼지언정
티끌을 묻힐 수 없다던 그대 말 기억한다,
하지만 눈부신 햇살도 이처럼
많은 먼지를 묻혀오는 것이다
저 햇살, 저 紅塵 속에
가장 오래 걸어야 할 인간의 길이 나 있다,
그 길은 사랑하는 어둠, 사랑하는 옛 상처,
사랑하는 눈물과 함께 하는 길이다

— 권혁웅, 「굴원(屈原)에게」 부분

다산 초당 오르는 길에
굵을 대로 굵어진 대나무들
바다에서 불어오는 바람이
수없이 댓잎을 두들겨댄다
때로는 서걱이다가
때로는 우우우 울다가
푸르른 대나무는 내공(內空)으로 견딘다
견디는 힘, 그건
적막이 팽팽하게 부풀어오른 팽창력

안으로 안으로 다져진 외로움의 힘
내공이 크면 클수록
대나무 껍질은 단단해진다
아주 단단한 야성이 되어
죽도도 되고 죽창도 된다
우우우 세상을 울릴 만한
명도도 되고 명창도 된다

— 노창선, 「견디는 힘, 그건」 전문

| 第14강 |

21세기의 새로운 시 쓰기

1. 21세기 시학의 층위

2. 21세기의 새로운 시 쓰기

가. 문명비판의 정신사적 몸부림

나. 솟구치는 생명력에의 경의, 혹은 생태환경시

다. 소시민의 건강한 일상성

라. 대지적 여성성, 혹은 존재적 성찰

마. 반구조 혹은 탈중심주의

제14강

21세기의 새로운 시 쓰기

1. 21세기 시학의 층위

현재 우리 한국 현대시의 시학의 층위는 대개 다음과 같이 나누어 볼 수 있다.[1]

① 서정과 믿음의 시학
② 생명과 구원의 시학
③ 해체와 모순의 시학
④ 몸과 욕망의 시학
⑤ 속도와 쾌락의 시학
⑥ 고독과 죽음의 시학

1) 이지엽, 「카오스의 시대, 구원의 시학—90년대 시학의 층위」, 『21세기한국의 시학』, 책 만드는 집, 2002, 17~37면.

⑦ 존재와 성찰의 시학
⑧ 시대와 삶의 시학

이 분류는 21세기에도 그대로 유효할 것으로 판단된다. ①과 ②, ⑦과 ⑧이 전통에 기대있다면, ③내지 ⑥은 이에 대한 반작용으로 설명할 수 있을 것이다. 그러나 각각의 층위는 포괄하여 묶을 수 없는 개성과 지향점들을 내포하고 있다. ①의 서정과 믿음의 시학은 서정시의 새로운 흐름으로 보인다. ②의 생명과 구원의 시학과 함께 서정시의 전통을 이어받고 있는 것으로 간주된다. ①과 ②를 변별할 수 있는 요건은 ②의 부류가 80년대 이후 특히 90년대에 불기 시작한 생명시의 흐름에 크게 기대고 있다는 점이다. 7, 80년대 고속 성장의 물줄기는 인간의 생활을 편리하게 하는데 기여를 했지만 동시에 자연과 그 주위의 환경을 심하게 파괴하였다. 이 파괴와 일그러짐 속에서 긍정적인 사유로 생명의 끈을 놓지 않으려는 노력의 시학이 ②의 부류이고, 부정적으로 나타난 성향이 ⑥의 부류이다. 김지하의 「생명」과 최승호의 「공장지대」를 차례로 살펴보자.

> 생명
> 한 줄기 희망이다
> 캄캄 벼랑에 걸린 이 목숨
> 한 줄기 희망이다
>
> 돌이킬 수도
> 밀어붙일 수도 없는 이 자리
>
> 노랗게 쓰러져 버릴 수도
> 뿌리쳐 솟구칠 수도 없는

이 마지막 자리

어미가
새끼를 껴안고 울고 있다
생명의 슬픔
한 줄기 희망이다.

— 김지하, 「생명」 전문

김지하의 「생명」은 어미가 새끼를 껴안고 우는 것을 생명의 원형으로 본다. 억지로 꾸며낸 것이 아니라 원초적인 것에 가치를 둔다. 그것들이 세상을 이끌어가는 '마지막 자리'이다.

신경림의 「이제 이 땅은 썩어만 가고 있는 것이 아니다」를 위시한 『할머니와 어머니의 실루엣』의 시편들, 고은의 「슬픔」을 비롯한 『만인보』의 시편들, 고재종의 「면면함에 대하여」를 비롯한 『앞 강도 야위는 이 그리움』의 시편들, 김용택의 『그 여자네 집』과 안도현의 『그리운 여우』, 『바닷가 우체국』의 시집들은 이러한 노력의 결과 위에 놓인다.

그러나 최승호의 「공장지대」에 오면 그 사정은 달라진다.

무뇌아를 낳고 보니 산모는
몸 안에 공장지대가 들어선 느낌이다.
젖을 짜면 흘러내리는 허연 폐수와
아이 배꼽에 매달린 비닐끈들.
저 굴뚝들과 나는 간통한 게 분명해!
자궁 속에 고무인형 키워온 듯
무뇌아를 낳고 산모는
머릿속에 뇌가 있는지 의심스러워

정수리 털들을 하루종일 뽑아댄다.

— 최승호, 「공장지대」 전문

생명의 파괴는 문명의 편리에 편승해 가속될 수밖에 없는 것인가. 몸 안에 공장지대가 들어선 채로 도시 서민층은 살아가야 한다. "저 굴뚝들과 나는 간통한 게 분명해!"라는 단호하면서 자조가 섞인 토로는 현대인의 의식과 생활의 비극적 단면을 극명하게 보여주었다.

시월이면 돌아가리 그리운 나라
연기가 토해내는 굴뚝
속에서 꾸역꾸역 나타나는 굴뚝 아래
검은 공기 속에서 落果처럼 추락하는
흰새들의 어두운 하루 애꾸눈 개들이
희디흰 대낮의 거리에서 수은을 토한다

—— 수은을 먹고 흘리는 수은의 눈물,
눈물방울
절벽 같은 천둥번개 같은

— 장석주, 「그리운 나라」 후반부

내가 세제를 멋모르고 쓰는 동안 거품을 물고
내가 폐수를 슬그머니 버리는 동안 거품을 물고
신음하는 강, 그 새 그 물고기들 다 어디론가 떠나
내 발길 바다에 잇닿는 곳까지 왔네, 낙동강구
을숙도를 보고 눈감고 마네, 삐삐삐 삐리삐리 뽀오르르 뽀르삐

눈감으면 바다직박구리 우는 소리가 들려오네.

— 이승하, 「돌아오지 않는 새들을 기다리며」 후반부

분신(焚身)을 꿈꾼 적 있었을까,
흠뻑 기름을 뒤집어 쓴 채
검은 기름바다
해초더미에 기대어
이글거리는 유황빛 두 눈알을 꿈벅이며 죽어가고 있는
바닷새
가마우지,

— 고진하, 「훨훨 불새가 되어 날아가게」 초반부

이 시인들의 작품에도 여지없이 파괴된 자연이 그려진다. 「그리운 나라」는 고향의 상실감이 반어적으로 그려지고 있고, 「돌아오지 않는 새들을 기다리며」는 무자각적인 현대인들의 생활오염의 실태를 반성하는 자아의 모습이 나타나고 있으며, 「훨훨 불새가 되어 날아가게」에는 기름 유출로 죽어가는 '가마우지'를 안타깝게 바라보는 시선이 아프게 그려져 있다. 그 아픔은 "이제, 기름뭉치가 다 된 저 가마우지 몸뚱아리에 차라리 확, 불꽃을 튕겨 줄까?/ 훨훨 불새나 되어 아무데나 날아가게……"라는 자조와 비탄으로 이어지고 있다. 이형기의 「병아리」, 신경림의 「이제 이 땅은 썩어만 가고 있는 것은 아니다」, 정현종의 「들판이 적막하다」, 김명수의 「적조」, 김광규의 「늙은 소나무」, 이하석의 「연탄재들」, 고형렬의 「거대한 빵」, 「컴퓨터 가스」, 이문재의 「산성눈 내리네」, 「오존 묵시록」, 허수경의 「원폭수첩」 연작시편들, 정인화의 「여기는 온산」, 함민복의 「지구의 근황」 등의 시편들은 현대문명 속의 일그러진 자연의 모습을 애증의 줄무늬로 선명하게 드러내고 있다.[2]

---

2) 이에 관한 시집과 글로는 고진하·이경호 엮음, 생태환경 시집 『새들은 왜 녹색별을 떠나는가』

한편 ③ 해체와 모순, ④ 몸과 욕망, ⑤ 속도와 쾌락의 시학이 새로운 90년의 시 문법을 창출하였다. 해체의 기류는 이미 80년대부터 시작되고 있었다고 보아야 한다. 이성복의 「그날」은 대표적 자유연상 기법을 보여주었고 80년대 '시운동' 동인들은 정치, 사회적 압력의 고통을 언어의 자유로운 상상력을 통하여 여과없이 그대로 분출하였다.

황지우의 『새들도 세상을 뜨는구나』 시편들은 극지점에 달한 양상들이다. 이를테면 「호명」, 「아무도 미워하지 않는 자의 죽음」, 「도대체 시란 무엇인가」, 「한국생명보험회사 송일환씨의 어느 날」 등은 시의 형식에 대한 대담한 실험과 전위적 수법들을 보여주었다. 김정란은 『그 여자 입구에서 가만히 뒤돌아보네』의 시집을 통해 새로운 시문법에 도전하였다. 여성의 통과의례를 이미지의 겹침과 쉴 새 없이 소곤거리는 낮은 읊조림을 통해 유감없이 구사하였다. 다르다면 일종의 서사성을 가미한 점이라고 봐야 옳을 것이다.

> 버릇같이 그것을 들여다보고 있을 때였어요
> 갑자기 내 몸이 가비엽게 뜨는 듯하더니
> 어디론가 세차게 빨려들어가기 시작했어요
> 캄캄하고 비좁은 인큐베이터 속으로!
> 쇳조각과 전류가 흐르는 네모 상자 속으로!
> 나는 그 속에서 바보같이 킬킬대고
> 잽싸게 지껄이고 거짓말하고 미소짓습니다
> 나는 이 속에서 온갖 죄악과 부패를 배웠습니다
> 그래요, 언제부터인가 나는 무감각한 한 대의
> 티 브이일 뿐입니다
>
> — 장정일, 「새로운 자궁」 전문

(다산글방, 1991)와 신덕룡 엮음, 고재종 책임편집 『초록 생명의 길』(시와사람사, 1997)이 대표적이다.

장정일의 시편들은 충격적인 속도와 만나고 있다. 거의 단발마적으로 내뱉는 "창녀인 나의 어머니가/나를 죽였어요!"(「파랑새」) 등의 언표는 과거의 인습과 전통에 대해 가차 없는 질타를 보여주고 있다. 「새로운 자궁」 역시 세차게 흡입해 버리는 현대문명의 이기를 '자궁'이라는 신성성과 연결을 시도하고 있다. 이 도발성은 유하의 『바람 부는 날은 압구정동에 가야한다』에서도 나타나며, 서림의 『유토피아 없이 사는 법』에도 일정기류로 흐르고 있다.

몸과 욕망의 시학적 흐름은 정진규와 채호기로 대표된다. 전자가 『알詩』의 시집에서 깊이있게 보여준 생명의 단초에 대한 원형적 추구에 있다면, 후자는 성의 도덕성과 기존 질서에 대한 거센 반감에서 출발한다. 전자의 性이 생명의 성이라면 후자는 욕망의 성인 셈이다. 『알詩』 시집은 현상학적의 둥근 세계의 완벽함, 건강한 생명들, 허공과의 친화, 존재와 재생의 순환적인 구조를 우리 삶의 원형 상징인 '알'을 통해 하나의 전범을 마련하였다.

우리 문학에 있어 존재에 대한 보다 근본적인 고민은 한국전쟁 이후라고 봐야 온당할 것이다. 전쟁의 폐허 속에서 인간에 대한 혐오와 상황에 대한 무기력은 실존의 문제를 상당히 자연스럽게 우리생활 중심으로 가져왔다. 대표적인 작가들로 장용학과 김춘수를 들 수 있다. 김춘수의 「꽃」으로 대표되는 존재론적 성찰은 확실히 우리의 시단을 한 단계 부상시키는 효과를 가져왔다. 그러나 그는 그의 시에서 자주 자유연상의 기법을 도입하고 「처용단장」 시편에서부터는 무의미시를 주장하기도 하여 존재론적인 성찰의 본류로 깊숙히 파고들지 못하는 한계를 지녔다고 보아야 할 것이다. 90년대에 들어 『마음의 수수밭』, 『오래된 골목』을 비롯한 천양희의 시편들과 『바닷가의 장례』로 대표되는 김명인의 시들은 존재와 성찰의 길 찾기에 부쳐진 대표적 결과물들이다.

시대와 삶의 시학은 산업화의 과정과 밀접한 관련을 갖는다. 신경림의 『

농무』(1973)와 조태일의 『국토』(1975), 김준태의 『참깨를 털면서』(1977), 정희성의 『저문강에 삽을 씻고』(1978), 박노해의 『노동의 새벽』(1984) 등은 이를 대표하는 시집들이다. 특히 박노해는 임규찬의 지적처럼 '하나의 문학사'로 불릴만한 진폭을 가져왔다. 노동자의 비참한 생활에 대한 생생한 현장성은 문학 영역 이외의 한국 노동 운동에도 막급한 영향을 주었다.

머리띠를 질끈 묶으며
적과 아를 확연히 갈라내여 묶으며
전선에 선 동지들을 한 대오로 묶으며
'결사투쟁' '일치단결' '승리쟁취' '노동해방'
살아 펄펄 뛰는 구호들을 정수리에 새기며
결연한 투지로 비장한 맹세로
떨리는 손길로 머리띠를 묶는다

— 박노해, 「머리띠를 묶으며」 후반부

그러나 90년대에 접어들면서 시대와 삶의 문학적 기류는 확실하게 탈이념화 경향 속에서 급격하게 퇴화되면서 서정시의 흐름에 동승하고 있는 느낌이다. 환경문제와 통일문제에 대한 시대인식의 고통이 장애요인으로 남아 있더라도 말이다.

90년대 여성성의 도저한 분출을 우리는 또한 주목하지 않을 수 없다. 앞서 살핀 천양희의 『마음의 수수밭』과 『오래된 골목』 두 권의 시집이 다소 전통에 기댄 고통과 고뇌의 통과의례에 존재의 성찰을 통한 길 찾기였다면 최승자, 김정란과 김혜순의 일련의 작업들은 새로운 시 문법과 반전통의 토대 위에 선다.

최정례의 시 「창」에는 나뭇잎마저도 '칼'로 인식하는 세상에 대한 진저리 처지는 애처로움이 있다.

저건 포플러나무가 아니다
팽개쳐 일그러진 두 바퀴
소리치는 몸뚱이
저건 저건 내리치는 검은 칼

'포플러나무'와 '검은 칼'의 만남은 민담과 도시적 상상력 교차 속에서 「햇빛 속에 호랑이」라는 보다 건강한 중첩적 의미망을 형성한다. 이러한 의미망이 시의 행과 연을 의도적으로 단절시키는 「봄 소나기」까지 연결되지만 최정례의 새로운 시쓰기 기법은 현대인의 단절된 자아의 틈새를 파고드는 흡인력을 당분간 유지할 것으로 보여진다.

이외에도 죽음이 유예되고 있는 욕망의 그림자와 그 난폭한 잔영들을 애써 잠재우며 희망을 찾아내려는 자세가 아프게 각인되고 있는 이경임의 『부드러운 감옥』, 너절하고 수상한 일상사의 절벽 가운데 오만 잡것을 애써 끌어안고 있는 이경림의 『시절 하나 온다, 잡아먹자』 등은 분명 20세기 세기말적 흐름 가운데 자연스레 배태된 大地의 상징, 여성성의 도저한 분출이라고 볼 수 있다.

2. 21세기의 새로운 시 쓰기

가. 문명비판의 정신사적 몸부림

그렇다면 21세기의 새로운 시쓰기는 무엇일까. 시인은 무엇에 고민을 해야 하며 어떠한 시적 대상에 대해 어떻게 사유해야 하는가. 21세기의 우리 시단의 지배 담론은 무엇이 될 것인가. 눈치를 보며 시를 쓸 하등의 이유는 없지만 시인된 자는 이런 정신세계의 흐름에 대해 관심을 가질 필요가 있다.

여기서는 21세기에 우리 시단에 새롭게 나타나고 있는 문학의 징후에 대해 살펴보고 어떠한 시 창작의 자세를 가져야 하는지 시인의 태도에 대해 얘기하도록 하겠다.

> 할 수만 있다면 어머니, 나를 꽃 피워주세요
> 당신의 몸 깊은 곳 오래도록 유전해온
> 검고 끈적한 이 핏방울
> 이 몸으로 인해 더러운 전쟁이 그치지 않아요
> 탐욕이 탐욕을 불러요 탐욕하는 자의 눈앞에
> 무용한 꽃이 되게 해주세요
> 무력한 꽃이 되게 해주세요
> 온몸으로 꽃이어서 꽃의 운하여서
> 힘이 아닌 아름다움을 탐할 수 있었으면
> 찢겨져 매혈의 치욕을 감당해야 하는
> 어머니, 당신의 혈관으로 화염이 번져요
> 차라리 나를 향해 저주의 말을 뱉으세요
> 포화 속 겁에 질린 어린아이들의 발 앞에
> 검은 유골단지를 내려놓을게요
> 목을 쳐주세요 흩뿌리는 꽃잎으로
> 벌거벗은 아이들의 상한 발을 덮을 수 있도록
> 꽃잎이 마르기 전 온몸의 기름을 짜
> 어머니, 낭자한 당신의 치욕을 씻길게요

— 김선우, 「피어라, 석유!」 전문

김선우의 「피어라, 석유!」는 문제적 작품이다. 이 시는 '석유'가 가지고 있는 '탐욕'과 '파괴'에 대하여 얘기하고 있다. '석유'는 '검고 끈적한 핏방울'이다. 그것은 오래전에 무기화 되었고 사람들은 그것을 차지하기 위해 싸웠다. 이라크 전쟁도 석유를 차지하기 위한 싸움이라고 공공연하게 얘기가 나오는 걸 보면 적지 않는 영향을 미치고 있다고 보아야 할 것이다. 화자는 시의 전개에 따라 "꽃 피워주세요"→"무력한 꽃이 되게 해주세요"→"차라리 나를 향해 저주의 말을 뱉으세요"→"목을 쳐주세요" 로 점점 더 강경하고 단호한 의식으로 바꾸어 간다. 자기혐오나 패배의식이 점점 자신을 지배하고 있다는 사실을 알고 있는 것이다. 자기혐오는 본래의 태생이 죄스럽다는 원죄의식으로부터 비롯된다. "이 몸으로 인해 더러운 전쟁이 그치지 않아요"라는 인식이다. '이 몸'은 전쟁을 불러일으키는 '탐욕'이고, 탐욕은 언제나 더한 탐욕을 불러일으키므로 그들 앞에 '무용한 꽃', '무력한 꽃'이 되게 해달라는 주문을 하고 있다. 더 이상 씨앗의 기능을 할 수 없는 꽃이 되게 해달라는 것이다. 아름답지 않게, 섹시하지 않게 보이지 않는 꽃이 되게 해달라는 것이다. 그러나 탐욕은 불길 같은 것이어서 우리의 혈관은 화염으로 타오르게 된다. 불의 시대, 파괴의 시대, '검은 유골단지'의 시대. 우리가 할 수 있는 일이란 우리들의 피가 굳기 전 그 피로 '벌거벗은 아이들의 상한 발'을 덮거나 '어머니의 낭자한 치욕'을 씻어드리는 일이다. 자신의 마지막까지도 모두 타자를 위해 던지겠다는 것이다. 몸이나 정신이나, 그 죄를 씻기 위해. 이런 속죄양 의식을 담고 있으면서 우리가 이 시에서 주목되는 것은 문명 비판에 관한 정신이다.

사실 '불'이나 '에너지'는 얼마나 인간을 편리하게 만들어 왔는가. 그 문명의 발달로 인해 인류는 엄청나게 큰 변화를 이루어냈고 아름답게 계승해 왔다. 그러나 그러한 에너지가 언젠가는 고갈이 될 것이라는 불안감이 생기기 시작했고 수단이었던 그것이 종국에는 목표로 바뀌게 되었다. 그것이 권력이 되고 신이 되었다. 우리의 몸이 화염으로 번지는 것은 당연한 일. 문명이 가져다준 어쩔 수 없는 비극인 셈이다. 그런 문명을 향해 시인은 외치고 있다. '목을 쳐주세요' 라고 '온몸의 기름을 짜' 상처를 덮겠노라고 말이다. 그러므로 시인이 부르짖는 이 음성은 시인 자신을 위한 것이 아니다. (이 점은 매우 중요하다!) '어머니'나 '아이'의 가족사에 국한된 것도 아니다. 이 소리는 세계를 향해 부르짖는 소리다. 진정한 문명비판은 지금 여기의 역사성을 지니면서도 세계적인 속성을 지닌다는 것이다. 사실 진정한 시의 가치와 위의는 어디에 있는가. 문명비판의 시각이 필요하다는 점은 바로 여기에서 연유한다.

트럭 행상에게 오징어 10마리를 사서
내장을 빼내 다듬었다, 빼낸 내장을 복도의 쓰레기 봉투에
담아 한 켠에 치워 두었다, 이튿날 여름빛이
침묵하는 봉투 속으로 들어가 핏기 없는 육체와 섞이는 동안
오징어 내장들은 냄새로 항거하고 있었다
그리고 장마가 져 나는 지붕 위의 망각을 내리지 못하고
가까운 곳에서 들려오는 헛된 녹음에 방문을 걸고 있을 때
살 썩는 냄새만이 문틈을 타고 스며들고 있었다
복도에는 고약한 냄새만이 가득 차 있었다
나는 방안 가득 풍겨오는 냄새를 맡으며 냄새에도 어떤 갈피가
있을 거라는 생각, 더 정확히는 더러운 쓰레기를 힘겹게 내다
버려야 할 것이라는 생각과 싸우고 있었다

비로소 나는 복도의 문을 열었다
비가 멎고, 싸우고 난 뒤의 불안한 평온이
사방에 퍼져 있었다, 공기가 젖은 어깨를 말리고 있었다
발자국에 곰팡이가 피어오르고 있었다
그리고 막 열쇠로 지옥 같은 문을 잠그고 돌아설 때쯤
핏기 없는 냄새가 심장까지 파고 들었다

무덤에서 냄새의 뿌리로 태어난 수많은 구더기들이
시간의 육체 속으로 흩어져 갔다

— 박주택, 「시간의 육체에는 벌레가 산다」 전문

시장 광장 한쪽에
너, 모래뭉치 중년 거지
낡은 트럼펫 위에
가만히 가 있는
손, 두 손가락 없는

구릿빛 금관이 바람을 뱉네
입에 들어오는
허공 한 장의
파도 소리
때려도 달아나지도 않는
늙은 나귀가 울고

두 손가락은 사람이나 밥
그 불같이 깊은 곳을 눌러버렸나

발밑에,
망고 두 개 든 가방이
생의 찢긴 지폐 사이로
놓여 있네

— 황학주, 「케냐 시편 15 - 라무 섬에서」 전문

현대문명은 그것이 전자의 작품처럼 정신세계를 향하든, 후자의 작품처럼 현실의 문제로 놓여 있든 이미 우리의 일부분이 되어 있다. 현대를 살아가면서 이 문제를 결코 초월할 수는 없을 것이다. 전자의 작품은 답답하게 읽힌다. 쓰레기를 당장에 갖다 버리면 될 것인데 그러지 못한 이유는 비가 오기 때문이고 게으르기 때문이다. 물론 시인은 이것을 일부러 의도하고 있다. 비가 오는 것은 외부적인 것이고 게으른 것은 내부적인 것이다. 그러므로 "무덤에서 냄새의 뿌리로 태어난 수많은 구더기들"은 이러한 내부 문제가 곪아 터진 하나의 현상으로 이해된다. 현대인들은 아무튼 이 "시간의 육체"를 거느리며 살아간다. 아니 그것에 종속되어 헤어나지 못하고 있는지도 모른다. 후자의 시는 외국 여행 중에 본 내용을 담고 있다. 낡은 트럼펫을 부는 중년 거지의 삶을 담아내고 있다. "생의 찢긴 지폐 사이"의 삶은 고단하고 초라하다. 고단하고 초라한 삶은 문명의 다른 모습이고 그것은 세계적이다. 김선우의 「피어라, 석유!」에서 보듯 역사적이고 세계적인 속성을 가지고 있는 것이다.

흩어진 피투성이 국지전들이 하나 둘
뭉치다가 더 엉망진창으로 헐뜯다가
어느 시점에 저리 정중한 4각의
정상회담으로 뒤바뀌는가.
그리고 다시 등은 더 거대한
육안으로 볼 수 없는 끔찍함으로의 열림
그것이 중도에 어느 시점에 또 저리 미려美麗한
지상 최대의 제단을 이루는가.
그것을 이해하지 못해 우린 망했다.

— 김정환, 「빅4」 전문

이런 일은 전에도 있었고 앞으로도 있을 것이다.

하지만 알아도 소용없으리라. 동상은 또 세워지고

파괴될 것이다. 거대한 코와 눈이 너무 흉하게.

— 김정환, 「파괴된 동상」 전문

그런 의미에서 김정환의 작업은 상당히 의미를 갖고 있다. 그는 일련의 작품들을 통해 현대 문명을 날카롭게 비판하고 있다. 「빅4」는 강대국에 둘러싸인 한반도의 문제를 아이러니 기법을 통해 보여주고 있다. 동구 공산권의 몰락을 파괴되어지고 있는 동상을 통해 감명하게 보여주고 있는 「파괴된 동상」 또한 문명비판의 시각을 가지고 있다.

누가 성층권 따위에

관심과 세금을 내겠는가

유사 이래

이제까지의 희망은

지구 안에서의 희망이다

망한다면,

시인의 직관이 틀리지 않는다면

사람이야 말로

지구의 매독이다

이 매독이야말로

지구를 비닐로 미장할 것이다

— 박용하, 「희망」 부분

밤이면 나는 컴퓨터 속으로

슬며시 잠입한다

머리에 검은 두건을 쓰고
바지 단을 졸라매고
아이디와 비밀번호를 조회 받으며
칼 냄새 자욱한 무림의 땅으로 들어선다

적도 동지도 없는 쓸쓸한 눈 덮인 벌판으로
발을 내딛으면 어둠 속에서 소리 없이 열리는 길
등 뒤에서 나를 노리는 자들의 발소리
바람 속에 숨어 나를 노리는 살의를 경계해야 한다
한번 실패는 죽음이다

인디언처럼 적의 머리가죽을 벗기고
불쑥 튀어 오르는 적의 가슴을 단칼에 베려
내공을 키우는 밤
죽음은 어디서나 한 방울의 피처럼 가볍다

여기서도 검객의 이름이 필요하다
잿빛 자칼, 붉은 여우, 칼빛 사랑, 바람의 신화
컴퓨터 화면마다 튀어 오르는 핏자국들
숨을 멈추고 손끝에 기를 모아 단칼에 내리쳐야 한다
머리뼈를 가르는 묵직한 長劍의 소리
피냄새를 맡으면 퍼들거리며 날개가 돋아나는 칼날
목숨들이 한줄기 칼 빛으로 사라진다

나는 밤이면 검은 두건을 쓰고 칼을 차고
금기의 땅으로 들어선다

누구도 이 무림의 땅에서는 죽음으로부터 자유로울 수 없다
장검을 차고 피의 온기로 달빛이 맑게 뜨는 밤
달빛 위를 걸어가는 밤
길 위에서 나는 수시로 죽음에게 검문 당한다

— 서안나, 「나는 날마다 죽음에 검문 당한다」 전문

「희망」이란 작품도 제목과는 상반되게 지구의 모든 사람들에게 화살을 돌린다. "사람이야 말로 지구의 매독이다"는 독설은 자아 밖에 세계에 대한 대립과 갈등의 다른 표현이다. 더구나 "지구를 비닐로 미장할 것"이라는 예언은 우리를 암담하게 한다. 「나는 날마다 죽음에 검문 당한다」는 사이버 공간을 현실로 재현시키고 있다. 그러나 이런 일이 사이버 공간에서만 일어나고 있는 것은 아니다. 오히려 현실 속에서는 우리가 생각도 못한 끔직한 일들이 벌어지고 있다. 그렇다면 이 시는 공간만을 빌려왔을 뿐이지 위악적이고 불확실한 오늘날의 현실 상황을 그려내고 있는 작품이라고 볼 수 있다.

나가고 싶다
초록의 문을 열고 싶다 나는
또 나가고 싶잖은 마음이 인다
또는 잠시 나가 패랭이나 캐서
화분에 심어보고 싶다
이 위태로운 어질어질함

누가, 바깥에서 문고리를 잡는다
밖에서 …누가
내 방의 어두운 유리창을 닦는다

— 이하석, 「밖」 전문

이 시에 나타난 “밖”이 곧 그 불확실성일 것이다. 우리 모두는 “위태로운 어질어질함”으로부터 자유로울 수 없다. 이 말은 바꾸어 말하면 이 “위태로운 어질어질함”과 어두운 유리창 밖의 세계가 다른 무엇보다 21세기 시학의 가장 큰 담론이 될 수밖에 없다는 것을 시사해준다고 볼 수 있으며 우리 시학을 포함한 세계사의 시학 중심부에 놓일 수 있다는 얘기에 다름 아니다.

나. 솟구치는 생명력에의 경의, 혹은 생태환경시

일전에 나는 1990년대 북한 서정시의 몇 국면을 살핀 일련의 글들 중에서 북한시의 건강한 서정성과 만날 수 있는 21세기 우리의 시학을 미래에 대한 예견 중 솟구치는 생명력에의 경의를 가장 먼저 거론한 바 있다.[3] 남한시에 있어서 분단비극을 바르게 인식하는 계기를 마련해준 것은 박봉우의 「휴전선」이었다.[4] 전쟁에 참전한 당사자들보다는 전쟁에 간접적으로 영향을 받은 사람들에 의해 보다 객관적인 시각이 마련되고 그 비극적 인식을 극복하려는 노력이 이어진 것은 어쩔 수 없는 한계이기도 했다. 일관된 세계관이 일사불란하게 전개될 수도 없었고, 더욱이 보수와 진보의 대결적 구도에서 빚어진 혼란과 시적 모더니티의 추구로 인한 탈 전통화 기류는 민족의 동질성 회복이라는 대전제와는 점점 더 멀어지고 있었다고 볼 수 있다.

1987년 6월항쟁 이후 성장한 민의를 바탕으로 지방자치에 대한 요구가 증

3) 이지엽, 「1990년대 북한의 서정시 연구」, 『어문학』 제84집. 2004.6 (297~333면). 『반교어문연구』 제16집. 2004.2 (59~90면) ; 이 일련의 글들에서 북한의 시작품 중 일체의 거부감이 없이 받아들일 수 있는 서정성을 지니고 있는 작품을 살피고 있다. 「눈」에 보이는 감각적 수법과 「끝없는 동뚝길」의 서사성, 「쉴참에」의 대자연에 대한 경의, 「쇠돌과 버럭」의 의인화 기법과 세밀함, 「락수물 소리」의 우의성, 「소나기」에 나타난 남녀간의 순수한 사랑, 「내 고향의 봇나무」의 아름다운 풍광과 목가적 서정성, 「어머니와 아들」의 어머니 사랑과 모성애, 「닻 떨어지는 소리」의 경쾌한 낭만성, 「강물은 땅보다 낮은데서 흐른다」에 나타난 거부감 없는 교훈성과 여유 있는 자세 등은 북한의 시가 대부분 경직화되고 이념 편향적인 경향을 보이고 있는 가운데서도 우리 전통의 서정적 흐름이 면면히 기저자질로 흐르고 있는 것을 보여주는 귀중한 실례로 지적하였다.

4) 이에 관해서는 졸저, 『한국전후시연구』, 태학사, 1997. 138~150면 참고할 것.

대하자 1991년 30년 만에 기초단위인 군의회와 시・도의회 의원에 대한 선거가 실시되었다. 그리고 1995년 6월 27일에는 기초단위 단체장, 시장・도지사 등 광역단위 단체장, 기초의회의원, 광역의회의원 등을 선출하는 선거가 실시됨으로써 전면적인 지방자치제가 부활되었다.

1993년 문민정부의 출현과 지방자치시대의 부활은 남한의 문학에 상당한 변화를 가져오게 하였다. 문단에서 높은 목소리를 내던 시인들의 목소리가 갑자기 사라졌다. 그것은 당연한 현상이기도 했다. 이념의 적이 일시에 사라져버렸기 때문이었다. 그 빈자리를 채우고 나선 것이 생명시였다. 이 생명시는 크게 두 갈래의 방향에서 전개되었다. 하나는 환경 파괴를 고발하는 부면이고 다른 하나는 자연의 놀라운 치유력과 경이로움에 대한 재발견이었다. 전자가 도시를 중심으로 진행되었다면 후자는 환경오염이 상대적으로 덜 심한 중소도시와 농촌을 중심으로 전개되었다.

삼한 적 하늘이었는가 고려 적 하늘이었는가
하여튼, 그 자즈러지는 하늘 밑에서

"확 콩꽃이 일어야 풍년이라는디,
원체 가물어놔서 올해도 콩꽃 일기는
다 글렀능갑다"

두런두런거리며 밭을 매는 두 아낙
늙은 아낙은 시어머니, 시집온 아낙은 새댁,
그 새를 못 참아 엉금엉금 기어나가는 것은
샛푸른 샛푸른 새댁,
내친김에 밭둑 너머 그 짓도 한 번

"어무니, 나 거기 콩잎 몇 장만
따 줄라요?"

(오실할 년, 콩꽃은 안 일어 죽겠는디 콩잎은 무슨 콩잎?)
옛다, 받아라 밑씻개 콩잎
멋모르고 닦다보니 항문에서 불가시가 이는데
호박잎같이 까끌까끌한 게 영 아니라
"이거이 무슨 밑씻개?"
맞받아치는 앙칼진 목소리,
"며느리밑씻개"
어찌나 우습던지요

그 바람에 까무러친 민들레 홀씨
하늘 가득 자욱하니 흩어져 날았어요
깔깔거리며 날았어요
대명천지, 그 웃음소리 또 멋도 모르고
덩달아 콩꽃은 확 일었어요.

— 송수권, 「땡볕」 전문

송수권의 일련의 작업들은 우리 나라의 풀과 꽃과 온갖 생명체들, 이를테면 순 우리 것에 대한 생명 불어넣기라고 할 수 있는데 시집『수저통에 비치는 저녁 노을』,『들꽃 세상』등을 비롯하여 인용한「땡볕」이라는 작품도 이러한 맥락의 연장선상 위에 있다. 설화적 요소를 질박한 언어를 통해 탄력있게 그려내고 있는 것이다. 역사는 이긴 자의 몫이지만 시인의 시선은 낮은 곳을 늘 향해야 한다고 했다던가. 문화 기층의 눈물과 애환을 건강함과 해학으로 바꾸어내는 서사성은 무엇보다 의미 있는 작업으로 평가된다.

나는 사랑합니다. 텃새, 잡새, 들새, 산새 살아넘치는
우리 나라의 숲을, 그 숲을 베개 삼아 찌르륵 울다 만 찌르레기새도
우리 설움 밥투정하는 막내딸년 선잠 속 딸꾹질로 떠오르고
밤새도록 물레를 감는 삐거덕, 삐거덕, 물레새 울음 구슬픈
우리 나라의 숲길을 더욱 사랑합니다.

— 송수권, 「우리 나라의 숲과 새들」 마지막 연

시인의 가슴에는 우리나라의 숲이 언제나 살아 넘치고 있다. 그것이 밋밋하고 단순하게 존재하는 것이 아니라 '밥투정하는 막내딸년 선잠 속 딸꾹질'로 살아나고 '밤새도록 물레를 감는 삐거덕, 삐거덕' 소리로 살아 있는 것이다. 이 생명력이 꿈틀거리는 소리를 통해 시인은 건강한 서정의 물줄기를 우리에게 쏟아 부어주고 있는 것이다.

쳐라, 가혹한 매여 무지개가 보일 때까지/나는 꼿꼿이 서서 너를 증언하리라/무수한 고통을 건너/ 피어나는 접시꽃 하나.

— 이우걸, 「팽이」 전문

무심히 지나치는/골목길//두껍고 단단한 /아스팔트 각질을 비집고/ 솟아오르는/새싹의 촉을 본다//얼랄라 저 여리고 부드러운 것이!//한 개의 촉 끝에/지구를 들어올리는/힘이 숨어 있다

— 나태주, 「촉」 전문

이우걸의 「팽이」와 나태주의 「촉」에서도 우리는 이 서정의 힘을 확인해 볼 수 있다. 「팽이」에는 뼈를 깎는 자기 정련의 과정을 통해 자아를 확립해 나가는 의지가 선명하게 드러나고 있다. 그러므로 '접시꽃 하나'는 연약한 존

재가 아니라 거친 환경을 뚫고 올라온 생생한 생의 의지가 응축되어 있는 존재다. 「촉」 역시 "두껍고 단단한 아스팔트 각질을 비집고 솟아오르는" 의지의 산물이다. '여리고 부드러운' 촉 한 끝은 생명의 정수리인 셈이다. 그것이 지구를 살리게 하는 힘이다. 환경이 파괴된 속에서도 건강하게 우리 삶을 이끌어가는 힘이다. 전자가 인간 욕망의 제어와 노력을 통해 자연의 무한한 생명력을 불러 왔다면 후자는 자연 스스로에게 내재된 자생력을 통해 치유의 불가사의한 힘을 보여주고 있는 것이다.

영축산은 영락없는 독수리 형상이다.
날개 크게 펼쳐 하늘 허공을 돌며
먹이를 낚아채기 직전, 저 거침없는 몰입의 긴장을
나는 느낀다, 무진장 무진장 눈이라도 퍼붓는 날이면
흰 날개 파르르 떨리는 것이 보이고
산의 들숨 날숨 따라가다 나도 함께 숨을 멈추고 만다.
명창의 한 호흡과 고수의 북 치는 소리 사이
그 사이의 짧은 침묵 같은, 잠시라도 방심한다면
세상 꽉 붙들고 있는 모든 쇠줄들
한순간에 끊어져 세차게 퉁겨 나가버릴 것 같은,
팽팽한 율에 그만 숨이 자지러지는 것이다.
겨울산을 면벽 삼아 수좌들 동안거에 들고
생각 놓으면 섬광처럼 날아와 눈알 뽑아버릴
독수리 한 마리 제 앞에 날려 놓고
그도 물잔 속의 물처럼 수평으로 앉았을 것이다.
조금이라도 흔들리면 잔 속의 물 다 쏟고 마는
그 자리에 내 시를 들이밀고, 이놈 독수리야!
용맹스럽게 두 눈 부릅뜨고 싶을 때가 있다.

나도 그들처럼 죽기를 살기처럼 생각한다면
마주하는 산이 언젠가는 문짝처럼 가까워지고
영축산은 또 문짝의 문풍지처럼 얇아지려니
그날이 오면 타는 손가락으로 산을 뻥 찔러보고 싶다.
날아라 독수리야 날아라 독수리야
산에 구멍 하나 내고 입바람을 훅 불어넣고 싶다.
산 뒤에 앉아 계신 이 누구인지 몰라도
냉큼 고수의 북채 뺏어들고
딱! 소리가 나게 산의 정수리 때려
맹금이 날개로 제 몸을 때려서 하늘로 날아가는 소리
마침내 우주로 날아오르는 산을 보고 싶은 것이다.

— 정일근, 「날아오르는 산」 전문

정일근의 「날아오르는 산」에도 이 생명력에 대한 추구를 강렬하게 소망하는 서정자아의 마음이 잘 형상화되고 있다. 자연이 부동의 대상이 아니라 살아 있고 더욱이 우주로 날아오르는 무한한 힘을 가진 존재라는 인식은 환경이 점점 파괴되어 가는 도시에서는 도저히 만날 수 없는 인식이다. 시인은 '죽기를 살기처럼 생각'하면서 산에 가까워지려고 한다. 그래서 정말 큰 독수리가 되어 제 몸을 때리며 우주로 날아오르고 싶어한다.

사내는 거친 숨 토해놓고 바지춤 올리고
헛기침 두어 번 뱉어 내놓고는 성큼,
큰 걸음으로 저녁을 빠져나간다
팥죽 같은 식은땀 쏟아내고는 풀어진
치마말기 걷어올리며 까닭 없이
천지신령께 죄스러워서 울먹거리는,

불임의 여자. 퍼런 욕정의 사내는
이른 새벽 다시 그녀를 찾을 것이다
냉병과 관절염과 디스크와 유방암을
앓고 있는 여자. 그을음 낀 그녀의 울음소리
이내가 되어 낮고 무겁게 마음을 덮는다
한때 그 누구보다 몸이 달고 뜨거웠던
우리들 모두의 여자였던 여자.
생산으로 분주했던 물기 촉촉한 날들은
가고 메마른 몸 속에 온갖 질병이나 키우며
서럽게 늙어 가는, 폐경기 여자.
그녀는 이제 다 늦은 저녁이나 이른 새벽
지치지도 않고 찾아와 몸을 탐하는
사내가 노엽고 무서워진다
그 여자가 내민 밥상에서는 싱싱한
비린내 대신 석유내가 진동을 한다

— 이재무, 「개펄」 전문

이재무의 「개펄」에는 솟구치는 생명력에의 경의를 보여주는 시편들이 추구해야 할 방향이나 좌표를 엿볼 수 있다. 이 시는 생각보다는 단순하지는 않다. 밀물 혹은 썰물과 개펄을 남자와 여자로 의인화 한 재미성만으로만 읽혀지지 않는다. 물이 빠져나간 뒤의 여자는 이제 더 이상 생산해 낼 수 없는 "서럽게 늙어 가는, 폐경기 여자"다. "냉병과 관절염과 디스크와 유방암을 앓고 있는 여자"며, "메마른 몸 속" "싱싱한 비린내 대신 석유내가 진동을" 하는 여자다. 말하자면 이 "개펄"은 남자의 욕망에 의해 짓밟힌 공간이며 오염되어 썩어가는 공간이다. 시인은 "개펄"이라는 이미지를 이용해 인간의 가없는 욕망과 파멸 위에 놓인 질긴 생명력에 대해 증언하고 있는 셈이다.

할머니는 쌍것이었다 죽어도 쌍것이었다
논이 되어 밭이 되어 허리 구부리고
살았을 뿐
시집은 시집이어서 하자는 대로
살림은 살림이어서 하자는 대로
절대로 쌍것인갑다, 여자인갑다 했을 뿐
"그건 안되겠어라우" 한마디 못하셨다
하긴 전쟁터에 지아비 보낼 때도
곧 오마 하는 소리 들었을 뿐
감히 나가 볼 생각 못했다
하긴 혼자 되어 깔 비고 손 비고
똥장군까지 질 때에도
감히 개가는 꿈도 꾸지 못했다
할머니는 여자였다 죽어도 여자였다
하나 있는 손녀 시집가는 길 위에서
오늘도 "남편 말에 복종 잘하고……." 하신다
두 번 세 번 눈물 찍으며 당부하신다

— 오봉옥, 「놀끈 - 남녀차별」 전문

그러기에 생명력의 생생한 광휘를 논할 때 으레 자연만을 지칭하는 범주를 벗어나 인간에게까지 그 범주를 늘이는 것은 당연한 추세일 것이다. 남성의 입장에서 쓴 성차별의 문제를 다룬 이 작품도 생명의 존엄성에 대한 엄중한 경고이기도 하다. 생명력의 환희를 넘어서 그 생명의 개개들이 안고 있는 생존의 문제와 생태 환경의 심각성은 앞으로도 우리 문학의 주요 담론이 될 수밖에 없다.

다. 소시민의 건강한 일상성

사는 일은
밥처럼 물리지 않는 것이라지만
때로는 허름한 식당에서
어머니 같은 여자가 끓여 주는
국수가 먹고 싶다

삶의 모서리에 마음을 다치고
길거리에 나서면
고향 장거리 길로
소 팔고 돌아오듯
뒷모습이 허전한 사람들과
국수가 먹고 싶다

세상은 큰 잔칫집 같아도
어느 곳에선가
늘 울고 싶은 사람들이 있어

마을의 문들은 닫히고
어둠이 허기 같은 저녁
눈물자국 때문에
속이 훤히 들여다보이는 사람들과
따뜻한 국수가 먹고 싶다.

— 이상국, 「국수가 먹고 싶다」 전문

지난 홍수에 젖은 세간들이
골목 양지에 앉아 햇살을 쬐고 있다
그러지 않았으면 햇볕 볼 일 한 번도 없었을
늙은 몸뚱이들이 쭈글쭈글해진 배를 말리고 있다
긁히고 눅눅해진 피부
등이 굽은 문짝 사이로 구멍 뚫린 퇴행성 관절이
삐걱거리며 엎드린다
그 사이 당신도 많이 상했군
진한 햇살 쪽으로 서로 몸을 디밀다가
몰라보게 야윈 어깨를 알아보고 알은 체한다
살 델라 조심해, 몸을 뒤집어주며
작년만 해도 팽팽하던 의자의 발목이 절룩거린다
풀죽고 곰팡이 슨 허접쓰레기,
버리기도 힘들었던 가난들이
아랫도리 털 때마다 먼지로 풀풀 달아난다
여기까지 오게 한 음지의 근육들
탈탈 털어 말린 얼굴들이 햇살에 쨍쨍해진다.

— 최영철, 「일광욕하는 가구」 전문

이상국의 「국수가 먹고 싶다」와 최영철의 「일광욕하는 가구」에는 낮은 곳에서 발견하는 삶의 아름다움이 있다. 소시민들은 삶에 의해 속임을 당하거나 쉽게 마음을 다친다. 그것을 누가 위안해 주는가. "허름한 식당에서 어머니 같은 여자가 끓여 주는 국수 한 그릇의 위안을 시 한 편이 줄 수 있는가." "소 팔고 돌아오듯 뒷모습이 허전한 사람들"에게 "눈물자국 때문에 속이 훤히 들여다보이는 사람들"에게 이상국은 늘 '따뜻한 국수' 한 그릇의 시를 보여주고 있다.

최영철의 「일광욕하는 가구」는 아프고도 아름다운 시다. 자신이 한 번 쓰러진 경험이 이런 시를 쓰게 했을 것이다. 가구는 다른 것과 달리 홍수에 젖게 되면 쭈글쭈글해져서 버리기 십상이다. 그는 그러나 이것을 "그러지 않았으면 햇볕 볼 일 한 번도 없었을"이라고 긍정적으로 생각한다. 그러면서 서로 상한 가슴들이 따뜻하게 나누는 이들의 얘기를 엿듣는다. "살 델라 조심해" 서로 걱정해주는 대목에서는 아픔을 겪어본 사람만의 따뜻한 호흡이 느껴진다. 이름 없고 소외된 곳에서 "탈탈 털어 말린 얼굴들이 햇살에 쨍쨍해" 지듯 소시민의 건강한 일상성을 음지에서 양지로 끌어내고 있다. 그러나 소시민이기에 이들은 아픔을 껴안을 수밖에 없는 존재들이다.

누가 천당을 꿈꾸려 하는가
누가 극락을 꿈꾸려 하는가
천당은 너무 깨끗하여,
극락은 너무 아름다워
세상보다 살기 힘들다
예수는 집 앞
개천을 흐르고
부처는 호박 잎
뿌리를 타고 흐른다
세상 사람들의
시끄럽고 지저분한 숨소리가
예수이고 부처임을
문득 깨닫는 시간
잠 안 오는 밤

— 황인원, 「잠 안 오는 밤」 전문

예수도 부처도 옆에 있음을 깨닫는 시간이라면 행복할 시간인데도 시인은 잠을 이루지 못한다. 그것이 어쩐지 공허한 말처럼 들리기 때문이다. 소시민이 안고 있는 불안 의식을 오히려 역설적으로 그리고 있는 작품이라고 볼 수 있다.

내가 죽은 뒤에도 비가 오지 않았다 모래밭은 뜨거웠다 비치파라솔 아래 피서객들이 수박껍질처럼 뒹굴고 있었다 내 몸의 수분이 자꾸 빠져나가고 있었다 나는 죽어서도 잊지 못할 풍경들이 많았다 모래 밖으로 얼굴을 내밀어 주위를 두리번거렸다 아이들이 물가에서 뛰놀았다 퇴근길의 동부간선도로, 해 저문 강가의 타워크레인은 보이지 않았다 비치파라솔 아래 단잠에 빠진 아이의 종아리엔 음료수 자국이 물뱀처럼 얼룩져 있었다 개미지옥에 발목이 붙잡힌 몇몇 사내들이 물에 빠진 아이처럼 허우적거렸다 모래밭에서

자꾸만 발 밑의 모래가 움직여 내 몸이 어디론가 흘러가곤 했다 이러다간 내 몸이 流失되는 게 아닌가, 나는 두려움에 몸을 떨었다 — 사실, 나는 살아 있는지도 몰랐다 — 누가 자꾸 내 이름을 불렀지만 나는 대답을 할 수 없었다 입 안에 모래가 가득했다 가끔씩 허리춤에선 무선호출기가 울었다 아직도 저 도시의 누군가가 나를 기억하는 모양이었다 바다가 감자꽃 빛깔로 저물고, 피서객들이 서둘러 내 곁을 떠났다 아무래도 저 도시를 오래 비워둘 수 없는 모양이었다 내, 이렇게 죽어서도 도시를 멀리 떠나 있지 못하는 것처럼

— 오정국, 「모래무덤」 전문

이 작품의 모래무덤은 상징성을 가지고 있다 "자꾸만 발 밑의 모래가 움직여 내 몸이 어디론가 흘러가곤 했다"에서 느낄 수 있듯 유실되어 마모되어가는 현대인들의 소외된 자아를 그려내고 있는 것이다. 누가 자신의 이름을 불러주어도 답을 할 수 없는 암담한 상황을 피서객이 떠난 바닷가의 모래밭을 배경으로 그려내고 있다. 아마 소시민의 이러한 불안의식과 암담함은 시가 존재하는 또 하나의 이유가 될 것이다. 시대가 아무리 변해도 이 고립감이 시를 쓰게 하는 힘이 되고, 그 속에서 건강한 서정성을 찾고자하는 노력을 포기하지는 않을 것이다.

라. 대지적 여성성, 혹은 존재적 성찰

바다에 이르러
강은 이름을 잃어버린다
강과 바다 사이에서
흐름은 잠시 머뭇거린다.

그때 강은 슬프게도 아름다운
연한 초록빛 물이 된다.

물결 틈으로
잠시 모습을 비쳤다 사라지는
섭섭함 같은 빛깔.
적멸의 아름다움.

미지에 대한 두려움과
커다란 긍정 사이에서
서걱이는 갈숲에 떨어지는
가을 햇살처럼
강의 최후는
부드럽고 해맑고 침착하다.

두려워 말라, 흐름이여
너는 어머니 품에 돌아가리니
일곱 가지 슬픔의 어머니.

죽음을 매개로 한 조용한 轉身.
강은 바다의 일부가 되어
비로소 자기를 완성한다.

— 허만하, 「낙동강 하구에서」 전문

허만하의 「낙동강 하구에서」의 작품에는 존재의 없어짐 위에 존재하는 실존의 인식을 보여준다. 죽음의 자리에서 곧 태어나는 것. 그 자리는 '미지에 대한 두려움'과 '커다란 긍정 사이에' 놓여 있기 마련이다. 그렇지만 그 태어남은 이전의 것과는 분명 다른 태어남이다. 죽어가는 것은 새로 태어나는 것들의 일부에 불과할 뿐이다. 없어짐으로 그는 더 커다란 존재가 된다. 그것을 우리는 비로소 완성이라고 부를 수 있다. 없어지지 않고서는 존재하지 않으며 진정하게 완성될 수도 없다. 커다란 존재는 그것으로 족한가. 그렇지 않다. 그것이 도달하는 것은 '어머니의 품'이다. 대지적 여성성으로의 안김이다. 그의 시가 죽음과 존재의 문제를 즐겨 다루면서도 오히려 부드럽게 느껴지는 것은 그의 시 곳곳에 자리한 이 대지적 여성성의 상상력 때문이다.

대지적 여성성을 거론할 때 우리는 다음의 시에 주목하지 않을 수 없다.

새들은 잠 깨어 어두운 나뭇가지에 앉아 있었다
그 중 한 마리가 비명을 내지르자
밤의 살이 찢어지고 비릿한 피가 새어나왔다

여자의 몸이 활처럼 휘고
뜨겁게 젖은 뿌우연 살덩이가
여자의 숲 아래로 고개를 내밀었다
파도의 검푸른 옷자락이 여자를 덮어주었다

여자는 지금 마악 낳은 아기를 배 위로 끌어올렸다
땀 젖은 저고리를 열고 물컹한 달을
넣은 다음 고름을 묶고 젖을 물렸다
가슴 아래 밤의 나무들이 그제야
푸르르 참았던 한숨을 내쉬었다

— 김혜순, 「月出」 후반부

하나의 생명체가 만들어지기까지의 과정을 밀도있게 그려냈다. 독특한 상상력을 따라가 보면 끈질긴 여성성이 모체가 되고 있다. 대지와 인간과 우주의 모든 것까지도 끌어안고 있다가 살을 찢어내는 고통 속에서 새 생명을 탄생시키는 女子, 누가 이 거룩하고 숭고한 제의를 폄하할 수 있겠는가. 이 거대한 생명의 집은 시인의 상상력을 통하여서만 강렬하게 재구성 될 수 있는 것이다.

저 넓은 보리밭을 갈아엎어

해마다 튼튼한 보리를 기르고
산돼지 같은 남자와 시름하듯 사랑을 하여
알토란 아이를 낳아 젖을 물리는
탐스런 여자의 허리 속에 살아 있는 불
저울과 줄자의 눈금이 잴 수 있을까
참기름 비벼 맘껏 입 벌려 상추쌈을 먹는
야성의 핏줄 선명한
뱃가죽 속의 고향 노래를
젖가슴에 뽀얗게 솟아나는 젖샘을
어느 눈금으로 잴 수 있을까

몸은 원래 그 자체의 음악을 가지고 있지
식사 때마다 밥알을 세고 양상추의 무게를 달고
그리고 규격 줄자 앞에 한 줄로 줄을 서는
도시 여자들의 몸에는 없는
비옥한 밭이랑의
왕성한 산욕(産慾)과 사랑의 노래가

몸을 자신을 태우고 다니는 말로 전락시킨
상인의 술책 속에
짧은 수명의 유행 상품이 된 시대의 미인들이
둔부의 규격과 매끄러운 다리를 채찍질하며
뜻없이 시들어가는 이 거리에
나는 한 마리 산돼지를 방목하고 싶다
몸이 큰 천연 밀림이 되고 싶다

— 문정희, 「몸이 큰 여자」 전문

문정희의 시에서 우리는 '몸이 큰 여자'의 대지적 여성성을 만나게 된다. '뜻없이 시들어가는 이 거리에/ 나는 한 마리 산돼지를 방목하고 싶다/ 몸이 큰 천연 밀림이 되고 싶다'는 발언 안에는 시들고 늙어 가는 시대를 다시 생명과 환희로 바꾸어 놓는 대지의 여성성이 숨쉬고 있다. 자질구레한 세상사가 아니라 사나운 '산돼지'라 할지라도 그것이 포악하고 탐욕스럽다할지라도 '몸이 큰 천연 밀림'된다면 이를 넉넉히 품어줄 수 있지 않으랴. 남성들이 아무리 여성들에게 군림하려들더라도 그대들은 결국 거대한 밀림의 지극히 사소한 부분만을 망가뜨리는 것에 불과할 뿐이다. '비옥한 밭이랑의 왕성한 산욕(産慾)과 사랑의 노래'를 지닌 여성, 건강한 어머니로서의 여성성은 '식사 때마다 밥알을 세고 양상추의 무게를 달고 그리고 규격 줄자 앞에 한 줄로 줄을 서는 도시 여자들'이 아무리 다이어트 시대를 살아가더라도 잊지 말아야 할 덕목이다. 그것이 실은 이 땅을 지키게 한 힘이며 진정한 아름다움이다. 여성의 몸은 그리하여 미답의 신비와 스스로의 치유능력을 지닌 푸른 초원과 넓고 큰 밀림이다. 짓밟아도 뭉개지지 않는 원시적 생명력을 지닌 존재이다.[5] 이 대지적 여성성은 젊은 시인들에 의하여 훨씬 강도 높고 다양한 방향으로 전개되고 있음이 주목된다.

비가 오는 날 나는 들개다
비루먹은 들개다
진창에 온 털을 적시고
물웅덩이에 비친 자기 몰골을

5) 지금의 한국 문단적 상황은 분단 문학이라고 할 수 있고 앞으로 21세기가 통일 문학을 지향한다고 하면 남북한의 시가 어떤 접점에서 만날 수 있는가를 지금쯤은 고민해보아야 한다고 생각한다. 북한 시문학에 있어 가장 중요한 장점은 비록 이념편향성을 다소간 지니고 있다하더라도, 미제국주의와 자본주의에 대한 풍자시를 제외하면 지칠 줄 모르는 서정적 건강성이라고 할 수 있다. 이 건강성에서 정치적 · 사회적 · 경제적인 시 외적 요인이 제거되었을 때 그 감정이나 사물에 대해 인식하는 정도는 우리와 별반 다르지 않다. 솟구치는 생명력에의 경의, 소시민의 건강한 일상성, 대지적 여성성 등은 더욱이 통일문학의 시대에 부합하는 문학적 담론이 될 수 있다.

타인처럼 들여다보고 있는,

— 조윤희, 「슬픈 모서리」 초반부

바람이 크오
바람이 클수록 길이
넘어지오 사지가 뒤틀리오
바람은 황소떼요 소떼의 통곡이오
사랑스런 공포 욕정이오
둔한 나를 치고 찢는
저 소를 잡고 싶소
잡을 만하면 날아가는
저 소에 소의 뼈속에
들어가 박히고 싶소

— 신현림, 「바람은 황소떼」 초반부

그래 침묵하는 동안에도
우린 노래부르고 있지. 때가 되면
세포가 갈라지지. 더 빨리 더 빨리 쪼개지지
천 개의 눈알을 폭발시키지

내 세포들은 성난 폭도
공기와 빛의 부드러운 약탈을 나는 꿈꾸고 있다.
폭음도 없이 비릿한 선혈을 토해내는
저 아름다운 폭탄처럼

— 허혜정, 「나무는 젊은 여자」 후반부

당신은 열정적인 CEO입니까
컨설던트는 장문(長文)의 권고메일은 타전하고
상상력이 함유된 종합영양제 한 캡슐을 집어삼키며
윗몸일으키기 100번 헐거워진 말(言)의 복근력을 강화하는 시간
공시 * 노미영 = 순익 증대를 위해 아무개씨와 5년간
예술적, 성적 유대감을 향유하는 관계 유지하기로 계약 체결함
투자자 보호를 맹서하며 회사 내용을 붓질하노니
언어의 벤처타운을 도모하는 그대여
네티즌펀드까지 계산하고 있는 야심찬 그대여
호텔 체류비는 어떤 방식으로 결제하실 텐가
하락 장세인 지금이 투자 적기
가슴에 만발한 말(言)들의 핵탄두를 투하하라
요절도 마다하지 않으리 앞으로 앞으로
돌격! 앞으로 대박을 꿈꾸며

— 노미영, 「대박을 꿈꾸며」 후반부

「슬픈 모서리」에서의 "들개"나 「바람은 황소떼」의 "황소", 「나무는 젊은 여자」의 "폭도"는 모두가 남성적 이미지다. 이렇게 야성적이고 거세고 폭력적인 것이 이제 더 이상 남성 전유물이 아닌 시대가 펼쳐지고 있는 것이다. 오히려「대박을 꿈꾸며」에는 자신을 드러내놓고 방임시키는 대담함이 엿보이고 있다. 물론 이 작품들은 적당히 숨기고 양보하는 것이 여성의 미덕이고 은근한 멋이라고 생각하는 가부장적 사회의 전통적 여성관에 대한 도발적 의미를 함유하고 있다고 볼 수 있다. 이 도저한 흐름은 이제 양성 평등의 시대의 맞이하면서 시대적 흐름에 편승, 21세기 우리 시문학의 주요담론이 될 것이 확실하다.

마. 반구조 혹은 탈중심주의

현대시의 난해성은 시적 대상과의 거리에서도 나타나지만 보다 근본적인 것은 반구조적이고 탈중심주의적인 사고에서 비롯되고 있다. 3단구성이나 4단구성의 체계적인 짜임을 갖고 있을 때 우리는 구조적이라는 말을 쓴다. 예를 들어 기승전결을 잘 갖춘 작품을 생각해보자. 이런 작품들은 대개 어떠한 방향으로 끝을 내야 하는가를 시인은 의도하게 된다. 다시 말해 목적성을 지니게 된다. 그러므로 목적성을 가진 작품은 구조적이라고 할 수 있다. 이에 반해 반구조적인 작품은 목적성을 가지지 않는 것이 보편적이다.

> 전화—나의 이름—지우고 싶은—바뀐 뒤에도—불리어
> 질—이름—바꾸지 못하고—그—이름에게—온—전화—
> 춤—에 대해—시 한 편—쓸 수 있을까—나는—움직이지
> 못한다—날으는 물고기—코끼리—흘러가는 구름—하지
> 만—이름을 고치는 대신—나는—움직임을—거부했었다
> —행동의 죽음.
>
> 죽음으로 사는—길—갔다—들었다—끌려갔다—무거운
> 짐을 메고—넘었다—이름만이—남아서—생각만이—남
> 아서—흔들리고—떠밀리다—오늘—전화—쓸 수 있겠지
> —생각으로—생각에도—몸이 있다면—거절하고—거부
> 하고—생각만으로.
>
> 미치지도—살지도—태어나지도—않은—내—몸 속에—
> 들어와—움직여—줄—날으는—거대한—가위가—내게
> —있다면—춤출 수도—있겠지—하지만—길—가는 길—

밀려나고—끌려간—죽음의 길—위에서—내 몸은—내
몸 속에 숨어 있는—또다른 몸에게—약속했었다—행동
의—죽음.

하지만—나의—길—이렇게—끝나기 전에—한 번—내가
만든—가—가위로—내 목을—스스로—잘라—버리기—
전에—꼭 한 번.

누구일지—모르지만—한 사람—여인의 춤—먼발치에서
—보고—끝맺을—약속을—내—안에—마지막으로—심어
—두었다—그런데—이—마지막—약속—지킬 수가 있을
까—이미—죽은—몸과—함께—내—마지막—약속—지킬
—수가—있을까—있을까—오늘—가위를—들고—오늘.

— 박상순, 「춤 - 약속」 전문

이 시에서의 시인의 사고는 한 곳으로 집중되고 있지 않다. 그런 의미에서 작품을 다 읽어도 시인의 의중이 어디에 놓이는가를 눈치 채는 것이 쉽지가 않고, 목적적인 작품이라고 볼 수가 없다. 시인의 사고는 분산되고 있는데 하나는 춤에 관한 것이고 다른 하나는 이름에 관한 것이다. 춤은 이 시인에게 무엇인가. 춤은 "날으는 물고기"이고 "흘러가는 구름"이다. 움직임이다. "행동의 죽음"이 아니다. 살아 있음이다. 누구일지 모르는 한 사람과의 불태움이다. 이름은 무엇인가. "지우고 싶은—바뀐 뒤에도—불리어질—이름—바꾸지 못하고"에서 보듯 영원성을 지닌 것이다. 죽은 뒤에도 남아 있는 존재다. 사람의 생각 또한 마찬가지다. 생각 역시 행동과는 다르게, 춤과는 다르게 우리를 지배한다. 이 이름이나 생각들을 바꿀 수 없으므로 시인은 움직임을 거부하는 것이다. 이 "행동의 죽음"으로 벗어나게 하는 것이 바로 "거대한 가위"다. 날으는 거대한 가위. 춤에 관해 한 편의 시를 쓰는 것은 내가 또 다른 나에게 한 약속이므로 나는 이 거대한 가위로 내 목을 자르려고 한다. 자, 자를 것인가.

자르는 것이 선이라고 할 수 없다. 말하자면 선, 악의 개념을 떠나 이 시는 존재하고 있는 것이다. 현대의 탈중심주의는 작품의 통일성과 질서를 배반하는 것이다. 선과 악, 미와 추의 이분법적 세계관을 부정하는 것이다. 사실 우리가 미의 완전 형태인 절대 미가 존재하는가. 절대 악이 존재하는가. 탈중심주의면서도 반 구조적인 작품의 전형이라고 볼 수 있다.

①멋지게 망하기는 다 틀렸어 /그때 /그 아우성치는
강가에서 /너는 무슨 말을 했던가? /이젠 끝이야 /우리
에게 남은 길은 약물 남용 /아니면 죽을 때까지 /의사
와 상의하며 살아가는 길이야 /그게 삶이냐? /씨발놈
들 /그래, /너는 죽을 때까지 /체제와 상의하며 살아
라 /그리운 강가 /악다구니 /축배 /그리고 /지랄발광의
《동》madness ②옛날 집을 찾아갔다 물 속의 느티나무;
저 사랑의 자세; 고요해라 저 벙어리 강은

하천	하상계수
한강	1 : 393
낙동강	1 : 372
금동강	1 : 299
라인강	1 : 8
콩고강	1 : 4

③꽃의 아

들아, 이 푸르른 제국 — 저녁의 청색 시대로 오라
아무 기다림도 없이 무심히 흐르는 강을 건너오는 것

들 마음은 언제나 어두운 골몰에 있었고 봄꽃 화사한
저녁의 강가는 환장하게 푸르다 /푸르다 /푸르다 綠·
碧·滄·蒼·靑·翠 ④이 강은 바다에 이르지 못한다
유랑하는 호수 /이 /호모 같은 새끼 /그래, 난 호모다
/너의 후장을 노려왔어 / 뭐? / 뭐라구? /이젠 지쳤어
/아무리 애써도 이 강가를 벗어나지 못한다
로프노에르: 방황하는 호수 타클라마칸 사막의 타림
강은 이 호수로 흘러든다.

— 함성호, 「범: 람(氾濫 ·汎濫)」 전문

이 작품 역시 한 곳으로 시인의 사고가 모아지지 않는다. ①에서 시인은 "체제와 상의하며 살아"가는 것에 대해 혐오하고 있다. ②에서는 수몰된 옛날 집에 대해 얘기한다. 물 속의 잠긴 느티나무, 그 고요를 수치화 시켜 대비시킨다. ③에서는 봄꽃이 화사한 저녁의 강가의 푸름 이미지, "푸르른 제국"에 얘기한다. ④아무리 애써도 강가를 벗어나지 못하고 바다에도 이르지 못함에 대한 자탄과 체념이 그려져 있다. 이 네 개의 스냅을 통해 무엇을 드러내고자 한 것일까. 하상계수(河狀係數)는 강의 어느 지점에서 수년간의 최대유량(流量)과 최소 유량과의 비율을 말하는 것으로 하상계수가 클수록 유량의 변동이 크고, 작을수록 유량의 변동이 작아서 안정되는 셈이다. 시인은 이 하상계수(河狀係數)의 구체적 수치를 통해 실상은 유량의 변동이 큰 변화를 희원하고 있는 것으로 보인다. 그것은 ①에서 "체제와 상의하며 살아"가는 죽은 삶에 대해 욕설까지 퍼부으며 지독한 혐오를 보이고 있기 때문이다. 그러나 ②와 ③에 나타난 시인의 의식은 오히려 이러한 고요나 죽음을 동경하는 일면을 보이고 있다. 더욱이 ④에서 "이 강은 바다에 이르지 못한다"라든지 "아무리 애써도 이 강가를 벗어나지 못한다"라는 대목에 이르게 되면 시인은 오히려 체제 순응적인 사고에서 한 발짝도 나서지 못하고 있음을 알게

된다. 이 이율배반이 시인이 노리고 있는 의도이다. 체제에 반발해보지만 결국에는 주저앉을 수밖에 없는 현대인들. 자연의 수치인 하상계수(河狀係數)는 이를 잘 보여주고 있지 않는가. 하상계수가 크다는 것은 때로 물길을 바꾸고 긍정적인 변화를 가져오지만, 그러나 대부분은 엄청난 재앙을 불러오지 않는가. 결국 이 작품은 현대인들이 가지고 있는 이율배반적인 속성을 역설적으로 그려내고 있다는 얘기가 된다.

> 세상이 고요하다.
> 지금 사람들은 무언가와 접속 중이다.
> 그리고 빠져나오지 못한다.
> 게임, 쇼핑, 채팅, 성인 영화, 쌩쑈…
> 이제 모든 관계는 모니터 안에서만 존재한다.
> 혹 컴퓨터 살 돈이 없는 사람이나
> 컴맹들은
> 생활보호대상자로 지정되거나
> 집단 수용소로 쫓겨날지도 모를 일이다.
> 이제 사랑이라는 말은 오래된 화석에서나
> 전설처럼 발견될 것이다.
>
> — 박영우, 「지금은 접속 중」 부분

이율배반적인 징후는 「지금은 접속 중」에서 보듯 21세기에 급격하게 팽창되기 시작한 정보화 사회로의 변모와도 무관하지 않다. 사회 속의 개인, 개인과 시인의 인간관계는 해체되고, 절대 선이나 진리도 "오래된 화석에서나/전설처럼 발견될 것이"기 때문이다.

> 나는 세계를 연속 클릭한다

클릭 한 번에 한 세계가 무너지고
한 세계가 일어선다
해가 떠오른다 해에도 칩이 내장되어 있다
미세 전극이 흐르는 유리관을 팔의 신경 조직에 이식
몸에서 나오는 무선 신호를 컴퓨터가 받는다는
12면 기사를 들여다본다
인류 최초의 로봇 인간을 꿈꾼다는 케빈 워웍의
웹 사이트를 클릭한다 나는 28412번째 방문객이다
나도 삽입하고 싶은 유전자가 있다

— 이원, 「나는 클릭한다 고로 나는 존재한다」 부분

모든 것은 클릭 안에서 존재하고, 모든 세계는 클릭 한 번에 무너진다. 절대적인 것은 어디에도 없는 것이다. 사랑도, 폭력도, 생활도 클릭 한 번으로 조종이 가능한 신기한 세상이 한 편에서 열리고 있는 것이다.

1
마돈나, 아직도 밤의 목거지를 돌아다니고 있느냐.
오늘은 불 꺼진 전광판 뒤에서
낡은 쓰리 디처럼 가물거리는 너를 보았다.
시간의 검은 구멍이 도처에서 꿈틀거리는구나.
마돈나, 아직도 내게
사랑의 유효함을 말하려 하느냐.
휴지보다 못한 주식을 날려버리고
차라리 만국기가 펄럭이는
추억의 1학년 3반으로 가자.
지독한 황사가 오기 전에.

노회한 정치가들의 혓바닥이 더 날름거리기 전에.

마돈나, 아직도 새벽이 멀었느냐. 눈물을 거두려무나. 나는 상징의 숲을 빠져나온 직유의 원숭이. 수많은 책을 읽은 마초, 내게 무엇을 말하려느냐. 휴지보다 못한 주식이 연일 상종가를 때릴지라도, 보아라, 산 자의 머리 위에 죽은 자의 황사가 휘날리니, 헛되도다, 모든 것이 흙으로 돌아가는구나.

— 원구식, 「아바타, 혹은 헛된 방황의 집적 - Ver. 4.5」 부분

이 작품은 잘 알려진 이상화의 「나의 침실로」라는 작품을 패러디하고 있다. 원전과는 달리 이 작품은 당대의 현실을 날카롭게 비판하고 있다. 이를 설명한 자리에서도 논의 된 바 있지만 패러디는 절대적 진리나 절대적인 선의 개념이 와해되는 탈중심주의 사고관을 가지고 있다. 이 시 역시 과거 문화유산에 대한 존경과 우롱, 보수성과 진보성, 지속성과 변화성 등 패러디가 갖는 양가적 태도를 가지고 있다.

나 없는 집
의자들은 꿈에서 깨어나
벽에 못질을 하고 냉장고 문을 열고
술을 꺼내
내 흔적을 지우고
낯선 꿈들이
아침 식탁에서 간밤을
숟가락질한다.

— 전기철, 「집 2」 부분

저녁이 오면 정육점은 진열대의 사골에 빨간 네온을 켠다 예수가 사지를 늘어뜨

리고 냉동창고 갈고리에 걸려 있다 목자는 피묻은 앞치마를 두르고 작두를 든다 창세기머리 출애굽기등심 사도행전안심 시편갈비 마태복음양지 고린도도가니 누가복음사태 요한계시록꼬리 비만의 신도들이 내는 헌금에 알맞게 일용할 복음을 부위별로 자른다 반복되는 식탐, 전기톱니는 돌아간다 어린양들아 너희는 집으로 가서 이 지방을 전하여라 비계덩어리들이 모여 고기를 굽고 있을 때 예수가 출몰했다 내장을 들어 축복하고 그들에게 떼어 나눠주었다 육식의 향연, 받아먹어라 이것은 나의 기름진 몸이다 소식과 다이어트를 외치는 자들에게 돌을 던져라 우시장의 소는 성서에 기록된 대로 도살장에서 푸줏간으로 죽음의 길을 가겠지만 채식을 주장한 사람은 화를 입을 것이다 심판의 날이 오면 그들도 칼로리를 계산하지 않으리니 육체의 확대, 복부와 둔부를 살찌워라

— 이승원, 「정육점의 예수」 전문

「집 2」나 「정육점의 예수」 역시 탈 중심주의 사고관에 서 있다. 이 시들은 양가적 태도보다는 흔들리지 않는 것을 흔들고, 신성한 것을 비속화하는 불안함과 해체와 풍자의 정신이 주도하고 있다. 아무리 편리하고 평등해 진다해도 사회의 부조리와 암적 요소는 상존하기 마련이다. 전통을 새롭게 이어가려는 움직임만큼이나 위악한 세계와 타협하지 않으며 기존의 가치체계를 부정하는 탈 중심주의의 기류 역시 21세기 주요 담론으로 자리 잡아가리라 판단된다. G.W.F. Hegel은 시의 과제는 감정으로 '부터'가 아니라 감정 '속에서' 정신을 해방시키는 일이며, 시인이 외부충격과 그 충격 속에 암시된 목적에 얽매이지 않고 그 충동을 자기감정과 사상에 표현을 주는 기회로 사용하는 일이 본질적인 일이 된다고 역설하였다.[6] 이를테면 낯설게 하기의 기법이나 병치적인 기법을 통하여 시적 거리를 멀게 하는 것이 능사가 아님을 얘기하고 있는 것으로 보인다. 그럼에도 불구하고 21세기에는 여전히 더욱 모던하고 난해한 작품들이 계속적으로 창작되어질 것이다. 21세기의 대표적

6) G.W.F. Hegel, *Aesthetics*, T. M. Knox 英譯(Oxford University Press, 1974) 1112면, 1118면.

징후 중의 하나인 어떠한 목적도 지니지 않은 채로 부유하는 정신세계의 불확실성의 윤곽을 그려내려는 시도가 이어질 것은 분명하기 때문이다. 이러한 시도와 노력은 예술이 살아 있는 가치체계라는 것을 보여주는 중요한 실례들이며 또한 이 시도와 노력이 "목적에 얽매이지 않고 그 충동을 자기감정과 사상에 표현을 주는 기회로 사용하는 일" 곧 예술의 본질적인 정신을 위배하는 것은 아니지 않겠는가.

지금까지 우리는 21세기 새로운 시 쓰기 다섯 가지 양상에 대해 살펴보았다. 물론 이런 분류가 얼마만큼 신뢰할 수 있는가는 전적으로 필자에게 책임이 있지만 여기에서 크게 벗어나지 않는다고 보았을 때 오늘날의 한국 시인들은 과연 어느 쪽에 서야 하는가. 문명비판의 정신사적 몸부림이든, 솟구치는 생명력에의 경외나 생태환경에 대한 관심이든, 소시민의 건강한 일상성이든, 대지적 여성성 혹은 존재적 성찰이든, 반구조 혹은 탈중심주의에 도전하든 이는 온전히 시인 본인의 자유에 속하는 문제다. 다만 불확실한 미래에 대해 우리가 서 있는 이 자리에 대해 고민을 하고 새로운 세계와 시에 대해 아픔을 느끼는 시인이라면 스스로에게 이런 질문을 진지하게 던져보아야 할 시점이라는 것이다.

인명색인

- ㅈ -

용어 색인

현대시 창작 강의

초판 1쇄 인쇄일 · 2005년 02월 28일
초판 12쇄 발행일 · 2023년 09월 20일

지은이 | 이지엽
펴낸이 | 노정자
펴낸곳 | 고요아침

출판등록 2002년 8월 1일 제1-3094호
주소 · 서울 서대문구 증가로 29길 12-27, 동화빌라 102호
대표전화 · 302-3195 | 팩스 · 302-3198
이메일 · goyoachim@hanmail.net

ISBN 978-89-91535-06-2
값 19,000원